Martina André
Schamanenfeuer

Martina André

Schamanenfeuer

Das Geheimnis von Tunguska

Roman

rütten & loening

AUFBAU VERLAGSGRUPPE

ISBN 978-3-352-00761-3

Rütten & Loening ist eine Marke
der Aufbau Verlagsgruppe GmbH

1. Auflage 2008

Umschlaggestaltung und Illustration Mediabureau Di Stefano, Berlin,
unter Verwendung eines Fotos von Corbis
Druck und Binden C. H. Beck, Nördlingen
Printed in Germany

www.aufbau-verlagsgruppe.de

Für Viktoria

Am frühen Morgen des 30. Juni 1908 ereignete sich in Sibirien im Gebiet der Steinigen Tunguska eine verheerende Explosion, deren Auswirkungen in halb Europa zu spüren waren und deren genaue Ursache bis heute nicht geklärt werden konnte. Hunderte von Theorien wurden in der Folgezeit entwickelt, und zahlreiche Wissenschaftler kamen zu den verschiedensten Auffassungen über den tatsächlichen Grund des Unglücks. Bis heute bleibt Raum für die unterschiedlichsten Spekulationen, und es ist fraglich, ob man jemals die ganze Wahrheit erfahren wird …

Prolog

> »Einen ungläubigen Menschen von einem Wunder zu überzeugen, ist immer eine schwierige Sache. Es gehört zu seiner Natur, dass er es selbst erlebt haben muss, bevor er es glauben kann.«
>
> (Aslan Kondrashov, Physiker 1905)

Am frühen Morgen des 30. Juni 1908 strich ein laues Lüftchen um meine Nase. Es roch nach Sommer und Frieden, und nichts deutete auf jene Katastrophe hin, die uns schon bald darauf heimsuchen sollte.

Für einen Moment ließen mich die warmen Strahlen der aufgehenden Sonne vergessen, dass ich nicht in Sankt Petersburg, sondern inmitten der sibirischen Taiga saß. Bereits früh um fünf kletterte ich auf den gut zwanzig Meter hohen Antennenmast, um die Sicht und die Wetterverhältnisse zu prüfen. Der Himmel zeigte sich in reinstem Blau, und der Funkkontakt zum Luftschiff und zu meinen Kameraden in der Basisstation am Fuße des Turms verlief entsprechend einwandfrei. Aslan, der unsere Mission zusammen mit Pjotr überwachte, hatte mir mehrfach bestätigt, dass unser Experiment keinerlei Kurskorrektur bedurfte, um die Versuchsstrecke von sechshundert Werst in einem Rutsch zu bewältigen. Also stimmten meine Berechnungen, und dem zeitgerechten Empfang des silbernen Boliden würde nichts mehr entgegenstehen.

Das Szenario, das folgen sollte, war bis ins kleinste Detail geplant.

Vor der Detonation blieb für alle Beteiligten genug Zeit, um den Schutzraum auf dem Aussichtshügel aufzusuchen. Ich sollte den weiteren Ablauf des Experiments unterhalb davon im Bunker koordinieren.

Suchend blickte ich in die Ferne und stellte mir die Ankunft des geflügelten Feuerpferdes vor – wie Maganhir, der Schamane, unsere waghalsige Konstruktion getauft hatte. Es sei ein Symbol der Kraft und werde den Schutz der Geister beschwören, verkündete er uns mit sonorer Stimme. Welche Geister das waren, verriet er uns nicht, und dass wir nicht danach fragten, sollte sich schon bald als nicht wiedergutzumachender Fehler erweisen …

(Nachtrag aus dem Tagebuch des Leonard Schenkendorff, Mai 1909)

1

22. Januar 1905, Sankt Petersburg – Blutsonntag

Ein rhythmisches Kratzen weckte Leonard Schenkendorff unsanft aus einem traumlosen Schlaf. Blinzelnd kam er zu sich. Der Blick zum vergitterten Fenster schmerzte in seinen Augen, trotz der Eisblumen auf der Scheibe, die das fahle Winterlicht dämpften. Jakov Eisenstein, ein alter Jude, dem das Haus gehörte, in dessen winziger Kellerwohnung Leonard nicht nur wohnte, sondern auch experimentierte, befreite den Eingang wie beinahe jeden Morgen mit einem Reisigbesen vom frisch gefallenen Schnee.

Die Spiralfedern des Sofas ächzten, als Leonard sich streckte, und dabei dröhnte sein Schädel so arg, als ob er soeben einen Zusammenstoß mit einer dreispännigen Troika überstanden hätte. Schnaubend sog er die kalte Zimmerluft ein. Es stank nach abgestandenem Rauch und nach einer ganzen Wagenladung Wodka. Ein Betrunkener hatte ihm in der Nacht zuvor auf dem Nachhauseweg von einem der finstersten Viertel Sankt Petersburgs eine halbe Flasche des traditionellen Gesöffs über seinen guten Wollmantel gekippt.

Jekatherina Alexejewa Davydova hatte keine Ruhe gegeben und ihn am Abend gegen seinen Willen in das Hinterzimmer einer schummerigen Hafenkneipe geschleppt – unten an der kleinen Newa und damit viel zu weit weg von Bohrmann und Conradi, den vornehmen Cafés am Newskji-Prospekt, wo man nur französisch sprach und die meist adligen Studienkollegen seiner Verbindung mit den feinen Damen der Petersburger Gesellschaft bei einer Tasse Schokolade flirteten.

Katja, wie er seine grazile, aber zugleich dickköpfige Freundin liebevoll nannte, zählte nicht zu dieser Sorte von Frauen. Sie stammte aus einfachen Verhältnissen; ihre Familie beherbergte mit einer ganzen Schar von politisch aufgeheizten Verwandten ein regelrechtes Rebellennest. Leonard sah es nur als eine Frage der Zeit, bis man den ersten ihrer zahlreichen Brüder an die Wand stellen würde.

Die Zeiten waren gefährlich; am Tag zuvor hatte eine Protestkundgebung der aufständischen Arbeiter die andere gejagt. Bis in die späten Abendstunden hinein hatte die Umgebung von Sankt Petersburg regelrecht unter dem Ansturm marodierender Demonstranten gekocht. Polizisten und Kosaken streiften unablässig durch die Viertel, und obwohl soweit alles ohne größere Vorkommnisse zu verlaufen schien, war es hier und da zu Zusammenstößen und Verhaftungen gekommen. Es hieß, wegen des andauernden Generalstreiks hätten bis zu einhundertfünfzigtausend Menschen ihre Arbeit niedergelegt. Der Russisch-Japanische Krieg, der seit 1904 wütete, bürdete den Arbeitern immer weitere Belastungen auf – was nicht ohne Wirkung geblieben war.

Leonard hatte als Angehöriger einer deutschen Minderheit und angesehener Student am Polytechnischen Institut der Universität von Sankt Petersburg kaum etwas mit den Arbeiteraufständen zu tun, dennoch war er Katja in der schützenden Dunkelheit zu einer heimlichen Versammlung der Bolschewiki in dieses verlauste Kellerloch gefolgt.

Ihr Aussehen trug Schuld daran, dass er allem Anschein nach seinen Verstand verloren hatte, als er ihr vor Monaten zum ersten Mal begegnet war. Bei einer der üblichen, unangekündigten Passkontrollen vor dem Gostinnyj Dwor, dem größten Handelskontor von Sankt Petersburg, hatte sie sich vergeblich gegenüber einem finster dreinblickenden Polizisten auszuweisen versucht. Als feststand, dass sie ohne Papiere unterwegs war, hatte Leonard sie kurzerhand als seine Ehefrau ausgegeben, bevor der Uniformierte sie zur Personenfeststellung ins nächstbeste Reviergefängnis schleppen konnte. Seitdem hatte Katja ihn als ihren Schutzengel engagiert, und das schien auch nötig, sympathisierte sie doch mit einem Verein revolutionierender Bolschewiki, deren Anführer, ihr ältester Bruder Alexej Alexejewitsch Davydov, vor keiner Provokation zurückschreckte. Im Gegensatz zu seiner zierlichen Schwester war er ein Mann von grobem Wuchs, der seine mitunter gewalttätige Abneigung gegen das Zarenreich bei jeder sich bietenden Gelegenheit kundtat, etwas, das ihn nicht nur seine Freiheit kosten konnte. Schließlich weilten seine eigentlichen Vorbilder nicht ohne Grund im sicheren Schweizer Exil.

Leonards Angst, dass seiner zarten Freundin im Gemenge all jener aufbrausenden Männer etwas zustoßen könne, war fortan zu groß, als dass er sie allein umherlaufen ließ. Zumal ihr stets betrunkener Bruder und seine nicht weniger fragwürdigen Kumpane keinen guten Einfluss auf sie ausübten.

Kaum jemand aus Leonards Kollegenkreis wusste von dieser Liaison, geschweige denn seine Eltern in Königsberg, die ihm nach wie vor nicht nur das Studium, sondern auch den Lebensunterhalt finanzierten und ihn selbstverständlich auf dem Pfad der Tugend wähnten.

Ein leiser Seufzer und eine zarte Regung unter der verschlissenen Daunendecke riefen ihm ins Bewusstsein, dass ihm das Bett an diesem Morgen nicht allein gehörte.

Langsam wie eine Schlange bahnte sich Katjas kleine, geschickte Hand einen Weg zu seinem besten Stück und erweckte den in sich zurückgezogenen Geist zu neuem Leben. Ein helles Kichern folgte, und das blühende, mit Sommersprossen übersäte Gesicht einer kaum zwanzigjährigen Schönheit mit großen dunklen Augen und langem, tizianrotem Haar streckte sich ihm fordernd aus einem Wust von Kissen entgegen.

»Küss mich, Leonard Michailowitsch Schenkendorff!« Ihr rosiger Mund wirkte unschuldig, während sie gleichzeitig sein anschwellendes Glied wie einen kampfbereiten Kosakensäbel umfasste. »Mir ist kalt, wärme mich«, bettelte sie mit ihrer weichen einschmeichelnden Stimme. Dabei schmiegte sie sich nackt, wie sie war, so fest an seinen harten Körper, dass ihm der Atem wegblieb. Für einen Moment zog er sie mit einem Arm zu sich heran und liebkoste mit der anderen Hand ihre festen Brüste, die ihn in Größe und Form an reife Zitronen erinnerten. Genüsslich neigte er seinen Kopf zu ihnen hinab und saugte an den aufragenden Spitzen. Bereitwillig spreizte sie ihre Schenkel und gab ihm damit zu verstehen, dass sie längst noch nicht genug von ihm hatte. Ein schneller Blick zur Kommode versicherte ihm, dass die dort liegende Schachtel mit den Zigaretten halb voll, die mit den teuren französischen Kondomen dagegen längst aufgebraucht war. Ihre Augen waren seinem Blick gefolgt, und ohne Kommentar zog sie ihn noch näher zu sich hin, bis sein Glied ihre Scham berührte.

»Wenn du mich schwängerst, wirst du mich endlich heiraten«, säuselte sie. »Dann werde ich später einmal eine Frau Doktor sein. Glaubst du, meine Mutter wäre stolz auf mich?« Seine Antwort wartete sie nicht ab. Ihr Mund nahm von seinem Besitz, und ihre kleine Zunge schob sich zielsicher zwischen seine Lippen. Sie küsste ihn so lange und genüsslich, bis sie endlich Luft holen musste. »Wenn sie wüsste, was für ein Schwiegersohn auf sie wartet …«, hauchte sie, und während sie sich ihm immer weiter entgegenpresste, vergaß er alle guten Vorsätze.

»Katjuscha …« Es war mehr ein verzweifeltes Flüstern als ernsthafte Gegenwehr, als er kraftvoll und gleichzeitig willenlos in sie eindrang. Zitternd fanden sie zu einem langsamen, aber stetigen Rhythmus, und Leonards ernsthaft gefasste Absicht, vorsichtig zu sein und sich rechtzeitig vom Ort des Geschehens zurückzuziehen, bevor ein Unglück geschah, schwand von Minute zu Minute. Trotz ihrer zierlichen Gestalt entwickelte Katja eine erstaunliche Kraft, wenn sie etwas wollte, und so hielt sie seine Lenden fest mit ihren schmalen Schenkeln umklammert, als sie spürte, dass er sich nicht länger beherrschen konnte. Laut stöhnend entlud er sich in ihr zuckendes Fleisch, während sie ihm den Rücken zerkratzte und ihn mit spitzen, schluchzenden Schreien anfeuerte.

Was ihm blieb, war neben einer tiefen Befriedigung ein schlechtes Gewissen und eine Ahnung von aufrichtiger Liebe, der ein krönender Abschluss durch den heiligen Bund der Ehe verwehrt bleiben würde, ganz gleich, was noch folgen sollte.

Während Leonard schwer atmend auf dem Rücken lag, erhob sich Katja mit Leichtigkeit und schlüpfte in seinen wärmenden Hausmantel. Mit der Eleganz einer großen Dame zündete sie sich wenig später eine Papirossa an, die sie gekonnt auf ein langes Elfenbeinmundstück aufsetzte. Danach befeuerte sie, die Zigarette im rechten Mundwinkel wippend, mit ein paar Handgriffen den Bollerofen mit Kohlestücken aus einem geflochtenen Weidenkorb – so lange bis ein wohliges Feuer prasselte. Wie selbstverständlich setzte sie den Suppenkessel darauf und legte zwei trockene Weizenkringel zum Rösten auf die gusseiserne Ofenplatte. Barfuß durchstreifte sie die kleine Studentenbude, die mit einem dicken, abgewetzten roten Teppich ausgelegt und vollgestopft war mit allerlei technischem Gerät, so dass kaum Platz zum Leben blieb. Neben dem Sofa und einem alten Nussbaumschrank mit zwei Türen nahm ein langer Tisch, der mitten im Zimmer stand, den meisten Platz in Anspruch. Auf dessen großzügiger Arbeitsfläche hielten sich unter einem schützenden Leinentuch allerlei seltsame Dinge verborgen. Oszillatoren, Transformatoren, dazwischen Stromkreisregler – verbunden mit einer metallischen Kupferleitung, die unter dem Laken verbotenerweise nach draußen führte. Durch ein geheimes Rohr in der Wand zapfte sie der noch jungfräulichen elektrischen Straßenbeleuchtung von Sankt Petersburg einen nicht unerheblichen Anteil von Strom ab.

»Nicht anfassen!«, rief Leonard beinahe panisch, als Katja sich anschickte, den Zipfel des Leinentuches an einer Ecke zu lüften, und Teile der Konstruktionen gefährlich ins Wanken gerieten.

Trotzig stieß sie den Rauch zwischen ihren vollen Lippen heraus und schüttelte verständnislos den Kopf. »Was soll das werden?«, fragte sie und lächelte provokativ. »Alexej hat mich gefragt, ob du uns mit deinem Wissen eine Bombe bauen könntest. Eine, die den ganzen Zarenpalast hinwegfegt und die Peter-und-Pauls-Festung noch dazu.« Wieder lachte sie, kehlig und noch lauter, als sie Leonards erschrockene Miene registrierte.

»Sprich nicht so«, schalt er sie. »Eines Tages wird es mit deinem feinen Bruder noch ein schlimmes Ende nehmen.«

»Die Bolschewiki werden den Zaren erst lehren, was es heißt, wenn man die Nöte des Volkes ignoriert, wenn man Pasteten frisst, während die Kinder auf der Straße ihre Hungerbäuche vor sich herschieben.« Ihr Blick war herausfordernd. »Meine Mutter ist aus ihrer Anstellung entlassen worden und Alexej auch. Wusstest du das schon?«

Wieder zog sie hastig an ihrer Zigarette, während sie eine Hand in die Taille stemmte und provokativ eine ihrer Hüften soweit vorschob, bis ein nacktes, makelloses Bein aus dem Schlitz des Hausmantels hervorlugte. »Ich werde noch meine Haut verkaufen müssen, damit meine Familie satt wird.« Lasziv legte sie die Zigarette zur Seite und streifte den Mantel ab. Ohne Hemmung präsentierte sie Leonard ihren elfenbeinfarbenen Körper und grinste frech, als sie sah, wie er auf ihr rötlich gelocktes Schamhaar starrte. In der Nähe des wärmenden Ofens nahm sie sich alle Zeit der Welt, um sich anzukleiden, und legte dabei einen gekonnten Striptease hin – wenn auch umgekehrt. Zuerst die dünnen, wollenen Strümpfe, die sie sorgfältig bis zu den Oberschenkeln aufrollte, dann das Korsett, bei dessen Schnürung sie Leonard anstandslos mit ihrer nackten, weißen Kehrseite um Hilfe bat. Erst danach stieg sie – mit einem Blick des Bedauerns – in ihre langen Unterhosen und schlüpfte anschließend in ihr grobes, geblümtes Wollkleid.

»Das werde ich nicht zulassen«, stieß Leonard beinahe atemlos hervor, während er, halb in die Daunendecke eingehüllt, auf dem Rand des Sofas kauerte und sie immer noch wie hypnotisiert anstarrte. Katja würde es kaum an williger Kundschaft mangeln, überlegte er aufgebracht. »Notfalls lasse ich mein Abschlusssemester sausen und verlege es aufs nächste Jahr. Mit dem gesparten Geld können wir eine Weile überleben.«

»Hast du *wir* gesagt?« Katja ließ die Hand, in der sie die Zigarette hielt, sinken und sah ihn ernst an. Dann drückte sie den Stummel in einem herumstehenden Unterteller aus. Es roch verbrannt. Rasch nahm sie die gerösteten Baranki, bevor sie vollends verkohlten, vom Ofen und legte das runde Gebäck mit spitzen Fingern in einen von jeweils zwei Suppentellern, die sie zuvor von einem Wandregal genommen hatte. Dann ergriff sie eine Kelle von einem Wandhaken und rührte solange in der Suppe herum, bis ein paar letzte, feste Brocken an die Oberfläche wirbelten.

Vorsichtig füllte sie die Teller mit dem dampfenden Sud und stellte sie zum Abkühlen auf der Kommode ab. Mit einem Seufzer setzte sie sich zu Leonard auf die knarrende Bettstatt.

»Ich liebe dich«, flüsterte sie und nahm sein bärtiges Gesicht zwischen ihre warmen Hände. Sie küsste ihn zärtlich und fuhr danach mit ihren Lippen über seine hellblonden, akkurat getrimmten Kinnhaare. »Ach, Leo, du bist ein echter Nemez«, säuselte sie leise und lächelte verklärt. »Deutsch bis ins Mark. Groß, blond und blauäugig, und wer sich in Not befindet, kann sich hundertprozentig auf dich verlassen.«

Nach dem spärlichen Frühstück, das aus halb verkohlten Baranki und drei Tage alter Gemüsebrühe bestand, folgte Leonard nur widerwillig Katjas Aufforderung zum Aufbruch, indem er sich ebenfalls anzog.

»Wir müssen los«, drängte sie. »Alexej wartet auf mich.«

»Wir sollten hierbleiben und uns im Bett verkriechen, anstatt in diesen Wahnsinn hinauszuziehen«, erwiderte Leonard mit einem bitteren Zug um den Mund, während er seine winterliche Aufmachung mit Galoschen, Mütze und Schal komplettierte. Zögernd griff er nach seinem stinkenden Mantel. Auch schon egal, dachte er. Dort, wo sie hinwollten, war Alkoholgestank das geringste Übel.

Dann hielt er einen Moment inne, während er in Katjas erwartungsfrohes Gesicht blickte. Ihr weiches, langes Haar hatte sie zu einem Knoten aufgesteckt, und darüber trug sie einen modischen, schwarzen Wollhut, der wie eine längliche Pilzkappe ihr zartes Gesicht umrahmte. Ein Lächeln huschte über Leonards Lippen. Seine Augen glitten über ihre groben Handschuhe und den abgetragenen Pelzmantel. Zu gerne hätte er ihr einen neuen spendiert, doch dafür fehlte ihm leider das Geld.

»Beinahe hätte ich es vergessen«, sagte er und drehte sich zu seinem Kleiderschrank um. Als er sich ihr erneut zuwandte, hielt er ihr ein braunes, knisterndes Paket entgegen.

»Für mich?« Erstaunen lag in ihren braunen Augen. »Ich habe doch erst im März Geburtstag.«

»Ich weiß, solange wollte ich aber nicht warten. Bis dahin könnte es zu spät sein.«

»Wie meinst du das?« Mit einem verunsicherten Blick öffnete sie das Paket so vorsichtig, als befände sich ein gefährliches Tier darin. In einer Hinsicht behielt sie Recht. Es war ein Tier – doch es konnte sich nicht mehr regen.

»Ein Handwärmer aus schneeweißem Polarfuchs!« Zärtlich strich Katja über den kostbaren Pelz. Leonard half ihr die glänzende, gedrehte Kordel um den Hals zu legen, an dem der Muff aufgehängt nicht nur für warme Hände sorgte, sondern jedem noch so alten Überkleid eine gewisse Eleganz verlieh.

»Leonard!« Atemlos fiel sie ihm um den Hals und küsste ihn stürmisch. Er räusperte sich gerührt und entzog sich sanft ihrer Umarmung. Ohne ein Wort wandte sie sich schließlich zur Tür. Ihre Wangen glühten rosig vor Stolz, als sie die engen Stiegen in den eiskalten Flur vorausging.

Leonard folgte ihr mit einem unguten Gefühl im Bauch. Pater Georgi Gapon, die Galionsfigur des augenblicklichen Widerstandes, hatte zu einer Kundgebung vor dem Winterpalast des Zaren aufgerufen, und so wie es hieß, würden ihm Tausende, wenn vielleicht Hunderttausende folgen. Und Jekatherina Davydova würde eine von ihnen sein. Mit einem leisen Seufzer begleitete Leonard sie nach draußen.

Vor der Haustür empfing sie eine lausige Kälte. Die Schneedecke war dagegen für diese Jahreszeit erstaunlich dünn. Ein undurchdringlicher Nebel zog von der Newa über die Stadt und machte es den Sonnenstrahlen unmöglich, den gefrorenen Boden aufzuweichen.

Jakov Eisenstein zog missbilligend eine seiner buschigen Brauen hoch, als er sah, dass Leonard in weiblicher Begleitung das dreistöckige Mietshaus verließ und sich anschickte, mit ihr die Sytninskaja Ulitsa hinunterzueilen. Mit einem Schnauben stellte er den Besen beiseite und rückte seinen Streimel, den obligatorischen pelzumrandeten Hut der orthodoxen Juden, zurecht, bevor er Leonards Ärmel zu fassen bekam und ihn zwang, stehen zu bleiben.

»Wissen Ihre Eltern eigentlich, was Sie in Petersburg treiben?« Seine Stimme war alt und krächzend – aber nicht weniger schneidend. »Ich dulde es nicht, wenn man in meinem Haus Damenbesuch empfängt und schon gar nicht unter solch unmoralischen Umständen.«

Jekatherina rümpfte ihr Näschen und ignorierte die Bemerkung des Alten geflissentlich. Leonard, an dessen Arm sie sich untergehakt hatte, war für einen Moment pflichtbewusst stehen geblieben. Dass ihn die Äußerungen des Alten peinlich berührten, konnte man ihm mühelos ansehen.

»Ich denke, über dieses Thema sollten wir heute Abend, wenn ich zurück bin, unter vier Augen reden«, antwortete er Eisenstein leise. »Vielleicht sind Sie mit einer kleinen Mieterhöhung einverstanden?«

Der Alte ließ von ihm ab und wandte sich zeternd um. Verstehen konnte man ihn nicht. Nur an seinem bebenden weißen Bart, der sich auf seiner Brust in zwei gespinstartige Spitzen teilte, war zu sehen, dass er kopfschüttelnd etwas in sich hineinmurmelte.

Es war erst Mittag; die Kundgebung sollte in den frühen Nachmittagsstunden auf dem weitläufigen Gelände vor dem Zarenpalast stattfinden.

Schon jetzt waren zahllose Menschen, junge und alte, auf den Beinen; Fahnen schwingend und mit Transparenten versehen; Mütter mit ihren Kindern, aber auch Väter, in deren Gesichtern sich eine Mischung aus Furcht, Hoffnung und Verzweiflung spiegelte. Dazwischen drängten sich Verkäufer, die mit ihren beheizbaren Bauchläden geröstete Sonnenblumenkerne verkauften, und ältere Frauen, die Baranki und Würste feilboten, dazu Kwass, den traditionellen Brottrunk, den sie aus abgescheuerten Holzkannen ausschenkten.

Überall lagen Flugblätter auf den Straßen, die eine Bittschrift enthielten, die Pater Gapon in Gegenwart des Zaren vorzubringen beabsichtigte: »Wir, die Arbeiter der Stadt Sankt Petersburg, unsere Frauen, Kinder und hilflosen alten Eltern, sind zu Dir, Herrscher, gekommen, um Gerechtigkeit und Schutz zu suchen. Wir sind verelendet, wir werden unterdrückt, über unsere Kraft mit Arbeit belastet, man verhöhnt uns, lässt uns nicht als Menschen gelten. Man behandelt uns wie Sklaven. Wir duldeten all dies, aber man stößt uns immer weiter und weiter in den Pfuhl der Armut, der Rechtlosigkeit und der Unwissenheit. Despotismus und Willkür würgen uns, und wir ersticken. Unsere Kräfte versagen, Herrscher, unsere Geduld ist erschöpft. Wir sind bei dem furchtbaren Augenblick angelangt, in dem der Tod willkommener ist als die Fortsetzung der unerträglichen Qualen …«

Angeblich sollte es eine friedliche Kundgebung werden, begleitet von frommen Gesängen und stetig dahin gemurmelten Gebeten. Für mehr Rechte für die Bauern und um die Abschaffung der heimlichen Leibeigenschaft wollte man bitten. Denn offiziell erfreuten sich die Menschen in Russland einer unumstößlichen Freiheit, doch in Wahrheit waren die meisten von ihnen geknechtete Kreaturen, die jeden Tag mit ihrer Hände Arbeit ums nackte Überleben kämpften.

Leonard ließ sich von Katja in die entgegengesetzte Richtung mitziehen. Offenbar wusste sie, wo sie hinwollte. An hohen Mietskasernen und unzähligen Teestuben vorbei ging es Richtung Wassiljewskij-Insel, dort, wo die alte Universität lag und die Straßen keine Namen hatten, sondern in Linien unterteilt waren. An berittenen Kosaken vorbei drängten sie sich über den Tutschkow-Most, eine verhältnismäßig breite Hebe-Brücke, die über die kleine Newa führte und die Petrograder Seite, auf der Leonard wohnte, mit der Universitätsinsel verband.

Im Laufschritt eilten sie über den Malyj-Prospekt.

»Kannst du mir sagen, wo du hin willst?« Leonard fühlte sich unbehaglich. Etwas Bedrohliches lag in der Luft. Vielleicht war es der Hauch der Revolution, vielleicht aber waren es auch die Ausdünstungen von all den armen und heruntergekommenen Demonstranten, die sich ihnen abgemagert und zerlumpt entgegendrängten.

»Ich habe meinem Bruder versprochen, ihn am Friedhof hinter der Kirche der Heiligen Mutter zu treffen.«

»Sag mir, was er vorhat!« Leonard war stehen geblieben, seine Hände gruben sich in Katjas schmale Oberarme. Er war ein ganzes Stück größer als sie und beugte sich weit genug hinunter, bis sich ihre Atemwölkchen vermischten. Sein Blick war so konzentriert auf ihre dunklen Augen gerichtet, als ob er sie beschwören wollte.

»Lass mich los!«, giftete sie ihn wütend an. »Du tust mir weh. Und außerdem geht es dich nicht mehr an als eine Ladung Pferdemist, was Alexej mit mir ausmacht. Solange wir nicht verheiratet sind, gehörst du nicht zur Familie.«

Ihre Worte trafen ihn hart, und für einen Moment stellte sich Leonard die Frage, ob ihn diese Feststellung traurig oder zornig machte.

Mit einem Seufzer setzte er ihre Begleitung fort, als Katja in ihrem flatternden Mantel regelrecht davonstob, die kleinen Füße in den groben Stiefeln, so schnell wie der Kleine Muck in Hauffs Märchen.

Doch es war keine Märchenwelt, in die sie sich hineinbegab. Das wurde Leonard spätestens klar, als sie ihr Ziel erreichten. Ein Mitglied der Davydov-Bande, wie Leonard Alexejs persönliche Schergen nannte, wartete bereits auf sie, genauer gesagt, auf Katja.

»Hast du die Pläne bei dir?«, fragte er.

Katja nickte kaum merklich und zog ein zerknittertes Stück Papier aus ihrer Manteltasche. Leonard schnappte nach Luft, als er sah, dass es sich um eine ziemlich genaue Beschreibung der einzigen hier befindlichen Waffenwerkstatt handelte. Die Firma Schaff war ein deutsches Traditionsunternehmen, das unter deutscher Leitung nicht nur exzellente Lang- und Faustfeuerwaffen herstellte, sondern sie auch wartete und reparierte. Verteilt auf mehrere Gebäude und Etagen gab es Lager- und Produktionshallen, alle umgeben von einer steinernen Mauer.

Eine kahle Platanenallee säumte den Weg vom Friedhof zur Fabrik, und im Schutz der riesigen Bäume entschwand der Mittelsmann mit dem hastig übergebenen Papier. Raben flogen krächzend auf und ließen sich schutzsuchend in einem weiter entfernten Baum nieder.

»Sag nur, sie wollen in die Fabrik?« Leonard spürte, wie der Boden unter ihm wankte. War Katjas Bruder tatsächlich so verrückt, ein Waffenlager zu überfallen? Und wenn ja, warum? Angst wallte in ihm auf.

Wenn Davydov und seine Anhänger zu Gewehren und Pistolen griffen, würde es eine Katastrophe geben. Leonard ahnte, dass die Dritte Abteilung, der berüchtigte Geheimdienst des Zaren und seine berittenen Kosaken bereits darauf warteten, dass auch nur einer von den Demonstranten die Nerven verlor. In den Gesichtern all jener bis an die Zähne bewaffneten Männer hatte er die Nervosität erkennen können, die ihnen innewohnte und die einen braven Familienvater ohne Probleme in einen bösartigen Dämon verwandeln konnte.

Im Nu würde es ein Blutbad geben. Dass sich in der Menge viele Kinder und alte Menschen befanden, hatte Leonard auf dem Weg hierher ausmachen können.

»Wir müssen zu deinem Bruder«, herrschte er Katja an und zog sie mit sich. »Ich werde ihm die Sache ausreden.«

»Er wird sich von dir nichts sagen lassen«, keuchte sie atemlos, während sie die Straße entlang hasteten.

»Wenn er tut, was ich vermute, wird er sterben! Und nicht nur er!« Leonards Stimme drückte seine ganze Verzweiflung aus. Nur noch ein paar Meter, und sie erreichten das hölzerne Tor, welches in den Innenhof der Fabrik führte. Leonard schrak jäh zurück. Der zuständige Wachmann, ein schmächtiger alter Kerl in einer verblichenen Uniform, der normalerweise den Eingang sicherte, lag tot oder besinnungslos in seinem Häuschen. Holz splitterte, und von weitem konnte Leonard erkennen, dass ein ganzer Trupp Männer mit einer Eisenbahnschwelle als Ramme das hölzerne Eingangstor zum Hauptlager eroberte.

»Alexej!«, brüllte Leonard so laut, dass ihm beinahe die Stimme versagte. Er ließ Katja stehen und rannte auf die Männer zu.

»Nicht! Leo! Bleib stehen!«, gellte es hinter ihm her, als er durch die hufeisenförmig angelegten Hallen wie durch einen Kessel lief.

Alexejs Leute, mindestens fünfzig Mann, kümmerten sich nicht um den brüllenden Deutschen und schon gar nicht um dessen Begleiterin. Zielstrebig, wie sie losstürmten, wussten sie genau, was sie wollten. Und so tauchten sie nur Minuten später aus dem zerstörten Eingang wieder auf – einer nach dem anderen, mit Gewehren und Pistolen in ihren schwieligen Arbeiterhänden. Die Mützen allesamt tief in die entschlossenen Gesichter gezogen, sahen sie aus wie Soldaten auf einem siegreichen Feldzug. Doch das gegnerische Heer ließ nicht lange auf sich warten. Berittene Polizisten, den Aufständischen an Zahl mindestens ebenbürtig, umkreisten die Waffenfabrik. Schneller als Leo sich orientieren konnte, eröffneten sie das Feuer. Sein einziger Gedanke galt Katja. Wie angewurzelt stand sie völlig frei in der Einfahrt des Hofes.

»Runter!«, schrie Leonard, doch seine Stimme war zu heiser, um noch eine Wirkung zu entfalten, und so blieben ihm nur seine vom vielen Laufen durchtrainierten Beine, um Katja rechtzeitig zu erreichen, bevor sie eine Kugel traf. Es zischte und krachte. Trommelfeuer ratterte über die leer gefegten Plätze.

Davydovs Männer bewegten sich wie flüchtende Ratten um Mauern und Ecken, während sie aus der Deckung heraus das Feuer der Polizisten erwiderten.

Leonards Herz klopfte zum Zerbersten, als er Katja endlich erreichte und sie zu Boden warf. Halb unter ihm begraben, lag sie wie hypnotisiert, unfähig sich zu bewegen.

»Komm! Wir müssen hier verschwinden«, zischte er und packte sie an der Kapuze ihres Mantels. Auf Knien rutschten sie zum nahe gelegenen Wachhäuschen, während ihnen die Geschosse nur so um die Ohren pfiffen. Erst im Schutz der Hütte kamen sie wieder zu Atem. Der Wächter war tatsächlich tot. Er stierte sie aus leeren Augen an. Seine Jacke war auf Höhe der Brust blutdurchtränkt.

Katja schluchzte auf und barg ihren Kopf an Leonards Schulter.

Unentwegt hallten Schüsse von den Mauern wider. Energische Männerstimmen brüllten Befehle, dazu das Wiehern der Pferde, deren Hufe in dumpfem Galopp über die verschneiten Straßen donnerten. Im Nu schien das ganze Gebäude umstellt zu sein.

»Verdammt!«, stieß er hervor. »Wir müssen hier raus!«

Plötzlich huschte ein Schatten zur Tür hinein. Es war Alexej Davydov. In seiner Hand lag ein schwerer Trommelrevolver und in der anderen ein Schnellfeuergewehr.

»Los, los«, keuchte er. »Ich zeige euch einen Fluchtweg. Folgt mir!«

Leonard war für einen Moment unsicher. Nichts rechtfertigte ein noch so geringes Maß an Vertrauen in diesen Taugenichts. Und doch blieb ihnen kaum etwas anderes übrig, um einen Ausweg aus diesem Chaos zu finden. Hinter einer dichten Hecke folgten sie Alexej in geducktem Laufschritt in Richtung Nebereznaya Ulitsa, um unbeschadet zum Friedhof zu gelangen. Vielleicht konnten sie sich dort in der Kirche verstecken, hinter dem Altar oder darunter, ganz gleich wo. Hauptsache, sie waren in Sicherheit. Doch als sie die Straße überqueren wollten, stellte sich ihnen ein älterer, fülliger Polizist in den Weg. Sekundenlang starrten sich Davydov und der alte Mann in die Augen, dann erhob der Polizist seine Waffe, um auf Katjas Bruder zu schießen. Ein Schuss krachte. Stöhnend brach der Uniformierte zusammen. Ein Bauchschuss hatte ihn niedergestreckt. Doch es war nicht Alexej, der geschossen hatte.

Katja hielt, weiß wie eine Wand, eine Pistole in Händen, wo auch immer sie diese hergeholt hatte. Für einen Moment stiegen kleine Rauchwölkchen aus der Mündung.

Im Nu waren Berittene im Anmarsch. Leonard dachte nicht nach und achtete auch nicht mehr auf Alexej, der sich ohnehin aus dem Staub gemacht hatte. Er zog das Mädchen von den Füßen und rannte mit ihr davon. Quer über den Friedhof, zwischen mannshohen Marmorengeln und uralten Bäumen konnten sie einen Vorsprung herauslaufen, doch ihre Verfolger blieben ihnen dicht auf den Fersen.

Sie liefen um ihr Leben. Die Kamskaya Ulitsa entlang, dann zwischen Häuserreihen, im Schutz von Ladeneingängen und deren Vorbauten erkämpften sie sich Meter um Meter. Kein Denken mehr daran, sich in irgendeiner Kirche zu verschanzen.

Einen Moment hielt Leonard inne. Das hechelnde Mädchen im Arm suchte er fieberhaft nach einem Ausweg, während er hinter einem Bretterverschlag hervorlugte. Nach Hause wollte er. Sie mussten es schaffen, unbemerkt zu seiner Wohnung zu gelangen. Im Keller des alten Eisenstein würde sie niemand vermuten – zumindest vorerst nicht.

Umgeben von einem Heer von Pilgern, die sich vor der Haseninsel, auf Höhe der Peter- und-Paul-Kathedrale versammeln wollten, schoben sie sich zurück über den Tutschkow-Most. Beinahe erleichtert erreichten sie das gegenüberliegende Ufer.

Doch sie hatten die Rechnung ohne den Wirt gemacht. Kosaken bahnten sich Säbel schwingend den Weg über die Brücke, und ihre unerschrockenen Rösser trampelten alles nieder, was sich ihnen in den Weg stellte. Ein Teeverkäufer ging mit seinem Samowar zu Boden und schrie gellend auf, als ihn das überschwappende heiße Gebräu verbrühte. Frauen stießen hysterische Schreie aus. Männer fluchten, und Kinder begannen, lauthals zu weinen. Leonard trieb Katja abermals voran und mischte sich mit ihr unter eine Traube von flüchtenden Menschen, die geradewegs in die falsche Richtung über den breiten Bolschoi-Prospekt stürmten. Hastig bogen er und seine völlig erschöpfte Begleiterin in die Wedenskaya Ulitsa ab. Während die lauten Trillerpfeifen der Straßenpolizisten in einem Echo von den Häuserfassaden schrillten, erreichten Leonard und Katja mit hochroten Köpfen den Kronwerski-Prospekt. Nun waren es nur noch wenige Meter bis zu Leonards Wohnung. Er betete stumm, dass sie unerkannt im Haus verschwinden konnten. Doch auf der davor liegenden Kreuzung bot sich ihm ein abscheuliches Bild. Vier oder fünf Männer in heruntergekommenen Mänteln prügelten auf einen alten, ganz in Schwarz gekleideten Mann ein, der bereits wimmernd am Boden lag. Er hatte seinen Pelzhut verloren, und sein Gesicht war mit Blut besudelt. Der schmutzige, festgetretene Schnee unter seinem Kopf hatte sich rot gefärbt.

»Scheißjuden!«, brüllte einer der Angreifer und trat den Alten erbarmungslos in die Seite. Leonard vergaß für einen Moment seine Flucht. Zweifellos war es Jakov Eisenstein, der sich dort schwer verletzt im Schnee krümmte. Um ihn hatte sich ein Kreis von Schaulustigen gebildet. Mit einer wilden Entschlossenheit durchbrach Leonard den Ring, packte den ersten Kontrahenten an dessen Jacke und riss ihn herum. Mit einem Fausthieb schlug er dem stämmigen Mann die Nase blutig. Der Zweite, der wie die übrigen Kerle von Eisenstein abgelassen hatte, war aufgesprungen und riss Leonard am Kragen seines Mantels. Doch bevor er ihn treffen konnte, hatte Leonard erneut ausgeholt und den Mann mit einem Schwinger unter dem Kinn getroffen. Röchelnd ging der andere zu Boden. Jetzt machte es sich bezahlt, dass Leonard in seiner Studentenverbindung nicht nur den Säbel führte, sondern auch regelmäßig am Faustkampf teilnahm.

Gespannt wie eine Bogensehne stand er da und wartete auf weiteren Widerstand, doch seine Gegner hatten offenbar die Lust an ihrem Opfer verloren und zogen sich fluchend zurück. Leonard ging auf die Knie und packte seinen kauzigen Vermieter vorsichtig bei den Schultern. Eisenstein rührte sich kaum noch, als Leonard dessen Kopf anhob. Plötzlich spürte er die klebrige Nässe, die seine Lederhandschuhe durchtränkte. Der Schädel des Alten war am Hinterkopf zerschmettert.

Katja kauerte neben ihm. Ihr Atem ging stoßweise, und ihre Augen waren geweitet vor Entsetzen. Geistesgegenwärtig hatte sie sich ihres sibirischen Pelzmuffs entledigt und schob ihn dem schwer verletzten Juden unter den Kopf. Doch es nützte nichts mehr. Der weiße Pelz tränkte sich stetig mit Blut, und hilflos mussten Leonard und Katja mit ansehen, wie unter einem letzten, heiseren Flüstern der wasserblaue Blick des Jakov Eisenstein brach.

Mit einem Mal erhob sich eine laute, nach Atem ringende Männerstimme über ihnen.

»Waffen weg! Ihr Rebellenschweine!« Verwirrt schaute Leonard auf und sah, dass sie von Kosaken und Polizisten umstellt waren.

Die Peter-und-Paul-Festung war ein eindrucksvolles Bauwerk, breit wie mehrere Häuserblöcke, mit Mauern so dick, dass man glatt fünf Wände daraus hätte errichten können. Leonard kannte dieses monumentale Gebäude, das in seiner Gestalt einem unregelmäßigen Sechseck glich, nur von außen. Aus dessen Mitte ragte die russisch-orthodoxe Peter-und-Paul-Kathedrale hervor, deren schmaler Turm wie eine aufrecht stehende Nadel wirkte. Mit einem sieben Meter aufragenden Engel auf der Turmspitze war sie das höchste Gebäude von Sankt Petersburg, und bereits seit dem 18. Jahrhundert hatte man in ihrer Obhut die meisten Zaren begraben.

Eines Engels hätte es auch bedurft, als man Leonard zusammen mit Jekatherina in einem geschlossenen Gefangenentransporter in das berüchtigtste Gefängnis von ganz Russland verbrachte.

Die Trubezkoi-Bastion im Südwesten der Festung gehörte mit ihren 36 Einzelzellen auf zwei Etagen zu den meistgefürchteten Einrichtungen des Zarenreiches.

Katja hatte die ganze Zeit über nicht aufgehört zu weinen. Und nachdem man sie auf dem weitläufigen Innenhof von Leonard getrennt hatte, stieß sie einen markerschütternden Schrei aus, der in mehrfachem Echo von den Mauern widerhallte. Leonard musste mit ansehen, dass sie sich wie eine Wilde gebärdete. Ohnmächtig verfolgte er, wie die Gefängniswärter mit unkontrollierten Schlägen dem entwürdigenden Schauspiel ein jähes Ende bereiteten.

Er selbst landete – ohne die geringste Gelegenheit zur Verteidigung – im örtlichen Untersuchungsgefängnis, einem finsteren, feuchten Ort, der sich weitaus schlimmer gestaltete als jeder andere Platz auf dieser abgeschlossenen Newa-Insel, die nur durch eine schmale Brücke zu erreichen war.

Derbe Hände stießen ihn in das unwirtliche Loch und verfuhren mit ihm, wie es ihnen beliebte. Wie betäubt, an Händen und Füßen mit eisernen Ketten gefesselt, nahm er das Geräusch einer zuschlagenden Eisentür wahr.

Zitternd wartete er in der Düsternis zwischen kalten Steinen und schmutzigen Strohmatratzen auf sein weiteres Schicksal.

Die vergangenen Stunden erschienen ihm wie ein unwirklicher Alptraum. Er war nicht fähig, einen klaren Gedanken zu fassen, geschweige denn, eine Strategie zu entwickeln, wie er aus diesem Schlamassel wieder herauskommen sollte.

Man hatte die Waffe, mit der Katja den Polizisten erschossen hatte, in ihrer Manteltasche entdeckt. In all der Aufregung hatten sie vergessen, den Revolver in die Newa zu werfen. Man beschuldigte Leonard, den Juden erschlagen zu haben. Dabei hätten Dutzende von Zeugen belegen können, dass ihn keine Schuld traf. Doch sie waren alle geflohen, nachdem plötzlich Polizei und Militär aufgetaucht waren.

Stunden vergingen, in denen unzählige Schüsse die Luft zerrissen. Ahnungsvoll vernahm Leonard die Stimmen schreiender Menschen. Wie eine rasende, nicht aufzuhaltende Seuche hatte sich die Schießerei im Waffenlager offenbar über die ganze Stadt verbreitet. Draußen war es längst dunkel geworden. Und so wie es aussah, war er nicht der einzige Neuzugang an diesem Tag. Das Weinen, Zetern und Fluchen wiederholte sich mehrmals, bis es schließlich verebbte und es wieder so still wie in einer Grabkammer war.

Später wurde irgendwann die Tür zu seinem Gefängnis aufgerissen, und die beiden grobschlächtigen Gestalten, die ihn mit Knüppeln derb in die Rippen stießen, damit er sich in Bewegung setzte, waren noch weitaus weniger Vertrauen erweckend als die düstere Umgebung.

Sie trieben ihn, geduckt und viel zu schnell, in eine weitere unterirdische Zelle. Leonard wurde von der unseligen Gewissheit gepackt, dass es sich um so etwas wie eine Folterkammer handeln musste. Den Mantel hatte man ihm längst genommen, als man ihn nach Waffen durchsucht hatte, und nun forderte man ihn mit knappen Worten auf, die Hosen herunterzuziehen.

Als er nicht sofort reagierte, traf ihn ein Knüppelschlag zwischen die Schulterblätter, der ihm den Atem nahm. Keuchend stürzte er bäuchlings auf einen hüfthohen Tisch, an dessen Ende sich eine Aussparung in der Tischplatte befand, gerade so groß, dass sein Gesicht hineinpasste. Einer der Männer nutzte sein ungläubiges Erstaunen und zog ihm die zusammengeketteten Hände nach vorn, während er seine Arme mit dicken Lederriemen an der Platte fixierte. Der Zweite machte kein langes Federlesen und riss ihm die Hosen herunter, ohne Rücksicht darauf, dass Knöpfe absprangen. Den Gürtel hatte man ihm vorher bereits abgenommen. Zu oft kam es vor, dass sich verzweifelte Häftlinge daran erhängten.

Halb nackt bis zu den Waden, lag er auf dem eiskalten Tisch. Den Hintern entblößt, wie zuletzt vor beinahe fünfzehn Jahren, als sein Vater ihn das letzte Mal übers Knie gelegt hatte, um ihn mit bloßer Hand für einen gestohlenen Kuchen zu bestrafen. Doch diesmal ging es nicht um einen Kuchen, und es war auch keine Hand, die ihn schlug. Eine Weidenrute sauste auf ihn herab; der Schmerz war so grausam, dass Leonard das Atmen vergaß und sich die Unterlippe aufbiss. Tränen schossen ihm in die Augen, aber viel schlimmer erschienen ihm die Scham und das Gefühl der Unwirklichkeit, das ihn durchfuhr.

»Ich will einen Advokaten sprechen«, brüllte er wie besinnungslos. »Was ihr hier tut, widerspricht jeglichem Recht und Gesetz!«

Grölendes Gelächter folgte, und der rüde Kerkergeselle dachte nicht daran, Leonards Protest zu erhören.

»Euch Terroristengesindel werden wir das Morden und Bomben schon austreiben«, grunzte er selbstzufrieden.

Fünf, sechs … beim neunten Schlag hatte Leonard aufgehört zu zählen. Vor lauter Pein spürte er gar nichts mehr. Die Haut über seinem Gesäß war aufgeplatzt, und das Blut lief ihm die Hüften hinunter.

Hin und wieder machte sein Peiniger eine Pause und stellte Leonard eine Besserung seiner Lage in Aussicht, wenn er die Namen seiner Hintermänner verraten würde.

Doch was sollte Leonard sagen? Dass Alexej Davydov hinter all ihrem Unglück steckte? Dann hätte er Jekatherina samt ihrer Familie nur noch weiter in den Abgrund gerissen.

Die Tür wurde plötzlich geöffnet; ein bulliger Kerl in den Fünfzigern trat ein. Seine prachtvolle Uniform ließ auf einen Oberst der Zarenarmee schließen, und seine blutunterlaufenen Augen verrieten ein Zuwenig an Schlaf und ein Zuviel an Wodka.

Er trat an den Tisch heran, seine kräftigen Hände griffen in Leonards blonde Locken, wie in ein Schaffell, dessen Qualität er zu prüfen gedachte. Barsch riss er dem völlig erschöpften Deutschen den Kopf in den Nacken und überstreckte dessen Hals, bis der Adamsapfel unnatürlich hervortrat. Ungewollt entwich Leonard ein angstvolles Keuchen, dabei weiteten sich seine Augen wie bei einem Stier, der zur Schlachtbank geführt wird.

»Sieh an«, raunte der Offizier dunkel. »Ein deutscher Studiosus verbündet sich mit den Aufständischen. Wer hätte das gedacht?« Er ließ Leonards Kopf so schnell los, dass dessen Stirn auf die Tischplatte schlug. »Ich dachte immer, die Deutschen seien ein Vorbild an Moral und Ordnung? Sollte sich das vielleicht ändern? Nicht auszudenken, wenn die Zarin davon erfährt. Es würde ihr das Herz brechen.«

»Ich will sofort einen Advokaten sprechen«, stieß Leonard noch einmal verzweifelt hervor. »Mein Vater ist ein angesehener Ingenieur in Königsberg. Er arbeitet für die AEG. Und ich bin ein unbescholtener Student am Polytechnischen Institut von Sankt Petersburg. Ich habe nichts Unrechtes getan. Ihr könnt mich nicht einfach festhalten und foltern. Das spricht gegen jegliches Recht!«

Die Lippen des Offiziers wurden von einem monströsen rötlichen Schnauzbart verdeckt, der bereits von Silberfäden durchzogen war. Nur an seinen erheiterten Gesichtszügen konnte Leonard erkennen, dass er sich über ihn lustig machte.

»Mein lieber Junge«, begann der Offizier süffisant. »Du hast auf offener Straße einen Juden erschlagen. Und deine kleine Freundin hat einen tapferen Kameraden des Polizeiregiments auf dem Gewissen. Glaubst du ernsthaft, dass deine Herkunft oder deine Verbindungen dir unter diesen Umständen noch etwas nützen? Dein Vater wird wünschen, dich niemals gezeugt zu haben, und deine Universität wird deinen Namen schneller aus den Büchern löschen, als du denken kannst.«

Leonard schloss verzweifelt die Augen, und während erneut Tränen darin aufstiegen, biss er die Zähne zusammen, um nicht aufzuschluchzen.

»In dieser Stadt hat es schon viel zu lange kein Todesurteil mehr gegeben«, bemerkte der Oberst kalt. »Und es wird Zeit, dass sich dieser Zustand grundlegend ändert. Ich frage mich fortwährend, in welchem Zustand sich unsere Justiz befindet, wenn Terroristinnen heimtückische Attentate auf Generäle verüben dürfen und dafür von einer völlig entarteten Gerichtsbarkeit freigesprochen werden. Es dauert nicht lange, dann haben wir Zustände wie zu Zeiten Alexander II. Fehlt nur noch, dass ihr einen Tunnel zum Palast des Zaren buddelt und Dynamit hineinsteckt. Großfürst Wladimir hatte Recht. Es war eine gute Entscheidung, den Zaren aus der Stadt in Sicherheit zu bringen.«

Leonard schluckte. Also war der Zar gar nicht anwesend, und die vielen Menschen, die er auf dem Weg zur Festung am Wegesrand gesehen hatte und die offenbar von übernervösen Militärs erschossen worden waren, hatten ganz umsonst ihr Leben gelassen.

»Der Generalgouverneur höchstselbst wird dafür sorgen, dass man an dir und deiner kleinen Freundin ein Exempel statuiert«, fuhr der Oberst fort. »Noch in dieser Woche wird ein Militärtribunal darüber entscheiden, was mit euch beiden zu geschehen hat. Und seid gewiss, wir werden in dieser Angelegenheit nichts dem Zufall überlassen. Die Bevölkerung und vor allem die Aufständischen werden erst von der Sache erfahren, wenn sie erledigt ist. Wenn ihr erst tot seid, werden sie schon merken, dass man sich nicht ohne Gefahr mit dem Zaren anlegt.«

Der Morgen war kalt und neblig, und die Verhandlung war schnell und ungerecht. Als gegen zwölf die donnernde Festungskanone den Mittag bezeugte, war das Urteil gesprochen. Tod durch Erschießen. Begründung: Terroristische Umtriebe gegen die Monarchie. Dazu heimtückischer Mord an einem Mitglied der Staatsgewalt und Tötung eines jüdischen Kaufmanns aus niederen Trieben.

Die Vollstreckung hatte unverzüglich zu erfolgen.

Leonards Augen füllten sich erneut mit Tränen, als ihm Jekatherina auf dem langen Gang nach draußen begegnete. Abgeführt in Ketten, gekleidet in einen grauen Gefängniskittel, bot sie ein Bild des Jammers. Man hatte ihr den Kopf geschoren, und nur noch ein rötlicher Flaum ließ die ehemals schönen tizianroten Haare erahnen. Ihre schmale Gestalt erschien ihm noch bleicher als je zuvor. Ihre Wangen waren eingefallen, Kinn und Stirn schimmerten dunkel, von blauen Flecken gezeichnet. Dabei wirkte ihr Blick so leer und hoffnungslos, dass es ihm wehtat. Und wenn er genauer hinsah, spiegelte sich darin einzig das Grauen, das sie in den letzten zwei Wochen hatte erdulden müssen. Für einen winzigen Moment kamen sie einander nahe genug, um dem anderen etwas sagen zu können.

»Ich liebe dich«, entfuhr es Leonard mit erstickter Stimme. »Ich werde dich heiraten, und wenn es im Himmel sein wird.«

»Ljubimyj«, flüsterte Katja. »Das wird nicht gehen. Es ist alles meine Schuld. Ich werde dafür in der Hölle schmoren.«

Noch bevor er ihr widersprechen konnte, zerrte man ihn nach draußen auf den Hof. An hastig aufgestellten Pfählen wurden sie angekettet, während annähernd zwanzig Soldaten bei dichtem Schneetreiben im Innenhof des Gefängnisgebäudes trotz dicker Mäntel frierend auf den Schießbefehl warteten.

Leonard trug nur ein dünnes Hemd und eine zerschlissene Anstaltshose. Doch die Kälte spürte er nicht mehr – erst recht nicht, als man ihm eine Augenbinde anlegte. Bis zuletzt hatte er Jekatherina angesehen. Dabei war ihm bewusst geworden, wie kostbar jeder einzelne Augenblick ihres Zusammenseins gewesen war. Nicht einmal an seine Mutter dachte er. Nur an dieses Mädchen.

»Achtung! Gewehr anlegen!«, brüllte eine befehlsgewohnte Stimme über den Hof. Das Knallen der Stiefelsohlen und das typische Durchladen der Karabiner hallten von den Mauern wider.

Leonards Gedanken überschlugen sich. Er sprach ein letztes, hastiges Gebet, obwohl er als Protestant in diesen Dingen nie besonders beflissen gewesen war.

Nichts geschah. Banges Warten. Vielleicht war er schon tot, und merkte es nicht?

Plötzlich hörte er Schritte. Jemand nahm ihm die Augenbinde ab.

Sein erster Gedanke galt Katja. Zusammengesunken hing sie am Pfahl, die Schultern schneebedeckt.

War sie tot? Doch er hatte keinen einzigen Schuss vernommen.

Ein groß gewachsener Mann stand vor ihm, den er noch nie zuvor gesehen hatte. Er trug keine Uniform, sondern einen gepflegten, dunkelblauen Wollmantel, der seine breiten Schultern mit einer Passe betonte. Sein Haar und sein Schnurbart waren so schwarz wie seine Bärenfellmütze, und sein strenges Gesicht erschien nicht älter als vierzig.

»Leonard Michailowitsch Schenkendorff?«

»Ja«, antwortete Leonard zaghaft.

»Geheimrat Nikolaj Michajloff, Dritte Abteilung«, antwortete der Mann in akzentfreiem Deutsch. »Sie haben die Wahl. Wenn Sie mit uns zusammenarbeiten, wandeln wir das Todesurteil in eine Deportation in die sibirische Taiga um.«

Leonard glaubte, sich verhört zu haben. Sein Blick wanderte abermals zu Katja, der man ebenfalls die Augenbinde abgenommen hatte und die seinen Blick auffing, als ob er aus einer anderen Welt stammte.

»Das gilt auch für das Mädchen«, antwortete Michajloff schneidig. »Es liegt also an Ihnen, ob sie leben wird!«

2

Juni 2008, Berlin/Tunguska (Sibirien) – Aufbruch

Das Telefon dudelte unbarmherzig die »Internationale«. Viktoria Vanderberg war beinahe dankbar, dass sie mitten in der Nacht aus dem Schlaf gerissen wurde. Einen Moment lang hatte sie das Gefühl gehabt, ertrunken zu sein. Hustend schnappte sie nach Luft und schluckte noch einmal, bevor sie im spärlichen Licht des Displays die Taste ihres Mobiltelefons bediente.

»Hallo?« Ihre Stimme klang heiser.

»Na, meine Süße, freust du dich schon?«

Mühsam richtete Viktoria sich auf. Mit einer fahrigen Handbewegung strich sie sich eine Haarsträhne aus dem Gesicht und schaltete die Nachttischbeleuchtung an.

»Sven? Sag bloß, ich habe verschlafen?« Ein rascher Blick auf den Funkwecker versicherte ihr, dass die angegebene Zeit auf ihrem Handy stimmte. »Was willst du von mir?«, zischte sie wütend. »Es ist erst halb zwei. Mir bleiben noch vier Stunden, bevor es losgeht!«

»Wunderbar«, bestätigte die flüsternde Männerstimme am anderen Ende der Leitung. »Ich kann es kaum erwarten. Wir beide acht Wochen in der sibirischen Taiga. Das ist wie eine Hochzeitsreise ohne Limit. Findest du nicht?«

»Schon vergessen? Du bist bereits verheiratet, und das nicht mit mir«, erwiderte Viktoria ärgerlich. »Und wenn du nicht sofort auflegst, werde ich deiner besseren Hälfte bei nächster Gelegenheit reinen Wein einschenken, welchen Fehlgriff sie vor fünfzehn Jahren getan hat!«

»Uh«, raunte der Anrufer spöttisch, »Frau Doktor spielt mal wieder den Moralapostel. Warte ab, wenn du zwischen Rentierherden, Mückenschwärmen und betrunkenen Russen der Einsamkeit verfällst, wirst du froh sein, wenn ich an deiner Zeltwand rüttele …«

Er lachte leise, und Viktoria betrachtete für einen Moment ungläubig ihr Mobiltelefon, bevor sie endgültig auflegte.

Sie beschloss, nicht weiter über den Anruf nachzudenken, und löschte das Licht, um sich die verbliebene, viel zu kurze Zeit abermals in die Kissen zu schmiegen.

Spätestens in sieben Stunden würde sie sich mit dem Problemfall Sven Theisen auseinandersetzen müssen, und zwar für ganze zwei Monate. Unglücklicherweise hatte sich Professor Doktor Gregor Rodius, der Leiter der geophysikalischen Fakultät der Universität Leipzig, nicht dazu überreden lassen, bei der bevorstehenden Expedition nach Sibirien auf Theisen zu verzichten. Als Spezialist auf dem Gebiet der elektromagnetischen Tiefenforschung war Sven bei der Untersuchung zum Niedergang eines gewaltigen Meteoriten vor ziemlich genau einhundert Jahren im Gebiet der steinigen Tunguska von großem Nutzen.

Dummerweise erschien Viktoria diese Expedition für ihre Karriere zu wichtig, um die Teilnahme allein wegen ihrer Abneigung gegenüber Theisen abzulehnen. Obwohl er angeblich glücklich verheiratet war, stellte er ihr seit Monaten nach; mehr als einmal hatte sie ihm gedroht, wegen seiner Unverschämtheiten bei Professor Rodius vorzusprechen.

Doch Theisen hatte nur gelacht und ihr vorgehalten, sie verstehe keinen Spaß.

Bei ihrer Ankunft am Flughafen Berlin/Schönefeld am nächsten Morgen sollte sie eine Ahnung davon bekommen, wie aufsehenerregend die bevorstehende Expedition tatsächlich werden würde. Man schrieb den 22. Juni 2008; das Wetter an diesem Sonntag zeigte sich ausnahmsweise von seiner schönsten Seite.

Während etliche Pressefotografen vor dem Flughafengebäude in der gleißenden Sonne auf besondere Gäste warteten, schlich Vicky, wie ihre Freunde und Kollegen sie nannten, an ihnen vorbei, um wie verabredet gegen zehn Uhr zum Treffpunkt der deutschen Delegation zu gelangen. Einer kleinen Gruppe von drei Geophysikern, die mit einer russischen Delegation von mindestens zehn Wissenschaftlern und Studenten in der Steinigen Tunguska Sibiriens zusammentreffen sollten, um den Einschlagskrater eines bisher nicht eindeutig nachgewiesenen Meteors zu ermitteln.

Wie gewöhnlich wurde Viktoria von Professor Doktor Rodius, ihrem Mentor und Vertrauten, mit einer freundschaftlichen Umarmung begrüßt. Sie mochte den älteren, grauhaarigen Mann, den sie beim Vornamen ansprechen durfte, nicht nur wegen seines fundierten Wissens, sondern auch, weil er ihr außerhalb des Campus als väterlicher Freund zur Seite stand.

Der Taxifahrer trug Viktorias Gepäck, einen Koffer und eine Reisetasche, bis zum Abflugschalter. Nachdem sie die Rechnung bezahlt und sich ausufernd bedankt hatte, verabschiedete er sich mit einer Empfehlung und entschwand zwischen den Reihen wartender Menschen. Erst danach erspähte sie ihren Kollegen Sven Theisen, der groß, blond und mit schwindendem Haupthaar aus der Gruppe von Touristen wie ein Leuchtturm herausragte.

Theisen verabschiedete sich mit einem bühnenreifen Kuss von seiner hübschen, dunkelhaarigen Ehefrau und den drei quirligen Kindern. Gleichzeitig scannten seine blassblauen Augen Viktorias zierlichen Körper mit einem solch unverhohlenen Verlangen, dass sie sich in ihrer knappen Jeans und der ärmellosen Bluse plötzlich unwohl fühlte. Missmutig schüttelte sie ihre brünette, schulterlange Mähne und setzte sich wie zum Schutz eine Sonnenbrille auf, bevor sie sich entschlossen von ihm abwandte, um draußen vor der Abflughalle noch ein wenig frische Luft zu schnappen.

Blitzlichtgewitter brandete auf, als mehrere schwarze Limousinen vorfuhren und der Wissenschaftssenator der Stadt Berlin und der russische Botschafter beinahe gleichzeitig einem der glänzenden Wagen entstiegen. Sie waren gekommen, um Professor Rodius und seinem Team alles Gute für die bevorstehende Mission zu wünschen.

»Dies ist eine bedeutende Expedition, die für die gute Zusammenarbeit zwischen der Russischen Föderation und der Bundesrepublik Deutschland steht«, betonte der Wissenschaftssenator feierlich in eines der Mikrofone, die sich ihm zahlreich entgegenstreckten. Danach ging er auf den russischen Botschafter zu, der breitschultrig und gedrungen in einem korrekten dunkelblauen Anzug in die Menge lächelte.

Der deutsche Politiker durchbrach den Ring von vier hünenhaften russischen Bodyguards, die alle einen Kopf größer waren als er selbst und ausnahmslos nachtschwarze Sonnenbrillen trugen. Dann schüttelte er seinem glatzköpfigen russischen Gegenüber pressewirksam die behaarte Pranke.

»Unseren hervorragenden Beziehungen zum russischen Präsidenten und dem russischen Volk haben wir es zu verdanken«, führte er weiter aus, während er nicht daran dachte, die Hand des Russen loszulassen »dass man uns an der Auflösung eines der spannendsten Rätsel der Menschheit beteiligt und damit deutschen Wissenschaftlern das Vertrauen schenkt, das ihnen offenkundig gebührt.«

Vereinzelter Beifall war zu hören, und manche Journalisten zückten hastig ihre Diktiergeräte, um den darauf folgenden Dank und die Ansprache des Professors aufzuzeichnen.

»Über das Ereignis von Tunguska wurde in den vergangenen einhundert Jahren viel spekuliert«, hob Rodius mit seiner vortragsgeübten Stimme an, die gut zu seiner schlanken, grauhaarigen Erscheinung passte. Die getupfte Fliege, die statt einer Krawatte seinen Hemdskragen zierte, hüpfte jedes Mal, wenn sein Adamsapfel sich während des Sprechens bewegte. »Aber ich bin sicher, dass wir mit unseren abschließenden Untersuchungen dem vermeintlichen Geheimnis ein gutes Stück näher kommen und dabei den Beweis erbringen werden, dass es weder ein Angriff der Zylonen war.« Er lächelte beeindruckend jungenhaft und pausierte einen Moment in seiner Rede, bis alle Reporter seine witzig gemeinte Bemerkung zum Thema »Außerirdische« grinsend zu Kenntnis genommen hatten. »Noch, dass die verrückte Erfindung eines kroatischen Professors dahinter steckt, der zum vermeintlichen Zeitpunkt mit nicht näher nachweisbaren Todesstrahlen zu experimentieren pflegte. Mein Team und ich sind der festen Überzeugung, dass es uns gelingen wird, unsere russischen Freunde darin zu unterstützen, endlich einen seriösen Grund für die Katastrophe von Tunguska zu finden.«

Eine Flut von Fragen brach über Professor Rodius herein, an denen man ablesen konnte, dass seine Aussage die Meute der Sensationsjournalisten nicht zufriedenstellte.

»Was macht Sie so sicher, dass es keine Außerirdischen waren, die in Tunguska ein fehlgeleitetes Landemanöver versucht haben und dabei abgestürzt sind?«, hallte es durch die Abfertigungshalle.

»Wer sagt Ihnen denn, dass es nicht doch eine Art Spiegelmaterie aus einem anderen Universum sein könnte, die das Unglück verursacht hat?«, rief ein hagerer Reporter, der alle anderen Kollegen überragte.

Rodius hatte sich jedoch bereits zusammen mit seinen Begleitern und seinem Team in Richtung Abflugschalter in Bewegung gesetzt. Dabei wurden sie von den Bodyguards des Wissenschaftssenators und des russischen Botschafters abgeschirmt.

Der Professor hatte Viktoria Vanderberg und Sven Theisen persönlich mit einer letzten Überprüfung des technischen Equipments betraut, bevor Flughafenarbeiter die wertvollen Gerätschaften in bruchsichere Transportkisten verstauten, die sie – vom Zoll verplombt – bis nach Sibirien begleiten würden. Ultraschall, Magnetometer, ein komplettes Labor für chemische und physikalische Untersuchungen, eine tragbare Solaranlage zum Aufladen von Batterien und einiges andere galt es auf Vollständigkeit zu überprüfen, bevor alles in den Bauch eines Airbus A 320 der deutschen Lufthansa verladen werden konnte.

Während Viktoria dem für die Fracht verantwortlichen Team letzte Angaben machte, stand Theisen reichlich nutzlos herum und verbrachte seine Zeit damit, ihr viel zu nah auf die Pelle zu rücken und ab und an eine süffisante Bemerkung loszulassen.

Mitten in der Unterhaltung mit dem zuständigen Frachtmanager dudelte erneut Viktorias Mobiltelefon, doch diesmal war es nicht die »Internationale«, sondern ein kindlicher Sänger, der laut und eindringlich das Wort »Mama« trällerte – ein untrügliches Zeichen dafür, dass es sich um ihre verwitwete Mutter handelte, die ihr noch ein letztes Mal alles Gute zum Abschied wünschen wollte, ganz so, wie sie es nun schon die letzten fünf Abende zuvor getan hatte.

»Mutter!«, zischte Viktoria leise und wandte sich demonstrativ zu einem der vielen Gepäckwagen hin, die direkt unter den Tragflächen des Airbusses standen. »Ich bin dreißig Jahre alt und keine drei. Es ist gerade ganz schlecht. Wir sind in den Vorbereitungen zum Abflug.«

»Umso besser, Kindchen. Hinterher, wenn du erst in dieser Wildnis bist, kann ich dich doch nicht mehr erreichen. Ich wollte mich nur noch mal vergewissern, ob du auch deine warmen Pullover eingepackt hast und das Mückenschutzmittel, das dir Doktor Almuth empfohlen hat.«

»Ja, doch, Mutsch«, antwortete Viktoria ungehalten, während sie aus einem Augenwinkel heraus das unverschämte Grinsen ihres Kollegen streifte.

Wohnst du etwa noch bei Mutti? hatte Sven sie erst vor kurzem gefragt, nachdem ihre Mutter – wie beinahe jeden Tag – um die Mittagszeit angerufen hatte, um sich nach ihrem Wohlergehen zu erkundigen und ihr die obligatorische Frage zu stellen, ob sie auch was Anständiges gegessen hatte. Schließlich litt die ältere Frau unter Einsamkeit, und ihre einzige Tochter war alles, was ihr geblieben war. Auch wenn es Viktoria zunehmend lästig erschien, plagte sie das schlechte Gewissen, wenn sie die viel zu häufigen Anrufe ihrer Mutter ignorierte.

»Ach, Vicky, Sibirien ist so unendlich weit weg«, jammerte ihre Mutter. »Freiwillig sollte man da schon gar nicht hingehen. Dein Großvater wurde 1945 dorthin deportiert. Zehn Jahre in Gefangenschaft – kannst du dir so etwas vorstellen? Er wäre beinahe daran gestorben. Wusstest du das?«

»Mutter!« Viktoria war reichlich entnervt. »Das ist eine wissenschaftliche Expedition und kein Archipel GULAG. In acht Wochen bin ich zurück.«

»Fahren wenigstens ein paar anständige Männer mit? Ich meine, passt da jemand auf dich auf?«

Viktorias Blick fiel auf Sven Theisen, der es offenbar nicht für nötig befand, die entsprechende Diskretion zu wahren und mit einem Dauergrinsen interessiert ihrem Telefonat folgte.

»Mach dir keine Sorgen«, erwiderte sie knapp. »Ich bin nicht allein. Schließlich begleite ich Professor Doktor Rodius.«

»Ist er verheiratet?« Die Frage klang provozierend und sollte wie immer darauf hinauslaufen, ob es vielleicht unter ihren Kollegen jemanden gab, der sie endlich zum Traualtar führte.

»Der Professor ist fünfundsechzig.« Ihre Worte klangen wie ein abschließendes Amen, das der peinlichen Befragung ein Ende setzen sollte.

»Vati wäre auch fünfundsechzig geworden in diesem Mai.«

»Ja, Mama. Ich muss los. Mach's gut. Ich melde mich über Satellitentelefon, wenn es möglich ist.«

Hatte sie zum Beginn des Eincheckens noch geglaubt, Sven Theisen entfliehen zu können, so stellte sich nach der Sitzplatzverteilung heraus, dass er auf dem Flug bis Moskau direkt neben ihr saß.

Während er sich in einer unverschämten Selbstverständlichkeit in den benachbarten Sitz sinken ließ, stellte sich Viktoria zum x-ten Mal die Frage, wie sie es mit einem solchen Kollegen acht Wochen in der sibirischen Einöde aushalten sollte und ob es unter der gegebenen Situation überhaupt möglich war, auf eine gedeihliche Zusammenarbeit zu hoffen.

»Und was machen wir«, fragte er in zehntausend Meter Höhe, während er ihr eines der beiden Sektgläser in die Hand drückte, die er ohne Rückfrage beim Stewart bestellt hatte, »wenn es nun doch eine fliegende Untertasse war, die für die Katastrophe von Tunguska verantwortlich ist und wir deren Überreste finden?« Mit einem breiten Grinsen erhob Theisen sein Glas.

Viktoria schaute ihn für einen Moment fassungslos an. Doch dann besann sie sich und setzte ein süffisantes Grinsen auf.

»Das wäre ein ausgesprochener Glücksfall«, bemerkte sie und erhob gleichfalls ihr Glas, während sie ihm direkt in seine erwartungsfrohen Augen sah. »Dann würde ich höchstpersönlich dafür sorgen, dass man das Raumschiff repariert, damit man Leute wie dich ohne Probleme auf den Mond schießen kann. Na Sdorowje!«

Von Moskau aus ging es mit einer uralten Iljushin IL-20M nach Krasnojarsk. Nach etlichen Problemen bei der Abfertigung am dortigen Flughafen und einer wenig erholsamen Nacht in einem nicht unbedingt komfortablen Mittelklassehotel flog die dreiköpfige Gruppe am nächsten Morgen mit mehreren gecharterten MI-26 Helikoptern nach Vanavara, einer sumpfigen Kleinstadt mitten in der Steinigen Tunguska. Im Sommer versank man dort im Morast, und im Winter gefror alles zu Eis, was nicht über einen respektablen Ofen verfügte. Mit seinen 3300 Einwohnern und einem einzigen Supermarkt, der in einer besseren Bretterbude untergebracht war, hatte der unwirtliche Ort den Namen Stadt eigentlich nicht verdient.

Noch in Krasnojarsk hatte Viktoria sich umgezogen und Jeans und Bluse gegen ein robustes Trekking-Outfit gewechselt. Nun saß sie bereits seit Stunden eingepfercht zwischen verschiedenen Gepäckstücken, Nase an Nase mit ihrem ungeliebten Kollegen und fünf russischen Studenten, die man ebenfalls an Bord genommen hatte und die noch müde von ihrer Anreise aus Moskau vor sich hin dämmerten. Nicht weniger erschöpft schaute Viktoria auf und warf einen Blick aus einem der runden Fenster des Helikopters hinaus auf die unter ihr liegende Taiga. Wie ein weiter dunkelgrüner Teppich erschienen ihr die endlosen Tannenwälder, unterbrochen von felsigen Abgründen und tiefblauen Flüssen. Der Anblick wiegte sie in eine Art Trance, während der Regen draußen gegen die Scheiben klatschte und der Rotor einen so ohrenbetäubenden Krach verursachte, dass das eigene Trommelfell spürbar vibrierte.

Nach der Landung auf dem provisorischen Flugplatz von Vanavara sprang sie aus dem Helikopter hinaus in die feuchte Luft und versank sogleich mit ihren wasserdichten Stiefeln knöcheltief im aufgeweichten Boden.

Trotz des sibirischen Sommers zeigte das Thermometer kaum über 15 Grad Celsius, und obwohl der Empfang mit einem Komitee der örtlichen Honoratioren im frisch herausgeputzten Rathaus geradezu pompös wirkte, glaubte Viktoria, nie einen trostloseren Ort gesehen zu haben. Daran konnte auch der höchst gewöhnungsbedürftige Cocktail aus zuckersüßem Birkensaft und Wodka nichts ändern, der, mit einer aufgespießten kandierten Kirsche versehen, von ein paar sichtlich ungeübten jugendlichen Kellnerinnen als Begrüßungstrunk serviert wurde.

Etwa vierzig Menschen bevölkerten den spartanisch eingerichteten Raum. Ein älterer Russe, füllig und mit einem grauen Bart, begrüßte Professor Rodius aufs Herzlichste. Bei näherem Hinhören stellte er sich als Professor Vladimir Olguth vor; er war der wissenschaftliche Leiter der Gesandtschaft der Universität Moskau, mit deren Mitarbeitern, bestehend aus fünf Wissenschaftlern und fünf Studenten, man in den nächsten Wochen eng zusammenarbeiten wollte. Darüber hinaus hatten sich auch einige Journalisten und gut zwanzig geladene Honoratioren der örtlichen Bevölkerung eingefunden.

Die eigentliche Ansprache hielt Uljan Uljanowitsch, der Bürgermeister von Vanavara. Von einem improvisierten Podium aus zwei hellen Lärchenholztischen, die man am Ende des Raumes aufgebaut hatte, sprach er viel zu hektisch zu den anwesenden Gästen, nur unterbrochen von einem nervösen Lächeln, das in einem eigentümlichen Kontrast zu seinen düsteren Brauen und seinen strengen Gesichtszügen stand. Vor ihm hatte man die russische, die deutsche und die blau-weiß-blaue Flagge der Ewenken mit ihrer leuchtend roten Sonne aufgestellt – ausgerechnet in einer leeren Wodkaflasche. In einer kurzen Zwischenbemerkung bedauerte Uljanowitsch, der selbst russischer Abstammung war, dass der gewählte Stammesvertreter der hier lebenden ewenkischen Urbevölkerung leider verhindert sei.

Theisen konnte sich gegenüber Viktoria während des ausgiebigen Begrüßungszeremoniells nicht zurückhalten. Immer wieder machte er leise, abfällige Bemerkungen über das Wetter, über die schlechte Infrastruktur und die seiner Meinung nach altmodisch aufgerüschte Gattin des Bürgermeisters. Auch die verschiedenen Getränke, die immer wieder herumgereicht wurden, schienen nicht seinem Geschmack zu entsprechen. Nachdem er sich für einen Moment zur Toilette verabschiedet hatte, nutzte Viktoria die Situation klammheimlich zur Flucht in eine abgeschiedene Ecke der kleinen Empfangshalle und angelte sich im Vorbeigehen ein Glas Granatapfelsaft von einem Tablett, des einzig antialkoholische Getränk.

Plötzlich tauchte ein rothaariger Mann neben ihr auf. Er mochte kaum älter als fünfundzwanzig sein und war nicht das, was man als schön hätte bezeichnen können. Seine gedrungene, breitschulterige Erscheinung glich der eines zu kurz geratenen Boxers. Jedoch sein Grinsen war schelmisch. Seine eckigen Zähne standen auf Lücke, was ihm zusammen mit den vielen Sommersprossen in seinem pausbäckigen Gesicht ein spitzbübisches Aussehen verlieh. Er begann sofort auf Russisch auf sie einzureden; eine Sprache, die sie recht gut beherrschte, hatte sie doch nach ihrem Abitur ein paar Semester russische Literatur studiert.

»Mein Name ist Kolja Biborow«, stellte er sich kauend vor, nachdem er eines der angebotenen Kaviarschnittchen in einem Stück in den Mund genommen hatte. »Ich bin euer Tourist-Guide«, erklärte er fröhlich und benutzte tatsächlich dieses englische Wort. Dabei wusste Viktoria nur zu gut, dass die ihnen bevorstehende Arbeit wenig mit einem touristischen Vergnügen gemein haben würde.

»Viktoria Vanderberg«, gab sie zurück und bot ihm zum Gruß ihren ehrlich gemeinten Händedruck an. »Du bist also für die Animation verantwortlich, wenn ich das richtig verstehe«, ergänzte sie scherzend.

»Ich hoffe, da machst du dir nicht allzu viel Hoffnung« gab er amüsiert zurück. »Animation bedeutet in Sibirien nicht mehr als Wodka plus Wodka. Das reicht uns, um lustig zu sein. Und um es gleich zu sagen«, fügte er schmunzelnd hinzu, »ich habe für heute Abend ein Begrüßungs-Event organisiert. Wir haben die Party ›Fireball‹ getauft, weil sie draußen im Camp stattfindet und uns hoffentlich mehr einheizt als dieser langweilige Meteor, von dem niemand so genau weiß, ob es ihn wirklich gab.«

Na, das kann ja heiter werden, sinnierte Viktoria, und ob Professor Rodius von dieser Entwicklung begeistert sein würde, blieb abzuwarten.

Mit der anfänglichen Euphorie des Professors, die er noch am Flughafen in Berlin aufgebracht hatte, schien es ohnehin bergab zu gehen – spätestens als ein weißer Helikopter landete und kurz darauf ein Tumult an der Eingangstür der kleinen Halle entstand. Aus einem Pulk von vier durchtrainierten Leibwächtern in Business-Anzügen trat ein Mann heraus, der absolut nicht in diese kärgliche Umgebung passte.

»Wer, zum Teufel, ist das?«, flüsterte Viktoria ihrem russischen Animateur ins Ohr und bekam die verhaltene Antwort, dass es sich bei dem umschwärmten Neuankömmling um einen der reichsten Männer

Russlands handelte, den man besonders zuvorkommend behandeln müsse, da er die gesamte Expedition aus seiner millionenschweren Privatschatulle sponsere.

Sergej Sergejewitsch Bashtiri – wie er sich lautstark vorstellen ließ – trug einen weich schimmernden Mantel aus kostbarem Zobel, den er trotz der vergleichsweise warmen Witterung wie einen Umhang über dem teuren Maßanzug drapiert hatte. Anfang fünfzig, schlank, das Gesicht aalglatt rasiert und sonnengebräunt, bewegte er sich wie ein Panther auf der Jagd – allerdings schien das sorgfältig zurechtgelegte schwarze Haar gefärbt zu sein. Ein paar kostbare glitzernde Ringe schmückten seine manikürten Finger, und eine protzige Uhr, besetzt mit Brillanten, tat ihr Übriges, um den gesellschaftlichen Rang des Mannes herauszustellen.

»Warum ist ausgerechnet *er* an unserer Expedition interessiert?«, fragte Viktoria, während sie mit einem ungläubigen Blick Bashtiris weibliche Eskorte beäugte. Drei junge Frauen – die seine Töchter hätten sein können, es aber gewiss nicht waren – staksten auf endlos langen Beinen wie auf einem Laufsteg hinter ihm her. Dabei wippten ihre langen Locken jeweils in Platinblond, Kupferrot und Blauschwarz im Takt ihrer ausladenden Schritte. In graziler Einträchtigkeit ließen sie sich jeweils rechts und links neben Bashtiri nieder, nachdem dieser wie selbstverständlich am Tisch der Ehrengäste Platz genommen hatte.

Ihre Pelzmäntel hatten sie vermutlich im Luxushelikopter ihres Gönners zurückgelassen. Viktoria erspähte durch ein seitliches Fenster den modernen, schneeweißen Helikopter, den der Pilot wie einen Schwan unter hässlichen Entlein zwischen den beiden bulligen MI-26 Maschinen geparkt hatte.

Dass die Damen im Gegensatz zu Bashtiri froren, war unschwer zu erkennen. Unter dem silbernen Logo mit dem klangvollen Namen TAIMURO, das auf den viel zu dünnen weißen Overalls der Frauen prangte, hatten sich deren Brustwarzen gut sichtbar aufgestellt. Doch das schien die Betroffenen genauso wenig zu stören wie das geneigte männliche Publikum. Gekonnt warfen die Damen ihr Haar zurück und schürzten dabei ihre glänzenden, frisch aufgespritzten Lippen.

Theisen blieb vor Staunen der Mund offen stehen – erst recht als eine der Damen den Reißverschluss ihres Overalls ein wenig öffnete und dem geneigten männlichen Volk einen tiefen Ausblick auf ihre silikongepolsterten, leicht gebräunten Brüste präsentierte.

Professor Rodius wirkte irritiert, und Viktoria konnte beiläufig beobachten, wie Olguth ihn offenbar zu beschwichtigen versuchte.

Kolja war Viktorias fragender Blick nicht entgangen. »TAIMURO ist eine Aktiengesellschaft«, murmelte er ihr verschwörerisch zu. »Vorwiegend Öl, aber auch Gas. Allerdings besitzt Bashtiri 95% der Aktien. Somit kann von demokratischer Verteilung nicht die Rede sein. Man munkelt, dass er auf ein neues Gasvorkommen unter dem Chekosee hofft. Seine Agenten sind schon seit längerem in der steinigen Tunguska unterwegs, um diverse Bohrungen zu unternehmen«, fuhr er leise fort. »Aber das Gebiet ist heiliges Land. Im Gegensatz zu der hier lebenden russischen Bevölkerung, die sehnsüchtig auf lukrativere Arbeitsplätze hofft, sind die örtlichen Ewenkenstämme nicht unbedingt an einer Erschließung der Vorkommen interessiert, zumal es nicht so aussieht, als ob man vorhätte, sie am Erlös zu beteiligen. Außerdem ist die ganze Angelegenheit nicht ungefährlich. Sollte sich herausstellen, dass die Katastrophe von Tunguska durch plötzlich austretendes Erdgas verursacht wurde, bleibt Vorsicht angesagt. Wer will schon, dass ihm bei der Gasförderung ein prall gefüllter Dampfkessel mit der Kraft von mehreren Wasserstoffbomben um die Ohren fliegt?«

Der Bürgermeister war, nachdem er Bashtiri überschwänglich begrüßt hatte, an sein Podium zurückgekehrt. Mit einigen übertriebenen Gesten rühmte er die außerordentlichen Taten des neu hinzugekommenen Gastes. Im weiteren Verlauf der Laudatio, die sich nun nicht mehr mit den Wissenschaftlern beschäftigte, sondern ausschließlich Bashtiri galt, kam zutage, dass Vanavara offenbar dringend auf dessen Mildtätigkeit angewiesen war und auf eine Schule, ein Waisenhaus und eine moderne Krankenstation hoffte.

Viktoria hob eine Braue und bedachte den allseits bejubelten Oligarchen mit einem argwöhnischen Blick. Genau in diesem Moment wurde Bashtiri auf sie aufmerksam und grinste ihr breit ins Gesicht. Mit einer knappen Geste befahl er einen seiner Bodyguards herbei und flüsterte dem bulligen Mann, der sich seltsam devot zu ihm hinunterbeugte, etwas ins Ohr. Sekunden später baute sich der blonde Kleiderschrank vor Viktoria auf und sprach sie in gebrochenem Englisch an.

»Mr. Bashtiri möchte wissen, wer die hübsche Dame ist, die ihn unentwegt anschaut. Er will, dass Sie sich an seinen Tisch setzen und ein Glas Champagner mit ihm trinken.«

»Sie können russisch mit mir sprechen«, gab Viktoria ungerührt zurück. »Sagen Sie Herrn Bashtiri, dass ich ihm für die Einladung danke. Bedauerlicherweise trinke ich so früh am Tag keinen Alkohol. Vielleicht ein anderes Mal.«

Der Mann blieb noch einen Moment verdutzt stehen. Mit einer Abfuhr hatte er augenscheinlich nicht gerechnet.

»Bist du wahnsinnig«, zischte Sven Theisen, der mittlerweile wieder neben ihr stand und die Frage des Mannes aufgeschnappt hatte. »Der Kerl bezahlt unseren gesamten Aufenthalt und nicht nur das.«

»Deshalb muss ich mich noch lange nicht prostituieren. Du kannst ja stellvertretend für mich zu ihm gehen«, erwiderte sie bissig. »Eine von seinen Gespielinnen ist bestimmt dein Typ. Allerdings solltest du deinen lüsternen Blick mildern, sonst wird er noch eifersüchtig.« Dann wandte sie sich Kolja zu, der die Unterhaltung mit Erstaunen verfolgt hatte. »Entschuldige mich«, sagte sie, »ich muss dringend an die frische Luft.«

Es war ihr ohnehin zwischen all den schwatzenden Menschen zu eng geworden, und die Ankunft Bashtiris hatte all ihre Klischees bestätigt, die sie über Russland und seine gesellschaftliche Entwicklung hegte. Zumindest Bashtiri schien für Geld alles zu bekommen. Er hatte seine Beziehungen, und waren sie nicht ausreichend, würde er sich neue beschaffen. Dabei spielte der Preis wohl eher eine untergeordnete Rolle.

Vor der Halle wehte ein frischer Wind. Die Wolken hingen immer noch tief, aber es hatte zu regnen aufgehört. Vanavara war nach allem, was Viktoria wusste, eine uralte Handelsstadt für Pelzhändler und Abenteurer. Auf den schlecht ausgebauten Straßen zwischen den verschachtelt stehenden Holzhäusern und Wellblechhütten sah man kaum eine Menschenseele. Ab und an fuhr ein Auto vorbei, und ein Hund bellte.

Viktorias Blick fiel auf die drei Helikopter, die mit herunterhängenden Rotorblättern am Rande eines provisorischen Fußballfeldes auf den nächsten Start warteten. Ein Stück entfernt stoben zwei Jungen in abgetragenen Hosen und lappigen Sweatshirts durch den Matsch einem zerbeulten Lederfußball hinterher. Sie mochten vielleicht acht und zehn Jahre alt sein, und ihre Gesichter hatten unzweifelhaft asiatische Züge: schräg stehende Augen, schwarzes, kurz geschnittenes Haar und runde Wangen, die unter der Anstrengung geradezu glühten. Wenn sie lachten, zeigten sich ihre weißen Zähne, und ihre Augen verwandelten sich in kleine Schlitze, was ihre Begeisterung noch eindrücklicher erscheinen ließ. Zusammen mit einem nassen, total verdreckten Hund rannten sie um die Wette, und es stand außer Frage, wer den Ball zuerst erreichen würde. Der Hund hatte seine Zähne bereits in das Leder geschlagen, als einer der Jungen auf ihn zulief, um ihm den Ball wieder abzunehmen. Das große Tier duckte sich kampfbereit und knurrte gefährlich leise, während es augenscheinlich nicht bereit war, seine Beute wieder herzugeben. Bei näherer Betrachtung fuhr Viktoria der Schreck in die Glieder. Das war kein Hund, sondern ein Wolf. Daran gab es nicht den geringsten Zweifel.

Dass es hier von Wölfen und Bären nur so wimmelte, hatte sie des Öfteren von besorgten Freunden zu hören bekommen, die mit einer Mischung aus Faszination und Ablehnung ihre Reisevorbereitungen verfolgt hatten.

Im Grunde genommen hatte Viktoria keine Angst vor Hunden, aber ein Wolf war kein Hund, und wer wusste schon, ob dieses Tier nicht die Tollwut hatte. Ihr Vater, ein ehemals passionierter Jäger, hatte ihr einmal erzählt, dass Wölfe niemals die Gegenwart des Menschen suchten. Es sei denn, sie waren krank oder hungrig.

Als der kleinere der beiden Jungs sich immer weiter dem Wolf näherte, vergaß Viktoria alle Angst, zumal kein anderer Erwachsener zu sehen war.

»Nicht anfassen! Komm sofort hierhin!«, schrie sie dem Kind zu.

Der Junge schaute sich überrascht um, und auch der andere hielt im Gehen inne und setzte eine fragende Miene auf. Hatten die beiden sie verstanden, oder war ihr Russisch zu schlecht?

Der kleinere von beiden schüttelte den Kopf und lachte nur, dann setzte er sein Vorhaben, dem Tier den Fußball wieder abzunehmen, unbekümmert fort.

Obschon ihre innere Stimme zur Vorsicht mahnte, begann Viktoria, quer über den Platz zu laufen, um das Kind vor dem Raubtier zu retten.

Der Wolf ließ sofort den Ball fallen und stürmte plötzlich auf sie zu. Viktoria stoppte noch im Lauf und rutschte trotz der Profilsohlen auf dem glitschigen Boden der Länge nach aus. Ihr Ellbogen bohrte sich in den weichen Untergrund, und ihre Kleidung hatte sich im Nu mit brauner Brühe vollgesaugt. Doch das war noch das geringere Übel. Der Wolf stand nun abwartend über ihr und hechelte ihr mit heraushängender Zunge seinen schlechten Atem ins Gesicht, die Zähne bedrohlich sichtbar zwischen den rosigen Lefzen.

»Ajaci!Xu!Cähi!« Die Stimme klang dunkel und streng. Der Wolf schaute unterwürfig auf, während ein langer Speichelfaden auf Viktorias Wange tropfte. Erst als das Tier von ihr abließ und zur Seite sprang, wagte sie die nasse Stelle in ihrem Gesicht mit dem Ärmel wegzuwischen.

»Es tut mir leid.« Die dunkle, raue Stimme hatte sich rasch genähert und war dabei übergangslos vom Ewenkischen ins Russische gewechselt. »Haben Sie sich verletzt?«

Erst jetzt getraute sich Viktoria aufzuschauen. Die Augen des Mannes waren leicht schräg gestellt. Dabei erschien ihr die Farbe der Iris so grau und gleichzeitig so intensiv wie der Blick des Wolfes. Der Mann mochte Anfang dreißig sein, und dem Aussehen nach war er weder ein typischer Ewenke noch ein Russe. Die langen, tiefschwarzen Haare trug er zu einem losen Zopf im Nacken gebunden, und seine ausdrucksvollen Züge mit dem dunklen Dreitagebart kamen ihr reichlich verwegen vor. Während Viktoria immer noch zu ihm aufsah, wirkte seine Gestalt geradezu riesig, und mit seinen muskelbepackten Schultern stand er den Kerlen in Sergejs Söldnertruppe in nichts nach. Allerdings trug er keinen schicken Anzug, sondern eine verwaschene Armeehose und ein abgetragenes, hüftlanges Lederhemd, an dem ein paar perlenverzierte Schnüre baumelten.

In seinen Mundwinkeln zeigte sich ein angedeutetes Lächeln, das den zunächst strengen Eindruck seines markanten Gesichtes milderte. Auffordernd streckte er Viktoria seine große Hand entgegen und zog sie mit einem Ruck auf die Füße, der sie beinahe schon wieder hätte das Gleichgewicht verlieren lassen. Für einen Moment hielt er sie am Ellbogen gefasst, damit sie zu einem festen Stand finden konnte, und dabei war es ihm offenbar gleichgültig, dass er sich an ihrer durchnässten Kleidung die Finger schmutzig machte.

»Danke«, murmelte Viktoria. Reichlich verdattert konnte sie sehen, wie sein interessierter Blick auf ihrem Gesicht ruhte.

»Ich glaube, Sie werden ein Bad nehmen müssen«, bemerkte er tonlos.

Tastend fuhr sie sich mit den Fingern über Wangen und Nase bis hin zu ihrem schulterlangen Haar. Für einen Moment sah sie prüfend an sich hinab. Ihre Kleidung starrte vor Dreck, und sie war bis auf die Haut durchnässt.

»Kann ich etwas für Sie tun, oder Sie irgendwohin begleiten?« Obwohl es immer noch aussah, als ob er jeden Moment lächeln würde, blieb seine Miene bemerkenswert neutral.

»Nein, danke«, entgegnete Viktoria. »Wir fliegen heute noch weiter. Unser Camp liegt rund sechzig Kilometer nordwestlich. Ich gehöre zu einer deutsch-russischen Wissenschaftsexpedition, die morgen am Chekosee ihre Arbeit aufnimmt.« Mit einem Nicken wies sie zu den Helikoptern hin.

»Aha«, sagte der Mann nur. »Na, dann viel Erfolg.« Er hob die Hand, wie zu einem abschließenden Gruß und stieß einen lang gezogenen Pfiff aus. Der Wolf, der zwischenzeitlich wieder mit den Jungen um den Ball gerungen hatte, folgte ihm auf dem Fuß.

Viktoria schaute den beiden Gestalten noch eine Weile nach, bis sie zwischen den windschiefen Holzhäusern verschwunden waren. Erst dann wurde ihr bewusst, dass ihr merkwürdiger Retter den letzten Satz in Deutsch gesprochen hatte.

Am frühen Nachmittag machte sich die Expedition unter der Leitung von Professor Olguth endlich auf den Weg zum Chekosee, der mit einem Durchmesser von knapp fünfhundert Metern auf Fotos eher wie ein größerer Teich wirkte. Mit einem ohrenbetäubenden Dröhnen hoben die Helikopter im Abstand von jeweils einer halben Stunde ab. Bashtiris Luxusgefährt setzte zuerst zum Abflug an. Zur Überraschung der meisten Anwesenden war er gewillt, das bescheidene Camp in den nächsten Wochen mit den Wissenschaftlern zu teilen.

Beim Landeanflug auf die einzig befestigte Stelle am See wich die Verwunderung unter den Teilnehmern echtem Erstaunen. Bashtiris Voraustrupp hatte ganze Arbeit geleistet. Bereits seit Wochen hatten Arbeiter von TAIMURO die sumpfigen Areale an einigen Uferstellen des Sees trockengelegt und nicht nur einen größeren Hubschrauberlandeplatz geschaffen, als man ihn von früheren Zeiten her kannte, sondern gleich ein ganzes Camp errichtet. Unterhalb eines stattlichen, bewaldeten Hügels schmiegten sich sechs in Reih und Glied aufgestellte moderne Flachbaubaracken in die dichte Baumlandschaft. Umrahmt von einem hohen Metallzaun mit einer geteilten Stacheldrahtkrone, glich die Anlage eher einem militärischem Lager als einem Wissenschaftscamp, wie Viktoria unangenehm berührt feststellte. Unterstrichen wurde diese Vorstellung von einem mindestens fünf Meter hohen Sendemast mit einer begehbaren Abschlussplattform, den man direkt neben dem Camp installiert hatte.

Kolja hingegen, der im Helikopter direkt neben Viktoria saß, grinste zufrieden, als die Maschine zur Landung niederging.

»Wer Waisenhäuser baut, kann sich auch eine vernünftige Unterbringung inmitten der sibirischen Taiga leisten«, meinte er abschätzend. »Es gibt hier sogar eine finnische Sauna«, fügte er aufmunternd hinzu, als ob er Viktorias Unbehagen erraten hätte.

Wie sich kurz darauf herausstellte, hatte man neben der Sauna sogar an eine Krankenstation gedacht. Eine hünenhafte Ärztin, die offenbar auf eine testosterongeschwängerte Karriere als Ringerin zurückblicken durfte, empfing sie mit strenger Miene.

Frau Doktor Elena Parlowa, wie die von Bashtiri engagierte Ärztin zur Begrüßung vorgestellt wurde, war für medizinische Tests zuständig, die parallel zu den geophysikalischen Untersuchungen an freiwilligen Probanden durchgeführt werden sollten. Es kursierten Gerüchte, dass sich das Wachstum der Bäume durch die Explosion von Tunguska verlangsamt haben sollte, und auch die C14-Untersuchungen an diversen Moosteppichen hatten sich als irreführend erwiesen. Doch bisher hatten weder Botaniker noch Biologen die wahre Ursache für diese Phänomene herausfinden können.

Bevor jeder Einzelne aufbrach, um sein Quartier zu beziehen, gab Professor Olguth erste Anweisungen für den weiteren Verlauf der Expedition. Gegen sechzehn Uhr wollte man sich zu einem ersten Briefing in einem eigens erbauten Versammlungszentrum treffen. Dort, so erklärte Kolja, hatten Bashtiris Leute neben einer modernen Computeranlage auch ein Satellitentelefon installiert, mit dem man im Notfall Kontakt zur Außenwelt aufnehmen könne.

Mit einer gewissen Erleichterung bezog Viktoria anschließend ein eigenes Refugium von vielleicht zwölf Quadratmetern Größe. In aller Eile hatte sie sich endlich ihrer schmutzigen Kleidung entledigt und sich Gesicht und Haare gewaschen. Das Wasser war kalt und kam aus Kanistern. Fünf Liter und eine große Schüssel für jeden mussten fürs Erste reichen. Wer mehr verlangte, durfte sich einer Gemeinschaftsdusche bedienen, deren Wasserversorgung man mittels Rohrleitungen und einer elektrischen Pumpe aus den Tiefen des nahe gelegenen Sees gesichert hatte.

»Einmal am Tag wird ein Durchlauferhitzer zugeschaltet, dann gibt es auch warmes Wasser«, hatte Kolja erklärt. »Aber vorher muss man sich in eine Liste eintragen.«

Nachdem Viktoria sich das schulterlange Haar nur mit einem Handtuch getrocknet, gekämmt und zu einem Pferdeschwanz gebunden hatte, streifte sie sich eine olivenfarbene Hose und ein helles, langärmeliges Hemd über. Im Zimmer nebenan hatten zwei blassgesichtige Studentinnen aus Moskau Quartier bezogen, die kurz vor ihrem Examen in Geologie standen.

Kolja verteilte in Absprache mit Professor Olguth die Aufgaben. Ohne zu murren, nahmen die beiden Mädchen die Einteilung zum Küchendienst entgegen, zumal ihnen ein gleichaltriger russischer Kollege die Angelegenheit mit einem umwerfenden Lächeln zu versüßen schien. Für weiteres Personal hatte Bashtiri also nicht gesorgt.

Während Viktoria zum Versammlungsraum eilte, warf sie einen Blick auf den achteckigen Pavillon ihres Gönners, den man in Schnellbauweise am Rande des Camps hochgezogen hatte. Umgeben von einem improvisierten Garten, vervollständigt mit französischen Putten und italienischen Sitzmöbeln, garantierte der Platz einen grandiosen Ausblick auf den etwa fünfhundert Meter langen See. Fehlten nur noch die Gartenzwerge, dachte Viktoria in einem Anflug von Ironie.

Offenbar hatte sich dieser reiche Spinner auf eine längere Dauer seines Aufenthaltes eingerichtet. Blieb die Frage, warum er überhaupt an der Expedition teilnehmen wollte. Vielleicht war es Romantik. Vielleicht aber auch eine keifende Ehefrau, die seine amourösen Eskapaden nicht länger erduldete. Oder möglicherweise war es einfach das Gefühl, hier draußen sein eigener König zu sein, der sein Reich mit straffer Hand regierte, selbst wenn die Untertanen nicht gerade zahlreich waren.

Wie man sich schon kurz nach der Ankunft flüsternd erzählte, verfügte Bashtiri über einen eigenen Butler, der ihn nicht nur bekochte, sondern ihm und seinen Gespielinnen auch sonst jeden Wunsch von den Augen ablesen würde. Seine Bodyguards hausten indessen in stattlichen Militärzelten, die sie nicht weit von der Villa ihres Chefs aufgestellt hatten.

Nach einer kurzen Einweisung in die Örtlichkeiten und der Einteilung für den morgigen Tag führte Kolja seine Gäste in einen kleinen Laden, den man eigens für die Expeditionsteilnehmer hatte herrichten lassen. Adnan, ein kasachischer Angestellter Bashtiris, betreute das Geschäft, in dem es wohl kaum zu Warteschlangen an der Kasse kommen würde.

»Kernseife und Klopapier«, frotzelte Viktoria lachend, während sie sich die Waren anschaute.

»Aber auch eingelegte grüne Tomaten«, fügte Kolja mit einem Grinsen hinzu. Wer es etwas rustikaler wünschte, konnte kistenweise russisches Bier erstehen, das, nach Stärke nummeriert, angeblich nach einer getrockneten Fischbeilage verlangte, wie Viktorias Begleiter mit einem Augenzwinkern bemerkte.

»Und wie isst man das?«, fragte sie arglos, während sie das mumienartige Gebilde von einem gut dreißig Zentimeter langen, hart getrockneten Dorsch mit spitzen Fingern am Schwanzende anhob und demonstrativ damit hin und her wedelte.

»Das ist eine gedörrte Wjalenaja Wobla.« Kolja nahm ihr den Fisch ab und schlug mit ihm auf eine Holzkiste ein. »Siehst du? Das macht man solange«, antwortete er mit treuem Blick und schlug dabei weiter auf die Holzkiste ein, »bis alle Schuppen abgefallen sind und der Fisch geschmeidig geworden ist, dann zupft man das getrocknete Fleisch mit den Fingern ab. Schmeckt besser als Erdnüsse und Chips.« Er grinste breit, doch überzeugen konnte er sie nicht.

Gegen Abend hatte sich der Regen verzogen. Die glutrote Sonne versank hinter der spiegelglatten Oberfläche des Sees wie in einem dunklen, unergründlichen Meer. In den wenigen zarten Schleierwolken über dem Horizont verfing sich eindrucksvoll das letzte Licht des Tages.

Kolja hatte mit drei Studenten und zwei weiteren russischen Wissenschaftlern in der Nähe des Sees ein Lagerfeuer entfacht. Dort saß man einträglich beisammen und ließ bei russischer Technomusik, die lärmend aus einem Gettoblaster dröhnte, die Wodkaflaschen kreisen, um die melancholische Stimmung zu vertreiben.

Sven Theisen hatte in der Nähe von Bashtiris aufregenden Begleiterinnen Platz genommen und offenbar deren Aufmerksamkeit erregt, wie Viktoria mit einiger Genugtuung feststellen durfte. Doch nicht nur Theisen war an den tiefen Ausschnitten der Damen interessiert. Myriaden von Mücken bereiteten sich geräuschvoll auf ein unverhofftes Abendmahl vor; ihre pausenlosen Angriffe erinnerten an japanische Kamikazeflieger. Daher dauerte es nicht lange, bis sich die Frauen genervt verabschiedeten und Theisen alleine am Feuer saß. Dank Doktor Almuths Wundermittel blieb Viktoria von den blutsaugenden Plagegeistern weitgehend verschont. Nur Theisens anzüglichen Blicken vermochte die streng riechende Emulsion nichts entgegenzusetzen.

Professor Rodius, der weder über eine fürsorgliche Mutter noch über ein entsprechendes Mittel verfügte, schlug mit seinen langen Armen permanent um sich, während er sich an einer halbwegs ungestörten Unterhaltung mit Professor Olguth versuchte.

Plötzlich tauchte Bashtiri neben Viktoria auf. Sie ahnte, dass es für ihn ebenfalls kein wirksames Gegenmittel geben würde. Er kam direkt aus seinem luxuriösen Domizil, in das die Frauen verschwunden waren, und trug einen seidenen Hausmantel, der so gar nicht in die rustikale Umgebung passen wollte. Mit ihm setzten sich zwei seiner Wachhunde auf Viktorias andere Seite. Somit war an Flucht nicht zu denken.

»Eine leibhaftige Geophysikerin aus Deutschland«, bemerkte Bashtiri mit einem süffisanten Lächeln. »Dabei so schön und so stolz wie eine russische Tatarin.«

Wie auf Kommando reichte sein Butler, der lautlos hinzugetreten war, zwei halb volle Gläser Champagner auf einem silbernen Tablett.

»Trinken Sie jetzt etwas mit mir?« Bashtiri sah sie mit honigsüßer Miene an. Nur die braunen Augen blieben kalt und berechnend. »Sie haben mich heute Morgen enttäuscht.« Sein Atem roch nach Alkohol, als er ihr unvermittelt zu nahe kam. »Meine Freunde dürfen mich Sergej nennen.« Etwas Gönnerhaftes schwang in seinem Angebot mit, und seine tastende Hand bewegte sich schleichend über Viktorias angewinkeltes Knie. »Die Frauen sagen Sergejewitsch.« Wieder entwich ihm ein aalglattes Lächeln.

Viktoria musste sich beherrschen, um nicht jäh zurückzuweichen. »Vielen Dank für Ihre Großzügigkeit«, erwiderte sie, um Diplomatie bemüht, und nippte an ihrem Glas, in der vagen Hoffnung, dass ihr fragwürdiger Verehrer nichts hineingekippt hatte, das sie ohnmächtig werden ließ und damit seinen Schergen ein Alibi lieferte, um sie in dessen abgelegene Behausung zu tragen.

Während die Champagnerperlen durchaus angenehm auf ihrer Zunge zerplatzten, sah Viktoria beiläufig, wie Theisen voller Argwohn das Werben seines mächtigen Konkurrenten beobachtete. Bereits jetzt überlegte sie, wer von beiden – Bashtiri oder Theisen – das kleinere Übel sein würde.

Mit einer beiläufigen Bewegung wischte sie Bashtiris Hand von ihrem Knie.

»Acht Wochen sind genug Zeit, um sich richtig kennen zu lernen«, murmelte er hartnäckig und starrte dabei unentwegt auf ihre Oberweite. »Findest du nicht?«

Viktoria verschluckte sich und begann augenblicklich zu husten. Bashtiri fasste wie selbstverständlich ihr freies Handgelenk und hob ihren Arm an.

»Tief durchatmen«, sagte er mit der aufgesetzten Stimme eines fürsorglichen Vaters, »dann ist es gleich vorbei.«

»Entschuldigen Sie mich bitte.« Viktoria kam wieder zu Atem und verdrängte das beklemmende Gefühl, das sie unvermittelt empfand. Mit einem mühsam gestellten Lächeln gab sie das kaum geleerte Glas an Bashtiri zurück. »Ich muss mal für kleine Mädchen.«

Ohne seine Antwort abzuwarten, stand sie auf und verließ das Lagerfeuer in Richtung Waschhaus, wo auch die Toiletten zu finden waren. Im Gehen spürte sie nicht nur die Blicke des Oligarchen auf sich ruhen, sondern auch die seiner Söldner.

Das ungute Gefühl verstärkte sich noch, als sie anschließend hinunter zum See schlich. Einem Kerl wie Theisen konnte sie Paroli bieten.

Bashtiri jedoch gehörte zu jener Sorte von Männern, die sich holen würden, was sie begehrten.

Eigentlich wollte sie für einen Augenblick alleine sein. Immer noch spukte ihr der Kerl mit dem Wolf im Kopf herum. Ein Mann und ein Wolf. Wie romantisch. Zu gerne hätte sie den Typen näher kennen gelernt. Gleichzeitig musste sie schmunzeln. Das ganze Jahr über war sie zu beschäftigt gewesen, um sich auch nur für einen einzigen Kerl zu interessieren, und ausgerechnet in dieser Einöde, sozusagen am Ende der Welt, waren es nun gleich drei, die sie – wenn auch aus verschiedenen Gründen – in Unruhe versetzten.

Plötzlich sah sie einen Schatten, der aus einem Gebüsch hervortrat. Erschrocken drehte sie sich um.

Es war Kolja, der ihr unaufgefordert gefolgt war.

»Vor Bashtiri musst du dich in acht nehmen«, bemerkte er raunend. »Er hat es auf dich abgesehen.«

»Was du nicht sagst«, spöttelte sie und lenkte ihren Blick überrascht zum Himmel. Über dem Hügel erhellten aufflackernde Lichter den Horizont, gefolgt von einem changierenden Schleier, der unvermittelt in einer Wellenbewegung am nachtblauen Firmament vorüberzog.

»Schau mal!«, sagte sie und warf Kolja einen fragenden Blick zu. »Was war das? Ein Gewitter?«

»Eine spezielle Form von Wetterleuchten, wie es nur in dieser Region vorkommt, kombiniert mit einer Art Nordlicht«, erwiderte er leise. »Weiter oben im Norden nennen sie es das Feuer der Schamanen«, fügte er dunkel hinzu. »Es bedeutet, dass ein mächtiger Schamane gerade sein Unwesen treibt und sich mit den Geistern der Unterwelt verbündet, um den Menschen Schaden zuzufügen. Nicht unbedingt ein gutes Omen.«

»Das ist nicht dein Ernst.« Viktoria sah ihn im Halbdunkel ungläubig an und lachte verhalten.

»Wer weiß …«, antwortete Kolja ausweichend, dabei fuhr er sich mit der Rechten nervös durch die struppigen roten Haare. »Die Urbevölkerung Sibiriens hat ihre eigene Wahrheit, die in weiten Teilen dieser Gegend immer noch Gesetz ist, auch wenn so mancher es lieber verdrängen möchte.«

3

Januar 1905, Sankt Petersburg – Deportation

Nach einer endlos lang erscheinenden Nacht, in der Leonard wie eingefroren zwischen den eisigen Mauern saß, öffnete sich völlig unvermittelt die Tür zu seiner Zelle.

Seine vorläufige Behausung befand sich nun im allgemeinen Gefangenenblock, in dessen 36 Einzelzellen sich nur die Crème de la Crème der russischen Gesetzesbrecher tummelte. Aufrührer, Terroristen und Mörder. Ein Tisch, ein Bett, ein Stuhl und eine einzige Mahlzeit waren das, was man ihnen zugestand.

»Aufstehen, Schenkendorff!«, brüllte sein unangemeldeter Besuch, ein Wächter, der ihm mit linkischer Achtsamkeit die eisernen Fußfesseln lockerte.

Leonard erhob sich mühsam. Konnte man so schnell altern, nur weil man etwas Furchtbares erlebt hatte? Man konnte, dachte er nüchtern und folgte dem Wächter schleppend in einen lang gezogenen Flur. Mit seinen Gedanken war er bei Katja, und nichts wünschte er sich sehnlicher, als sie noch einmal in seinen Armen zu halten.

Getrieben von seinem uniformierten Begleiter wanderte er auf wackeligen Beinen durch endlose Gänge, vorbei an Abzeichen und Wimpeln und einem Bildnis des Zaren und seiner angeblich unbesiegbaren Armee. Leonard kannte diesen Ort. Hier hatte man ihn in den letzten zwei Wochen wieder und wieder verhört. Nicht so brutal wie beim ersten Mal, doch an Grausamkeit hatten die subtilen Methoden der dritten Abteilung einer körperlichen Bestrafung in nichts nachgestanden.

Vor einer der hohen Flügeltüren gebot ihm der Wachmann Einhalt. Halblaut klopfte der Uniformierte auf das weiß lackierte Holz, bis eine Stimme aus dem Innern des Zimmers Einlass gewährte. Der Mann schlug die Hacken zusammen, dann meldete er in einem schneidigen Tonfall die Ankunft des Gefangenen. Nach einer dahingemurmelten Bestätigung wandte er sich um und stieß Leonard mit einer ruppigen Geste in das geräumige Verhörzimmer. Die hohen Decken und das glänzende Parkett wirkten eher wie ein Ballsaal. Über einem honigfarbenen Jugendstilschreibtisch hing ein weiteres überdimensionales Standbild des Zaren und dessen Gemahlin, Alexandra Fjodorowna oder Alice von Hessen, wie sie vor ihrer Hochzeit geheißen hatte.

Darunter stand in einer wartenden Haltung der Mann, der Leonard gestern in der Sekunde des Todes so unvermittelt den Weg in ein neues, wenn auch nicht gerade aussichtsreiches Leben offeriert hatte.

Geheimrat Nikolaj Michajloff musste ein Deutscher sein, oder zumindest war er deutscher Abstammung. Gewiss gehörte er zu jenen Emporkömmlingen, die zugunsten der besseren Karrieremöglichkeiten versucht hatten, ihrer deutschen Herkunft zu entfliehen.

Ein kurzes Lächeln, das über die schmalen Lippen des Mannes huschte, bestärkte Leonard in seiner aberwitzigen Hoffnung, dass der ranghohe Beamte wegen ihrer gemeinsamen Wurzeln vielleicht Milde walten ließ. Erst recht als Michajloff ihm völlig überraschend einen Stuhl anbot und den Wärter, der ihn hierher geführt hatte, mit einer ungeduldigen Geste nach draußen entließ.

Leonard hegte die vage Hoffnung, dass Michajloff ihm die Möglichkeit eröffnete, seinen Vater zu benachrichtigen und so vielleicht doch einen Advokaten beauftragen zu können, der die ganze Angelegenheit in ein neues Licht rücken würde. Danach würde er mit Sicherheit aus Russland ausgewiesen werden. Doch das wäre kein Unglück, weil er dann mit dem Geld seines Vaters aus dem Ausland versuchen konnte, Katja freizukaufen.

»Wir haben Ihre Wohnung durchsucht«, begann Michajloff ohne Umschweife in Deutsch.

»Damit habe ich wohl rechnen müssen«, sagte Leonard leise, und beim Anblick von Michajloffs Miene, die sich schlagartig verdüsterte, sank seine Hoffnung auf eine baldige Freilassung. Gleichzeitig beschlich ihn eine hartnäckige Furcht, dass man ihm weiteren Waffenbesitz oder Schlimmeres unterstellen konnte. Vielleicht war man sogar zu der Vermutung gelangt, dass er tatsächlich eine Bombe konstruierte und dafür verbotenerweise den elektrischen Strom von Sankt Petersburg abzapfte.

»Dieser Umstand hat Ihnen das Leben gerettet. Haben Sie eine Vorstellung warum?« Michajloff wartete nicht auf eine Antwort, sondern begann, vor dem hoch aufragenden Fenster auf und ab zu wandern. Seinen Blick richtete er dabei nach draußen, als ob er die grandiose Aussicht auf die sonnenüberflutete Newa mit all ihren Lastkähnen und Ausflugsdampfern genießen wollte. Dann blieb er plötzlich stehen und rieb sich nachdenklich das bartlose Kinn, während sein durchdringender Blick auf Leonard ruhte.

»Was studieren Sie eigentlich genau?«

»Elektromechanik am Polytechnischen Institut«, antwortete Leonard. »Ich gehörte zu den ersten Studenten, die 1902 dort immatrikuliert wurden.«

»Nach allem, was wir auf dem Esstisch Ihrer Wohnung entdeckt haben, pflegen sie anscheinend noch andere Leidenschaften, oder sehe ich das falsch?«

Leonard zögerte einen Moment. Er stellte sich die Frage, worauf die Unterhaltung hinauslaufen würde, wenn er die Wahrheit sagte. Heimliche physikalische Experimente waren nicht erlaubt, schon gar nicht, wenn sie einen solch fragwürdigen Charakter hatten. Doch dann beschloss er, die Flucht nach vorn zu ergreifen, weil er ohnehin nichts mehr zu verlieren hatte.

»Ich experimentiere mit der Möglichkeit drahtloser Kommunikation auf elektronischem Weg von einem Ort zu einem anderen«, gab er zu. «Nicht nur zwischen Menschen, sondern auch von Mensch zu Maschine. Außerdem arbeite ich an Plänen zur automatischen Steuerung von bewegten Objekten.«

Michajloff sah ihn verwundert an. »Drahtlos«, wiederholte er mit gespielter Selbstverständlichkeit in der Stimme. »Zwischen Mensch und Maschine. Dann folgen Sie also den Theorien von Nikola Tesla, oder irre ich mich?«

Schlagartig wurde Leonard bewusst, dass der Mann, dessen Blick ihn gerade durchbohrte, genau über seine Aktivitäten Bescheid wusste. Und dessen glänzende Augen verrieten, dass er offenbar Leonards Begeisterung für Tesla teilte, den großen Erfinder, dem man die Genialität eines Albert Einstein nachsagte.

»Ich war ein Schüler Teslas«, antwortete Leonard mit einem gewissen Stolz in der Stimme. »Vor drei Jahren durfte ich ihn persönlich kennen lernen, und es wurde mir erlaubt, ein kurzfristiges Praktikum bei ihm zu absolvieren. Ich habe meinen Vater für ein halbes Jahr nach Amerika begleitet. Während er sich in Pittsburgh mit Turbinentechnik beschäftigte, konnte ich in Long Island Studien an Teslas Hochspannungsanlage betreiben. Es ging dort unter anderem um den Versuch, große Mengen von Energie durch den Äther zu schicken. Ohne Kabel, versteht sich. Das war, bevor ich nach Sankt Petersburg kam, um hier meinen Abschluss als Ingenieur zu machen.« Leonard hoffte inbrünstig, dass der Geheimrat von seinen Referenzen beeindruckt sein würde und dass ihn diese Tatsachen wieder in das Licht eines rechtschaffenen Studenten rückten, der es nicht fertigbringen würde, Juden zu erschlagen oder sich gegen den Zaren zu erheben.

Das Gesicht des Geheimdienstmannes drückte in jedem Fall Zufriedenheit aus, und Leonard wunderte sich, warum man ihn erst jetzt nach seinem studentischen Werdegang befragte. Bisher hatte man nur fortwährend auf seinen angeblichen politischen Neigungen herumgehackt.

Michajloff kehrte unvermittelt an seinen Schreibtisch zurück und setzte sich in seinen Lehnstuhl.

»Ich will, dass Sie einen Brief an Ihre Eltern schreiben«, sagte er knapp und öffnete eine seitliche Schublade, der er Papier und einen Füllfederhalter der Marke Soennecken entnahm, um es seinem verwirrten Gegenüber hin zu schieben.

Endlich, dachte Leonard erleichtert. Bisher hatte man ihm jeglichen Kontakt zur Außenwelt verwehrt. Für einen Moment fiel alle Beschwernis von ihm ab. Innerlich dankte er Gott dem Herrn für seine Gnade, und er dankte auch Nikolaj Michajloff, der offenbar eingesehen hatte, dass es geradezu unmöglich war, einen intelligenten jungen Mann völlig zu Unrecht in die Verbannung zu schicken, und das ohne vorherigen Kontakt zu seinen engsten Anverwandten.

Mit zitternden Händen nahm Leonard den Füllfederhalter entgegen und überlegte einen Moment, was er schreiben sollte.

»Moment«, warf Michajloff ein. »Ich diktiere Ihnen, was Sie zu Papier zu bringen haben.«

Leonard schluckte, bevor er aufsah und den Geheimrat mit einem ungläubigen Blick bedachte. Nun gut, sagte er zu sich selbst, Zensur war eine alltägliche Sache im Zarenreich und erst recht in Sankt Petersburg. Keine deutsche Zeitung konnte behaupten, nicht zensiert zu werden. Vielleicht hatte Michajloff Bedenken, er würde von der an ihm verübten Folter schreiben oder gar von dem beinahe vollstreckten Todesurteil. Doch das hätte Leonard ohnehin nicht gewagt. Und so wartete er geduldig, bis der Offizier von neuem das Wort ergriff.

»Lieber Vater, liebe Mutter«, begann Michajloff, und Leonard führte die Feder in zunehmender Verwunderung über das Papier.

»Ich war Euch immer ein guter Sohn, und ich hoffe, dass ich Euch nicht zu arg enttäusche, wenn ich Euch hiermit gestehe, dass ich trotz all Eurer Fürsorge und Liebe vom Wege abgekommen bin …«

Anders hätte ich auch nicht begonnen, schoss es Leonard durch den Kopf. Schließlich schrieb er aus einem der berüchtigtsten Gefängnisse Russlands, in dem Staatsfeinde seit 1872 festgesetzt und gleich darauf im ansässigen Gericht durch den Festungskommandanten verurteilt wurden.

»Denkt nicht, dass es Euch an Einfluss und Strenge gefehlt hat und Euch eine Schuld trifft, in welcher Weise auch immer, dass ich den Pfad der Tugend verlassen habe …« Leonard musste an Eisenstein denken, der in weiser Voraussicht etwas Ähnliches geäußert und dessen Leben danach ein so jähes, unvermutetes Ende genommen hatte.

»Ich habe große Schuld auf mich geladen und einen Menschen getötet …«

Leonard stutzte und hielt so unvermittelt inne, dass ein Klecks Tinte auf den Brief tropfte.

Michajloff reichte ihm Löschpapier und sah ihn auffordernd an.

»Weiter!« Seine Stimme klang hart.

Leonard atmete tief durch. Widerstand keimte in ihm auf.

»Ich habe Eisenstein nicht erschlagen, das sagte ich bereits.« Für einen Moment kniff er die Lippen zusammen und sah dem Geheimrat fest in die Augen. »Ich werde meine Eltern nicht anlügen. Ganz gleich, was Sie von mir verlangen und was das Gericht von mir denkt.«

Michajloffs Miene erstarrte zu Stein.

»Ihre kleine Freundin hat einen Polizisten erschossen«, resümierte er kalt, »dafür gibt es ein ganzes Bataillon von Zeugen, und ihr Bruder Alexej Davydov gehört ab sofort zu den meistgesuchten Terroristen Russlands. Und Sie und das Mädchen sind seine Komplizen. Oder wollen Sie das etwa immer noch leugnen? Denken Sie, wir lassen Sie beide so einfach davonkommen?«

Michajloff schüttelte mit einem ironisch klingenden Lachen den Kopf.

»Das hier, mein Lieber, wird ein Pakt mit dem Teufel … oder ein Pakt mit dem Tod, ganz wie es Ihnen beliebt.«

Leonard war sprachlos. Für einen Moment rang er nach Worten.

»Also gut«, sagte er leise, »was wollen Sie von mir?«

»Ich will, dass Sie einen Abschiedsbrief schreiben«, erwiderte der Geheimrat. Sein Blick war so harmlos, dass Leonard tatsächlich für einen Moment glaubte, es solle sich um einen gewöhnlichen Abschiedsbrief an seine Eltern handeln, in dem er ihnen von seiner Verhaftung und seiner anschließenden Deportation berichtete. Obschon er ahnte, dass Männer wie Michajloff mit ihrer aufgesetzten Güte nur spielten. In Wirklichkeit waren sie grausame Wölfe, die nicht aus Hunger, sondern nur noch für Ruhm und Ehre auf die Jagd gingen.

»Ich will, dass Sie sich das Leben nehmen«, sagte er kühl, und bevor Leonard begriff, was er mit dieser Ungeheuerlichkeit gemeint hatte, war er schon fortgefahren, um dieser unglaublichen Forderung noch etwas hinzuzufügen. »Natürlich nur auf dem Papier. Der Brief wird in einem offiziellen Schreiben an Ihre Eltern versandt, mit dem Hinweis, dass Sie sich in Ihrer Zelle vor Verzweiflung erhängt haben. Ihre Leiche haben wir anschließend in einem Massengrab beigesetzt. Leider lässt sich den Unterlagen nicht mehr entnehmen, unter welcher Nummer die Beisetzung stattgefunden hat. Nachdem man Sie nun offiziell für tot erklärt hat, werden Sie in einem Spezialtransport der russischen Streitkräfte nach Sibirien in ein geheimes Lager deportiert, dessen Existenz nur Eingeweihten bekannt ist. Bis dahin erhalten Sie keine weiteren Informationen, und es ist Ihnen auch nicht erlaubt, vor dieser Abreise mit irgendeinem Menschen Kontakt aufzunehmen. Habe ich mich klar ausgedrückt?«

Leonard wollte ansetzen, etwas zu entgegnen, doch seine Stimme drohte ihm den Dienst zu versagen.

»… das Mädchen«, stieß er atemlos hervor. »Sie haben gesagt, dass sie leben wird – genauso wie ich!« Tränen erstickten seine Stimme.

»Jekatherina Davydova kommt lebenslänglich in ein Lager nach Tomsk. Auch ihr werden wir sagen, dass Sie sich umgebracht haben, und solange Sie gehorsam in unseren Diensten stehen, wird es ihr an nichts mangeln. Sollten Sie es sich anders überlegen, können wir unsere Entscheidung zur Exekution jederzeit erneuern.« Michajloff öffnete abermals eine Schublade und entnahm eine Pfeife und etwas Tabak, und während er in Seelenruhe seine Pfeife stopfte, verlor Leonard beinahe den Verstand.

»Und wie erfahre ich, ob es dem Mädchen gutgeht, ob sie lebt und bei Kräften ist? Denken Sie ernsthaft, ich lasse mich von Ihresgleichen versklaven, ohne zu wissen, ob Sie den Preis dafür bezahlen werden? Nein!«, stieß er schnaubend hervor und sprang auf.

Während er Michajloff mit wutverzerrtem Gesicht anstarrte, lehnte der Geheimrat sich in seinem blattgoldverzierten Sessel zurück und zog genüsslich an seiner Pfeife. Seelenruhig stieß der Mann der Dritten Abteilung eine Rauchwolke aus. Dann grinste er süffisant.

»Auch daran haben wir gedacht«, antwortete der Geheimpolizist beinahe amüsiert. »Der jungen Frau wird erlaubt werden, regelmäßig an ihre Mutter zu schreiben. Die Briefe werden jedoch nicht an die Frau Mutter versandt, sondern zu Ihnen ins Lager geschickt, unzensiert, wie Sie sehen werden. Und somit sind Sie stets im Bilde, wie es ihr geht, und haben damit einen direkten Einfluss darauf, ob ihr nicht Unvorhergesehenes zustößt.«

Wie betäubt brachte Leonard unter den Anweisungen Michajloffs den Brief zu Ende, dabei hatte er das Gefühl, auf die Hände einer Marionette zu schauen, während die Feder über das Papier kratzte.

Danach führte man ihn zurück in seine Zelle. Niemand hatte ihm gesagt, was man im Lager von ihm erwarten würde, noch wohin genau die Reise ging. Dass es etwas Wichtiges sein musste, konnte er sich denken. Hoffentlich war es wichtig genug, dass man ihn nicht bei nächster Gelegenheit aus dem Weg räumte. Tot war er nun schon – wem würde es auffallen, wenn ein Namenloser in der Newa schwamm? Oder in der sibirischen Steppe von Wölfen zerfleischt wurde. Aber er musste leben – nicht für sich, sondern für seine Eltern und in allererster Linie für Katja. Eines Tages würde er sie wieder in seine Arme schließen, und wenn er dafür über Leichen gehen musste.

Am nächsten Tag konnte er aus einem vergitterten Fenster im zweiten Stock Jekatherinas Abtransport beobachten. Über Nacht hatte es geschneit. Ihre Schritte waren schleppend und hinterließen kaum Spuren. Ihr schmales Gesicht war von einer ohnmächtigen Trauer gezeichnet. In einer kleinen Gruppe von aneinandergeketteten Frauen wurde sie im Schneeregen zu einem Leiterwagen geschoben, dabei brach sie immer wieder zusammen, offenbar unfähig weiterzugehen. Eine ältere, füllige Frau half ihr auf und streichelte ihr über den Kopf. Unentwegt sprach sie auf das Mädchen ein.

Leonard verspürte einen Kloß im Hals. Sollte er sich bemerkbar machen? Durch die eisernen Gitter nach draußen schreien? Dass er noch lebte und sie niemals im Stich lassen würde? Doch was würden Michajloff und seine Männer dann mit Katja anstellen? Nein, er durfte ihre Sicherheit nicht gefährden, selbst wenn es ihm schier das Herz zerbrach, zu sehen, wie sehr sie litt.

Von zwei zottigen Pferdchen gezogen, zuckelte der Wagen vom Hof, Richtung Moskauer Bahnhof, von wo aus sich die Transsibirische Eisenbahn mit Hunderten von Deportierten in Gang setzen würde.

Gelegentlich war er unfreiwilliger Beobachter beim Abtransport von Verurteilten gewesen. Immer hatte ihn spontanes Mitgefühl gepackt, selbst wenn manchmal ganze Familien den Deportierten freiwillig in die Verbannung folgten. Seine Heimat zu verlieren, jegliche gesellschaftliche Anerkennung, mit der nicht gerade rosigen Aussicht, fortan in der Wildnis ein ärmliches, unfreies Dasein zu fristen – das war ihm barbarisch erschienen.

Drei Tage später war er selbst an der Reihe, verschleppt zu werden – oder verschickt, wie man es weitaus eleganter nannte. In eine unbekannte Region unter undurchsichtigen Umständen. Doch der Wagen, der ihn zum Bahnhof bringen würde, kam nicht tagsüber und war auch nicht offen. Eine geschlossene Kutsche transportierte ihn und einen weiteren Gefangenen am späten Abend zum Moskauer Bahnhof im Südosten von Sankt Petersburg. Oberleutnant Egor Stephanowitsch Subbota, ein rothaariger, hager wirkender Adjutant der Dritten Abteilung, und vier einfache Soldaten begleiteten ihre reibungslose Abreise.

In der Kutsche sprachen sie die ganze Zeit kein Wort. Leonard beäugte mit unverhohlener Neugier seinen beleibten Leidensgenossen, der ihm gegenüber, direkt neben dem verbissen dreinschauenden Offizier saß.

Der andere Gefangene war ungefähr so jung wie er, vielleicht dreiundzwanzig oder ein wenig älter. Im Gegensatz zu Leonard, der einem drahtigen Kämpfer glich, wirkte er schwammig und war von kleinem Wuchs. Sein Haupthaar hatte bereits zu schwinden begonnen, und sein leerer Gesichtsausdruck vermittelte Leonard, dass er ebenso gelitten hatte wie er selbst. Hände und Füße lagen in Ketten, die nur einen watschelnden Gang erlaubten und leise klirrten, wenn man sich hinter den Ohren kratzen musste. Dazu trug der Mann die gleichen grauen Anstaltskleider wie Leonard, zusammen mit einem wärmenden Mantel, den man ihm wohl vor der Abreise überlassen hatte. Wollhandschuhe und eine Schafspelzmütze komplettierten das Bild.

Leonards Blick glitt zu Subbotas ausdrucksloser Miene hinüber. Ob dessen Gleichmut ein gutes Zeichen war? Vielleicht wollte man nicht, dass die Gefangenen schon vor Erreichen des Ziels erfroren.

Bei Dunkelheit erreichten sie den Moskauer Bahnhof. Auf einem Sondergleis warteten bereits eine größere Anzahl Güterwaggons und eine schwarze Lokomotive, die zur Begrüßung schnaubte wie ein feuerspuckender Drache. Auf Anweisung von Oberleutnant Subbota lockerte einer der Soldaten Leonard und seinem Mitgefangenen die Ketten. Dann führte man sie zu einem separaten, geschlossenen Gefängniswagen, der von außen einem gewöhnlichen Personenwaggon glich, mit dem Unterschied, dass man die Fenster vergittert hatte. Ein wahrer Luxus gegenüber dem nächsten Waggon, der einem zugigen Viehwagen glich und in den trotz der Kälte in Decken und Mäntel gehüllte Männer und Frauen bugsiert wurden.

Das Innere des Waggons war karg, aber einigermaßen komfortabel, vor allem verfügte er über einen kleinen Kanonenofen mit Abzug, der in einer Ecke des Raumes fest mit dem Fußboden verankert war und in dessen Innerem bereits ein wärmendes Feuerchen prasselte. Dazu war ein ausreichender Vorrat an Holz und Kohle in einer hölzernen Kiste vorhanden. Zwei ausgebleichte Matratzen lagen auf dem Boden des Wagens, darauf ein paar fleckige Kissen und zwei verschlissene Wolldecken. Sogar einen Tisch mit zwei Stühlen gab es, und selbst an ein Nachtgeschirr und an eine Schüssel zum Waschen hatte man gedacht. Darin lagen ein Stück Seife und ein paar graue Armeehandtücher.

»Hier ist was zu essen für euch«, erklärte Subbota mit starrer Miene. »Und Wasser.« Er ließ eine Kiste mit Brot, getrocknetem Fisch und Äpfeln in den Waggon heben und kurz darauf zwei eiserne Kannen, die mit einem abnehmbaren Deckel verschlossen waren. »Bis Moskau gibt es keinen Halt«, raunte er noch, bevor er ohne Ankündigung die Tür zuziehen ließ und sie mit einem schnarrenden Geräusch von außen verriegelt wurde.

Plötzlich war es dämmerig und still. Dann durchfuhr ein Ruck den gesamten Zug, und Leonard spürte, wie sich das schwere Gefährt unter stetigem Stampfen in Bewegung setzte.

Beiläufig musterte er im Feuerschein das ängstliche Gesicht seines Gegenübers. Der junge Mann hatte sich in der Nähe des Ofens in eine Ecke gekauert, als ob er der unerträglichen Situation entfliehen wollte, indem er sich unsichtbar machte.

»Wer auch immer uns in die Verbannung schickt«, murmelte Leonard tröstend, »will offenbar nicht, dass wir schon auf dem Weg dorthin verrecken.« Er hatte aufmunternd wirken wollen, doch seine Stimme klang eher fatalistisch.

»Wie ist dein Name«, fragte ihn sein Begleiter. Seine Stimme wirkte nervös, während der Feuerschein des Ofens die ansonsten weichen Züge des Mannes mit einer harten Maske aus Licht und Schatten überzog.

»Leonard Michailowitsch Schenkendorff.«

»Und was hat dich hierher verschlagen?«

»Ein Mord, den ich nicht begangen habe, und angeblich soll ich die Bolschewiki bei ihrem Aufstand gegen den Zaren unterstützt haben.«

»Und hast du?«

»Nicht dass ich wüsste«, brummte Leonard und kniff die Augen zusammen, um sein Gegenüber besser erkennen zu können. »Bis vor kurzem war ich noch rechtschaffener Student der Elektromechanik am Polytechnischen Institut und hatte mit der Politik soviel am Hut wie eine Kuh mit Eierlegen.«

»Polytechnisches Institut? Dann sind wir sozusagen Kollegen«, erwiderte die Stimme. »Mein Name ist Pjotr Antonowitsch Agollov. Ich studiere Luftschiffbau und Metallverarbeitung. Ich stand kurz vor dem Abschluss, bevor man mich verhaftet hat.«

»Hast du auch einen Juden erschlagen und die falschen Freunde gehabt?«

»Einen Juden erschlagen? Gott behüte, wir haben selbst Juden in der Familie.« Pjotr Agollov krächzte vor Entrüstung. »Man hat mich einfach abgeholt, mitten in der Nacht. Auch ich soll angeblich die Bolschewiki unterstützt haben.«

»Und hast du?« Leonards Frage hatte einen lakonischen Unterton.

»Eigentlich nicht. Ab und an habe ich an heimlichen Kundgebungen teilgenommen, weil mich die Ansichten von Trotzki und Lenin faszinierten«, antwortete Pjotr zögernd. »Mein Vater war Ingenieur bei der Russisch-Baltischen Luftschifffahrtgesellschaft. Schon als kleiner Junge hat er mich manchmal mitgenommen, und ich konnte beobachten, wie die Arbeiter dort in Knechtschaft gehalten wurden. Nach seinem Tod hab ich mir geschworen, dass ich für den Fall, dass ich einmal seine Nachfolge antrete, für eine gerechtere Welt einstehen wollte.« Er schwieg einen Moment, als ob er sich sammeln müsste.

»In meiner Freizeit entwerfe ich Konstruktionspläne für Luftschiffe, die Hunderte von Passagieren für wenig Geld zu weit entlegenen Orten bringen können«, fuhr er fort. »Es ist ein Traum von mir, dass so etwas eines Tages möglich wird. Die Dritte Abteilung behauptet, das seien geheime Anleitungen für den Bau eines Kriegsschiffs, mit denen ich die Bolschewiki für einen Angriff auf den Zaren und seine Armee unterstützen würde.« Agollov schnaubte leise. »Ich habe meine alte Mutter zurücklassen müssen. Sie ist fast gestorben vor Gram, als man mich abgeführt hat. Später ließ man mich meine Schuld in einem Brief bekennen. Ansonsten hätte man sie nach meiner Verurteilung, die schon so gut wie beschlossene Sache war, enteignet und damit dem sicheren Hungertod überlassen.«

»Konntest du dir keinen Advokaten leisten? Oder hast du keine Verwandten, die für dich einstehen können?«

»Ich bin der einzige Sohn meiner Eltern. All unsere Anverwandten leben in Riga. Mein Vater hat in frühen Jahren mit ihnen gebrochen, weil meine Mutter ihnen nicht standesgemäß erschien. Er ist nach langer Krankheit vor zwei Jahren gestorben und hat uns beinahe mittellos zurückgelassen. Ich durfte froh sein, dass wir mein Studium finanzieren konnten.« Er schüttelte mutlos den Kopf, bevor er von neuem ansetzte. »Advokaten sind teuer und korrupt dazu. Das weiß doch jeder halbwegs normal denkende Mensch. Und wer kann finanziell schon mit dem Zarenregime mithalten?«

»Ist das nicht merkwürdig?« Leonard kratzte sich den Bart, in dem beunruhigenden Verdacht, dass sich darin bereits Läuse eingenistet hatten. »Ausgerechnet zwei Studenten des Polytechnischen Instituts werden von der Ochrana verhaftet und in einer Nacht-und-Nebel-Aktion in Richtung Sibirien verschickt.« Er schluckte und sah Pjotr direkt in die braunen Augen. Für ein Moment hatte sein Blick eine starre Richtung angenommen, und er fixierte seinen unfreiwilligen Leidensgenossen fragend.

»Warum wir beide?«, bohrte Leonard weiter. »Was haben die mit uns vor?«

»Keine Ahnung«, flüsterte Pjotr nachdenklich. »aber irgendetwas sagt mir, dass dies keine Vergnügungsreise wird, auch wenn die Bedingungen nicht ganz so schlecht sind, wie ich befürchtet hatte.«

»Der Teufel kommt oft in goldenen Pantoffeln daher, damit man seinen Pferdefuß nicht sieht, hat meine Großmutter immer behauptet.« Leonard schloss für einen Moment müde die Augen, bevor er aufblickte und seinen Mitreisenden mit einem ironischen Grinsen bedachte.

Pjotr kniff die Lippen zusammen, dann stieß er einen lang gezogenen Seufzer hervor. »Und was machen wir, wenn die alte Dame recht behält?«

4

Juni 2008, Tunguska – Im Rausch der Tiefe

Ein liebevoller Blick, und die faltige Hand von Vera Leonardowna Schirova streichelte zärtlich über das schwarze, glatte Haar des schlafenden Mannes. Sanft fuhren die Finger der alten Frau weiter über die hohen Wangenknochen und dann über den weichen Stoppelbart, der das markante Kinn bedeckte. Ihre Gedanken kehrten zu jenem Tag zurück, an dem sie ihn zum ersten Mal im Arm gehalten hatte. Klein und verschrumpelt war er vor fast dreißig Jahren mit zornigem Geschrei dem Schoß ihrer völlig erschöpften Tochter entschlüpft – nicht freiwillig, sondern nach tagelangem Ringen und nur mit roher Gewalt. Seine Mutter hatte es das Leben gekostet, und ihn selbst hatte dieser Umstand als Halbwaisen zurückgelassen. Ein denkbar schlechtes Omen, wie der alte Schamane am Totenbett der jungen Frau orakelt hatte. Ein böser Geist sei noch vor der Geburt in das Kind gefahren und habe es mit dämonischen Kräften beseelt.

»Ein neuer mächtiger Schamane hat das Licht der Welt erblickt«, krächzte der Alte mit glasigen Augen und meinte damit das unschuldige Bürschchen, dessen Hunger zunächst mit warmer Pferdemilch gestillt werden musste und nicht mit Blut, wie es der alte Mann geifernd verlangte. Das anschließende, drei Tage andauernde Reinigungsritual – bestehend aus ununterbrochenem Getrommel und dem Ausräuchern der Hütte – hatte die bösen Geister zwar mit Mühe vertrieben, aber dafür das Kind nachhaltig geschwächt. Nur mit viel Geduld und der Hilfe eines Gottes, auf den der alte Schamane mit Hochmut herabsah, hatte die Großmutter um das Überleben des Jungen gekämpft. Die Rettung des Kleinen war jedoch – wie alles in der Geisterwelt der Tungusen – nicht umsonst zu bekommen gewesen. Acht ältere Geschwister starben binnen kurzer Zeit an Kehlkopfdiphterie. Damit waren es neun Verwandte, die das Leben des Kindes gekostet hatte. Ein weiteres Zeichen, wie der alte Schamane düster bekannte. »Der Geist des wiedergeborenen Schamanen unterbricht den Weg, auf dem das Unheil zu ihm kommen kann. Ein anderer Geist, der ihm das Leben geschenkt hat, verlangt ein Opfer aus den Reihen der Sippenangehörigen.«

Eine Kuh, die neunmal gekalbt hatte, musste dran glauben. Das schreiende Baby wurde am ganzen Körper mit ihrem Blut gezeichnet.

»Lasst ihn zum Mann reifen und die Geister der Unterwelt werden ihm zugetan sein«, prophezeite der Alte den ängstlichen Großeltern, »und dabei wird er mehr Macht besitzen als all seine Vorfahren!«

Doch das Schicksal hatte es nicht ganz so schlecht mit dem winzigen Säugling gemeint, wie zunächst befürchtet. Wenigstens besaß er die liebevollsten Großeltern, die man sich vorstellen konnte. Und aller schlechten Vorzeichen zum Trotz wurde aus dem kleinen Jungen kein bösartiger Gnom, sondern ein freundlicher Kerl mit einem angenehmen

Wesen, der die meisten Männer der Sippe um mehr als Haupteslänge überragte.

Für einen Moment ruhte die Hand der alten Frau auf seiner mächtigen Schulter, und ein Lächeln flog über ihr Gesicht, als sich die Lippen des Mannes kräuselten und er mit geschlossenen Augen ein wohliges Brummen von sich gab.

»Wie spät ist es, Babuschka?« Blinzelnd öffnete er die Augen und schaute sie fragend an.

»Hast du gut geschlafen, Wnutschok?« Sie überging seine Frage und nannte ihn leise bei seinem Kosenamen, dann küsste sie ihn leicht auf die Stirn, bevor sie sich seufzend erhob. Kurz darauf kehrte sie mit einem dampfenden Glas Tee zurück, das sie dem schmauchenden Samowar auf der alten Kommode entnommen hatte. Behutsam setzte sie das Glas samt Untertellerchen auf einem kleinen Tisch ab, bevor sie sich erneut zu der Kommode begab und einen trockenen Brotfladen mit Butterschmalz bestrich.

Auf einem weiteren Teller servierte sie ihrem einzigen Enkel den Fladen zum Tee.

»Du musst etwas essen«, bemerkte sie fürsorglich und mit Blick auf seine ansehnlichen Arm- und Beinmuskeln, die er genüsslich streckte und dehnte. Geschäftig ging sie zu ihrer üblichen Hausarbeit über, obwohl die Stube alles andere als unordentlich wirkte. Das Mobiliar in der geräumigen Hütte war karg, und zu putzen gab es nicht viel. Vor knapp hundert Jahren hatten ihre Vorfahren das Haus aus Holz, Erde und Tierfellen erbaut. Makar Charitonowitsch, ihr Mann, hatte es später mehrmals renoviert. Zusammen mit neun anderen Jurten, den traditionellen Häusern der Ewenken, stand es zu einem kleinen Dorf vereint, das ein paar Kilometer abseits lag von Vanavara. Nur eine einzige holperige Straße führte durch den beinahe undurchdringlichen Wald in die Stadt.

Im Innern der Hütte teilten sich zwei Betten, ein Sofa und ein Kleiderschrank den einzigen großen Raum. Den gestampften Boden hatte man mit bunten Teppichen ausgelegt, welche in ähnlicher Form, aber weitaus kostbarer die Wände schmückten.

Hier und da fegte die alte Frau mit einem Strohbesen einige Krümel hinweg, dabei schob sie ein paar große Kissen beiseite, mit denen man es sich auch noch als älterer Mensch auf dem Boden bequem machen konnte. Doch setzen wollte sie sich nicht. Es war, als sei sie von einer andauernden Unruhe getrieben, und ihr gütiges rundes Gesicht mit den vielen Fältchen wirkte so sorgenvoll wie schon lange nicht mehr.

Während ihr Enkel sich, nur mit Unterwäsche bekleidet, langsam aufrichtete und sich verschlafen die Augen rieb, betrat sein Großvater durch einen Vorhang aus Fellen das Innere der Jurte. Das ockerfarbene Lederhemd und die gleichfarbige Hose schlotterten um seine dürre Gestalt, und die bunte Mütze auf seinem Kopf bändigte nur mühsam das weiße störrische Haar. Sein Gesicht war eingefallen, die Haut von Wind und Wetter gegerbt, und seine kleinen leuchtenden Äuglein über der flachen, gebogenen Nase huschten in ständiger Aufmerksamkeit hin und her.

»Du bist spät dran, Leonid«, bemerkte er knapp und bedachte den Jüngeren mit einem kritischen Blick. Beiläufig streichelte er dem Laika-Rüden, der sich nicht weniger verschlafen von seinem Lager erhoben hatte, den Pelz. Das Tier streckte sich wie sein Herr – genüsslich und mit einem lang gezogenen Gähnen. Anschließend schüttelte es sein frisch gereinigtes Fell.

»Ich dachte, du wolltest die Otterfallen oben am Kimchu kontrollieren?« Der Alte sah den Jüngeren vorwurfsvoll an.

»Tut mir leid, Dedka«, erwiderte Leonid mit einem bedauernden Lächeln, das seine aufrichtige Abbitte verriet. »Ist wohl ein bisschen spät geworden gestern Abend. Ich habe mit Taichin in uralten Büchern geblättert. Er hat mal wieder vom Krieg erzählt und von der Zeit vor der großen Revolution.«

»Falls der verwirrte Narr auf die Idee kommen sollte, dich gegen meinen Willen zu seinem Nachfahren zu erheben, wird er sein blaues Wunder erleben. Lasst euch das gesagt sein!« Die Augen des Großvaters funkelten gefährlich.

»Das kann sowieso nicht geschehen«, bemerkte die Großmutter seufzend, und dabei nahmen ihre wachen, hellen Augen einen schwermütigen Ausdruck an. »Warum sollte Leonid so dumm sein, sich zum Schamanen ausbilden zu lassen? Wen sollte er heilen? Er kann sich ja noch nicht einmal eine Frau nehmen, solange er sich in den Wäldern versteckt halten muss, wie ein Bär auf der Flucht vor einer blutrünstigen Hundemeute.«

»Offiziell ist er tot«, bemerkte der Alte mürrisch. »Irgendwann werden die Russen vergessen haben, dass es ihn je gab, und dann fängt er unter einem neuen Namen einfach ein neues Leben an. Kaum jemand hier kennt seine wahre Herkunft. Nur die Alten, und die werden schweigen.«

»Wie sollten die Russen ihn je vergessen«, erwiderte die alte Frau leise. »Dafür hat er viel zu viel gewusst. Ich sehe jetzt noch das Gesicht seines Oberen, als er uns die Nachricht von seinem Tod überbrachte. Da war keine Spur von Trauer, erst recht nicht von Mitleid. Erleichterung wäre das richtige Wort. Der Junge kann von Glück sagen, dass man an seiner Stelle einen anderen in die Grube geworfen hat.«

»Du machst dir zu viele Gedanken, Babuschka.« Leonid stand auf und zog seine Hose an. »Die Geister werden mich schützen. So wie sie es bisher immer getan haben.« Er zog sein Hemd über und setzte ein unbekümmertes Lachen auf. Dann nahm er seine Großmutter, die ihm gerade mal bis zur Brust ging, schwungvoll in die Arme und wirbelte sie herum, bis sie mit aufgesetzter Entrüstung lauthals protestierte.

Nachdem er sie wieder auf den Boden gestellt hatte, setzte er sich im Schneidersitz auf dem Sofa nieder und trank endlich seinen Tee. Schluck für Schluck, weil er immer noch heiß war. »Und warum sollte ich mich von Taichin zum Schamanen erheben lassen. Wir wissen doch beide, dass die Geister den Tod weiterer Angehöriger fordern würden. Ihr seid alles, was ich noch habe. Meinst du, das würde ich wollen?« Lächelnd zwinkerte er seiner Großmutter zu. »Außerdem ist er zu schwach in seinen Fähigkeiten. Ein großer Schamane kann seine Initiationsriten nur von einem noch größeren empfangen.«

»Versündige dich nicht vor den Geistern der Finsternis«, bemerkte der Alte tonlos. »Ich will mich nicht wiederholen. Es gibt da ein paar unselige Ahnen deines nicht weniger unseligen Vaters, die du mehr fürchten solltest als die Russen.«

Leonid biss in sein Brot, und während er langsam kaute, folgte er mit aufmerksamen Blicken seinem Großvater, der in einem offenen Kamin ein kleines Feuer entzündete und magische Worte murmelte, während er ein Bündel Kräuter in die Flammen warf. Sofort stieg ein aromatischer Duft auf, der den ganzen Raum erfüllte.

Leonid zog es vor, nichts zu erwidern. Sein Großvater konnte Gedanken lesen. Taichin, der offiziell als Michail Leonardowitsch Schenkov das Licht der Welt erblickt hatte, war Leonids Großonkel. Trotz seiner achtundachtzig Jahre strotzte der hochgewachsene schlanke Mann nur so vor Vitalität. Ihm hing seit nunmehr sechzig Jahren der Ruf eines bedeutenden Schamanen an – zunächst nur heimlich. Die heiligen Männer der sibirischen Taiga hatten in Zeiten Stalins noch weit mehr unter Verfolgung zu leiden als unter dem Zaren. Doch später, nach Glasnost und Perestroika, kamen die Leute in Scharen, um sich von Taichin von den seltsamsten Krankheiten befreien zu lassen. Taichin, der zeit seines Lebens ein listiger und unerschrockener Charakter war, blühte unter seinen entfesselten überirdischen Fähigkeiten, die ihn seit jeher begleiteten, regelrecht auf. Und er wusste darum, dass in seinem Neffen gewaltige Fähigkeiten schlummerten, von denen der Junge nicht das Geringste ahnte. Fortwährend versuchte er Leonid auf die Probe zu stellen, indem er ihn in Abwesenheit des Großvaters mit all seinem schamanischen Wissen konfrontierte. Doch Leonid lag es fern, jemals Taichins Nachfolge anzutreten. Nach allem, was ihm bisher widerfahren war, konnte er sich kaum vorstellen, zwischen Menschen und Geistern zu vermitteln, geschweige denn mit letzteren über das Schicksal von Bittstellern zu verhandeln. Abgesehen davon hatte Dedka vollkommen Recht. Seine endgültige Berufung würde noch weitere Familienmitglieder das Leben kosten, und außerdem wäre seine Tarnung dahin. Nein, der alte Taichin machte seine Sache immer noch ganz gut, und wenn möglich, sollte es auch so bleiben, solange wie es eben ging.

Mit einem Seitenblick auf die Großmutter, die der gleichen Meinung war, beruhigte er sein schlechtes Gewissen. Taichin war ihr älterer Bruder. Leonid wollte den alten Onkel nicht vor den Kopf stoßen, indem er dessen Lehre zurückwies. Nur deshalb hatte er eingewilligt, ihm zuzuhören – unter dem heiligen Versprechen, dass seine Großeltern es niemals erfahren würden.

»Wenn es tatsächlich nach den Gesetzen der Geister ginge, müsste er auch ohne Taichins Hilfe längst zum obersten aller Schamanen aufgestiegen sein«, gab die Großmutter mit einem spöttischen Lächeln zu bedenken. »Ich kenne kaum jemanden aus unserer Sippe, dem bereits mehr Leid widerfahren ist.« Dabei schaute sie den Alten mit einer verbitterten Miene an, die keinen Widerspruch duldete. »Wir brauchen uns nicht zu sorgen. Die Götter wollen ihn gar nicht.«

»Am besten ist es, wenn du jetzt schweigst. Sonst verscherzt auch du es dir noch mit unseren Ahnen, Weib«, knurrte der Alte verhalten. Mit mürrischer Miene goss er etwas Wasser in eine Schüssel, um sich gründlich die Hände zu waschen.

»Am Chekosee ist eine neue Expedition eingetroffen«, bemerkte Leonid beiläufig und mit vollem Mund, um vom Thema abzulenken. »Russen und Deutsche.«

»Deutsche?« Seine Großmutter, die ein weiteres Glas mit Tee einschenkte, sah erstaunt auf. »Woher weißt du das?«

»Ich habe gestern zufällig draußen auf dem Sportplatz in Vanavara eine Frau getroffen, die an der Expedition teilnimmt. Versehentlich hat sie die unerfreuliche Bekanntschaft mit Ajacis Temperament gemacht. Wegen ihm ist sie ausgerutscht und in den Dreck gefallen.«

»Du warst in Vanavara?« Die alte Frau sah ihn erschrocken an.

»Nur kurz. Auf dem Weg zu Taichin hab ich beobachtet, wie die Helikopter landeten – das hat mich neugierig gemacht.«

»Hat dich jemand gesehen?« Ihr ängstlicher Blick streifte ihn nur.

»Nein, außer ein paar Kindern und dieser Frau war niemand auf der Straße. Sie ist eine Deutsche. Ich habe mich sogar kurz mit ihr unterhalten.«

»Du hast Deutsch gesprochen?« Leonids Großmutter machte ein entsetztes Gesicht.

»Warum nicht? Du hast es mir schließlich beigebracht. Ich kann mich noch an alles erinnern.« Sein Blick verriet einen gewissen Stolz über das Erlernte. »Guten Tag, gute Nacht, auf Wiedersehen, wie geht es dir … und … ich liebe dich.« Er grinste breit.

Der ansonsten gütige Gesichtsausdruck der alten Frau verfinsterte sich merklich. »Ich habe es dir beigebracht, weil es das Erbe deines Urgroßvaters ist. Ich wollte nie, dass du jemandem davon erzählst. Erst recht nicht irgendwelchen Fremden.«

»Ich habe vom Eintreffen der Expedition gehört«, bemerkte der Großvater mit zusammengekniffenen Lidern. Er hatte sich ebenfalls ein Glas Tee genommen und setzte sich nun wieder zu seinem Enkel auf das Sofa.

»Bei drei riesigen Helikoptern, kein Wunder«, scherzte Leonid mit einem Augenzwinkern. »Sie waren so laut wie ein herannahender Orkan, als sie über die Stadt geflogen sind.«

»Ich hatte eine Einladung«, fuhr der Alte ungerührt fort. »Als Stammesältester sollte ich an der Begrüßungsveranstaltung teilnehmen. Uljanowitsch wollte es so. Aber ich habe abgesagt.« Der Blick des Alten war nicht zu deuten.

»Warum?« Seine Frau sah ihn erstaunt an.

»Bashtiri hat bei der Sache seine Finger im Spiel, und ihr wisst, was das zu bedeuten hat. Ich will ihn hier nicht haben. Nicht nur wegen Leonid. Ich habe gehört, er will das Land oben am Chekosee aufreißen und sich die feinsten Stücke für sein neues Gas-Imperium unter den Nagel reißen. Er wird die gesamte Gegend zerstören, so wie sie schon einmal zerstört wurde, und auch diesmal werden die Geister den Menschen nicht wohlgesinnt sein. Wenn wir ihn nicht aufhalten, wird es zu einer weiteren Katastrophe kommen.«

»Bashtiri?« Die Augen der alten Frau waren voller Sorge. »Heilige Mutter, ausgerechnet Bashtiri.« Wieder lenkte sie ihren vorwurfsvollen Blick auf ihren Enkel. »Und du rennst auch noch durch die Stadt! Was wäre, wenn du ihm und seinen Leuten direkt in die Arme läufst?«

»Erstens rechnet er nicht mehr mit mir, und zweitens würde ich ihn dorthin schicken, wo seinesgleichen hingehört!« Leonid grinste boshaft. »Geradewegs in die Unterwelt!«

Der Großvater sah Leonid von der Seite an. Seine Miene blieb undurchsichtig

»Denkst du, ich kann dich hinauf an den See schicken, damit du dich dort einmal umsiehst und mir sagen kannst, was Bashtiri und seine Schergen dort oben treiben. Ohne dass er dich sieht oder du ihn gleich massakrierst – wenn du verstehst, was ich meine.«

»Leonid? Bist du verrückt geworden?« Der entsetzte Blick der alten Frau wanderte zwischen ihrem Mann und dem erstaunt dreinschauenden Enkelsohn hin und her. »Als ob es niemanden anderen gäbe. Das fehlte noch, dass dieser Hund auf ihn aufmerksam wird. Der Kerl geht mit dem russischen Präsidenten zur Jagd. Und wie du nur zu gut weißt, sagt man ihm Verbindungen zu Geheimdienstkreisen nach. Wenn sie erfahren, dass Leonid noch am Leben ist, werden sie ihn an die Wand stellen! Als Vaterlandsverräter und was weiß ich sonst noch.«

»Dedka hat recht mit dem, was er sagt«, widersprach Leonid. »Ich bin kein kleiner Junge mehr, Babuschka.« Mit seiner Linken vollführte er eine beschwichtigende Geste. »Weder Bashtiri noch dem FSB ist es gelungen, mich in Tschetschenien zu erwischen. Also warum sollte es ihnen ausgerechnet in meiner Heimat gelingen? Da, wo ich lebe, kommen sie nicht hin. Es ist ihnen zu ungemütlich.«

»Tschetschenien!« Ihre Stimme klang verbittert, während sie langsam den Kopf schüttelte. »Was könnte ungemütlicher sein. Mistkerle wie Bashtiri stört so etwas nicht. Deshalb verfügen sie über Männer wie dich, denen keine Hölle zu heiß ist. Sag bloß, du hast das schon vergessen?«

»Babuschka ...« Leonids Stimme klang ungeduldig. »Ich lasse mich nicht erwischen.« Er lächelte seine Großmutter herausfordernd an und zwinkerte ihr mit einem Auge zu. »Alles klar?«

»Gut«, sagte der Großvater und klopfte sich auf die Schenkel, während er seinen Enkel mit einem prüfenden Blick bedachte. »Dann mach dich auf den Weg! Du kannst das Pferd nehmen. Ich brauche es nicht. Wäre schön, wenn du in einer Woche wieder vorbeischauen und mir Bericht erstatten würdest.«

Gegen Mittag machte sich eine erste Gruppe von Wissenschaftlern zum See auf. Die Sonne spiegelte sich gleißend im Wasser; es war weit wärmer als am Tag zuvor. Unter den interessierten Blicken von Sven Theisen schälte sich Viktoria in Ufernähe aus ihrem Jogginganzug und brachte einen schlichten blauen Sportbadeanzug zum Vorschein, der trotz seiner Einfachheit nicht nur die wohlwollenden Blicke ihres deutschen Kollegen hervorrief. Vitaly Jurenko, ein sportlich durchtrainierter Dozent aus Moskau, mit dem sie am Abend zuvor – auf sein hartnäckiges Drängen hin – ihren ersten Wodka auf Ex getrunken hatte, grinste verlegen, als sie ihn dabei erwischte, wie er seinen Blick an ihr Dekolleté heftete.

Professor Olguth, der diesen Umstand nicht zu bemerken schien, hatte Viktoria bei der improvisierten Wodkataufe am Abend zuvor in sein Tauchteam aufgenommen. Zusammen mit Doktor Theisen und zwei weiteren russischen Experten sollte sie in Ufernähe in bis zu zehn Metern Tiefe Sedimentproben aufsammeln. Gleichzeitig würde ein Katamaran in der Mitte des Sees in etwa fünfzig Meter Tiefe weitere Bohrungen vornehmen.

»Wenn hier vor einhundert Jahren ein Meteor niedergegangen ist«, resümierte Professor Rodius, der mit einem Fernglas in Ufernähe stand, »muss ein Einschlagskrater zu finden sein.«

Rodius teilte Olguths Überzeugung, dass Reste dieses Kraters in diesem See zu finden waren. Erste Untersuchungen hatten magnetische Abweichungen im Gelände zutage gebracht, die verstärkt auf Eisenanteile im Gestein zurückzuführen waren. Zudem wiesen die Sedimentablagerungen am Grunde des Sees, wie man bei Ultraschalluntersuchungen festgestellt hatte, verdächtige Formen und eine ungewöhnliche Dichte auf. Mit einem Tauchboot hatte man bereits Reste umgestürzter Bäume in etwa zwanzig Meter Tiefe entdeckt, ein Zeichen dafür, dass der See vor der Explosion im Sommer 1908 in dieser Form noch nicht existiert hatte.

Während Viktoria Zug um Zug den wärmenden Taucheranzug anlegte, sinnierte sie darüber, ob die Theorien des Professors sich diesmal endgültig bewahrheiten sollten.

Dass hier am frühen Morgen des 30. Juni 1908 etwas niedergegangen war, dessen Auswirkung sich in kaum fünf Tagen zum einhundertsten Mal jährte, stand außer Frage. Noch Jahre nach dem katastrophalen Ereignis waren die verheerenden Folgen zu sehen gewesen: Tausende Quadratkilometer verwüstetes Land, siebzig Millionen umgeknickter Bäume. Ganz zu schweigen von den unmittelbaren Auswirkungen der bis heute ungeklärten Explosion. Ganze Herden toter Rentiere und Tausende verängstigter Menschen, Ewenken wie Russen, die das Spektakel aus 65 Kilometer Entfernung in Vanavara und Umgebung mitbekommen hatten. Vielleicht waren sogar einige von ihnen zu Tode gekommen, weil sie sich in unmittelbarer Nähe des Ereignisses aufgehalten hatten. Gleichzeitig hatten mehrere Erdbeben die Oberfläche des Planeten erschüttert. Ihre seismografischen Auswirkungen waren bis Sankt Petersburg zu spüren gewesen. Mit den einhergehenden seltsamen Lichterscheinungen war es an drei aufeinander folgenden Nächten sogar möglich gewesen, nachts um zwei in ganz Europa die Zeitung zu lesen.

Viktoria ließ ihren Blick über den See schweifen. Ruhig und unverdächtig lag er da. Umrahmt von einer ebenso harmlos erscheinenden Landschaft aus grünen Büschen und Bäumen, erschien er ihr im Sonnenlicht wie ein glitzernder stahlblauer Diamant. Kaum vorstellbar, dass es ausgerechnet hier zu einer solchen Katastrophe gekommen sein sollte. Bisher gab es unzählige Theorien zur Ursache dieses außergewöhnlichen Phänomens.

Ob ihre neuerlichen Untersuchungen tatsächlich zur Aufklärung des Rätsels führen konnten, blieb abzuwarten.

Vitaly lächelte hilfsbereit, bevor er ihr das Geschirr anlegte, an dem die Sauerstoffflasche befestigt war.

»Du kennst dich aus?« Seine Frage war eher rhetorisch gemeint, weil sie ihm bereits gestern hinreichend versichert hatte, dass sie auf jahrelange Taucherfahrung in sämtlichen Weltmeeren und zahlreichen Alpenseen zurückblicken konnte.

»Außer einem Riesenwels, der es auf zierliche Taucherinnen abgesehen hat, lauern hier keine Gefahren«, scherzte er und lachte, als sie eine entsetzte Miene aufsetzte. Dabei kam eine seitliche Zahnlücke zum Vorschein, die ihn zusammen mit seinen ungestümen braunen Locken und dem struppigen Bart eher wie einen Piraten aussehen ließ und nicht wie einen ernst zu nehmenden Wissenschaftler.

Sven war gleichfalls in seinen schützenden Neoprenanzug geschlüpft. Mit einiger Vorsicht schloss er den Reißverschluss über seiner behaarten Brust. Dann zupfte er hier und da, bis alles an seiner richtigen Stelle saß. Selbst in einem Taucheranzug stolzierte er wie ein Dandy umher, der sein Äußeres niemals dem Zufall überließ.

»Ich werde schon dafür sorge, dass dir kein Riesenfisch in die Zehe beißt«, bemerkte er und grinste Viktoria selbstgefällig an.

Bevor sie zu viert das kleine motorisierte Schlauchboot bestiegen, warf Viktoria noch einen Blick zurück zum Ufer. Bashtiri hatte sich den ganzen Morgen noch nicht blicken lassen. Vielleicht lag es am Champagner, den er gleich kistenweise getrunken hatte – mit etlichen Gläsern Wodka, eine noble und doch unselige Mischung, die ihm gewiss einen hartnäckigen Kater beschert hatte. Wahrscheinlich ließ er sich just in diesem Moment von seinen Schönen die Schläfen massieren. Seine Schergen waren dagegen schon früh auf den Beinen gewesen.

Attilo, der blonde Riese, der sie gestern in Vanavara an den Tisch seines Chefs gebeten hatte, war der vierte Taucher im Bunde. Bashtiri bestand darauf, dass sämtliche Aktivitäten – auch die unter Wasser – mit einer Kamera digital aufgezeichnet wurden.

Olguth drückte Viktoria im Vorbeigehen einen engmaschigen Netzbeutel in die Hand, den sie an ihrem Bleigürtel einhaken konnte.

Mit ein paar letzten Handgriffen überprüfte sie den Sitz ihrer Stirnlampe. Ab drei Meter Tiefe würde die Sicht extrem schwinden, hatte Vitaly ihr erklärt. Stufenweise wollte man bis in zehn Meter Tiefe vordringen, um im dortigen Sediment nach kleineren Gesteinsbrocken und abgestorbenen Pflanzen zu forschen, an denen man Hinweise zu finden hoffte, die endgültig den Niedergang eines Meteors beweisen würden. Schon zu früheren Zeiten hatte man in der Umgebung des Sees Millionen von glasähnlichen Kügelchen gefunden, die – kleiner als Schrotkugeln – metallisch schimmerten. Dazu hatte man Kupfer, Kobalt, Nickel sowie Spuren von Germanium entdeckt, was nicht minder einen Hinweis auf einen künstlichen Ursprung von eventuell nachrichtentechnischem Gerät gab, wie es auch in Flugzeugen früherer Entwicklungsphasen zu finden war. Iridium, welches man typischerweise bei anderen Impact-Ereignissen gefunden hatte, war hingegen kaum nachzuweisen gewesen. Erst gestern Abend hatte sich Sven Theisen zum wiederholten Male bestätigt gefühlt, als einer der russischen Kollegen leicht wodkageschwängert die Theorie eines niedergegangenen außerirdischen Raumschiffes zum Besten gegeben hatte.

In rasanter Fahrt schoss das kleine Motorboot über den See. Die Heckwellen schlugen hoch, als Vitaly mit einer eleganten Drehung nicht weit von der Stelle stoppte, wo der Kimchu einen natürlichen Abfluss bildete.

Ein letztes Mal überprüfte ein jeder seine Ausrüstung, bevor sich die Taucher einer nach dem anderen rückwärts in den zehn Grad kalten See fallen ließen. Viktoria folgte den drei Männern mit einer seltenen Mischung aus Freude und Aufregung, aber auch mit einer ungewissen Furcht, die sie in dieser Form bisher noch nie verspürt hatte. Zügig glitt sie in das dunkle Wasser und folgte ihren Vorgängern in die unwägbare Tiefe. *Was soll schon geschehen?*, beruhigte sie sich. Der See war zu klein, um sich darin zu verirren, und selbst in zehn Meter Tiefe konnte man immer noch die Oberfläche erahnen. Außerdem hatten sie ausgemacht, solange beisammenzubleiben, bis Vitaly das Zeichen zum Auftauchen geben würde. Länger als fünfzehn Minuten sollte der erste Tauchgang ohnehin nicht dauern.

Ab und an blubberten Bläschen an Viktoria vorbei. Sie war nicht sicher, ob sie von den Sauerstoffmasken der Kollegen herrührten oder vom Boden des Sees aufstiegen, von dem Kolja behauptete, dass darunter ein riesiges Gasreservoir vermutet werden durfte.

Nach ein paar Metern unter Wasser konnte sie die ersten Baumstümpfe erahnen. Wie die gestaffelten Reihen braver Zinnsoldaten schmiegten sie sich an die Hänge des Sees, und merkwürdig genug, sie schienen auch noch nach einhundert Jahren in ihrer Substanz fast vollständig erhalten zu sein. Sie waren lediglich mit Algen und undefinierbaren Ablagerungen überwuchert, welche die Zwischenräume zu benachbarten Stämmen füllten.

Mit einem plötzlichen flauen Gefühl im Magen heftete sich Viktoria an die kanariengelben Flossen ihres deutschen Kollegen, die sie im zunehmend trüber werdenden Wasser nur noch erahnen konnte. Auch wenn sie ansonsten gerne auf Svens Schutz verzichten konnte, hatte sie im Moment nichts gegen seine Anwesenheit. Zu ihrem Erstaunen schlug er eine andere Richtung ein als Vitaly. Es war, als ob er etwas gesehen hätte, das ihn interessierte. Entgegen der Abmachung begab er sich geradewegs zu einem vorstehenden Felsvorsprung, der bereits auf den Ultraschallbildern mit seiner eigenartigen Nase hervorgestochen hatte.

Viktoria folgte Theisen, unsicher, ob sie das Richtige tat. Nach einer Weile drehte er sich zu ihr um und gab ihr mit ein paar hektisch anmutenden Zeichen zu verstehen, dass sie näher herankommen solle. Irgendetwas ragte aus dem Gestein heraus. Von weitem erschien es wie ein verbogener Eisenträger, doch er war nicht verrostet, und ein paar regelmäßige Löcher im Material zeigten, dass es sich tatsächlich um einen Gegenstand handelte, der nicht zufällig hier lag, sondern nach dem Unglück hierher gelangt sein musste. Sven hatte die Stange, die offenbar aus Aluminium bestand, mit beiden Händen gefasst und zerrte daran, in dem er sich mit seinen Füßen am Felsen abstützte.

Sprudelnde Luftblasen, die seinem Atemgerät entwichen, ließen seine starke Anstrengung erkennen. Doch er bemühte sich vergeblich, den fremden Gegenstand oder wenigstens ein Stück davon aus dem Stein zu befreien. Der Fund versetzte ihn in Aufregung. Mit ein paar hektischen Fingerzeichen gab er Viktoria zu verstehen, dass sie ihm behilflich sein sollte.

Sie konnte sich nicht erinnern, dass man bei vorangegangenen Tunguska-Forschungen je ein solches Objekt entdeckt hätte – schon gar nicht in diesem See. Es hatte lediglich Gerüchte um einen metallischen Block gegeben, den Rentierhirten Jahre nach der Katastrophe in dieser Gegend gefunden hatten. Angeblich handelte es sich um ein undefinierbares Artefakt, welches merkwürdige Funken schlug, wenn man es zu Boden warf. Die Universität von Moskau hatte sich seiner Untersuchung angenommen. Doch genaue Ergebnisse waren nie publiziert worden, und so gehörte auch dieses Gerücht zu den vielen rätselhaften Geheimnissen, die zu unseriösen Spekulationen ermutigten.

Bei dieser Expedition hatte Professor Rodius jedoch von Beginn an darauf bestanden, dass es sich um eine seriöse Forschungsreise handelte, die selbstverständlich jedwede UFO-Fantasterei außer Acht lassen würde.

Mit ein paar kräftigen Zügen näherte sich Viktoria soweit Sven Theisen, bis sie ihn an der Schulter zu fassen bekam, um ihm Einhalt zu gebieten. Es hatte keinen Sinn, sich unnötig zu verausgaben. Schließlich hatte man draußen am Ufer schweres Gerät, das man mit einer passenden Vorrichtung auch hier auf dem See einsetzen konnte. Außerdem stand ihnen ein Mini-U-Boot zur Verfügung.

Viktorias Kollege ließ sich aber nicht beirren. Mit einem unbezwingbaren Entdeckerdrang, der offenbar zu seinen bevorzugten Charaktereigenschaften gehörte, zog und zerrte er wie von Sinnen an der verbogenen Aluminiumstange.

Plötzlich spürte Viktoria ein leichtes Beben. Im ersten Moment dachte sie an eine Halluzination, doch dann sah sie, wie sich der Fels unter ihr und damit der ganze Hang in Bewegung setzte. In Zeitlupe rutschte der gesamte Untergrund Stück für Stück abwärts. Sie hatte schreien wollen und dabei ganz vergessen, dass sie eine Sauerstoffmaske trug.

Sven schien ihre Panik nicht zu bemerken. Auf einmal hielt er ein

Stück Metall in Händen und war nun viel zu beschäftigt mit seinem Erfolgserlebnis, als dass er realisierte, in welcher Gefahr sie sich befanden. Viktoria zerrte an seinem Arm, doch er dachte gar nicht daran, mit ihr aufzutauchen. Stattdessen weiteten sich seine Augen hinter der Tauchermaske, und er hielt Viktoria das Metallstück entgegen, als ob sie ihn daran hochziehen sollte.

Als sie registrierte, dass Sven trotz ihrer Unterstützung begann, in die Tiefe zu rutschen, ließ sie den metallischen Gegenstand fahren und stieß nach unten. Sven hing fest. Seine Flosse war mit der Spitze zwischen zwei Felsen verkeilt. Und so wie es aussah, konnte er sich unmöglich selbst befreien. Das unterirdische Dröhnen war lauter geworden. Viktoria sah nur einen Ausweg: Sie musste Sven helfen, die Flosse abzustreifen, andernfalls würden ihn Schlamm und Geröllmassen in fünfzig Meter Tiefe ziehen und ihn womöglich unter sich begraben.

Todesmutig tauchte sie noch tiefer hinab. Entschlossen entledigte sie sich ihrer Handschuhe und umklammerte Sven Theisens Knöchel, um von dort aus mit Daumen und Zeigefinger unter den Rand der Flosse zu gelangen. Mit einem Ruck gelang es ihr, den festen Gummischuh von seinem Fuß abzustreifen. Das Beben wurde heftiger, und beim Blick in die Tiefe konnte sie plötzlich eine große helle Wolke erkennen, die mit rasender Geschwindigkeit auf sie zuschnellte. Der unvermittelt auftretende Wirbel erfasste sie wie der Schleudergang einer Waschmaschine und riss sie von Theisens Unterschenkel los. Eine unbändige Kraft katapultierte sie gegen den nächsten Geröllhaufen.

Ohne einen Schmerz zu verspüren, schlug sie mit dem Kopf auf. Mittelgroße Steine schwirrten um sie herum und drohten sie zu erschlagen. Wie prasselnde Nadelstiche empfand sie die aufwallenden Geröllmassen, die ohne Erbarmen ihren Neoprenanzug attackierten und mit denen sich ihr ungeschützter Körper wie in einem Reigen drehte. Irgendwo konnte sie die gelbe Flosse von Sven sehen, die im Kreis rotierte. Trotz aufkommender Panik schaffte sie es, ihren Bleigürtel zu lösen, um schneller aufsteigen zu können.

Eine zweite Welle erfasste sie mit einem gewaltigen Ruck und schleuderte sie in Richtung Oberfläche. Sie verlor ihr Mundstück und schluckte Unmengen an Wasser. Ihr Körper schien wie gelähmt. In einem Strudel sah sie über sich das Licht der Sonne, zwei, drei Meter entfernt, verquirlt zu einem kristallinen Kaleidoskop und doch unerreichbar. Sie würde sterben. Eine plötzliche Gewissheit ließ sie vollkommen ruhig werden, und während sie von einem Abwärtssog erfasst wurde, verlor sie das Bewusstsein.

5

Februar 1905, Sibirien – Höllenfahrt

Moskau lag fünf Tage zurück, und bis auf wenige Zwischenstopps an ein paar zugigen Bahnhöfen – mit den bedeutungsvollen Namen Europa und Usia –, die den europäischen und den asiatischen Kontinent miteinander verbanden, hatten Leonard und Pjotr nur wenig Gelegenheit gehabt, sich ein wenig die Beine zu vertreten.

Die Aussicht aus dem vergitterten Fenster ermöglichte Leonard den Blick auf eine berauschend schöne Landschaft, die in keinem Verhältnis zur Düsternis ihrer eigentlichen Reise stand. Berge wechselten mit tiefen bewaldeten Tälern, die über und über bedeckt von pudrigem Schnee den Eindruck erweckten, als seien sie aus reinem, glitzerndem Zucker gegossen, nur hier und da durchbrochen von hell- und tiefblauen Schatten.

Bevor der Zug im Bahnhof von Krasnojarsk einfuhr, passierte er die erst kürzlich errichtete, beinahe zwei Werst lange Eisenbahnbrücke über den zugefrorenen Jenissei, der an dieser Stelle eine Stromlänge von 4900 Werst erreichte und – soweit Leonard aus seinem Geologieunterricht wusste – in den Gebirgen der Mongolei entsprang. Unterhalb von Krasnojarsk hatte der Strom bereits zwei Werst an Breite erreicht, die sich bei seiner Mündung ins nördliche Eismeer auf gut 40 Werst erweitern würde.

Allmählich dämmerte es Leonard, was diese Deportation für ihn bedeutete. Aufgesogen vom ewigen Eis und Schnee der sibirischen Taiga, würde er seine Heimat nie wieder sehen, und doch war es nicht sein eigenes Schicksal, das ihn ängstigte, sondern der Gedanke an Katja, der seine ganze Sorge galt. War es ihr gut ergangen? Hatte sie die Kälte bis hierher heil überstanden? Noch am Morgen zuvor hatte die Lokomotive ihn mit dem quietschenden Geräusch schleifender Bremsen aus einem elenden Schlaf gerissen. Tomsk. Ein Blick aus den vergitterten Fenstern gab ihm letzte Gewissheit. Während die meisten Deportierten aufgefordert wurden, den Zug zu verlassen, hielt man ihn und seinen Kameraden regelrecht unter Verschluss. Sein Herz setzte für einen Moment aus, und er glaubte, es würde zerbrechen, als die Fahrt nach einer Stunde fortgesetzt wurde. Die Vorstellung, dass Katja ganz in der Nähe in einem abgelegenen Lager ihr neues, grausames Leben fristete, nahm ihm schier den Atem.

Mit einem pfeifenden Signal und unter einem schmauchenden Stampfen fuhr der Zug nach einer knappen Woche endlich in Krasnojarsk ein. Der Bahnhof war nicht mit den Bahnhöfen der Großstädte zu vergleichen, und doch hatte er eine Bedeutung – auch wenn sie nicht gerade erfreulich erschien.

Die Aneinanderreihung von endlosen Schuppen und Lagerhäusern gehörte zu einem Versorgungslager für den Russisch-Japanischen Krieg. Von hier aus zogen Soldaten zu den Schlachtfeldern im Osten des Landes, tauschten Pferde und Verpflegung, bevor sie in der grausamen Symphonie des Sperrfeuers ihr Leben verloren. Und von hier aus ging es für viele Deportierte, die nicht soviel Glück hatten, in Tomsk zu landen, weiter nach Sachalin und zu den noch weit unzugänglicheren Lagern in der Tiefe Sibiriens, die weder mit einem Zug noch mit einem gewöhnlichen Wagen zu erreichen waren. Rentierschlitten – im besten Fall – oder Pferdeschlitten waren die einzige Möglichkeit, relativ rasch und unversehrt am Ort des Geschehens einzutreffen.

Dass vom weiteren Verlauf der Reise nicht selten das Leben abhängen konnte, erfuhr Leonard von Aslan Kondrashow. Der magere, schwindsüchtig aussehende Turkmene hatte in einer beheizten Bahnhofsbaracke auf den Zug aus Moskau gewartet. Auch er war verschleppt worden und trug immer noch Ketten an Händen und Füßen. Er war Muslim, wie Leonard erfuhr, als er einen kurzen, heftigen Aufruhr beobachtete, weil die Kosaken Aslan das Beten auf dem Boden verwehrten. Aslan schlug um sich, und einer der Kosaken fuhr in seine dunklen Locken und stieß seinen Kopf an die Wand. Dabei bezeichnete er ihn als besserwisserisches Dschadidenschwein, das er aufschlitzen und ausweiden werde, sobald sich die Gelegenheit dazu ergebe. Aslan lief das Blut aus der Nase, und obwohl er taumelte, hatte sein Blick den Stolz eines verurteilten Revolutionärs, der selbst den Tod nicht scheut, um für seine Überzeugungen zu kämpfen. Dass er etwas Besonderes sein musste, erkannte man an der dreispännigen Troika, mit er, schwer bewacht wie ein leibhaftiger Zarenmörder, aus dem Süden gekommen war.

Leutnant Egor Subbota, der Leonard und Pjotr bis hierher begleitet hatte, ließ sie nicht aus den Augen. Wie bei einem Wiesel auf Beutezug wanderte sein Blick hin und her, während er sich mit dem Anführer der Kosaken über die Gefangenen beriet. Anschließend wurde ihnen Aslan als dritter Mann zugeteilt. Auch er war für ein Lager bestimmt, das keinen Namen hatte und dessen Weg dorthin auf keiner Karte verzeichnet war.

Obwohl man gewöhnlich auch zu Nachtzeiten fuhr, erschien es zu spät, um noch aufzubrechen. Bereits jetzt zeigte das Spiritusthermometer minus 33 Grad, und es fehlte zudem an billigem Pelzwerk, das man vor der Weiterreise an die Deportierten hätte verteilen müssen. Außerdem benötigte man entsprechende Schuhe, ebenfalls mit Pelz gefüttert und wasserdicht. Die wenigsten besaßen die passende Ausrüstung, und es nutzte niemandem etwas, wenn den Deportierten die Zehen oder ganze Füße abfroren, noch bevor sie das Lager erreicht hatten.

Die Frau des örtlichen Lagerverwalters, der ansonsten für die Ausgabe der Kleider zuständig war, lag in den letzten Wehen. Bereits am Nachmittag hatte ihr Mann den Weg nach Hause angetreten. Eine schwere Geburt stehe bevor, hieß es. Vor morgen früh wurde er nicht zurückerwartet. So blieb den Reisenden nichts anderes übrig, als in einer der spärlich beheizten Bahnhofsbaracken die Nacht zu verbringen.

Außer Leonard und seinen beiden Kameraden, die weiterhin gesondert bewacht wurden, hielten sich noch gut zwanzig andere Deportierte in der karg möblierten Stube auf. Die meisten von ihnen waren erschöpft und hatten verängstigte Gesichter.

»Gebt ihnen was zu essen!«, rief Subbota über Tische und Bänke dem Pächter der Gaststube zu. Ein Heer von hoffnungslosen Augen verfolgte den fettleibigen Wirt mit Blicken und wartete stoisch – auf was auch immer.

Mit der mürrischen Miene und Beweglichkeit einer hundertjährigen Schildkröte servierte der Mann schließlich den völlig ausgehungerten

Menschen eine Suppe – Teller für Teller, während die Portionen immer geringer und zusehends dünner ausfielen, bis die letzten Ungeduldigen sich lautstark beschwerten. Der dickbäuchige Kerl, dem etliche Zähne fehlten, störte sich nicht daran. Wortlos spendierte er den hohen Herrn Militärs, die sich an Ente und Bratwurst labten, einen Wodka.

In einem kurzen, heimlich geführten Gespräch erfuhr Leonard, dass man Ivan Ivanowitsch Wassiljoff, einen Schmied aus Wyborg, und dessen vierköpfige Familie bis Tomsk in einen Viehwagen gepfercht hatte – zusammen mit achtunddreißig anderen Personen und deren Gepäck, das aus rund sechzig Kisten bestand. Erst nachdem die Hälfte der Reisenden in Tomsk den Waggon verlassen hatte, war die Fahrt erträglicher geworden. Aber immer noch mussten zwanzig Gepäckstücke umgeladen werden. Wassiljoff fluchte leise, während seine eingeschüchterte Frau, eine rundliche Matrone mit welkem Gesicht, leise zu jammern begann. Ein etwa achtjähriger Junge klammerte sich ängstlich an ihren Rockzipfel. Er hustete immer wieder, und seine älteste Schwester wischte ihm mit einem schmuddeligen Lappen stetig den Rotz von der Nase. Als sie aufschaute, wurde Leonard für einen Moment von ihren hellbraunen Augen gefesselt. Sie schenkte ihm ein kurzes, unauffälliges Lächeln, das über ihren herzförmigen Mund flog, wie auf der Flucht vor ungebetenen Beobachtern. Ihr nächster Blick galt ihrem immer noch zeternden Vater. Leonard konnte sich denken, dass er ein strenger Patriarch war, der trotz der plötzlichen Leibeigenschaft nicht auf den strikten Gehorsam seiner Familie verzichtete. Noch einmal trafen sich ihre Blicke, und Leonard lächelte zurück, ebenso kurz und unauffällig. Hastig schaute sie weg und strich sich eine rotbraune Strähne unter die Haube, die ihr weiches, langes Haar bändigte. Dann glättete sie mit beiden Händen ihr dunkles Wollkleid, das trotz seiner Einfachheit ihre schlanke Figur und ihre hoch sitzenden Brüste hinreißend zur Geltung brachte. Wollte sie mit ihm flirten? Hier in dieser Einöde und unter diesen unmöglichen Umständen? Leonard verscheuchte diesen Gedanken, weil er ihm ganz und gar ungehörig erschien. Nicht weil er diesen schüchternen Annäherungsversuch missbilligt hätte, sondern wegen Katja. Sie würde ihm niemals mehr aus dem Kopf gehen; der Anblick des grazilen Mädchens ließ die Sehnsucht nach ihr nur noch heftiger aufblühen.

Plötzlich dröhnte das lautstarke Gebrüll der Kosaken durch die Schankstube. Frauen und Kinder schauten erschrocken auf. Es war nicht bei einem Wodka geblieben, und es schien nur eine Frage der Zeit zu sein, bis der erste Soldat ausfallend wurde. Jeder Einzelne dieser Kerle war bis an die Zähne bewaffnet, und deren wilde, ungepflegte Bärte taten ihr Übriges, um nicht nur die Frauen einzuschüchtern.

»He, ihr da!«, brüllte Subbota mit heiserer Stimme und bedachte Leonard und seine beiden Begleiter mit einem eindeutigen Blick. »Anstatt zu quatschen und Maulaffen feilzuhalten, könnt ihr euch nützlich machen.« Mit großen Schritten kam er auf sie zu, einen Schlüssel in der Hand, und befreite sie wortlos von den Fußfesseln. »Ihr könnt beim Ausladen des Gepäcks helfen«, erklärte er seine unverhoffte Mildtätigkeit.

Die Gepäckstücke der Deportierten mussten in einen der vielen verfallenen Lagerschuppen getragen werden, von wo aus man sie am nächsten Tag auf klapperige Frachtschlitten verladen würde.

Während die verängstigten Menschen aus Sicherheitsgründen im Gastraum der Schänke bleiben mussten, scheuchte man Leonard und seine Kameraden nach draußen auf den verschneiten Bahnsteig. Vielleicht befürchtete man den ein oder anderen Fluchtversuch, wenn man die ganze Bande nach draußen entließ. Aber wer sollte hier schon fliehen und vor allem wohin?

Es dämmerte bereits und war so kalt, dass Leonard beim Atmen der Schnurrbart gefror. Der Zug war abfahrbereit, nachdem sie auch die letzte Habe aller Anwesenden herausgeholt und auf dem Bahnsteig abgestellt hatten. Mit Blick auf das schummerig beleuchtete Bahnhofshaus blieb ihm die Frage, ob alle Reisenden die Nacht in einem einzigen Raum verbringen mussten, womöglich auf Tischen und Bänken oder blank auf dem Boden, ohne jegliches Unterzeug.

Der Gasthof verfügte nur über ein Dutzend Zimmer, das gewiss den wenigen vermögenden Passagieren und den beiden Offizieren vorbehalten war.

In der sich herabsenkenden Dunkelheit halfen Leonard und seine beiden Kameraden im Licht einer Petroleumlampe und unter Aufsicht eines jungen Soldaten beim Stapeln der Gepäckstücke im Lagerschuppen. Von ferne hörten sie betrunkene Männerstimmen. Sicher die

Kosaken, die aufgeheizt von ein paar Flaschen Wodka ihre Pferde versorgten. Zwischen die Stimmen mischte sich ein helles Winseln, dessen Herkunft nicht eindeutig zuzuordnen war.

»Was ist das?«, flüsterte Pjotr beunruhigt, während er innehielt und angestrengt horchte.

»Vielleicht haben sie sich eine Katze zum Abendessen gefangen«, witzelte Aslan düster. »Oder ein paar Ratten. Kosaken fressen alles, wenn man sie nur lässt.« Der schlaksige Kerl mit den dunklen Locken schien beileibe nicht dumm zu sein, wie Leonard recht schnell festgestellt hatte, aber seiner Art haftete etwas Linkisches an, das Leonard nicht sympathisch erschien. Angeblich konnte er sogar ein frisch abgeschlossenes Physikstudium an einer russischen Akademie vorweisen. Doch warum man ihn nach Sibirien deportierte, war ihm nicht zu entlocken gewesen, so sehr sich Leonard auch bemüht hatte.

»Kein Wunder«, bestätigte Pjotr grinsend die Bemerkung seines ansonsten verschwiegenen Kameraden. »Hast du das Essen in dieser Schänke gesehen? Es ist verabscheuungswürdig. Entensuppe mit einer undefinierbaren Einlage. Vermutlich sind es Überreste von Hälsen, Schwänzen und Flügeln. Nicht zu genießen. Wenn es so weitergeht, verwandele ich mich in kürzester Zeit in ein Skelett.«

Mit einem hintergründigen Grinsen setzte Aslan eine Hutschachtel wie die abschließende Spitze eines Turmes auf eine Mauer von Koffern und Kisten. Schließlich entwich ihm ein spöttisches Lachen, als er sich umwandte und Pjotrs immer noch üppige Figur betrachtete.

Wieder war dieses Winseln zu hören, dann ein helles, schluchzendes Geräusch.

»Still«, zischte Leonard mit einem Seitenblick auf den jungen Soldaten, den man zu ihrer Bewachung abgestellt hatte. Er saß vornübergebeugt auf einer der Kisten und war allem Anschein nach eingenickt. Dabei hielt er sein Gewehr wie einen schlummernden Säugling im Arm. Leonard trat einen Schritt hervor und lugte im Halbdunkel durch einen schmalen Spalt in der Bretterwand, der ihm einen begrenzten Einblick in eine sich anschließende Halle ermöglichte.

Was er dort sah, ließ ihm den Atem stocken. Eines der deportierten Mädchen hatte sich offenbar auf dem Weg zur Latrine verirrt. Anders konnte es nicht möglich sein, dass sie schutzlos in diese verzweifelte

Lage geraten war. Im Halbschatten von zwei Petroleumlampen hatten zwei Uniformierte sie rücklings auf eine Kiste mit Mörsergranaten gepresst. Einer der Männer hielt ihr den Mund zu, damit sie nicht schrie. Trotz der eisigen Kälte hatte man ihr die drei oder vier Röcke bis zu den Hüften hochgeschoben. Die schmalen Schenkel des Mädchens eisern im Griff, stand der dritte im Bunde mit weit geöffnetem Pelzmantel vor ihr, während seine geplusterte Hose bis auf die polierten Stiefel herabhing. Unter dem rhythmischen Klirren seines Säbels stieß er in einem eindeutigen Rhythmus und immer schneller werdend vor und zurück, dabei entwichen dampfende Atemwölkchen und ein stetiges Grunzen seiner wodkageschwängerten Kehle.

»Kosakenschweine!«, zischte Leonard düster. »Wem sonst könnte es einfallen, bei mehr als minus dreißig Grad eine Frau zu vergewaltigen.«

»Wo willst du hin?«, rief Aslan leise, der ebenfalls einen Blick durch den Spalt riskiert hatte. Es gelang ihm nicht mehr, Leonard bei seinem Wollmantel zu packen, als dieser an ihm vorbei nach draußen in die Kälte stürmte. »Bleib hier, du Idiot!«, rief er verhalten. »Das geht uns nichts an!«

Ohne jede Warnung durchbrach Leonard das morsche Tor im Nachbarschuppen. Die Kosaken waren viel zu überrascht, um rechtzeitig reagieren zu können. Die Handgelenke immer noch mit einer ellenlangen Kette verbunden, hatte Leonard von hinten kommend blitzschnell den Hals des Vergewaltigers umschlungen. Erbarmungslos verdrehte er die Kette zu einem strangulierenden Werkzeug und zog den röchelnden Mann, der sich vergeblich an den Hals fasste, von dem Mädchen weg. Während der Soldat ins Stolpern geriet und rücklings mit Leonard auf dem gestampften Boden landete, ragte das noch steife Glied des Mannes grotesk aus dem offenen Mantel hervor.

Gurgelnd versuchte der Kosake sich zur Wehr zu setzen, doch Leonard zog so fest zu, dass der Soldat rot anlief und Zunge und Augen unnatürlich aus seinem Gesicht hervorquollen. Einer der Kosaken wollte sich mit gezogenem Säbel auf Leonard stürzen, doch der Deutsche blieb seltsam ruhig.

»Einen Schritt weiter«, stieß er schnaubend hervor, »und ich breche ihm das Genick!«

Im Schummerlicht der Petroleumlampen zog der zweite Kosake

seine Pistole vom Gürtel und richtete sie mit einer ausladenden Geste direkt auf Leonards Kopf.

»Dann gehst du mit!«, brüllte er kehlig. »Lass ihn los, sofort!«

Als Leonard nicht reagierte, richtete er die Pistole ungeniert auf das Mädchen. Erst jetzt erkannte Leonard das Opfer. Es war die älteste Tochter des Schmieds, die ihn vor einer Weile noch so verheißungsvoll angelächelt hatte. Die Augen weit aufgerissen, wie ein Kälbchen, das zur Schlachtbank geführt wird, verharrte sie halb nackt und zitternd auf der Kiste.

»Wenn du nicht spurst, wird sie zuerst dran glauben, und wir werden sagen, dass du es gewesen bist, und wir dich leider auf der Flucht erschießen mussten!«

Leonard saß in der Klemme, während seinem Opfer langsam die Luft ausging.

Plötzlich flog die Tür auf, und Leutnant Subbota stand mitten im Schuppen. »Kann mir jemand sagen, was hier los ist?«, stieß er mit gezogener Pistole hervor. Zunächst fiel sein Blick auf die beiden Kosaken, dann auf das Mädchen. Erst danach sah er seinen am Boden sitzenden Gefangenen, der anscheinend im Begriff war, ein angesehenes Mitglied des Zarenregimentes ins Jenseits zu befördern.

Rücksichtslos versetzte er Leonard einen Tritt in die Niere, dass der Deutsche ein schmerzerfülltes Stöhnen von sich gab und sofort die Kette lockerte.

Röchelnd entwand sich der Kosake Leonards Zugriff. Für einen Moment rieb er sich nach Atem ringend die Stelle, wo die Kette seine Kehle eingeschnürt hatte. Dann wandte er sich noch auf Knien um und verpasste Leonard eine verzweifelte Rechte, aus der all seine Wut, aber auch seine Angst sprach, die er noch kurz zuvor empfunden hatte. Erst danach zog er sich die Hose hoch.

Leonard schmeckte Blut und spürte, wie seine Lippe anschwoll.

»Schluss jetzt, ihr Idioten!«, brüllte Subbota, als er sah, wie die beiden Kameraden des Kosaken auf Leonard zustürzen wollten. Drohend fuchtelte der Leutnant mit seiner Pistole herum. »Ich könnte euch alle auspeitschen lassen«, rief er mit sich überschlagender Stimme. »Nicht wegen des Mädchens, sondern wegen des offenen Feuers. Wenn die Baracke in Brand gerät, fliegt ganz Krasnojarsk in die Luft. Ich werde eurem Kommandeur empfehlen, dass er euch auf halbe Ration setzen soll, damit ihr wisst, was es heißt, seinen Verstand im Schwanz herumzutragen!«

»Dein verdammter Nemez ist schuld!«, fauchte der Vergewaltiger mit verwaschener Stimme, die verriet, wie maßlos er dem Wodka zugesprochen hatte. Trotzig knöpfte er sich die Hose zu und rückte sich den Säbel zurecht, dabei ließ er den Leutnant nicht aus den Augen. »Die Ochrana hat offensichtlich ihre Gefangenen nicht im Griff. Man müsste ihm eine Lektion erteilen! Wer weiß, was ihm sonst noch einfällt.«

»Einerlei, was geschehen ist«, brüllte Subbota und richtete seine Waffe auf den offensichtlichen Rädelsführer. »Ihr werdet ihn nicht anrühren. Meine Gefangenen sind im Auftrag des Zaren unterwegs. Und jeder, der auch nur einem von ihnen ein Haar krümmt, bekommt es mit mir zu tun! Haben wir uns verstanden?« Die Miene des Offiziers war so unmissverständlich, dass die drei Kosaken darauf verzichteten, weiteren Protest einzulegen. Einer nach dem anderen wankte an Subbota vorbei, hinaus in die sternklare Nacht.

»Du kannst aufstehen«, blaffte Subbota und bedachte Leonard mit einem verärgerten Blick. Dann schaute er zu dem Mädchen, das ein wenig unbeholfen von der Kiste heruntergestiegen war und sich nun fahrig die Röcke sortierte. »Kümmere dich um sie«, befahl ihm der Leutnant. »Schließlich hat sie es dir zu verdanken, das sie noch Jungfrau ist.«

In diesem Punkt hatte Subbota unrecht. Die Jungfernschaft hatte sie unwiederbringlich verloren. Beiläufig hatte Leonard bemerkt, dass am Glied des Kosaken nicht nur Sperma, sondern auch Blut geklebt hatte. Behutsam legte er einen Arm um die Schultern der viel kleineren, jungen Frau. Sie wagte es nicht, zu ihm aufzuschauen. Nur ein einziger unterdrückter Schluchzer entfuhr ihr, als sie mit dem Handrücken eine Träne wegwischte.

Subbota war den Kosaken gefolgt, um ein Vorhängeschloss zu beschaffen, damit die gefährliche Munition vor dem Zugriff Unbefugter geschützt war. Pjotr lugte besorgt in den Schuppen hinein. Er war es gewesen, der den Leutnant gerufen hatte. Mit einem Nicken gab Leonard seinem Kameraden zu verstehen, dass er für einen Moment verschwinden solle. Gerade noch rechtzeitig, bevor das Mädchen erneut in Tränen ausbrach und bitterlich zu weinen begann. Leonard stockte das Herz, so leid tat sie ihm. Sanft nahm er sie in den Arm und drückte sie an sich. Er dachte an Katja und streichelte mit einer Hand ihren Rücken. Beruhigend sprach er auf sie ein, während er mit der anderen Hand ihren Kopf an seiner Brust geborgen hielt.

»Hab keine Angst«, flüsterte er. »Es ist vorbei. Sie werden nicht wiederkommen, und wenn doch, werde ich sie erschlagen und ihre Schwänze zu Entensuppe verarbeiten!«

Das Weinen hatte aufgehört, und ein Glucksen entwich ihrer Kehle. Hatte sie gelacht? Als sie zu ihm aufschaute, lächelte sie tatsächlich, die langen Wimpern immer noch tränenverhangen.

Ein Zittern lief durch ihren Körper – nicht wegen der Kälte, sondern wegen der nervlichen Anspannung, die nur langsam verebbte. Leonard erging es kaum besser. Doch er wollte sich nichts davon anmerken lassen. Immerzu musste er an Katja denken. Die Angst, dass es ihr ähnlich ergehen konnte und er nicht bei ihr war, um sie beschützen zu können, nagte an ihm. In anderen Lagern würde es kaum besser zugehen, wie er aus Erzählungen wusste. Auch dort lebten die Frauen wie Freiwild. Wenn der Kommandant eine Frau in seinem Bett haben wollte, dann holte er sie sich. Ganz zu schweigen von einer Vergewaltigung durch eine Handvoll grober Soldaten, denen die Ehre eines Mädchens soviel bedeutete wie ein Haufen getrockneter Pferdemist.

Plötzlich stand Subbota in der Tür. »Los, schert euch raus!«, rief er barsch. »Ich muss hier abschließen, und euch erwarte ich in spätestens fünf Minuten im Bahnhofshaus. Dann wird zugesperrt!«

Immer noch den Arm um die Schulter des Mädchens gelegt, führte Leonard die Kleine nach draußen. Auf dem Bahnsteig entzog sie sich mit einem wehmütigen Lächeln seiner Fürsorge.

»Tu mir einen Gefallen«, sagte sie und schaute mit einem Flehen zu ihm auf, das einen Stein hätte erweichen können. »Sag nichts zu meiner Mutter – und erst recht nicht zu meinem Vater. Er würde die Kerle umbringen und mich gleich dazu.«

»Warum dich?« Leonard sah sie verständnislos an. »Du trägst keinerlei Schuld.«

»Da irrst du dich.« Ihre Stimme klang angsterfüllt. »Er wird denken, dass ich den Männern schöne Augen gemacht und ihn damit entehrt habe. Ihm ist es wichtig, dass ich als Jungfrau in die Ehe gehe, falls nicht, würde er mich verstoßen. Abgesehen davon, hast du nicht die geringste Ahnung, zu was er fähig wäre, wenn er den drei Kosaken auf die Schliche käme. Er würde sie töten, und wenn er dafür an den Galgen käme. Doch wir brauchen ihn. Meine Mutter ist krank. Sie hat die Schwindsucht. Und mein Bruder auch.« Das Flehen in ihren Augen wollte nicht weichen. »Versprichst du es mir?«

»Natürlich.«

»Wie ist dein Name?«, fragte sie leise.

»Leonard. Und wie heißt du?«

»Jekatherina.«

Leonard musste unwillkürlich schlucken und räusperte sich vernehmlich. Warum ausgerechnet Jekatherina? fragte er sich. Gab es in diesem verdammten Land keine anderen Namen?

»Freunde dürfen mich Kissanka nennen.« Ein schüchternes Lächeln glitt über ihre Lippen.

Dem Himmel sei Dank, dachte Leonard. Wenigsten *dieses Lächeln* hatten ihr die Kosaken nicht nehmen können.

Die Mutter der jungen Frau schien zu ahnen, dass etwas Furchtbares vorgefallen war. Ihre Augen huschten verängstigt zu Leonard und dann wieder zu ihrer Tochter, deren fleckiges Gesicht und rot geränderten Augen Bände sprachen. Der Vater lag indes schlafend am Boden und schnarchte sich die Erschöpfung des Tages aus dem Leib.

Im Weitergehen streifte Leonards Blick dessen grobschlächtige Erscheinung. Der Schmied war ein riesiger, hässlicher Kerl mit einem roten struppigen Bart, dessen Kräfte durch die jahrelange Arbeit zu Urgewalten herangewachsen waren. Leonard konnte sich gut vorstellen, dass er sich jeden Einzelnen vorknöpfen würde, der nachweislich die Unschuld seiner Tochter befleckt hatte. Und dabei wäre es ihm einerlei, ob es sich um blutrünstige Kosaken oder einen harmlosen Studenten aus Sankt Petersburg handelte, der auf Befehl der geheimnisumwitterten Ochrana in die sibirische Taiga verschickt worden war.

Der Wirt hatte die Tische und Bänke zur Seite gerückt und Strohmatratzen auf dem Boden ausgelegt. Jede Familie wurde angewiesen, sich zwei Matratzen zu teilen. Leonard musste auf einer Matratze mit Pjotr liegen, dem die Aufregung der vergangenen Stunde noch anzusehen war. Aslan schüttelte verärgert den Kopf. Damit brachte er seine

Missbilligung zum Ausdruck, die er Pjotr und erst recht Leonard entgegenhielt, weil sie in seinen Augen so unvorsichtig gehandelt hatten.

Außerdem knurrte sein Magen, weil sie das Abendessen wegen der Verladeaktion und des anschließenden Tumults verpasst hatten. Leonard gelang es schließlich auf Geheiß des Leutnants, noch ein paar Kanten Brot und einen Krug mit Bier zu beschaffen. Gierig verschlangen sie die harten Stücke und spülten sie mit ein paar hastigen Schlucken hinunter, die sie sich abwechselnd gönnten. Als Leonard einen schrumpeligen Apfel aus der Tasche zauberte, um ihn mit Pjotr zu teilen, fiel sein Blick auf Kissanka und ihren kleinen Bruder. Vielleicht war es kein Zufall, dass sie ihr Lager direkt neben ihm aufgeschlagen hatten. Er spürte den fieberglänzenden, sehnsüchtigen Blick des Jungen, der an dem Apfel haftete, als ob es ein Schatz wäre. Mit einem entschuldigenden Blick, den er Pjotr beiläufig zuwarf, reichte Leonard den Apfel an das Kind weiter.

Der Junge bedankte sich zaghaft für das unverhoffte Geschenk, das er mit großen Augen entgegennahm.

»Du bist ein guter Kerl, Leonard«, flüsterte Kissanka ihm zu. Mit einem verhuschten, ängstlichen Seitenblick zu ihren schlafenden Eltern legte sie ihre kleine Hand auf seine viel größere. Einen Moment verharrte sie dort, dann fiel ihr Blick auf die Ketten, die – obwohl Subbota sie für die Nacht gelockert hatte – ihn immer noch an Händen und Füßen gefesselt hielten.

»Was immer du auch angestellt hast«, sprach sie leise weiter, »Gott wird dir vergeben.« Ihre Fingerspitzen streichelten sacht die blonden Härchen auf seinem Handrücken, und anstatt sich ihnen zu entziehen, schloss er die Augen und genoss ihre Zärtlichkeit. Er stellte sich vor, es wäre Katja und keine Fremde, die ihm für kurze Zeit ein Gefühl der Liebe und Zuwendung gab.

»Gute Nacht«, murmelte er und rollte sich in seinen wollenen Mantel ein, bevor er sich an Pjotrs Rückseite schmiegte, der wie die meisten Männer im Raum schon schnarchte.

»Schlaf gut«, flüsterte die Stimme im Hintergrund, und erst da spürte Leonard die Tränen, die unweigerlich in ihm aufstiegen.

6

Juni 2008, Tunguska – Geisterbeschwörung

Mit einen freundlichen »xōk, xōk, hy, hy«, auf Tungusisch, was soviel bedeutete wie »Los jetzt«, trieb Leonid den braunweiß gefleckten Hengst voran.

Sein Großvater hatte dem Tier den Namen Hirku gegeben; das Wort hieß übersetzt »Fußgänger« und passte gut zum Charakter des störrischen Pferdes, weil es sich am liebsten im Schritttempo bewegte. Mehr recht als schlecht kämpfte sich der zottige Hengst durch dicht stehende Lärchen und Birken. Ab und an schnaubte das Tier und schüttelte seine buschige Mähne, als wolle es seinen Unmut zum Ausdruck bringen, voranzutraben. Mit einem verständnisvollen Lächeln tätschelte Leonid ihm den Hals. Überall stieß man auf quer liegende Baumstämme, mit einer harmlos erscheinenden Decke aus grünem Moos überzogen, zwischen denen man sich mühelos ein Bein brechen konnte. Dazwischen lauerten tückische Sümpfe, in denen man rasch versank, wenn man nicht aufpasste. Es gab zwar einen angenehmeren Weg von Vanavara aus zu Leonids Waldhütte, die weit im Nordosten in der Nähe des Chekosees lag, doch diese Route hatte er nicht eingeschlagen, damit ihm niemand unbemerkt folgen konnte.

Und so hechelte nur Ajaci leichtfüßig und schwanzwedelnd hinter ihm her.

Nach beinahe vier Stunden erreichten sie zur Mittagszeit eine kleine bescheidene Holzhütte. Versteckt zwischen aufragenden Tannen, Lärchen und halbhohen Büschen war das unscheinbare Gebäude mit dem grasbedeckten Dach aus Erde und Steinen zunächst nur für Eingeweihte zu erkennen. Ein Unwissender musste schon direkt davorstehen, damit die Hütte ihm nicht entging. In der Nähe sprudelte ein breiter, klarer Bach, der zum drei Kilometer entfernten Abfluss des Chekosees führte. Unter einem Knarren öffnete Leonid die unverschlossene Tür und lud sein Gepäck in der guten Stube ab. Mit einer gewissen Dankbarkeit im Herzen nahm er die frisch gewaschene Wäsche aus einem großen Lederrucksack heraus und legte sie nacheinander auf sein selbst zusammengezimmertes Birkenholzbett, das überfrachtet mit verschiedenen Fellen und Kissen eine rustikale Gemütlichkeit verbreitete. Die Handtücher und Unterhosen dufteten wie immer nach der Waschseife seiner Babuschka und erinnerten ihn augenblicklich an seine Jugend, die er bis zu seinem fünfzehnten Lebensjahr bei seinen Großeltern verbringen durfte. Das war, bevor ihn sein ewig betrunkener Vater nach Krasnojarsk verschleppt hatte, weit genug weg von der ländlichen Idylle, hinein in die Slums der Kohle- und Stahlfabriken, weil er ihm zeigen wollte, wie hart das Leben sein konnte.

Mit Schaudern erinnerte sich Leonid an jene Zeit, die ihn erst dazu gebracht hatte, sich als Rekrut beim Militär zu melden. Ein Umstand, der für sich selbst sprach, wenn man wusste, wie rau und brutal es unter russischen Soldaten zuging. Erst recht für ein Halbblut, wie ihn sein Vater des Öfteren verächtlich genannt hatte, weil er nicht nur das tungusische Blut eines ehemals verfeindeten Stammes, sondern zu allem Übel auch noch deutsches Blut in sich trug. Dabei hätte sein Vater es eigentlich besser wissen müssen, als er im Überschwang der Gefühle eine Frau aus einer ehemals verhassten Sippe wählte und ihr gleich neun Bastarde zeugte, wie er die Kinder später verächtlich bezeichnete, nachdem acht von ihnen gestorben waren. Warum Leonids Großeltern und auch seine Mutter dieser keinesfalls glücklichen Ehe überhaupt zugestimmt hatten, blieb Leonid bis heute ein Rätsel.

Bevor Leonid sich aufmachte, um den Auftrag seines Großvaters auszuführen, packte er sich noch etwas geräucherten Fisch, einen Beutel mit Brot und eine Wasserflasche in seinen Rucksack ein. Es konnte eine Weile dauern, bis er in den Besitz brauchbarer Informationen über Bashtiri und die wahren Absichten der deutsch-russischen Expedition gelangte. Bashtiri war kein Wohltäter und erst recht kein Geldverschwender. Wenn er in etwas investierte, musste weit mehr dabei herausspringen, als er dafür bezahlt hatte, sonst ließ er sich gar nicht erst darauf ein. Dass er dabei – wenn es sein musste – sogar über Leichen ging, wusste Leonid nur zu gut aus eigener Erfahrung. Für sich hatte er gehofft, diesem Dämon nie wieder begegnen zu müssen. Doch der skrupellose Kaukasier glich einem achtarmigen Kraken, der sich überall dort festsaugte, wo es etwas zu holen gab. Eigentlich hätte Leonid ahnen können, dass ausgerechnet Sibirien mit seinen reichen

Bodenschätzen der unsicherste Ort war, wenn man Typen wie Bashtiri aus dem Weg gehen wollte.

Ajaci lauerte mit sehnsüchtigem Blick auf ein paar getrocknete Rentierstücke, die Leonid mit schnalzender Zunge einem geschlossenen Korb entnahm.

»Čučilūlnal!«, rief er lachend – was soviel bedeutete wie »Mach Männchen!« Ajaci, dem die tungusische Sprache von Geburt an vertraut war, ließ sich nicht lange bitten und tänzelte sekundenlang auf seinen Hinterpfoten. Erst als seine Mühe mit einem zähen Stück Fleisch belohnt wurde, sackte er in sich zusammen und schenkte seine ganze Aufmerksamkeit der ledrigen Köstlichkeit, die für ihn das reinste Festmahl zu sein schien. Sein Herr schmunzelte zufrieden, während er seinem vierbeinigen Gefährten beim Kauen zusah.

Im Hinausgehen steckte sich Leonid selbst noch eine Handvoll Waldfrüchte in den Mund, die er auf dem Weg hierher gesammelt hatte. In einer Lederscheide an seinem Gürtel befestigt, befand sich zu seinem eigenen Schutz ein großes Messer, mit dem man im Notfall sogar einen Bären erlegen konnte.

Mit Schwung schulterte er seinen Rucksack, der neben dem Proviant auch ein paar geheimnisvolle Gegenstände enthielt, die nicht nur Jagdglück, sondern auch körperliche Unversehrtheit versprachen. Nachdem er die Hütte verlassen hatte, verriegelte er die Tür und machte sich leise pfeifend auf den Weg. Hirku blieb in einem geschlossenen Verschlag zurück, den Leonid an die Hütte angebaut hatte, um das Tier vor Angriffen von Wildtieren zu schützen.

Ajaci war jedoch nicht bereit zurückzubleiben. Er folgte seinem Herrn auf Schritt und Tritt. Notfalls würde er mit ihm in die Hölle gehen, obwohl Leonid fest entschlossen war, nie wieder an einen solchen Ort zurückzukehren.

Die Sonne schien warm, doch seltsam genug war kein einziger Vogel zu hören. Mit seinen schwarzen geschnürten Lederstiefeln, der einzigen Erinnerung, die ihm aus seiner Militärzeit geblieben war, stapfte er durch das schattige Dickicht, immer bemüht, in keine der selbst ausgelegten Wildfallen zu treten, die er im Auftrag seines Großvaters betrieb.

Nach etwa drei Kilometern erreichte er den Kimchu, jenen Fluss, der den Chekosee wie eine Ader durchquerte. Bereits vor Minuten hatte Leonid ein leises Grollen vernommen, und Ajaci verhielt sich schon seit geraumer Zeit seltsam unruhig. Lautlos bewegte sich Leonid durch das morsche Unterholz, den Blick angestrengt in die Umgebung gerichtet. Weit und breit war keine Menschenseele zu sehen. Nur Wald und Wasser. Zu seiner Verwunderung schwoll das sonst so gemächliche Flüsschen mit einem Mal mehr und mehr an. Es schien, als hätte man irgendwo einen Damm geöffnet. Von Ferne erkannte Leonid ungläubig, dass sich ihm eine riesige Welle entgegenwalzte. Es dauerte nur Sekunden, bis die gesamte Böschung überflutet war. Zunächst erwischte es nur seine Füße, doch rasch reichte die kalte Strömung bis zu seinen Knien. Ajaci sprang aufgeregt zur Seite und ließ ein seltenes »Wuff« verlauten, als seine Pfoten die plötzliche Nässe zu spüren bekamen.

Leonid begriff, dass ihnen nur noch die Flucht in höhere Regionen blieb, um nicht mitgerissen zu werden.

Mit mächtigen Schritten lief er eine Anhöhe hinauf, während er sich versicherte, dass Ajaci in seiner Nähe blieb. Aus den Augenwinkeln erkannte er unten im Fluss einen farbigen Gegenstand, der in einer unsteten Bewegung in den Fluten trieb und in schöner Regelmäßigkeit auf- und wieder abtauchte. Leonid hielt im Laufen an einem Baum inne und kniff seine Lider zusammen, um das seltsame Treibgut besser erkennen zu können.

Bei näherem Hinsehen begriff er, dass es sich um eine menschliche Gestalt handelte, deren Arme und Beine von den sprudelnden Wassermassen hin und her geschlagen wurden. Leonid rannte los. Er achtete nicht mehr auf seinen Hund, auch nicht darauf, dass er schwere Lederstiefel trug. Er warf seinen Rucksack zu einer trockenen Stelle hin und stürzte an Bäumen und Sträuchern vorbei bis zum Rand der Flut. Ohne nachzudenken, streckte er die Arme nach vorne und sprang mit einem Hechtsprung in die braune Brühe. Prustend hielt er seinen Kopf über Wasser und versuchte sich zu orientieren. Die eisigen Temperaturen war er gewöhnt, nicht aber die Kraft, die von dem ungebändigten Element ausging. Der Mensch auf dem Wasser drohte an ihm vorbeizutreiben, und erst im letzten Moment bekam Leonid einen Arm zu fassen. Mit eisernem Griff umklammerte er das Handgelenk. Erstaunt bemerkte er, dass es ein Taucher war, den er aus den Fluten zu retten versuchte.

Während Leonid wild mit seinen Beinen schlug, um sich und den Bewusstlosen über Wasser zu halten, schaffte er es, seinen Griff zu verstärken und mit der anderen Hand den Sauerstofftank des Tauchers zu lösen. Samt Mundstück, das der Taucher längst ausgespuckt hatte, trieb das Geschirr in den Fluten davon. Trotz der Hektik entging Leonid nicht, dass die Lippen des Geretteten bläulich schimmerten. Mit unmenschlicher Anstrengung versuchte Leonid, das Ufer zu erreichen. Eisern hielt er die Brust des Tauchers umklammert und stellte überrascht fest, dass es sich offenbar um eine Frau handelte. Gemeinsam mit ihr schwamm er in die Strömung hinein, um Kraft zu sparen. Gleichzeitig bemühte er sich, näher und näher an das Ufer des plötzlich doppelt so breiten Kimchu zu gelangen, um endlich festen Grund unter die Füße zu bekommen. Ajaci rannte die ganze Zeit am Ufer entlang und stieß ab und an ein lautes Geheul aus, doch sein Wolfsinstinkt hielt ihn davon ab, so unvernünftig zu sein und seinem Herrn in die Fluten zu folgen.

Eine dicke Fichte war es schließlich, die Leonid samt seiner wertvollen Fracht aus der Strömung riss. Schmerzhaft prallten sie gegen den Stamm. Leonid gelang es, sich gegen den Grund zu stemmen und Halt an dem aufrecht stehenden Baum zu finden.

Keuchend schleppte er die Frau an Land. Mit einer herrischen Geste scheuchte er Ajaci davon, dann legte er die Bewusstlose an einer sicheren Stelle auf den Rücken und nahm ihr die Taucherbrille ab. Er sprach sie an und schlug ihr leicht auf die Wangen, doch sie regte sich nicht. Als er ihr die Haube herunterzog, stellte er zu seinem Erstaunen fest, dass es die junge Frau war, die er gestern zufällig in Vanavara auf dem Sportplatz getroffen hatte. Hastig, wie um sich nochmals zu vergewissern, strich er ihr das brünette Haar aus dem Gesicht.

Mit einer plötzlich aufwallenden Panik zog Leonid ihr den Anzug samt Flossen vom Körper, bis sie schmal und zerbrechlich in einem dunkelblauen Badeanzug vor ihm lag. Seine Finger fuhren wissend über ihren Hals und ihr Herz. Sie atmete nicht mehr, und er hatte nicht die geringste Ahnung, wie lange ihr Herz schon stehengeblieben war.

Leonid versuchte es mit einer Herzmassage. Fast brutal ging er zu Werke. Abwechselnd beatmete er sie. Eins ... zwei ... drei ... Unselige Erinnerungen stiegen in ihm auf. Ein Bild von einer Achtzehnjährigen, die nicht weniger halb tot in seinen Armen gelegen hatte – mit dem Unterschied, dass er nichts mehr tun konnte, weil es eine russische Handgranate gewesen war, die ihr innerlich die Lunge zerfetzt hatte und sie an ihrem Blut ertrinken ließ.

Einer Eingebung folgend, hob er den zierlichen Körper an und drehte ihn mit dem Kopf nach unten, dann walkte er den Brustkorb der Frau solange durch, bis sich ein Schwall von Wasser über seine Beine ergoss. Doch die Frau rührte sich immer noch nicht. Ihre Arme baumelten reglos zu Boden.

Als er sie anhob, kippte der Kopf kraftlos in den Nacken. Seine Hand lag auf dem Bauch der jungen Frau, als ob er sie durch bloße Berührung retten könnte, und wie in einer Vision spürte er plötzlich, dass ihre Seele sich auf und davon machen wollte, den Körper zu verlassen.

Leonid begriff sofort, dass er das nicht zulassen durfte. Er dachte an Taichin und was er ihm raten würde zu tun.

Er konzentrierte sich kurz, wie er es von seinem Lehrmeister gelernt hatte, und schon befand er sich in dieser Welt aus Licht und Schatten, in die normalerweise nur ein initiierter Schamane Eintritt fand. Mit einem Mal wurde Leonid von einer eisigen Kälte umfangen, die ihn erschaudern ließ. Ein schwarzer Wirbelwind huschte über die Böschung. Er konnte ihn riechen, und wenn er die Augen schloss, konnte er ihn sogar sehen – ein boshafter Gnom, ein Dämon der Unterwelt, der wie ein Aasfresser auf die Seelen von schutzlosen Verstorbenen lauerte. Schleichend näherte sich seine hässliche Fratze und seine Klauen erschienen schärfer als die eines Falken.

»Du bekommst sie nicht«, entschied Leonid mit düsterer Miene. Er verspürte keinerlei Angst, obwohl eine solch merkwürdige Begegnung auch für ihn nicht alltäglich war. »Mach, dass du verschwindest!« Gedankenfetzen schwirrten ihm durch den Kopf. Was er nun zu tun gedachte, hatte er noch niemals zuvor getan, und im eigentlichen Sinne war es ihm auch verboten.

Während er das schöne, bleiche Gesicht der Frau betrachtete, zog er sich eilig die Stiefel aus und riss sich die nasse Kleidung vom Leib, bis er vollkommen nackt war. In einer fließenden Bewegung befreite er die Frau von ihrem Badeanzug.

Das schamanische Ritual schrieb ihm vor, dass er sich mit ihr vereinen musste, um sie in dieser Welt halten zu können. Körperlich – wie es normalerweise unter Liebenden üblich war.

Nur so würde es ihm möglich sein, ihre Seele vor dem sicheren Tod zu bewahren. Für einen winzigen Moment stockte er, weil ihn die Vorstellung, sie gegen ihren Willen zu nehmen, zurückhielt. Kam so etwas nicht einer Vergewaltigung gleich? Und doch blieb ihm keine andere Wahl. Das letzte Mal hatte er vor Jahren mit einem Mädchen aus Liebe geschlafen. Und auch, wenn die meisten Menschen es nicht glauben wollten, so wusste er doch, dass die Seelen von Mann und Frau sich untrennbar miteinander verbanden, wenn sie sich körperlich so nahe gekommen waren. Diesmal hatte es nichts mit Liebe zu tun, wie sie unter Männern und Frauen üblich war und schon gar nicht mit Lust. Nein, es war vielmehr die reinste Form der menschlichen Zuwendung. Nur wenn die Seele der jungen Frau untrennbar mit seiner eigenen Seele verschmelzen würde, konnte er ihren Tod abwenden.

Wie durch einen Nebel nahm Leonid ihre festen Rundungen und den anmutigen Körper wahr. In einer eigenartigen Routine, mit der er sich selbst die Aufregung nahm, schob er ihre schmalen Schenkel soweit zur Seite, bis er ihr Geschlecht sehen konnte. Dann kniete er sich vor sie hin und spuckte sich in die Hände. Vier, fünf Mal rieb er sein Glied, bis es hart genug war, um mühelos in sie eindringen zu können.

Sacht berührte seine Brust die ihre, während seine Arme schützend zwischen Blättern und Ästen neben ihrem Kopf ruhten. Für einen Moment spürte er die Verzweiflung, falls sein Versuch misslingen sollte. Wange an Wange nahm er tief in ihrem Innern die tödliche Kälte wahr. Seine Atmung kam stoßweise aus dem unteren Bauch heraus. Mit geschlossenen Augen legte er seinen Mund auf ihre halb geöffneten Lippen. Rascher und rascher flößte er ihr seinen heißen Atem ein. Konzentriert sammelte er all seine Energien in der Mitte seines Körpers und murmelte unentwegt magische Worte, die er bisher nur aus den Lehren der Alten kannte.

Mit einem Ruck, der all seine Muskeln in Wellen durchlief, vermochte er zu spüren, wie seine Seele den Körper verließ und unvermittelt mit der Seele des Mädchens Kontakt aufnahm, die nur noch durch einen gespinstartigen Faden mit deren Körper verbunden war. Aus einer merkwürdig anmutenden Vogelperspektive konnte er sehen, wie er den zierlichen Körper mit seiner eigenen, viel größeren Gestalt bedeckte, und er sah den Dämon in respektvollem Abstand. Dessen Miene war zu einer abstoßenden Fratze erstarrt.

In einem gleißenden Lichtblitz riss Leonid die Seele der Frau mit sich, empor in eine andere Welt, die sie warm und freundlich empfing, flankiert von den Geistern seiner Ahnen. Eindringlich appellierte er an ihre Verpflichtung, ihm zu helfen. Es musste wohl seine eigene Mutter gewesen sein, die ihn schließlich mit der wunden Seele des Mädchens verband. Trotz des Triumphes verspürte er einen unsagbar starken Schmerz in der Brust und die Gewissheit, dass er auf ewig mit dieser jungen Frau verschmelzen würde, wenn er sich nicht rechtzeitig zurückzog.

»Willst du das?«, echote eine ferne Stimme aus einem unendlichen Nichts und gleichzeitig erfasste Leonid die Gegenwart des Bösen und dass die Seele des Mädchens auf immer verloren sein könnte, falls er die Frage verneinen würde.

Kolja hatte seine Aufmerksamkeit auf den See gerichtet und glaubte für einen Moment an eine Halluzination – vielleicht eine wahrhaft erschreckende Auswirkung von zu viel Alkohol am Tag zuvor und einem heimlich gerauchten Joint.

Er kniff die Augen zu, um sich von der unglaublichen Vorstellung in seinem Hirn zu befreien, doch als er sie wieder öffnete, rauschte ein gewaltiger Wasserberg auf ihn zu, der sich unter einem dumpfen Beben wie ein vorsintflutliches Ungeheuer aus der Mitte des Sees erhoben hatte.

Es blieb keine Zeit, zu brüllen oder überhaupt irgendeine Warnung auszurufen. Der Katamaran, der eben noch auf der Mitte des Sees vor sich hingedümpelt hatte, hielt wie ein großes Surfbrett auf einer schäumenden Welle auf das Ufer zu. Von der Mannschaft war nichts mehr zu sehen. Ebenso war das kleine Schlauchboot hinter einer Wand aus Wasser verschwunden. Sämtliche wissenschaftlichen Mitarbeiter, die sich in der Nähe des Ufers befunden hatten, versuchten verzweifelt, sich in Sicherheit zu bringen. Die beiden russischen Studentinnen liefen laut kreischend Richtung Camp, verfolgt von einer stetig steigenden Flut, die ihnen bereits nach kurzer Zeit bis zu den Hüften reichte. Kolja packte eine von ihnen bei der Hand, die zweite am Arm und zog beide mit sich fort, bis hin zu einem Baum, dessen tiefhängende Äste einen hastigen Aufstieg ermöglichten. Nacheinander half er den jungen Frauen in den Wipfel des Baumes hinauf, bevor er sich selbst in Sicherheit brachte.

Von hier oben konnte er sehen, wie die beiden Professoren um ihr Leben rannten und sich am Sendemast der gut fünf Meter hohen Satelliteneinrichtung aus Stahl festklammerten. Bashtiris Luxusdomizil stand gut einen Meter unter Wasser; die Zelte seiner Bewacher hatten sich bereits aus ihrer Verankerung gelöst und schwammen wie aufgeplusterte Ballons mit Tarnfleckmuster umher. Die Bodyguards selbst hatten sich auf das Dach des provisorischen Ladens gerettet. Dort oben ließen sie ihre beeindruckenden Armmuskeln spielen, um zuerst Bashtiris halb nackten Gespielinnen und dann ihrem völlig entgeisterten Chef in seinem pitschnassen roten Hausanzug auf das Dach zu hieven. Zitternd kauerten die Frauen auf dem Dachsims. Mit ihren dünnen Ärmchen und Beinchen und der beinah durchsichtigen französischen Seidenunterwäsche, die wie nasses Papier über ihren künstlichen Rundungen klebte, sahen sie aus wie drei klitschnasse Katzen.

Adnan, der kasachische Ladenbesitzer, klammerte sich verzweifelt an einen Dachvorsprung und verfolgte mit aufgerissenen Augen, wie Kisten mit Lebensmitteln und Getränken davonschwammen.

Die wertvollen elektronischen Ausrüstungsgegenstände waren zum Teil noch luftdicht in Alu-Kisten verpackt, und nun trieben sie herrenlos am Eingang des Lagers zwischen Büschen und Bäumen umher.

Zur Überraschung aller zog sich das Wasser so rasch zurück, wie es gekommen war. Die Wellen, die noch ans Ufer spülten, verloren schnell an Kraft.

Wie ein Lotse in seinem Ausguck saß Kolja im Baum und starrte ungläubig auf den See und all das Chaos, das entstanden war. Über ihm leuchtete ein azurblauer Himmel, und die Sonne schien, als wenn nichts geschehen wäre.

Doktor Parlowa, die auf rätselhafte Weise von der Überflutung unbehelligt geblieben war, fand als Erste ihre Sprache wieder. Wie ein General brüllte sie unentwegt Anweisungen, während sie in trockenen Jeans und Gummistiefeln durch die zurückweichende Flut watete. Je nachdem wohin die Studenten geflohen waren, forderte Parlowa sie auf, schleunigst ihren sicheren Hort zu verlassen, um zu helfen. Verletzte musste geborgen werden, und in einer ersten Bestandsaufnahme war festzustellen, ob niemand ertrunken war.

Kolja half den zitternden Mädchen vom Baum. Gemeinsam liefen sie zum Satellitenmast hin, wo Professor Rodius und Professor Olguth völlig erschöpft in einer riesigen Pfütze saßen. Während Rodius noch eine Weile benötigte, um sich zu erholen, stellte sich Olguth mit Koljas Hilfe auf seine wackeligen Beine und schaute umher.

Ein penetranter Geruch nach Moder und Fisch lag in der Luft.

»Was zum Teufel, Herr Professor, war das?«, fragte Kolja atemlos.

»Gas«, gab Olguth warnend zurück, während seine ganze Sorge offenbar dem Team galt, das sich noch bis vor gut zehn Minuten auf dem See befunden hatte.

»Machen Sie Boote klar, Kolja, wir müssen auf den See hinaus, um nach Überlebenden zu suchen. Und sagen sie den anderen, sie dürfen einstweilen kein Feuer entzünden!«

Der Dämon hatte sich boshaft schimpfend zurückgezogen, und Leonids Rückkehr in die materielle Welt war schmerzhaft – jedenfalls empfand er es so, als er, immer noch auf dem Mädchen liegend, in die Sonne blinzelte, wie ein Neugeborenes, das zum ersten Mal das Licht der Welt erblickt. Sein Schützling begann augenblicklich unter ihm zu husten.

Mit einem schmatzenden Geräusch löste er sich rasch von der jungen Frau und zog sein halbsteifes Glied aus ihr heraus.

Auf allen vieren kroch er um sie herum und ging vor ihrem Oberkörper auf die Knie. Behutsam nahm er sie bei den Schultern und stützte mit einer Hand ihren Kopf, um sie vorsichtig an seine Brust zu drücken.

Die unbekannte Taucherin hustete so heftig, dass Leonid für einen Moment das Gefühl hatte, als käme die halbe Lunge ans Tageslicht. Doch es war nur Wasser und Schleim und schließlich ein wenig Blut.

In einem verwirrenden Gefühl von Zärtlichkeit, das ihn regelrecht überraschte, küsste er ihren Scheitel und streichelte ihr über die Wange. Ein stilles Glück stellte sich bei ihm ein, dass sie – obwohl noch immer nicht bei Bewusstsein – von den Toten zurückgekehrt war. Andächtig betrachtete er ihr ebenmäßiges Gesicht und ihre festen Brüste, die sich schwach aber stetig hoben und senkten. Sie atmete, und das allein zählte.

Leonid strich ihr die nassen Haare zurück und entfernte aus reiner Hilflosigkeit ein paar braune Blätter und Tannennadeln daraus. Wieder wanderte sein Blick über ihr schmales Gesicht, mit dem vollen, vielleicht etwas zu groß geratenen Mund, den Sommersprossen auf ihren Wangen bis hin zu den schön geschwungenen Brauen. Was sollte er bloß mit ihr anstellen? Er konnte ja nicht ewig so sitzen bleiben, nackt und ratlos. Ajaci war es schließlich, der ihn mit kalter, feuchter Nase anstupste, als wolle er ihm sagen, dass er sich endlich etwas einfallen lassen sollte.

Es ergab keinen Sinn, ihr den Taucheranzug wieder anzuziehen. Auch der Badeanzug war nass. Es war nicht kalt, aber auch nicht so warm, als dass er die Frau stundenlang unbekleidet und ausgekühlt liegen lassen konnte. Leonid entschied, sie in seine Hütte zu bringen, auch wenn alle Vernunft dagegen sprach. Er konnte sie nicht im Wald zurücklassen und für ihn selbst war es zu gefährlich, wenn er mit ihr im Camp auftauchte. Er war nicht darauf aus, die Aufmerksamkeit eines Sergej Bashtiri auf sich zu lenken.

Um wenigstens seine eigene Scham zu bedecken, zog er seine feuchten Hosen an und schlüpfte mit einigem Widerwillen in die nassen Stiefel. Seine restliche Kleidung und den Badeanzug der jungen Frau wrang er gründlich aus, bevor er sie in seinen Rucksack steckte. Routiniert hob er die Frau vom Boden auf und legte sie sich wie eines der jungen Rentiere über die Schulter, die er ab und an schleppen musste. Sein Herz schlug hart, und während er seinen Griff noch einmal festigte, blickte er in die Ferne und stellte sich erneut die Frage, was die plötzliche Flut ausgelöst haben konnte.

Im Camp war das Wasser so rasch zurückgegangen, wie es gekommen war. Olguth hatte sich mit Koljas Hilfe und der Unterstützung von Bashtiris Männern trotz eines mulmigen Gefühls im Magen mit zwei

Motorschlauchbooten zur Mitte des Sees begeben. Ausgestattet mit Schwimmwesten und Rettungsringen, suchten sie nach der Besatzung des Katamarans und den vier Tauchern, von denen jedoch weit und breit nichts zu sehen war.

Bashtiri hatte einen seiner Männer zu seinem Helikopter geschickt, damit man von dort aus Verbindung zu einem Rettungsdienst in Krasnojarsk aufnehmen konnte, der Verletzte und – was keiner laut auszusprechen wagte – auch Tote barg.

Professor Rodius hatte Tränen der Erleichterung in seinen Augen, als man in einem Schilfgürtel Sven Theisen, erschöpft, aber lebend aus den Fluten rettete.

»Wo ist Viktoria?« Seine Stimme versagte ihm beinahe den Dienst, so sehr zitterte sie.

»Ich weiß es nicht ...« Theisen brachte nur ein heiseres Flüstern zustande. »Ich habe sie noch gesehen, als ...«

Mit erstaunlicher Kraft packte Rodius seinen deutschen Kollegen bei den Oberarmen und schüttelte ihn. »Verdammt Theisen, Sie sollten auf Viktoria aufpassen. An welcher Stelle waren Sie beide zuletzt, bevor das Unglück geschah?«

Theisen, der Taucherbrille und Haube mit zittrigen Händen abgenommen hatte und nun schwer atmend am Motorblock des Bootes lehnte, schnäuzte sich geräuschvoll.

»Wir waren da unten«, brach es aus ihm hervor. »Sie hat mir das Leben gerettet. Es ist alles meine Schuld.«

»Was soll das heißen? Es ist Ihre Schuld?« Rodius, der ihm gegenübersaß, sah ihn verständnislos an. »Vermutlich war es eine riesige Gasblase, die sich vom Grund des Sees gelöst hat. Dafür können Sie doch nichts.«

»Nein«, stieß Theisen hervor. »Da war etwas anderes. Bevor die Blase emporschoss, habe ich einen seltsamen Gegenstand entdeckt. Er ragte aus einem Geröllvorsprung empor. Es sah aus wie eine Aluminiumstange. Vielleicht ein Teil eines Gerüstträgers. Ich wollte die Stange unbedingt bergen. Als ich daran zog, geriet der Uferhang ins Rutschen.«

»Ein Gerüstträger?« Rodius warf Olguth, der im Bug des Bootes kniete und immer noch Ausschau nach Vitaly hielt, einen fragenden Blick zu. Interessiert beobachtete der Russe, wie Bashtiris Männer das zweite Boot zu einer Uferzone hinlenkten.

Olguth, der nur halb zugehört hatte, zog ratlos die Schultern hoch. Offenbar lag ihm weit mehr am Schicksal seines Dozenten als an irgendeinem mysteriösen Aluminiumteil.

»Da treibt etwas!« schrie Kolja plötzlich und fuchtelte so wild mit seinen Armen, dass das Schlauchboot gefährlich ins Wanken geriet.

Alle Augen wanderten zum Heck, doch es war nicht Vitaly oder gar Viktoria, die an der Wasseroberfläche trieben. Von Ferne sah es vielmehr wie ein großes Stück gegerbtes Leder aus. Olguth griff hastig zum Paddel und manövrierte das Boot in Richtung des merkwürdigen Gegenstands.

»Es sind zwei«, flüsterte Kolja, nachdem das Boot näher herangekommen war. Die Umrisse des seltsamen Fundes schienen eindeutig menschlich zu sein, auch wenn es aussah, als hätte man ihnen die Haut gegerbt.

»Es sind Menschen«, stieß Rodius verblüfft hervor.

»Es waren Menschen«, verbesserte ihn Olguth atemlos. »Jetzt sind es Mumien … oder Moorleichen …«

Mit dem Fuß entriegelte Leonid die Tür zu seiner Hütte. Mit einer Sanftheit, die man ihm aufgrund seiner riesenhaften Statur niemals zugetraut hätte, legte er die junge Frau auf seinem Bett ab, dessen Matratze mit einer Decke aus Rentier- und Wolfsfellen überzogen war. Ajaci sprang wie selbstverständlich zum Fußende des Bettes, um es sich neben der Frau gemütlich zu machen, und wurde sogleich wieder verscheucht. Beleidigt verzog er sich in die Nähe des gemauerten Kamins und legte sich nieder, die Schnauze auf die Vorderpfoten gebettet. Mit beleidigter Miene verfolgte er jede kleine Regung seines Herrn.

Rasch holte Leonid ein dunkelgrünes Sweatshirt aus seiner Kleiderkiste und eine Hose aus dem gleichen Stoff, die seinem unfreiwilligen Gast zwar viel zu groß sein würde, sich aber mit einem Tunneldurchzug regulieren ließ. Behutsam trocknete er sie ab und streifte ihr schließlich die Kleidung über. Zwischendurch prüfte er immer wieder ihren Puls.

Erstes Gebot: Sie durfte nicht frieren. Nachdem er ihr die Felldecke bis zur Nasenspitze gezogen und sie sorgsam darin eingehüllt hatte, stand er auf und steckte einen Kienspan nach dem anderen in den selbst gemauerten Ofen, bis ein kleines Feuer prasselte. Dann setzte er in einem emaillierten Teekessel, der wohl noch aus dem letzten Jahrhundert stammte, Wasser auf.

Es war kein schwarzer Chinese, den er dem brodelnden Element hinzufügte, sondern eine spezielle Mischung aus sibirischen Kräutern und Pilzen, deren geheime Rezeptur nur unter Schamanen Anwendung fand. Der Dampf sowie der Sud brachten den Kranken mit seiner eigenen inneren Wirklichkeit in Verbindung und machten es möglich, einen Genesungsprozess einzuleiten, der von den guten Geistern in dessen Umgebung begünstigt wurde.

Mit einem leisen Seufzer setzte sich Leonid neben die bewusstlose Frau und bettete ihren Oberkörper auf mehrere Kissen, sodass sie halb aufrecht zu sitzen kam. Dann nahm er mit einer Hand einen tönernen Becher, den er zuvor auf einer alten Armeekiste abgestellt und mit dem Sud gefüllt hatte. Vorsichtig fächelte er seiner Patientin mit der anderen Hand den Dampf unter die Nase. Leise murmelte er einen Spruch, den Taichin ihm vor einiger Zeit beigebracht hatte, um Kranke aus dem Zustand geistiger Umnachtung zurückzuholen.

Die Bitte um Unterstützung aus der Oberwelt schien zu funktionieren – auch ohne Trommeln und laute Beschwörungsformeln. Die Augenlider der Frau begannen zu flattern, und dann sah sie ihn an. Ihre Augen waren beinah so grün wie das Gras auf der Lichtung, und obwohl ihr Blick getrübt war, schien sie wach zu sein.

Leonid kühlte den Sud, indem er mehrmals darüber blies, dann hob er mit einer Hand ihren Kopf an und half der jungen Frau, vorsichtig zu trinken. Für einen Moment verzog sie das Gesicht, nicht weil der Trunk zu heiß, sondern weil er anscheinend zu bitter war. Kein Wort kam über ihre Lippen, obwohl sie ihn unentwegt anstarrte. Zug um Zug leerte sie den Becher. Leonid stellte den leeren Becher zur Seite und bettete ihren Kopf zurück auf das Kissen. Dann strich ihr zärtlich die Haare aus dem Gesicht. Ihr Blick schien entrückt, als ob sie durch ihn hindurchsehen konnte. Sacht ließ er seine Hand auf ihrer Stirn ruhen, in der stummen Hoffnung, dass es nicht lange dauern konnte, bis sie endgültig zu sich kam. Sie war keine Ewenkin, doch warum sollte der Zauber bei ihr nicht wirken? Mittlerweile kamen etliche Russen aus der Stadt, die der Schulmedizin nicht vertrauten, um bei Krankheit Taichins Rat und Hilfe zu suchen.

Das Camp war vollkommen verwüstet. Von Viktoria Vanderberg fehlte jede Spur. Professor Rodius hatte bis zur Erschöpfung nach ihr suchen lassen. Erst recht, nachdem man Vitalys Leichnam vor knapp zwei Stunden geborgen hatte. Nun lag der tote russische Wissenschaftler in einen Plastiksack gehüllt; darin sollte er nach Vanavara in eine Kühlkammer gebracht werden, in der man für gewöhnlich Fisch aufbewahrte. Erst übermorgen würde er von dort aus seinen letzten Weg nach Moskau antreten können.

Seine Gefährten auf dem Katamaran waren mit dem Schrecken davongekommen. Attilo, der blonde Hüne mit den eisigen Augen und gleichzeitig Bashtiris bester Mann, hatte es mit einem verstauchten Arm ganz allein zum Ufer geschafft. Seine Unterwasserkamera war allerdings auf den Grund des Sees gesunken. Er selbst lag auf der provisorischen Krankenstation des Camps und wartete auf Doktor Parlowa, damit sie sich seinen verletzten Arm ansah.

Als sich der Abend über die improvisierten Holzhütten herabsenkte, war die Stimmung nicht nur wegen Vitalys Tod gedrückt. Es konnte noch Tage dauern, bis man alles wieder in seinen ursprünglichen Zustand versetzt haben würde, und eine vage Angst ging unter den Studenten umher, dass sich dieser Vorfall jederzeit wiederholen konnte.

Bashtiri fluchte, weil es immer noch kein Lebenszeichen von der deutschen Geophysikerin gab. Wenn sie nicht wieder lebend auftauchte, würde es international zu einer schlechten Presse kommen, und das wollte und konnte er sich vor der russischen Regierung, die an diesem Projekt, wenn auch aus anderen Gründen als er selbst, interessiert war, nicht leisten.

»Sie müssen etwas unternehmen!« Rodius blaffte den russischen Gasmogul aufgebracht an. In eine Decke gehüllt, saß er neben Bashtiri an einem Lagerfeuer und ereiferte sich über die scheinbare Gleichgültigkeit des Oligarchen.

»Wir können die Suche nach Frau Doktor Vanderberg nicht einfach aufgeben, nur weil es dunkel ist. Vielleicht liegt sie da draußen irgendwo im Schilf oder am Ufer des Kimchu und benötigt unsere Hilfe!« Seine Stimme überschlug sich beinahe.

Bashtiri gab ein ungeduldiges Grunzen von sich und nahm einen weiteren Schluck Wodka aus einer Zweiliterflasche, die er seit zwei Stunden ununterbrochen in der Hand hielt.

»Ich muss dem Professor recht geben.« Sven Theisen war lautlos hinzugetreten, nachdem Doktor Parlowa ihm wegen eines verstauchten Ellbogens eine Schlinge verordnet hatte. »Wer außer Ihnen hat die Mittel und die Möglichkeiten, eine solche Suche zu starten.« Seine Miene sprach Bände. Er hatte Angst. Um Viktoria – aber auch, dass er dieses Unglück verschuldet hatte.

»Hören Sie mit Ihren verdammten Forderungen auf!«, fauchte Bashtiri und gönnte sich einen weiteren Schluck Wodka. »Denken Sie, es macht mir Spaß, hier herumzusitzen und abzuwarten, was geschieht. In der Dunkelheit können wir nichts tun, was hilfreich wäre – das müsste Ihnen beiden doch klar sein. Haben Sie sich einmal umgeschaut? Der See ist umgeben von tückischen Sümpfen. Vom Ufer aus dauert es eine Weile, bis man festen Boden unter den Füßen hat. Normalerweise benötigt man einen Trapper, der einem sagt, wo es lang geht. Kolja kann das nicht leisten. Aber falls es Sie beide beruhigt: Ich habe GazCom mobilisiert. Ich habe das gesamte Einzugsgebiet vom Konzern gepachtet und somit untersteht es automatisch dessen Sicherheitsabteilung. Sie werden uns spätestens morgen Vormittag Andrej Lebenov schicken. Er war Oberst der russischen Armee und ist nun der Sektionsleiter der konzerneigenen Sicherheitsarmee. Er und seine Männer wurden extra von einem benachbarten Erdgasfeld abgezogen. Ich kenne ihn gut. Seine Leute sind unerschrockene Typen, die meisten von ihnen haben als Soldaten in Tschetschenien gekämpft und sind mit einem sicheren Gespür für Gefahr ausgestattet. Sie werden uns helfen, Ihre Kollegin zu finden.«

»Und was geschieht mit den merkwürdigen Leichenfunden? Wir müssen sie einer wissenschaftlichen Untersuchung zuführen.« Mit einem Seitenblick sah Professor Olguth zu einer fest verschlossenen Plastikplane hin, unter der zwei seltsame Gestalten verborgen lagen, die einem Alien-Fund in Roswell Area 51 in nichts nachstanden.

»Auch das werden wir GazCom überlassen«, entschied Bashtiri.

»Wie Sie selbst wissen, verfügt man bei GazCom über ein ganzes Heer von Biologen, Chemikern und selbst Anthropologen, für den Fall, dass man bei Bohrungen auf irgendwelche Überreste von früherem Leben stößt, das irgendeine wissenschaftliche Bedeutung haben könnte.«

»Hat man da auch Ahnung von Außerirdischen?«, spöttelte Theisen. Er hatte ja schon einiges über den russischen Gasmonopolisten gehört, aber dass die Jungs sich für sibirische Moorleichen interessierten, erschien ihm kaum vorstellbar. »Wer weiß«, fuhr er mit einem zweideutigen Grinsen fort, »vielleicht ist die Raumschifftheorie gar nicht so falsch, und wir haben, ohne es zu wissen, ET aus dem Wasser gefischt. Ich meine, wer sollte sonst diese seltsame Aluminiumstange in den Untergrund des Sees gesteckt haben.«

Theisen erntete einen verständnislosen Blick von seinem Chef, doch er ignorierte ihn einfach und wandte sich erneut an Bashtiri. »Immerhin waren es Ihre Landsleute«, erklärte er, »die diese Theorie vor gut fünfzig Jahren in Umlauf gebracht haben. Keine Stümper, sondern ernst zu nehmende Wissenschaftler.«

Bashtiri hatte kaum zugehört, doch dann war sein Blick plötzlich überraschend klar.

»Sie werden ohnehin eine Aussage machen müssen, Doktor«, sagte er zu Theisen, und sein durchdringender Blick erinnerte den Deutschen an die zahlreichen Geheimdienstverhöre, die er bisher nur im Kino erlebt hatte.

»Eine Aussage?« Theisen gab sich unbeeindruckt.

»Sie werden uns morgen genau berichten, was Sie im Fels entdeckt haben. Allem Anschein nach war das der Grund, warum es überhaupt zu dem Unfall gekommen ist.«

Theisen schluckte und schwieg. Bashtiri hatte mit voller Absicht seinen wunden Punkt getroffen.

Rodius gab einen erschöpften Laut von sich. Seine Augen jedoch glitzerten angriffslustig. »Falls nicht morgen früh weiter nach meiner verschollenen Mitarbeiterin gesucht wird, werde ich mich persönlich an Ihren Präsidenten wenden und ihm sagen, was das hier für ein Saustall ist! Habe ich mich klar genug ausgedrückt, Herr Bashtiri!«

War sie tot? Viktoria erinnerte sich schwach an eine abgrundtiefe Dunkelheit, die sie kalt und erbarmungslos verschlungen hatte. An mehr konnte sie sich nicht erinnern. Nein, da war noch etwas gewesen, aber es schien zu fantastisch, um daran glauben zu können. Wie durch einen Schleier fiel ihr Blick auf das markante Gesicht ihres Gegenübers. Im Schein des flackernden Feuers kam der Mann ihr bekannt vor, jedoch keineswegs vertraut. Ein breitschultriger Kerl, zum Sterben schön, mit unergründlichen grauen Augen, die so schräg standen wie bei einer siamesischen Katze. Der sinnliche Mund war geprägt von schmerzlicher, unerfüllter Liebe. Vielleicht war er ein Engel, sinnierte sie träumerisch. Im Körper eines Wrestlingkämpfers. Doch wo verbarg er seine Flügel? Falls er tatsächlich welche besaß, mussten sie schwarz sein – so schwarz wie sein Haar, das ihm lang und seidig bis über den muskulösen Nacken flutete.

Der Blick des Engels war zärtlich, und er lächelte, bevor er zu sprechen begann. Sie verstand kein einziges Wort, während sein Mund sich lautlos bewegte. Sie musste bekifft sein. Ja, so bekifft wie seit zwölf Jahren nicht mehr, als sie auf einer Abi-Fete in Berlin-Kreuzberg den ersten und letzten Joint ihres Lebens geraucht hatte. Schon am nächsten Morgen hatte sie geschworen, nie wieder im Leben ein solches Zeug anzurühren. Und jetzt war es doch passiert. Aber wie? Egal. Eine wunderbare Gleichgültigkeit erfasste ihre Seele, und wenn das der Tod war, so fand sie ihn vollkommen in Ordnung.

Wie im Rausch schwebte sie dahin. Lachend streckte sie die Arme nach diesem halb nackten Kerl aus. Er war nicht der Typ Mann, den sie gewöhnlich bevorzugte. Weder feingliederig noch intellektuell, und doch übte er einen geradezu magischen Reiz auf sie aus. Sacht kniff sie ihm in die Brustwarzen, um zu sehen, ob er tatsächlich echt sein konnte. Er grinste belustigt und kam ihr mit unverständlichen Worten entgegen, so nah, dass seine Lippen die ihren berührten.

Sie zog seinen Kopf zu sich herab und küsste ihn gierig. Mit offenem Mund, sodass ihre Zungen sich kreisend berührten. Danach rekelte sie sich wohlig auf einem Meer aus Tierfellen und gab ihm mit einem eindeutigen Fingerzeig zu verstehen, dass er unter ihre Bettdecke schlüpfen sollte.

Schon spürte sie, wie sich sein sehniger, bloßer Leib unter dem wärmenden Pelz an sie drängte. Ihre Finger tasteten sich bis hin zu seinem harten Geschlecht, das sie so vorsichtig berührte, als ob es zerbrechlich wäre. Stöhnend ergriff er mit seiner Linken eine ihrer Brüste und liebkoste sie gefühlvoll mit seiner großen Hand. Seine Lippen brannten auf ihrem Hals, und erst als ihr ein lang gezogener Seufzer entfuhr, wanderte sein Mund zu ihren aufrecht stehenden Brustwarzen. Abwechselnd saugte er an den rosigen Spitzen, so stark, dass es schmerzte, und doch konnte sie nicht genug davon bekommen. Bereitwillig öffnete sie ihre Schenkel und dirigierte ihn direkt ins Zentrum ihrer Lust. Vielleicht war er gar kein Engel, sondern ein Teufel. Die Art, wie er in sie stieß und von ihrem Innern Besitz ergriff, ließ sie wohlig erschaudern. Halb auf ihr liegend, nur gestützt auf seine kräftigen Hände, fixierte er ihre schmalen Handgelenke, wie bei einer Gefangenen. Für einen Moment wollte sie Protest einlegen, sich wehren, doch an Widerstand war nicht zu denken. Seine Hüften hielten sie fest auf das Bett gepresst, und sein fordernder Mund verschloss ihre Lippen und erstickte jeglichen Laut mit seiner samtenen Zunge.

Berauscht von der Tiefe ihrer Empfindungen, die wie ein Orkan über sie hinwegfegten und in ihrem Unterleib ein wildes, prasselndes Feuer entfachten, gab sie sich wie ein vollkommen willenloses Geschöpf diesem Fremden hin. Schweißgebadet ging sie mit seinem heftiger werdenden Rhythmus einher, und das Gefühl, mit ihm zu verschmelzen, gipfelte in einer sengenden Kontraktion all ihrer Muskeln und Nerven und durchfuhr sie gleichzeitig wie ein überspringender elektrischer Schlag.

Dann kehrte plötzlich eine seltsame Stille ein, und sie schwebte davon. Hand in Hand mit diesem merkwürdigen Himmelsboten, der ihr ein undurchsichtiges Lächeln schenkte, während sie gemeinsam von einem gleißenden Licht umfangen wurden.

Auch gut, schoss es ihr durch den Kopf, wenn sie also zuvor noch nicht tot gewesen war, dann war sie es jetzt.

7

Februar 1905, Sibirien – Niemandsland

Am Morgen des 14. Februar 1905 zeigte das Spiritusthermometer minus 40 Grad. Im strahlenden Sonnenschein und trotz vollständiger Windstille funkelten unzählige mikroskopisch kleine Eiskristalle in der Luft, die so kalt war, dass einem der Atem auf den Lippen gefror. Subbota und die insgesamt acht Kosaken stießen einen Fluch nach dem anderen aus, weil die Vorbereitungen nicht wie geplant vorangingen. Pferde und Narten, wie man die Schlitten hier nannte, standen längst abmarschbereit. Nur den etwa zwanzig Deportierten, die mit ihnen eine Reise ins Unbekannte antreten sollten, fehlte es noch an wärmender Zusatzkleidung.

Kissanka kauerte zusammen mit Mutter und Schwester auf einer brettharten Schneewehe. Den fieberkranken Jungen hatten sie schützend in ihre Mitte genommen. Leonard lächelte ihnen aufmunternd zu. Der alte Wassiljoff stand an einem der Pferdeschlitten und überprüfte die Ladung. Einer der Kosaken bot ihm einen Wodka an. Er lachte scheppernd, als der Alte die halbe Flasche mit einem Rutsch hinunterkippte, ohne zu wissen, was sein Gönner noch am Abend zuvor mit seiner Tochter angestellt hatte.

Leonard zog sich vor Wut und vor Hilflosigkeit der Magen zusammen. Ein Seitenblick versicherte ihm, dass Kissanka das Treiben ihres Vaters mit aufgewühlter Miene verfolgte. Wie gerne wäre er zu ihr gegangen und hätte sie beruhigt! Doch dann hätte ihr Vater wahrscheinlich ihn selbst erschlagen und nicht den Kosaken.

Auch die anderen Männer und Frauen hatten sich frierend zusammengefunden. Bereits um sechs Uhr in der Frühe hatte der Bahnhofswirt sie hinauskomplimentiert, nachdem er ihnen bei stockfinsterer Nacht nur ein spärliches Frühstück aus trockenem Brot und mehrmals geseihtem Tee gebracht hatte. Der Lagerverwalter war eine Stunde zu spät erschienen. Seine Frau hatte in der Nacht eine Totgeburt und war dabei offenbar selbst nur knapp am Leben geblieben. Dass er nunmehr nicht ganz bei der Sache war, schien verständlich, und daher gab er sich nur halbherzig der Ausgabe von Mänteln, Decken und grob geschusterten Stiefeln hin.

Nach einer weiteren Stunde des Frierens und Wartens war es endlich soweit. Leonard bestieg mit Pjotr und Aslan einen der geräumigen Schlitten. In einen stinkenden Hammelfellmantel gehüllt und mit einem Schlafsack aus ähnlichem Pelz versehen, schien ihre Lage nun ein wenig erträglicher zu sein. Subbota gesellte sich zu ihnen – zwangsläufig, wie Leonid vermutete. Er besaß die Schlüssel für ihre Ketten, die er ihnen selbst auf der Fahrt nicht abnehmen wollte. Auch er schien unter dem umherwehenden Schnee zu leiden, der in Augen und Nasenlöcher eindrang und selbst die Barthaare mit einem krustigen Eispanzer überzog.

Nicht zum ersten Mal stellte sich Leonard die Frage, was der Offizier der Ochrana verbrochen haben musste, dass man ihn mit einer solchen Mission betraut hatte.

Unter lautem Gebrüll und mit singender Peitsche trieben die Jämschtschiks, die Schlittenlenker, die Pferde an.

Sie wurden mit den Tieren von Station zu Station ausgewechselt. Zwei Pferde legten sich pro Wagen ins Geschirr, manchmal auch drei. Insgesamt acht große Lastschlitten reihten sich zu einer Karawane zusammen, die sich, von schleifenden Geräuschen begleitet, in schnellem Lauf über den hart gefrorenen Schnee entlang des Jenissei nach Norden bewegte.

Von weitem konnte Leonard sehen, dass Kissanka mit ihren Eltern und Geschwistern im zweiten Schlitten saß. Eingehüllt in einen viel zu großen Mantel, war sie kaum zu erkennen. Der Kosake, der sie gestern so brutal genommen hatte, ritt schnalzend an ihr vorbei. Frech grüßte er ihren Vater, und als der Schmied ihm den Kopf zuwandte, lachte und jauchzte er so laut, dass sich nicht nur die Pferde erschraken. Natürlich dachte der Soldat nicht daran, seine Tat zu bereuen. Warum auch? Sie war nur eine Verschickte, deren Leben kaum mehr etwas wert war.

Leonard entging nicht, dass Kissanka sich zu ihm umwandte, als hätte sie seinen Blick im Rücken gespürt. Er wusste nicht, ob es mehr als Mitleid war, das er für sie empfand. Tief in seinem Innern hoffte er für sie beide, dass die Sache nicht weiterging, als sie durfte.

Am späten Nachmittag schlief Oberleutnant Subbota ein, und auch Pjotr und Aslan dösten vor sich hin. Leonard streckte von Zeit zu Zeit seine Glieder, um sicherzustellen, dass sie trotz der wärmenden Verpackung nicht eingefroren waren. Nasimowsk, ein abgelegenes Nest, das Jägern und Goldsuchern auf der Reise in den Norden einen vorübergehenden Unterschlupf bot, konnte nicht mehr weit sein. Etwa 50 Werst entfernt, wie der Kutscher versicherte. Dort wollten sie ihr erstes Nachtlager aufschlagen.

Mit lautem Gekläffe näherten sich zwei Hundegespanne. Leonard hob den Kopf hinaus in die Kälte. Gleich dem Schatten einer blutgierigen Meute von Höllengeschöpfen flogen ihnen die Gespanne über die hügelige Schneelandschaft entgegen, eingehüllt in den Schein einer blutroten untergehenden Sonne. Dabei flatterten die Zungen der Tiere wie fleischgewordene Fahnen zwischen ihren geifernden, weit geöffneten Lefzen.

Ein heiseres Rollen, gefolgt von einem warnenden Knurren, erhob sich aus der Kehle des Leithundes. Das Tempo des Schlittens steigerte sich immer weiter. Bald fielen auch die anderen Hunde in das aggressiv klingende Gebell ihres Anführers ein.

Leonard steckte seinen Kopf aus der Fellkapuze, um zu sehen, was da vor sich ging. Mit einem leichten Stoß weckte er seine Kameraden.

»Was ist los?«, murmelte Pjotr schläfrig. Seine runde Nase kämpfte sich aus einem Wust von räudigem Wolfsfell, das die Kapuze seines Mantels umrahmte.

»Schau dir das an!« Mit unheilschwangerer Miene nickte Leonard hinaus in die blauweiße Wildnis. »Wenn das gutgeht, putze ich jedem von euch die Stiefel, und das ein Jahr lang.«

Tatsächlich verlor der Wagenlenker des entgegenkommenden Schlittens zusehends die Kontrolle über das stattliche Leittier.

Der Jämschtschik des ersten Pferdeschlittens, der den Treck der Deportierten anführte, stieß in der aufkommenden Dämmerung einen kehligen Warnruf aus. Hastig zügelte er die zottigen Pferde. Doch es nützte nicht viel. Das Gespann hielt direkt auf ihn zu, und die nachkommenden Pferdeschlitten hatten Mühe, nicht aufzufahren.

Nun war auch Aslan aus seinem Halbschlaf erwacht.

»Spinnt der Kerl?« Alarmiert stieß er den schlafenden Oberleutnant in die Seite, der zusammengekauert neben ihm hockte. Subbota setzte sich unverzüglich auf. »Was? Wie?«, entfuhr es ihm. Wild schlug er den Kopf hin und her, um sich einen Überblick zu verschaffen und sah, dass ihr Schlitten in abenteuerlicher Fahrt die Richtung wechselte. »Pass doch auf, du Idiot!«, schrie er dem Jämschtschik zu.

Doch der junge Schlittenlenker konnte nichts weiter tun, als die Pferde hart zu zügeln, damit sie nicht in den nächsten Schlitten hineinstürmten. Im letzten Augenblick wollte es ihm gelingen, den Wagen zum Stehen zu bringen. Die anderen hatten nicht soviel Glück.

Ein Chaos entstand, als die voranfahrenden Jämschtschiks versuchten, hinter ihrem jeweiligen Vordermann aufs freie Feld auszuweichen. Die ersten beiden Schlitten überschlugen sich auf einem Abhang, den die laut wiehernden Tiere hinuntergestürzt waren. Koffer und Kisten fielen über die eisige Fläche, glitten noch weiter hinab und landeten nach einer längeren Rutschpartie am zugefrorenen Flussufer. Auch Männer, Frauen und Kinder stürzten von den Schlitten. Schreiend prallten sie gegeneinander, wurden von schweren Gepäckstücken getroffen und rollten über den Schnee.

Die Hunde der entgegenkommenden Schlitten waren nun nicht mehr zu kontrollieren. Ohne auf die verzweifelten Rufe ihrer Führer zu achten, rissen die beiden Rudel ihre Gespanne soweit herum, bis sie unter einem berstenden Geräusch zusammenkrachten. In hohem Bogen wurde einer der Männer davon geschleudert. Einem zweiten erging es noch schlechter. Die Kufen der beiden Schlitten zermalmten den Schädel des Mannes, als ob er nur eine Walnuss wäre. Blut spritzte in den Schnee und färbte ihn tiefrot.

Die Hunde brachte all das nicht zur Besinnung. Ihr räuberischer Instinkt, der nun ungehemmt hervorbrach, trieb die nach Fleisch gierenden Tiere zu ihrer schutzlosen Beute hin. Wie rasende Bestien schlugen sie ihre scharfen Zähne in die Leiber der wehrlosen Pferde, tranken das warme Blut und rissen ganze Stücke aus Bäuchen und Schenkeln. Vor Angst und Schmerz halb wahnsinnig, schlugen die Tiere aus und zertrümmerten ihre eigenen Gespanne, bevor sie sich losreißen und mitsamt Zügeln und Joch das Weite suchen konnten.

Fassungslos beobachteten Leonard und seine Kameraden das grausige Schauspiel.

»Mach uns los!« Leonard hielt Subbota Hand- und Fußketten hin. »Wir müssen helfen!«

Der junge Offizier der Ochrana war bleich geworden. Mechanisch zückte er den Bund mit den eisernen Schlüsseln, den er Tag und Nacht an seinem breiten Ledergürtel trug.

Mit einem nervösen Zucken im Gesicht öffnete er die Kettenschlösser. Leonard sprang als Erster von dem Schlitten. Atemlos versuchte er, sich zu orientieren. Seine Sorge galt vor allem Kissanka und ihrer Familie.

Schreie gellten durch die Dämmerung, und Schüsse krachten, nachdem auch die Kosaken aus ihrer Erstarrung erwacht waren und ihre eigenen völlig verstörten Pferde zur Räson gebracht hatten. Wild um sich schießend, stoben sie Hunden und Pferden hinterher, bis ihre Schüsse präziser wurden und das Jaulen und Bellen der getroffenen Kreaturen sich mit dem Wehklagen der verletzten Menschen vermischte.

Leonard stürzte über den spiegelglatten Schnee zu den Verletzten hin. Pjotr und Aslan waren ihm dicht auf den Fersen. Subbota ließ auf sich warten, weil er unter all dem Gepäck die Verbandskiste suchte.

Schon auf dem Weg zu den Trümmern konnte Leonard sehen, dass einige der Männer und Frauen wie tot im Schnee lagen. Arme und Beine weit von sich gestreckt, rührten sie sich nicht. Der leere Blick einer Frau nahm ihm den Atem. Rasch zog er seine Fellhandschuhe aus. Den Kopf seltsam verrenkt, starrte sie ihn aus leblosen blauen Augen an. Es war Kissankas Mutter. Sie hatte ihre Haube verloren, und ihr blondes langes Haar hatte sich gelöst und bedeckte den Schnee.

Leonard kniete nieder und versuchte vergeblich, ihren Puls zu ertasten. Es kostete ihn einige Überwindung, ihr die Lider zuzudrücken. Äußerlich unverletzt hatte sie sich offenbar beim Sturz das Genick gebrochen. Nicht weit von ihr entfernt, lag ihr kleiner Sohn. Ein mächtiger Splitter aus Tannenholz steckte in seinem Oberschenkel. Leonard fasste nach seiner Hand und inspizierte die furchtbare Verletzung mit wenigen Blicken. Aussichtslos, sagte er zu sich selbst, als er die mit Blut getränkte Hose des Jungen zerriss. Der Splitter hatte offenbar eine wichtige Ader getroffen; der Junge würde verbluten, wenn er nicht auf der Stelle in ein Hospital eingeliefert werden würde. Aus großen Augen sah er Leonard an.

»Mama?«, flüsterte er.

Leonard schluckte. »Sie kommt gleich zu dir.«

Vorsichtig und mit zitternden Fingern schob Leonard seinen Wollschal unter den Kopf des Jungen.

Subbota eilte keuchend heran. In der Hand hatte er eine Metallkiste mit Verbandsmaterial, Mullbinden und Kompressen. Das war genau das, was Leonard brauchte. Vielleicht konnte er doch den Kienspan entfernen. Doch was sollte dann werden? Es gab keinen Arzt, und die nächste Poststation, bei der man den Rat eines Arztes hätte einholen können, war zu weit entfernt.

»Haben wir Äther?« Leonard sah Subbota fordernd an.

»Sag bloß, du hast eine medizinische Ausbildung?« Die Stimme des Offiziers drückte Verwunderung aus.

»Ich habe an der Hochschule eine Sanitätsausbildung absolviert. Das gehört dazu, wenn man physikalische Versuche unternimmt.«

Ohne weitere Fragen zu stellen, übergab ihm der Offizier eine bräunliche Flasche mit einem Glaskorken und eine Kompresse, damit er die Flüssigkeit darauf träufeln konnte.

Er zählte die Tropfen und rechnete insgeheim, wie viel von dem Mittel der Junge wohl würde vertragen können. Vermutlich nicht viel – er war klein und dünn.

Mit zitternden Händen hielt er dem Jungen das streng riechende Medikament vor die Nase. Es bedurfte nur weniger Atemzüge, bis das Kind das Bewusstsein verlor. Leonard vergaß die Welt um sich herum und fühlte sich wie eine Marionette, als er dem Jungen mit einem Stilett das Bein ein Stück aufschnitt, um den Splitter sauber herausschälen zu können. Das Stück Holz war tief in das Bein des Jungen eingedrungen und hatte es beinahe durchbohrt. Ein Schwall von Blut folgte, als Leonard den Splitter mit äußerster Umsicht entfernte.

»Jodtinktur«, sagte er zu Subbota und hielt dem Oberleutnant die blutverschmierte Hand entgegen, als ob er wie selbstverständlich dessen Assistenz erwartete. Sorgfältig desinfizierte er die Stelle, so gut es eben ging, dabei musste er sich beeilen, weil selbst das Blut in dieser Kälte gefror. Um die Wunde zu vernähen, blieb keine Zeit. Mit aller Kraft presste er die Wundränder zusammen und legte anschließend mehrere doppellagige Mullbinden darauf, bevor er das Ganze mit einem festen Verband versah.

»Mitja!« Ein entsetzter Aufschrei holte Leonard in die Wirklichkeit zurück. Kissanka beugte sich schluchzend über den Jungen. Ihr war offensichtlich nichts geschehen; ein paar Kratzer und eine Beule an der Stirn waren alles, was Leonard entdecken konnte. Noch hatte sie wohl nicht gesehen, dass ihre Mutter zu Tode gekommen war.

»Was tust du da?« Der Blick, den sie Leonard zuwarf, erschien ihm vorwurfsvoll, ja sogar anklagend.

»Ich versuche sein Leben zu retten«, erwiderte er mit erstickter Stimme. Unbeabsichtigt schaute er zu Kissankas Mutter hin, deren Gesicht er mit einem Schal bedeckt hatte. Erschrocken folgte Kissanka seinem Blick.

»Mutter?« Auf Knien rutschte sie zu der toten Frau hin und zog den Schal vom Gesicht. Dann brach sie hemmungslos weinend über ihr zusammen.

Leonard hatte das Gefühl, sich teilen zu müssen. Kissanka brauchte ihn jetzt, aber auch der Junge war auf seine Hilfe angewiesen.

Pjotr kniete sprachlos neben ihm. »Press deine Hand weiter auf den Verband!«, befahl ihm Leonard. Dann fiel sein Blick auf Aslan, der hinter Pjotr hockte und die ganze Szenerie mit steinerner Miene verfolgte.

Leonard holte ihn mit lauter Stimme aus seiner Erstarrung. »Ihr müsst den Kleinen zu unserem Schlitten bringen, damit er es warm hat!«

Subbota, der sich aufgerichtet hatte, um die Lage zu sondieren, widersprach nicht, als Aslan und Pjotr sich anschickten, Leonards Anweisungen zu befolgen.

Mit klopfendem Herzen wandte sich Leonard dem Mädchen zu. Zaghaft fasste er sie bei der Schulter.

»Sie hat nichts davon gespürt«, sagte er leise, obwohl er wusste, dass seine Worte ihr kaum Trost spenden würden.

Mit verweintem Gesicht richtete Kissanka sich auf. Ein beißender Wind ließ die Tränen auf ihren Wangen im Nu zu feinem Eis gefrieren. Leonard wusste, wie gefährlich das sein konnte. Schützend nahm er sie in den Arm und trocknete ihr Gesicht.

Weiter unten fand Aslan, der sich von neuem auf die Suche nach Überlebenden gemacht hatte, ihren Vater. Ivan Ivanowitsch Wassiljoff hatte den Aufprall gegen einen morschen Baumstamm offenbar einigermaßen schadlos überstanden. Eine Prellung an der Stirn und ein gebrochenes Nasenbein waren alles, worüber er klagte. Leonard fragte sich ängstlich, wie er dem vierschrötigen Mann den Tod der Ehefrau beibringen sollte.

Der Blick des Alten schien gefasst, als er es erfuhr, doch seine bebenden Lippen verrieten, wie aufgewühlt er war. Nadja, Kissankas jüngere Schwester, hockte ein Stück entfernt auf einer bretthharten Schneewehe, sie hatte den Unfall mit ein paar blauen Flecken überstanden. Der Tod ihrer Mutter hatte ihr die Sprache verschlagen und gleichzeitig die Kraft zum Weinen genommen.

Sieben Leichen und zehn Verletzte. Und eine weitere Katastrophe bahnte sich an, weil fünf der acht Schlitten beschädigt waren und man drei Pferden wegen ihrer schweren Bisswunden den Gnadenschuss versetzte.

Gewehrläufe donnerten, und mit dem Gestank von Schwefel und Pulver brach die Nacht herein. Die Temperatur sank weiter. Der nächste Ort war mindestens vier Stunden entfernt. Wenn kein Wunder geschah, drohten die Überlebenden dieser Katastrophe zu erfrieren.

»Die Leichen bleiben in jedem Fall hier«, beschloss der Kosakenführer mit einem grimmigen Zucken seines völlig vereisten Schnurrbartes.

»Ich werde meine Frau nicht den Wölfen überlassen!« Die Stimme des alten Wassiljoff klang brüchig, aber fest. Auge in Auge stand er dem Kommandeur gegenüber.

»Deine Frau ist in wenigen Stunden nicht mehr als ein gefrorener Brocken Fleisch«, höhnte der Offizier. »Denkst du ernsthaft, ich würde wegen ihr auch nur einen Überlebenden im Stich lassen?«

Er kaute auf irgendetwas und spuckte es dann in den Schnee. »Schau dich doch um! Wir sind einundzwanzig Leute und haben nur noch drei Schlitten zur Verfügung. Kannst du rechnen? Selbst wenn wir vor jeden Schlitten drei Pferde spannen, wird es eine Tortur für Mensch und Tier, bis wir Nasimowsk erreicht haben.«

»Dann will ich wenigstens, dass wir sie im Schnee beerdigen!«

»Wlas!«, schrie der Kommandeur über ein paar seiner Männer hinweg zu einem der Jämschtschiks. »Bring uns zwei Schaufeln und hilf diesem Kerl, seine Frau zu begraben.«

Kissanka zitterte am ganzen Leib, nachdem sie sich ein letztes Mal von ihrer toten Mutter verabschiedet und Leonard sie zu seinem Schlitten geleitet hatte. Pjotr saß dort, eng an den bewusstlosen Jungen gekauert, damit er es warm hatte.

»Er ist ganz heiß und stöhnt dauernd.« Hilflos strich er dem kleinen Kerl über die tief ins Gesicht gezogene Fellmütze. »Wir brauchen einen Arzt.«

»Den haben wir aber nicht.« Leonard sah sich um, als ob dort draußen in der hereinbrechenden Nacht eine Lösung zu finden sei.

»Wir können ihn zu meinem Stamm bringen.«

Leonard schaute auf. Der junge Jämschtschik, der ihren Schlitten gelenkt hatte, meldete sich überraschend zu Wort. Er gehörte anscheinend zu den Tungusen, jenen Ureinwohnern, die in dieser Gegend siedelten. Er hatte bereits vor einer Weile eine Fackel entzündet. Unnatürlich funkelten seine schwarzen Augen im Schein des Feuers.

»Unser Dorf ist viel näher als die nächste Stadt«, fügte er hinzu. »Nur etwa zehn Werst entfernt. Es liegt etwas abseits in einem Tal. Meine Leute sind gastfreundlich, sie werden euch für die Nacht aufnehmen.«

»Das geht nicht«, fuhr Subbota dazwischen. »Wir haben es eilig, und es ist uns nicht erlaubt, von der Strecke abzuweichen.«

»Wenn Sie ein Herz haben!«, flehte Kissanka.

Alle Augen waren auf den Mann der Ochrana gerichtet. Subbota fühlte sich unbehaglich. Das konnte Leonard daran erkennen, wie er seinen Hals streckte, um dem zu eng gewickelten Wollschal zu entkommen.

»Es kann doch nicht im Interesse des Zaren liegen, dass man sein wertvolles Arbeitspotential einfach so krepieren lässt«, bemerkte Aslan mit einer gehörigen Portion Ironie in der Stimme.

Subbotas Lippen wurden noch schmaler.

»Geben Sie Ihrem Herzen einen Stoß«, sagte Leonard leise. »Wir werden schon nicht abhauen. Wohin sollten wir auch gehen? Wir wären schnell eine willkommene Mahlzeit für Wölfe und Bären, die hier überall herumstreifen.«

»Von mir aus«, knurrte Subbota. Dann wandte er sich um und richtete seinen Blick auf den jungen Jämschtschik. »Wie ist dein Name?«

»Tschirin.«

»Also gut, Tschirin, haben deine Leute Platz für all diese Menschen?«

Der junge Tunguse nickte beflissen. »Unserem Stammesältesten wird es eine Ehre sein, euch zu empfangen. Eure Kranken könnt ihr getrost unseren Müttern anvertrauen. Sie verstehen sich auf die Heilkunst.«

In Kissankas Augen flackerte Hoffnung auf.

Subbota nickte mürrisch, dann fluchte er, weil dieser unvorhergesehene Stopp seinen Auftrag in Gefahr brachte. Nach einer Absprache mit dem Oberhaupt der Kosaken stimmte er kurz darauf zu, dass die Überlebenden allesamt aufsitzen durften.

Tschirin lenkte den Schlitten geschickt zwischen hoch aufragenden Tannen durch die Dunkelheit, bis sie zu einer flachen Lichtung gelangten, die an einem zugefrorenen Fluss lag. Ihnen folgten die übrigen, noch fahrtüchtigen Schlitten und die Horde wilder Kosaken, deren Pferde heftig schnaubend durch den tiefen Schnee trabten.

Leonid hielt den Jungen im Arm. Sein Atem ging schnell, und sein kleines Gesicht glühte vom Fieber.

»Er wird sterben«, flüsterte Kissanka verzweifelt. Sie saß dicht neben Leonard gedrängt und streichelte immer wieder den Kopf ihres Bruders, während sie stumm betete.

Leonard schwieg. Ihm fehlten die tröstenden Worte. Leicht wie ein Vogel lag der Junge in seinen Armen, und er musste an Eisenstein denken und an Katja und dass das Schicksal gnadenlos sein konnte.

Der Empfang der Tungusen fiel tatsächlich weit herzlicher aus, als Leonard angenommen hatte. Wer freute sich schon zu dieser Jahreszeit darüber, wenn plötzlich zwanzig Esser mehr am Tisch saßen. Noch dazu Strafgefangene in Ketten und Kosaken, deren wüste Bärte und martialische Bewaffnung alles andere als vertrauenerweckend wirkten. Eine ältere Frau, in bunte Gewänder gehüllt, führte die Ankömmlinge in ein großes Zelt, das inmitten von fünf kleineren Zelten stand.

Bunte Teppiche und unzählige Felle von Wölfen, Bären und Rentieren schmückten den einzigen Raum, in dessen Mitte ein wärmendes Feuer prasselte.

Die Frau warf einen Blick auf Leonard, der das Kind ins Zelt getragen hatte und es immer noch in seinen Armen hielt. Dann nickte sie wissend und verschwand nach draußen.

»Wo will sie hin?« Leonard schaute Tschirin fragend an. »Hast du nicht gesagt, dass eure Frauen uns helfen können?«

»Ihr habt ausgesprochenes Glück.« Der junge Tunguse setzte eine andächtige Miene auf. »Heute ist der Schamane mit seinem Gehilfen zugegen. Er wird einen Tanz aufführen und die Geister der Ahnen beschwören. Er ist in der Lage, alle Krankheiten zu heilen, die du dir vorstellen kannst. Er kann sogar Tote erwecken. Es geht gleich los.«

Mit einer einladenden Geste forderte der junge Tunguse Leonard auf, Mitja auf ein Bärenfell in der Nähe des Feuers zu legen. Der Junge war immer noch nicht zu Bewusstsein gekommen.

»Was hat das zu bedeuten?« Kissanka drängte sich an Leonards Schulter und sah ihn fragend an.

Er spürte ihre Wärme und ihre kleine Hand, die schutzsuchend in seiner Armbeuge ruhte. Ihr Vater beäugte sie argwöhnisch, doch er war wohl zu sehr mit sich selbst beschäftigt, um sie von Leonard fortzureißen.

Tschirin verschwand für einen Moment nach draußen. Wenig später kam er wieder herein, gefolgt von einem kleinwüchsigen, ganz in Fell gekleideten Tungusen. Er war der Helfer des angekündigten Schamanen und trug eine bunte Schale, aus der er mit einem Fuchsschwanz Figuren, die am Zeltrand verteilt standen, mit Rentierblut bespritzte.

»Frag mich nicht, was das zu bedeuten hat«, erwiderte Leonard leise. Ihm waren schon beim Eintritt ins Zelt die vielen seltsamen tier- und menschenähnlichen Figuren aufgefallen, die man überall am Saum des Zeltes aufgestellt hatte. Gefertigt waren sie aus Elfenbein, Holz und Rhinozeroshorn, wie ihm Tschirin leise erklärte.

Gleich zu Beginn des Rituals belehrte der Stammesälteste sie höflich, dass die Figuren nicht berührt werden durften. Vielleicht waren es die Figuren von Heiligen, dachte sich Leonard, wie bei ihnen zu Hause in den orthodoxen Kirchen.

Wieder schaute er auf das Mädchen herab – auf ihre rotbraunen Haare, das schmale Gesicht mit den dunklen Augen, die all das Leid widerspiegelten, das ihr in den vergangenen 24 Stunden widerfahren war. Alles wird gut, lag ihm auf den Lippen. Doch das wurde es nicht, ganz gleich, was geschah. Ihre Mutter war tot, und der Weg, auf dem sie zueinander gefunden hatten, führte in eine kalte unwirtliche Hölle.

Statt ein Wort zu sagen, streichelte er ihre Hand und drückte sie sanft.

Nachdem sich alle Anwesenden niedergesetzt hatten, reichte der Stammesälteste, ein Mann mit einem sonnengegerbten Gesicht, reihum eine Schale mit einem Gebräu aus gegorener Rentiermilch. Dazu verteilte ein junges Mädchen geröstetes Fladenbrot mit angewärmter Butter an die Gäste, die diese Gabe trotz ihrer Verwirrung mit Dankbarkeit entgegennahmen.

Über einem Spieß brutzelte Fleisch. Man hatte ein Rentier geschlachtet, und erst jetzt bemerkte Leonard, wie sehr ihm der Magen knurrte. Doch statt das Fleisch zu verteilen, wurde der Spieß zur Seite gestellt, und eine der anwesenden Frauen legte ein paar harzige Wurzeln der Lärche in die schimmernde Glut.

Leonard und Kissanka hatten sich nicht weit von dem Jungen niedergelassen und starrten wie die meisten Anwesenden erschöpft in die tänzelnden Flammen, die einzige Lichtquelle des Raumes. Eine weitere Frau, die in mehrere Lagen bunter Gewänder gekleidet war, trat hinzu und kniete neben Mitja nieder.

»Er braucht warmes Wasser«, sagte Kissanka, »damit wir ihm etwas zu trinken geben können, wenn er zu sich kommt.«

Die Frau überhörte die Worte des Mädchens, oder vielleicht hatte sie nicht verstanden. Kissankas Schwester saß unweit entfernt zusammengekauert neben ihrem Vater. Der alte Wassiljoff hockte schweigend da und beobachtete argwöhnisch, was in der Mitte des Zeltes geschah.

Als die Frau begann, den Jungen zu entkleiden, erwachte der Vater aus seiner Lethargie. Sein Gesicht lief rot an, und seine wasserblauen Augen quollen leicht hervor, als er sich aufrichtete. »Was macht ihr mit meinem Kind?«, rief er. »Wollt ihr es umbringen?«

Die Frau sah verstört auf, während der Schmied zu ihr hinstürmte, um sie davon abzuhalten, dass sie Mitja die Hose auszog. Leonard ging, ohne groß nachzudenken, dazwischen und hielt den Alten an seiner Joppe zurück.

»Ich glaube, sie will ihm nur helfen. Wenn Sie keine bessere Idee haben, wie wir den Jungen ins Leben zurückholen können, sollten Sie die Frau gewähren lassen!«

»Was verstehst du schon!«, erwiderte der Russe aufgebracht. »Oder bist du ein Doktor, der mit den Bolschewiki gemeinsame Sache gemacht hat?«

Kissanka kam Leonard zur Hilfe. »Vater, bitte lasst sie gewähren. Wir haben sonst nichts, was Mitja noch helfen könnte.« Sie stand hinter Leonard, als ob sie Schutz vor ihrem jähzornigen Vater suchte.

Der Alte starrte seine Tochter an. »Nimm dich in Acht!«, zischte er zornig. »Wenn ich dich mit einem Kerl wie dem da erwische, seid ihr beide tot. Nur deiner Mutter zuliebe, Gott hab sie selig, halte ich mich zurück.« Mit einem abfälligen Blick auf Leonard setzte er sich nieder. Die Kosaken grinsten gehässig und schlugen dem Alten anerkennend auf die Schulter, als er sich wieder zu ihnen gesellte.

Ungerührt hatte die Tungusin damit begonnen, den Verband des Jungen abzuwickeln.

»Was tut sie da?«, flüsterte Pjotr. »Der Junge hat die Schwindsucht, und zwar im fortgeschrittenen Stadium. Wenn er kalt wird und sich die Grippe holt, ist ihm schon gar nicht mehr zu helfen.«

Aslan, der mit angewinkelten Knien neben Leonard saß, schaute mit stoischer Miene zu ihm auf. »Sie wird den kleinen Kerl umbringen. Wenn die Blutung aufbricht, hat er es ohnehin überstanden.«

Leonard war stehen geblieben, um sicherzugehen, dass der Schmied keinen weiteren Ärger machte. Zögernd setzte er sich zwischen Pjotr und Kissanka und verfolgte, was die tungusische Frau tat.

»Ich weiß nicht, was sie vorhat«, flüsterte er, »aber es sieht aus, als wüsste sie, was zu tun ist.«

Währenddessen ging der Stammesälteste herum und sammelte das Geschirr ein. Dann bat er seine Gäste, sich noch weiter zum Rand des Zeltes zurückzuziehen und den Platz um das Feuer frei zu machen.

Angespannte Stille machte sich breit. Mitja lag immer noch bewusstlos auf einem Rentierfell, nur noch mit seinem verschmutzten Leibchen bekleidet. Kissanka kniete neben Leonard und hielt die Hände zum Gebet gefaltet. Unaufhörlich murmelte sie vor sich hin.

»Heilige Mutter …« Mehr konnte Leonard nicht verstehen, der Rest war nur ein raues, verzweifeltes Flüstern.

Der Stammesälteste legte weiteres Holz auf und etwas, das die Flamme kurzfristig zum Sprühen brachte. Plötzlich öffnete sich der

Vorhang zum Innern des Zeltes. Ein großer, schlanker Mann in einem seltsamen Kostüm glitt lautlos herein.

Es war ein Schamane, soviel wusste selbst Leonard, obwohl er einen solchen Menschen noch nie zuvor gesehen hatte. Tiefe Stille empfing den Mann. Dahinter huschte sein kleinwüchsiger Gehilfe in den Schatten seines Meisters.

Am Lederrock des Schamanen befanden sich unzählige Schnüre mit weißen und bunten Glasperlen. Dazwischen hingen längliche Eisenstäbe und Messingglocken, die klirrend hin und her baumelten. Brust und Rücken waren mit Tier- und Vogelkrallen verziert. Die Kapuze, die er trug, war umrahmt vom Kopffell eines Polarfuchses, dessen Schnauze über die Stirn des Trägers hinausragte und dessen Ohren bei jeder Bewegung des Mannes auf und ab flatterten. Wenn der Anlass nicht so ernst gewesen wäre, hätte Leonard beinahe lachen müssen, so komisch sah es aus. Nur das Gesicht des Mannes blieb frei. Die schwarzen Augen darin glühten wie ein Kohlefeuer.

Kissankas Mienenspiel nahm einen verängstigten Ausdruck an. Auch ihrer Schwester war der Fremde nicht geheuer. Die meisten der Deportierten setzten eine unsichere Miene auf. Nur die Kosaken machten verhaltene Witzchen, und dem alten Wassiljoff war anzusehen, dass es nicht mehr lange dauern konnte, bis er vollends die Geduld verlor.

Doch als der Schamane seine Trommel zückte, auf der eine menschenähnliche Fratze zu sehen war, und den ersten Schlag mit einem gebogenen Hämmerchen tat, verstummte jeglicher Protest. Die Glöckchen tönten leise, und die Zähne an seiner exotischen Aufmachung klapperten im Rhythmus seiner Schritte. Unterbrochen wurden diese Klänge nur vom Zischen einer blauen Flamme, die entstand, wenn sein Gehilfe ein merkwürdiges Pulver in die Glut warf.

Der Tanz des Schamanen wurde immer ekstatischer, und seine Bewegungen wurden fahriger und unkontrollierter.

»Er ruft Ogdy, den Gott des Donners, des Feuers und des Lichts, *der* unser Leben bestimmt«, flüsterte Tschirin erklärend. Die leuchtenden schwarzen Augen des jungen Tungusen und seine demütige Haltung drückten die ganze Ehrfurcht aus, die er gegenüber dem Mann empfand. »Wenn er in Trance fällt«, erklärte er leise, »kann er seinen Körper verlassen, um die Seele des Jungen zu retten.«

Fremdartige Laute klangen aus der Kehle des Mannes, die sich mit dem Zischen des Feuers vermischten. Der Gesang passte sich seinen schreitenden und manchmal huschenden Bewegungen an, bei denen er sich immerzu ums Feuer bewegte, den Blick konzentriert auf den bewusstlosen Jungen gerichtet. Bald war nur noch das Murmeln des Schamanen zu vernehmen, und die Trommel schlug leise den Rhythmus an, mit dem er geradezu um das Feuer herumzuschweben schien. Wie ein großer schwarzer Vogel, der seine Schwingen ausbreitet, ließ er sich über dem Kind nieder und bedeckte es mit seinem Körper. Dann war er plötzlich still und rührte sich nicht mehr.

»Er hat seinen Körper verlassen«, wisperte Tschirin, »um zu den Ahnen Kontakt aufzunehmen und sich mit der Seele des Kindes zu verbinden.«

Der alte Wassiljoff war halb aufgesprungen, doch ein paar der Deportierten hielten ihn eisern zurück. Instinktiv erfassten sie wohl, dass dem Jungen kaum noch anders zu helfen war. Nach einer Ewigkeit hob sich der Kopf des Schamanen, und sein Mund senkte sich auf die Beinverletzung des Jungen.

Kissanka und einige Frauen hielten den Atem an, während die Kosaken nach ihren Säbeln griffen.

Die Sprache des Schamanen war nicht zu verstehen – ein Raunen, ein Glucksen, ein Kichern und ein Heulen in abwechselnder Reihenfolge, wie eine Kette aus verschiedenen Perlen. Der Gehilfe warf weiteres Pulver in die Glut, bis die Funken bläulich sprühten und einen gespenstischen Lichtschein auf sämtliche Gesichter der Anwesenden warfen.

»Schluss jetzt!«, brüllte Wassiljoff mit glasigen Augen. »Ich will, dass ihr meinen Sohn in Ruhe lasst und euer heidnisches Spiel beendet!«

Der Schamane blickte mit undurchdringlicher Miene auf. Es herrschte Totenstille. Selbst Wassiljoff hatte es plötzlich die Sprache verschlagen, als der Mann sich langsam erhob und dann wie eine Raubtier mit einer fließenden Bewegung auf ihn zu schlich. Er flüsterte unentwegt, und seine Stimme hatte einen unwirklichen Tonfall angenommen. Scheppernd und mit einem seltsamen Echo, wie aus einer anderen Welt, begann er zu sprechen. Den Blick hielt er dabei nicht auf Wassiljoff gerichtet, sondern auf Subbota, der neben ihm hockte. Leonard konnte sehen, wie der Offizier unter seinen Mantel fasste, dorthin, wo der Revolver saß.

»Nētelălwe«, fauchte der Schamane, und seine Augen leuchteten bedrohlich in der herabbrennenden Glut des Feuers.

»Was hat er gesagt?« Pjotr warf Tschirin einen beunruhigten Blick zu.

»Er hat euren Offizier als Taugenichts beschimpft«, flüsterte Tschirin kaum hörbar. Man konnte sehen, dass ihn der Ausfall des Schamanen regelrecht ängstigte.

Die Stimme des Schamanen steigerte sich in ein heiseres Flüstern.

»Lōlekeldu … Xerūnil … tūye lokūčäääären … Toyō … Tjanăäčōwč? … Edikon d'ū̆ša … Xūltond … Xūydonelin … xămirăldu …«

»Nun sag schon, was will er von Subbota.« Aslan konnte sich vor Neugierde kaum noch halten, während nicht nur Subbota wie gebannt auf den Mann starrte, der sich wie ein Dämon vor ihm aufgebaut hatte.

»Er sagt, er soll sich fürchten. Blitze werden kommen und Feuer sprühen … Er und all die anderen Männer sollen platt gedrückt daliegen.« Tschirin war anzusehen, wie schwer ihm die weitere Übersetzung fiel. »Er fragt, ob er und seine Leute wahnsinnig geworden sind, und spricht von Wind und Wetterleuchten … und dass die Echogeister widerhallen … dann beginnt das Blut zu strömen …«

Leonard entging nicht, das Tschirin aufgeregt schluckte.

Der Schamane zog sich langsam zurück. Wie eine Katze mit aufgerichtetem Buckel schlich er rückwärts hinter das Feuer, an dem Jungen vorbei bis zum Ausgang. Bevor er das Zelt verließ, warf er einen unvermittelten, mit Zorn erfüllten Blick auf Leonard und seine beiden Mitgefangenen.

»Ketōvwaren!«, zischte er.

Ein Raunen ging durch die Reihen. Doch seltsamerweise griff niemand zu den Waffen. Selbst die Kosaken schienen wie erstarrt.

»Das war bestimmt keine Einladung zu einem weiteren Besuch«, bemerkte Aslan in einem lakonischen Tonfall.

»Was wollte er uns sagen?« Leonard nahm erneut Tschirin in die Pflicht.

»Es ist ein Fluch. Er sagte, ihr sollt zurückweichen, solange ihr noch könnt, und dass seine Worte euch eine Lehre sein sollen.«

»Wer ist dieser Spinner?« Pjotr versuchte sich gleichfalls an einem beschwichtigenden Lächeln, doch es wollte ihm nicht so recht gelingen.

»Er ist Tschutschana, einer der mächtigsten Schamanen, die unsere Sippe je hervorgebracht hat.«

»Und du glaubst tatsächlich, was er sagt?« Aslan grinste hämisch.

Tschirin senkte den Blick. Offenbar empfand er die Frage des jungen Russen als Beleidigung.

Selbst als er wieder aufschaute, vermied er es, Aslan und seinen Kameraden ins Antlitz zu sehen. »Ich zolle ihm meinen allergrößten Respekt – nicht nur weil er zu den wirklich großen Schamanen Sibiriens zählt.« Er hob den Kopf und setzte eine stolze Miene auf. »Zudem ist er mein Vater.«

»Seht nur!« Kissanka war aufgesprungen und rannte mit einem erstickten Schrei zu ihrem Bruder hin, dessen bedenklichen Zustand man in der ganzen Aufregung beinahe vergessen hatte.

Fassungslos stand sie vor dem Kind, das sie mit weit aufgerissenen Augen ansah. Kissanka sank auf die Knie und betastete das Bein des Jungen. Dort, wo soeben noch die schartenartige, rot geschwollene Wunde zu sehen gewesen war, zeichnete sich jetzt nur noch ein glatt verheilter, dunkler Streifen Haut ab.

8

Juni 2008, Tunguska – Leichenschau

Die ganze Nacht hatte Leonid am Bett sitzend bei der jungen Frau verbracht. Nach dem Tee, den er ihr am Abend vorsichtig eingeflößt hatte, verlor sie erneut das Bewusstsein und warf sich – stöhnend und offenbar von Alpträumen geschüttelt – immer wieder hin und her. Sie fieberte, der Schweiß stand in dicken Tropfen auf ihrer Stirn und durchtränkte ihr brünettes, halblanges Haar bis in die Spitzen. Obwohl er wusste, dass diese Reaktion durchaus normal sein konnte, hatte er die leise Furcht, das Falsche getan zu haben.

In seiner Verzweiflung versetzte er sich abermals in Trance, indem er die Trommel schlug und einen monotonen Singsang vor sich hinsummte, während er vor dem flackernden Feuer im Ofen auf und ab hüpfte, um die guten Geister zu beschwören – solange bis selbst Ajaci die Geduld verlor und ihn unmissverständlich anknurrte.

Es schien zu helfen, denn die junge Frau atmete zusehends ruhiger und regelmäßiger. Bis zum Morgen gelang es ihm allerdings nicht, sie von ihrer Ohnmacht zu erlösen. Selbst als er sie rüttelte und mit lauter Stimme ansprach, reagierte sie nicht und blieb bewusstlos.

Leonid betastete vorsichtig ihre immer noch heiße Stirn. Stumm betrachtete er ihr schönes Gesicht. Mit einem Gefühl tiefer Zuneigung, die sein Herz mehr und mehr übermannte, strich er ihr über die Wangen bis hinunter zu dem herzförmigen Kinn. Den Drang, sich an sie zu schmiegen, verscheuchte er aus seinem Kopf. Sie war und blieb eine Fremde, daran würde auch seine außergewöhnliche Rettungsaktion nichts ändern.

Dabei war ihm überhaupt nicht klar, was geschehen sollte, wenn die Frau tatsächlich wieder zu sich kam. Was sollte er ihr sagen? Hallo, ich bin Leonid Borisowitsch Aldanov, ich habe Sie aus einem reißenden Fluss gezogen und anschließend vor einem lauernden Dämon beschützt, indem ich mich mit Ihnen körperlich und seelisch vereinigt habe? Nein, vielleicht war es günstiger, wenn sie noch eine Weile bewusstlos blieb und er sie bei nächstbester Gelegenheit – heimlich und möglichst unbeobachtet – in Bashtiris Camp zurückbrachte.

Als es draußen heller wurde, beschloss er, sein Vorhaben so rasch wie möglich und ohne Rücksicht auf sein eigenes Risiko in die Tat umzusetzen. Im Camp gab es bestimmt einen Arzt, und der ansonsten skrupellose Gas- und Waffenmogul verfügte gewiss über einen Helikopter, der die Frau nach Krasnojarsk in ein Krankenhaus brachte. Von dort aus konnte man sie – wenn nötig – mit einem Learjet nach Moskau in eine Privatklinik transportieren.

Doch so einfach wie gedacht war die Sache nicht. Leonid hatte mit dem durchtriebenen Kaukasier noch eine Rechnung offen, die er – wenn es nach Bashtiri und seinen hochrangigen Verbündeten ging – längst mit ins Grab genommen hatte. Keiner von seinen Widersachern konnte auch nur ahnen, dass er noch lebte, und das sollte auch möglichst so bleiben. Leonid schnalzte mit der Zunge, und sofort stand Ajaci an seiner Seite. Der treue Laika-Rüde musste ihm helfen, die Frau unerkannt ins Camp zu bringen.

Nach einer nicht besonders geruhsamen Nacht am Lagerfeuer, bewacht von Bashtiris Schergen und attackiert von Myriaden von Mücken, machte sich Kolja zusammen mit den übrigen Studenten am frühen Morgen daran, das Lager aufzuräumen. Das Wetter spielte ausnahmsweise mit; der strahlend blaue Himmel ersparte den völlig erschöpften Campbewohnern einen neuerlichen Regenguss.

Professor Rodius und Professor Olguth hatten die Studenten angewiesen, die aufgefundenen Kisten mit dem technischen Material zu kontrollieren, die durch die Flutwelle hinweggeschwemmt worden waren. Bashtiris Butler bemühte sich derweil redlich, die mit Schlamm und Unrat verschmutzte Behausung seines Auftraggebers wieder bewohnbar zu machen, während Bashtiris Gespielinnen sich auf die Abreise vorbereiteten, da sie die Ansicht vertraten, dass ihr Gönner ihnen unter diesen widrigen Umständen unmöglich die vereinbarten Liebesdienste abfordern konnte.

Sergej Bashtiri, der in einem Armeeoverall und mit einem Barett wie der Diktator eines afrikanischen Bananenstaates durch das Lager schritt, schien die Abreise seiner schönen Begleiterinnen nicht im Geringsten zu stören. Wie Kolja beiläufig mitbekommen hatte, trieben den erfolgsgewohnten Mann ganz andere Sorgen. Sein Projekt war gefährdet. Obwohl die Gasförderung in diesem Gebiet durchaus Erfolg versprechend erschien, war es fraglich, zu welchem Preis sie zu haben war. Ein toter Wissenschaftler, der in einem Lagerschuppen auf seinen Abtransport in die Hauptstadt wartete, lieferte dem erfolgsgewohnten Firmenchef ein denkbar schlechtes Omen für den weiteren Verlauf der Aktion. Selbst wenn nach allem, was geschehen war, eine Menge an Fragen von seiten der Umweltverbände und der GazCom-Konzernleitung auf ihn niederprasseln würde, dachte er nicht daran aufzugeben. Wenn allerdings die deutsche Wissenschaftlerin verschollen blieb oder ihr Leichnam gefunden wurde, kam man in Moskau möglicherweise zu dem Schluss, dass die ganze Angelegenheit für TAIMURO eine Nummer zu groß sein könnte. Wenn es ganz schlecht lief, musste Bashtiri seine Lizenzen für dieses Gebiet an die viel größere Muttergesellschaft GazCom zurückgeben. Dass ihm daraus Millionenverluste entstehen konnten, bedurfte keiner näheren Erklärung. Neben dem Öl wollte er schon seit längerem ins Gasgeschäft einsteigen, doch ohne das Wohlwollen und die Zustimmung des Präsidenten war an Profit erst gar nicht zu denken. Vielleicht war es ratsam, sich zumindest der deutschen Wissenschaftler zu entledigen, indem man sie zur Aufgabe des Projektes überredete.

Für den toten Angehörigen der Moskauer Universität hatte man früh am Morgen eine kleine Trauerfeier organisiert. Stumm und mit gefalteten Händen hatten die Campbewohner ihm minutenlang die letzte Ehre erwiesen, indem sie vor der verhüllten Leiche Aufstellung genommen hatten. Dabei hatten sie kein Gebet gesprochen, sondern – wenn auch etwas schief – die russische Nationalhymne gesungen. Schließlich hatte man den Leichnam für seine letzte Reise in einen weiteren Plastiksack verpackt.

Rodius hatte darauf bestehen wollen, die Suche nach Viktoria Vanderberg bereits um sechs Uhr in der Frühe fortzusetzen. Doch Bashtiri hatte elf Uhr angeordnet, weil er bis dahin die angekündigte Verstärkung erwartete.

Pünktlich um neun landete zunächst ein schneeweißer Helikopter mit dem Firmenlogo von TAIMURO auf dem teilweise beschädigten hölzernen Landedeck. Die Rotorblätter verursachten ein ohrenbetäubendes Geräusch und wirbelten beiseite geschaffte Pappkartons umher.

Ein paar Arbeiter aus Bashtiris Firma entluden den Helikopter, der neben frischen Medikamenten und Decken auch Lebensmittel und Wasser in großen Kanistern an Bord hatte.

»Ich stelle es den hier anwesenden Wissenschaftlern frei«, erhob Bashtiri in einer kurzen Ansprache seine mediengeübte Stimme, »die Expedition zu beenden. Wer möchte, kann noch heute den Weg nach Hause antreten. Es wird Tage dauern, bis wir den ursprünglichen Zustand des Camps wiederhergestellt haben. Zudem hat mir Professor Olguth versichert, dass die Überschwemmung durchaus von einer riesigen Gasblase verursacht worden sein könnte, die plötzlich und aus noch unbekannten Gründen vom Boden des Sees aufgestiegen ist. So etwas kann jederzeit wieder geschehen. Wir befinden uns somit in dauernder Gefahr. Sie müssen also selbst entscheiden, ob Sie Ihre Untersuchungen fortsetzen wollen. Ich hätte Verständnis dafür, wenn unsere deutschen Gästen unter den gegebenen Umständen den Heimweg antreten wollen.«

»Bevor Doktor Vanderberg nicht gefunden wird, werde ich diesen Ort nicht verlassen«, beschied Professor Rodius mit fester Stimme.

»Ich auch nicht«, warf Sven Theisen ein, obwohl ihm der Schock über die Geschehnisse immer noch ins Gesicht geschrieben stand und er seinen Arm in einer Schlinge hielt. »Wenn Sie nichts unternehmen, suchen wir Viktoria auf eigene Faust«, verkündete er mit entschlossener Miene.

Professor Olguth, der meist an der Seite seines deutschen Kollegen zu finden war, wandte sich erneut Sergej Bashtiri zu. »Außerdem haben wir neben der geophysikalischen Untersuchung zu möglichen Gasfeldern einen Auftrag der russischen Regierung zu erfüllen«, erklärte er. »In erster Linie wollen wir aufklären, was hier vor gut einhundert Jahren geschehen ist. Und die Tatsache, dass eine natürliche Gasexplosion die Katastrophe von Tunguska verursacht haben könnte, macht die Angelegenheit nicht weniger dringlich.«

»Ganz recht«, stimmte ihm Rodius zu. Mit einem strengen Blick nahm er Bashtiri erneut in die Pflicht. »Worauf warten Sie?«, fragte er provozierend. »Wann können wir endlich aufbrechen.«

»In ein paar Minuten.« Bashtiri erlaubte sich ein knappes Lächeln, das keinen weiteren Widerspruch duldete. »Ich habe Kommandant Lebenov per Funk erreichen können. Er muss jeden Augenblick eintreffen. Seine Truppe eignet sich für die Suche nach vermissten Personen weit besser als meine eigenen Männer.«

Leonid hatte den Weg mitten durch die Wildnis genommen. Der von Vanavara kommende, ohnehin versumpfte Hauptweg, den er unterwegs kreuzte, wäre zu auffällig gewesen. Hirku zockelte trotz der vielen Hindernisse folgsam hinter ihm her. Dabei setzte der struppige Hengst so vorsichtig einen Huf vor den anderen, als ob er sich seiner wertvollen Fracht bewusst wäre. Ajaci lief indessen voraus, nicht weniger bedacht und voller Aufmerksamkeit, die er unentwegt auf seinen Herrn gerichtet hielt. Auch er schien zu spüren, dass er Teil einer ganz besonderen Mission war. Immer wieder versicherte sich Leonid, ob die bewusstlose Frau, die er auf einigen Decken und Fellen kopfüber auf den Rücken des Pferdes gebettet hatte, noch atmete. Bequem war diese Position sicher nicht, doch etwas Besseres war ihm nicht eingefallen, um die knapp sechs Kilometer zum Camp so angenehm wie möglich zurückzulegen. Die letzten fünfhundert Meter vor dem Ziel stoppte er das Pferd und band dessen Zügel an einer Lärche fest. Von hier aus konnte er einen Teil des Seeufers und einige der erst kürzlich errichteten Hütten des Camps einsehen. Auf den ersten Blick wirkte alles recht friedlich, aber auf den zweiten Blick erkannte er die Menschen, die aufgescheucht Unrat und Schmutz beseitigten. Also war es auch hier zu einer verheerenden Überschwemmung gekommen.

Leonid war neugierig, was dieses Unglück ausgelöst haben konnte. Leider war es ihm nicht möglich, einfach im Camp nachzufragen. Plötzlich wurde er auf das Geräusch eines herannahenden Helikopters aufmerksam. Bevor er sich halbwegs in Deckung bringen konnte, donnerte auch schon eine Mil Mi-8 in Tarnfleckfarbe über ihn hinweg und setzte in unmittelbarer Nähe zum Camp neben einem weißen Helikopter aus Bashtiris Flotte zur Landung an. Bei dem landenden Helikopter handelte es sich nicht um russisches Militär, wie er zunächst angenommen hatte, sondern um eine Maschine der kürzlich aufgestellten Privatarmee des Energieriesen GazCom.

Ein Gefühl der Unruhe erfasste Leonid. Seit jenen Tagen in Tschetschenien hatte er gegenüber Helikoptern dieser Sorte eine Art Hassliebe entwickelt – erst recht, wenn sie eine militärische Tarnung trugen. Ihn begeisterte die Technik dieser fliegenden Kampfmaschinen, die er als ausgebildeter Militär-Pilot perfekt beherrschte, aber er hasste den Tod und das Elend, die sie zumeist über die Menschen brachten.

Trotz leiser Bedenken entschloss er sich, die Frau zunächst aus ihrer unbequemen Lage zu befreien. Sie trug immer noch seine abgelegten Sachen; Ärmel und Hosen hatte er umgekrempelt, damit sie ihr halbwegs passten. Ihr warmer Körper schmiegte sich weich und willenlos in seine Arme, als er sie aufnahm. Der Kopf lag in seiner Armbeuge, und ihre Lippen erschienen ihm so verführerisch, dass er sich wünschte, sie einfach wach küssen zu können. Das hier war jedoch kein Märchen, und er war alles andere als ein Prinz. Wieder ergriff ihn dieses seltsame Gefühl der Verbundenheit, und ein leichter Widerstand keimte in ihm auf, dass er die Frau unmöglich der Natur überlassen und darauf hoffen sollte, dass jemand sie fand.

Schritt für Schritt, in der sicheren Deckung von Dickicht und Bäumen, näherte er sich den Baracken. Ajaci folgte ihm auch jetzt, doch der Hund blieb im Hintergrund. Er wusste immer, was sein Herr von ihm erwartete, und wenn Leonid sich besann, hatte Taichin recht. Das Tier war sein geistiger Bruder, der wie eine Zwillingsseele aufs engste mit ihm verknüpft war.

Aus der Ferne konnte er sehen, wie sich einige Gestalten in Tarnanzügen aus dem zweiten Helikopter schwangen. Dann folgten Kisten, die sie nacheinander ins Lager trugen. Vorsichtig ging Leonid mit seiner wertvollen Fracht in die Hocke und bog einen Birkenzweig zur Seite. Wenn er genau hinschaute, konnte er Sergej Sergejewitsch Bashtiri erkennen, der mit einem breiten Grinsen vor einem Uniformierten salutierte, als wäre er selbst ein Soldat. Sein Gegenüber war weitaus breitschultriger als der verschlagene Kaukasier. Der hochrangige Angehörige der GazCom-Sicherheitstruppe, der ihn mit einem Bruderkuss begrüßte, hatte schütteres, grau meliertes Haar und war vielleicht fünfzig Jahre alt. Er besaß ein grob geschnittenes Gesicht, das im entspannten Zustand zusammen mit den leblosen Augen eine gewisse Gefühlskälte vermittelte. Leonid kannte diesen Mann, und er wusste, dass er mühelos über Leichen ging.

Der Mann hieß Andrej Semjonowitsch Lebenov und war ein ehemaliger Oberst des FSB und Bashtiris langjähriger Weggefährte. Soweit Leonid wusste, hatten nicht wenige Offiziere nach ihrer Rückkehr aus Tschetschenien eine zweite, wesentlich besser bezahlte Karriere bei dem Energiemonopolisten begonnen. Beinahe zeitgleich hatte man dort eine Privatarmee aufstellen lassen, die nicht nur die Pipelines, sondern auch die futuristisch anmutenden Glas- und Betonpaläste der Geschäftszentralen vor terroristischen Anschlägen schützen sollte. Dass die neu eingerichteten Truppenverbände – mit einer Sondergenehmigung des Präsidenten und einem Freifahrtschein des FSB – rechtlich der russischen Polizei und Armee beinahe gleichgestellt waren und einen Staat im Staate bildeten, interessierte bis auf die wenig einflussreiche Opposition offenbar niemanden.

Leonid erschauerte bei dem Gedanken, dass Bashtiri und Lebenov nun einen Teil dieses neuen russischen Sonderreiches darstellten, dessen Grenzen noch lange nicht abzusehen waren. Seine Hoffnung, keinem der beiden Männer je wieder begegnen zu müssen, bekam mit deren direkter Anwesenheit in seiner Heimat einen ordentlichen Dämpfer.

Alles in ihm sträubte sich dagegen, das Mädchen ausgerechnet hier zurückzulassen. Ihr wird nichts geschehen, sagte er leise, wie um sich selbst zu beruhigen. Im Gegenteil, sie war eine Deutsche. Teilnehmerin einer offiziellen Delegation, und damit besaß sie eine Art diplomatischen Status. Bashtiri würde alles daran setzen, dass sie wieder gesund werden würde. Schließlich war er stets bestrebt, sein internationales Image aufzupolieren. Außerdem hatte sie mit den Angelegenheiten des fragwürdigen Oligarchen nicht das Geringste zu tun. Also warum sollte der Mogul sie in etwas hineinziehen, das sie nichts anging und das sie ohnehin nie begreifen würde.

Widerstrebend schlich Leonid weiter bis zu einer kleinen Hütte, die offenbar als Badehaus und Sauna errichtet worden war. Vorsichtig legte er die junge Frau auf einer kleinen hölzernen Veranda ab.

Mit klopfendem Herzen erhob er sich, um in halbgebückter Stellung davonzuschleichen. Ein letzter Blick auf ihr regloses Gesicht – und ein leises Gefühl der Sehnsucht blieb ihm, bevor er zögernd wieder im Wald verschwand.

Aus sicherer Entfernung schickte er Ajaci mit einem gemurmelten Befehl auf den Weg. Der Hund sollte hinunter zum Camp laufen und aufheulen, damit die Bewohner auf ihn und die Frau aufmerksam wurden.

Sven Theisen rätselte noch, ob es sich um gedungene Söldner oder echte Soldaten handelte, die dem riesigen Helikopter entsprungen waren. Ihr Anführer hatte Bashtiri mit einem Bruderkuss begrüßt, und dann hatte sich die Truppe zusammen mit Bashtiris Leuten endlich zu dem lang ersehnten Suchtrupp formiert. Ein Teil der Soldaten hatte Taucheranzüge angelegt und suchte den See und die Uferzone ab. Ein zweiter Trupp Uniformierter sollte die Flussufer und den angrenzenden Wald absuchen. Nachdem die Leiche der Deutschen nicht aufgetaucht war, blieb die Hoffnung, dass sie sich irgendwo ans Ufer hatte retten können.

Etwas eiliger als sonst machte sich Theisen auf den Weg, um sich noch ein wenig Proviant und eine Wasserflasche einzupacken, bevor er sich den Männern anschließen wollte. In der Nähe der Blockhütte angekommen, die Toilette, Badehaus und Sauna beherbergte, glaubte er seinen Augen nicht zu trauen. Ein Wolf versperrte ihm den Weg zu den Unterkünften. Lauernd und mit glänzenden Augen, die Zähne leise gefletscht, stand das Tier mit aufgestelltem grauem Nackenfell auf dem schlammigen Weg.

Theisen wagte nicht, sich zu rühren, aus Angst, das Tier könnte ihn anfallen. Doch unwillkürlich löste sich ein Schrei aus seiner Kehle, heiser und zitternd, jedoch laut genug, um einen von Bashtiris Männern auf ihn aufmerksam zu machen.

»Bleiben Sie stehen, wo Sie sind!«, rief der Uniformierte auf Russisch und zückte mit einem routinierten Grinsen seine MP-446 Viking.

»Chees iest kein Wolf«, erklärte er lachend in gebrochenem Deutsch. »Chees iest ein Chunt! Ein Laika-Chunt, sieht nur aus wie ein Wolf!«

Dem durchtrainierten Soldaten mit den harten Gesichtszügen war die Belustigung über Theisens Unwissenheit anzusehen. Er zielte auf das immer noch am Boden lauernde Tier.

»Nicht schießen!«, rief Theisen, dem der Köter mit einem Mal leid tat, und ohne groß nachzudenken, riss er seine Rechte in die Höhe und verscheuchte damit den Hund, der sich blitzschnell umwandte und mit einem leisen Kläffen im Gebüsch verschwand.

Ein Schuss krachte, und der Soldat setzte ungeachtet Theisens Proteste dem Tier mit großen Schritten hinterher, während er noch zweimal ins Dickicht schoss, wo Blattwerk zerstob und Baumrinde splitterte.

Theisen folgte dem Soldaten, ohne zu wissen, ob das klug war, aber der Russe ballerte so wild drauf los, dass er andere in Gefahr bringen konnte.

Auf Höhe des Waschhauses hielt Theisen plötzlich inne, weil er aus dem Augenwinkel eine Gestalt wahrnahm, die zusammengekauert auf der hölzernen Veranda lag. Für einen Moment glaubte er, einer Halluzination zu erliegen. Doch dann ging er auf die Person zu und kniete neben ihrem Kopf nieder. Es war unzweifelhaft eine Frau, deren Gesicht von ihrem dichten brünetten Haar verdeckt wurde. Mit einer gewissen Scheu hob er ihren Kopf an.

»Viktoria«, flüsterte er heiser. »Das ist nicht möglich!« Sacht rüttelte er an ihrer Schulter. »Kannst du mich hören?«

Seine Kollegin regte sich nicht, atmete jedoch ruhig ein und aus.

»Doktor Parlowa!«, schrie er außer sich vor Sorge. Viktoria trug keinen Taucheranzug mehr, begriff er plötzlich, sondern viel zu große Männerkleidung. Ein weiterer Schuss war zu hören und ein anschließendes Fluchen.

Im nächsten Moment hörte er leises Surren und einen gellenden, kehligen Schrei. Weitere Schüsse krachten, begleitet von einem lautstarken Röcheln. Unentschlossen, was er tun sollte, sah Theisen sich um. Verdammt, wo blieben Bashtiris Leute? Obwohl sie ihm alles andere als sympathisch erschienen, hätte er sie nun zu gerne in seiner Nähe gehabt.

»Hilfe!« brüllte er noch einmal, so laut er konnte.

Plötzlich standen drei der Soldaten direkt hinter ihm, mitten auf dem künstlich angelegten Weg.

»Glotzt nicht so blöd!«, brüllte er ihnen auf Deutsch entgegen. Fordernd nickte er zwei älteren Kämpfern zu. »Ihr da! Geht in den Wald und sucht euren Kameraden! Da stimmt was nicht! Und du …«, er schaute einen jungen Soldaten an, »geh und hol Doktor Parlowa! Schnell!«

Wenige Minuten später kamen die beiden Söldner zurück, die auf Theisens Anweisung ihrem Kameraden ins Dickicht gefolgt waren. Sie schleppten einen stattlichen, reglosen Mann hinter sich her. Augenscheinlich handelte es sich um den Soldaten, der den Hund hatte erschießen wollen. Sein Kopf hing vornüber, und seine Beine schleiften über den Boden.

Seine Kameraden gestikulierten wild mit ihren Pistolen und stießen lautstarke Flüche aus. Theisen sah, dass die Kehle des Mannes von einem Pfeil durchbohrt worden war und dass ihm das Blut in Strömen den Hals hinunterlief.

»Verdammte Scheiße!«, brüllte einer der Männer auf Russisch, die Augen weit aufgerissen, seinen entgegenkommenden Kameraden zu. »Holt einen Arzt! Er verreckt uns sonst!« Doch anstatt ihn niederzulegen und abzuwarten, stürmten sie mitsamt dem Schwerverletzten an Theisen vorbei in Richtung Camp.

Frau Doktor Parlowa kam nun den Pfad hinauf und sah sich unversehens mit zwei Patienten konfrontiert. Rasch erteilte sie den uniformierten Männern Anweisungen, den Mann auf die Seite zu legen und ihre Tasche zu öffnen, die sie stets bei sich trug, wenn sie zu einem Einsatz gerufen wurde. Mit geschlossenen Augen prüfte sie den Puls. »Zange!«

Der junge Soldat an ihrer Seite machte ein hilfloses Gesicht, während der andere in ihrer Tasche herumkramte. Es schien Minuten zu dauern, bis endlich die Zange zum Vorschein kam. Doktor Parlowa kappte den hölzernen Pfeil, der so konstruiert war, dass man ihn nicht einfach herausziehen konnte. Die gekerbte Spitze ragte eine Handbreit aus dem Nacken des Opfers heraus und hatte beim Austritt eine stark blutende Wunde hinterlassen.

Inzwischen waren auch Bashtiri und der Kommandeur der Truppe, ein etwa fünfzigjähriger Russe, am Ort des Geschehens eingetroffen.

»Machen Sie mir eine Infusion fertig!«, keuchte Parlowa, die dem Fünfzigjährigen eine solche Assistenz offenbar zutraute.

»Auf den Rücken!«, rief sie dann mit dumpfer Stimme, nachdem sie den Pfeil, der in der Kehle steckte, vorsichtig entfernt hatte. »Luftröhrenschnitt, Herzmassage.« Den starren Blick auf das Gesicht des Mannes gerichtet, hielt sie ihre Hand offen zu den Soldaten hin. Einer von ihnen reichte ihr ein Skalpell. Ein rascher Schnitt und ein passend eingesetztes Röhrchen mussten die Atmung des Mannes ersetzen. Doch sein Herz stand schon eine Weile still, und Doktor Parlowa mühte sich vergeblich, es wieder in Gang zu bringen.

Der Kommandeur, der immer noch die Infusion in Händen hielt, sah sich suchend um. »Männer!«, brüllte er einem Haufen von gaffenden Kerlen zu, die allesamt olivgrüne Uniformen trugen. Auf ihren Brusttaschen hatten sie das GazCom-Emblem – eine dreizüngige Flamme über einem stilisierten G. Bis an die Zähne mit Pistolen und MPs bewaffnet standen sie planlos herum.

»Was gafft ihr so, ihr Idioten!«, schrie er mit hochrotem Kopf. »Ausschwärmen! Sucht das Gelände ab! Der Täter kann nicht weit sein!«

»Es war eine Selbstschusswaffe alter Bauart, Chef«, bemerkte einer der Soldaten zaghaft. Er hatte den Toten, dessen Wiederbelebung man inzwischen aufgegeben hatte, unter den Sträuchern gefunden. »Eine tungusische Spezialität, so uralt wie die einheimischen Stämme selbst. Ein Holzbogen, gespannt mit einer Sehne und einer Rosshaarschnur, die den Bolzen löst, wenn man versehentlich hineintritt. Normalerweise wird sie zur Jagd von Elchen und Bären genutzt.«

»Die Jagdsaison hat noch nicht angefangen«, gab der Kommandeur ungeduldig zurück.

»Was ist mit Viktoria?«, rief Theisen dazwischen. Da der Soldat nicht mehr zu retten war, galt es nun, ihr zu helfen.

»Viktoria?« Doktor Parlowa schaute verwirrt auf. Da erst registrierte sie, dass die Deutsche auf der Veranda vor dem Waschhaus lag. Theisen hatte sie in eine stabile Seitenlage gebracht.

»Seit wann liegt sie dort?« Parlowa sah ihn fragend an.

»Keine Ahnung. Ich habe sie hier gefunden, nachdem dieser Wolf mich beinahe angegriffen hätte.«

»Wolf?« Der Kommandeur schaute ihn prüfend an, dann fiel sein Blick auf Viktoria. Doktor Parlowa war bereits bei ihr und tastete nach Puls und Herzschlag.

»Sie ist komatös«, befand sie nüchtern.

»Sie kann unmöglich von alleine hierher gekommen sein«, bemerkte Bashtiri. »Außerdem trägt sie fremde Kleidung.«

»Durchkämmt den Wald!«, brüllte der Kommandeur seinen Männern noch einmal zu. »Jeden Zentimeter im Umkreis von fünf Kilometern. Ich will wissen, wer diese Frau hierher gebracht hat und warum einer meiner besten Männer sterben musste. Aber seht euch vor! Wer weiß, was dieses Ewenkenpack sonst noch auf Lager hat!«

»Viktoria muss sofort in die örtliche Krankenstation nach Vanavara!« Die russische Ärztin hatte sie nur kurz untersuchen müssen, um zu entscheiden, dass die kritische Verfassung der jungen Frau dringend nach einer Infusion verlangte.

»Ich lasse sie mit dem Helikopter nach Krasnojarsk fliegen«, erklärte Bashtiri.

Doktor Parlowa schüttelte den Kopf. »Krasnojarsk wäre in ihrem Zustand zu weit. Sie benötigt sofortige Hilfe.«

Leonids Herz hämmerte wie früher, als er sich im Krieg und auf der Flucht befunden hatte. Das Verhalten der Söldner machte ihn zornig. Beinahe hätte Ajaci dran glauben müssen. Ohnmächtig hatte er mit ansehen müssen, wie die Idioten auf den Hund geschossen hatten.

Dabei hatte eine der Kugeln ihn selbst nur knapp verfehlt. Doch dann war plötzlich Ruhe eingekehrt, nur noch ein Röcheln hatte den Wald durchdrungen.

Wenn ihn nicht alles täuschte, hatte eine von Taichins Jagdfallen dem unseligen Treiben ein Ende gesetzt. Leonid hatte nicht sehen können, wer von dem Pfeil getroffen worden und wie schlimm die Verletzung war. Eigentlich galt ein landesweites Verbot, solche Waffen ohne Genehmigung aufzustellen. Doch Taichin war mehr als achtzig Jahre alt, flink wie ein Wiesel und hielt sich nicht an die russischen Gesetze. Tief in seinem Herzen verabscheute er die Zivilisation – oder das, was sich die modernen Ewenken darunter vorstellten.

Leonid stieß einen Pfiff aus, der jenseits des menschlichen Hörvermögens lag, und Ajaci erschien schwanzwedelnd an seiner Seite.

»Komm, Junge«, flüsterte er dem Hund ins gespitzte Ohr, »lass uns abhauen.«

Schleichend kämpfte er sich durch dichtes Unterholz. Rechts und links ragte ein schützender Wall von jungen Birken und Lärchen auf. Dazwischen befanden sich halbhohe Büsche. Nur noch fünfhundert Meter bis zu dem Ort, wo Hirku angebunden an eine knorrige Lärche auf sie wartete. Doch dafür musste er die Straße überqueren. Zehn Meter ohne jegliche Deckung. Ahnungsvoll spähte Leonid nach Osten. Verdammt! Soldaten! Sechs an der Zahl verteilten sich im Wald, jeder im Besitz mehrerer Waffen. Wenn sie ihn erwischten, war es um ihn geschehen. Nicht nur, weil sie ihn verdächtigen würden, das Mädchen entführt zu haben – nein, ihr Befehlshaber und auch Bashtiri würden ihn sofort erkennen. Und damit würde sein Leben inoffiziell jenes Ende nehmen, das es offiziell schon vor längerer Zeit genommen hatte.

Mit leisen Befehlen forderte er Ajaci auf, dicht an seiner Seite zu bleiben, während er den Wald hinauf schlich, um an einer anderen Stelle die Straße zu überqueren.

In Gedanken betete er zu seinen Ahnen, dass die Männer das Pferd nicht fanden. Hinter einem Baum wartete Leonid auf einen günstigen Augenblick, und als die Männer hinter einigen Büschen verschwunden waren, nutzte er seine Chance.

Es gab eine Möglichkeit, an ihnen vorbeizukommen, doch diese kostete unglaublich viel Kraft und funktionierte nur, wenn er sich fest genug konzentrierte, was ihm nicht immer gelang.

Solange sein Herz so arg schlug, dass es zu zerspringen drohte, und er die Angst nicht besiegte, würde sein Vorhaben ohnehin nicht gelingen.

Etwa fünfzig Meter entfernt konnte er hören, wie die Soldaten durchs Unterholz trampelten. Dabei hielten sie untrüglich auf Hirku zu. Es konnte nur Minuten dauern, bis sie das Pferd finden würden. Es trug eine Erkennungsmarke, und man würde sofort seinen Großvater verdächtigen und vielleicht so auch auf Taichin kommen. Er war überall in der Gegend bekannt dafür, dass er die traditionelle Jagd pflegte.

Die Stimmen kamen näher. Leonid zog es vor, sich auf den feuchten Boden zu legen. Auch Ajaci kroch mit ihm auf dem Bauch durch die Wasserlöcher.

Plötzlich hallte eine Maschinengewehrsalve durch den Wald. Leonid zuckte gleichzeitig mit dem Hund zusammen, als ob man ihn geschlagen hätte.

»Hierher!«, rief einer der Männer. Die anderen brachen in schallendes Gelächter aus. Offenbar hatte er versehentlich ein Kaninchen erschossen, das durch die lauten Geräusche aus dem Unterholz aufgescheucht worden war.

Einer der Männer packte den völlig zerfetzten Kadaver bei den Ohren und schleuderte das blutige Etwas in Leonids Richtung. Wie der Zufall es wollte, landete das blutige Tier genau auf Ajacis Rücken.

Es war schier zu viel verlangt, dass der Hund dieses Ereignis einfach ignorierte. Es knackte und raschelte, als er aufsprang, um nach dem frischen Fleisch zu schnappen.

»Habt ihr das gehört?« Wie auf Kommando wandten sich die Soldaten in die Richtung, aus der das Geräusch gekommen war. Leonid langte mit einem Arm nach Ajaci und drückte den Rüden mit einer solchen Gewalt auf den Boden, dass das Tier selbst kaum noch zu atmen vermochte.

Die Männer kamen näher. Einzig ein großer Ginsterbusch und eine Reihe von kleinwüchsigen Birken trennten ihn und den Hund von den Suchenden. Leonid verlangsamte seine Atmung und konzentrierte sich auf seine Mitte, so wie es Taichin ihm in unzähligen Übungsstunden beigebracht hatte. »Ein Schamane kann sich unsichtbar machen, wenn er will, oder sich in eine Katze oder einen Vogel verwandeln, wenn es die Situation erfordert«, hatte ihm der alte weise Mann einmal gesagt.

Doch Leonid fühlte sich nicht in der Lage, ein solches Unterfangen in die Tat umzusetzen. Die Vorstellung, als Krähe davonzufliegen, empfand er als geradezu absurd. Wenn es ihm allerdings gelang, seine innere Energie konzentrisch zu verdichten, war es möglich, dass er von seiner Umgebung nicht mehr wahrgenommen wurde. Den Hund halb unter sich begraben, gab er sich der Vorstellung hin, ein Stein zu sein. Den Kopf so flach auf den Boden gepresst, dass sein linkes Ohr die Vibration der Schritte wahrnehmen konnte, verharrte er samt Hund, als wären sie vollkommen erstarrt.

Sein Körper strahlte nun keinerlei Energie mehr aus, und die Stiefel eines Soldaten stapften so nahe an ihm vorbei, dass sie fast Leonids Nase berührten. Schließlich sah sich der Mann ratlos um und kehrte zu seinen Kameraden zurück.

»Hier ist nichts«, rief er laut.

Im nächsten Moment erhob sich ein Schwarm junger Enten von einem nahe gelegenen Teich. Wieder schossen die Männer in den Himmel und trafen ein paar der Tiere, deren Federn nur so flogen und deren blutige, leblose Kadaver der Reihe nach auf die Schotterpiste fielen. Wie alberne Jungs, die sich um die besten Plätze balgten, rannten sie hinunter zum Weg, um ihre Beute zu inspizieren.

Leonid atmete spürbar auf und rappelte sich auf die Knie. Immer noch geduckt, rannte er, von Ajaci gefolgt, zu Hirku hin und löste dessen Zügel vom Baum.

Durch die Hektik im Lager fand Bashtiri erst später die Gelegenheit, den eingetroffenen Kommandeur den übrigen Bewohnern als einen ehemaligen Oberst der Sowjetarmee und besten Freund vorzustellen. Andrej Lebenov war der Sektionschef für Westsibirien in der Sicherheitsabteilung des Unternehmens GazCom.

Sven Theisen streifte ihn mit einem abschätzenden Blick. Die vertraute Art, wie er und Bashtiri miteinander umgingen, erinnerte ihn an zwei Mafiosi, die schon jahrelang gemeinsam ihre Geschäfte betrieben. Nachdem er mitgeholfen hatte, Viktoria auf einer Trage zur provisorischen Krankenstation des Camps zu geleiten, wurde er Zeuge, wie groß die Macht des Kommandeurs war. Beiläufig beriet er sich mit Frau Doktor Parlowa, wie man mit der deutschen Forscherin verfahren sollte. Auf ein Fingerschnippen Lebenovs wurde der Helikopter gestartet. Rodius, der seine wissenschaftliche Assistentin in die Krankenstation von Vanavara begleiten wollte, wurde von Bashtiri zurückgehalten.

»Wir haben noch etwas zu besprechen, Professor«, erklärte der Kommandeur. »Frau Doktor Parlowa wird Frau Doktor Vanderberg ins Hospital begleiten. Das sollte reichen.«

Niemand wagte zu widersprechen.

»Einmal Vanavara hin und zurück«, rief Lebenov dem wartenden Co-Piloten zu.

9

Februar 1905, Sibirien – Ogdy

Eingepfercht zwischen Tungusen und Kosaken lagen Leonard und die übrigen Deportierten Rücken an Rücken im Zelt. Der Boden war trotz der Felle und Teppiche eiskalt, und auch das Innere der traditionellen Behausung hatte sich merklich abgekühlt. Was blieb, waren die Menschen, ganz gleich, ob Freund oder Feind, die sich gegenseitig ein wenig Wärme spendeten.

Das Feuer war beinahe heruntergebrannt, als Leonard endlich in einen unruhigen Schlaf fiel. Der Schamane spukte immer noch in seinem Hirn herum, und auch das wachsbleiche Gesicht der toten Frau des alten Wassiljoff wollte ihm keine Ruhe gönnen. Ihre hellen Augen starrten ihn an, und ihr Mund bewegte sich, als ob sie ihm etwas Wichtiges zuflüstern wollte. Doch er konnte sie nicht verstehen. Plötzlich spürte er, wie ihn jemand am Kragen seines Pelzmantels zupfte.

»Leonard?« Kissanka war so leise, dass es auch das Wispern des Windes hätte sein können. Kaum merklich wandte er sich um und drehte Pjotr, der leise schnarchte, den Rücken zu.

Das Mädchen hatte sich in der Dunkelheit – von ihrem jähzornigen Vater unbemerkt – schon eine ganze Weile an Leonards Rücken geschmiegt, als ob sie selbst im Schlaf bei ihm Schutz suchen wollte.

Leonard ließ sie gewähren. Sie musste den Tod ihrer Mutter verkraften und obendrein Schwester und Bruder trösten, die, dicht an sie gedrängt, vor Erschöpfung zu einem tiefen Schlaf gefunden hatten. Bei ihrem Vater bewirkte der Wodka sein Übriges – wie bei den meisten der Männer, denen die Kosaken in seltener Großzügigkeit ihre Proviantkisten geöffnet hatten.

»Ja?«, flüsterte Leonard zurück. Dabei war er ihrem Gesicht so nahe, dass er ihren Atem auf seinen Lippen spüren konnte.

»Sag, warum bist du hier?«

Was sollte er darauf antworten? Er wusste ja selbst nicht einmal, warum ihm das Schicksal so grausam mitspielte.

»Ich weiß es nicht«, gestand er ehrlich.

»Du musst mir nichts verschweigen. Es ist nicht schlimm, solange es nichts ist, wofür Gott der Herr dich bestrafen würde. Oder hast du jemanden umgebracht?« Das Flüstern war atemlos geworden.

»Nein«, sagte Leonard mit heiserer Stimme. »Es sei denn, selbst Gott hätte etwas gegen die Bolschewiki. Man wirft mir vor, mit den Widersachern des Zaren gemeinsame Sache gemacht zu haben.«

»Dann bist du also ein Terrorist?« Ihre Hand legte sich sanft auf sein Gesicht und streichelte über seinen Bart.

»Nein, das bin ich mit Gewissheit nicht«, sagte er fest und fragte sich, ob er ihr die näheren Umstände seiner Verhaftung offenbaren sollte.

»Das macht mich froh«, flüsterte sie, und plötzlich spürte er ihre Lippen auf seinem Mund. Es folgte ein lang anhaltender, unschuldiger Kuss in der Finsternis, der ihn in einer ganz und gar nicht unschuldigen Verfassung zurückließ.

Als Kissanka sich löste, schnappte er überrascht nach Atem, und seine Hand wanderte zu seinem Schritt, um die Dämonen dort in Schach zu halten.

»Kissanka«, stieß er leise hervor. »Das ist nicht gut, was du da tust.«

»Warum nicht?«, erwiderte sie mit einem naiven Unterton in der Stimme. »Es tröstet mich über den Tod meiner Mutter hinweg und gibt mir die Sicherheit, dass ich nicht ganz verlassen auf dieser Welt zurückgeblieben bin.«

»Ich habe nicht die ganze Geschichte erzählt«, begann Leonard vorsichtig. »Da ist eine Frau. Wegen ihr bin ich hierher deportiert worden. Ich liebe sie, und ich würde meinen rechten Arm dafür geben, wenn ich mit ihr zusammen sein könnte.«

»Denkst du, sie will dich noch, wenn dir der rechte Arm fehlt?«

Ihre Stimme klang hart, und Leonard fehlten für einen Moment die Worte. Wahrscheinlich war es nur seine Abfuhr, die das Mädchen nicht verschmerzen wollte und die sie gehässig werden ließ.

»Es tut mir leid«, schob sie rasch hinterher, »ich wollte dich nicht kränken.«

»Ich liebe sie, Kissanka, ganz gleich, ob ich sie je wiedersehe.« Seine Stimme war leise und verriet trotzdem seine Entschlossenheit. »Es ist besser, wenn du das weißt.«

»Ja«, antwortete sie mit erstickter Stimme. »Ich habe verstanden. Falls es dich trotzdem mal nach einer Frau verlangt, sag mir Bescheid. Wenn wir in das gleiche Lager kommen, könnten wir uns heimlich treffen, und ich könnte dir zu Diensten sein.«

»Was redest du da?« Leonard war entsetzt. Eben noch das unschuldige Geschöpf mit den großen Augen, sprach sie nun wie eine Hure.

»Meine Unschuld ist verloren, und ich liebe dich von Herzen. Das ist alles. Außerdem sind wir Lebenslängliche«, sagte sie ruhig. »Falls einer von uns eine Familie gründen will, müsste er es im Lager tun.«

»Was willst du mir damit sagen?« Leonards Stimme klang rau. Weder von der Art noch von der Dauer der Deportation hatte er sich bisher eine Vorstellung gemacht.

»Mein Vater hat in unserem Dorf den Sohn eines bedeutenden Adligen erstochen. Er hatte meiner Schwester nachgestellt. Dafür wurde unsere gesamte Familie verbannt – ohne Aussicht auf Rückkehr. Es gibt abgelegene, ganz furchtbare Lager, deren Existenz vor allen verschwiegen wird. Dort hüten sie die wahren Geheimnisse des Zaren, sagt man. Einmal dort angekommen, wird man dort sterben – ohne einen Funken Hoffnung, die Heimat je wiederzusehen.«

»Schlaf jetzt«, erwiderte Leonard leise. Er verspürte nicht die geringste Lust, seinen Alpträumen noch einen weiteren hinzuzufügen. »Vielleicht hilft uns ein Wunder«, bemerkte er beschwichtigend. In der Not half der Glaube an Gott den meisten Menschen. Nur ihm selbst nützte es nichts, weil er sich normalerweise nicht zu den Menschen zählte, die auf einen unsichtbaren Gott vertrauten. Die Vorstellung des Schamanen jedoch hatte ihn überaus nachdenklich gestimmt. Was wäre, wenn es doch etwas gab, das einer anderen Wirklichkeit entsprang und mit jeglicher Wissenschaft nicht zu erklären war?

»Du hast gesehen, was mit Mitja passiert ist«, tröstete er das Mädchen. »Selbst wenn es kein christlicher Priester, sondern nur ein Schamane war, der das Wunder vollbracht hat. Dein Bruder wird wieder gesund, und das ist das Wichtigste.«

Am nächsten Morgen mussten sie in aller Frühe ihre Habseligkeiten zusammenpacken. Beiläufig beobachtete Leonard seine beiden Kameraden, den drahtigen, verschwiegenen Aslan und Pjotr, dessen ehemals rundes Gesicht bereits Spuren der Auszehrung zeigte. In seinen dunklen Augen haftete ein Alptraum, der offensichtlich nicht enden wollte.

»Willkommen in der Hölle«, murmelte Pjotr mit einem düsteren Blick, als ihm eine der tungusischen Frauen einen Krug warmer Pferdemilch anbot. Mit einem stummen Nicken nahm er das Getränk entgegen und setzte es mit einem Naserümpfen an die Lippen. Dazu reichten die tungusischen Frauen wie am Abend zuvor frischgebackene Buchweizenfladen mit Butter.

Hier und da war ein verhaltenes Lächeln auf den Lippen der Deportierten zu sehen, das jedoch sofort wieder erlosch, als der Hauptmann der Kosaken die Gefangenen durchzählte. Auch denen, die nicht persönlich betroffen waren, kam schlagartig zu Bewusstsein, dass Sibirien erste Opfer unter ihnen gefordert hatte – und es würden vermutlich nicht die letzten sein.

Kissanka sollte recht behalten, schoss es Leonard durch den Kopf. Wenn er es sich genau überlegte, hätte er selbst längst darauf kommen können. Warum sollte die Ochrana ihn einen Abschiedsbrief an seine Eltern schreiben lassen, in dem er hochoffiziell und freiwillig aus dem Leben schied, wenn man ihn irgendwann wieder nach St. Petersburg zurückkehren lassen wollte?

Tschirin hatte die Pferde eingespannt. Mit einem knappen Gruß und einem angedeuteten Lächeln versuchte er, die Stimmung ein wenig aufzumuntern.

Kissanka trat auf ihn zu, ihren Bruder an der Hand. Der Kleine machte mittlerweile einen recht stabilen Eindruck. Er konnte laufen, und das Fieber war auch verschwunden, von der schweren Verletzung, die noch gestern an seinem Bein zu sehen war, ganz zu schweigen.

»Sag deinem Vater, dass wir ihm auf ewig dankbar sein werden.«

Kissanka schenkte dem verschüchtert dreinblickenden Tungusen ein Lächeln, das er kaum merklich erwiderte, dabei streifte ihre Hand seinen rechten Arm und drückte ihn sanft.

Tschirin brachte nur ein verlegenes Räuspern zustande, es fiel ihm offenbar schwer, ihren Blick zu erwidern.

»Er ist ein großer Schamane«, sagte er und schaute dabei zu Boden, »Wenn ihr krank seid und seine Unterstützung benötigt, lasst es mich wissen.«

»Wie sollte das gehen?« Aslan hatte Kissankas Worten mit spöttischer Miene gelauscht. »Das würde bedeuten, du weißt, wo man uns hinbringt und kannst dort ein- und ausgehen?«

»Ich kenne jeden Winkel in dieser Gegend«, erwiderte Tschirin mit fester Stimme. Ihm war anzusehen, dass er die Äußerung Aslans missbilligte. »Und ja – ich weiß, wo man euch unterbringt. Ich bin jede Woche dort draußen. Meine Brüder und ich arbeiten ausschließlich für den Zaren und seine Soldaten. Wir sind die einzigen Fremden, die das Lager betreten dürfen. Wir bringen Menschen und Vorräte und andere, merkwürdige Dinge, deren Namen wir nicht kennen. Und glaubt mir, ihr werdet für jegliche Hilfe dankbar sein.«

»Schwatzt nicht herum!«, brüllte der Kosakenkommandeur von ferne. »Seht zu, dass ihr in die Schlitten kommt!«

»Vielen Dank für das großzügige Angebot«, sagte Leonard und klopfte dem jungen Tungusen auf die Schulter.

Das Wetter war noch unwirtlicher als am Tage zuvor. Am Morgen hatte es zu schneien angefangen.

Subbota hatte Wassiljoff und seiner verbliebenen Familie mit strenger Miene erlaubt, in seinem Schlitten Platz zu nehmen. Den Blick, den er dem geheilten Jungen schenkte, war nicht zu deuten. Doch Leonard konnte beobachten, wie er einen Rosenkranz zückte und ihn betrachtete, als ob er sich dessen Anwesenheit versichern wollte, bevor er ihn wieder in die Manteltasche schob.

»Ein echtes Wunder«, bemerkte Pjotr, bevor er Tschirin, der abwartend neben seinem Schlitten stand, einen fragenden Blick zuwarf.

»Der Kleine hustet noch nicht einmal mehr. Bei allen Heiligen, sag mir, wie so etwas möglich ist?«

Tschirin wandte sich lächelnd zu ihm um, während er den Pferden die Futterbeutel abnahm. »Ich will mich ja nicht mit eurem Christengott anlegen, aber mein Vater kann sogar das Wetter beeinflussen und einen Blitz erzeugen, wenn es nötig erscheint. Wie ich gestern schon sagte – er steht mit Ogdy, dem Gott des Lichts, im Bunde.«

»Dann bestell ihm einen schönen Gruß, er soll machen, dass das Thermometer mindestens dreißig Grad in die Höhe klettert«, witzelte Aslan mit ironischer Stimme. Demonstrativ zog er sich die Kapuze vor Mund und Nase, bevor er sich in den Schlitten setzte.

Die Tungusen hatten zwei zusätzliche Rentierschlitten zur Verfügung gestellt, damit man die verbliebenen entlasten konnte. Zudem musste man die zurückgebliebenen Leichen bergen, um sie nach Nasimowsk zu bringen, wo spätestens mit einsetzendem Tauwetter ein christliches Begräbnis auf sie warten würde.

Die alte Goldgräberstadt war in wenigen Stunden erreicht. Der windige Ort bestand nur aus ein paar Blockhütten, ein paar Tungusenzelten und einer hölzernen Kirche. Dazu gab es ein Warenlager in einem abbruchreifen Schuppen, das angefüllt war mit Proviant für Abenteurer und Pelztierjäger und deshalb außerordentlich gut bewacht wurde. Den ganzen Tag über patrouillierten Bewaffnete um das Gebäude herum.

»Ich möchte der Frau des alten Wassiljoff die letzte Ehre erweisen und ihn und seine Familie in die Kirche begleiten.« Leonard richtete diese Bitte mit ausdrucksloser Miene an Subbota, der daraufhin mit einer unwirschen Geste die Ketten lockerte.

»Es wird wohl nicht lange dauern«, fügte Leonard hinzu. »Und doch empfinde ich es als notwendig, den Trauernden beizustehen.«

»Was hast du vor?«, raunte ihm Aslan zu, als Subbota beiseite getreten war und zu den Schlitten ging. »Hast du es auf die Kleine abgesehen und willst schönes Wetter bei ihrem verrückten Vater machen? Ich glaube kaum, dass er sie dir freiwillig zur Frau gibt. Aber so, wie es aussieht, ist sie ein durchtriebenes Luder. Ich kann mir nicht vorstellen, dass sie den Kosaken zufällig in die Arme gelaufen ist. Wahrscheinlich hatte sie auch ihren Spaß dabei.«

»Halt die Klappe, du Idiot!«, zischte Leonard. Er verspürte den Drang, dem Gefährten eine handfeste Lektion zu erteilen, unterdrückte diesen Impuls aber, auch weil Subbota in der Nähe stand und eine Reitpeitsche in Händen hielt.

In einem Nebenraum des kleinen Gotteshauses wurden die Leichen der Verunglückten aufgebahrt, unter denen sich auch Kissankas Mutter befand. Das Erdreich war zu dieser Jahreszeit bis in den Grund gefroren. Erst im nächsten Sommer würde es möglich sein, den Toten die letzte Ehre zu erweisen. Daher mussten eine hastig gelesene Messe und ein unaufgeräumter Schuppen ausreichen, bevor die Seelen der Verstorbenen endlich ihre allerletzte Reise antreten konnten.

10

Juni 2008, Tunguska – GazCom

Blinzelnd, wie durch einen dichten Nebel kämpfte sich Viktoria an die Oberfläche ihres Bewusstseins. Die Gestalt an ihrer Seite erschien ihr wie eine Figur, die von einem durchscheinenden Vorhang umgeben war. Das Atmen fiel ihr schwer, und ein heftiger Kopfschmerz setzte ein.

»Viktoria – können Sie mich hören?« Die Stimme war dunkel, und im ersten Moment wusste sie nicht, ob es ein Mann war oder eine Frau, die sie auf Russisch ansprach.

Unter großer Anstrengung versuchte Viktoria ihre Lider zu heben. Verschwommen erkannte sie die imposante Erscheinung von Doktor Parlowa.

»Kann ich etwas trinken?« Es war mehr ein Flüstern, das Viktoria da zustande brachte. Sekunden später spürte sie eine Hand, die ihr den Kopf anhob und ein Glas Wasser an die Lippen setzte. Schluck für Schluck trank sie. Der Hals tat ihr weh, doch wenn sie sich recht besann, schmerzte ihr ganzer Körper. »Wo bin ich?« Sie hielt die Augen lieber geschlossen. Das Licht machte das Pochen in ihrem Schädel nur noch schlimmer.

»In Sicherheit«, sagte die Ärztin und legte ihre große, warme Hand auf Viktorias Rechte, die kraftlos auf der Bettdecke lag.

Das penetrante Parfüm der Ärztin verursachte Viktoria Übelkeit. Sie würgte, und im Nu hatte sie eine Brechschale unter dem Kinn und eine helfende Hand im Rücken, die sie stützte. Schwer atmend legte sie sich zurück in die Kissen. Doktor Parlowa gab ihr noch etwas Wasser.

»Was ist passiert?«, fragte Viktoria heiser. Mühsam versuchte sie, sich zu erinnern. Doch es waren nur grobe Fetzen, die sich erst Stück für Stück in ihrem Hirn zu einem Bild zusammensetzten. Von neuem öffnete sie die Lider und blinzelte die Ärztin an. »Wo ist Sven Theisen? Geht es ihm gut?«

»Er ist im Camp und wohlauf«, erklärte die Ärztin mit freundlicher Stimme. »Während ihres Tauchgangs hat es einen Unfall gegeben«, sprach sie weiter. »Eine riesige Gasblase hat sich vom Grund des Sees gelöst. Die anschließende Welle ist wie ein Mini-Tsunami durch unser Camp gewirbelt und hat alles unter Wasser gesetzt. Professor Rodius versucht mit Professor Olguth und Sergej Bashtiris Leuten herauszufinden, warum es dazu kommen konnte.«

Parlowas Stimme nahm unvermittelt einen traurigen Tonfall an. »Vitaly Jurenko ist bei dem Unfall ums Leben gekommen. Wir dachten, Sie wären auch ertrunken. Gestern Morgen lagen sie plötzlich bewusstlos vor den Waschräumen des Camps. Irgendjemand hat Sie in zu große Männerkleidung gesteckt und dort abgelegt. Von ihrem Taucheranzug fehlt hingegen jede Spur.«

Allmählich dämmerte Viktoria, was ihr seit jenem unseligen Tauchgang widerfahren war, doch es erschien ihr zu verrückt, um es vor der Ärztin auszubreiten.

»Können Sie sich an irgendetwas erinnern?«, bohrte Doktor Parlowa weiter.

»Nein«, erwiderte Viktoria abwesend und stemmte sich mit beiden Armen auf die Kissen. Vorsichtig schaute sie sich um. Sie lag in einem weiß getünchten Krankenzimmer. Die Fenster schmückten Gardinen mit einem orangefarbenen Druck im Stil der siebziger Jahre.

Regen prasselte gegen das Fenster. Der Blick auf die vereinzelten Häuser und einen dahinterliegenden freien Platz erschien ihr trostlos.

»Sie befinden sich im Hospital von Vanavara.« Die Ärztin ergriff erneut ihre Hand und streichelte sie. »Der Flug nach Krasnojarsk wäre zu anstrengend gewesen, und im Camp hätte man Ihnen nicht helfen können. Deshalb mussten wir Sie zunächst einmal hierhin bringen.«

Vitaly Jurenko ist tot, schoss es Viktoria durch den Kopf. Er war ein netter Kerl gewesen, witzig und schwermütig zugleich, ein typischer Russe eben.

Sie schluckte die Tränen hinunter und wandte sich Doktor Parlowa zu, mit einem kurzen Seitenblick auf den angehängten Tropf neben ihrem Bett, dessen durchsichtiges Schlauchende in ihrer linken Handvene steckte. Dann sah sie der Ärztin in die blauen Augen.

»Kann ich mit Ihnen reden? Ich meine, privat?«

»Selbstverständlich, dafür bin ich doch da.« Doktor Parlowa rang sich ein Lächeln ab, beinahe wie eine Mutter, die sich um ihre auf Abwege geratene Tochter sorgte. »Sprechen Sie sich ruhig aus.«

Viktoria fragte sich, ob es richtig sein würde, diese so maskulin wirkende Frau – so freundlich sie ihr im Moment auch erschien – ins Vertrauen zu ziehen. Aber im Augenblick war die russische Ärztin die Einzige, die ihr für ein Gespräch – von Frau zu Frau – zur Verfügung stand.

»Da war ein Mann«, begann Viktoria unsicher. »Ich glaube, er hat mein Leben gerettet …« Doktor Parlowa hörte konzentriert zu und Viktoria schüttelte den Gedanken ab, dass die Russin sie für verrückt halten könnte. »Ich konnte spüren, wie ich meinen Körper verlassen habe – irgendwie«, fügte sie flüsternd hinzu. »Es war, als ob ich in ein dunkles Loch gezogen wurde, und dann kam dieser Mann und hat mich auf rätselhafte Weise wieder ans Licht geholt.«

Doktor Parlowa hob eine ihrer sorgsam gezupften Brauen, die wohl belegen sollten, zu welcher Kategorie Geschlecht sie gehörte – ebenso wie der fliederfarbene Lippenstift, der den schmalen Strich betonte, zu dem sich ihr strenger Mund geformt hatte. »Und weiter?«, fragte sie drängend.

»Es klingt vielleicht seltsam, aber ich bin mir fast sicher, dass er danach mit mir geschlafen hat.«

»Sind Sie vergewaltigt worden?« Parlowas unverblümte Frage verriet ihre Entrüstung.

»Nein, nein«, beeilte sich Viktoria zu sagen. »Ich kann alles nur schwer beschreiben. Es kam mir vor wie ein Rausch. Vollkommen unwirklich. Er hat mir etwas zu trinken gegeben. Wir befanden uns in einer Art Hütte. Wir lagen auf Fellen. Wir waren beide nackt, und er …« Sie stockte und spürte gleichzeitig, wie ihr die Hitze den Hals hinauf schoss.

»Wie sah der Mann aus?« Doktor Parlowa gab sich alle Mühe, sachlich zu bleiben.

»Er war recht gutaussehend«, bemerkte Viktoria verlegen. »Mindestens eins neunzig groß. Er trug schwarzes, langes Haar, das ihm bis über die Schultern reichte, und er hatte ziemliche Muskeln. Dabei war er schlank und beweglich, wie ein russischer Zehnkämpfer, falls Sie wissen, was ich meine.«

Die Ärztin setzte sich mit einem Räuspern in ihrem Besucherstuhl auf. »Und … hat es Ihnen Spaß gemacht?«

»Wie soll ich das verstehen?« Viktoria wusste nicht, worauf die Frage hinauslaufen sollte.

»Na ja, wollten Sie es auch, oder war es Ihnen unangenehm?«

Der Anflug eines Lächelns auf den schmalen Lippen der Ärztin stimmte Viktoria versöhnlich. Offenbar war Parlowas Anteilnahme echt.

»Das ist ja das Verwirrende. Ich glaube, ich habe es genossen, dabei kenne ich den Kerl doch überhaupt nicht.«

»Hören Sie …«, begann Doktor Parlowa zögernd. »Ich bin nicht nur Ärztin, sondern auch Psychoanalytikerin. Manchmal, wenn ein Mensch ein Nahtoderlebnis hat – und ich fürchte, dass es sich bei Ihnen um ein solches gehandelt haben könnte –, spielt die Phantasie ihm einen Streich. Man sieht liebe Menschen, die längst gestorben sind, oder befindet sich in Situationen, die man im wirklichen Leben nicht haben konnte. Ein berauschendes Gefühl stellt sich ein. Die Psyche will uns damit den bevorstehenden Tod so angenehm wie möglich gestalten …«

Viktoria glaubte für einen Moment, sich verhört zu haben. »Warum sollte *die* Psyche so etwas tun?«, fragte sie spitz. »Schließlich hat sie doch gar nichts davon?«

»Verstehen Sie mich nicht falsch«, versuchte Parlowa einzulenken. »Es ist nicht so, als ob ich Ihnen nicht glauben würde. Nur wenn Sie mich fragen, war es eher eine Art intensiver Traum.«

»Ich habe mein ganzes Leben noch nie von einem solchen Mann geträumt«, setzte sich Viktoria zur Wehr. »Und wo sind meine Sachen abgeblieben? Schließlich hatte ich keinen Taucheranzug mehr an, als man mich fand. Oder habe ich Sie da falsch verstanden? Wer war es, der mich aus dem Wasser gezogen hat, und wo ist er jetzt?«

»Darüber können wir später noch sprechen. Sie benötigen erst einmal Ruhe«, erwiderte Doktor Parlowa beinahe streng und setzte dabei das Gesicht einer Gouvernante auf. »Oder möchten Sie, dass ich Sie gynäkologisch untersuche? Vielleicht war es doch eine Vergewaltigung, und Sie reden sich die Sache nur schön?«

»Nein, danke.« Viktoria schüttelte energisch den Kopf. Das Letzte, was sie sich vorstellen wollte, war eine gynäkologische Untersuchung durch Frau Doktor Parlowa. »Da fällt mir etwas ein«, fügte sie einer plötzlichen Eingebung folgend hinzu, »das vielleicht interessant sein könnte. Möglicherweise habe ich den Mann schon einmal gesehen. Vor ein paar Tagen, als wir in Vanavara angekommen sind, ist mir draußen auf dem Sportplatz ein Fremder begegnet, der ihm auf verblüffende Weise ähnlich sah. Er hatte einen Wolf bei sich.«

»Einen Wolf?« Doktor Parlowa runzelte die Stirn. »Seltsam! Nachdem Doktor Theisen Sie vor den Waschräumen gefunden hat, ist einer von Bashtiris Männern einem Laikahund gefolgt, der ganz in der Nähe knurrend am Boden lauerte. Bei dem Versuch, das Tier zu erschießen, wurde der Soldat von einer tungusischen Selbstschusswaffe getroffen. Der Mann ist vor unseren Augen gestorben. Das alles kann zufällig geschehen sein, und doch ist eine merkwürdige Sache. Wenn Sie erlauben, werde ich die Angelegenheit mit Sergej Bashtiri besprechen. Über Ihre intime Beichte werde ich Stillschweigen bewahren«, fügte sie rasch hinzu, als sie Viktorias verunsicherte Miene sah. »Die Beschreibung des Mannes, der anscheinend für Ihre Rettung verantwortlich ist, wird ihn sicher interessieren. Vielleicht wissen die Dorfbewohner, um wen es sich handeln könnte. Es erscheint mir ungewöhnlich, dass Ihr Retter Sie einfach im Camp abgelegt hat, ohne sich sehen zu lassen. Offenbar hat er etwas zu verbergen, und das ist es, was auch Bashtiri und seinen Leuten Sorgen macht.«

Viktoria beschlich ein ungutes Gefühl, als Frau Doktor Parlowa sich mit einem festen Händedruck von ihr verabschiedete.

»Denken Sie, der Mann hat etwas mit dem Tod von Bashtiris Helfer zu tun?«

»Wir wissen es nicht.« Parlowas Blick war mit einem Mal seltsam distanziert. »Ich bleibe mit Ihnen in Kontakt. Professor Rodius werde ich sagen, dass Sie wohlauf sind.« Doktor Parlowa bemühte sich um ein zuversichtliches Lächeln. »Ich bin mir sicher, dass Sie die Krankenstation in ein paar Tagen wieder verlassen können.«

Sergej Bashtiri war ein Mann, der weder an Wunder noch an übersinnliche Wahrnehmungen glaubte – und schon gar nicht an ein Leben außerhalb unseres Planeten. Mit einem zweifelnden Blick beugte er sich über den seltsamen Leichenfund.

»Es handelt sich mit großer Wahrscheinlichkeit um menschliches Material«, sagte Doktor Parlowa und schaute von den beiden ledrigen, ineinander verschlungenen Körpern auf, als habe sie soeben eine seltene Spezies entdeckt. Ihre leicht hervorstehenden Augen wirkten über dem Mundschutz noch größer. »Natürlich könnten es auch Außerirdische sein«, bemerkte sie mit einem Anflug von trockenem Humor.

Außer ihr, Bashtiri und Doktor Swerew, einem jungen Anthropologen der Universität von Irkutsk, der im Auftrag von GazCom am späten Nachmittag per Helikopter eingeflogen war, hatte nur noch Andrej Lebenov bei der Untersuchung Zutritt gefunden. Der Sicherheitschef von GazCom stand an der Tür und sorgte mit vier Söldnern seines Teams dafür, dass niemand sonst Zutritt fand.

Professor Olguth hatte man ebenso den Zugang zum Kühlhaus des Camps verweigert wie seinem deutschen Kollegen Professor Rodius. Offiziell hatte man Platzprobleme als Grund angegeben. Im Vorraum des Kühlhauses, wo erste Untersuchungen auf einem improvisierten Esstisch durchgeführt wurden, war es tatsächlich so eng, dass selbst die vier Anwesenden das Tun von Doktor Swerew nicht uneingeschränkt beobachten konnten. Es war Lebenov gewesen, der Bashtiri zu diesem Vorgehen geraten hatte. Bevor nicht genau feststand, um was es sich bei dem Fund handelte, wollte man weder die russische Regierung ins Boot holen noch die obersten Führungskreise des Gasimperiums einweihen. Immerhin bestand die Möglichkeit, sich lächerlich zu machen oder etwas zu entdecken, das tatsächlich von herausragender Bedeutung sein konnte. Auf jeden Fall wollte man sich genug Zeit lassen, um zu entscheiden, ob man die Lorbeeren ernten und anschließend unter sich verteilen wollte oder ob man die gewonnenen Erkenntnisse – wie schon öfter geschehen – ohne Wissen der offiziellen Stellen für sich selbst in Anspruch nahm, indem man sie still und heimlich in bare Münze umwandelte.

Es roch nach Moder und Fisch. Die kakaobraune, zähe Masse, die auch nach ihrem Auftauchen aus den Tiefen des Sees an den Mumien haften geblieben war, wirkte alles andere als appetitlich. In erster Linie wollte man feststellen, um wen es sich handelte und, falls dies vor Ort nicht möglich war, wie der Weitertransport der Körper in ein wissenschaftliches Institut nach Irkutsk organisiert werden konnte.

Doktor Swerew trug neben seinem Mundschutz eine Stirnlampe nebst Lupe und näherte sich nun vorsichtig etwas, das wie ein Arm aussah. Die daran befindlichen Gliedmaßen wirkten wie die großen Füße eines überdimensionalen Frosches, den man aus dem tropischen Regenwald in die sibirische Taiga entführt hatte.

Mit seiner rechten Hand, die in einem dünnen Latexhandschuh steckte, führte Swerew vorsichtig ein Skalpell an das Untersuchungsobjekt heran.

»Man muss sich wundern«, raunte er leise, während er die ledrigen Falten der Gliedmaßen langsam anzuheben versuchte, »dass das Material sich am Grund des Sees solange gehalten hat. Wie es scheint, ist in den Gliedern kein einziger fester Knochen mehr zu finden – als hätte man die Körper gewalzt, gegerbt und anschließend wie eingelegte Gurken in einem Glas haltbar gemacht.«

»Wer sollte so etwas tun?« Bashtiri wirkte irritiert. Seine Vorurteile gegenüber den hier lebenden Ureinwohnern bezogen sich in erster Linie auf deren Jagd- und Lebensgewohnheiten, die so gar keine Rücksicht auf die geschäftlichen Interessen eines Oligarchen nehmen wollten. Sogar per Gericht stritten sie gegen die Erschließung weiterer Öl- und Gasfelder. Dass sie sich – wann auch immer – dem Kannibalismus verschrieben haben sollten, konnte er sich allerdings nicht vorstellen.

»Ich sage ja nicht, dass es jemand getan hat«, verbesserte sich Swerew. »Ich sagte nur, dass es so aussieht.«

»Können Sie feststellen, um was für Landsleute es sich handelt? Sind es Ewenken oder Russen?« Bashtiris Neugierde war geweckt. Sein Blick wanderte über die kaum mehr als ein Meter zwanzig langen Moorleichen hinweg bis zu den vermeintlichen Köpfen – zwei flache, rundliche Anhängsel, bei denen man nur noch erahnen konnte, dass es sich um Menschen handelte. Runzlig wie platt gedrückte, getrocknete Feigen durfte man inmitten all dieses Chaos zwei Nasenlöcher vermuten und einen Mund, der seiner Lippen beraubt worden war. Die Zähne waren nur noch vereinzelt vorhanden und steckten wie gelbliche Scherben im braunen Fleisch.

»Denken Sie, es sind tatsächlich Menschen?« Bashtiri bedachte Frau Doktor Parlowa mit einem zweifelnden Blick. Wenn man es genau betrachtete, sahen diese Körper aus wie die Überreste zweier kleiner grüner Männchen, die wie siamesische Zwillinge miteinander verbunden waren.

Parlowa schaute erstaunt auf. »An was dachten Sie?«

Bashtiri antwortete nicht, und Swerew nahm eine Pinzette, die in einer seitlichen Petrischale gelegen hatte. Mit ihr und einem Skalpell entfernte er ein Stück vom vermeintlichen Arm, indem er einen sauberen Schnitt ins ledrige Fleisch führte. Irgendetwas erregte seine besondere Aufmerksamkeit. Doktor Parlowa beugte sich interessiert so weit über die beiden Körper, dass sie Bashtiri und Lebenov die Sicht versperrte.

»Was ist?«, rief Bashtiri aufgebracht. »Haben Sie etwas gefunden?« Plötzlich glaubte er einen Tentakel zu sehen, das diesen verschlungenen Haufen aus gesottenem Fleisch in seiner eher spärlichen Phantasie tatsächlich zu einem Marsbewohner mutieren ließ. Ein leises Geräusch holte ihn in die Wirklichkeit zurück.

Swerew hatte einen metallischen Gegenstand in die Petrischale geworfen und spülte ihn mit einer Pipette ab. Dann nahm er das kleine Metallstück erneut auf und betrachtet es intensiv unter seiner Lupe.

»Sagen Sie schon«, bedrängte ihn Bashtiri. »Was ist es?«

»Es ist der Deckel einer Taschenuhr.« Swerew richtete sich halb auf und blickte abwechselnd in die erstaunten Gesichter von Bashtiri und Doktor Parlowa. Er setzte erneut seine Lupe auf und untersuchte das unscheinbare Objekt. »Er ist vergoldet«, stellte er sachlich fest, »und trägt auf der Rückseite das Emblem der physikalischen Universität von Sankt Petersburg. Jahrgang 1902.«

Lebenov streckte sich und schaute über Bashtiri hinweg auf das kleine golden schimmernde Artefakt.

»Und was sind das jetzt für komische Gestalten?« Seine Frage entbehrte jeglichen Respekts vor den Toten. »Haben Sie schon eine Idee, wie sie in diesen See gekommen sind?«

»Ich habe nicht die geringste Ahnung.« Swerew schüttelte langsam den Kopf. »Wir werden sie nach Irkutsk bringen müssen, um weitere anthropologische Untersuchungen vornehmen zu können, die Licht in die Angelegenheit bringen.«

Professor Rodius hatte sich mit Olguth und ein paar russischen Mitarbeitern in eine Wohnhütte zurückgezogen. Nur Theisen fehlte. Er war zusammen mit Kolja in einem Geländewagen nach Vanarava aufgebrochen, um sich persönlich nach Viktorias Wohlergehen zu erkundigen.

»Es ist eine Unverschämtheit.« Mit grimmiger Miene, die Arme vor der Brust verschränkt, hockte Rodius auf seinem Campingstuhl und schaute abschätzend in die Runde, bis sein Blick bei seinem russischen Kollegen innehielt. »Seit wann bestimmt ein Oligarch, wie wissenschaftliche Untersuchungen auszusehen haben und wer daran teilnehmen darf?«

»Beruhigen Sie sich«, mahnte Olguth mit verhaltener Stimme. Als ob es ungebetene Mithörer geben könnte, stand er auf und verriegelte das einzige Fenster der Fertigbauhütte, das zwar mit einem schützenden Moskitonetz versehen war, aber bisher weit offen gestanden hatte. »In Russland ticken die Uhren ein wenig anders als im Westen. Das hätte Ihnen und Ihren Leuten spätestens klar sein dürfen, nachdem Sie in Vanavara angekommen waren.«

Rodius stieß einen tiefen Seufzer aus. »Und jetzt? Was schlagen Sie vor? Sollen wir uns von diesem Emporkömmling vorschreiben lassen, wo und wie wir zu forschen haben?«

»So etwas in der Art«, erwiderte Olguth beschwichtigend. »Es macht doch nichts, wenn wir uns zunächst einmal die Umgebung des Sees vornehmen, um den möglichen Einschlagkrater des Meteors zu vermessen. Alles andere wäre ohnehin zu riskant.«

»Was ist mit den Mumien und dem Aluminium, das Theisen vor dem Unfall im See gesehen hat?« Rodius bedachte seinen russischen Kollegen mit einem fragenden Blick und lächelte dann abfällig. »Sagen Sie nur, Sie glauben auch an diese Mär von den Außerirdischen?«

»Natürlich nicht«, bemerkte Olguth versöhnlich. »Vielleicht war es eine frühe Forschungsstation, die hier im See versunken ist. Etwa zwanzig Jahre nach der ominösen Explosion hat es etliche Neugierige an diesen Ort verschlagen. Darunter auch seriöse Wissenschaftler, die die Meinung vertraten, dass die Katastrophe von einem außerirdischen Raumschiff ausgelöst worden sein könnte. Mit solch abstrusen Thesen müssen wir uns nicht weiter beschäftigen.«

»Unter uns sollten wir solchen Spekulationen von Beginn an entgegenwirken«, stieß Rodius ärgerlich hervor. »Sie führen nur in die falsche Richtung. In einem Punkt gebe ich Ihnen jedoch recht: Lassen sie Bashtiri seine Abenteuerspielchen spielen, und wir widmen uns in Ruhe unserem eigentlichen Projekt.«

11

Februar 1905, Sibirien – Tal ohne Wiederkehr

Nach einer recht ungemütlichen Nacht im einzigen Wirtshaus der Stadt – wieder auf dem Boden und wieder eng aneinander geschmiegt – ging es am nächsten Morgen zu den Pijaja-Bergen. Rastlos zogen die zottigen Pferde und die stoischen Rentiere die Schlitten auf zugefrorenen Flüssen durch endlose schattige Täler, in denen es nicht nur bitterkalt war, sondern auch die Zeit stillzustehen schien.

Einzig von tief verschneiten Wäldern und Bergen umgeben, hatte Leonard das Gefühl, in eine ferne, unwirkliche Eishölle einzutauchen, deren Schönheit nicht über ihre Lebensfeindlichkeit hinwegzutäuschen vermochte.

Erst gegen Abend erreichten sie ihr Ziel. In einem weitläufigen Tal erhob sich ein eindrucksvolles Gefangenenlager. Das Zentrum des Lagers bildete eine riesige Konstruktionshalle, die Hunderte Meter lang war und mindestens dreißig Meter in die Höhe ragte. Die dahinter befindlichen verschneiten Dächer von etwa fünfzig in Reih und Glied angeordneten Baracken waren nur als solche zu erkennen, weil auf den meisten ein kleiner Kamin schmauchte. Vor der Halle befand sich ein großer Appellhofplatz, in dessen Mitte ein hoher Stahlturm aufragte, der – wenn auch erheblich kleiner – an den Eiffelturm in Paris erinnerte. Weiter hinten hatte man ein massives steinernes Gebäude errichtet, das von ferne wie ein modernes Turbinenkraftwerk wirkte, wie Leonard es bisher nur in Amerika gesehen hatte. Aus den beiden majestätisch wirkenden steinernen Schloten stieg dichter, dunkler Rauch auf, der in zwei langen unsteten Fahnen in Richtung Norden abzog.

»Himmelherr!« Pjotr stieß einen leisen Pfiff aus. »Was soll das denn darstellen?«

Die Dämmerung hatte die gesamte Umgebung in eine graublaue Farbe getaucht, die Licht und Schatten miteinander verschmelzen ließ, und doch entgingen Leonard und seinen Kameraden nicht die hohen Stacheldrahtzäune und Wachtürme, die das gesamte Areal umgaben.

Niemand hatte sich bisher getraut, Subbota zu fragen, warum man sie hierher gebracht hatte. Der Offizier war vom Schlitten abgesprungen und ging zusammen mit dem Kommandeur der Kosaken ein Stück zu Fuß zum Wachhäuschen. Die beiden Soldaten, die sie dort empfingen, salutierten, nachdem man sich zu erkennen gegeben hatte.

Nur die Kosaken lärmten, wie man es von ihnen gewohnt war.

Ihre Pferde schnaubten und scharrten mit den Hufen, ebenso ungeduldig wie ihre Herren, denen es nicht schnell genug ging, bis ihr Kommandeur und der Offizier der Ochrana endlich die Formalitäten geklärt hatten, auf dass man ihnen Einlass gewährte.

Igor Igorewitsch Lobow, ein russischer Offizier mit dem typisch finsteren Blick eines Lagerkommandanten, stand breitbeinig und mit verschränkten Armen vor einer Gruppe von Soldaten. Mit seiner turmhohen Bärenfellmütze und in seinem perfekt geschneiderten Uniformmantel bedachte er die Ankömmlinge mit einem Ausdruck der Verachtung, die sie augenblicklich auf die niedrigste Stufe herabsinken ließ, auf die ein Lebewesen überhaupt fallen konnte.

Subbota sorgte dafür, dass Leonard und seine Leidensgenossen so rasch wie möglich erfuhren, dass sie dem gestrengen Offizier, der im Traum nicht daran dachte, sich persönlich vorzustellen, strikten Gehorsam zu leisten hatten. Andernfalls würden sie ihre Zeit nicht in den beheizten Werkshallen verbringen, sondern in einem dunklen, kalten Loch. Zur Abschreckung der Deportierten hatte man es in der Mitte des Lagers in einem milden Sommer ausgehoben, um es im Winter nur mit einem Wellblech zu bedecken, wenn man einen ungehorsamen Häftling in die zwei Meter tiefe Grube stieß. Dort hatte er dann Zeit, unter den Augen der täglich vorbeiströmenden Mitgefangenen über seine Verfehlungen nachzudenken. Und als ob es einer Demonstration bedurft hätte, wurde genau zu dem Zeitpunkt, als die Neuankömmlinge über den Hof zu ihren bescheidenen Unterkünften gescheucht wurden, eine Leiche, steif gefroren wie ein Brett, aus dem Loch gezogen. Im Vorbeigehen konnte Leonard sehen, wie Kissanka einen unterdrückten Schrei hervorpresste, als ihr Blick auf den Toten fiel. Den jungen Mann, kaum älter als zwanzig, mit kahl geschorenem Kopf und bis auf die Knochen abgemagert, hatte man nur mit dünner Häftlingskleidung versehen in seinem Gefängnis regelrecht verenden lassen. Vermutlich hatte er nicht allzu lange in diesem Loch zubringen müssen. Bei Temperaturen von unter minus fünfzig Grad reichte wahrscheinlich eine einzige Nacht, um zu erfrieren.

»Was machen die bloß mit uns?« Pjotr war die Panik anzusehen, die ihm schon seit längerem zu schaffen machte.

»Reiß dich zusammen, du Memme!« Aslan versetzte Pjotr einen derben Stoß in die Rippen, bevor sie im Gänsemarsch eine der vielen Baracken erreichten.

Leonard erlaubte sich einen Blick in die Umgebung. Die Lagerlampen wurden offenbar nicht mit Gas, sondern mit Elektrizität betrieben. Und auch sonst wirkten die Bauten und deren Versorgung ungewöhnlich fortschrittlich. Oberirdische Elektrizitätsleitungen, wohin man auch sehen konnte. Saubere, gepflasterte Wege, die alle zu jener riesigen Halle führten, die ihn bereits bei der Anfahrt beeindruckt hatte.

Kissanka führte man zusammen mit den anderen Frauen in einen abgeschlossenen Trakt, der nochmals von einem hohen Zaun umgeben war. Leonard hatte ihr einen letzten, mutmachenden Blick zuwerfen können und hoffte inständig, dass man den Jungen bei ihr ließ und ihn nicht in ein Männerhaus zu ihrem unberechenbaren Vater steckte.

Wassiljoff und die übrigen Gefangenen hatte man ebenfalls in eine weiter entfernte Baracke geführt. Selbst die Kosaken mitsamt ihren Pferden waren längst in einem Verschlag verschwunden, gerade so, als hätte sie die eisig glitzernde Umgebung regelrecht aufgesaugt.

Eine unheimliche Stille durchflutete das weite nächtliche Tal, nur unterbrochen von einem stetigen Rauschen, das aus dem Turbinen-Kraftwerk gut dreihundert Meter entfernt zu ihnen drang.

Im Lichtkegel eines Laternenmastes blieben sie vor einem düsteren Flachbau stehen, bis einer der vier begleitenden Soldaten unter seinem Fellmantel nach einem großen Schlüsselbund fingerte. Mit einem quietschenden Geräusch öffnete er schließlich eine vergitterte Tür.

Pjotr zitterte am ganzen Leib – nicht wegen der Kälte, sondern weil er sich fürchtete.

Leonard legte ihm eine Hand auf die Schulter, um ihn zu beruhigen.

Aslan, dem der Beistand des deutschen Leidensgenossen nicht entgangen war, grinste Pjotr herablassend an. »Warum auch immer – sie sind hier auf dich angewiesen, Angsthase«, flüsterte er. »Nicht nur mein Instinkt sagt mir, dass dies kein normales Lager ist. Und wenn du tust, was sie von dir verlangen, wird dir niemand ein Härchen krümmen, und man wird dich schon gar nicht in dieses grausige Loch stecken.«

Leonard hob eine Braue und sah Aslan fragend an, doch der hatte sich längst aufgemacht und war noch vor Subbota, der ihnen selbst hier nicht von der Seite wich, in einem spärlich beleuchteten Gang verschwunden.

»Auf, meine Herren!«, plärrte Subbota ungehalten, als er bemerkte, wie Leonard und Pjotr zögerten. »Oder wollt ihr hier draußen erfrieren?«

Im Innern der Baracke brannte ein gedämpftes Licht. Der Raum, in dem sie allesamt untergebracht wurden, war nicht so groß. Es roch nach schmutziger Kleidung und nach feuchten Wänden. Und doch hatte die bescheidene Behausung einen unübersehbaren Vorteil. Keine ellenlangen Bettenreihen, in denen unzählige Gefangene ihre zweifelhafte Ruhe finden sollten, sondern lediglich fünf Schlafplätze, die auf vielleicht dreißig Quadratmeter verteilt waren. Alles in allem spartanisch und doch funktional. In einer Ecke stand ein eiserner Ofen, in dem ein heimeliges Feuer knisterte. Nicht weit davon entfernt gab es sogar eine Kommode und eine Waschschüssel mit einem Krug. Dazu einen Samowar und ein Sammelsurium von Emaillebechern, Tellern und Besteck.

Eine huschende Bewegung fesselte die Aufmerksamkeit der Neuankömmlinge. Ein älterer Mann mit einem silbergrauen Bart, der ihm bis zur Brust reichte, erhob sich von seinem Bett und ging ihnen mit ausgestreckter Hand entgegen. Hinter seiner Nickelbrille, die ihm fast bis zum Ende seiner langen Nase gerutscht war, lächelte er freundlich. Seine Lagerkleidung erschien viel zu weit, und über die Brillengläser hinweg suchte er den Blick seiner neuen Mitbewohner.

»Isaak Weinberg«, sagte er und streckte Leonard die Hand entgegen. »Willkommen im ›Tal ohne Wiederkehr‹.«

Subbota und sein uniformierter Begleiter beäugten den kleinen gebeugten Mann mit misstrauischer Miene. Der Alte jedoch, dessen langer Bart nicht nur bei Leonard den Eindruck erweckte, man habe es mit einem biblischen Propheten zu tun, schien die abweisende Art des Offiziers nicht zu kümmern. In aller Ruhe blickte er dem Offizier und den Wachsoldaten ebenso erwartungsvoll ins Gesicht wie den drei jungen Gefangenen.

»Das ist Professor Weinberg. Er ist Jude und Naturwissenschaftler«, stellte Subbota unmissverständlich klar und blickte in die Runde. »Ich will, dass ihr ihn anständig behandelt. Ihr werdet zusammen mit ihm hier wohnen. Er wird euch unter seine Fittiche nehmen und euch sagen, was zu tun ist. Außerdem schreibt er die wöchentlichen Berichte an den Kommandeur, um den Gang und die Fortschritte eurer Arbeit zu belegen. Sollten irgendwelche Klagen kommen, wisst ihr, was mit euch geschieht.«

»Wie bitte?« Aslan hatte sich langsam zu Subbota umgedreht und sah ihn mit verärgerter Miene an. »Ich soll mich einem Juden unterordnen. Ja, sogar mit ihm in einer Hütte wohnen? Sind hier alle übergeschnappt? Das kommt überhaupt nicht in Frage! Meine Mutter pflegte immer zu sagen, Juden hätten keinen Respekt vor dem Propheten, und außerdem hätten sie Jesus Christus auf den Gewissen.« Er zuckte mit den Schultern. »Man kann ihnen einfach nicht trauen.«

Subbota sah seinen renitenten Schützling mit zusammengekniffenen Lidern an, bevor er ihn am Kragen des Mantels packte. »Kondrashov«, zischte er. »Du hast hier weder Forderungen zu stellen, noch darfst du Wünsche äußern. Anscheinend geht es nicht in deinen Schädel hinein, dass das Schicksal deiner verdammten Sippe allein von deinem Verhalten abhängig ist. Wenn du nicht gehorchst, werden wir jeden Einzelnen von ihnen aufknüpfen und dir ihre Leichen als Geschenk überbringen.« Subbotas Griff wurde noch ein wenig fester, während er dem erstaunlich ruhig gebliebenen Aslan in die kleinen dunklen Augen starrte. »Haben wir uns verstanden?«

»Jawohl, Herr Leutnant«, flüsterte Aslan, wobei er es vermied, Subbotas Blick zu begegnen.

Widerwillig ließ sich Aslan auf einem der Betten nieder, nachdem Subbota mit einem kurzen militärischen Abschied das Zimmer verlassen und sein Begleiter die Tür von außen geräuschvoll verschlossen hatte.

Weinberg blieb unbeeindruckt von der hasserfüllten Bekundung des schwarz gelockten Turkmenen. Mit einem schrägen Blick sah er ihn an. »Wenn du willst, gebe ich dir eine handgeknüpfte Matte, die du für deine täglichen Gebete nutzen kannst. Du betest doch fünfmal am Tag, oder liege ich da falsch?«

»Ja«, knurrte Aslan. Ihm war anzusehen, dass Weinberg ihn überrascht hatte.

»Nun gut«, sagte Weinberg leise. »Dann zieht euch mal die Mäntel aus.« Mit einer eleganten Drehung wandte er sich dem Bollerofen zu und setzte einen Wasserkessel auf die einzige Herdplatte des Ofens. Bevor er einen Esslöffel Schwarztee und mehrere Teelöffel braunen Zucker hinzufügte, stellte er vier Becher auf einen Tisch und einen Teller mit trockenem Brot hinzu. »Ein Zugeständnis der Lagerleitung«, stellte er unmissverständlich klar. »Für gute Leistungen.«

Leonard hatte sich auf ein Bett direkt neben dem Alten gesetzt. Er hatte nichts gegen Juden. Schließlich hatte er im Haus eines Juden gewohnt, auch wenn dieser ihm immer recht mürrisch erschienen war.

Doch das war gewiss keine Frage des Glaubens gewesen, sondern war eher den schwierigen Umständen zuzuschreiben, in denen Eisenstein als Witwer und ohne Kinder auf seine alten Tage gelebt hatte. Jetzt war er tot und im Jenseits, falls es denn ein Jenseits gab, und wenn er besonders viel Glück gehabt hatte, war er dort mit seiner geliebten Jenny vereint, die – wie er in melancholischen Augenblicken erklärt hatte – viel zu früh von ihm gegangen war.

Dankbar nahm Leonard den dampfenden Becher entgegen, der ihm von Weinberg gereicht wurde. Jeder Mensch hat ein Schicksal, hatte seine Großmutter immer gesagt, und damit meinte sie wohl, dass selten im Leben alles glatt verlief, selbst bei den Leuten, bei denen man es annehmen durfte. Weinberg gehörte zu solchen Leuten. Immerhin war er Professor. Was mochte ihn in diese Hölle geführt haben?

»Warum sind wir hier?«, fragte Leonard voller Anspannung. Er trank einen Schluck Tee, um seine Frage beiläufig klingen zu lassen.

Weinberg, der inzwischen alle mit Tee versorgt hatte, setzte sich ihm gegenüber und sah ihn mit funkelnden Äuglein an. »Was wirft man euch vor?«, fragte er, statt zu antworten.

Der Reihe nach erzählten Leonard und Pjotr ihre Leidensgeschichte, meist leise und zögernd, als ob sie es immer noch nicht glauben wollten. Nur Aslan verweigerte sich und tat, als sei er eingeschlafen.

Weinberg nickte, als sie ihre Erzählung beendet hatten. »Es ist immer wieder das gleiche Procedere, nur dass der Geheimdienst des Zaren diesmal besonders gründlich vorgegangen ist.« Sein Blick wanderte von einem zum anderen. »Man hat euch in eine Falle gelockt. Ist euch das klar?«

»Warum?« Leonard sah den Alten noch verwirrter an als Pjotr, der augenscheinlich noch viel weniger verstand.

»Sie gucken sich die fähigsten Köpfe aus, und dann lässt man sich etwas einfallen, damit sie das grausame Spiel, das dann folgt, mitspielen.«

»Was redest du da für einen Schwachsinn, Alter!« Der vermeintlich schlafende Aslan hatte sich abrupt aufgesetzt. »Ich habe nichts getan, wofür man mich strafen könnte. Meinem Bruder haben sie vorgeworfen, mit den Bolschewiki kollaboriert zu haben. Am nächsten Tag stand die Ochrana vor der Tür und hat unsere gesamte Sippe verhaftet.«

»Und du denkst, das war Zufall?«

»Willst du damit sagen, es ist meine Schuld, dass das passiert ist?« Aslan schüttelte unwillig den Kopf.

»Vielleicht haben sie bei der Durchsicht der Akten festgestellt, dass es jemanden in der Familie gibt, den sie für ihre Zwecke gebrauchen können? Vielleicht aber hat man deinen Bruder absichtlich in eine Falle gelockt und ihn zu dem angestiftet, was er getan hat.« Weinberg schaute Aslan herausfordernd an.

Leonard spürte die Unruhe, die in ihm aufflackerte. »Ich kann mir beim besten Willen nicht vorstellen, dass man mich absichtlich verhaften wollte. Der Bruder des Mädchens, mit dem ich zusammen war, gehört seit kurzem zu den meistgesuchten Terroristen von ganz Russland. Er wird dafür verantwortlich gemacht, dass die friedliche Demonstration, zu der Pater Gapon am 9. Januar aufgerufen hat, in einem Blutbad endete. Glaubst du ernsthaft, die hätten uns nicht schon viel früher geschnappt, wenn auch nur ein leiser Verdacht bestanden hätte, dass er etwas im Schilde führt und wir womöglich dazu gehören?«

»Du verstehst es nicht«, erwiderte Weinberg mit ruhiger Stimme. »Sie hatten es auf dich abgesehen und haben nur auf einen günstigen Augenblick gewartet. Das Mädchen war gekauft. Selbst Pater Gapon gehört zur Ochrana, das weiß doch jeder, der einigermaßen Verstand im Kopf hat. Denkst du ernsthaft, der Aufstand von Sankt Petersburg hatte etwas mit heiligen Schwüren und Gerechtigkeit zu tun? Großfürst Wladimir Alexandrowitsch steckt dahinter, er und unser Kriegsminister, Alexei Nikolajewitsch Kuropatkin. Die beiden haben den Aufstand anzetteln lassen, um dem Zaren zu beweisen, dass das Land einer noch stärkeren militärischen Hand bedarf. Der Großfürst ist die graue Eminenz hinter dem Zaren. Von Anfang an hat er die heimliche Herrschaft über seinen naiven Neffen und dessen unbescholtene Gattin geführt. Er will das Zarenreich zu einem der mächtigsten Militärdiktaturen der Welt erheben, und wer weiß, vielleicht will er eines Tages seine eigenen Nachkommen an dessen Spitze sehen.«

Leonard spürte Wut in sich aufsteigen, doch nicht wegen Großfürst Wladimir Alexandrowitsch und dem Kriegsminister, beide waren ihm ziemlich egal. Weinbergs Äußerungen ließen ihn schier aus der Haut fahren. »Jekatherina ist keine Verräterin. Sie wäre beinahe gestorben, draußen auf dem Exekutionshof, mit mir zusammen!«

»Warum wäre sie gestorben?«, erwiderte Weinberg leise. »Doch nur, weil sie dich von Anfang an belogen hat. Oder wusstest du etwa, was sie und ihr Bruder vorhatten? Dann wärest du nämlich zu recht hier!«

»Nein.« Leonards Stimme war heiser, und er schaute Weinberg nicht an.

»Siehst du, mein Junge, das ist es doch, was ich meine. Du kannst niemandem vertrauen, selbst wenn du dir absolut sicher bist.«

»Und warum hat man sich all die Mühe gegeben und uns ausgerechnet hierher verschleppt?« Pjotr, der die ganze Unterhaltung mit wirren Blicken verfolgt hatte, hoffte anscheinend endlich eine Antwort zu erhalten, die er verstehen konnte.

Weinberg stieß einen tiefen Seufzer aus und regelte die Gaslampe herunter. »Schlaft jetzt«, sagte er. »Und quält mich nicht weiter. Morgen früh ist noch Zeit genug, um euch in die Machenschaften des Satans und seiner Gehilfen einzuweihen.«

12

Juni 2008, Tunguska – Totenklage

Am nächsten Morgen fühlte sich Viktoria stark genug, um aufzustehen. Der Oberarzt des Hospitals, Doktor Buckow, ein älterer, korpulenter Mann mit grauem Haar und einem vertrauenswürdigen Lächeln, entfernte die Kanüle aus ihrem Handrücken und versicherte ihr, dass sie keine inneren Verletzungen davongetragen hatte. Die Prellungen an Armen und Beinen würden rasch verheilen. Allerdings habe man bei einer routinemäßigen Blutuntersuchung Rückstände von Drogen in ihrem Körper gefunden.

»Drogen?« Viktorias Blick verriet Erstaunen und Unsicherheit.

Buckow wirkte ein wenig verlegen. »Nehmen Sie vielleicht ab und an Ecstasy, oder haben Sie Erfahrung mit psychedelischen Substanzen?«

Viktoria sah ihn entgeistert an. »Wie soll ich das verstehen?«

»So wie ich es sage«, fuhr er ungerührt fort. »Nehmen Sie Drogen?«

»Nein!« Der Ton des Entsetzens spiegelte sich in Viktorias Miene.

»Dann muss ich eine andere Frage stellen.« Buckow lächelte undurchsichtig. »Hatten Sie in letzter Zeit Kontakt zu Einheimischen?«

Der Chef der örtlichen Krankenstation stand in seinem nicht mehr ganz weißen Kittel vor ihrem Bett und schaute sie an, als wäre er ein Vater, der seine Tochter beim Kiffen erwischt hatte.

»Was meinen Sie mit Einheimischen?«

»Ewenken oder tungusische Ureinwohner. Man erkennt sie am asiatischen Einschlag. Manchmal bereiten ihre Schamanen spezielle Tees und Medikamente zu, die neben einer heilenden auch durchaus eine psychedelische Wirkung entfalten können. Mittlerweile gibt es auch jede Menge Russen und Europäer, die es schick finden, sich ihrer traditionellen Medizin zu bedienen.«

Viktoria hielt dem Blick des Arztes stand und schwieg. Nichts erschien ihr im Augenblick unpassender, als von diesem Fremden zu berichten, der durchaus ewenkischer Abstammung sein konnte und ihr ihrer Erinnerung nach einen Tee eingeflößt hatte. Es reichte vollkommen, dass sie den Fehler begangen hatte, Doktor Parlowa in dieser Angelegenheit ins Vertrauen zu ziehen.

»Nun gut.« Buckow hob eine Braue. »Dann bleiben wir uns also gegenseitig eine Erklärung schuldig. Was mich angeht, so sind Sie gesund und können die Krankenstation verlassen.«

Gegen zwölf Uhr mittags rief Viktoria im Camp an und verkündete ihre Entlassung. Mit einer leichten Verwunderung nahm Doktor Parlowa am anderen Ende via Satellitentelefon zur Kenntnis, dass es offenbar ein Drogenproblem gab, von dem weder Viktoria noch sie selbst etwas geahnt hatten.

»Hängen Sie es bitte nicht an die große Glocke«, bat Viktoria. »Diese Frage möchte ich selbst klären, wenn wir endlich den ominösen Fremden finden, der mich gerettet hat.«

Statt eines Helikopters, der sie abholen sollte, erschien Sven Theisen mit einem Geländewagen der Firma TAIMURO. Theisen umarmte sie überschwänglich, als sie ihn in ihrem Krankenzimmer in Empfang nahm. Viktoria ließ es zu, dass er sie eine Weile an sich gedrückt hielt. Seine Freude über ihre Rettung beeindruckte sie, obwohl sie sich denken konnte, dass er ein schlechtes Gewissen hatte. Kolja befand sich in seiner Begleitung. Er hatte ihr ein paar undefinierbare Süßigkeiten aus Adnans Laden mitgebracht, die die Flut überstanden hatten.

Bereitwillig erläuterte Theisen die neuesten Entwicklungen im Lager.

»Der See ist ab sofort gesperrt«, erklärte er säuerlich. »Angeblich ist er zu gefährlich. Rodius ist der Ansicht, dass es besser wäre, wenn du von hier aus die Rückreise nach Deutschland antreten würdest. Am Nachmittag wird ein Helikopter in der Stadt zwischenlanden, mit dem du nach Krasnojarsk fliegen kannst. Zudem ist Bashtiris Interesse an einer deutschen Forschungsbeteiligung rapide gesunken, nachdem man diese zwei mysteriösen Leichen geborgen hat.«

»Leichen? Welche Leichen?« Viktoria sah ihre Besucher verständnislos an. »Noch mehr tungusische Selbstschussanlagen?«

Theisen unterrichtete sie über die seltsamen Moorleichen, die nach der Flut an die Oberfläche gespült worden waren.

»Vielleicht ist meine Theorie mit den Aliens doch nicht so verkehrt«, bemerkte er mit einem Zwinkern. »Dumm nur, dass Bashtiri uns den Zugang zu weiteren Untersuchungen verwehrt. Weder Rodius noch Olguth durften ein Auge auf die Leichen werfen. Gestern Nachmittag ist ein Helikopter mit einem Anthoprologen aus Irkutsk eingetroffen. Angeblich ein Wissenschaftler von GazCom. Außer Doktor Parlowa, dem Wissenschaftler und Bashtiris Sicherheitsberater darf niemand den Vorratsschuppen betreten.«

»Interessant.« Viktoria schenkte ihrem Kollegen einen spöttischen Blick. »Denkst du ernsthaft, ich würde mich so einfach ausbooten lassen? Bevor ich nicht weiß, was hier läuft und wem ich mein Leben zu verdanken habe, werde ich nirgendwo hinreisen – schon gar nicht nach Deutschland.«

Theisen begrüßte ihre Meinung, und auch Kolja gratulierte Viktoria zu diesem Entschluss. Einzig die Frage, wer ihr Lebensretter gewesen war, schien die beiden nicht sonderlich zu interessieren.

»Was ist mit dieser merkwürdigen Stange, die du unter Wasser entdeckt hast? Hat man mittlerweile herausfinden können, was es war?«

Sven Theisen rang sich ein bitteres Lächeln ab. »Wie denn, wenn niemand mehr abtauchen darf? Am liebsten wäre mir, ich hätte dieses Teil nie entdeckt. Es ist allein meine Schuld, dass wir in diese vertrackte Lage gekommen sind. Vitaly ist gestorben, und dich hätte es auch beinahe erwischt.«

»Red keinen Unsinn. Was sagen Rodius oder Olguth dazu? Haben die beiden eine Ahnung, was es gewesen sein könnte?«

»Still ruht der Cheko – im wahrsten Sinne des Wortes. Wenn Bashtiri uns nicht mehr am Grund des Sees forschen lässt, werden wir es wohl nie erfahren.«

»Also gut. Dann werden wir andere Wege gehen müssen, um es herauszufinden.« Viktoria lächelte. »Bevor ihr mich zurück zum Camp bringt, muss ich noch duschen.«

Wie selbstverständlich beauftragte sie die beiden Männer, im Supermarkt am Ort, der eher einem Tante-Emma-Laden glich, Kekse und Saft einzukaufen. Als die Männer gegangen waren, legte sie im unbeheizten Bad der Krankenstation ihren geliehenen Morgenmantel ab und stolzierte auf Zehenspitzen unter die lauwarme Dusche. Ein Luxus, weil es im Camp nur kaltes Wasser gab. Doktor Parlowa hatte ihr am Tag zuvor einiges an Kleidung aus ihrem Rucksack mitgebracht, der die große Flut an einem Wandhaken unbeschadet überstanden hatte.

Einigermaßen zufrieden rubbelte sie ihr Haar trocken und schlüpfte danach in ein olivgrünes Trekking-Outfit. Ein paar Bürstenstriche unter einem uralten Fön mussten reichen, um ihre halblange Mähne zu bändigen.

Ins Krankenzimmer zurückgekehrt, packte Viktoria ihre Tasche zusammen, als sich mit einem Mal die Zimmertür öffnete. Zuerst dachte sie, ihre beiden Kollegen seien zurückgekehrt, doch es war ein Fremder, der eine Art militärischer Uniform trug und dessen grobe Gesichtszüge ihr alles andere als sympathisch erschienen.

»Sind Sie Viktoria Vanderberg?« Der Mann sprach in gebrochenem Deutsch.

Viktoria antwortete ihm auf Russisch – ein wenig unterkühlt und mit spöttischem Blick.

»Darf ich fragen, wer Sie sind und was Sie ohne Aufforderung in meinem Krankenzimmer zu suchen haben?«

»Mein Name ist Andrej Lebenov«, sagte er mit einem unechten Lächeln, das einen blinkenden Goldzahn zum Vorschein brachte.

»Ich gehöre zur Sicherheitsabteilung des Unternehmens GazCom. Die Sonderregion Ewenkien fällt in meine Zuständigkeit.«

Viktoria betrachtete ihn beiläufig. Bullig, mit breiten Schultern und einem Stiernacken, streckte er ihr herausfordernd seine flache, von einer wulstigen Narbe gezeichnete Stirn entgegen. Sein eckiger Brustkasten hob und senkte sich unter der viel zu engen Uniformjacke und drohte bei jedem weiteren Atemzug die silbernen Knöpfe abzusprengen.

»Hat Bashtiri Sie beauftragt, mich aufzusuchen?« Bevor er antworten konnte, beschloss Viktoria, sich aufs Bett zu setzen, weil ihr immer noch ein wenig schwindelig war.

»Sagen wir, er hat unsere Sicherheitsabteilung um Hilfe gebeten, was die Aufklärung des Unfalls betrifft und noch ein paar andere Ungereimtheiten, die damit verbunden sind. Unter anderem Ihre Entführung.«

»Es war keine Entführung«, erwiderte Viktoria. »Irgendjemand hat mich gerettet. Ich würde dem Unbekannten gerne danken, wenn ich wüsste, um wen es sich handelt.«

»Einer unserer Suchtrupps hat Ihren Taucheranzug gefunden«, fuhr Lebenov ungerührt fort, dabei hob er eine seiner buschigen Brauen und schaute sie an, als ob er von ihr eine Erklärung erwartete. »Einen Kilometer nordwestlich vom See, am Ufer des Kimchu.« Er verschränkte die Arme und nahm eine abwartende Haltung ein.

Viktoria entschied sich, ihrerseits Fragen zu stellen. »Und haben Sie auch meinen Badeanzug gefunden? Ich vermisse ihn.«

»Ich dachte, *Sie* könnten mir etwas dazu sagen«, antwortete Lebenov mit einer Miene der Enttäuschung. Er nahm sich einen Stuhl und setzte sich so darauf, dass er seine Hände auf der Rückenlehne abstützen konnte. Dabei folgte sein lauernder Blick jeder ihrer Bewegungen.

Viktoria beschlich das Gefühl, sich in einem Verhör zu befinden. »Ich fürchte, ich kann Ihnen nicht helfen. Ich weiß nur, dass der Mann, der mich offensichtlich gerettet hat, einen festen Platz in meinem Herzen behalten wird.«

»Ich habe da eine Idee, wie wir Ihren Herzensmann in ein lebendiges Wesen verwandeln könnten «, erklärte Lebenov und taxierte ungeniert ihre Figur. »Doktor Parlowa hat mir von ihrer – wenn auch spärlichen – Personenbeschreibung berichtet. Soweit ich es beurteilen kann, müsste es sich um einen Einheimischen handeln, dem Sie Ihr Leben zu verdanken haben. Ihre Beschreibung passt eher auf einen ewenkischen Stammesangehörigen als auf einen Russen. Wenn Sie einverstanden sind, begleiten Sie mich zum Stammesältesten von Vanavara. Vielleicht kann er uns sagen, um wen es sich handeln könnte.«

Viktoria nickte zögernd. Im Grunde genommen war es eine gute Idee. Weitaus lieber wäre sie allerdings ohne Lebenov zu diesem Stammesältesten gefahren. Doch der Sicherheitschef würde den Mann ohnehin aufsuchen, und wenn sie ihn begleitete, konnte sie einen gewissen Einfluss auf seine Fragen nehmen.

Kolja stand draußen vor der Tür und wartete auf Theisen, der noch einmal zum Laden zurückgegangen war, weil er etwas vergessen hatte. Offenbar kannte der rothaarige Touristenführer Viktorias ungeliebten neuen Beschützer. Er begrüßte Lebenov jedoch eher beiläufig und zündete sich eine Zigarette an.

Es hatte endlich zu regnen aufgehört, doch der Himmel war noch immer grau und spiegelte sich trostlos in den vielen Pfützen auf der Straße.

Viktoria trug ihre wasserdichten Springerstiefel und einen dunkelblauen Windbreaker. Die Kapuze hatte sie tief ins Gesicht gezogen. Lebenov gab ihr zu verstehen, dass sie ihm zu seinem Wagen folgen sollte.

»Es wäre nicht schlecht, wenn Sie auch mitkommen!« Lebenov blickte Kolja mit fordernder Miene an.«Sie kennen sich in der Gegend aus, habe ich gehört.« Der junge Russe zuckte mit den Schultern und warf seine Zigarette auf den Boden, wo sie mit einem Zischen erlosch.

Viktoria verspürte Erleichterung, weil sie Lebenov nicht alleine begleiten musste. Sie warf Kolja einen verschwörerischen Blick zu. Lebenov musste nicht wissen, dass sie den Russen mochte und ihm weit mehr vertraute als dem GazCom-Mann und dessen Leuten. Kolja steckte rasch einen Zettel an den Geländewagen, damit Theisen Bescheid wusste, wenn er zurückkam und auf sie warten würde.

Zuvorkommend und mit einem falschen Lächeln hielt Lebenov Viktoria die Wagentür auf. Auf den Türen und auf der Motorhaube des rustikalen UAZ prangte ein großes G mit einer dreizüngigen Flamme – das Emblem von GazCom.

Kolja rutschte neben ihr auf den Rücksitz und empfahl ihr nachdrücklich, sich anzuschnallen. Die Straßen hier hatten überall riesige Schlaglöcher, da würden auch die Fahrkünste von Lebenovs Chauffeur, einem schmächtigen Kirgisen, nichts helfen. Kolja, der sich tatsächlich auszukennen schien, gab dem uniformierten Fahrer Anweisungen, wo es lang ging.

Dass die Kompetenzen Lebenovs der Macht der örtlichen Polizei gleichzusetzen waren oder diese gar übertrafen, erkannte Viktoria an dessen selbstbewusstem Auftreten und der Art, wie er seinen Fahrer über einen holperigen Weg in das drei Kilometer entfernte Jurtendorf dirigierte und zu höherem Tempo antrieb.

Umgeben von riesigen Tannen waren neun kleinere und größere Hütten aus Lehm, Holz und Fellen von den heimischen Bewohnern wie ein schützendes Fort errichtet worden. Spielende Kinder wichen kreischend zur Seite, und ein paar erschrockene Hühner flogen auf, als der Geländewagen sich einen Weg zur Mitte des Dorfes bahnte. Etliche magere Hunde schlichen umher und näherten sich schnuppernd den Neuankömmlingen. Lebenov verscheuchte sie mit Fußtritten, nachdem er ausgestiegen war. Einige Tiere knurrten angriffslustig, während die Ängstlichen unter ihnen die Ruten zwischen die Hinterläufe einklemmten.

Kolja warf Viktoria einen abwehrenden Blick zu, als sie ihn fragend ansah. Zu gern hätte sie gewusst, was sie von einer solchen Aktion zu halten hatte, doch der junge Russe wollte sich wohl in Lebenovs Gegenwart nicht den Mund verbrennen.

Mit einem Zeichen gab Lebenov zu verstehen, dass sie aussteigen und ihm folgen sollten. Die reglosen Gesichter der umherstehenden Dorfbewohner, die nach und nach mit furchtsamer Neugierde aus ihren Häusern hervortraten, nährten in Viktoria den Verdacht, dass irgendeine Art Vergeltungsaktion bevorstand. Auf dem Weg hatten Lebenov und sein Fahrer vom Tod jenes Mannes gesprochen, der in die tungusische Selbstschussanlage geraten war, von der Theisen ihr erzählt hatte. Hoffentlich machte Lebenov nicht zu viel Wind um die Sache. Den Gedanken, dass ihr Retter irgendetwas damit zu tun haben konnte, verdrängte sie.

Lebenov rief einen schlaksigen jungen Kerl zu sich heran, der allem Anschein nach nicht nach den alten Traditionen lebte. Seine viel zu weite Jeans entsprach westlicher Mode. Außerdem fehlte ihm eine weitere traditionelle Eigenart der Tungusen: der Respekt vor dem Alter. Er allein hatte den Mut besessen, Lebenov ohne Begrüßung direkt in die Augen zu schauen.

»He, Bursche?«, fragte Lebenov barsch und ging auf den Jungen zu. »Wo finde ich hier den Dorfältesten?«

Der Junge wich instinktiv zurück. »Dort«, antwortete er verhalten und deutete auf eine Jurte am Ende des Dorfes, die halb versteckt im Wald lag.

Die meisten Ewenken, wie Viktoria von Kolja wusste, waren mittlerweile moderne Menschen. Nur wenige bevorzugten noch die traditionelle Behausung der alten tungusischen Steppenbevölkerung.

»Der Eingang einer Jurte ist immer nach Osten gerichtet«, erklärte Kolja ihr leise. »Wenn der traditionelle Tunguse am Morgen hinaustritt, verneigt er sich vor der aufgehenden Sonne.«

Lebenov beachtete den Jungen nicht mehr, sondern wies Kolja und Viktoria an, ihm zu folgen. Mit militärisch anmutenden Schritten strebte er auf den fellverhangenen Eingang zu, der tatsächlich nach Osten zeigte. Ohne anzuklopfen und ohne ein Wort der Erklärung, bahnte er sich den Weg ins Innere.

Viktoria und Kolja näherten sich zögernd dem Eingang, in dem Lebenov so plötzlich verschwunden war. Sein Fahrer war am Wagen stehen geblieben und hatte sich mit einem linkischen Rundumblick eine Zigarette angezündet. Wahrscheinlich hatte sein Chef genug Feinde, dass man jederzeit mit einem Angriff rechnen musste.

Eine grauhaarige alte Frau, die über ihrer traditionell bunten Kleidung eine moderne Kittelschürze trug, fuhr von ihrem steinernen Herd herum, als sie eintraten. Für einen Moment hatte Viktoria den Eindruck, als wolle die Alte vor Lebenov fliehen. Doch dann wandte sie sich dem unangekündigten Besuch zu und ließ ihren Kochlöffel sinken, wie eine Waffe, die sie einer Kapitulation gleich zu Boden richtete. Ihre hellen Augen leuchteten aufgeregt aus einem wettergegerbten Gesicht, dessen unzählige Fältchen sich zu einem harmonischen Netz vereinten.

»Guten Morgen, Mütterchen«, erklärte Lebenov zur Begrüßung. Sein Blick schweifte selbstgefällig durch die einfache Behausung. Wie ein Feudalherr stand er dort und scannte die wenigen, seltsamen Habseligkeiten der Hausbesitzer.

»Wie kann ich Ihnen helfen?«, erwiderte die Frau, die ihren Schreck offenbar noch nicht überwunden hatte.

Lebenov zückte mit einer gewichtigen Geste seinen Konzernausweis. »Mein Name ist Andrej Semjonowitsch Lebenov. Ich bin Sicherheitsbeauftragter von GazCom. Ich will den Stammesältesten sprechen.« Lebenov stemmte seine Fäuste in die Hüften. »Ist er nicht da?«

»Mein Mann ist in den Wäldern unterwegs«, antwortete die alte Frau ausweichend, während ihre wachen Augen nervös umherhuschten, als erwarte sie noch jemand anderen. »Wenn Sie mir sagen, was er für Sie tun und wo er Sie erreichen kann, werde ich es ihm ausrichten, und er meldet sich später bei Ihnen.«

Viktoria bemühte sich, ihre Neugierde zu unterdrücken. Nur aus den Augenwinkeln registrierte sie die ungewohnte Umgebung. Es gab vier kleine Fenster, die neben einem Rauchabzug an der Decke ein wenig Helligkeit ins Halbdunkel brachten. In einem offenen Kamin prasselte ein Feuer. Es roch nach Holzkohle, Tierfellen und gebackenem Brot. Dazu lag ein Geruch von Kräutern in der Luft. Überall hingen getrocknete Büschel mit Blumen und Blättern von der Holzbalkendecke herab, und etliche Teppiche schmückten die Wände. Ein monströses Sofa mit einer bunt bestickten Decke beherrschte den einzigen Raum, der Wohnzimmer, Küche und Schlafzimmer überraschend harmonisch in sich vereinte. Auch auf dem Boden lagen überall Teppiche. Beiläufig registrierte Viktoria die Schlammspuren, die Lebenovs Stiefel auf dem Teppich hinterlassen hatten, und stellte sich dabei die Frage, wie man eine solche Behausung ohne Strom und fließendes Wasser sauber hielt. »Wir suchen einen eurer Stammesangehörigen«, erklärte Lebenov kühl. Plötzlich blickte er zu Viktoria hin. »Diese junge Frau hier ist eine Deutsche. Sie hatte einen Tauchunfall, oben im Chekosee. Sie war bewusstlos, und es sieht ganz danach aus, als wäre sie anschließend von einem Ewenken entführt worden. Sie kann sich an kaum etwas erinnern, nur an einen Mann, der ihr vor Tagen hier in der Stadt begegnet ist und ihrem Entführer ähnlich sieht. Nachdem der Mann sie geborgen hatte, hat er ihr etwas eingeflößt. Danach hat er sich ihr körperlich genähert, vielleicht hat er sie auch vergewaltigt. Sie war zu benommen, um es genau zu beschreiben.«

Verdammt, dachte Viktoria. Doktor Parlowa hatte ihr Versprechen, zu schweigen, nicht gehalten.

Der alten Frau war das Unbehagen anzusehen, das sie empfand.

»Vielleicht, Mütterchen«, fuhr Lebenov respektlos fort, «kannst du uns helfen, den Mann zu finden. Soweit ich weiß, leben in Vanavara nur rund 300 Ureinwohner. Du kennst doch sicher all jene jungen Kerle, die hier herumlaufen und denen eine Frau fehlt, die ihnen das Bett wärmt. Oder etwa nicht?«

»Was reden Sie da?«, widersprach Viktoria heftig. »Der Mann hat mich nicht entführt.« Die Taktlosigkeit ihres Begleiters trieb ihr die Röte ins Gesicht – nicht aus Scham, sondern aus Wut. »Und schon gar nicht vergewaltigt!« Verärgert trat sie vor Lebenov, als wollte sie die alte Frau vor weiteren Unverschämtheiten schützen. »Wer immer es war – ich habe diesem Mann zu verdanken, dass ich noch lebe und nicht ertrunken bin.«

Lebenov gab sich unbeeindruckt. »Ich glaube nicht, dass Sie das beurteilen können. Immerhin wissen Sie noch nicht einmal genau, wie er ausgesehen hat. Und was tut ein Mann, der eine bewusstlose Frau zwei Tage bei sich behält, statt sie in ein Krankenhaus oder zum Arzt zu bringen?« Lebenov schien das verwirrte Mienenspiel beider Frauen zu genießen.

Kolja, der aus reiner Höflichkeit an der Tür stehen geblieben war, sah Viktoria mitfühlend an.

Von oben herab betrachtete Lebenov die Alte mit jenem prüfenden Blick, der Menschen schon verurteilt, bevor sie zu einer Verteidigung ansetzen können. »Weißt du, wer hier für das Aufstellen der Fallen verantwortlich ist?«

»Das macht jeder einzelne Stamm unter sich selbst aus«, antwortete sie abwehrend. »Wir haben das Recht, das ganze Jahr über nach alter Tradition für unseren eigenen Bedarf zu jagen.«

»Einer meiner Männer ist oben am Chekosee durch eine tungusische Selbstschusswaffe getötet worden«, erklärte Lebenov düster. »Wir werden eine offizielle Untersuchung einleiten müssen.«

»Wir haben damit nichts zu tun«, erwiderte sie leise. »Das Land hinter dem Cheko gehört nicht zu unserem Jagdrevier, und die Stämme müssen sich untereinander keine Rechenschaft ablegen, wo und wie sie ihre Fallen aufstellen. «

»Und was ist, wenn es einen von euch trifft?«

»Unsere Männer sind wachsam genug. Sie kennen die Jagdgewohnheiten ihrer Brüder. Hier ist noch nie etwas geschehen.« Lebenov wechselte unerwartet das Thema, indem er Viktoria aufforderte, den jungen Mann zu beschreiben, den sie gesehen zu haben glaubte.

Sie schluckte nervös. Die schönen, asiatisch anmutenden Augen des Mannes würde sie niemals vergessen. Den Rest konnte sie nur vage beschreiben. Schweigsam hörte die alte Frau ihren stockenden Ausführungen zu. Plötzlich fiel Viktorias Blick auf ein Foto, das in einem silbernen Rahmen auf einer Kommode stand und einen etwa fünfzehnjährigen Jungen mit pechschwarzen, halblangen Haaren zeigte, der sich mit einem strahlenden Lächeln über einen riesigen, frisch gefangenen Fisch zu freuen schien.

Neben dem Foto standen eine dicke Kerze auf einem silbernen Fuß und ein massives Standkreuz christlich-orthodoxer Prägung. Ein künstlicher Strauß aus ehemals bunten Nelken, über die Jahre pastellig geworden, in einer braunen Vase komplettierte das Stillleben.

Die alte Frau war mit den Augen Viktorias Blick gefolgt. Nun musste sie offenbar nachdenken, um zu einer Antwort zu finden.

Lebenovs Brauen zogen sich missmutig zusammen, und ein muffiges Brummen entwich seiner Kehle.

Viktoria befürchtete, sich nicht klar genug ausgedrückt zu haben, schließlich war ihr Russisch zwar gut, aber längst nicht perfekt. Mit zwei Schritten war sie bei dem Foto angelangt.

»Er sah ein bisschen so aus wie der Junge hier.« Sie bemühte sich um ein unbekümmertes Lächeln, während sie auf das leicht vergilbte Schwarz-Weiß-Foto zeigte. Insgeheim hoffte sie, dass es sich um den Gesuchten handelte. Sein Lachen auf dem Bild war so befreiend und glücklich, dass ihr ganz warm ums Herz wurde.

Lebenov richtete seine Aufmerksamkeit ebenfalls auf das Bild und nahm den Rahmen in die Hand. Interessiert betrachtete er das Gesicht des Jungen, ganz so, als ob es sich um einen alten Bekannten handeln würde.

»Ist das euer Sohn?«, fragte er und blickte zu der Alten hin.

Die Frau schüttelte energisch den Kopf. »Es zeigt unseren einzigen Enkel«, flüsterte sie.

»Wo ist er jetzt?« Lebenovs Frage kam so schneidend wie in einem Verhör.

»Er ist tot«, antwortete die Frau mit zitternder Stimme. Stolz hob sie den Kopf. »Im Herbst 2001 ist er in Tschetschenien gefallen – für unseren Präsidenten und zur Rettung der Russischen Föderation.«

Lebenov verengte seine Augen zu Schlitzen. »Wie war noch sein Name?«, fragte er bedeutungsvoll.

»Leonid Borisowitsch Aldanov«, antwortete die Frau kaum hörbar. »Im Frühjahr 2002 hat er posthum die Heldenmedaille unseres Präsidenten erhalten.«

So langsam, wie sie sich gesetzt hatte, richtete sie sich nun auf und strich sich die Schürze glatt. Kaum einen Meter fünfzig groß, das graue Haar im Nacken zu einem dicken, hüftlangen Zopf geflochten, strahlte sie eine beachtliche Würde aus, als sie vor Lebenov trat und ihn von unten herauf anblickte, wie ein Kind, das seinem strengen Vater trotzt.

»Es tut mir leid«, sagte sie tonlos. »Ich fürchte, ich kann Ihnen nicht helfen. Ich kenne niemanden, auf den diese Beschreibung zutreffen könnte. Aber es steht Ihnen natürlich frei, zurückzukehren und meinen Mann zu befragen.«

Lebenov zog eine Visitenkarte mit dem Emblem von GazCom aus seiner Brusttasche. Mit einem verstörten Blick nahm die alte Frau die Karte entgegen und steckte sie achtlos in ihre Kitteltasche.

»Sag deinem Mann, er soll sich umgehend bei mir melden, sobald er zurück ist«, erklärte Lebenov.

Theisen stand am Eingangsportal des Hospitals, als Lebenovs Fahrer den UAZ mit laufendem Motor parkte.

»Ich fahre nicht mit Ihnen zum Camp«, erklärte Viktoria, nachdem Lebenov ihr das Angebot gemacht hatte, sie mitzunehmen.

»Doktor Theisen und Kolja sind extra gekommen, um mich abzuholen«, fügte sie hinzu.

Es hatte erneut zu regnen begonnen. Sven Theisen machte ein verwundertes Gesicht, als Viktoria zusammen mit Kolja den Wagen verließ. Er hatte sich über die Nachricht von Kolja gewundert und sich gefragt, wo die beiden solange geblieben waren. Lebenov nickte ihm mit einem militärischen Gruß zu, und dann setzte sein kirgisischer Chauffeur zurück und raste so schnell davon, dass der Schlamm von der Straße aufspritzte.

Theisen bedachte Kolja mit einem ebenso erstaunten Blick wie Viktoria, die sich angesichts des stärker werdenden Regens unter das Vordach zurückgezogen hatte.

»War das nicht unser neuer Sicherheitschef? Der Typ hat's aber eilig«, bemerkte Theisen erstaunt. Auf seinem Arm trug er eine durchweichte Papiertüte, die allem Anschein nach seine Einkäufe enthielt. »Was wollte er hier?« Sein Blick glitt von Viktoria zu Kolja, der seine Aufmerksamkeit immer noch auf die unasphaltierte Straße richtete und auf den Wagen, der in der Ferne am Horizont verschwand.

»Was ist Lebenov für ein Kerl?« Viktoria wollte genau wissen, was für einen seltsamen Vogel ihr Bashtiri an die Seite gestellt hatte. »Gehört er zu Bashtiris Mafia?« Sie sah Kolja mit einem herausfordernden spöttischen Blick an. »Du kannst ruhig sprechen, er ist weg! Oder hast du Angst vor ihm?«

Kolja fingerte nervös an seiner Hosentasche herum, bis er gefunden hatte, was er suchte, und zündete sich kurz darauf eine Zigarette an. Bevor er antwortete, nahm er einen tiefen Zug. »Er gehört zu jener Sorte von Kerlen, vor denen man durchaus Angst haben sollte«, erwiderte er mit einem nervösen Grinsen. »Lebenov war Angehöriger des Russischen Inlandsgeheimdienstes. FSB, falls euch das etwas sagt. Er war als Soldat zusammen mit Bashtiri in Tschetschenien. Wobei Bashtiri dort nur seine geschäftlichen Interessen vertreten hat.«

Sven Theisens Augen weiteten sich. »Was hat denn der russische Inlandsgeheimdienst mit unseren Forschungen zu tun?«

»Lebenov ist nicht mehr beim FSB. Es hat da irgendeinen Zwischenfall gegeben, über den niemand zu sprechen wagt. Man hat ihn quasi strafversetzt. Allerdings verdient er als verantwortlicher Sektionschef für die Sicherheit bei GazCom erheblich mehr als zu Militärzeiten, und seine Kompetenzen sind kaum geringer geworden.«

»Und was hat er mit Viktoria zu schaffen?«, wollte Theisen wissen.

»Ich weiß es nicht«, sagte Kolja ausweichend, »Ich nehme an, Bashtiri hat ihn gebeten, wegen Viktorias geheimnisvollem Verschwinden die Ermittlungen aufzunehmen. Der GazCom-Konzern will und kann es sich nicht leisten, über ein solches Ereignis hinwegzusehen. Und dann ist da noch die Sache mit dem tungusischen Selbstschusskatapult. Man wittert hinter sämtlichen Ungereimtheiten einen terroristischen Anschlag. Leute wie Lebenov beziehen unter anderem ihre Daseinsberechtigung daraus, sich für alles und jeden zu interessieren. Solche Typen sind wie Blutsauger. Wenn sie sich einmal festgebissen haben, fallen sie nicht eher ab, bis sie satt sind.«

»Ich möchte, dass du mich zurück zu dem Jurtendorf fährst«, sagte Viktoria und bedachte Kolja mit einem bittenden Blick. »Sven kann dir die Wagenschlüssel geben.«

»Warum das?« Kolja sah sie verständnislos an und warf seinen Zigarettenstummel zu Boden.

»*Wo* willst du hin?« Sven war nicht weniger erstaunt.

»Lebenov war mit uns in einem Ewenken-Dorf, etwa drei Kilometer entfernt. Ich möchte mich noch mal mit der alten Frau unterhalten, die er dort angesprochen hat – ohne Lebenov. Der Begriff Blutsauger passt perfekt zu ihm. In dieser Jurte hatte ich die ganze Zeit das Gefühl, als würde mir eine Zecke im Nacken sitzen. Und die Frau machte mir auch nicht den Eindruck, als ob sie Lebenov ins Vertrauen ziehen wollte. Ich habe da so ein Gefühl, es könnte wichtig sein, mit ihr unter vier Augen zu reden.« Viktoria machte eine wegwerfende Bewegung. »Außerdem möchte ich mich bei der alten Dame für Lebenovs Verhalten entschuldigen. Ich fand es unmöglich, wie er sie behandelt hat.«

»Wie kam er überhaupt darauf, mit dir dorthin zu fahren?« Sven sah Viktoria verständnislos an.

»Lebenov wollte eigentlich den Dorfältesten befragen, ob er den Mann kennt, der mich gerettet hat. Aber wir haben nur dessen Frau angetroffen.«

»Sag bloß, Bashtiri weiß, wer dich zum Camp gebracht hat?«

»Wenn er es wüsste, hätte er bestimmt nicht Lebenov geschickt«, erwiderte Viktoria. »Eher dessen Armee, die für die Festnahme des Mannes sorgt.«

Mit einem Murren verzog Sven Theisen sich auf den Rücksitz des Range Rovers, während er das Steuer Kolja überließ. Viktoria setzte sich auf den Beifahrersitz. Erneut wurden sie bei jedem Schlagloch kräftig durchgeschüttelt. Nach quälenden zehn Minuten erreichten sie das Jurtendorf.

Mit einem seltsamen Herzklopfen eilte Viktoria zur Jurte der alten Frau, während die Männer im Wagen warteten – nicht nur weil Viktoria sie darum gebeten hatte, sondern auch, weil es wie aus Eimern schüttete und der Dorfplatz im Matsch versank.

Anstatt einfach einzutreten, zog Viktoria vorsichtig die beiden Rentierfelle beiseite und machte sich mit einem Räuspern bemerkbar. Im Innern erhob sich ein unüberhörbares Stimmengewirr. Sofort zog Viktoria sich ein wenig zurück. Ein Mann und eine Frau zeterten lautstark in einer Sprache, die sie nicht verstehen konnte. Wahrscheinlich sprachen sie Tungusisch.

Für einen Moment überlegte sie, ob sie zum Wagen zurückgehen sollte, bis der Streit beendet war, doch plötzlich wurde der Vorhang beiseite geschoben und ein junger, kräftiger Kerl stürmte hinaus. Beinahe wäre sie mit ihm zusammengestoßen. Er blieb für einen Augenblick vor ihr stehen und schaute irritiert auf sie herab. Ihre Blicke trafen sich. Die Energie in den grauen Augen des Fremden durchfuhr Viktorias Körper wie ein sengender Blitz. Ihr Herz schlug so heftig, dass ihr schwindelig wurde und sie sich einen Moment lang an der Jurte festhalten musste.

Bevor sie sich jedoch darüber klar wurde, was da geschah, war der Mann schon im Dickicht hinter dem Haus verschwunden. Ein wolfsähnlicher Hund folgte ihm. Statt ihm hinterherzulaufen, blieb Viktoria stehen – stocksteif, als wäre sie erstarrt.

Im Haus war es plötzlich still.

»Hallo?« Viktorias Stimme klang zaghaft, während sie erneut den Vorhang beiseite schob. Vorsichtig steckte sie den Kopf hindurch.

Vera Leonardowna saß wie verloren auf dem monströsen Sofa und hielt das Gesicht unter ihren Händen verborgen, während ihre Schultern zuckten. Sie weinte.

Als sie Viktoria bemerkte, wischte sie sich hastig die Tränen mit ihrem Ärmel ab und schnäuzte sich mit einem rot-weiß karierten Taschentuch, das sie aus ihrer Kittelschürze gezogen hatte. Für einen Moment wirkte sie völlig verstört.

»Entschuldigung«, sagte Viktoria auf Russisch. Ihre Stimme klang zaghaft. Sie verspürte noch immer die Aufregung in ihrem Innern.

Ohne Aufforderung zog sie die völlig verdreckten Schuhe aus und stellte sie an die Eingangstür. Der Mann ging ihr nicht aus dem Kopf. Ob er hier wohnte? Aber warum hatte die Frau dann geschwiegen? Es war der Kerl, den sie auf dem Sportplatz getroffen hatte, und er war es auch gewesen, der ihr den Tee eingeflößt hatte. Aber vielleicht gab es einen guten Grund für die Alte zu schweigen, einen Grund, der in der Person Lebenovs lag – oder in der Person des Mannes, der ihr soeben an der Tür begegnet war.

»Ich wollte mich bei Ihnen entschuldigen.« Viktoria trat einen Schritt auf die Frau zu und war versucht, sie zu umarmen, weil sie ihr Mitleid erregte. »Ich habe mit Andrej Lebenov nichts zu schaffen.« Auf Strümpfen machte sie eine Geste der Abbitte. »Ich bin Wissenschaftlerin. Aus Deutschland.«

Die Frau schaute auf ihre Füße, die in bunt geringelten Socken steckten. Dann wanderte ihr Blick zu ihr hoch. Mit einem leisen Seufzer stand sie auf und ging an Viktoria vorbei zum gemauerten Herd.

»Möchten Sie einen Tee?«

Erleichtert wandte sich Viktoria zu ihr um. »Wenn es Ihnen keine Umstände bereitet.«

»Dann setzen Sie sich.« Bedächtig ging die Frau zu einem riesigen Samowar und stellte ein Glas samt Unterteller unter den messingfarbenen Kran.

Einen Augenblick später hielt Viktoria ein Glas Schwarztee in der Hand, der ein feines Aroma verströmte und genau die richtige Temperatur besaß. Sie nippte an dem Tee und fragte sich, wie sie anfangen sollte.

»Hören Sie«, begann sie leise. »Dass Ihr Enkel tot ist, tut mir aufrichtig leid.« Sie war versucht, noch weiterzugehen und über den Mann zu sprechen, der soeben das Haus verlassen hatte. Doch die Alte kam ihr zuvor.

»Denken Sie nicht weiter darüber nach. Leute wie Sie können ja nichts dafür, dass unser Land im Chaos versinkt und die Menschen das Menschsein vergessen.«

»Ich weiß nicht, ob Sie mich verstehen können«, setzte Viktoria erneut an. »Es gibt da jemandem, dem ich mein Leben verdanke, und obwohl er schon älter ist als der Junge auf dem Bild, sieht er Ihrem Enkel recht ähnlich. Ich würde mich sehr freuen, wenn ich ihn treffen und ihm danken könnte. Vielleicht ist er mit Ihnen verwandt, und Sie wissen, wo ich ihn finden kann? Ich verspreche Ihnen, weder Lebenov noch Bashtiri werden etwas davon erfahren.«

Plötzlich glitt der Vorhang beiseite, und ein Mann trat herein. Zuerst hatte Viktoria gehofft, es sei der Fremde von eben, doch obwohl der Mann eine ähnliche Kleidung trug, war er viel kleiner und älter. Sein störrisches, silbriges Haar bändigte er mit einer bunten Mütze, sein Gang war gebeugt.

»Das ist mein Mann«, sagte die alte Frau leise. »Makar Charitonowitsch Schirov. Er ist unser Stammesführer. Und ich bin Vera Leonardowa Schirova.«

Der Alte kam näher und sah Viktoria prüfend ins Gesicht, ganz so, als ob er bis zu ihrer Seele vordringen wollte. Auch er hatte Ähnlichkeit mit ihrem Retter. Er hatte die gleichen schräg stehenden Augen und eine ganz leicht nach unten gebogene Nase.

»Viktoria Vanderberg.« Ihre Stimme zitterte ein wenig. »Ich bin hier, um herauszufinden, wem ich mein Leben verdanke.« Sie wollte aufstehen, um ihm die Hand zu reichen, doch er bedeutete ihr mit einer Geste, sitzen zu bleiben.

»Wenn Sie uns etwas Gutes tun wollen, vergessen Sie diesen Mann!« Die Miene des Alten blieb völlig neutral. »Er weilt nicht mehr unter uns, sondern ist vielmehr ein guter Geist, der manchmal an den Ort seiner Herkunft zurückkehrt, um Menschen wie Ihnen aus Not und Elend zu helfen.«

»Ein Geist?«, wiederholte Viktoria ungläubig. »Ich glaube nicht an Geister.« Sie stellte die Untertasse auf einem Beistelltischchen ab. »An Ihrer Stelle würde ich lieber an Geister glauben«, erwiderte der Mann und ließ sich neben ihr auf dem Sofa nieder. Wie selbstverständlich nahm er Viktorias Hand in seine, die sich kühl und trocken anfühlten.

»Ich habe gehört, dass Sie draußen am Chekosee arbeiten, Kindchen«, sagte er. »Es ist verfluchtes Land. Das sollten Sie wissen. Man kann dort seine Seele verlieren. Das Unglück, von dem mir meine Frau erzählt hat, sollte Ihnen eine Warnung sein. Kehren Sie in ihre Heimat zurück und vergessen Sie, was Sie hier zu suchen gedachten.« Ganz sacht legte er seine wettergegerbte Hand auf Viktorias Schulter und sah ihr beschwörend in die Augen. »Glauben Sie mir, niemand, der dort geforscht hat, hat je sein Glück gefunden, geschweige denn, das wahre Geheimnis von Tunguska entdeckt.«

»Es gibt dort kein Geheimnis«, erwiderte Viktoria. Beinahe beleidigt, schob sie sich eine Strähne aus dem Gesicht und rückte ein Stück von dem Mann ab. Wie um sich eine Komplizin zu sichern, wandte sie sich seiner Frau zu, die den Ausführungen des Alten gleichfalls gebannt gefolgt war. »Wir hoffen den Beweis erbringen zu können, dass es ein Meteor war, der vor genau einhundert Jahren an der Stelle eingeschlagen ist, wo sich heute der Chekosee befindet. Damit werden wir allen Spekulationen ein Ende setzen.«

»Wenn ich Ihnen einen Rat geben darf?« Die Alte sah sie durchdringend an. »Glauben Sie nicht nur an das, was Sie sehen, und halten Sie sich von solchen Leuten wie Bashtiri und Lebenov fern.« Ihre Miene verdüsterte sich, als sie aufstand und Viktorias fragendes Gesicht betrachtete. »Erzählen Sie Ihnen nicht, dass ich das gesagt habe. Es könnte zu unserer aller Nachteil sein.« Dann ging sie zur Kommode und nahm das Bild ihres Enkels in die Hand. Ihr Blick war warm und wehmütig, doch als sie aufschaute, spiegelte sich noch etwas anderes darin: ein seltsames Glühen, das auf Viktoria unheimlich und angsteinflößend wirkte. Vielleicht war es Hass. Sie konnte es nur ahnen, als die alte Frau abermals ihre Stimme erhob. Leise und mit einem harten Zug um den Mund starrte sie ins Nichts.

»Menschen wie Sergej Bashtiri haben unseren Leonid auf dem Gewissen. Es sind keine ehrbaren Männer.« Ihre Stimme war nur noch ein heiseres Flüstern. Dann hob sie ihre Brauen und schaute Viktoria funkelnd an. »Es sind reißende Wölfe …«

Ihr Blick fiel auf den Alten, der immer noch neben Viktoria auf dem Sofa saß und die ganze Zeit über ihre Hand hielt. »Mein Mann könnte es ihnen bestätigen.«

Viktoria beschloss, dass es Zeit wurde zu gehen. Sie wollte die Alten nicht weiter belästigen. Vielleicht hatten die beiden über den Tod ihres einzigen Enkels den Verstand verloren. Und nun kam eine dahergelaufene Deutsche und wühlte in ihrer schmerzlichen Vergangenheit. Außerdem war Viktoria sicher, dass sie mit ihrem Forscherdrang die Identität dieses Mannes selbst herausfinden würde. Dafür würde sie weder dessen vermeintliche Großeltern noch Lebenov und Bashtiri brauchen. Mit einem schwachen Händedruck und einem kaum hörbaren »Doswidan'ja« verabschiedete sie sich.

Für einen Moment glaubte sie, der alte Mann wolle ihr noch etwas mit auf den Weg geben. Doch dann schüttelte er leise den Kopf und schwieg, während er Viktoria beobachtete, wie sie ihre Stiefel zuschnürte und hinausging.

»Habt ihr den Typen gesehen, der mich beinahe umgerannt hat, als ich in die Jurte gehen wollte?« Fragend schaute sie von Sven zu Kolja, als sie zum Wagen zurückgekehrt war.

»Nein«, sagte Sven und schüttelte den Kopf.

»Welchen Typ?« Kolja schaute sie fragend an. »Meinst du den Alten, der nach dir in die Hütte gegangen ist?«

»Vergiss es!« Sie seufzte resigniert.

Mit fatalistischer Miene kletterte sie in den Rover und zog den Gurt fest. Theisen, der nun auf dem Beifahrersitz saß, wandte sich zu ihr um und legte ihr seine Hand auf die Schulter.

»Was hat die Frau gesagt?«, fragte er. »Hast du etwas herausgefunden?«

»Nein.« Es war müßig, das Gespräch vor den beiden zu wiederholen. »Wahrscheinlich war es nur eine fixe Idee, oder ich befinde mich immer noch auf einem Trip und merke es nicht.«

»Was soll das bedeuten?« Theisen sah sie überrascht an.

»Vergiss es.«

13

Februar 1905, Sibirien – Pakt mit dem Teufel

Eine Druckluftsirene holte Leonard aus einem kurzen traumlosen Schlaf. Für einen Moment hatte er tatsächlich geglaubt, im Haus des alten Eisenstein zu erwachen, als er die raue Stimme Isaak Weinbergs vernahm, der jeden Einzelnen von ihnen mit einem verschlafenen Shalom an der Schulter rüttelte.

Bevor man sie zu einem kargen Frühstück in einen lang gezogenen Flachbau schickte, mussten etliche Formalitäten erledigt werden. Anstaltskleidung war Vorschrift: eine Hose, ein Kittel, ein Satz Unterwäsche. Genug, um nicht entblößt herumzulaufen, aber zu wenig, um nicht zu erfrieren, falls man so verrückt war, das Weite zu suchen.

Schweigend reihten sich die Häftlinge in eine lange Schlange von Wartenden ein und nahmen sich einen Blechnapf und eine Tasse, bevor sie sich dem Ausschank zuwandten. Dort gab es einen schwarzen Tee und eine gut gefüllte Kelle mit Kascha – Buchweizengrütze, süß oder salzig. Der reinste Luxus, wie ein Mitgefangener hinter Leonard meinte. Er drehte sich fragend um. Der Mann setzte ein fatalistisches Grinsen auf.

»Frag mich! Ich weiß, wovon ich spreche. Bei der Armee gibt's die Pampe nur pur.«

Allein beim Anblick der Grütze drehte sich Leonard der Magen um. Aber was blieb ihm übrig? Hier gab es schnellere Arten zu sterben, als auf das Essen zu verzichten.

Er zuckte überrascht zurück, als er das Gesicht des Mädchens erkannte, das ihm den dampfenden Tee in den Becher einschenkte. Es war Kissanka. Sie trug einen dunkelblauen Kittel, ein graues Kopftuch und sah völlig erschöpft aus. Hinter ihr keifte eine rundliche Vorarbeiterin, die ihr Anweisungen erteilte.

Errette mich, sagten die Augen des Mädchens, als sie zu Leonard aufblickte, doch mehr als ein kurzes, tröstendes Lächeln brachte er nicht zustande.

Beim zweiten Klang der Sirene erschien Igor Lobow, der Kommandeur des Lagers, um seine besonderen Gefangenen am Eingang der Baracke persönlich in Empfang zu nehmen. Im Gleichschritt führte der Offizier die drei Studenten und den Professor über den schneebedeckten, hart gefrorenen Boden zu einer riesigen Halle, die Leonard schon Tags zuvor aufgefallen war.

Das Innere des beeindruckenden Gebäudes, dessen Höhe mindestens dreißig Meter betrug, wurde von gigantischen hölzernen Gerüsten und Rampen beherrscht, deren Funktion Leonard nicht genau einordnen konnte.

Pjotr kam ihm unvermittelt zur Hilfe. »Wenn mich nicht alles täuscht, könnte man mit diesen Vorrichtungen spielend ein Luftschiff bauen«, sinnierte er flüsternd. »Aluminium, in bester Qualität«, fügte er staunend hinzu, während die Blicke aller auf die längs gestapelten, matt glänzenden Platten fielen, die zahlreich und nach Größe sortiert in einem Ständergerüst lagerten.

Lobow ließ die Spekulationen seiner Neuzugänge unkommentiert, ebenso wie Weinberg, der nur eine seiner weißen buschigen Brauen hob.

Überall liefen Arbeiter zwischen den abenteuerlich wirkenden Aufbauten herum, und obwohl die Umgebung chaotisch wirkte, wusste anscheinend ein jeder von ihnen, was zu tun war.

Leonard war der Erste, der von der Halle durch eine Tür in eine angrenzende Baracke geführt wurde. Darin befand sich ein improvisiertes Büro, in dem Lobow hinter einem grob gezimmerten Schreibtisch Platz nahm. Bis auf Weinberg mussten die anderen draußen warten, nachdem der Kommandant Leonard aufgefordert hatte, die Tür zu schließen.

»Wie gut kennen Sie sich mit elektrischen Fernsteuerungen aus?«, fragte Lobow.

Leonard war vollkommen überrascht. Wusste man, dass ihm die Möglichkeiten und die Weiterentwicklung der Fernsteuerung seit seinem Aufenthalt in Amerika keine Ruhe mehr gelassen hatte? In Teslas Laboratorium hatte er Zeuge werden dürfen, wie der geniale Meister der Elektrotechnik seinen großen Coup wiederholte, bei dem er 1898 auf der Weltausstellung in New York ein per Funkfeuer ferngesteuertes Schiffsmodell vorgeführt hatte. Leonard konnte sich noch gut daran erinnern, wie der schnauzbärtige Kroate mit diebischer Freude das kleine Boot wie von Zauberhand in eine Gruppe von Enten gelenkt hatte, die er damit von einem Teich aufscheuchte.

»Teslas System ist in den USA patentiert«, stellte Leonard klar, obschon er ahnen konnte, dass dieser Umstand hier keine Rolle spielte.

»Können Sie es nachbauen?« Lobow musterte ihn eindringlich.

»Ich denke schon«, erwiderte Leonard zögernd. »Die Frage ist nur, für was Sie es gebrauchen wollen?«

»Wenn Ihnen gelingen sollte, dass wir damit ein Luftschiff ohne Besatzung steuern können, werden wir Ihre kleine Freundin von Tomsk hierher holen.«

Leonard traf es wie ein Schock. Wie sollte er das bewerkstelligen? Ein Modellboot war eine Sache, ein Luftschiff von mindestens einhundert Meter Länge aber eine ganz andere. Die Aussicht, Katja wieder in seinen Armen zu halten, ließ ihn euphorisch werden. Er musste es schaffen, selbst wenn es einige Zeit dauern sollte.

»Ich weiß nicht«, sagte er ehrlich. »Es gibt vielleicht bessere Lösungen, als ein Luftschiff per Funk fernzusteuern. Sobald es sich außer Reichweite der Funkanlage befindet, wird es womöglich an einem Berg zerschellen. Bei einer Fernsteuerung ist man nicht nur auf solide Frequenzen angewiesen, sondern auch darauf, ob Tag oder Nacht herrscht, weil die Wellen je nachdem stärker oder schwächer von der Erdatmosphäre gespiegelt werden. Wenn Sie es ohne Personal navigieren wollen, sollten Sie eher eine automatische Steuerung ins Auge fassen. Haben Sie schon einmal darüber nachgedacht, das Schiff mit einem Automaten zu steuern, der sich nach einem eingebauten Kompass richtet?«

Leonards Bedenken interessierten Lobow offenbar nicht. »Um eine brauchbare Lösung zu entwickeln, hat man Ihnen das Leben geschenkt und Sie und Ihre Kameraden hierher gebracht. Denken Sie sich etwas aus, das uns zu einer unbemannten Mission verhelfen kann. Es liegt allein an Ihren Fähigkeiten, ob Sie sich das Leben in diesem Lager angenehmer gestalten wollen, als es ohnehin schon ist.« In seiner Stimme lag eine gehörige Portion Sarkasmus. »Gerade im Winter werden Sie glücklich sein, im Bett vom drallen Fleisch eines Mädchens gewärmt zu werden. Noch besser, wenn es die Auserwählte ist.«

Leonard spürte Wut in sich aufsteigen. »Denken Sie tatsächlich, das allein reicht, um ein vorzeigbares Ergebnis zu garantieren? Ein Wissenschaftler benötigt weit mehr als einen Frauenhintern, um seine Arbeit anständig ausführen zu können.«

»Es ist mir ganz gleich, wie Sie zu einem Ergebnis kommen. Sollten Sie es jedoch nicht schaffen, in ein paar Monaten Pläne für einen entsprechenden Mechanismus vorzulegen, wird das Urteil an Ihnen und Ihrer Freundin vollstreckt.«

Also nur ein paar Monate. Mehr Zeit blieb ihm nicht. Die Russen hatten es offenbar so eilig, dass sie notfalls über Leichen gingen.

Weinberg hüstelte verhalten, als er Leonard zurück in die Konstruktionshalle begleitete.

»Katja denkt, ich sei tot«, erklärte Leonard trotzig. »Was würde sie wohl sagen, wenn man sie hierher verlegt und sie mich sieht?«

»Und du denkst, die Russen holen sie tatsächlich hierher?« Die Stimme des Juden hatte einen spöttischen Unterton. Bevor Leonid etwas erwidern konnte, hatte Weinberg schon Pjotr am Arm gefasst und ihn in das Büro des Obersten gezerrt.

Aslan saß wartend auf einer Bank, als Leonard sich zu ihm gesellte. Hastig genehmigte der Turkmene sich eine Zigarette, die er von einem der Wachhabenden geschnorrt hatte. Er schien nervös, obwohl es augenscheinlich keinen Grund dafür gab. Leonard setzte sich neben ihn und inhalierte unfreiwillig den Rauch. Katja erhob sich mit einem Mal so wirklich in seiner Erinnerung, als ob sie neben ihm stünde. *Und du denkst, die Russen holen sie tatsächlich hierher?* Diese Frage kreiste in seinem Kopf. Ja, was denn sonst? dachte er bitter. Lobow hatte es schließlich versprochen, wenn er tat, was man von ihm verlangte.

Mit einem Seufzer schaute er zu Aslan hin. »Was glaubst du: Was haben sie vor?«

Der Turkmene antwortete nicht sofort, sondern blies kleine Kringel in die Luft, einen nach dem anderen.

»Was weiß ich!«, stieß er nach einer Weile missmutig hervor und bedachte Leonard mit einem ungnädigen Blick. »Nichts Gutes – das kannst du dir doch denken.«

»Warum bist du hier? Was ist es, das du ihnen bieten kannst?« Leonard erhob sich von der Bank und baute sich anklagend vor Aslan auf. »Warum verrätst du es nicht? Denkst du, du bist etwas Besseres als Pjotr und ich?«

»Vielleicht«, antwortete Aslan und sah an ihm hoch. Möglicherweise wollte er abschätzen, welche Chance er hatte, wenn der Deutsche ihn zu einem Faustkampf herausforderte. Seine schmalen Augen verwandelten sich in kleine Schlitze. »Ich bin gefährlicher als du und dein ängstlicher Kamerad, Genosse Schenkendorff.« Er sog tief die Luft ein und spuckte Leonard neben die Füße. »Gefährlicher als ihr beide und all die anderen hier. Lass dir das gesagt sein! Und der Preis, den ich dafür zu zahlen habe, ist höher, als du es dir vorstellen kannst.«

Weinberg trat vor die Tür, Pjotr im Schlepptau, der reichlich verstört wirkte. »Der Nächste«, sagte er nur.

»Sie wollen, dass ich ihnen ein Luftschiff baue«, flüsterte Pjotr so heiser, dass man ihn kaum verstehen konnte. Seufzend ließ er sich neben Leonard auf die hölzerne Bank fallen. »Größer und stabiler, als man es je gesehen hat. Es soll komplett aus Aluminium bestehen. Sie wollen damit die Acht-Werst-Marke übersteigen.«

Plötzlich konnte sich Leonard denken, warum sie eine automatische Steuerung benötigten.

»Sie sind verrückt«, fuhr Pjotr ungläubig fort. »Wer sollte es lenken? Jeder halbwegs vernünftige Mensch weiß doch, dass die Luft da oben viel zu dünn wäre und der Druck viel zu niedrig. Um das zu tun, müsste man die Luftschiffführer in einer druckstabilen Kabine unterbringen und sie während des Fluges mit Sauerstoff versorgen.«

Leonard hob eine Braue. »Man will es mit einer automatischen Fernsteuerung lenken – ohne Besatzung.«

Pjotr pfiff leise durch die Zähne. »Langsam schließt sich der Kreis. Aber das sagt uns noch immer nicht, was das Ganze für einen Nutzen bringen sollte.«

»Vielleicht hat Aslan eine Antwort«, erwiderte Leonard. »Falls er eines Tages bereit ist zu plaudern.«

Die Miene des Turkmenen war noch düsterer, als er mit Weinberg die Baracke des Kommandeurs verließ.

»Sie werden von mir bekommen, was sie wollen«, murmelte er mit verächtlicher Miene. Dabei schaute er niemanden an. Es war, als ob er mit sich selbst redete. »Aber vielleicht wird es ihnen eines Tages noch leid tun«, fügte er heiser hinzu und wechselte mit Weinberg einen seltsamen Blick.

Der Professor führte sie schweigend durch die verschiedenen Abteilungen. Bevor sie mit ihrer Arbeit beginnen würden, sollten sie die einzelnen Arbeitsabläufe im Lager kennen lernen.

Weinberg zeigte ihnen die Schmiede. Gemeinsam betraten sie das große rußgeschwärzte Gemäuer, in dem der Lärm der Hämmer und Meißel so arg war, dass nach einer Weile die Ohren schmerzten. Es war der einzige Raum, in dem es so warm war, dass man ins Schwitzen geriet. Die Feuer wurden von einem riesigen dampfbetriebenen Blasebalg am Leben erhalten.

»Hier wird das Werkzeug hergestellt«, bemerkte Weinberg mit lauter Stimme und deutete auf die vielen mit Öl und Ruß verschmierten Männer, die durchweg lederne Handschuhe und Schürzen trugen.

Leonards Blick fiel auf Ivan Ivanowitsch Wassiljoff, Kissankas Vater, der dabei war, einen Eisenträger zu vernieten. Seine Hammerschläge kamen rasch und heftig.

Wenig später verließen sie die Halle und gelangten über eine weiß gefrorene Trasse zu einem gigantischen Kraftwerk, das die Ausmaße einer Kathedrale besaß. Im Innern hatte man den Boden sorgfältig gekachelt und den Untergrund an gewissen Stellen mit Eisenplatten verstärkt. Leonard geriet ins Staunen. Das Gebäude erschien ihm beinahe futuristisch, so modern war es angelegt. Acht riesige dampfmaschinenbetriebene Drehstrom-Generatoren sorgten für eine Leistung von insgesamt 128 Megawatt. Leonard stellte sich die Frage, wofür ein Gefangenenlager die Stromleistung einer Kleinstadt benötigte. Neben mehreren, mit Dampfmaschinen betriebenen Synchrongeneratoren sah man eine Reihe von mannshohen Drehzahlregulatoren mit einer verwirrenden Vielzahl an Gestängen und Kolben. Hier und dort liefen ein paar Lagerinsassen mit messingfarbenen Ölkännchen umher und beträufelten Laufräder und Scharniere. Es zischte, ratterte und summte, dass einem schier Hören und Sehen verging.

»Luftgekühlt«, erklärte Weinberg den Mechanismus zur Wärmedrosselung in den Magnetspulen. »In dieser Gegend kein Kunststück«, bemerkte er lächelnd mit einem Blick nach draußen in die weißblaue Eishölle.

Erst als sich der Abend über das Lager senkte, kehrten sie in ihre Unterkünfte zurück. Die Kammer, in der sie schliefen, war eiskalt. Weinberg befeuerte den kleinen Ofen mit Holzstücken und Kohle, die er sich mit Lobows Erlaubnis aus der lagereigenen Meierei beschafft hatte. Das Abendessen nahmen sie gemeinsam in ihrer bescheidenen Behausung ein. Jeder Häftling erhielt nur einmal am Tag ein warmes Essen in der Kantine. War er gehorsam, bekam er die übrigen Rationen an Brot, Tee und sonstigen Lebensmitteln, die ihm neben der Tagesverpflegung zur Verfügung standen, sowie das nötige Feuerholz. Doch wenn auch nur einer in der Gruppe nicht spurte, saß die gesamte Mannschaft am Abend ohne Verpflegung vor einem kalten Ofen. Machte man seine Sache jedoch besonders gut, konnte die Lagerleitung auch eine Extraration verteilen.

Wortlos starrte Leonard in das flackernde Feuer. Aslan hatte sich längst die Decke über den Kopf gezogen, nur Pjotr saß noch da, vollständig angezogen, und schaute ins Leere. Weinberg goss den dampfenden Tee in die Becher und gab sie an seine neuen Kameraden weiter.

»Sie wollen, dass wir ihnen eine neue Waffe bauen, um die Japaner zu besiegen.« Pjotr bedachte den Professor mit einem unsicheren Blick. »Habe ich recht?«

Weinberg sagte nichts, doch Leonard ergriff das Wort. In seiner Stimme lag ein Hauch von Ironie. »Wahrscheinlich soll sie größer und mächtiger sein als alles, was die Welt bisher gesehen hat.«

»Eure Spekulationen sind nicht unbedingt falsch «, knurrte Weinberg so verhalten, als ob er Angst haben musste, dass sie belauscht würden. »Und es gibt einen entscheidenden Vorteil bei der Sache. Sobald wir dem Zaren und seinem Kriegsminister dazu verholfen haben, diese Welt zuverlässig in Schutt und Asche zu legen, wird nichts mehr existieren, wofür es sich lohnt, uns gefangen zu halten.«

14

Juni 2008, Tunguska – Grosny

In Leonids Erinnerung hallten Maschinengewehrsalven durch ein Meer von zerbombten Häuserfronten. Über ihm flog ein Helikopter, dessen Suchscheinwerfer die aufragenden Ruinen absuchte. Wie ein Hase, der vor einer Meute von Hunden flüchtet, rannte er durch die Bombentrichter und die tückischen Gräben, die sich unvermittelt entlang der zerstörten Straßen auftaten. Atemlos lauerte er hinter einem Mauervorsprung. Nie zuvor hatte er sich dringlicher gewünscht, auf der Stelle unsichtbar werden zu können – trotz der Dämmerung und der Tatsache, dass die Straßen von Grosny menschenleer schienen. Dieser Ruhe durfte man niemals vertrauen. Hastig inspizierte er seine Verwundungen: eine Platzwunde am Schienbein und eine riesige Prellung am Knie. Seine Stirn hatte auch etwas abbekommen. Das Blut lief ihm die Nase entlang hinunter zum Kinn. Gleich nach dem sein Helikopter unter Beschuss geraten und auf dem Boden aufgeprallt war, hatte er seinen Helm verloren, und seine Uniform hatte Feuer gefangen, als er, durchtränkt mit Benzin, nur durch einen Hechtsprung der Explosion hatte entkommen können.

Wie zur Warnung heulten allenthalben Alarmsirenen, die keine Rettung brachten – ganz im Gegenteil. Noch vor dem Aufprall war Leonid klar gewesen, dass sein Tod längst beschlossene Sache gewesen sein musste und dass die herannahenden Rettungskräfte vermutlich nicht dazu eingesetzt wurden, sein Leben zu schützen, sondern ihn zu töten – für den Fall, dass der Plan, ihn und die anderen zu vernichten, nicht aufgegangen war. Von nun an war jegliches Vertrauen lebensgefährlich. Irgendwo gab es einen Maulwurf in den eigenen Reihen, der eine Menge Einfluss hatte und nach seinen eigenen Regeln spielte. Die wachsende Gewissheit, um wen es sich dabei handeln könnte, beruhigte Leonid keinesfalls. Lebenovs Leute waren für den Abschuss der Regierungsdelegation verantwortlich. Die Beweise, die mit den fünf Menschen in Flammen aufgegangen waren, erschienen ihm zu erdrückend, als dass irgendein anderer dahinter stecken konnte. Seine Söldner würden herausfinden, dass es einen Überlebenden gab, und dann würden sie ihn aufspüren, falls ihm niemand half, unentdeckt die nächste Nacht zu überstehen. Doch wer sollte das sein? Die Menschen hier vergingen vor Angst in ihren demolierten Behausungen, und außer ein wenig Tee und einem letzten Rest Zwieback besaßen sie selbst kaum mehr, um sich am Leben zu erhalten.

Ein leises Geräusch ließ ihn zusammenfahren. Ein Mädchen stand reglos in einem der zerbombten Hauseingänge und sah ihn mit großen Augen an. Sie hatte lange blonde Haare und war dem Gesicht nach bereits eine Frau, obwohl sie ihm viel zu dünn erschien. Sie trug einen abgetragenen hellblauen Kittel und Plastikschuhe, die viel zu groß für ihre zierlichen Füße waren. In der Hand hielt sie einen Eimer. Wahrscheinlich hatte sie sich nur hinausgewagt, um die Notdurft ihrer Familie zu entsorgen. Funktionstüchtige Sanitäranlagen gab es hier schon lange nicht mehr. Die gesamte Kanalisation war zerstört.

Ein Militärwagen rauschte vorbei. »Duck dich!«, zischte Leonid dem Mädchen gerade noch rechtzeitig zu. Auf Knien kroch er zu ihr hin. Starr vor Schreck kauerte sie auf dem zersprungenen Pflaster. Der Eimer war umgefallen.

»Kannst du mir helfen?«, flüsterte Leonid heiser. »Nur für ein paar Stunden.«

Ihre Augen verrieten ihre Angst, aber auch ihr Mitgefühl, als sie seine Verwundungen registrierte.

»Mein Vater wird dich erschlagen«, murmelte sie unsicher. »Und mich dazu, wenn du ein russischer Spion bist.«

»Ich werde euch keine Schwierigkeiten bereiten«, versicherte Leonid mit flehendem Blick.

»Doch das wirst du«, erwiderte sie sachlich. »Aber es wäre kein Akt von Nächstenliebe, wenn ich dich hier sitzen ließe …«

Ein lautes Bellen riss Leonid aus seinen Erinnerungen und katapultierte ihn vom Jahre 2001 in die Gegenwart. Er konnte nicht vergessen, was damals geschehen war; seine Erlebnisse erschienen ihm wie unerwünschte Visionen, die ihn ohne Gnade verfolgten.

Zwischen hohen Bäumen lief er dahin, und über ihm war kein Suchscheinwerfer, sondern eine helle Sonne, die sich ihren Weg durch dichte Wipfel bahnte. Taichin, sein Großonkel und väterlicher Vertrauter, erwartete ihn bereits. Er lebte mitten im Wald, auf halber Strecke zwischen Leonids Hütte und dem Haus seiner Großeltern. Der Schamanenmeister war uralt, doch geistig und körperlich so wendig wie ein junger Rentierbock, ein heiliger Mann, dessen magische Kräfte bei weitem alles überstiegen, was die anderen Schamanen der Umgebung zu bieten hatten.

Obwohl Leonid kein Interesse zeigte, eines Tages in die Fußstapfen seines Großonkels zu treten, bestand Taichin darauf, ihm die höheren Weihen zu erteilen, wenn die Zeit gekommen war. In seinen Augen sprach alles dafür, dass Leonid der Auserwählte war, der die Welt eines Tages vor einer Katastrophe bewahren würde. Sein Großvater hingegen befürchtete genau das Gegenteil, falls Leonid seiner vermeintlichen Bestimmung folgen sollte. Altmännergeschwätz, urteilte seine Großmutter, wenn wieder einmal die Sprache darauf kam, was der alte Schamane vom Stamm seines Vaters bei seiner Geburt erklärt hatte. Lasst endlich die Geister der Ahnen ruhen, war stets ihre Devise; dabei weigerte sie sich hartnäckig, von alten Zeiten zu erzählen.

Doch diesmal waren es nicht die höheren Weihen, die ihn zu Taichin trieben, sondern etwas weitaus Beunruhigenderes.

Der alte Mann empfing ihn mit einem unbekümmerten Lächeln. Das kleine Birkenholzpfeifchen wippte schmauchend im linken Mundwinkel. Mit einer vertrauten Geste legte der Alte seine tiefbraune, knochige

Hand auf Leonids breiten Rücken und schob ihn ohne ein Wort in seine Waldhütte hinein. Dann gab er Ajaci etwas Wasser zu trinken. Er selbst genehmigte sich einen Schluck Wodka aus einer kleinen Feldflasche, die er immer bei sich trug. Zusammen mit dem Tabak hielt ihn der Wodka am Leben, wie er mit seinen mehr als achtzig Jahren immer wieder beteuerte.

Für Leonid hielt er einen großen Becher Dolguksa bereit – den in Sibirien traditionellen Birkensaft. Leonid trank keinen Alkohol mehr, seid ihn sein stets betrunkener Vater im Rausch beinahe erstochen hatte.

»Was führt dich zu mir, Junge?«, fragte Taichin leise, während er Leonid bedeutete, auf dem mit verschiedenen Fellen übersäten Boden Platz zu nehmen. »Ich kann dir ansehen, dass es dir diesmal nicht um weitere Übungen geht – also?« Im Schneidersitz setzte er sich direkt vor seinen Schützling. Dem Alten entging nicht, dass Leonids Hand zitterte, als er den Becher zum Mund führte. »Hat dich deine Seele verlassen?«

»Schlimmer«, sagte Leonid, bevor er, um sich zu beruhigen, noch einen Schluck trank.

»Ist es ein Dämon, der dir die Seele genommen hat?«

»Nein, eine Frau.« Leonid schmunzelte, während er Taichins entsetztes Gesicht betrachtete. »Und als ob das nicht schon misslich genug wäre, sind oben am Cheko meine schlimmsten Feinde aufgetaucht: Bashtiri und Lebenov. Ich glaube sie wollen ein neues Gasfeld erschließen, und die Frau, eine deutsche Wissenschaftlerin, hilft ihnen, es zu erkunden.«

»Das ist ja gefährlicher, als ich es mir dachte. Die Frau macht gemeinsame Sache mit deinen Feinden?«

»Nein, so ist es nicht. Sie arbeitet nur dort. Es geht vielmehr auch um dich. Eine deiner alten Fallen hat versehentlich einen von Bashtiris Männern getötet, und nun versuchen sie zu ermitteln, wer hinter diesem Unglück steckt. Kannst du dich an Lebenov erinnern?«

»Wer könnte ihn je vergessen?« Die Stimme des Alten klang ironisch, doch mehr sagte er nicht.

»Er arbeitet mittlerweile für das GazCom-Konsortium«, erklärte Leonid. »Er ist einer der Sektionsleiter in der neuen Sicherheitsabteilung. Heute Morgen hat er Babuschka im Auftrag Bashtiris einen Besuch abgestattet. Sie war vollkommen außer sich vor Angst. Sie befürchtet, er könne mich finden. Und außerdem ist sie in Sorge, dass er herausbekommt, dass die Falle von dir sein könnte.«

»Bevor du mir nicht die ganze Geschichte erzählst, kann ich mir keinen Reim darauf machen«, bemerkte Taichin mit einem gleichmütigen Lächeln. »Schließlich bin ich nicht mehr der Jüngste.«

Widerstrebend erzählte Leonid von der Rettung der Deutschen und dass er dabei – aus der Sicht eines erfahrenen Schamanen – zu unerlaubten Mitteln gegriffen hatte.

Taichin war die Besorgnis anzusehen. »Sie hätte dich mitreißen können in die andere Welt, Junge. War dir das nicht klar?«

»Es war mir gleichgültig. Ich konnte sie doch nicht sterben lassen.«

Der Alte nickte verständnisvoll. »Und was hast du dann getan?«

Zögernd berichtete Leonid von seinem weiteren Vorgehen. Dass er es nicht geschafft hatte, sie mit seinen eigenen Mitteln aus ihrer Ohnmacht zu erwecken, und dass, als er sie ins Camp brachte, nicht nur Ajaci, sondern auch er selbst beinahe getötet worden wäre.

»Was sagt dein Herz?« Der Großonkel warf ihm einen tiefgründigen Blick zu.

»Es ist krank.«

»Dachte ich's mir«, erwiderte der Alte mit einem ironischen Grinsen. »Was die Frau betrifft, so kann ich dir nicht helfen. Was die andere Sache betrifft, so denke ich, man sollte dem Spuk möglichst bald ein Ende bereiten. Das Gebiet um den Cheko ist heiliges Land. Es fehlte uns gerade noch, dass GazCom den gesamten Boden umpflügt.«

»Wie meinst du das?«

»Lass das meine Sorge sein, Leonid. Es ist besser, wenn du nichts davon weißt.«

»Ihr verschweigt mir etwas – du, Dedka und Babuschka.«

Taichin antwortete nicht. Er hatte die Augen geschlossen und wirkte nun wie in Trance versunken.

»Hat es etwas mit dem See zu tun und mit dem, was dort vor gut einhundert Jahren geschehen ist?«

»Es ist besser, mein Junge, wenn du die Geister ruhen lässt. Falls du es nicht tust, erweckst du eine ganze Dämonenarmee zum Leben, denen alle Schamanen der Welt nicht mehr Herr werden können.«

Der Alte öffnete wieder die Augen, sein Blick wirkte düster, als würde er Unheil verkünden. Leonid erschauerte. So hatte er Taichin noch nie erlebt.

»Geh nach Hause, in deine Hütte«, sagte der alte Schamane ruhig, »und reinige deine Gedanken! Ich werde dafür sorgen, dass man dich und deine Babuschka in Ruhe lässt.«

Andrej Lebenov gehörte nicht zu den Leuten, die Freunde hatten. Wenn er sich genau besann, hatte er nie welche gehabt. Seilschaften machten seine sozialen Kontakte aus, die nicht das Geringste mit aufrichtiger Zuneigung zu tun hatten. Vielmehr spielten Ruhm und Ehre eine wichtige Rolle – Ruhm, um von den unteren Rängen akzeptiert zu werden, und Ehre, weil es sich um eine Art Vertrag handelte, wenn man sich gegenseitig unter die Arme griff. Eine Hand wäscht die andere. Wie du mir so ich dir. Mitgefangen, mitgehangen. Das waren Losungen, die ihn und seine Kameraden zusammenhielten.

Bashtiri gehörte auch zu diesen Seilschaften. Doch Lebenov und den Chef von TAIMURO verband noch etwas anderes, das sie ab und an in einem Meer von Champagner und Wodka ertränkten.

»Was gibt's Neues?«, fragte ihn Bashtiri mit einem erwartungsvollen Blick, als er Lebenov in seiner Behausung am Rande des Camps empfing. Seit dem mysteriösen Tod des Sicherheitsangestellten befanden sich Bashtiris Bodyguards in ständiger Alarmbereitschaft und patrouillierten permanent auf und ab. »Wie geht es Doktor Vanderberg? Hat sie ihr Gedächtnis endlich wiedergefunden?«

Bashtiri reichte Lebenov einen Whiskey und bat ihn mit einer Geste, in einem der bequemen Ledersessel Platz zu nehmen, die er eigens aus Moskau hatte hierher bringen lassen.

Lebenov konnte sich denken, dass sich Bashtiri am liebsten aller Forscher entledigt hätte. Mit einem Mal empfand er die Vorstellung, dass sie die Geschehnisse zu sehr analysieren konnten, als lästig. Womöglich kamen sie dabei zu dem Schluss, dass seine Absicht, ein neues Gasfeld zu erschließen, zu Problemen führen konnte, deren Auswirkungen nicht abzusehen waren.

»Viktoria Vanderberg hat sich überraschend schnell erholt«, erwiderte Lebenov nach kurzem Zögern. »Offenbar denkt sie wie die anderen auch nicht daran abzureisen. Im Gegenteil, sie ist gewillt, die Untersuchungen fortzusetzen. Aber es gibt da eine weitere Neuigkeit, die dich vielleicht interessieren könnte.«

»Sag bloß, ihr habt den Fallensteller erwischt?« Bashtiri blickte ihn interessiert an.

»Nein, noch nicht. – Kannst du dich an Leonid Borisowitsch Aldanov erinnern?«

Bashtiri kniff seine Lider zusammen. Dann nickte er kaum merklich. »Das war doch der junge Oberleutnant, dem unser Präsident posthum für seinen Einsatz in Grosny die Heldenmedaille verliehen hat?« Er sah Lebenov abwartend an und nippte an seinem Whiskey. »Hast du nicht dafür gesorgt, dass er uns nicht mehr behelligen kann?«

»Meine Leute haben mir versichert, dass er tot auf dem Grund des Terek liegt.« Lebenov nahm einen Schluck und ließ ihn auf der Zunge zergehen. Dabei schaute er Bashtiri direkt in die Augen. »Angeblich war es nicht möglich, seine Leiche zu bergen. Und das ist es, was mir plötzlich zu denken gibt.«

»Und was hat er mit deinem Einsatz heute in Vanavara zu tun?«

»Unsere hübsche Geophysikerin will ihn angeblich erkannt haben. Heute Morgen war ich mit ihr zusammen beim Stammesführer in Vanavara. Wusstest du, dass es sich bei dem Mann um Aldanovs Großvater handelt? Wir waren in seiner Jurte, und auf einem uralten Foto hat sie Aldanovs Gesicht erkannt. Sie meinte, er könne der Mann gewesen sein, der sie gerettet hat.«

Bashtiri war blass geworden und setzte das Glas auf einem Tischchen ab, bevor er unvermittelt aufstand und ans Fenster ging. »War sie sicher, dass er es gewesen ist, der sie gerettet hat?« Er wandte sich zu Lebenov um, die Hände in seinen Hosentaschen vergraben. »Ich meine, vielleicht hat sie sich getäuscht. Du weißt so gut wie ich, dass die Einheimischen in den Augen gewöhnlicher Europäer alle gleich aussehen.«

»Sie schien sich recht sicher zu sein. Die Großmutter hat den Tod des Mannes nochmals bekräftigt. Sein Großvater war nicht zu Hause. Deshalb konnte ich ihn nicht befragen. Ich habe ein seltsames Gefühl. Und du kennst meinen Instinkt. Er hat mich noch nie im Stich gelassen. Wir sollten an der Sache dran bleiben. Solange wir nicht wissen, wer der unbekannte Samariter war, halte ich die Sache ohnehin nicht für erledigt.«

»Ja, ja …« Bashtiris Blick wirkte abwesend. »Ich verlasse mich auf dich.«

»Gibt es etwas Neues aus Irkutsk? Weiß man endlich, wem die Taschenuhr gehörte?« Lebenov versuchte sich an einem aufmunternden Grinsen, doch Bashtiri erwiderte es nicht. Er schenkte sich einen zweiten Whiskey ein und stieß einen Seufzer aus. »Das ist auch so eine merkwürdige Sache. Unser Anthropologe hat eine Untersuchung der Taschenuhr vornehmen lassen. Das eingestanzte Zeichen konnte bei einer chemischen Analyse rekonstruiert werden. Es steht für eine Studentenverbindung, die sich 1902 am Polytechnischen Institut von Sankt Petersburg gegründet hat. Die Initialen gehören zu einem Mann, den Polizisten der Dritten Abteilung des Zaren am Sankt Petersburger Blutsonntag aus seinem Elternhaus abgeholt haben. Alte Unterlagen besagen, dass er mit den Bolschewiki gemeinsame Sache gemacht hat. Angeblich ist er während seiner Inhaftierung in Moskau an der roten Ruhr verstorben.«

»Und wie kommt die Uhr dann nach Sibirien?«

»Keine Ahnung.« Bashtiri kippte den Whiskey in einem Schluck hinunter. »Vielleicht hat man ihm nach seinem Tod die Uhr geklaut. Aber damit ist immer noch nicht geklärt, wie sie an die Hand ihres neuen Besitzers in den See gelangt ist und warum sich seine Leiche so gut erhalten hat …«

Noch am selben Nachmittag kehrte Viktoria mit Kolja und Theisen ins Camp zurück.

»Wir haben uns große Sorgen gemacht.« Rodius erhob sich und umarmte sie herzlich. Gerührt nahm Viktoria die Erleichterung des Professors zur Kenntnis. Auch Professor Olguth und seinen Kollegen war anzumerken, dass sie froh über ihre Rückkehr waren. Zusammen mit Rodius und Theisen begleitete Olguth sie zu ihrer Unterkunft. Vor dem Eingang der Hütte blieb Viktoria stehen, während Theisen ihre Tasche in ihr Zimmer trug.

»Was ist mit Bashtiri und seinen Schergen?« Viktoria blickte zu Professor Rodius auf. Es war nicht zu verkennen, dass sich das Camp der

Wissenschaftler in ein Militärlager verwandelt hatte. Überall patrouillierten Bewaffnete, und von weitem vermittelte es den Eindruck, als ob die Kollegen der Universität Moskau sibirische Zwangsarbeiter seien, die man bei Aufräumarbeiten beaufsichtigte. Dabei hatten die russischen Kollegen offenbar ganze Arbeit geleistet. Nur ein paar feuchte Stellen hier und da zeugten noch von der Katastrophe.

»Psst …« Rodius legte den Zeigefinger auf die Lippen und sah seine Assistentin verschwörerisch an. »Seit Neustem haben die Wände Ohren«, bemerkte er leise. »Unser Gönner lässt sich nicht in die Karten schauen. Er hat uns strikt untersagt, im See zu forschen. GazCom hat die Untersuchungen an sich genommen. Der Sicherheitschef hat unsere gesamten Ergebnisse eingefordert, einschließlich unserer computergestützten 3D-Aufnahmen. Noch heute soll ein neuer Katamaran zu Wasser gelassen werden, der nach dem ominösen Aluminiumteil sucht, das Theisen angeblich gefunden hat. Uns ist es lediglich erlaubt, außerhalb des Gewässers Bodenproben zu nehmen.«

Viktoria überlegte einen Moment. »Wir sollten also keine Zeit verstreichen lassen. Ich möchte mich ohnehin noch ein wenig umschauen.«

Professor Rodius stieß einen Seufzer aus. »Also gut«, sagte er und sah ihr in die Augen. »Da ich dich offensichtlich nicht überzeugen konnte, nach Deutschland zurückzukehren, beauftrage ich dich offiziell, hinter dem Abfluss des Kimchu nach Eisenoxid zu suchen. Das ist es doch, was du möchtest, nicht wahr?«

Viktoria lächelte. Rodius kannte sie besser als irgendjemand sonst an der Universität. Sie waren sehr vertraut miteinander, und in gewisser Weise ersetzte er ihr manchmal den Vater. Daher war ihm nicht entgangen, dass es Viktoria auf eigene Ermittlungen drängte, was die Geschehnisse nach ihrem Verschwinden betraf.

»Nimm unseren russischen Touristenführer mit«, fügte der Professor hinzu, »dann kann ich Bashtiri sagen, dass du nicht allein unterwegs bist und es keiner begleitenden Soldaten bedarf.«

Theisen hatte sich bereits einer zweiten Gruppe angeschlossen, die verschiedene Baumgruppen auf Reste von Radioaktivität untersuchen sollte.

Kolja schien nicht sonderlich überrascht zu sein, dass Viktoria ihn bei ihrer Exkursion dabei haben wollte. Wie selbstverständlich steckte er neben Hartkeksen und einer Wasserflasche ein Funkgerät in seinen Rucksack. Verstohlen tastete er nach der Pistole, die er stets heimlich bei sich trug.

Wenig später steuerte der Russe das Schlauchboot, das Viktoria mit der notwendigen Ausrüstung beladen hatte, in Richtung Kimchu. Das Wetter hatte wider Erwarten aufgeklart, und Viktoria schätzte sich glücklich, dass ihr statt der Krankenhausluft der vergangenen Tage nun die frische Seeluft um die Nase wehte. Kolja wusste, wo man ihren Taucheranzug gefunden hatte, und so fuhr er bis zu der Stelle hinauf, wo Viktoria aller Wahrscheinlichkeit nach von dem Unbekannten aus dem Wasser gezogen worden war.

Hohe Bäume, zwitschernde Vögel. Wildnis, so weit das Auge reichte. Vergeblich versuchte Viktoria sich zu erinnern, während sie am Ufer entlang marschierte. Wieder war es nur das verschwommene Gesicht ihres Retters, das vor ihrem geistigen Auge auftauchte.

»Du suchst nach Spuren. Deshalb willst du ausgerechnet hier Proben entnehmen?« Kolja schaute sie neugierig an.

Viktoria fühlte sich ertappt. »Reich mir mal den Magnetfeldmesser«, erwiderte sie, ohne auf Koljas Frage einzugehen. Fachmännisch legte sie das Messgerät und das dazugehörige Gestänge an, mit dem man den Untergrund systematisch nach auffälligen Bodenstrukturen absuchen konnte.

»Vielleicht finden wir ja Abweichungen im Eisenoxidgehalt des Erdbodens«, fügte sie hinzu und begann gleichzeitig entlang der Uferböschung zwischen jungen Lärchen und Birken umherzuwandern. Dabei ließ sie ihren Blick schweifen, ob sie irgendwelche Spuren ihrer Rettung ausmachen konnte. »Sieht nicht so aus, als würden wir hier etwas finden«, sagte sie mehr zu sich selbst. »Vielleicht nehmen wir nur ein paar Bodenproben.«

Kolja hockte in der Nähe des Schlauchbootes und drehte sich eine Zigarette. Er wirkte beinahe enttäuscht, als sie mit leeren Händen zu ihm zurückkehrte.

Doch dann gab der Magnetfeldmesser plötzlich einen bemerkenswerten Ausschlag. Viktoria folgte der Messung und kam, nachdem sie das untersuchte Feld mehrmals abgegangen war, zu dem Schluss, dass sich unter der Erdoberfläche eine geregelte Struktur befand, die von keinem natürlichen Ursprung herrühren konnte. Es sah aus wie ein Schacht, umgeben von einer verschütteten Mauer.

»Gib mir bitte den Handbohrer für die Bodenproben«, bat Viktoria ihren Begleiter. Routiniert schnallte sie den Magnetfeldmesser ab und legte ihn beiseite.

Kolja übergab ihr mit hochgezogenen Brauen das Bohrgerät. »Irgendwas gefunden?«

Viktoria stemmte den Bohrstab mit beiden Händen in den weichen Waldboden. Nach gut einem halben Meter stieß der Bohrer überraschend auf Widerstand. Viktoria versuchte es an einer anderen Stelle und erhielt das gleiche Ergebnis.

Sie schaute überrascht auf. »Permafrost?«

Kolja schüttelte den Kopf. »Nicht zu dieser Jahreszeit. Da müsstest du noch gut eineinhalb Meter tiefer bohren. Vielleicht ist es ein Fels?«

»Das kann nicht sein. Das hier ist ein Sumpfgebiet. Da liegen Millionen Jahre von pflanzlichen Ablagerungen im Boden.«

Viktoria wischte sich den Schweiß von der Stirn und setzte sich auf einen umgekippten Baumstamm. Ihr war auf einmal schwindelig.

»Was ist?«, fragte Kolja. »Geht's dir nicht gut?«

»Nein, nein, es geht schon«, erwiderte sie schwach. »Ich schlage vor, du fährst zurück ins Camp und holst Verstärkung. Sag unseren Kollegen, sie sollen Spaten mitbringen. Dann können wir feststellen, ob sich hinter dem Widerstand eine Struktur verbirgt, die für uns von Interesse sein könnte.«

»Willst du nicht lieber mitkommen?« Kolja war das Unbehagen anzusehen, sie hier alleine zurückzulassen.

»Nein, ich ruhe mich eine Weile aus. Es kann ja nicht lange dauern, bis du zurück bist.«

Kolja war kaum außer Sichtweite, als Viktoria sich erneut auf den Weg machte, um die Uferböschung zu untersuchen. Sie hatte die Hoffnung, Spuren ihres Retters zu finden, noch nicht aufgegeben. Vielleicht gab es Fußabdrücke, abgeknickte Äste oder vergessene Gegenstände. Schließlich musste sie von hier aus irgendwie zu seiner Hütte gelangt sein. Möglicherweise war es Einbildung, aber die ganze Zeit über hatte sie sich beobachtet gefühlt. Suchend schaute sie sich um. Trotz eines mulmigen Gefühls im Bauch nutzte sie die Gelegenheit, allein in den Wald zu gehen.

Als sie nach einer Weile in Richtung Anlegestelle zurückblickte, dachte sie für einen Moment, sie würde halluzinieren, doch dann konnte sie ihn tatsächlich sehen. Er saß in unwegsamem Gestrüpp auf einem Baumstumpf und regte sich nicht. In Tarnkleidung, die ihn wie einen Soldaten mit dem Wald verschmelzen ließ, war er kaum zu erkennen. Den Kopf in der Pose des Denkers auf seine Hand gestützt, sah er sie unentwegt mit seinen dunklen Augen an.

Ihr Herz schlug wie wahnsinnig. Sie war ganz allein, und der Kerl mit dem langen, schwarzen Zopf machte keinerlei Anstalten, aufzustehen und sich vorzustellen. Sie schluckte und nahm all ihren Mut zusammen. Dann ging sie langsam auf ihn zu.

»Hallo?« Einen Moment hatte sie das Gefühl, dass er aufstehen und die Flucht ergreifen wollte. Doch dann lächelte er und erhob sich in einer fließenden Bewegung.

Ohne ein Wort schritt er ihr entgegen und blieb unmittelbar vor ihr stehen. Nun hatte sie keine Zweifel mehr, dass er der Mann war, der sie auf dem Sportplatz aus dem Dreck gezogen hatte und der später mit ihr in der Hütte gewesen war. Und er war es auch gewesen, mit dem sie gestern im Eingang der Jurte zusammengestoßen war.

Unvermittelt hob er seine Hand, und sie zuckte für einen Moment zurück, als er ihr in unangebrachter Vertrautheit eine Haarsträhne aus dem Gesicht streichen wollte.

»Es tut mir leid«, sagte er mit entschuldigender Miene, »wenn ich dich erschreckt habe.«

Für einen Moment hielt Viktoria den Atem an. Träumte sie schon wieder, oder sprach er tatsächlich Deutsch?

»Wer bist du? Wie ist dein Name?«, stotterte sie atemlos.

»Leonid.« Wieder lächelte er, diesmal befreiter und offener. Jetzt sah er exakt so aus wie der Junge auf dem Foto.

»Und warum behauptet deine Großmutter, dass du tot bist?«

»Tut sie das?« Sein Gesicht drückte Verwunderung aus, doch dann legte er eine Hand auf ihre Schulter und zog sie sanft herum. »Vielleicht weil sie nicht möchte, dass man mich in Schwierigkeiten bringt.«

»Was für Schwierigkeiten?« Viktoria runzelte die Stirn und sah ihn unsicher an.

Er ging nicht auf ihre Frage ein. »Die Gelegenheit scheint günstig. Wollen wir ein Stück den Fluss hinaufgehen?«

Viktoria registrierte, wie er zur Anlegestelle sah. Offenbar wollte er nicht, dass man sie zusammen entdeckte. Das ungute Gefühl wollte nicht weichen. Selbst wenn er ihr Leben gerettet hatte, so war er doch ein Fremder, von dem sie nicht wusste, was sie von ihm zu halten hatte. »Von mir aus«, sagte sie so gleichgültig wie irgendmöglich, dabei drohte ihr Herz zu zerspringen, während sie jede Bewegung des Mannes wahrnahm – seine ausladenden Schritte, die schwarzen, abgetragenen Springerstiefel, die gefleckte Armeehose und sein dunkles Lederhemd, das er wie eine Uniform zu tragen schien.

Vielleicht war er tatsächlich ein Spinner, dem man nicht vertrauen durfte und der nur darauf lauerte, eine hilflose Frau zu vergewaltigen.

Leonid legte zwei Finger an seine Lippen, es sah aus, als ob er einen lautlosen Pfiff ausstoßen würde.

Plötzlich war ein Rascheln zu vernehmen, und hatte sie sich bis eben noch gefragt, wo er seinen Wolf gelassen hatte, so kam das Tier mit einem gewaltigen Satz aus dem Gebüsch gestürmt und ließ sich von seinem Herrn in freudiger Erregung den Hals tätscheln. Die Hände des Mannes wirkten kräftig und doch feingliederig, als er zärtlich durch das dichte Fell des Tieres fuhr und etwas in einer, für Viktoria völlig unbekannten Sprache murmelte.

»Wie viel Zeit haben wir?« Er sah sie fragend an.

»Nicht viel.« Für einen Augenblick blickte sie angespannt zur Anlegestelle zurück. »Wenn mein Kollege zurückkommt und ich nicht hier bin, wird er die Soldaten im Camp alarmieren.«

Warum sagte sie das? Leonid sah ihr forschend in die Augen. Hatte sie Angst, dass er ihr etwas antun würde?

»Du warst es, der mir das Leben gerettet hat, nicht wahr?«

Leonid nickte verhalten und wich dabei ihrem forschenden Blick aus. »Ich habe nur getan, was getan werden musste.«

Er wollte weitergehen, doch sie hielt ihn am Arm zurück. Als er ihr ins Gesicht sah, nahm sie all ihren Mut zusammen.

»Warum hast du mit mir geschlafen?«

Seine Miene drückte Verblüffung aus. »Wie soll ich das verstehen?«, fragte er ausweichend. Um sicherzugehen, dass sie ihn nicht missverstanden hatte, war er wieder ins Russische gewechselt.

Viktoria zögerte einen Moment. »Na, wie schon?«, antwortete sie ebenso ungeduldig auf Russisch. »Du hast mich ausgezogen und dann …«

»Du kannst dich daran erinnern?«

»Mein Gott, wie sollte ich eine solche Begegnung vergessen können?«

»Es hatte nichts mit Leidenschaft zu tun«, entschuldigte er sich stotternd. »Es war ein uraltes schamanisches Ritual, um deine Seele zu schützen und sie in deinen Körper zurückzuführen.«

Fassungslos schüttelte Viktoria den Kopf und konnte sich doch ein Lächeln nicht verkneifen. »So hat mir das noch niemand erklärt. Betreibst du in deinem Bett öfter schamanische Rituale mit wildfremden Frauen?« Sein unschuldig verwirrter Blick hatte sie ermutigt, eine solch unverschämte Frage zu stellen. Vielleicht war der Kerl wirklich verrückt, aber er machte ihr nicht den Eindruck, ein skrupelloser Vergewaltiger zu sein.

»Bett? Es ist hier auf dem Waldboden geschehen. Eigentlich hätte ich es nicht tun dürfen, aber es war die einzige Möglichkeit, dich von den Toten zurückzuholen.«

»Wir waren *nicht* zusammen in deinem … Bett?« Plötzlich war sie vollkommen verunsichert.

»Nein … du lagst alleine darin, nachdem ich dich in meine Hütte getragen hatte. Ajaci hat sich zu deinen Füßen gelegt, wie er es von mir gewohnt ist.« Er warf einen kurzen, irritierten Blick auf seinen Hund. »Aber ich habe ihn sofort an den Ofen gescheucht.«

»Sag mir bitte, was genau passiert ist.« Selbst wenn es ihr peinlich war – sie wollte, dass er sie lückenlos über ihre Rettung aufklärte. Stockend begann er zu erzählen, und auch wenn sie das meiste davon überhaupt nicht verstand, begriff sie, dass all ihre intimen Erinnerungen an diesen Mann nur ihrer Phantasie entsprungen sein mussten, wahrscheinlich eine Halluzination unter dem Einfluss dieses rätselhaften Tees, den er ihr in seiner Hütte verabreicht hatte.

»Es gibt sicher unangenehmere Methoden«, scherzte Viktoria, »jemandem von den Toten zurückholen.«

»Das ist nicht lustig«, bemerkte Leonid ernst. Er war stehen geblieben. Sein Blick wirkte tadelnd.

»Was ist es dann?«, erwiderte Viktoria mit einem Lächeln. »Möglicherweise unanständig?« Fragend hob sie eine Braue, doch Leonid antwortete nicht, sondern sah ihr nur in die Augen. Für einen Moment fühlte sie sich von einer seltsamen Macht ergriffen, die sie völlig überrumpelte. Ohne Ankündigung legte sie ihre Arme um seinen Hals und zog ihn zu sich herab. Der Hund knurrte leise, doch das störte sie nicht weiter – zumal die Lippen des Mannes bereitwillig ihren Mund in Besitz nahmen und er ihren Kuss in einer Intensität erwiderte, die ihre Knie weich werden ließen. Seine starken Arme schlossen sich um ihren Körper, und sie spürte nicht nur seine Wärme, sondern auch seine Leidenschaft, als er sie voller Verlangen an sich presste. Fest umschlungen vergaßen sie für einen Moment alles um sich herum. Erst als das Knattern des Motorbootes zu hören war, löste sich Viktoria abrupt und atemlos aus seiner Umarmung.

»Ich glaube, es ist besser, wenn du jetzt gehst.« Ihre Stimme klang gehetzt.

Er beugte sich nochmals zu ihr herab und vergrub für einen Moment seine Nase hinter ihrem Ohr. »Du wirst mich also nicht an Bashtiri und seine Männer verraten?«, raunte er ihr ins Haar.

»Nein, natürlich nicht«, stieß sie hervor, während sein heißer Atem ihr eine Gänsehaut über den Nacken jagte.

»Sehen wir uns wieder?«

»Wann und wo?« Irritiert schaute sie zu ihm auf.

»Bei Sonnenuntergang, vor dem Camp. Ich werde dich finden.«

15

Juni 1905, Sibirien – Schicksalsschläge

Der Sommer in Sibirien war kurz und heiß, und der angeblich rasche, leichte Krieg gegen Japan galt als endgültig verloren, auch wenn man sich das nur hinter vorgehaltener Hand eingestand. Die Stimmung des Lagerkommandanten und seiner Offiziere befand sich nicht nur wegen der unglaublich hohen Verluste auf einem Tiefpunkt. Auch der politische Druck, eine außerordentliche Waffe zu entwickeln, stieg ins Unermessliche. Leutnant Subbota war kurzfristig in den Winterpalast beordert worden, um einen ersten Rapport zu liefern. Eine undankbare Aufgabe, denn außer hochtrabenden Hirngespinsten konnte er kaum etwas vorweisen. Entsprechend hart gestaltete sich das Lagerleben. Bereits im Juni kippten die einfachen Arbeiter wegen der Hitze im Kohlekontor und in der Schmiede reihenweise um. Dazu kam eine ungeheure Mückenplage, die das Leben für Leonard und seine Kameraden schier unerträglich machte. Während Pjotr und er sich meist in der Konstruktionshalle aufhielten, wurde Aslan zu geheimnisvollen Exkursionen abgeordnet, die ihn wochenlang vom Lagerleben erlösten. Ob es ihm dabei besser erging, verriet der Turkmene nicht. Auch ein halbes Jahr nach ihrer Ankunft im Pijaja-Gebirge hatte er nichts von seiner Schweigsamkeit verloren.

Anfang Juli befiel Leonard eine schwere Krankheit. Starkes Fieber, Übelkeit, Kopf- und Gliederschmerzen, dann kam – mitten bei der Arbeit – ein totaler Zusammenbruch.

»Vielleicht ist es die Grippe«, verkündete Doktor Primanov, der Lagerarzt, lapidar, nachdem er Leonards ermatteten Körper einer eingehenden Begutachtung unterzogen hatte. Leonard hatte die Untersuchung stoisch über sich ergehen lassen; er hatte lediglich nach mehreren Decken verlangt, weil er trotz der Hitze fror. Dabei war er insgeheim froh, dass sich überhaupt ein Arzt im Lager befand. Obendrein einer, der einst der besten Sankt Petersburger Gesellschaft angehört hatte. Es hieß, Primanov sei der Leibarzt eines angesehenen Bankiers gewesen. Wie und warum er in Ungnade gefallen war, darüber gab es nicht einmal Gerüchte.

Ohne dass der Arzt sich über seine Erkrankung genauer ausließ, spürte Leonard, dass es ernst um ihn stand. Er fühlte sich hundeelend, als zwei ältere Lagerinsassen ihn am nächsten Tag auf Befehl Primanovs aus dem Lazarett trugen, um ihn in ein dürftig ausgestattetes Einzelzimmer zu verlegen, das der Kommandantur normalerweise als Abstellkammer diente.

»Es ist nur eine Vorsichtsmaßnahme«, bemerkte der Arzt mit einem gezwungenen Lächeln.

»Werde ich sterben?« Leonard sah den Arzt aus fiebrig glänzenden Augen an.

»Ich weiß es nicht«, seufzte Primanov schwer. »Aber Sie werden verstehen, dass ich die anderen Lagerinsassen nicht in Gefahr bringen darf.«

Leonard schloss für einen Moment die Augen. »Doktor, ich danke Ihnen für Ihre Ehrlichkeit«, flüsterte er schwach.

In seinen Fieberträumen begegnete ihm Katja, von der er bisher noch keinen einzigen Brief erhalten hatte. Schon seit Monaten wartete er auf ein Lebenszeichen des Mädchens, das man ihm bei guter Führung versprochen hatte.

Als ein Bote des Kommandeurs dann unvermittelt mit einem Brief in seinem Krankenzimmer erschien, glaubte Leonard noch immer zu träumen. Doch der Brief war echt. Zumindest meinte er, Katjas Schrift zu erkennen. Die Zeilen waren tatsächlich, wie man es ihm gesagt hatte, an ihre Mutter gerichtet.

Mit zitternden Händen nahm Leonard das Schreiben aus dem verschmutzten Kuvert. Einen Moment lang beschlich ihn ein schlechtes Gewissen. Schließlich hatte Katja das Schreiben im Glauben verfasst, dass es nur ihre Mutter lesen würde. Er zögerte kurz, dann schob er seine Bedenken beiseite.

Meine liebe Mutter, stand da. Katjas Handschrift war längst nicht so sauber wie sonst. *Mir geht es gut. Ich hoffe, Dir und meinen Brüdern geht es auch gut und Ihr müsst euch nicht allzugroße Sorgen machen. Dabei solltet Ihr Euch keinesfalls schuldig fühlen. Dass ich in diese verzwickte Lage gekommen bin, war ganz allein meine Schuld. Auch Leonard kann nichts dafür. Ich habe seinen Tod zu verantworten, und das macht die Sache noch weit schlimmer, als ich es mir je hätte vorstellen können. In Gedanken bin ich Tag und Nacht bei ihm, und er ist bei mir. Vor allem, weil ich sein Leben unter dem Herzen trage.* Leonard schluckte und spürte Tränen in seinen Augen. Mit einem Mal wurde ihm das Herz schwer. Unfassbar! Sie war schwanger, und das Kind war von ihm.

Wenn es ein Junge wird, werde ich ihn Leonard nennen, und wenn er die schönen blauen Augen seines Vaters bekommt, werde ich eines Tages zu ihm aufschauen und denken, dass er zu mir zurückgekehrt ist. Wenn es ein Mädchen wird, werde ich es Viktoria nennen, damit es eine Siegerin wird und keine Verliererin wie seine Mutter. Ach Mamutschka – bald wirst Du eine Babuschka sein und Deinen Enkel noch nicht einmal in den Armen halten können. Verzeih Deiner ungezogenen Tochter, die immer soviel besser sein wollte als Deine Söhne, und es doch nicht geschafft hat. Ich weiß, dass Du Dir ein besseres Leben für mich erträumt hast, in der Hoffnung, dass Leonard mich eines Tages zur Frau nimmt. Aber er war ein Nemez und ein hochgestellter dazu. Seine Eltern hätten niemals die Zustimmung zu unserer Hochzeit gegeben. Schließlich bin ich nur ein russisches Mädchen aus einfachen Verhältnissen und obendrein eine Kriminelle. Und doch bin ich seine Frau geworden, wenn auch nur mit dem Herzen, und dass ich sein Kind bekomme, bedeutet mir mehr, als Du Dir vorstellen kannst.

In Liebe
Jekatherina

Leonard sank zurück in sein Kissen und brach in Tränen aus. Katja liebte ihn nicht nur von ganzem Herzen – sie hatte tatsächlich darauf gehofft, seine Frau zu werden. Dabei hatte sie ihm immer vorgegaukelt, dass ihre Mutter nichts von ihrem Verhältnis wusste.

Wie gegeißelt lag er auf seinem Bett. Die Arme ausgestreckt, hielt er den Brief in der Linken und ließ ihn kraftlos in seiner Hand baumeln, bis er schließlich zu Boden fiel. Er fühlte sich wie tot.

Sein Blick wanderte über die Zimmerdecke – zu den grau getünchten Balken und Schindeln, hin zu einem Vogelnest, in das ein Pärchen Blaunachtigallen Einzug gehalten hatte. Die abwechselnd brütenden Eltern waren neben dem Lagerarzt und einem Mitgefangenen, der ihm das Essen brachte, der einzige Besuch, den er seit Wochen erhielt.

Verdammt! Es ging ihm kaum besser, doch die Verpflichtung, gesund zu werden, ließ ihn nicht los. Nur bei erfolgreicher Arbeit, die den Kommandanten zufriedenstellen würde, durfte er darauf hoffen, Katja und auch das Kind zu sehen.

Ein paar Tage später öffnete sich am Abend überraschend die Tür zu seiner Kammer. Eine Frau huschte mit einer Petroleumleuchte herein und steckte noch einmal den Kopf nach draußen, als ob sie sichergehen wollte, dass ihr niemand gefolgt war. Dann befreite sie ihren Kopf von dem großen Wolltuch und trat an sein Bett. Leonard hatte geschlafen, und im ersten Moment, als er sie durch die halb geöffneten Lider ansah, glaubte er an eine Erscheinung, so groß empfand er die Ähnlichkeit zu seiner Geliebten. Nur die Stimme war weitaus kindlicher.

»Leonard?« Flüsternd beugte Kissanka sich zu ihm hinunter. Beiläufig stellte sie eine Flasche mit einer dunklen Flüssigkeit auf den kleinen Tisch, der direkt neben dem Bett stand. »Blaubeersaft.« Ein Lächeln flog über ihr Gesicht. »Ich habe ihn aus der Küche gestohlen.« Ihre kühle Hand streichelte seine bärtige Wange.

»Kissanka, um Gottes willen, was tust du hier?« Leonard schaute sie erschrocken an. Seine Stimme war rau und brüchig. Das Fieber war zurückgegangen, doch sein Körper war noch immer schwach. Nur sein Verstand war so klar wie eh und je. »Du könntest krank werden. Was ist, wenn du dich ansteckst?«

»Dann werde ich sterben«, sagte sie so leise, dass er es kaum verstand. »Jetzt ist es sowieso schon egal.«

»Was soll das heißen?« Zitternd ergriff er ihre viel kühlere Hand. Dabei versuchte er, sich ein wenig aufzurichten. Kissanka kam ihm entgegen und war versucht, ihn zu küssen, doch er wandte den Kopf ab.

»Bist du verrückt?«, zischte er. »Es ist mir ernst. Wenn du dich umbringen willst, nur zu, aber lass es nicht meine Schuld sein.«

»Du bist in jedem Fall daran schuld«, erwiderte sie trotzig. »Ganz gleich, wie es ausgeht.«

»Wie soll ich denn das verstehen?« Sein Blick war voller Verblüffung, als sie ihm half, das Kissen zu richten, um es ihm ein wenig bequemer zu machen.

»Ich bin schwanger, Leonard.« Sie sah ihn mit entwaffnender Ehrlichkeit an und legte eine Hand auf seine Brust.

Sein Blick blieb verwirrt.

»Glaubst du mir nicht?« Sie rückte ein Stück von ihm ab und lüftete ihre Röcke. Darunter trug sie keine Unterwäsche und präsentierte ihm schamlos ihre Blöße. Sein erschrockener Blick wanderte fassungslos über ihren blanken, ansehnlich gewölbten Bauch. »Sechster Monat – daran lässt sich nichts mehr beschönigen. Ich habe die ganze Zeit darauf gehofft, dass das Kind noch abgeht – aber es hat sich in mir festgesetzt wie eine Zecke in ihrem Wirt.«

»Sprich nicht so!« Leonard sah sie verständnislos an und war versucht, ihr den Rock herunterzuziehen. »Es ist dein Kind, und es spielt keine Rolle, wer es gezeugt hat.«

»Irgendwie ist es auch dein Kind«, erwiderte sie leise und streichelte mit ihrer Hand über die Wölbung. Mit einem Seufzer ließ sie den Bauch wieder unter ihrem karierten Rock verschwinden.

Leonard sah sie verständnislos an, doch in ihren Augen spiegelte sich nicht der geringste Zweifel.

»Bei allem Verständnis für deine vertrackte Lage.« Er atmete kurz und heftig. »Ich bin nicht der Vater des Kindes, und das weißt du sehr wohl.«

»Ja, ich weiß, der Kosak hat es gemacht«, erwiderte sie lapidar, »damals in der Scheune. Es wäre nicht geschehen, wenn du früher gekommen wärest.« Sie senkte den Kopf und blickte verschämt zu Boden. »Also trifft dich eine Mitschuld.«

Eine einzelne dicke Träne rann über ihre Wange.

Leonard hatte das Gefühl, ihm würde das Herz zerreißen. Er hob die Hand, um sie zu trösten. Ja, sie hatte recht. Er hatte ein wenig gezögert, bevor er sie aus den Klauen dieses Lüstlings befreit hatte.

Er zog sie nun doch zu sich herunter und nahm sie in den Arm. Sie begann erneut zu weinen, und er streichelte aus reiner Hilflosigkeit ihren Rücken.

»Wenn mein Vater erfährt, dass ich es mit einem Kosaken getrieben habe, schlägt er mich tot«, flüsterte sie. »Die einzige Rettung wäre, wenn du die Verantwortung für das Kind übernehmen könntest. Du bist ein anständiger Kerl, und außerdem bist du den Russen wichtig. Wir könnten vielleicht sogar heiraten. Das ist in anderen Lagern nichts Ungewöhnliches.« Für einen Moment richtete sie sich auf und sah ihn flehend an. »Ich wäre dir eine gute Frau. Ich würde alles tun, was du von mir verlangst.«

Leonard wusste beim besten Willen nicht, was er darauf antworten sollte.

»Kissanka«, begann er vorsichtig. »Ich kann dich nicht heiraten. Ich habe schon eine Frau. Und sie erwartet auch ein Kind, genau wie du. Nur mit dem Unterschied, dass ich tatsächlich der Vater bin.«

Sie schaute ihn an, als ob er sie geschlagen hätte. »Aber woher willst du das wissen? Du hast sie Monate nicht gesehen, und wer weiß, vielleicht wurde sie auch vergewaltigt, und das Kind ist gar nicht von dir«, schrie sie ihn an. Dann fiel ihr Blick auf den Brief, und bevor Leonard es verhindern konnte, hatte sie ihn vom Boden aufgehoben und wanderte rastlos im Zimmer auf und ab, während sie zu lesen begann.

Zu matt, um aufzustehen, ließ Leonard sie gewähren. Als sie alles gelesen hatte, sah Kissanka ihn mit ausdrucksloser Miene an. »Du wirst sie sowieso nicht wiedersehen, Leonard.« Ihre Stimme war kalt. »Sie ist eine Terroristin, sonst hätte man sie nicht in Tomsk eingesperrt. Oder sie ist eine Hochstaplerin und hat dich an die Russen verkauft. Wenn man gewollt hätte, dass ihr beide zusammenkommt, hätte man euch doch hierher verschicken können.«

Mit der Überzeugungskraft einer Verzweifelten baute sie sich vor ihm auf und warf ihr langes rotbraunes Haar zurück. »Ich bin hier«, erklärte sie mit erstickter Stimme. »Und ich bin aus Fleisch und Blut. Ich liebe dich, Leonard, wie dich niemand sonst je lieben wird. Du kannst mich nicht einfach zurückweisen!«

Leonard spürte, wie sich ein winziger Funke des Ärgers in ihm regte. Bei allem Verständnis, das er Kissanka entgegenbrachte, war er nicht bereit, Katja und ihr Kind zu verleugnen, dass das Licht der Welt erst noch erblicken würde. Den Ärger, den er sich einhandeln würde, wenn er sich zu dieser falschen Vaterschaft bekannte, war abzusehen. Nicht nur Katja würde enttäuscht sein, wenn sie eines Tages davon erfahren sollte. Wie Kommandeur Lobow auf diese Nachricht reagieren würde, war ebenso wenig zu erahnen. Nicht auszudenken, wenn er den Eindruck gewann, dass Katja nicht mehr das Druckmittel war, für das er sie hielt. Vielleicht würde er seine Boshaftigkeiten auf Kissanka übertragen und Katja und ihr Kind im wahrsten Sinne des Wortes zum Abschuss freigeben.

»Es tut mir leid«, sagte er leise. »Ich kann bei deinem Vater Fürsprache halten und ihm erklären, dass dich keine Schuld trifft.«

Wortlos schaute Kissanka ihn an und schüttelte den Kopf. Dann nahm sie ihr blaues Wolltuch, schlug es um ihre Schultern und ging ohne ein Wort des Abschieds hinaus.

Drei Wochen später hatte Leonard den Vorfall schon beinahe vergessen. Mittlerweile plagten ihn andere Sorgen. Nur halbwegs genesen war er an seinen Arbeitsplatz zurückgekehrt.

Trotz der widrigen Umstände hatte er seit Katjas Brief wieder Mut gefasst und meinte, dass sein Aufenthalt in dieser Hölle einen Sinn hatte.

Weinberg unterstützte ihn bei seinen wagemutigen Überlegungen, dass er eine automatische Steuerung entwickeln konnte, mit der man auch größere Luftschiffe über eine sehr lange Strecke zu lenken vermochte.

»Auf die Übersetzung der Steuerungsruder kommt es an und auf den Motor«, sagte er, als ihm der Jude im Vorbeigehen in der großen Konstruktionshalle auf die Schulter klopfte.

»So wie ich dich kennengelernt habe, dürfte die Umsetzung der Pläne für dich kein Problem darstellen«, erwiderte Weinberg. »Was den Antrieb betrifft, so lass dies nur meine Sorge sein. Ich habe eine Batterie entwickelt, die weit mehr Elektrizität speichern kann als alle bekannten Batterien. Kombiniert mit einem leistungsstarken Verbrennungsmotor, können wir damit bis Japan fliegen und den Schlitzaugen die Hölle heiß machen. Ganz so, wie es sich unser hochverehrter Großfürst in den Kopf gesetzt hat.« Sein grauer zerzauster Bart hob sich unter einem breiten Grinsen und gab Leonard damit jene Hoffnung zurück, die ihn seit Monaten mehr und mehr zu verlassen schien. Isaak, wie er von seinen Kameraden genannt wurde, mochte recht behalten. Sie würden es schaffen, den Großfürsten und damit den Zaren zufriedenzustellen, und vielleicht winkte ihnen am Ende tatsächlich die Freilassung.

Beschwingt machte sich Leonard zu seiner Unterkunft auf. In seinem kargen Zimmer hatte er einige Aufzeichnungen, die er in der vergangenen schlaflosen Nacht angefertigt hatte.

Ein kühler Wind wehte durch das enge Gebirgstal; ein Duft nach Sommer und Freiheit schien in der Luft zu liegen – trotz der mannshohen Zäune und Wachmannschaften, die mit scharfen Hunden um das Gelände patrouillierten.

Wie Leonard es erwartet hatte, war die Kammer verwaist. Pjotr verbrachte wie Weinberg und er den ganzen Tag in der Konstruktionshalle, und Aslan wurde erst morgen zurückerwartet. Die Nachmittagssonne schien durch das einzige, halb blinde Fenster. Leonard ging zu seinem Bett und hob das kleine Kissen ein wenig an, darunter befand sich ein zerknitterter Zettel mit einer verwaschenen Bleistiftzeichnung, die ihm als Gedächtnisstütze diente.

Als er aufsah, fiel ein Schatten auf sein Gesicht, und im nächsten Moment traf ihn ein harter Gegenstand an der Schläfe. Der Schlag war so heftig, dass er taumelte und in eine Kiste mit den Holzvorräten fiel. Etwas Warmes lief über seinen Mund, und seine Zunge schmeckte Blut. Dann erst erkannte er den Angreifer. Es war Kissankas Vater – Ivan Ivanowitsch Wassiljoff, der ihm schnaubend wie ein wütender Stier gegenüberstand. Vermutlich war der aufgebrachte Mann geradewegs aus der Schmiede hierher gelaufen. Er trug immer noch eine abgewetzte Lederschürze, und sein nackter, rußgeschwärzter Oberkörper glänzte vor Schweiß und Fett. Während er den Schürhaken mit seiner Rechten im Takt eines Pendel schwang, wirkten seine mächtigen Unterarme wie zwei riesige Keulen. Dabei hob und senkte sich sein breiter Brustkorb unter einem pfeifenden Geräusch. Mit hochrotem Kopf starrte er Leonard aus kleinen, blauen Augen an.

»So, Nemez«, brüllte er außer sich vor Zorn. »Nun wirst du dafür büßen, was du meiner Tochter angetan hast. Aber denk nicht, dass ich dich sofort töte. Nein, es wird ein langsamer qualvoller Tod, ganz so, wie ein Schwein von deiner Sorte es verdient hat. Ich werde dir jeden Knochen einzeln brechen, bevor ich dir den Hals umdrehe.«

Leonard überlegte, ob er nur den Hauch einer Chance hatte, gegen den Schmied anzukommen. Doch das war gänzlich unwahrscheinlich. Erst recht, weil er nach seiner Krankheit noch immer nicht zu Kräften gekommen war. Blieb ihm also nur zu reden.

»Es ist nicht so, wie du denkst, Ivan Ivanowitsch«, sagte Leonard hastig. »Ich habe deiner Tochter kein Haar gekrümmt. Im Gegenteil, ich war es, der sie vor den Kosaken gerettet hat.«

Seine Erklärung reizte den bulligen Schmied nur noch mehr.

»Du Mistkröte!«, brüllte er. »Jetzt willst du es auch noch auf andere schieben.« Er versuchte ihm einen Hieb auf das Knie zu versetzen, doch Leonard gelang es, sich aus der Kiste zu befreien und sich in die hintere Ecke des Raumes zurückzuziehen.

»Ivan Ivanowitsch, ich flehe dich an!« Seine Stimme klang panischer, als ihm lieb war. »Ich habe deine Tochter nicht angefasst. Ich schwöre es dir beim Leben meiner Mutter!«

Der Schmied zeigte sich vollkommen unbeeindruckt; er marschierte geradewegs auf Leonard zu, um ihm mit einem einzigen Schlag die Rippen zu brechen. Der Schlag streifte Leonard nur, doch der Schmerz war beinahe unerträglich.

Leonard konnte kaum noch atmen, trotzdem schaffte er es, sich hinter den Ofen zu retten. Entschlossen packte er den gusseisernen Teekessel und schleuderte ihn auf Wassiljoff.

Der Schmied machte jedoch einen schnellen Schritt zur Seite, und der Kessel schlug gegen das einzige Fenster, das laut klirrend zu Bruch ging. Vielleicht, so hoffte Leonard, würde man nun auf seine verzweifelte Lage aufmerksam werden.

Wassiljoff kam wieder auf ihn zu, und Leonard packte in seiner Verzweiflung einen Reisigbesen. Er schlug zu, doch das Holz brach sofort, während der Schmied kaum mit den Wimpern zuckte.

Hilflos begann Leonard mit allem zu werfen, was ihm in die Finger fiel: Holzklötze, Bücher, ja sogar Stiefel und Schuhe. Doch es war nichts dabei, das Wassiljoff hätte aufhalten können. In letzter Not fasste Leonard nach einem Stuhl. Todesmutig stellte er sich Wassiljoff entgegen, dabei fühlte er sich nicht weniger unwohl, als wenn er auf einen undressierten Bär zugegangen wäre. Der Schmied jedoch grinste nur und zerschlug den Stuhl mit einer Faust. In seinen Augen glomm eine gespenstische Entschlossenheit.

Den nächsten Schlag spürte Leonard noch schmerzhaft, doch dann schienen ihn seine Sinne zu verlassen. Er nahm nichts mehr wahr, versuchte nur noch instinktiv, seinen Kopf vor den niederprasselnden Schlägen zu schützen.

Dann hörte er wie von ferne einen Schuss, bevor ihn Dunkelheit gnädig umfing.

16

Juni 2008, Tunguska – Ecstasy

Wanja Biborow wollte sich keinesfalls als Angsthasen bezeichnen lassen. Groß, muskulös und mit kahl geschorenem Kopf wirkte er bewaffnet und in Tarnfleckuniform auf seine Umgebung überaus einschüchternd. Trotzdem fühlte er sich unbehaglich, als ihn sein Kampfgenosse Istvan, ein dunkelhaariger, nicht minder entschlossen auftretender Kosake, in einen abgelegenen Teil des Waldes führte, von wo aus das Camp nicht mehr zu sehen war. Die dicht gewachsenen hohen Tannen und das Gestrüpp darunter gehörten zu jenem Abschnitt, den ihnen Andrej Lebenov für die Patrouille zugeteilt hatte. Seit gestern Morgen streiften sie in einem Radius von zwei Kilometern um das Lager von Sergej Bashtiri und seinen Wissenschaftlern. Ihr Kommandeur wollte sicherstellen, dass kein weiterer Campbewohner einer tungusischen Jagdwaffe zum Opfer fiel. Außerdem hatte Lebenov Suchtrupps entsandt, die nach jenem geheimnisvollen Ewenken fahnden sollten, der die bewusstlose deutsche Geophysikerin unbeobachtet ins Lager zurückgebracht hatte.

Istvan schaute sich mit verschwörerischer Miene um und machte ein Zeichen mit den Fingern, wie Wanja es nur aus kriegerischen Situationen in Tschetschenien kannte, wenn sie in der Dämmerung auf der Suche nach Aufständischen durch die zerstörten Häuserfronten geschlichen waren.

»Was ist?«, zischte er heiser. »Hast du etwas gesehen?«

Istvan, der fünf Meter vor ihm her lief, antwortete nicht – stattdessen legte er seinen rechten Zeigefinger auf die Lippen, was wohl so viel bedeuten sollte, dass Wanja Stillschweigen bewahrte, weil Istvan ganz in der Nähe ein Geräusch gehört hatte. Die Maschinenpistole noch fester im Anschlag als sonst marschierten sie synchron Schritt um Schritt voran. Wanja hatte seine Waffe entsichert und den Finger am Abzug, obwohl er sich nicht vorstellen konnte, was es hier geben konnte, um eine solche Maßnahme zu rechtfertigen.

Plötzlich blieb Istvan stehen und gab ein undefinierbares Geräusch von sich. Vielleicht war es ein Gurgeln oder ein Röcheln. Wanja konnte es nicht einordnen. Der schwarze Schatten, der zwischen den lichten Bäumen hin und her huschte, versetzte ihn in höchste Alarmbereitschaft.

»Istvan?« Seine Stimme verriet die aufkommende Panik. »Istvan?« Doch der Kamerad stand stocksteif da und wandte ihm dabei den Rücken zu.

Mit Herzklopfen näherte sich Wanja seinem merkwürdig gestimmten Kollegen, dabei sah er sich hastig um.

»Istvan!«, stieß er noch einmal hervor. »Du machst mich nervös! Sieh mich an – was ist los?« Atemlos fasste er nach der Schulter des Gefährten, um ihn herumzureißen, damit er ihm ins Gesicht blicken konnte. In diesem Augenblick wandte sich Istvan in einer rasenden Geschwindigkeit von alleine um und glotzte ihn an. Doch es war nicht sein Kamerad, dessen Furcht einflößende Fratze sich ihm entgegen streckte. Es war eindeutig ein unbekanntes Wesen, das Wanja augenblicklich den Atem nahm. Die Augen schräg gestellt und leuchtend rot, die Zähne spitz wie die eines Hais, stieß dieses Monster ein echsenhaftes Zischen aus. Eine gespaltene bläuliche Zunge schnellte hervor, so lang, dass sie beinahe sein Gesicht berührt hätte.

Angsterfüllt stolperte Wanja rückwärts. Fassungslos starrte er in das maskenhafte Gesicht, nicht bereit, seinen völlig verwirrten Sinnen zu vertrauen.

»Was …?«, stieß er keuchend hervor, und während er weiter zurückwich, getraute er sich nicht, den Blick von diesem leibhaftigen Dämon abzuwenden. Wanjas Herz hämmerte hart in der Brust, und seine Furcht steigerte sich ins Unermessliche, als dieses Etwas mit erhobener Waffe auf ihn zumarschierte.

»Bleib stehen!«, brüllte er, doch das unheimliche Wesen reagierte nicht. Er verfing sich mit seinem Stiefel in einer Wurzel, und bevor er das Gleichgewicht endgültig verlor, drückte er ab. Noch im Fallen riss er seine Waffe nach oben und verschoss das gesamte Magazin in Richtung des Feindes. In einem endlos erscheinenden Stakkato entweihten die Schüsse die Stille des Waldes.

Dann war es plötzlich ruhig, nur ein leises Stöhnen drang in Wanjas Bewusstsein. Für einen kurzen Augenblick dachte er, er würde selbst stöhnen. Im Fallen war sein Kopf an einen Baumstamm geschlagen. Langsam, wie ein uralter Mann mit schmerzenden Gliedern, rappelte er sich auf die Knie und richtete sich mühsam auf, indem er, die Maschinenpistole im Anschlag, mit der freien Hand an einer Tanne Halt fand. Die Furcht saß ihm immer noch im Nacken, und der zuckende blutüberströmte Körper, der nur ein paar Schritte entfernt in einem mit grünlichem Wasser gefüllten Graben lag, vergrößerte seine Angst nur noch. Das Wesen schien noch zu leben. Wanja schluckte hart, während er wie in Trance das Magazin an seiner Waffe wechselte. Vorsichtig setzte er einen Fuß vor den anderen, um zu sehen, wen oder was er da in Grund und Boden geschossen hatte.

Doch als er nahe genug herangekommen war, konnte er die schmerzverzerrten, völlig verblüfften Züge seines Kameraden erkennen.

»Wanja«, flüsterte Istvan kraftlos, während ihm das Blut aus den Mundwinkeln rann. »Warum hast du das getan?«

Doch bevor Wanja eine Antwort hervorbringen konnte, brachen die Augen seines Kameraden, und sein Kopf sackte zur Seite. Er war tot. Wie vom Wahnsinn gepeinigt, suchte Wanja die Umgebung ab. Doch außer ihm und Istvan war weit und breit niemand zu sehen. Wanja spürte, wie er den Boden verlor und seine Knie einknickten, dann brach er über Istvan zusammen und schrie, geschüttelt von Weinkrämpfen, seine Verzweiflung hinaus.

Verunsichert blickte Viktoria zurück. Leonid war wie eine unwirkliche Erscheinung mit seinem Hund zwischen Sträuchern und Bäumen verschwunden, ganz so, als ob die beiden mit der Vegetation verschmolzen wären. Ihr Herz pochte heftig, als sie Kolja und Sven Theisen am Ufer des Kimchu entgegenlief. Zu ihrer Überraschung waren die beiden ohne weitere Hilfe zurückgekehrt und hatten weder schweres Gerät noch Schaufeln dabei.

Sven gestikulierte aufgebracht zu ihr herüber, derweil Kolja den Motor des kleinen Bootes am Laufen hielt.

»Was ist los?« Aufgewühlt schaute Viktoria zu Sven Theisen auf.

»Im Camp hat sich ein Zwischenfall ereignet«, stieß er atemlos hervor und fasste sie hart bei den Schultern. »Wir müssen unverzüglich zurückkehren. Anweisung von Bashtiri und seinem Sicherheitsoffizier.« Sven führte Viktoria regelrecht ab, was sie sich vollkommen verblüfft ohne Gegenwehr gefallen ließ.

»Ein Zwischenfall?« Bevor sie endgültig im Boot Platz nehmen konnte, fiel ihr Blick auf den Magnetfeldmesser, der herrenlos in der Uferböschung lag. »Halt! Wir haben etwas vergessen!«

»Den Feldmesser holen wir später«, entschied Theisen, der ihren Blicken gefolgt war. Viktoria wollte protestieren, weil es sich um ein teueres Messgerät handelte und der tunguskische Wald offenbar nicht so menschenleer war, wie man allgemein angenommen hatte.

Doch Kolja hatte bereits abgelegt. Sven berichtete ihr in knappen Worten vom Tod des Soldaten.

»Angeblich war es ein Unfall«, erklärte er, während das Boot entlang des Schilffeldes an Fahrt zunahm. Seit dem Abgang der Gasblase war es ihnen nicht mehr erlaubt, den kürzeren Weg mitten über den See zu nehmen.

Viktoria schüttelte verständnislos den Kopf. Der feuchte Wind blies ihr die Haare aus dem Gesicht, und ihre Hände krallten sich in die Seile, die an dem Boot angebracht waren.

»Abgesehen davon, dass es mir um den Soldaten leid tut«, sagte sie mit lauter Stimme, um das Geräusch des Motors zu übertönen, »was hat das mit unserer Arbeit zu tun?«

Kolja drosselte die Geschwindigkeit. Von weitem konnte Viktoria sehen, dass im Camp eine besondere Geschäftigkeit ausgebrochen war. Sämtliche Soldaten und auch die weiteren Mitarbeiter Bashtiris waren auf dem kleinen improvisierten Innenhof zum Appell angetreten. Die verbliebenen Söldner des Oligarchen und seines Freundes hatten sich in ihren olivgrünen Uniformen in einer Reihe aufgestellt. Ihre martialische Bewaffnung bestand aus Maschinenpistolen und modernen Faustfeuerwaffen, die sie am Gürtelholster trugen. Bashtiris Bodyguards gesellten sich wortlos in ihren schwarzen Overalls dazu.

Olguth und Rodius verfolgten das Geschehen mit überkreuzten Armen und zweifelnder Miene. Die übrigen russischen Studenten und wissenschaftlichen Mitarbeiter hatten mit verunsicherten Gesichtern hinter ihnen Aufstellung genommen. Es hatte zu regnen angefangen, und am Horizont zogen weitere dunkle Wolken auf, als ob sie die düstere Stimmung noch unterstreichen wollten.

Viktoria sprang aus dem Boot und lief zu Professor Rodius, der ihr in diesem Meer von Verrückten wie eine Insel der Vernunft erschien.

»Kannst du mir sagen, was während meiner Abwesenheit hier geschehen ist?« Viktoria erhoffte sich von ihrem Professor eine Einschätzung der Lage.

»Einer von Lebenovs Leuten hat einen eigenen Kameraden erschossen«, bemerkte Rodius leise. »So wie die Leiche aussah, haben die Schüsse den Mann glatt durchsiebt. Es erinnerte an einen Amoklauf. Bisher weiß niemand, wie es dazu kommen konnte.«

»Na, wie wohl?« Viktoria gab sich keine Mühe, den ironischen Unterton in ihrer Stimme zu unterdrücken. »Wer mit dem Feuer spielt, wird darin umkommen, sagte schon mein Großvater. Schau dir doch all diese schießwütigen Idioten an! Kein Wunder, wenn da einer durchdreht. Also, ich fühle mich keinen Deut sicherer, nur weil hier Soldaten mit einer Knarre umherlaufen.«

»Wem sagst du das«, murmelte Rodius, und mit einem Nicken mahnte er zur Aufmerksamkeit, weil nun Lebenov erschien.

»Heute Nachmittag hat es einen Schusswechsel gegeben, bei dem einer unserer Kameraden bedauerlicherweise den Tod gefunden hat«, erklärte er mit erhobener Stimme. »Bis die Ursachen für diesen Zwischenfall nicht genau geklärt sind, wird niemand dieses Camp verlassen. Wir haben mit dem betroffenen Kameraden des toten Kollegen ein intensives Gespräch geführt, das wir noch auswerten müssen.« Lebenov schaute in die Runde, wobei ihm seine Ratlosigkeit durchaus anzusehen war.

Zwei Stunden zuvor hatten er und einige seiner Leute Biborow in die Mangel genommen, doch außer dass der Kosake immer wieder in Tränen ausbrach, war nichts bei der Befragung herausgekommen.

»Da war etwas Düsteres«, hatte Biborow unentwegt gestottert. »Ich habe im Wald einen Schatten gesehen, und Istvan hat es gehört. Er hat mir ein Zeichen gegeben.«

»Was war es genau? Verdammt, kannst du es nicht wenigstens beschreiben?« Lebenov war mit Biborow alles andere als zimperlich umgegangen, als er ihn in einer der Baracken, in der die Soldaten untergebracht waren, persönlich verhört hatte.

»Ich weiß es nicht!« Wieder hatte Biborow zu heulen begonnen, und Lebenov vergaß sich vollkommen, indem er dem Soldaten mit voller Wucht in das rote, aufgequollene Gesicht schlug. Biborow protestierte nicht, sondern schaute auf, als ob er einen weiteren Schlag erwartete. Für ihn war es nichts Ungewöhnliches, von seinen Vorgesetzten Prügel zu beziehen. Ja, es gab ihm sogar eine gewisse Sicherheit, die ihn in seine gewohnte Welt zurückkehren ließ.

»Da war ein Monster«, flüsterte er tonlos und starrte Lebenov mit hellen, verwirrten Augen an, als ob er nicht ganz bei Trost sei. »Es hatte glühende Augen und reißende Zähne und eine blaue gespaltene

Zunge … Es kam auf mich zu. Ich musste schießen. Woher hätte ich denn wissen sollen, dass es Istvan war?«

Lebenov erwiderte den Blick seines Soldaten, und dabei war er geneigt, seine Hand an den Abzug seiner Pistole zu legen, um den armen Irren hier und vor Ort zu erschießen. Doch stattdessen atmete er tief durch und warf einen resignierten Blick zu Bashtiri, der nicht weniger schockiert neben ihm stand.

»Ich fürchte, wir müssen Doktor Parlowa ein weiteres Mal bemühen«, beschloss Lebenov in einem fatalistischen Tonfall, der jeden beunruhigen musste, der ihn näher kannte, war es doch ein sicheres Zeichen dafür, dass er kurz vor einem cholerischen Ausbruch stand. »Sie soll den Kerl unverzüglich sedieren.« Sein Blick fiel auf ein paar umherstehende Wachleute. »Legt ihm Plastikfesseln an, damit er keine weitere Gefahr darstellt. Doktor Parlowa soll unverzüglich eine Einweisung in die Psychiatrische Klinik von Krasnojarsk vorbereiten, und dann ab mit ihm in den Helikopter.«

Der Regen war stärker geworden. Von ferne zuckten Blitze, und ein Donnergrollen rollte über den See. Lebenov schien das heraufziehende Unwetter nicht zu interessieren, weil er seine Ansprache ungerührt fortsetzte, ohne darauf zu achten, dass die gesamte Besatzung des Camps bis auf die Haut durchnässt werden würde, wenn sein Vortrag noch länger andauerte.

Viktoria straffte ihre Schultern und warf Rodius einen verständnislosen Blick zu. »Das wird ja immer besser«, raunte sie wütend. »Also doch Archipel Gulag. Meine Mutter hatte recht.«

Olguth versuchte die deutschen Kollegen zu beschwichtigen. »Bashtiri denkt nur an unsere Sicherheit«, bemerkte er leise, doch seine Stimme klang wenig überzeugend. »Er befürchtet wohl einen terroristischen Angriff. Wie ich gehört habe, gibt es hier in der Gegend Kräfte, die ganz und gar nicht mit der Erschließung eines neuen Gasfeldes einverstanden sind. Dazu kommen die merkwürdigen Funde, die niemand zu erklären vermag.«

Viktoria sah ihn erstaunt an.

»Funde?« Theisen war hinter sie getreten und bedachte Olguth mit einem interessierten Blick. »Haben wir etwas verpasst?«

»Bashtiris Leute haben heute Nachmittag etwas auf dem Grund des Sees gefunden, das Ihrer Beobachtung kurz vor der Gaseruption sehr nahe kommt«, erklärte Olguth verhalten, während Lebenov erneut begonnen hatte, eine ganze Litanei von Verhaltensregeln herunterzubeten. »Ich habe den Gegenstand nur flüchtig zu Gesicht bekommen«, fügte der russische Professor mit verschwörerischer Miene hinzu. »Aber es sah ganz danach aus, als ob es sich tatsächlich um einen Aluminiumträger handelte.«

»Haben Sie eine Ahnung, was mit dem Fund geschieht?« Rodius' fragender Blick ließ auf seinen Unmut schließen. Bashtiri und sein Team dachten anscheinend nicht daran, ihre Erkenntnisse mit den anwesenden Professoren zu teilen.

»Sie wollen das Metall in einem Labor von GazCom untersuchen lassen, soweit ich von Bashtiris Mitarbeitern gehört habe«, erläuterte Olguth. »Angeblich soll dieser Fund keinen weiteren Einfluss auf unsere Arbeit haben.«

»Mir reicht's«, beschloss Viktoria mit einem zornigen Blick auf Rodius. Ohne Erklärung drehte sie sich um und verschwand in Richtung ihrer Baracke.

In ihrer Kammer angekommen, schloss sie die Tür hinter sich und setzte sich auf ihr Bett, um über Leonid nachzudenken. Sie musste ihn wiedertreffen – selbst wenn es der reine Wahnsinn war. Was wusste sie schon von ihm, außer dass er aussah wie ein griechischer Gott – nein, wie ein asiatischer Gott, wenn man sein glattes schwarzes Haar und die schräg stehenden Augen berücksichtigte. Vielleicht trug er die Verantwortung für all diese merkwürdigen Geschehnisse; offenbar hatte er ein Problem mit Bashtiri und Bashtiri mit ihm. Schon allein deshalb würde es interessant sein, sich mit ihm zu unterhalten. Doch wie sollte das gehen? Draußen wimmelte es nur so von Soldaten. Alle waren bis an die Zähne bewaffnet. Würden die Männer es wagen zu schießen, falls sie den Weg nach draußen fand und den Wachen versehentlich in die Arme lief?

Entschlossen sprang Viktoria auf und entledigte sich ihrer Kleidung. Dann leerte sie den Wasserkanister in eine Schüssel, um sich zu waschen. Mit einem strengen Blick in den Spiegel bürstete sie ihr Haar aus und bändigte es mit einem elastischen Bändchen. Anschließend verteilte sie Doktor Almuths Mückenschutzmittel auf Hals und Gesicht und betupfte die Lippen mit Citrusgloss. Plötzlich hielt sie inne. Was für eine absurde Geschichte! Ohne es zu bemerken, bereitete sie sich auf ein Rendezvous vor, dessen Vorzeichen schlechter nicht hätten sein können.

Wenig später eilte sie in olivgrüner Kleidung über den Hof. Um nicht unnötig Aufsehen zu erregen, nahm sie mit den Kollegen in der Küchenbaracke das Abendessen ein.

Bashtiri hatte sich mit Lebenov zu weiteren Beratungen in seine Behausung zurückgezogen, nachdem man den jungen Soldaten unter starken Beruhigungsmitteln noch am Abend in Begleitung von Frau Doktor Parlowa nach Krasnojarsk ausgeflogen hatte.

»Was hältst du von der Sache?« Bashtiri fixierte Lebenov mit einem fragenden Blick, der seine ganze Beunruhigung offenbarte.

Lebenov lehnte den Wodka, der ihm von Antonov, Bashtiris Butler, auf einem silbernen Tablett serviert wurde, überraschend ab. Unruhig wanderte er zwischen dem rasch hochgezogenen offenen Kamin und dem Liegesofa, das Bashtiri für sich eingenommen hatte, hin und her.

Anstatt zu antworten, zückte Lebenov einen Faxauszug aus seiner Uniformtasche und setzte eine gewichtige Miene auf.

»Es gibt Neuigkeiten«, erklärte er und setzte sich nun doch in einen der breiten Ledersessel auf der anderen Seite des flachen Teakholztisches, der zwischen ihm und Bashtiri stand. »Doktor Swerew hat Archive durchwühlt und dabei herausgefunden, dass es im Februar 1905 einen Gefangenentransport den Jenissei hinauf gab, bei dem unser Student, der angeblich an der roten Ruhr gestorben ist, dabei war. Sein Name lautete Pjotr Agollov, er gehörte tatsächlich dem Polytechnischen Institut von Sankt Petersburg an. Aber das ist noch nicht alles. Er wurde von einem Leonard Michail Schenkendorff begleitet, der zuvor unter ebenso seltsamen Umständen aus Sankt Petersburg verschwunden ist. Laut den Gefangenenlisten der Peter-und-Paul-Festung war er dort inhaftiert und hat sich angeblich im Januar 1905 das Leben genommen. Sein Vater, ein deutscher Ingenieur, hat darauf beinahe eine diplomatische Krise heraufbeschworen, weil er behauptete, das Zarenregime habe seinen Sohn auf dem Gewissen. Per Petition hat er sich mit der Unterstützung deutscher Diplomaten an die Zarin gewandt und die Herausgabe der Leiche gefordert, die ihm jedoch niemand zeigen konnte. Kein Wunder! Nach den vorgefundenen Dokumenten zu urteilen, war Schenkendorff zu diesem Zeitpunkt noch am Leben.«

»Und?« Bashtiri schaute Lebenov verständnislos an. Nicht nur weil der ehemalige Offizier des FSB ihm vom Schicksal zweier in seinen Augen völlig uninteressanter Personen berichtete, fragte er sich, worauf Lebenov hinauswollte.

»Schenkendorff ist der Urgroßvater unseres Leonid Borisowitsch Aldanov. Einer meiner Leute hat die Abstammungsunterlagen von Aldanovs Familie durchgesehen. Aldanovs Großmutter ist eine geborene Schenkov. Später heiratete sie Makar Charitonowitsch Schirov, den jetzigen Stammesältesten dieser Gegend. Wie sich bei weiteren Nachforschungen herausstellte, hieß ihr Vater eigentlich Schenkendorff. Nach der Oktoberrevolution musste er sich 1923 registrieren lassen. Sein Name wurde in Schenkov geändert. Also muss er noch gelebt haben, als er nach Sibirien deportiert wurde. Und er hat – obwohl er doch angeblich Selbstmord begangen hat – Jahre später eine Tochter und einen Sohn gezeugt, und zwar hier in dieser Region. Zudem kannte er offenbar den Besitzer der Taschenuhr.«

»Und wie sollte uns das helfen? Ich kann dir nicht folgen, oder liegt es daran, dass du beim FSB warst und ich nicht?«

»Irgendetwas ist faul an der Geschichte, Sergej. Um das zu erkennen, muss man nicht beim Geheimdienst gearbeitet zu haben. Ich habe die Aluminiumstange in unser Labor in Irkutsk übersandt. Dort wird man herausfinden, wie lange sie schon in diesem See gelegen hat. Gleich morgen früh werde ich mir diesen Schirov vorknöpfen. Schließlich war Schenkendorff sein Schwiegervater. Also muss er auch wissen, was dieser Kerl hier zu suchen hatte und wie dessen Kommilitone in den See gelangt ist. Außerdem kann ich ihn ganz nebenbei zum Tod seines Enkels befragen.«

Mit dem Hinweis, dass sie sich nicht wohlfühle und dringend schlafen müsse, verabschiedete sich Viktoria zur Nacht. Theisen hatte gefragt, ob er sie zu ihrer Baracke begleiten solle, doch sie hatte brüsk abgelehnt.

Wenn überhaupt hätte sie sich noch gerne mit Kolja unterhalten, weil er der Einzige zu sein schien, der ihr etwas über Bashtiri und dessen Absichten erzählen konnte. Doch der Russe hatte beim Abendessen gefehlt, und auch das Fenster in seiner Baracke war dunkel. Vielleicht spielte er mit Lebenovs Soldaten Karten und half ihnen dabei, die schrecklichen Vorkommnisse des Tages im Wodka zu ertränken. Aus ihrer Baracke drangen lautstarke Stimmen, offenbar war eine heftige Diskussion darüber entbrannt, warum einer ihrer Kameraden einen anderen erschossen hatte.

Während Viktoria in ihrem Zimmer die schweren Stiefel schnürte, überlegte sie, ob sie einen Rucksack mitnehmen sollte, doch dann verzichtete sie darauf. Stattdessen legte sie sich ein Handtuch über die Schulter und nahm eine Rolle Toilettenpapier in die Hand – geradeso, als ob sie zu den Waschräumen schlendern wollte. Hinter dem Gebäude gab es eine Lücke im Zaun, die zu einer Sickergrube führte. Der Gestank, der von dort aus zum Camp hinüberwehte, war nicht gerade einladend, außer ein paar blutrünstigen Insekten würde sich kaum jemand dorthin verirren.

Sobald sie den Zaun überwunden hatte, würde sie einen kleinen Abhang hinunter zum Ausgang des Camps gehen und darauf hoffen, dass sie niemand von den Soldaten bemerkte – und sie im Gegenzug wie verabredet auf Leonid stieß. Falls er nicht da sein sollte, würde sie versuchen, seine Hütte zu finden. Seine Behausung schien nicht allzu weit entfernt zu sein, ein paar Kilometer vielleicht. Viktoria besaß einen modernen GPS-Kompass und war in der Lage, ihn zu lesen. Der Regen und das Donnern hatten aufgehört, doch überall waren kleinere und größere Pfützen zurückgeblieben. Im Zickzackkurs huschte Viktoria in der Dämmerung zwischen den Baracken hin und her und wäre dabei beinahe einem von Lebenovs Söldnern in die Arme gelaufen, der wachsam das Gelände inspizierte. Bevor der Mann auf sie aufmerksam wurde, duckte sie sich rasch und kroch auf allen vieren hinter das Waschhaus. Aus dem schmalen Saunafenster drangen Stimmen, die Lebenov und Bashtiri gehörten.

»Hast du eigentlich schon einmal darüber nachgedacht, dass die Katastrophe von Tunguska keinen natürlichen Ursprung haben könnte?« Es war Lebenov, der diese Frage stellte.

»Was willst du damit sagen?«, brummte Bashtiri mit erschöpfter Stimme. »Denkst du etwa auch, dass wir Besuch von Außerirdischen hatten?« Ein leises Lachen war zu vernehmen, das sich beinahe anhörte wie das Meckern einer Ziege.

»Du kannst dich ruhig darüber amüsieren«, erwiderte Lebenov ernst. »Interessant ist in jedem Fall, dass in den Archiven von Moskau keinerlei Aufzeichnungen durch den Geheimdienst des Zaren zu diesem spektakulären Ereignis vorliegen. Und auch sonst existieren kaum Berichte vom Zeitpunkt der Katastrophe. Das ist doch merkwürdig, nicht wahr? Da erschüttert ein riesiger Feuerball die halbe Welt, und außer ein paar spärlichen Aussagen durch tungusische Einheimische ist dieses Geschehnis durch nichts dokumentiert. Normalerweise hätte es den Zaren und seine Dritte Abteilung doch interessieren müssen, wenn eine solch gewaltige Explosion weite Teile des Landes verwüstet. Zumal sich die ausländische Presse sehr wohl mit dem Erdbeben und den anschließenden Licht-Phänomenen beschäftigt hat. Tatsache ist, dass die ersten russischen Forscher erst Ende der zwanziger Jahre hier aufgetaucht sind, um nach den Ursachen zu suchen. Und jetzt finden wir heraus, dass es hier außer einem zweifelhaften mit Wasser gefüllten Krater noch merkwürdige metallische Rückstände gibt, die nicht zu erklären sind. Dazu finden wir zwei seltsam entstellte Leichen, von denen mindestens eine im Jahre 1902 eine Verbindung zum Polytechnischen Institut von Sankt Petersburg hatte.«

Ein lautes Zischen erschreckte Viktoria so sehr, dass sie aufsprang. Ein Schwall piniengetränkter Luft dampfte aus dem Lüftungsschlitz der Sauna und ließ sie aufkeuchen. Bevor sie ein Hustenreiz übermannte, legte sich eine Hand auf ihren Mund, und ein starker Arm verurteilte sie zur Reglosigkeit. Ihr Herz hämmerte gegen die Brust, als jemand sie wortlos in ein Gebüsch in der Nähe zog und sie zu Boden drückte. Erst dann konnte sie sehen, dass es Leonid war, der sie anlächelte. Im selben Augenblick wurde die hintere Tür des Häuschens geöffnet, und Lebenov taumelte hinaus, ein weißes Handtuch um seine speckigen Hüften geschlungen, und pfiff einen seiner Söldner heran. In Badeschuhen ging er dem Mann entgegen und wechselte ein paar Worte mit ihm.

»Das war knapp«, flüsterte Viktoria, mit der Gewissheit, dass Lebenov und der Soldat sie weder hören noch sehen konnten.

Nachdem Lebenov wieder in der Sauna verschwunden war, fasste Leonid sie sanft bei der Hand und gab ihr mit einem stummen Fingerzeig zu verstehen, dass sie ihm folgen sollte.

Über Wurzeln und niedrige Sträucher stolperte Viktoria zwischen dicht stehenden Lärchen und Birken hinter ihrem Begleiter her. Leonid setzte seine Schritte in erstaunlicher Sicherheit, während er mit ihr durch eine unerwartet helle sibirische Nacht hastete.

Ab und an warf er einen Blick zurück. Seine Miene blieb angespannt, offenbar fürchtete er, dass ihnen jemand folgen könnte. Dann lächelte er kurz und zog sie weiter. Viktorias Blick glitt über seine zusammengebundenen pechschwarzen Haare, die ihm lang und glatt bis in den Rücken reichten. Ihr Augenmerk wanderte weiter über das aufgekrempelte Lederhemd zu den sehnigen Unterarmen, bis hin zu seinem muskulösen Hinterteil, das sich durchaus beachtenswert unter seiner Tarnfleckhose abzeichnete. Irritiert nahm sie zur Kenntnis, dass ihr der Anblick gefiel. Bisher hatte sie Stein und Bein geschworen, bei einem Mann niemals auf solche Äußerlichkeiten zu achten.

Hier mitten in der sibirischen Taiga erschienen ihr solche Gedankenspiele noch absurder als je zuvor, und die Frage, was sie hier eigentlich tat, wurde immer drängender.

Wenig später erreichten sie die Schotterpiste, die Lebenov und seine Männern nutzten, wenn sie, statt mit dem Helikopter zu fliegen, mit dem Geländewagen nach Vanavara fahren mussten.

Leonid nahm eine geduckte Haltung an, als sie sich der Straße näherten. Viktoria tat es ihm nach, wobei sie sich fragte, wer ihnen hier so spät am Abend begegnen sollte – außer Bären oder Wölfen, deren Heulen manchmal zu hören war.

»Warte«, flüsterte sie und hielt für einen Moment inne.

Leonid blieb stehen und sah sie im Halbdunkel fragend an. In wenigen Worten berichtete sie ihm vom rätselhaften Tod des Soldaten.

Er sah sie nur an und zuckte mit den Schultern. »Denkst du etwa, ich hätte etwas damit zu tun?«

Der Kerl konnte Gedanken lesen, und doch schüttelte sie energisch den Kopf.

»Wo willst du überhaupt hin?« Erneut keimten Zweifel in ihr auf. Sie musste verrückt sein. Was wäre, wenn er ihr, am Ziel angekommen, ohne mit der Wimper zu zucken, die Gurgel umdrehte – oder sie gefangen hielt, vergewaltigte und ihr anschließend einen qualvollen Tod bescherte? Im Camp würde niemand wissen, wo sie abgeblieben war.

Leonid schien ihr Zögern zu bemerken.

»Du brauchst keine Angst zu haben«, antwortete er auf Deutsch. »Ich dachte, wir gehen in meine Hütte. Da ist es etwas gemütlicher als hier mitten im Wald.«

Wenn er sie hatte verblüffen wollen, so war es ihm gelungen.

Langsam schlichen sie weiter. Als sie den Rand der Piste erreicht hatten, sah er sich suchend um, bevor er das Kommando gab, die freie Strecke im Laufschritt zu überqueren.

»Wo ist dein Hund?«, fragte sie atemlos, nachdem sie erneut in den lichten Wald eingetaucht waren.

»Zuhause.« Mit einem angedeuteten Lächeln sah er auf sie herab. »Er hat Arrest. Bei unserer letzten Begegnung mit Lebenovs Männern hätte uns sein unüberlegtes Verhalten beinahe das Leben gekostet. Deshalb wollte ich heute Abend kein Risiko eingehen.«

Viktoria verspürte eine neue aufflackernde Unruhe und erwiderte seinen Blick mit aufgerissenen Augen. »Was bedeutet, es hat euch beinahe das Leben gekostet?«

»Das ist eine längere Geschichte«, erwiderte Leonid dunkel. »Wenn du willst, erzähle ich sie dir, sobald wir angekommen sind.«

Gut eine Stunde waren sie durch das unwegsame Gestrüpp gelaufen, dann deutete Leonid in der Dämmerung auf einen Bach, der den Zugang zu seiner Hütte markierte. Viktoria warf ihre halblange Mähne zurück und nutzte die kleine Pause, um zu verschnaufen, als er unvermittelt stehen blieb, um sich zu vergewissern, ob er nicht zu schnell vorangegangen war.

Ihr ebenmäßiges Gesicht mit den großen grünen Augen und den schwungvoll gebogenen Brauen erinnerte ihn an die Marienbilder, die seine Großmutter auf ihren vielen Ikonen verehrte. Viktoria war kein Mädchen, das Make-up benötigte, um gut auszusehen. Ihre Schönheit bereitete ihm schmerzhafte Erinnerungen an eine Zeit, die er lieber weit hinter sich gelassen hätte. Es war noch nicht zu lange her, dass er ein ähnlich schönes Gesicht in seinen Händen gehalten hatte: weiß und leblos, mit vollen Lippen, aus deren Mundwinkel das Blut geronnen war wie in einem schlechten Film über Vampire.

In der Hölle spielt die Schönheit keine Rolle, hatte Anna erwidert, als er ihr ein Kompliment gemacht hatte; sie hatte damit gemeint, dass es durchaus von Nachteil sein konnte, wenn man so schön war, dass man die Aufmerksamkeit der Mächtigen erregte, die sich manchmal daran ergötzten, wenn sie etwas besonders Schönes zerstören konnten.

»Da vorne ist es«, sagte er schlicht, und dabei sah er Viktoria herausfordernd an, als ob er nochmals sicherstellen wollte, dass sie aus freien Stücken mit ihm kam.

»Wo?« Sie lächelte unsicher, während sie versuchte, zwischen Sträuchern und Bäumen etwas auszumachen, das einem Haus gleichkam. Eine plötzliche Furcht, ob sein Zuhause nicht doch zu bescheiden ausfiel, ließ sein Herz heftiger schlagen. Doch als sie an der Hütte angekommen war, entwich ihr ein Laut puren Erstaunens.

»Unglaublich!«, rief sie aus. »Das Haus ist wunderschön, und man sieht es tatsächlich erst, wenn man kurz davor steht.«

»Darf ich bitten«, antwortete er galant und öffnete mit einem Riegel die Tür, dabei verzichtete er darauf, ihr den Vortritt zu lassen, weil im Inneren des Hauses Ajaci offenbar sehnsüchtig seine Rückkehr erwartete. Bisher hatte er hier nur Familienangehörige empfangen, und man konnte nie wissen, wie der Rüde auf den – in seinen Augen – ungebetenen Besuch reagierte.

Wie erwartet empfing der Hund Leonid mit einem lauten Winseln, und indem er immer wieder an ihm emporsprang, zeigte er seine pure Freude. Viktoria hingegen beschnupperte er nur, während sie dastand, als ob sie zu Stein erstarrt wäre.

»Er tut dir nichts«, beschwichtigte Leonid sie und schloss die Tür hinter ihr.

Zögernd begann Viktoria das Fell des Hundes zu kraulen, und dabei machte sie sich schneller einen Freund als gedacht. Wie eine Katze schmiegte sich das schöne Tier an ihren Oberschenkel und stupste sie mit der Nase an, wenn sie mit dem Kraulen aufhörte.

Leonid lachte und gab Ajaci einen Klaps. »He, Freund, das ist mein Besuch, damit wir uns da nicht missverstehen.«

Schnell entfachte er ein Feuer, und Viktoria kehrte in Gedanken zu ihrem seltsamen Traum zurück. Ihr Blick fiel auf das fellbezogene Bett, und sie spürte, wie sie unwillkürlich errötete. Dann wanderten ihre Augen weiter durch den großen quadratischen Raum, in dem sich weder ein Tisch noch Stühle befanden, sondern nur ein paar zerschlissene große Sitzkissen und ein kleines quadratisches Holzbrett, das am Boden lag und offenbar einen Esstisch ersetzte. Überall an den Wänden hingen Tierfallen und archaische Waffen – anders konnte man die Ausrüstung aus einem großen Langbogen und einem Köcher mit Pfeilen wohl nicht nennen. Neben dem gemauerten Kamin stand ein Ofen mit einer gusseisernen Platte und einem Kochtopf mit Henkel und einer emaillierten Kanne darauf.

»Möchtest du einen Tee?« Leonid hielt einen Emaillebecher in die Höhe. Er war wieder ins Russische verfallen. Eine rührende Unsicherheit zeichnete sich auf seinem Gesicht ab.

»Gerne«, erwiderte sie und musste plötzlich die gleiche seltsame Befangenheit, die er offenbar empfand, an sich selbst feststellen.

»Setz dich doch«, sagte er mit einem flüchtigen Lächeln, dabei zeigte er auf das ausladende Bett aus hellem Holz, das sie bereits in ihrem Fiebertraum gesehen hatte. Ajaci war mit einem Satz darauf gesprungen und machte es sich auf den Fellen gemütlich. Während Leonid einem Eimer Wasser entnahm, um es in dem Kessel zu kochen, starrte der Hund sie auffordernd und mit hechelnder Zunge an.

Sie zögerte einen Moment, den Blick immer noch auf das Bett gerichtet.

»Es ist garantiert frei von Ungeziefer«, bemerkte Leonid lächelnd und scheuchte den Rüden mit einer entschlossenen Handbewegung auf seinen angestammten Platz am Kamin. Trotzdem konnte sie Leonid ansehen, dass auch er nicht ganz frei war von Bedenken.

»Was für ein Tee war das, den du mir eingeflößt hast?« Sie wich seinem Blick aus. »Er schmeckte bitter und heiß, aber er hat nicht nur meiner wunden Kehle gut getan.« Sie versuchte sich an einem Lächeln.

»Es muss dir nicht peinlich sein«, gab er schmunzelnd zurück. »Ich habe ihn nach den Originalrezepten meines alten Onkels gebraut.

Dieses Gebräu aus Belena, Fliegenpilz und Liebstöckel unterstützt den Schamanen nicht nur, wenn er einen Menschen ins Leben zurückholen will. In abgewandelter Dosierung dient es dazu, die Bereitschaft zur Zeugung neuen Lebens anzuspornen. Seine Wirkung auf Frauen ist erwiesen. Wenn sie diese Mischung vor ihrer Hochzeitsnacht zu sich nehmen, würden sie sich in der Not sogar mit einem Rentierhirsch paaren.« Er grinste breit. »Tut mir leid, ich habe in all der Aufregung um dein Überleben nicht daran gedacht.«

Viktoria sah ihn fassungslos an. »Du bist also ein waschechter Schamane und hast mir ohne meine Zustimmung eine Droge verabreicht?« Düster erinnerte sie sich an die Worte des Arztes in Vanavara.

»So ähnlich.« Leonid kniff die Lider zusammen, als ob er von ihrer Seite einen tätlichen Angriff erwartete. »Bist du mir böse?«

Viktoria begann lauthals zu lachen, bis sie sich schließlich, immer noch von Lachsalven geschüttelt, auf seinem Bett niederließ und zu ihm aufschaute. »Hast du noch was von dem Zeug? Dann sofort her damit.«

»Ich wusste es«, stieß sie atemlos hervor, »es geht auch ohne Tee.« Splitternackt lag sie in Leonids Armen. Sie hatten ein wenig herumgealbert, und dann hatte er sie plötzlich geküsst. Ein Gefühl, noch viel intensiver als am Morgen zuvor, hatte ihr jegliche Scham genommen. Sie löste seinen Zopf und strich über seine schwarz glänzenden Haare, während er unter die weiche Wolfsfelldecke abgetaucht war, um genüsslich an ihren Brustwarzen zu saugen.

Ajaci lag am Kamin, den Kopf auf die ausgestreckten Pfoten gelegt, und dabei ließ er die fremde Frau und sein Herrchen nicht aus den Augen. Viktoria hätte schwören können, dass sein Blick Missbilligung ausdrückte.

Ihre feuchte Haut rieb sich an Leonids Bauch, und an ihrem Oberschenkel konnte sie spüren, dass er, selbst nachdem er sie in einer seltsam anmutenden Hast genommen hatte, immer noch bereit war, es jederzeit wieder zu tun. Sie zog sein Gesicht in das dämmerige Licht des Kaminfeuers zurück und bedeckte es mit Küssen, während sie bereitwillig ihre Schenkel spreizte. Es musste reines Glück sein, was sie empfand, als er behutsam in sie eindrang und er sie gleichzeitig lange und innig küsste.

»Ich liebe dich«, hauchte er auf Deutsch, als er mit klopfendem Herzen neben ihr zu liegen kam. »Das war der erste Satz, den mir meine Großmutter auf Deutsch beigebracht hat. Das wollte ich immer schon einmal zu einer Frau sagen. Ich meine nicht einfach so, sondern aus voller Überzeugung. Nur wusste ich bisher leider nie zu wem.« Ihr Kopf lag auf seinem ausgestreckten Oberarm. Im Schein des Feuers schaute sie mit leicht geröteten Wangen überrascht zu ihm auf.

»Deine Großmutter ist Deutsche?«

»Sie hatte einen deutschen Vater, den sie sehr geliebt hat.«

Instinktiv spürte Viktoria, dass es keine Floskeln waren. Er meinte es tatsächlich ernst. Und das machte ihr Angst. Nicht etwa, weil sie etwas dagegen gehabt hätte – ganz im Gegenteil.

»Was ist das mit uns, Leonid?« Ihr Blick verriet Ratlosigkeit, während sie ihm in die grauen Augen schaute. »So etwas habe ich noch nicht erlebt. Denkst du nicht, das geht alles viel zu schnell? Und dann all die merkwürdigen Umstände?«

Sie stemmte sich auf ihren Ellbogen und schaute ihn beunruhigt an.

»So etwas gibt es im richtigen Leben eigentlich nicht. Ich habe noch für keinen Menschen soviel empfunden wie für dich und schon gar nicht nach so kurzer Zeit. Wir kennen uns doch kaum.«

»Wir sind in Sibirien«, sagte er ausweichend und lächelte sie an. »Hier ticken die Uhren anders als im Westen. Hier sind Dinge möglich, die nirgendwo sonst möglich sind.«

»Was meinst du damit?« Sie hatte sich aufgerichtet und saß aufrecht im Bett, den Blick immer noch auf Leonids amüsiertes Gesicht gerichtet. Er hob seine schwielige Hand und spielte mit ihren Brüsten.

»Ich meine es ernst, Schamane«, sagte sie und fuhr mit ihren Fingern genussvoll durch sein langes, glattes Haar. »Du hast mich verhext. Gib es zu!« Sie lachte ihn an, und er lachte zurück, doch dann war sie wieder ernst. »Irgendwas stimmt hier nicht. Nicht nur die Sache zwischen uns. Kein Mensch weiß genau, was hier genau vor einhundert Jahren passiert ist. Es gibt unzählige Spekulationen. Dazu kommt, dass du offensichtlich ein Problem mit unserem Auftraggeber hast, und ich wüsste gerne warum.«

Hatte Leonid bisher verträumt mit ihren Brüsten gespielt, so horchte er nun auf und setzte sich ebenfalls aufrecht hin.

»Ich habe noch eine Rechnung mit Bashtiri und auch mit Lebenov zu begleichen. Das heißt: Solange alle Welt denkt, dass ich bei einem Helikopterabsturz gestorben bin, werde ich ihnen tunlichst nicht über den Weg laufen. Es ist ein dummer Zufall, dass sie ausgerechnet hierher gekommen sind, um sich neue Jagdgründe zu erschließen.«

Er bedachte Viktoria mit einem ernsten Blick und küsste sie dann auf den Mund. »Es hat nichts mit dir zu tun«, fügte er leise hinzu. »Es ist eine alte Geschichte. Wir waren vor ein paar Jahren gemeinsam in Tschetschenien. Die beiden waren in dunkle Geschäfte verwickelt. Es gab da jemanden, der ihnen in die Quere gekommen ist. Sie haben ihn und fünf andere liquidieren lassen, bevor die russische Regierung davon Wind bekam. Dass ich zu den Toten gehörte, war wohl nicht beabsichtigt. Viel weniger, dass ich den Anschlag überlebt habe.«

Viktoria sah ihn erschrocken an. »Aber …«

»Russland.« Er strich ihr eine Strähne aus dem Gesicht. »Hier ticken die Uhren anders«, wiederholte er mit einem entschuldigenden Lächeln.

17

Juni 1905, Sibirien – Zwischenwelten

»Ist er tot?«

Die Stimme der Frau klang ängstlich und schien Leonard aus großer Ferne zu kommen. Gerne hätte er ihr geantwortet, doch so sehr er sich mühte, es war ihm nicht möglich, etwas zu sagen oder auch nur die Lider zu heben.

Allein mit seinen Gedanken und einer Flut von unerträglichen Schmerzen, die seinen Schädel durchzuckten, lag er da.

»Es ist allein meine Schuld«, jammerte die weibliche Stimme. »Ich hätte nie …« Schluchzend verstummte sie.

Kissanka? Leonard rätselte einen Moment, doch dann war er sich sicher. Es musste Kissanka sein, die neben ihm stand.

»Wenn er stirbt, werden sie meinen Vater zur Hinrichtung führen«, flüsterte sie dumpf.

»Selbst wenn Leonard ins Leben zurückkehrt, wirst du daran nichts mehr ändern können!«, zischte jemand in verächtlichem Ton. Dem harten Dialekt nach war es Aslan. Der Turkmene sagte nicht oft etwas, doch wenn, hatte es meist einen unfreundlichen Charakter.

»Wie meinst du das?« Das Mädchen klang erschrocken.

»So wie ich es sage, du hinterlistiges Luder«, knurrte Aslan.

»Nur weil du es nicht lassen konntest, den Kosaken schöne Augen zu machen, sitzt Leonard jetzt in der Scheiße. Und als wenn das noch nicht genug gewesen wäre, ziehst du auch noch deinen ewig besoffenen Vater in die Sache hinein. Ich habe Leonard damals gleich gesagt, er solle sich nicht einmischen und dich diesen Hurenböcken überlassen. Dann hätten sie dich in aller Ruhe durchgevögelt, und dein verrückter Vater hätte es kaum gewagt, sich hinterher mit drei Kosaken gleichzeitig anzulegen.«

Dem Mädchen hatte es offenbar die Sprache verschlagen.

Aslan schnaubte verärgert. »Gesetzt den Fall, du wärst bei der Wahrheit geblieben.«

Sie begann zu weinen, und es war wohl Pjotr, der sich um Mäßigung bemühte.

»Aslan meint es nicht so«, sagte er leise. »Du wirst sehen, Leonard wird wieder gesund.«

»Ich meine es genauso, wie ich es sagte«, giftete der Turkmene. »Ihr werdet sehen, Leonard wird nicht wieder gesund!« Seine Stimme war lauter geworden. »Er liegt im Koma. Kapiert ihr das nicht? Schädelbruch! Wenn er nicht bald wieder zu sich kommt, ist er am Ende gar schwachsinnig, oder er verhungert, und wenn Allah es gut mit ihm meint, wäre das noch die bessere Lösung. «

Niemand sagte ein Wort, nur Kissanka schluchzte unentwegt vor sich hin.

»Ich hoffe, dein Alter verreckt in seiner Arrestzelle«, ergriff Aslan wieder das Wort. »Er hätte es verdient und du und dein Balg dazu!« Der Turkmene dachte nicht daran, endlich Ruhe zu geben.

»Es reicht jetzt!«, mischte sich Pjotr ein. »Indem du sie fertigmachst, wird es auch nicht besser. Und was soll Leonard von uns denken? Was ist, wenn er uns hören kann?«

Aslan stieß einen Seufzer aus. »Er ist so gut wie tot, Kamerad. Ein Geist in einer reglosen Hülle. Wenn er uns hören kann, fresse ich einen Besen mit Stiel.«

Eine Tür öffnete sich mit einem leisen Knarzen. Zwei weitere Personen betraten die Kammer. Sie unterhielten sich kurz, und wieder glaubte Leonard, dass eine Frau dabei sein musste. Außerdem waren schwere Schritte zu hören, wie von beschlagenen Stiefelsohlen.

»Meine Herrn, meine Dame«, sagte eine Stimme ungewohnt höflich und doch in einem Befehlston. Es war Doktor Primanov. »Die Besuchszeit ist zu Ende. Wir müssen Verbände und Windeln wechseln. Außerdem ist es bereits dunkel und an der Zeit, in ihre Baracken zurückzukehren.«

Windeln? Allein die Vorstellung vermittelte Leonard ein Gefühl des Grauens. Ohne Frage musste es ihn schlimm erwischt haben. Er konnte sich jedoch nur bruchstückhaft erinnern, was tatsächlich mit ihm geschehen war.

»Was wird aus ihm, Herr Doktor, wenn er nicht wieder zu sich kommt?«, fragte Pjotr zaghaft.

»Wenn er nicht zu sich kommt«, erklärte Primanov tonlos, »wird er binnen der nächsten zwei Wochen sterben. Vielleicht sogar früher, falls es uns nicht gelingt, seinen Körper ausreichend mit Flüssigkeit zu versorgen.«

»Aber, mein Herr, Sie müssen doch irgendwas tun können!« In Kissankas Stimme war Verzweiflung zu hören.

»Vielleicht ist es besser, wenn er stirbt«, mutmaßte Primanov kühl. »Sollte er je wieder zu sich kommen, ist er ohnehin zu nichts mehr zu gebrauchen.«

»Aber Sie könnten ihn doch operieren?« Kissanka wollte die Hoffnung nicht aufgeben.

»Und bei welchem Körperteil, meine Liebe, sollte ich beginnen? Am Kopf, am Rücken, an den Armen oder Beinen?« Der Arzt räusperte sich. »Abgesehen davon, dass ich noch nicht einmal die Möglichkeit habe, in diesem Lager überhaupt zu operieren; es sei denn, es handelt sich um eine Amputation.«

Das Mädchen begann hemmungslos zu schluchzen, und wie gern hätte Leonard gerufen: »Hier bin ich, ihr müsst euch meinetwegen keine Sorgen machen.«

»Es tut mir leid, das sagen zu müssen«, lenkte der Arzt ein. »Ich habe nicht die geringste Ahnung, wie schwer es um seine inneren Verletzungen steht. Schon gar nicht weiß ich, wie es in seinem Kopf aussieht. Er hat zweifellos ein Schädelhirntrauma – allein das ist unter normalen Umständen und ohne vernünftige Behandlung ein Todesurteil.«

»Und was wird aus unserem Projekt?« Diesmal war es Aslan, der verzweifelt nach einem Strohhalm griff. »Ohne Schenkendorff sind wir aufgeschmissen. Keiner von uns hat Ahnung von automatischen Fernsteuerungen, geschweige denn von Funk- oder Radiowellen.«

»Ich fürchte, die Lagerleitung hat sich bereits auf eine Weiterentwicklung des Projekts ohne Herrn Schenkendorff eingestellt«, erwiderte der Arzt bedauernd. »Kommandeur Lobow hat Leutnant Subbota nach Krasnojarsk entsandt. Auch wenn es schwierig werden wird, ist er bereits auf der Suche nach einem Ersatz.«

»Hat es einen Sinn, wenn Weinberg noch einmal mit ihm spricht«, führte Pjotr leise ins Feld. »Ich meine, wenn Leonard vielleicht doch wieder gesund werden würde … Er hat da ein Mädchen in Tomsk, sie ist von ihm schwanger, und in diesem Fall ist er tatsächlich der Vater …«

»Ich würde sagen, vergessen Sie es, aber wenn der Professor vorsprechen möchte … Ich bin der Letzte, der Ihnen davon abraten möchte.«

»Allah ist groß«, murmelte Aslan. »Und manchmal gewährt er ein Wunder.«

»Ich wünsche Ihnen allen einen guten Abend.« Primanovs Stimme verriet seine zunehmende Ungeduld. »Und nun gehen Sie bitte!«

Wieder hörte Leonard Schritte, die sich entfernten, bis sich die Tür hinter ihnen schloss.

»Was wollen Sie tun?« In der Frage schwang ein banger Unterton, und es war wieder eine Frau, die sie stellte.

Primanov räusperte sich leise, bevor er antwortete. »Wenn er weiterhin kein Lebenszeichen zeigt, werde ich ihm eine Überdosis Morphin injizieren, um ihn von seinem Leiden zu erlösen.«

»Das können Sie nicht tun, Herr Doktor! Was würde der Pope dazu sagen? Es verstößt eindeutig gegen das fünfte Gebot Gottes. ›Du sollst nicht töten!‹«

»Es ist das Beste für ihn, Schwester Maria«, verteidigte sich Primanov. »Mein Vater war als Divisionsarzt im siebziger Krieg, er hat nicht viel erzählt, aber soviel, dass es manchmal ein Akt der Gnade sei, ein Leiden zu verkürzen. Gott kann nicht wollen, dass jemand elendig krepiert, der sowieso keine Chance hat, wieder gesund zu werden. Ich habe heute Nachmittag mit dem Kommandeur über das Thema gesprochen, und er hat mir zugestimmt. Wenn Schenkendorff nicht binnen der nächsten zehn Tage zu sich kommt, hat er mir die Erlaubnis gegeben zu handeln.«

Es dauerte eine Weile, bis Leonard begriff, was dieses Urteil bedeutete und dass er sich offenbar in einer Art Zwischenwelt befand. Nicht tot, aber auch nicht lebendig. Er hörte die Stimmen, wie sie seinen Zustand kommentierten, ihn bedauerten, seine Verletzungen mit hoffnungsloser Stimmlage beurteilten und sich währenddessen an seinem Körper zu schaffen machten. Spüren konnte er von alledem nichts. Er konnte nicht riechen, nicht schmecken, und als die Frau ihm offenbar etwas zu trinken einverleiben wollte, hörte er nur ein gurgelndes Husten, welches augenscheinlich von ihm selbst stammte. Der Arzt meinte, man müsse es mit einem Kautschukschlauch versuchen.

Dann gingen sie wieder, und Leonard blieb einsam zurück, gefangen in seinem Kopf und halb verrückt vor Angst.

Schweigend schlichen Pjotr, Aslan und Kissanka zurück zu den Unterkünften. Kissanka erschauderte, als plötzlich ein kehliger, unmenschlicher Schrei über die Dächer des Lagers hallte. Gebeugt, das wollene Kopftuch tief ins Gesicht gezogen, weinte sie immer noch. Pjotr empfand tiefes Mitleid, obwohl Aslan die Wahrheit gesagt hatte. Sie trug eine Mitschuld am Unglück des Kameraden und auch ihres Vaters. So wie es sich darstellte, hatte ihr Vater die Schwangerschaft bei ihr bemerkt und sie der Hurerei verdächtigt. Anschließend hatte er sie windelweich geprügelt, und in ihrer Not hatte sie Leonards Namen herausgeschrien und ihn als Vater ihres Kindes genannt. In jener Nacht, in dem Tungusenzelt habe er sich ihr unsittlich genähert, und sie habe sich aus Dankbarkeit für die Rettung des Bruders verpflichtet gefühlt, ihm zu Willen zu sein.

Kein Wunder, dass der alte Wassiljoff daraufhin durchgedreht hatte und zur Baracke der Wissenschaftler marschiert war, wo er Leonard unglücklicherweise allein vorgefunden hatte.

Nun saß Wassiljoff splitternackt im Verlies, einem winzigen Gefängnis ohne Fenster, in das man gewöhnlich entflohene Häftlinge sperrte, um sie zu läutern. Ein erwachsener Mann konnte darin nur halb im Sitzen Platz finden. Verschlossen mit einer Eisentür wirkte das Verlies auf den Delinquenten wie ein steinernes Grab, aus dem es kein Entrinnen gab. Einmal am Tag öffnete sich ein Guckloch in der eisernen Tür, und ein Wärter reichte einen Napf mit Hafergrütze hinein. Es stank fürchterlich, weil der Gefangene während der ganzen Zeit in seinen eigenen Exkrementen saß. Länger als drei Tage hielt es kaum jemand darin aus, ohne den Verstand zu verlieren.

Wassiljoff hatte vielleicht nie einen Verstand besessen, oder vielleicht war er im Lager abhandengekommen. Anders war es nicht zu erklären, dass er Leonard Schenkendorff beinahe totgeschlagen hatte und ihn dabei selbst der Warnschuss der Wächter nicht hatte aufhalten können. Wie ein tollwütiger Hund war er anschließend durch das Lager gerannt und hatte auf alles eingeschlagen, was sich bewegte.

Erst ein gezielter Schuss in den Oberschenkel hatte ihn gestoppt. Sein Blick war wahnsinnig geblieben, und so wusste wohl niemand, was man anderes mit ihm anstellen sollte, als ihn in jene Arrestzelle für schwierige Fälle zu stecken. Dabei brüllte er immer noch wie ein Stier, und manchmal war seine Stimme bis zu den Wohnbaracken zu hören.

Pjotr hatte es auch gehört. Ein Schauer jagte ihm über den Rücken. Die Frage, was man mit Wassiljoff letztendlich anstellen würde, erübrigte sich. Deportiert war er schon, und nachdem er sich nun zum zweiten Mal aus niederen Gründen an einem Menschen vergriffen hatte, würde man bei der Lagerleitung zu dem Schluss kommen, dass er nichts anderes als den Tod verdient hatte. Fern von jeder Gerichtsbarkeit entschied einzig Kommandeur Lobow über das Schicksal der Häftlinge. In den fünf Monaten, in denen sie hier waren, hatte man bereits einen Mann aus einem weniger triftigen Grund hingerichtet. Alle Häftlinge hatten draußen antreten müssen, und eine Schwadron von Soldaten hatte sich aufgestellt, um einen etwa dreißigjährigen Mann, der in das Büro des Kommandeurs eingebrochen war, durch Erschießen vom Leben zum Tod zu befördern.

Pjotr hatte der Anblick des sterbenden Mannes, der kurz zuvor noch alles hatte unter sich gehen lassen, unzählige schlaflose Nächte bereitet. Vor allem Leonard hatte ihm anschließend in langen, geduldigen Gesprächen geholfen, dieses furchtbare Erlebnis zu überwinden.

»Aslan, kannst du einen Augenblick auf mich warten?« Pjotr war bei einer Weggabelung stehen geblieben. Kissanka musste in eine andere Richtung gehen, und er wollte sie nicht ziehen lassen, ohne sich von ihr zu verabschieden. Der Turkmene drehte sich um, die Hände in den Hosentaschen, und sah ihn finster an. Auch Kissanka war stehen geblieben, wobei sie den Blick des Turkmenen mied.

»Was haltet ihr davon«, begann Pjotr mit bebender Stimme, »wenn wir versuchen, den jungen Jämschtschik zu erreichen, der uns hierher gebracht hat. Wie hieß er noch gleich? Tschirin?«

»Ist das der Mann, dessen Vater Mitja gerettet hat?« Kissankas Augen leuchteten auf.

»Du willst doch nicht ernsthaft einen Schamanen hinzuziehen, um Leonard zu heilen?« Aslan sah ihn ungläubig an.

»Warum denn nicht?« Pjotr sah ihn kampflustig an. »Wenn wir sonst schon nichts für Leonard tun können? Ich meine, was könnte ein Schamane da noch kaputt machen? Leonard ist ohnehin dem Leben näher als dem Tod.«

»Das wird Lobow nicht erlauben«, unkte Aslan wie gewohnt.

»Warum denn nicht?« Kissanka sah Pjotr hoffnungsvoll an. »Das ist eine wunderbare Idee. Ihr habt doch alle gesehen, wie es um meinen Bruder stand. Dass er noch lebt, haben wir alleine Tschirins Vater zu verdanken.«

»Ich gehe selbst zu Lobow und werde ihn darum bitten«, meinte Pjotr kühn.

»Zur Sicherheit nimmst du besser noch Weinberg mit.« Dass dieser Vorschlag ausgerechnet von Aslan kam, wunderte Pjotr. Der alte Jude und der Turkmene respektierten sich mittlerweile, aber Freundschaft konnte man ihre Verbindung nicht nennen.

Mit dem heiligen Versprechen, Kissanka sofort zu benachrichtigen, falls Lobow der Idee zustimmen würde, verabschiedete sich Pjotr von dem Mädchen.

In der Baracke fanden er und Aslan den graubärtigen Juden betend vor einem improvisierten Altar. Es war Donnerstagabend. Weinberg praktizierte wie jede Woche seine bescheidene Feier zum beginnenden Shabbat. Aslan und Pjotr störten ihn nicht, sondern setzten sich schweigend auf ihre Pritschen und verfolgten fasziniert die jüdischen

Rituale. Erst als Weinberg mit seinen Gebeten fertig war und mit ihnen das Brot brach, weihten sie ihn in ihre Pläne ein.

»Es gibt weit mehr Dinge zwischen Himmel und Erde, als wir zu glauben vermögen«, sagte der Jude leise und trank einen Schluck vom billigen Wein, den er sich in all den Monaten seiner Anwesenheit hart erarbeitet hatte. Pjotr und Aslan lehnten dankend ab, als er ihnen einen Becher davon anbot.

»Wirst du uns helfen, Isaak, den Kommandeur zu überzeugen?«

»Natürlich«, antwortete Weinberg mit der sonoren Stimme eines Priesters. »Obwohl es nicht leicht werden wird, einen orthodoxen Christen von der Möglichkeit eines solchen Wunders zu überzeugen.«

»Einen ungläubigen Menschen von einem Wunder zu überzeugen ist immer eine schwierige Sache«, bemerkte Aslan. »Es gehört zu seiner Natur, dass er es selbst erlebt haben muss, bevor er es glauben kann.«

18

Juni 2008, Tunguska – Permafrost

Durch die Ritzen des einzigen, verriegelten Fensters drang die Morgendämmerung herein, und das Gezwitscher der Vögel ersetzte zuverlässig den schrillsten Wecker. Eine große Hand tastete sich sanft zu Viktorias Brüsten hin, und eine Nasenspitze rieb sich zärtlich an ihrem Ohr. Eine von Leonids langen schwarzen Haarsträhnen versperrte Viktoria die Sicht, und im ersten Moment dachte sie, es wäre ein weiterer exotischer Traum, als seine weichen Lippen ihren Mund berührten und seine kurzen Barthaare an ihrer Wange kratzten. Sein Kuss hingegen war unschuldig und ohne in irgendeiner Weise an das heiße Verlangen anzuknüpfen, das sie die halbe Nacht und noch bis in den Schlaf hinein verfolgt hatte.

Für einen Moment schenkte er ihr jenes strahlende Lächeln, das ihr Herz regelrecht dahinschmelzen ließ.

»Guten Morgen«, sagte er leise auf Deutsch. Bereits nach kurzer Zeit hatte es sich zu einer Art Spiel entwickelt, dass er nur noch Russisch sprach, wenn ihm eine Vokabel fehlte.

Zwischen seinen Liebkosungen hatte er immer wieder geduldig ihre zaghaften Fragen beantwortet, weil sie alles über ihn und seine Herkunft wissen wollte. Seine kleine, gütige Großmutter, die Lebenov so mutig die Stirn geboten hatte, war deutscher Abstammung und hatte ihn zusammen mit seinem Großvater, einem einheimischen Ewenken, bis zu seinem fünfzehnten Geburtstag aufgezogen. Leonids Mutter war bei seiner Geburt gestorben, daher hatte er sie kaum vermisst. »Mein Vater ist am Wodka krepiert«, gestand er ihr freimütig. »Wir konnten nicht besonders miteinander. Ist noch nicht lange her. Als ich ein Jugendlicher war, holte er mich nach Krasnojarsk. Er hat sich nicht wirklich um mich gekümmert. Mit knapp siebzehn bin ich von zu Hause ausgezogen. Ich glaube, er war froh, als ich zum Militär gegangen bin.«

»Du warst Soldat?«, fragte Viktoria weiter, obwohl sie von seiner Heldenmedaille wusste. Schließlich hatte er irgendetwas von Tschetschenien erzählt.

»Ich war Offizier.« Er lachte trocken. »Pilot. Ich habe einen Helikopter geflogen. Aber es hat mir kein Glück gebracht. Ich bin da in eine dumme Sache hineingeraten. Lebenov und Bashtiri waren auch darin verwickelt.« Er sah Viktoria nachdenklich an. Sie erinnerte ihn an Anna, das Mädchen mit den Plastikschuhen, wie er seine Retterin in Grosny still für sich genannt hatte. Viktoria strahlte die gleiche Entschlossenheit aus und wirkte trotz ihrer burschikosen Art auf ihre Weise verletzlich. Vielleicht war es die zierliche Gestalt bei beiden Frauen, die seinen Beschützerinstinkt herausgefordert hatte. Dabei hatte er Anna nicht einmal beschützen können. Es war eher umgekehrt gewesen. Sie war es, die ihn vor patrouillierenden Soldaten gerettet und bereits in der gleichen Nacht vor seinem Bett gestanden hatte, während ihr Vater nur einen Sprung weit entfernt im Nebenzimmer schlief. Sie hatte sich einfach zu ihm gelegt und ihm mit ihrem ausgehungerten, mageren Körper das gegeben, was er ein halbes Leben lang vermisst hatte.

»Danach bin ich desertiert«, fügte er leise hinzu, »weil mir nichts anderes übrig blieb, als unterzutauchen.« Einen Moment überlegte er, ob er ihr erzählen sollte, wie treffend dieser Begriff gewesen war und von Anna, die für seine Freiheit mit dem Leben bezahlt hatte, doch dann verzichtete er lieber darauf. Zu schwer waren die Erinnerungen an ihren gewaltsamen Tod.

»Wegen Bashtiri und Lebenov?«

Leonid nickte. »Sie dachten, ich sei tot. Zudem glaubte alle Welt, ich sei bei einem Helikopterabsturz ums Leben gekommen, von dem niemand wusste, dass es Lebenov und Bashtiri waren, die ihn initiiert hatten.«

»Mein Gott!« Viktoria schaute ihn entsetzt an. Sie spürte, wie ihr schwindlig wurde. Langsam begann sie zu ahnen, zu welchem Kaliber Bashtiri und Lebenov zählten.

»Und deine Familie? Wussten sie, dass du noch lebtest und was dir widerfahren war?«

»Nur meine Großeltern kannten die ganze Wahrheit. Ich habe mich hierher durchgeschlagen und im Wald versteckt. Der restlichen Familie haben sie verschwiegen, dass ich noch lebte, weil sie mich nicht nur vor meinen Feinden, sondern auch vor meinem Vater und seiner schwatzhaften Verwandtschaft schützen wollten. Irgendwie schienen alle in seiner Sippe froh zu sein, als es hieß, ich sei im Krieg gefallen.«

»Aber warum? Waren sie nicht stolz auf dich?«

»Sie dachten, ich sei verflucht. Sie hatten zeit ihres Lebens Angst, dass ich ihnen großen Schaden zufügen könnte.«

»Verflucht?« Viktoria betrachtete ihn nachdenklich. So wie er im Bett neben ihr lag, die Arme lässig hinter dem Kopf verschränkt und mit einem Lächeln, das ihr den Atem nahm, sah er ganz und gar nicht aus, als wäre er verflucht.

»Eine Prophezeiung besagt, dass es mir bestimmt sei, ein großer Schamane zu werden. Nach meiner Geburt sind neun Menschen gestorben. Meine Mutter und alle acht Geschwister. Ein alter Schamane aus dem Stamm meines Vaters behauptete, es sei ein Zeichen, dass die Dämonen sich schon vor der Geburt meiner Seele bemächtig hätten. Irgendwann müsste ich ihnen zur Verfügung stehen und einen Tribut dafür zahlen, der weit höher ausfiele als der Tod meiner eigenen Familie. Die gesamte Sippe meines Vaters müsse sterben, falls ich ihrem Ruf folgen würde – und erst recht, wenn ich es nicht täte.«

»Und? Was wirst du tun? Oder hat sich dein Schicksal bereits erfüllt?« Viktoria hatte Mühe, den richtigen Ton zu finden.

»Nein, mein Initiationsritus wurde noch nicht vollzogen. Ich weiß auch nicht, ob ich überhaupt ein richtiger Schamane werden will. Selbst wenn ich Zweifel hege, dass die dunkle Seite unserer Welt soviel Macht über mich erringen könnte, will ich es nicht darauf ankommen lassen.«

»Wie muss ich mir einen solchen Ritus vorstellen?«

»Der Anwärter geht durch eine lange Schule der Einweisung, danach, wenn er soweit ist und alles Wesentliche verinnerlicht hat, wird er zerstückelt. Dreimal von Kopf bis Fuß in seine Einzelteile zerlegt. Die Geister fangen währenddessen sein Blut auf und essen sein Fleisch, säubern die Knochen und sortieren sie aus. Dann nehmen sie das Fleisch aus den Reihen der Angehörigen seiner Vätersippe und legen es um seine blanken Knochen. Danach wird er von ihnen zu einem neuen Menschen zusammengesetzt. Das ist auch der Grund, warum die Verwandten, die es betrifft, sterben müssen.«

»Das ist nicht dein Ernst?« Ein ungläubiges Lächeln huschte über ihr Gesicht. »Es hört sich an wie Kannibalismus. Und wie sollte so etwas funktionieren? Ich stelle mir vor, ich schlachte eine Kuh, mache einen Hamburger daraus, esse ihn auf und setze hinterher wieder alles zusammen?«

»Du verstehst es nicht.« Seine Stimme klang ein wenig gereizt.

»Es ist mehr theoretisch. Es geschieht in einer Art Trance – für Außenstehende nicht zu sehen und zudem schwer zu erklären.«

»Und du glaubst an so etwas?«

»Natürlich glaube ich daran. Ich weiß es sogar. Sonst lägen wir nicht hier, und du würdest nicht atmen.« Für einen Moment war sein Blick ernst geworden, so ernst, dass Viktoria die Unsicherheit nicht unterdrücken konnte, die sie empfand. Vielleicht war er doch nicht ganz bei Trost und entpuppte sich im Nachhinein als Psychopath, der sie mit Drogen manipulierte, damit sie tat, was er wollte.

Leonid lächelte und sah sie an, als ob er ahnte, was in ihrem Kopf vorging. »Die Dämonen werden mich nicht bekommen – obwohl sie es schon versucht haben.«

Viktoria schüttelte ungläubig den Kopf. »Du machst Scherze, oder?«

»Denk, was du willst«, erklärte er lächelnd. »Ich kann gut verstehen, dass man solche Dinge dort, wo du aufgewachsen bist, nicht verstehen kann.«

»Du kennst dich also tatsächlich damit aus? Ich meine, weißt du, was ein Schamane zu tun hat? Ist er so etwas wie ein Priester?«

»Wenn du es ganz genau wissen willst, fragst du besser meinen alten Onkel Taichin. Er ist ein ausgebildeter Schamane, der noch den alten Initiationsritus vollzogen hat. Er gibt mir ab und an heimlich Unterricht, obwohl meine Großeltern strikt dagegen sind. Sie befürchten, dass die falschen Geister von meiner Seele Besitz ergreifen, für den Fall, dass ich dem Ruf der Ahnen folge. Taichin ist genau der anderen Meinung. Er denkt, ich kann mich nur gegen die Dämonen wehren, wenn ich stark genug bin, um ihnen die Stirn bieten zu können. Es ist nicht immer leicht, es den Dreien recht zu machen. Zusammen haben sie einen großen Einfluss auf mich«, fügte er lächelnd hinzu. »Für uns Ewenken ist die Familie sehr wichtig. Ohne die Sippe oder den Stamm war man früher in der weiten Taiga verloren, und auf die Erfahrung der Alten konnte man nicht verzichten. Sie sind uns heilig, wie unsere Ahnen, die uns auch nach dem Tode noch beistehen.«

»Ich habe nur meine Mutter«, stellte Viktoria mit einem Achselzucken klar. Gleichzeitig verspürte sie ein schlechtes Gewissen. Von Heiligkeit konnte bei ihrer Mutter keine Rede sein. Manchmal war sie ihr mit ihren ewigen Ermahnungen lästig, die verrieten, dass sie nicht loslassen konnte, obwohl ihre Tochter längst auf eigenen Füßen stand. Andererseits hätte sie zu gerne gewusst, was ihre Mutter wohl dazu sagen würde, wenn sie sich tot geglaubt und von allen geächtet in einem endlosen Wald verstecken müsste.

»Auch du hast deine Ahnen«, bemerkte Leonid und schenkte ihr einen Blick, als ob er sie trösten wollte. Dann zwinkerte er ihr aufmunternd zu. Sie sah ihn nur an – schweigend, weil sie nicht wusste, was sie als überzeugte Atheistin auf eine solche Bemerkung erwidern sollte. Unvermittelt nahm er ihre Hand und küsste sie, dann schaute er ihr tief in die Augen. »Und wenn du willst, hast du jetzt mich.«

Ein flaues Gefühl beschlich Viktoria, als Leonid sich erhob, um Wasser von einer Quelle zu holen, die hinter dem Haus sprudelte. Als er hinausging, sah sie ihm nach. Er hatte ihr einen chinesischen Tee versprochen, der nichts weiter erweckte als ihre Lebensgeister, und das auf eine harmlose Weise.

Sie streckte sich unter der warmen Decke und vergrub ihre Nase in dem Fell, das längst Leonids Geruch angenommen hatte. Es fühlte sich tatsächlich an wie ein Traum, von dem sie nicht wusste, ob sie ihn ernst nehmen sollte. Aber vielleicht wirkte die Droge noch nach.

Erst ein Blick auf ihre Armbanduhr holte sie in die reale Welt zurück und bestätigte ihr, dass es höchste Zeit war, sich auf den Rückweg zu machen. In knapp drei Stunden wurde sie zum gemeinsamen Frühstück im Camp erwartet; falls sie nicht pünktlich erschien, würden nicht nur Rodius und Theisen sie vermissen.

Nachdem Leonid sich ausgiebig am Bach gewaschen hatte, stand er, die feuchten Haare zu seinem Zopf gebunden, barfuß und nur mit einem grauen Trägerhemd und einer Armeehose bekleidet in der Tür. Er sah einfach umwerfend aus, und am liebsten wäre Viktoria gleich bei ihm eingezogen – wenn die Welt ein wenig unkomplizierter gewesen wäre.

»Das Wasser ist herrlich frisch«, schwärmte er. »Du solltest es auch einmal versuchen.«

»Ich habe mein Mückenschutzmittel vergessen«, erklärte sie abwehrend.

Leonid lächelte. »Hier ist es nicht so schlimm wie draußen am See.«

Er ging zum Ofen, setzte den alten Wasserkessel auf und röstete Fladenbrot. Dann entnahm er einem selbst gezimmerten Birkenholzschränkchen einen irdenen Topf. Mit seinem Jagdmesser verteilte er die Butter, die sich darin befand, auf dem noch warmen Brot. Immer wieder schaute er auf und beobachtete Viktoria, während sie in ihre Kleidung stieg. Nachdem sie ihre olivfarbene Cargohose gegürtet hatte, zog sie ihre Socken über und schlüpfte in die knöchelhohen Trekkingstiefel. Danach hob sie den Kopf und entwirrte mit den Fingern ihr Haar. Als sie aufsah, begegnete sie Leonids Blick.

»Du siehst unglaublich schön aus«, sagte er leise. Beiläufig goss er das heiße Wasser in zwei blaue Emaillebecher, in die er zuvor löffelweise den Tee hineingegeben hatte.

»Danke.« Verlegen nahm sie den dampfenden Tee entgegen und lehnte im gleichen Atemzug das Brot ab, das er ihr anbot. »Ich möchte nichts essen. Nur etwas trinken. Wir sind spät. Ich muss mich beeilen.« Ajaci lauerte schon, und Leonid gab ihm Viktorias Anteil, den er heißhungrig verschlang. In Wahrheit hätte sie ohnehin nichts hinunterbekommen, weil der Abschied, der bevorstand, ihr die Kehle zuschnürte, doch das wollte sie sich nicht anmerken lassen.

Schweigend gingen sie Hand in Hand den Kimchu entlang. Ajaci wich seinem Herrn nicht von der Seite.

Viktoria genoss die Gegenwart Leonids. Immer wieder schaute sie zu ihm auf. Ab und an lächelte er glücklich. Der Duft der Taiga stieg aus Blättern und Moos mit dem Frühnebel empor, und plötzlich erschien ihr das Leben intensiver als je zuvor.

Auch Leonid verspürte ein flaues Gefühl. Viktoria hatte ihm genug von sich selbst erzählt, um ihm deutlich zu machen, dass im wahrsten Sinne des Wortes Welten zwischen ihnen lagen. An eine gemeinsame Zukunft mit einer solchen Frau war überhaupt nicht zu denken.

Als sie die Stelle erreichten, wo er sie aus dem Wasser gezogen hatte, hielt Viktoria inne und zwang ihn ebenfalls stehen zu bleiben. »Warte«, sagte sie leise mit einem warnenden Unterton in der Stimme.

»Was ist?« Leonid warf ihr einen alarmierten Blick zu und zog sie hinter eine dicke Lärche.

Im Flüsterton erzählte sie ihm von ihrer Entdeckung am Tag zuvor, die sie mit dem Magnetfeldmesser gemacht hatte. Jetzt sah es ganz danach aus, als ob zwischenzeitlich jemand zurückgekehrt war und nicht nur den Magnetfeldmesser an eine andere Stelle gelegt, sondern auch eine erste Grabung unternommen hatte.

»Ich gehe nachsehen«, beschied Leonid. Bevor sie Protest einlegen konnte, war er in geducktem Laufschritt zu jener Stelle gehuscht, wo sich wie von Geisterhand geschaufelt ein Hügel aus dunklem, fettem Erdreich erhob. Von ferne sah es aus, als sei ein riesiger Maulwurf am Werk gewesen. Einen Moment lang verharrte Leonid über dem Hügel, dann sah er sich noch einmal gründlich um. Die einzige Bewegung weit und breit war ein Eisvogelpaar, das dicht auf dicht über den Kimchu davonstob, während der Fluss mit seinem grünlichen Wasser träge nach Westen plätscherte. Aufrecht schaute Leonid in Viktorias Richtung und deutete mit einem Handzeichen an, dass sie ihm folgen sollte. Ajaci war seinem Herrn längst hinterher gelaufen, als er sie zusammen mit Leonid am Rand eines dunklen Schachtes erwartete, der mindestens vier Meter in die Tiefe reichte. Eingemauerte Eisenstiegen ermöglichten einen Einstieg.

»Was könnte das sein?« Viktoria sah Leonid fragend an, nachdem sie einen Blick in die gähnende Tiefe geworfen hatte.

»Du bist hier die Geophysikerin«, antwortete er mit einer leichten Ironie in der Stimme.

Viktoria blickte prüfend auf einen offenstehenden verrosteten Eisendeckel von der Größe eines Autoreifens, der, wie es schien, nach ewiger Zeit erneut das Licht der Welt erblickt hatte und nun die Einsicht in eine röhrenartige Finsternis freigab. Sie beugte sich weiter darüber, um den Grund des Lochs sehen zu können. Ein modriger Geruch schlug ihr entgegen.

»Das hat nichts mit Geophysik zu tun«, bemerkte sie tonlos. Ihr Blick war ernst, während sie Leonid besorgt anschaute. »Das ist ein Zugang. Siehst du die Eisenstiegen, die man in den felsigen Untergrund getrieben hat? Sie führen vermutlich in einen Stollen oder einen Bunker. Als Einheimischer müsstest du eher als ich wissen, dass hier ein Bunker existiert und wohin er führen könnte.«

Leonid schüttelte den Kopf und umrundete die merkwürdige Öffnung. »Ich habe noch nie etwas von einem Bunker gehört. Wer sollte sich eine solche Mühe machen – hier in dieser Abgeschiedenheit? Normalerweise ist der Boden in dieser Gegend das ganze Jahr über gefroren – Permafrost.« Er schaute sie auffordernd an. »Soll ich hinuntergehen?«

Viktoria war unbehaglich zumute. Außer Kolja und vielleicht noch Sven Theisen hatte niemand von ihrer Entdeckung gewusst.

»Da unten ist es stockdunkel«, wandte sie ein. »Und wir haben keine Taschenlampe. «

»Haben wir doch«, erwiderte Leonid triumphierend und zog aus seinem Rucksack eine LED-Leuchte. Er schaltete sie ein, und sofort bahnte sich der taghelle Strahl einen Weg in die Dunkelheit und bestätigte Viktorias Vermutung. Die Stiegen reichten bis etwa zehn Meter in die Tiefe.

»Ich weiß nicht.« Zögernd sah sie sich noch einmal um. »Was machen wir, wenn es Lebenows oder Bashtiris Leute waren, die den Einstieg geöffnet haben und sie noch da unten sind?«

»Wir werden es nicht erfahren, wenn wir nicht hinuntergehen.«

»Du bist wahnsinnig.«

»Manchmal«, erwiderte er lakonisch. »Doch in erster Linie bin ich ein neugieriger Mensch. Ich will wissen, wohin dieser Einstieg führt.«

Leonid befahl Ajaci, hinter einem dicken Baum Platz zu nehmen und auf ihn zu warten. Der Hund trat ungeduldig auf der Stelle und gab ein leises Winseln von sich, als sein Herrchen in dem düsteren Schacht verschwand. Viktoria konnte das Tier nur zu gut verstehen, ihr war die Sache auch nicht geheuer.

»Hier unten kann man aufrecht stehen, und es gibt einen Gang, der weiter ins Innere des Berges führt.« Leonids Stimme hallte an den steinernen Wänden empor.

Beim Abstieg registrierte Viktoria, dass der Abgang nach wenigen Metern gefrorener Erde in schiefergrauen Fels überging. Unten angekommen, hatte sie tatsächlich genug Platz, um neben Leonid aufrecht stehen zu können, während ein breiter Gang in eine weitere Kammer führte. An der Decke hatte man eine Stromleitung festgenietet. Daran befestigt fand sich alle fünf Meter ein kreisrunder Lampenschirm, aus dessen metallischem Teller eine zerborstene Glühbirne herausragte.

»Wer baut so etwas, mitten in der sibirischen Einöde?«, flüsterte sie beinahe ehrfürchtig, während sie Leonid zögernd folgte. Er zeigte keinerlei Furcht.

»Vielleicht hat es etwas mit den Goldgräbern zu tun, die in dieser Gegend jahrhundertelang Abbau betrieben haben«, bemerkte er sachkundig und legte ihr wie zur Beruhigung seine große, warme Hand auf die Schulter.

Viktoria drängte sich näher an ihn heran, während er sie wie selbstverständlich mit sich zog.

»Ich habe da gestern ein Gespräch belauscht«, erklärte sie leise. »Zwischen Lebenov und Bashtiri. Nachdem es zu der Flut gekommen war, sind zwei merkwürdig entstellte Leichen gefunden worden.«

»Leichen?« Leonid war stehen geblieben und sah sie fragend an.

»Laut Lebenov gibt es Hinweise, dass sie im Jahre 1902 eine Verbindung zum Polytechnischen Institut von Sankt Petersburg hatten. Wenn mein Kollege Sven Theisen recht hätte, stammen sie vermutlich von der Wega. Er hat sie kurz gesehen. Ihr Erscheinungsbild ähnelte wohl nicht unbedingt menschlichen Wesen.« Ein spöttisches Lächeln flog über ihre Lippen »Mein deutscher Kollege verfolgt da eine nicht ganz ernst zu nehmende Theorie, dass es möglicherweise Außerirdische waren, die mit einer Bruchlandung ihres Raumschiffs die Explosion von Tunguska verursacht haben könnten.«

Leonid erwiderte nichts, sondern lauschte konzentriert ihren Worten, ganz so, als ob er grundsätzlich nichts für unmöglich hielt.

»Bevor die Gasblase im See aufgestiegen ist, hat Theisen eine Aluminiumstange entdeckt«, fuhr sie fort, »die seine Phantasie in Sachen Science Fiction noch weiter beflügelt hat. Bei dem anschließenden Erdrutsch ist die Stange in der Tiefe des Sees verschwunden. Gestern Nachmittag hat Bashtiris Team Theisens Entdeckung am Grund des Sees aufgespürt, doch sie verweigern sogar den anwesenden Professoren die Möglichkeit, die Angelegenheit zu untersuchen. Offenbar gibt der Fund tatsächlich ein paar Rätsel auf.«

»Und du denkst, es könnte etwas mit dieser Höhle zu tun haben?« Leonid rieb sich den Stoppelbart, bevor er abermals in die Umgebung leuchtete. Drei weitere Ausgänge führten in verschiedene Richtungen.

»Keine Ahnung.« Viktoria fröstelte. Die glatten Felswände glitzerten wie funkelnde Diamanten, als das Licht darauf fiel.

Sechs Grad unter null war es hier unten, wie Leonid ihr beiläufig erklärte – eine konstante Temperatur, die in unterirdischen Gewölben in Sibirien sommers wie winters gemessen wurde. »Hier fühlt man sich wie in einem Gefrierschrank. Ich frage mich ernsthaft, wozu ein solcher Ort nützlich sein sollte.«

Leonid spürte Viktorias Unbehagen.

»Komm, ich bringe dich an die Oberfläche zurück«, sagte er schließlich. »Ich kann später selbst noch einmal herkommen und nachschauen, welchen Zweck dieser Ort erfüllt haben könnte. Außerdem kann ich meinen Großvater oder Taichin, meinen Onkel, fragen. Vielleicht hat einer von beiden eine Idee, wer sich hier verewigen wollte.«

»Nicht nötig«, entgegnete sie fest, dabei straffte sie ihre schmalen Schultern und blickte ihm entschlossen ins Gesicht, als ob sie sich selbst Mut machen wollte. »Mich interessiert nicht weniger als dich, was das hier zu bedeuten hat. Die Explosion von Tunguska ist ein einziges Rätsel, dessen Lösung zu wichtig ist, als dass man ein solches Indiz außer Acht lassen könnte. Vielleicht ist das hier eine frühe Forschungsstation. Möglicherweise gibt es sogar Hinweise auf den Meteoriten.«

»Dann gehen wir also weiter.« Spontan entschied er sich für einen breiten Gang, der nach links führte. Ihre Schritte hallten in die Dunkelheit. Nach gut einhundert Metern erreichten sie eine weitere rechtwinkelige Kammer.

»Vielleicht sollten wir an den Wänden irgendwelche Zeichen anbringen, damit wir zurückfinden?« Viktorias Stimme zitterte leicht. »Ich muss gestehen, ich habe in Deutschland schon Stunden damit verbracht, in totaler Hektik über mehrere Etagen einer Tiefgarage zu laufen und mein geparktes Auto zu suchen.«

»Keine Angst.« Leonid nickte ihr mit einem beruhigenden Lächeln zu. »Hier gibt es keine verwirrenden Parkdecks, und ich habe einen Orientierungssinn wie eine Fledermaus.«

Immer noch zaudernd folgte ihm Viktoria um die nächste Ecke herum in eine quadratisch angelegte kleine Halle.

»O mein Gott!« Fassungslos starrte sie auf ein Gebilde, das wie eine Schrankwand aussah und sich etwa zwei mal drei Meter groß an der seitlichen Felswand erhob.

Leonid hatte den Strahler darauf gerichtet und beleuchtete zahlreiche Knöpfe und Hebel, dazu halbkreisförmige Messregler mit geschwungenen messingfarbenen Zeigern und viktorianisch verschnörkelten Zahlen. Sämtliches Glas, das die handtellergroßen Messuhren schützte, war zerbrochen und trübe. Das dunkle Metall wies Spuren von grünlicher Oxidation auf. Kabel und Drähte ragten wie die Arme eines Kraken daraus hervor.

»Also, wenn ich es nicht besser wüsste«, bemerkte Viktoria staunend, »würde ich denken, wir sind bei Käpten Nemo auf der ›Nautilus‹ gelandet.« Mit einem Finger rieb sie vorsichtig den Frost von der gläsernen Umhüllung eines Voltmessers. »AEG Königsberg, 1889.«

»Das war lange vor der Katastrophe von 1908«, stellte Leonid nüchtern fest.

Viktoria untersuchte die übrigen Anzeiger und Regler. Dabei stieß sie auf ein weiteres Metallschild, das an der merkwürdigen Apparatur angebracht war und Rückschlüsse auf den Hersteller zuließ. Sie ging in die Hocke, hauchte auf das Messingschild und polierte es mit ihrem Ärmel.

»Marconi, London, 1906.« Sie stand auf, während Leonid sich zu dem seltsamen Kasten hinunterbeugte und ihn näher beleuchtete.

»Das ist ein vorsintflutliches Funkgerät«, befand er fachmännisch.

»Die Firma Marconi war Anfang des Jahrhunderts ein Monopolist in der noch jungen Branche der Funksystemhersteller.« Leonid unterzog das Gerät einer genaueren Betrachtung.

»Du kennst dich damit aus?« Viktorias Gesicht verriet die Verblüffung, die sie empfand.

»Auch wenn ich dir wie ein Waldschrat vorkommen muss«, erwiderte er mit einem säuerlichen Lächeln, »in meinem letzten Leben gehörte der Umgang mit Funkgeräten zu meinem Geschäft.«

Bevor Viktoria eine Bemerkung loswerden konnte, glaubte sie ein Poltern gehört zu haben und ein entferntes Fluchen, als ob jemand gestolpert wäre. Für einen Moment stand sie wie erstarrt da. Leonid senkte instinktiv das Licht und zog sie hinter die Maschine in eine Nische, die genug Raum für sie beide bot.

»Was war das?« Ihr Flüstern klang erstickt. Leonid legte einen Zeigefinger auf die Lippen und sah sie mit einem schweigenden Kopfschütteln an. Schritte! Es waren Schritte, kein Zweifel. Leonid hob seinen Zeigefinger ein zweites Mal, was wohl bedeuten sollte, dass es sich um eine einzige Person handelte. Dann löschte er das Licht und zog Viktoria in einen natürlichen Erker, direkt neben der Maschine. Sie kniete an seiner Seite. Er hatte einen Arm um sie gelegt, ihr Herz pochte unter seiner schützenden Hand, während die Schritte stetig näher kamen. Von ferne war ein schwacher Lichtschein zu erkennen, der aus einem der weitverzweigten Gänge heraus leuchtete. Jemand hustete. Es folgte ein gepresstes Räuspern.

Plötzlich brach der Lichtschein aus dem Dunkeln hervor und beleuchtete die Maschine. Leonid hielt Viktoria eng umfasst; es war seltsam, für einen Moment fühlte sie sich, als ob ein Stromstoß durch sie hindurchfahren würde, und dann spürte sie plötzlich Leonids Hand nicht mehr – und auch ihr Körper erschien ihr wie unsichtbar. Es war ihr, als ob sie sich mit ihm zusammen in Luft aufgelöst hätte. Der Lichtschein traf sie im gleichen Moment mitten ins Gesicht, und eigentlich hätte ihr Gegenüber sofort ihre Anwesenheit bemerken müssen. Doch wer immer es auch war – er rührte sich nicht. Allem Anschein nach konnte er sie nicht sehen. Erst als der Lichtschein eine andere Richtung nahm, sah sie, dass es Kolja war, der hier alleine durch die Hallen schlich. Der Russe verschwand hinter der Maschine, und Viktoria gab Leonid ein Zeichen, dass er sie loslassen sollte.

»Ich kenne ihn«, flüsterte sie. Keinesfalls wollte sie riskieren, dass Kolja auf Leonid aufmerksam wurde. Sein Verhältnis zu Bashtiri war ihr von Beginn an nicht klar gewesen. Und wer wusste es schon – vielleicht lungerten Lebenovs Wachhunde in den übrigen Gängen oder dort draußen vor der Tür? Ihr lief es heiß den Nacken hinab, was wäre, wenn sie Ajaci entdeckten? Sie musste etwas unternehmen und die Aufmerksamkeit von Leonid ablenken. Mit einem Ruck entzog sie sich Leonids Griff – so schnell, dass er sie nicht halten konnte.

Kolja schnellte herum. Ein erstickter Schrei entfuhr seiner Kehle. Leonid, der bereits sein Messer gezogen hatte, beobachtete die Szene mit einer lähmenden Unentschlossenheit. Falls es ein Scherge aus Lebenovs Truppe war, würde es eine Menge Probleme geben, wenn er den Mann angreifen und es zu einem Kampf kommen würde.

Plötzlich konnte Viktoria sehen, dass Kolja nicht nur eine Taschenlampe in Händen hielt. Mit der anderen Hand umklammerte er eine Pistole, die er bedrohlich auf sie gerichtet hielt.

»Kolja, mein Gott! Nicht schießen, ich bin es, Viktoria!«

Leonid blieb das Herz stehen; beinahe hätte er sich zu erkennen gegeben.

»Blja, was tust du hier?« Ein Schwall russischer Schimpfworte prasselte auf sie herab.

»Dasselbe könnte ich dich fragen!« Während sie Kolja fordernd anschaute, entspannte sie sich ein wenig. Leonid war ihr nicht gefolgt, und sie konnte nur hoffen, dass er ihre Absicht erahnte. Kolja von ihm abzulenken war das Wichtigste, an das sie im Moment denken konnte. Sie musste es schaffen, den Russen davon abzuhalten, sich allzu gründlich umzuschauen, und sie wollte ihn unbedingt möglichst schnell nach draußen locken. Obwohl er die Waffe nur zögernd sinken ließ, tat sie einen Schritt nach vorn und fasste Kolja am Arm.

»Bist du allein hier unten?« Das war die entscheidende Frage. Was würde es nützen, ihn nach draußen zu lotsen, wenn es ansonsten hier unten von Soldaten nur so wimmelte?

»Ja«, bestätigte er heiser. »Ich bin allein.« Dabei schaute er sich noch einmal gründlich um, als ob er sich selbst vergewissern musste, dass außer ihm und Viktoria niemand hier unten war.

Viktoria spähte in die Dunkelheit. Leonid war nicht zu sehen. Ihr war aber, als ob sie tief in ihrem Bewusstsein seine Stimme vernahm. *Geh mit ihm hinaus*, sagte er, *und mach dir keine Sorgen, ich werde dir folgen.*

»Lass uns ans Tageslicht gehen, Kolja. Ich habe mich hier unten verlaufen und möchte nur noch nach oben. Wir können hierher zurückkehren, zusammen mit meinen Kollegen und Olguths Team, um weitere Untersuchungen vorzunehmen. Für einen alleine ist das hier unten zu unübersichtlich.«

Ihr Blick wirkte allem Anschein nach so flehend, dass Kolja einwilligte, obwohl seine Aufmerksamkeit immer noch von der seltsamen Maschine gefangen wurde. Dabei schien ihm nicht aufzufallen, dass Viktoria gar keine Taschenlampe bei sich trug.

»In Ordnung«, sagte er und lenkte den Strahler seiner eigenen Lampe in die entgegengesetzte Richtung. Viktoria hakte sich bei ihm unter und zog ihn regelrecht in Richtung Ausstieg.

Leonid folgte den beiden in sicherem Abstand. Es erleichterte ihn zu hören, dass sie sich zwanglos unterhielten – über das Ausmaß des Bunkers und warum man ihn erbaut haben könnte. Viktoria redete wie ein Wasserfall, während der Kerl an ihrer Seite einsilbig blieb oder nickte.

Leonid erschien es wie eine Ewigkeit, bis Viktoria und der Fremde endlich hinaufgeklettert waren. In einer Nische am Fuße des Einstiegs wollte er warten, dass sie sich endlich entfernten, bevor er selbst ans Tageslicht zurückgelangen konnte.

Gierig atmete Viktoria die feuchte Waldluft ein; es erschien ihr wie eine Erlösung, als sie die Morgensonne von neuem begrüßte. Ajaci wartete immer noch brav hinter dem Baum. Erst als er sah, dass sie mit einem fremden Mann aus dem Loch hinausgeklettert kam, sprang er auf und brach in ein unkontrolliertes Heulen aus, das in ein bösartiges Knurren überging, als Kolja unvermittelt auf ihn zutrat.

»Das ist doch der Köter, den wir im Lager gesehen haben«, stellte der Russe ungerührt fest.

»Keine Ahnung«, versuchte Viktoria die Situation zu retten. »Vielleicht läuft er hinter mir her.«

Kolja zog seine Pistole, und schneller als Viktoria zu reagieren vermochte, hatte er die Waffe auf Ajaci gerichtet.

Viktoria riss ihm geistesgegenwärtig den Arm hoch. Die Waffe hatte einen Schalldämpfer, daher war der Schuss in die Baumwipfel kaum zu hören.

Sie schluckte, als sie in Koljas wütendes Gesicht blickte.

»Was hast du vor?« Viktoria flüsterte beinahe, als er auf sie zutrat, die Waffe im Anschlag.

»Mach das nicht noch mal!«, zischte er. »Einer von uns hätte dabei draufgehen können.«

Viktoria war für einen Moment sprachlos, als Kolja einen Stein in die Hand nahm und ihn auf Ajaci schleuderte, um ihn endgültig zu verscheuchen. Ein kurzes, schmerzhaftes Aufheulen des Hundes verriet, dass er ihn getroffen hatte. Dann steckte Kolja die Pistole unter seinen Gürtel und schickte sich an, den Deckel des Abgangs zu schließen.

»Wieso lässt du den Eingang nicht offen?«, fragte Viktoria mit banger Stimme.

»Warum sollte ich das tun? Nachher fällt noch jemand hinein. Oder ein Bär verwechselt den Einstieg mit seinem Bau.« Er grinste verhalten. »Es sei denn, dort unten ist noch jemand, auf den wir warten müssten?« Er drehte sich herum, als suche er nach Ajaci. Als sein Blick zu Viktoria zurückkehrte, hob er fragend eine Braue.

»Nein, da ist niemand«, beeilte sie sich zu sagen. »Mir hat es vollkommen ausgereicht, dass du plötzlich hier aufgetaucht bist.Was machst du überhaupt hier?«

»Das Gleiche könnte ich dich fragen« gab er entnervt zurück. »Bashtiri hat doch allen Campbewohnern eine Ausgangssperre verordnet. Aber ich hätte mir denken können, dass du dich nicht daran hältst. Schon als ich dich zum ersten Mal sah, wusste ich, dass du nicht zu den Frauen gehörst, die sich an Vorschriften halten, schon gar nicht, wenn sie von so einem Typen wie Bashtiri kommen.«

»Dann stehst du nicht auf seiner Seite?« Viktoria sah Kolja verwundert an, gleichzeitig keimte Hoffnung in ihr auf, dass sie ihn in ihre Begegnung mit Leonid einweihen konnte.

»Nein – nicht unbedingt«, erwiderte Kolja mit einem ironischen Unterton in der Stimme.

»Gehörst du zu Lebenovs Leuten?« Sie musste sichergehen, bevor sie ihm die Wahrheit erzählte.

»Gott bewahre!« Wieder nahm Kolja seinen Spaten zur Hand, und Viktoria musste sich mit aller Kraft zwingen, keinen Protest einzulegen, als er das Loch über der verschlossenen Einstiegsluke sorgfältig mit Erde bedeckte. Nun war Leonid lebendig begraben, und sie die Einzige, die davon wusste. Also würde sie wiederkommen müssen – so schnell es nur ging.

Kolja klopfte mit den Spaten die Erde fest und verteilte Laub und Äste darauf, als ob er den Einstieg in den Schacht nicht nur verschließen, sondern gänzlich unkenntlich machen wollte, damit ihn auch sonst niemand fand.

»Warum verschließt du die Stelle so sorgfältig?« Viktoria wirkte verstört. »Ich dachte, wir wollen noch einmal zurückkommen?«

»Vorerst nicht«, sagte Kolja mit Bestimmtheit. »Niemand sollte erfahren, was wir beide dort unten gesehen haben. Hast du mich verstanden? Weder deine Kollegen noch Olguth und sein Team. Schon gar nicht Lebenov und Bashtiri.«

»Und kannst du mir auch einen Grund dafür nennen?«

»Es ist eine Regierungsangelegenheit«, fuhr Kolja unmissverständlich fort. »Klar?« Er schaute sie durchdringend an.

»Wer bist du?« Allmählich dämmerte Viktoria, dass ihr harmlos humorvoller Tourist-Guide nicht der war, für den sie ihn die ganze Zeit gehalten hatte.

Ein unfrohes Grinsen flog über seine Lippen, und Viktoria ahnte, dass er es bitter ernst meinte. »Es tut mir leid, junge Frau. Ich darf nicht darüber sprechen, und du solltest es auch nicht tun, ansonsten könnte es für uns beide gefährlich werden.« Obwohl er in seiner verwaschenen Jeans und seinem Trekkingparka mit den unzähligen bunten Aufnähern nicht wie ein Soldat wirkte, nahm er plötzlich eine militärische Haltung an. Ein Seitenblick verriet ihr, dass er ohne Boot hierhergekommen war. Sie war also auf Gedeih und Verderb auf ihn angewiesen. Eine Flucht, wohin auch immer, erschien ihr unmöglich.

»Ich finde das nicht lustig.« Ihr Lächeln fiel reichlich gequält aus.

»Ich auch nicht«, antwortete Kolja mürrisch. Dann sah er ihr direkt ins Gesicht. »Ich bin Mitarbeiter der russischen Regierung. Man hat mich beauftragt, eure wissenschaftlichen Arbeiten zu überwachen und dafür zu sorgen, dass ihr nicht in Gegenden forscht, die nicht zu dem vereinbarten Untersuchungsradius gehören. Ganz nebenbei wurde ich angewiesen, Bashtiri und seinem Herzensbruder Lebenov auf die Finger zu schauen. Sie sind anscheinend längst nicht so honorig, wie sie sich geben.«

»Du machst Witze!« Viktoria sah ihn ungläubig an. »Wir werden überwacht? Zusammen mit Bashtiri und Lebenov?« Dass die beiden alles andere als seriös waren, wusste sie mittlerweile.

Jedoch hätte sie nicht damit gerechnet, nach allem was Leonid ihr erzählt hatte, dass man ihnen auch von offizieller Seite misstraute. »Warum? Wir machen hier nur unsere Arbeit, und das nicht nur mit Genehmigung der russischen Behörden, sondern auf deren ausdrücklichen Wunsch.«

Kolja antwortete nicht direkt, sondern krallte seine kräftigen Finger schmerzhaft in ihre Oberarme. Hatte sie noch bis vor kurzem gedacht, er wäre ein Schwächling, so wurde sie jetzt eines Besseren belehrt. Der Versuch, sich ihm zu entwinden, scheiterte kläglich.

»Hör zu, Mädchen«, zischte er ihr in einem verschwörerischen Ton zu, »die russische Regierung hat nicht das geringste Interesse daran, dass bei dieser Untersuchung etwas anderes zutage kommt als der Einschlag eines gigantischen Meteoriten. Alles andere würde nur unnötige Fragen aufwerfen und die Pläne zu einem geplanten Meteoritenabwehrsystem durchkreuzen.«

Viktorias Miene verriet Erstaunen. »Meteoritenabwehrsystem?«

Es dauerte einen Moment, bis sie begriff. »Kann es sein, dass dieses Meteoritenabwehrsystem ein hervorragendes Alibi für die weitere Aufrüstung des Landes liefert? In Wahrheit geht es Russland gar nicht um die natürliche Bedrohung aus dem All, sondern um eine nukleare, deren Abwehr sich hinter einer wissenschaftlichen Argumentation verbirgt. Wenn ein deutscher Professor die Notwendigkeit eines Meteoritenabwehrsystems unterstreicht, wird die internationale Völkergemeinschaft keinen Protest einlegen, weil niemand daran zweifelt, dass man es für etwas anderes einsetzen würde als zur Abwehr von Meteoriten. Ist es so?«

»Das hier ist kein Spiel«, erwiderte Kolja ungeduldig. »Also, wenn du so dumm sein solltest, die Klappe aufzureißen und deine Kollegen oder unsere Gastgeber über unsere Entdeckung oder meinen Auftrag zu informieren, kann es nicht nur meinen Kopf kosten.«

Viktoria nickte wie betäubt. Offenbar waren Koljas Auftraggeber einzig und allein daran interessiert, dass ihnen niemand bei der Verwirklichung ihrer Pläne in die Quere kam. Ganz einerlei, ob es sich dabei um einen windigen Oligarchen oder einen ambitionierten Professor handelte. Unter diesen Umständen war es klug gewesen, Leonids Existenz vor Kolja geheim zu halten.

»Kein Wort«, sagte Kolja, als ob er ihre Gedanken gelesen hätte. Dann zog er sie einen Hügel hinauf zu einem morastigen Rentierpfad, auf dem man den See zu Fuß umrunden konnte.

»Verstanden«, hauchte Viktoria atemlos und sah für einen Moment zurück auf die Stelle, wo Leonid in einem finsteren Grab festsaß. »Du kannst dich auf mich verlassen.«

19

Juli 1905, Sibirien – Baum der Erkenntnis

Der nächste Tag war ein Freitag, und Professor Isaak Weinberg plagte das erste Mal, seit man ihn in dieses Lager verschleppt hatte, kein schlechtes Gewissen, weil er mit seiner Arbeit die Gesetze des Shabbats missachtete. Nachdem er sich ausgiebig gewaschen hatte, klopfte er Pjotr, der sich sorgfältig die Haare kämmte, aufmunternd auf die Schulter.

Pjotr beobachtete, wie Weinberg eine saubere Joppe vom Bügel nahm und hineinschlüpfte, bevor er noch eine Minute vor seinem improvisierten Altar verbrachte. Der junge Russe war im Gegensatz zu dem viel älteren Juden im Glauben der christlich-orthodoxen Lehre erzogen worden, und obwohl er nie ein fleißiger Kirchgänger gewesen war, verspürte er plötzlich ein mulmiges Gefühl.

»Denkst du, Isaak, Gott wird es verstehen, wenn wir sozusagen bei seiner Konkurrenz um Hilfe ersuchen«, fragte er seinen grauhaarigen Mitgefangenen leise.

»Gott wird uns erhören, ganz gleich, durch wen oder was wir ihn darum bitten«, antwortete der Professor mit einem zuversichtlichen Lächeln. »Selbst wenn das, was wir vorhaben, nicht unbedingt in sein Konzept zu passen scheint. In meinem Glauben gibt es nur einen Gott, und warum sollte es schaden, ihn mit der Hilfe der Einheimischen um etwas zu bitten?«

Aslan hatte sich von seiner Gebetsmatte erhoben.

»Allah ist groß«, erklärte der Muslim. »Und seine Güte ist noch weit größer, als ein einzelner Mensch es ermessen könnte.«

Punkt sechs in der Frühe saßen sie in der Kantine und löffelten hastiger als sonst ihren Brei, und noch bevor sie den Dienst in der Konstruktionshalle antraten, scherten Pjotr und Weinberg aus und baten um eine Audienz in der Baracke des Kommandeurs.

Igor Igorewitsch Lobow saß in seinem Büro hinter einem monströsen Schreibtisch und schälte sich einen Apfel, als sein Adjutant das Ansinnen der beiden Wissenschaftler vortrug.

»Sie wollen ein Gespräch und behaupten, es sei dringend«, erklärte der junge Soldat mit einer Miene der Rechtfertigung.

Lobow war kein Unmensch, und in seinen Augen konnte es nur gut sein, wenn sich die Laune seiner Chefkonstrukteure nicht nachhaltig verschlechterte. Es reichte vollkommen, dass man sie unter Zwang hierher gebracht und gewissermaßen zu Leibeigenen gemacht hatte. Dabei gab es für ihn nur zwei Möglichkeiten, mit denen man sie sich auf Dauer gefügig machen konnte: Angst oder Freude.

»Sollen reinkommen«, brüllte Lobow knapp, und gleichzeitig ließ er das Messer und den Apfel in einer Schublade verschwinden.

Die Arme hinter dem Rücken verschränkt, nahmen die beiden Bittsteller vor dem Schreibtisch des Kommandeurs Aufstellung – ganz so, wie es die Regeln des Lagers verlangten.

»Was kann ich für euch tun?« Lobow setzte die Miene eines gütigen Vaters auf und faltete die Hände.

Weinberg räusperte sich kurz, bevor er zu sprechen begann. »Es geht um Leonard Schenkendorff.« Er zögerte einen Moment. »Wir sehen noch eine Möglichkeit, wie er wieder gesund werden könnte.«

Lobow sah ihn eine Weile nachdenklich an, dann erhob er sich von seinem Stuhl und ging zum Fenster.

»Schenkendorff«, wiederholte er tonlos und kehrte seinen Besuchern den Rücken zu. »Ich kann mir nicht vorstellen, was ihm noch helfen sollte.« Er wandte sich um und sah Weinberg mit entwaffnender Ehrlichkeit an. »Ich habe Doktor Primanov den Auftrag erteilt, dass er ihm eine Überdosis Morphium verabreichen kann, wenn feststeht, dass er im Koma verbleibt.«

Pjotr hatte für einen Moment das Gefühl, dass ihm jemand mit der Faust in den Magen schlug. Weinberg hingegen erhob seine Stimme erneut.

»Schenkendorffs Kameraden haben mir von einer wundersamen Heilung erzählt, die ausgerechnet dem Sohn des alten Wassiljoff zuteilgeworden sein soll, bevor er mit seiner verbliebenen Familie das Lager erreichte. Ein Schamane hat ihm nach dem furchtbaren Schlittenunfall nicht nur das Bein vollständig geheilt, sondern ihn zugleich von seiner Schwindsucht befreit und ihn ins Leben zurückgeholt.«

»Hat dieser Schamane einen Namen, oder existiert er nur in den Hirnen von einigen verwirrten Gefangenen?« Lobow war der Spott anzusehen, den er bei Weinbergs Ausführungen empfand.

»Sein Name ist Tschutschana oder so ähnlich«, antwortete Pjotr mit fester Stimme. »Er ist der Vater des jungen Jämschtschiks, der uns mit seinem Schlitten hierher gebracht hat. Ich habe mit eigenen Augen gesehen, wie er das Wunder vollbracht hat. Das Bein des Jungen war gebrochen, ein Holzsplitter hatte den Oberschenkel durchbohrt. Wir saßen alle in dem großen Tungusenzelt, und vor unseren Augen hat der Schamane seltsame Gebete gesprochen und sich in Trance getanzt. Dann ist er über dem Kind zusammengebrochen, und als er aufstand, war der Kleine geheilt. Am nächsten Morgen konnte Mitja mühelos laufen, und dort, wo zuvor eine tiefe, hässliche Wunde klaffte, war alles verheilt. Nur eine einzige feine weiße Narbe war an der Stelle geblieben. Wenn Sie es nicht glauben können, lassen Sie den Jungen holen und schauen sich das Bein an.«

»Und Weinberg? Sie sind der Wissenschaftler. Haben Sie eine Erklärung dafür, wie so etwas vonstattengehen kann?«

»Nein, Igor Igorewitsch, ich weiß es nicht«, gab der Jude ehrlich zu, wobei er es tunlichst vermied, seinen Glauben ins Spiel zu bringen. »Aber gerade das macht die Sache für mich interessant. Wenn es dem

Mann gelingen würde, Schenkendorff zu heilen, würde ich den Vorgang aus der Sicht eines Naturwissenschaftlers protokollieren, und damit bekämen wir vielleicht eine Ahnung, wie es funktioniert.«

»Und wenn es nicht funktioniert?«

Weinberg atmete tief durch und bedachte den Lagerkommandanten mit einem durchdringenden Blick. »Dann können wir wenigstens sagen, dass wir nichts unversucht gelassen haben.«

Drei weitere quälende Tage gingen ins Land, bis Tschirin, der junge Tunguse, mit einer Ladung Holz ins Lager kam. Er hockte auf einem prächtigen Rentier und führte einen langen Zug von gut zwanzig anderen Rentieren an. Im Sommer war es unmöglich, auf den eingefahrenen Wegen einen Wagen statt eines Schlittens zu benutzen. Knietiefer Morast und unzählige Schlaglöcher hätten jede Achse gebrochen. Jenseits der üblichen Lagerregeln durfte Pjotr den jungen Tungusen am Eingangsportal begrüßen. Tschirin erkannte ihn sofort und sprang von seinem Rentier ab. Er trug eine bunt verzierte tungusische Lederhose und ein Hemd, an dem Perlen und Federn baumelten. Das schwarze Haar hatte er zu einem Zopf gebunden. Seine weißen Zähne leuchteten in seinem sonnengebräunten Gesicht, als er den Mund zu einem breiten Grinsen verzog.

Als Pjotr ihn im Beisein von zwei Wachleuten umarmte, konnte er spüren, dass der Tunguse sich aufrichtig freute, ihn bei guter Gesundheit zu sehen. Umso entsetzter war Tschirin, als Pjotr ihm von Leonards Schicksal berichtete.

»Ich kann nicht für meinen Vater sprechen, ob er bereit ist, einem Russen zu helfen. Zumal er in diesem Lager lebt. Aber ich werde versuchen, ihn von eurer Rechtschaffenheit zu überzeugen, damit er die Geister, die von Leonards Seele Besitz ergriffen haben, wieder vertreibt. Schließlich habe ich es euch versprochen.«

Pjotr spürte Verzweiflung in sich aufsteigen. »Leonard ist kein Russe, sondern ein Deutscher, und ich bitte dich inständig, bei deinem Vater ein gutes Wort für ihn einzulegen«, beschwor er den jungen Jämschtschik. »Wenn er uns nicht helfen will, ist Leonard verloren. Es geht hier nicht um den Fortschritt unserer Arbeit, sondern vor allem um Leonards Überleben. Er hat eine Frau, die er liebt und die sein

Kind unter dem Herzen trägt. Sie lebt in einem Lager in Tomsk, und man wird sie vermutlich töten, wenn er dem Zaren nicht mehr nützlich sein kann. Tschirin, es ist sehr wichtig. Wir haben sogar den Lagerkommandanten dazu überreden können, dass er uns die Erlaubnis erteilt hat, deinen Vater in der Sache zu empfangen.«

Tschirin überlegte nicht lange. »Gut«, sagte er leise. »Ich werde tun, was in meiner Macht steht.«

Es dauerte noch einen Tag und eine Nacht, bis Tschutschana, einer der mächtigsten Schamanen Sibiriens, mit großem Gefolge im Tal ohne Wiederkehr erschien. Bereits von weitem waren die Glöckchen der Rentiere zu hören, als die bunte Truppe gegen Nachmittag das Lager erreichte. Tschutschana hatte nicht nur seinen persönlichen Gehilfen mitgebracht, sondern neben seinem einzigen Sohn weitere zwölf Männer seiner Sippe, die ihm Kraft und Schutz verleihen sollten.

Lobow empfing den in Kreisen der Tungusen hochgestellten Mann mit diplomatischen Ehren. Er ließ die Wachmannschaften in Zweierreihen antreten und behandelte seinen ungewöhnlichen Gast mit äußerster Höflichkeit, obwohl ihm der Kerl mit den ausgemergelten dunklen Gesichtszügen mehr als seltsam erschien. Seine stechend grauen Augen wirkten unheimlich, und seine Aufmachung – ein Lederumhang aus Rentierhaut mit etlichen Knochen und Federn – tat ihr Übriges. Auf dem Kopf trug er eine Art ledernen Helm mit einer Wolfsschnauze daran, die auf Höhe der Stirn über sein Gesicht herausragte und mit seiner hervorspringenden Falkennase in Konkurrenz trat. An der Seite wippten zwei Wolfsohren bei seinen schnellen Schritten um die Wette. Lobow fragte sich ernsthaft, wie der Mann an Schenkendorffs Zustand etwas ändern sollte. Laut Primanov wurde der Zustand des jungen Deutschen immer kritischer; es würde nur noch eine Frage der Zeit sein, bis er endgültig verstarb.

Tschutschana begab sich wie ein König mit seinem Gefolge quer durch das Lager hin zu der Baracke, wo man Leonard isoliert von allen übrigen Insassen untergebracht hatte. Obwohl ihm niemand gesagt hatte, wo der Patient zu finden sei, blieb der Schamane auf Anhieb vor der richtigen Hütte stehen. Ein Zeichen, wie Pjotr hoffnungsvoll bestätigte, als Weinberg ihn fragend anschaute.

Tschutschanas Männer bildeten vor dem Eingang der Baracke einen Halbkreis und zündeten aus einem Vorrat von mitgeführtem Tannenholz ein Feuer an. Lobow, der kein offenes Feuer im Lager duldete, war nahe dran zu protestieren, doch Primanov hielt ihn zurück.

»Darf unser Arzt die Zeremonie begleiten?«

Lobows Frage war töricht, wie Pjotr befand. Er konnte sich denken, dass ein Schamane sich nicht in die Karten schauen ließ. Sein Gehilfe schüttelte wie erwartet den Kopf.

»Dies ist ein schwerer Fall«, verkündete Tschutschanas kleinwüchsiger Begleiter mit hochnäsiger Stimme. »Es kann sein, dass die Geister und Dämonen ein Opfer fordern. Deshalb rate ich niemandem, den Kreis der Zwölf zu durchbrechen, bevor unser Meister sein Werk vollendet hat.«

Tschutschana sah sich nicht um, als er ganz allein das Gebäude betrat. In seiner Hand befanden sich lediglich eine Trommel und ein qualmender Tannenzweig, an dem das Feuer erloschen war. Die Tür schloss sich hinter dem weisen Mann, und sofort trat ein Raunen unter den Zuschauern ein, das auf ein zorniges Zeichen seines Gehilfen sofort wieder verstummte.

»Jetzt heißt es beten«, flüsterte Aslan, der in einer Traube von Menschen hinter dem Kreis der zwölf Männer die Rückkehr des weisen Mannes erwartete.

Leonard schwebte seit Tagen im Raum. Das hatte zumindest den Vorteil, dass er keine Schmerzen mehr verspürte und sein geistiges Augenlicht einwandfrei funktionierte und er alles von oben betrachten konnte: den Arzt, wie er sich mühte, ihn ins Leben zurückzuholen; die Krankenschwester, die regelmäßig die Windeln wechselte und ihm mit einem Gummischlauch Tee einflößte; Pjotr, Weinberg und Aslan, die ihn täglich besuchten – und ja, auch Kissanka, die ihm allabendlich ein Klagelied sang. Wie gerne hätte er sie in den Arm genommen und getröstet! Er hatte ihr verziehen, ihr und ihrem gewalttätigen Vater, dessen Geist ihm immer häufiger Gesellschaft leistete, weil auch dessen Leib kein sicherer Hort mehr zu sein schien. Manchmal schwebten sie gemeinsam über das Lager, bis hoch zu den Hängen des Pijaja-Gebirges, zusammen mit den Adlern, die den Abendwind nutzten, um ihre Kreise zu drehen.

Dann stellte sich ein Gefühl des vollkommenen Friedens ein, und weder Leonard noch der alte Wassiljoff konnten verstehen, warum die Welt so verrückt war, sich selbst zu zerstören, warum Menschen andere Menschen hassten, ja sie sogar töteten und warum sie es zuließen, dass ihre Seelen, vom Neid vergiftet, das eigene Herz zerfraßen, bis es aufhörte zu schlagen – und warum niemand die wahre Schönheit des Lebens erkannte, die weit jenseits der irdischen Schönheit lag.

Dieser Zustand hätte ewig so andauern können. Leonard verspürte nicht die geringste Lust, jemals wieder etwas daran zu ändern.

Vielleicht überkam ihn deshalb eine leichte Beunruhigung, als er von seiner sicheren Zimmerdecke aus den seltsam anmutenden Mann erblickte, der sich im Gegensatz zu den anderen Besuchern nicht für seinen Leib interessierte, sondern direkt zu ihm aufschaute. Schlagartig wusste Leonard, wen er vor sich hatte: Tschutschana, den Vater des jungen Tschirin. Der Schamane verzog das Gesicht zu einer missmutigen Grimasse, und wenn sich Leonard richtig erinnerte, hatte er damals in der Jurte nicht anders ausgesehen.

»Komm darunter!«, forderte der Schamane ihn barsch auf. »Du hast dort nichts verloren. Deine Zeit ist noch nicht gekommen.«

Leonard schüttelte im Geiste den Kopf. »Ich will nicht«, antwortete er wie ein trotziges Kind.

»Also gut«, sprach der Schamane und setzte sich im Schneidersitz auf den Boden. Dann begann er seine Trommel zu schlagen, erst leise und dann immer lauter, während er seinen Oberkörper in einer tranceartigen Ekstase wiegte, solange bis er augenscheinlich das Bewusstsein verlor und sich rücklings auf den Boden legte. Kraft seiner neu erworbenen Fähigkeiten war es Leonard möglich zuzusehen, wie der Geist des Schamanen den Körper verließ. Erst waagerecht in der gleichen Form, wie er den physischen Körper ausgefüllt hatte, dann rollte er sich in einem atemberaubenden Tempo zu einer nebulösen, dunklen Kugel zusammen und drang blitzartig in Leonards Körper ein. Ein Ruck ging durch seinen Leib, und seine Augen öffneten sich so weit, dass es den Anschein machte, als würden sie herausquellen.

»He!«, konnte er noch rufen, dann schnellte ein Lichtstrahl zu ihm hin und stellte eine Verbindung her. So verrückt es Leonard auch erschien: Die Seele des Schamanen umwickelte Leonards Seele wie mit einem Gespinst und zwang ihn dorthin zurückzukehren, wo er hergekommen war. Der Aufprall war mörderisch. Von einer Sekunde zur nächsten erfüllte ihn ein wahnsinniger brennender Schmerz. Er schrie um sein Leben, doch seine Lippen blieben stumm. Es war wie ein heftiger Kampf, weil seine Seele sich mit aller Macht sträubte, doch der Geist des Schamanen schien stärker zu sein, und er war nicht allein. Unzählige hilfreiche Hände, die wie aus dem Nichts auftauchten, zerrten an seinen Muskeln und Sehnen, schnitten ihm das Fleisch und die Knochen entzwei und setzten anschließend alles wieder zusammen.

Als ein merkwürdiger Kobold begann, seinen Kopf zu bearbeiten, war es schiere Panik, die Leonard durchfuhr. Alles Schreien und Brüllen war nutzlos. Der Kopf wurde abgesägt, und mit Hammer und Meißel solange bearbeitet, bis man ihn wieder aufsetzen konnte.

Zum Schluss blieb ihm nur noch zu kapitulieren und zu warten, bis das Brennen und Klopfen unter seiner Haut nachgelassen hatte. Mühsam öffnete er die Augen. Es war Nacht, und nur das Licht des Mondes schien zu ihnen herein.

Tschutschana saß in seiner leiblichen Hülle an Leonards Bett und murmelte sonore Beschwörungsformeln. Als er sah, dass Leonard die Augen geöffnet hatte, lachte er scheppernd.

»Hast du wirklich geglaubt, du kannst dem großen Tschutschana entwischen?«

»Ich ha … habe Durst«, stotterte Leonard. Nur langsam begriff er, dass er ins Leben zurückgekehrt war.

Tschutschana reichte ihm einen Krug mit Wasser.

Leonard trank in einem Zug den ganzen Becher leer. Er fühlte sich noch schwach, als er den Becher selbstständig auf einem Tischchen absetzte, doch zugleich fühlte er sich besser als je zuvor in seinem Leben.

»Ich danke dir«, sagte er leise und packte Tschutschana am Arm.

»Alles hat seinen Preis«, erwiderte der Schamane mit gewohnt düsterem Blick.

»Was willst du mir damit sagen?« Leonard hoffte, dass der Alte vielleicht zu einem Scherz aufgelegt war.

»Die Geister meiner Ahnen haben dich nicht umsonst gerettet. Du schuldest ihnen was. Eines Tages werden sie kommen und sich ein Kind von dir holen.«

»Ein Kind? Welches Kind?« Er war verwirrt. Woher wusste Tschutschana von Katja und ihrer Schwangerschaft?

»Nicht dieses Kind«, krächzte Tschutschana mit ungeduldiger Miene und bewies damit, dass er auch Gedanken lesen konnte. »Von heute an bist du mit mir und meinem Stamm auf ewig verbunden. Du wirst uns ein Kind schenken, und dieses Kind wird wieder einem Kind das Leben schenken. Und im neunten Kind dieses Kindes wird ein großer Schamane das Licht der Welt erblicken. Er wird viel Unglück über seine Familie bringen, doch er wird stärker sein als alle seine Vorfahren zusammen.«

Als Leonard noch immer nicht zu verstehen schien, machte Tschutschana eine weit schweifende Geste und ließ mitten im Zimmer einen imaginären Baum entstehen, dessen Zweige bis in den Himmel reichten.

»Siehst du dort in den höchsten Wipfeln die Nester?«

Leonard nickte schwach. Er hatte es aufgegeben, begreifen zu wollen, was um ihn geschah.

»In ihnen wachsen die Seelen der nächsten Schamanen heran. Im obersten aller Nester liegt die Seele unseres jüngsten Schamanen. Seine Zeit wird kommen, in ferner Zukunft – dann, wenn unser beider Zeit längst vorübergegangen ist.«

20

Juni 2008, Tunguska – Blutzoll

Als Lebenovs Männer die kleinste Baracke des Camps stürmten, in der Polina Petrowa, eine junge Geologiestudentin aus Sankt Petersburg, ihr provisorisches Sommerlager aufgeschlagen hatte, war es bereits zu spät. Splitternackt und blutüberströmt lag sie in ihrem Bett, über sich den halb angezogenen Leichnam eines ebenso jungen Soldaten.

Lebenov, der hinzukam, nachdem zwei seiner Leute den Raum gesichert hatten, rätselte einen Moment lang, ob das Paar gemeinsam einen Selbstmordversuch begangen hatte. Das dunkelhaarige Mädchen hielt die Waffe immer noch in der rechten Hand, als wäre sie zu Stein erstarrt. Erst als die Wachleute hinzutraten und sie von dem massigen Mann befreiten, öffnete sie die Augen einen Spalt weit und gab ein Wimmern von sich. Mehrere Schüsse in Brust und Hals hatten den zweiundzwanzigjährigen Kirill Solotow das Leben gekostet.

Einer seiner Kameraden versuchte, die in sich verkrallten Finger des Mädchens zu öffnen, um an die Pistole zu gelangen, die Kirill noch gestern Abend am Gürtelholster getragen hatte. Ein anderer hielt eine Maschinenpistole auf das Mädchen gerichtet, für den Fall, dass sie erneut zu schießen begann.

Nachdem es dem Kameraden endlich gelungen war, die Waffe an sich zu nehmen, erhielt Sergej Bashtiri die Erlaubnis, eintreten zu dürfen. Flankiert von seinen Bodyguards erschien er in einem dunkelroten Kaschmirhausmantel und ledernen Pantoffeln. Die Verwirrung war ihm anzusehen.

»Was ist denn hier passiert?« Sein ausdrucksloser Blick richtete sich auf den bleichen, mit Blut verschmierten Körper des Mädchens. Einer der ausgebildeten Sanitäter des GazCom-Teams hüllte sie sorgsam in eine goldene Wärmefolie, nachdem er sie untersucht und ihr stellvertretend eine Beruhigungsspritze gesetzt hatte, weil Doktor Parlowa erst am Nachmittag mit dem Helikopter aus Krasnojarsk zurückerwartet wurde.

»Keine Ahnung, was in sie gefahren ist«, brummte Lebenov. »Bringt sie in die Lazarett-Baracke! Wascht ihr das Blut ab und lasst sie nicht allein!« Beiläufig schaute er sich um. Überall lagen Kleidungsstücke. Auf einem Tischchen stand ein halb voller Parfümflakon mit dem Namen eines bekannten russischen Models, und hinter dem Bettpfosten klemmte ein abgewetzter Plüschhase mit zerzaustem bräunlichem Fell. Neben dem Bett standen mehrere leere Wodkaflaschen und eine halb volle Flasche Krimsekt.

»Sobald sie ansprechbar ist, will ich sie verhören. In der Zwischenzeit verlange ich eine Aussage all jener, die mit Solotow den Abend verbracht haben. Ich will wissen, wie er in das Bett dieser kleinen Schlampe geraten ist und warum er so dumm war, sie im Vollrausch mit entsicherter Waffe zu bumsen.«

Professor Olguth war unbemerkt hinzugetreten. Ihm war anzusehen, wie sehr ihn das Schicksal seiner Studentin entsetzte.

»Paulina ist keine Schlampe«, verteidigte er seinen Schützling mit gefasster Stimme.

Zwei Männer trugen das Mädchen auf einer Trage hinaus. Ihre langen Locken hingen von Blut verklebt über den Rand der Trage herab. Olguth streichelte ihr im Vorbeigehen beruhigend den Kopf. Sie starrte ins Leere, die Lippen so weiß wie das übrige Gesicht, das übersät war von feinen rötlichen Blutspritzern, die sich wie Sommersprossen über Hals und Brust zogen. Mit einer bestimmenden Geste wies der Professor eine weitere Studentin an, die wie erstarrt im Türrahmen stand, sich um das Mädchen zu kümmern.

Lebenov hob eine Braue, als sich der Professor aus Moskau erneut an ihn wandte. Er überragte Olguth um Haupteslänge. Trotzdem dachte der viel kleinere Professor nicht daran zurückzuweichen.

»Falls Ihnen das entgangen sein sollte: Paulina ist die Tochter eines Bergbauingenieurs, der bereits seit Jahren für Ihre Firma arbeitet. Sie ist eine meiner besten Schülerinnen. Aus meiner Sicht hat einer Ihrer Leute versucht, sie zu vergewaltigen. Wie hätte es sonst zu diesem Unglück kommen können?«

»Sie ist freiwillig mit ihm gegangen.« Akim Rebrov, ein Kamerad Kirills, mischte sich ein, ohne zuvor von Lebenov die Erlaubnis zum Sprechen erhalten zu haben. Lebenov ließ ihn gewähren.

»Sag uns, was du gesehen hast«, befahl er in der vagen Hoffnung, dass der unerschrockene Kerl Licht in die Angelegenheit bringen konnte.

»Die Studentin Paulina war bei uns im Zelt, gestern Abend, nachdem die Wachablösung beendet war. Kirill hat sie auf einen Wodka eingeladen. Sie hatte ihm schöne Augen gemacht, kaum dass wir angekommen waren, und welcher halbwegs gesunde Kerl lässt sich eine solche Chance entgehen?«

»Das tut nichts zur Sache«, warf Lebenov ungeduldig ein. »Ihr wisst, dass ihr nichts mit Frauen anfangen dürft, solange ihr euch im Einsatz befindet. Schon gar nicht, wenn es sich um Schutzbefohlene handelt. Wie also ging es weiter?«

»Sie hat mindestens soviel Wodka getrunken wie Kirill. Sie saß neben ihm auf einer Bank, und nach dem vierten Glas Wodka haben sie sich unter dem Tisch begrapscht. Sie hat ihm in die Hose gefasst, und er hat an ihr herumgespielt – bis ihre Augen glasig wurden und sie ihn aufforderte, mit ihr aufs Zimmer zu kommen. Ich hörte, wie sie sagte, sie wolle mit ihm Russisch Roulette spielen.«

»Russisch Roulette?« Olguth sah den Soldaten entsetzt an. »Mit einer Waffe?«

Akim grinste mitleidig. »Nein, Alterchen«, antwortete er respektlos. »Das nennt man so, wenn man mit einer Braut vögelt, die Verhütungsmittel ablehnt. Wird trotz dieser blödsinnigen AIDS-Geschichte immer beliebter. Besonders die Frauen stehen drauf. Man sollte es kaum glauben.«

Olguth schüttelte fassungslos den Kopf. »Das kann ich mir bei Paulina nicht vorstellen. Sie ist intelligent, kommt aus gutem Hause und hat das ganze Leben noch vor sich. Warum sollte sie sich mit einem solchen Trottel abgegeben und obendrein eine Schwangerschaft riskieren?«

»Die dümmsten Trottel haben oft die dicksten Schwänze, Alterchen. Darauf stehen die Frauen, oder denkst du vielleicht, ein bisschen Grips in der Birne würde ausreichen, um den Weibern einen passablen Orgasmus zu bescheren?«

Olguths anklagender Blick wanderte zu Lebenov. »Was sind das nur für Leute, die für Sie arbeiten?« Dann wandte er sich ab, um hinauszugehen. »Wir sollten die Eltern des Mädchens anrufen.«

»Das hat noch Zeit, Professor«, stellte Lebenov nüchtern fest. »Und die Öffentlichkeit wird erst informiert, wenn Ihre Studentin eine Aussage zum Hergang des Abends gemacht hat.«

»Sie haben keinerlei polizeiliche Rechte«, erklärte Olguth. Er war am Ausgang der Baracke stehen geblieben. »Das Mädchen hat Anspruch auf einen Anwalt, und zwar bevor sie von Ihnen befragt wird.«

»Wir befinden uns auf GazCom-Land«, erklärte Bashtiri aus dem Hintergrund. »Schon vergessen? Das GazCom-Konsortium hat eigene Rechte, verliehen durch den Präsidenten der Russischen Föderation. Unabhängig von Polizei und Justiz ist das Unternehmen befähigt, Ermittlungen anzustellen, solange es um die Sicherheitsbelange des Konzerns geht.«

Es dauerte eine Weile, bis Leonid begriff, dass er in dem merkwürdigen Bunker in der Falle saß. Wütend setzte er sich im Schneidersitz auf den gefrorenen Boden. Er machte sich Sorgen – nicht um sich selbst, sondern um Viktoria. Er fürchtete, dass sie da in etwas hineingeriet, dass sie nicht einschätzen und dem sie erst recht nicht Herr werden konnte.

Um zu erkennen, dass hier unten etwas verborgen lag, das nicht nur Geophysiker interessieren würde, bedurfte es keinerlei schamanischer Fähigkeiten. Er war neugierig, ob Taichin und seine Großeltern von diesem Bunker gewusst hatten. Bisher jedenfalls hatten sie kein Sterbenswörtchen davon erwähnt.

Mit geschlossenen Augen versuchte Leonid, telepathischen Kontakt zu seinem Onkel aufzunehmen. Im Nachhinein musste er dem alternden Taichin dankbar sein, dass er ihm als erste Lektion seiner Schamanenschule die Anwendung telepathischer Fähigkeiten beigebracht hatte. Nur ob es ihm über diese Distanz und aus einem mehr als zehn Meter tiefen Erdloch gelingen würde, auf sich aufmerksam zu machen, blieb fraglich.

Kolja machte es sich zunutze, dass es im Lager erneut einen Tumult gegeben hatte. Zusammen mit Viktoria schlich er an zwei Wachhabenden vorbei, die sich ein heftiges Wortgefecht lieferten. Es ging darum, wer am vergangenen Abend wie viel getrunken hatte und ob es jemanden in der Truppe gab, der für kleines Geld sogenannte Nachbrenner verteilte. Kolja wusste, dass damit Designerdrogen gemeint waren, die selbst in Kreisen der Sicherheitsbranche immer beliebter wurden.

»Was ist denn hier los?« Von ferne konnte Viktoria sehen, dass Sven Theisen in T-Shirt und Jogginghose am Einkaufsladen des Kasachen lehnte und sich mit Rodius aufgeregt unterhielt.

Zusammen mit Kolja gesellte sie sich zu den deutschen Kollegen, um herauszufinden, warum Bashtiris Leute und Lebenovs Soldaten in hektischer Betriebsamkeit zwischen den Baracken hin und her liefen.

»Es hat einen weiteren Toten geben.« Rodius klang merkwürdig ruhig, und Viktoria dachte für einen Moment, er mache einen Scherz.

Theisen sorgte für Aufklärung. »Eine von Olguths Studentinnen hat einen von Lebenovs Söldnern erschossen.«

»Weiß man warum?« Kolja runzelte die Stirn.

Unwillkürlich musste Viktoria daran denken, dass auch er eine Pistole besaß. Offenbar waren hier alle im Begriff, verrückt zu werden.

»Nein«, antwortete Theisen. »Man verhört sie noch. Sie haben sie in die Lazarettbaracke gebracht. Man wartet auf Doktor Parlowa.« Er schaute demonstrativ auf seine Taucheruhr. »Kann nicht mehr lange dauern, bis sie aus Krasnojarsk zurück ist.« Viktoria spürte, wie er sie beiläufig musterte. »Wo warst du? Ich habe vorhin an deine Tür geklopft. Es hat niemand geantwortet.«

»Sie hat mit mir einen Morgenspaziergang am See unternommen.« Kolja sprang ihr bei, bevor Viktoria sich eine Antwort ausdenken konnte.

Theisen war anzusehen, dass er dieses Vorgehen missbilligte. Viktoria bemerkte eine lächerliche Eifersucht in seiner Miene, als er Kolja regelrecht mit seinen Blicken durchbohrte.

»Aha«, sagte der Deutsche nur. »Dann hättet ihr die Schüsse eigentlich hören müssen.« Er hob eine Braue und wandte sich erneut Professor Rodius zu. »Und wie bewertest du nun die Lage? Ich denke, wir sollten Kontakt zur deutschen Botschaft in Moskau aufnehmen.«

Der Professor sah ihn von der Seite an, dann fiel sein Blick auf Viktoria. »Du hast recht. Langsam wird mir die Sache zu anstrengend. Es kommt mir vor, als ob ein Fluch auf unserer Mission liegt. Wenn es so weitergeht, schlage ich vor, wir packen tatsächlich unsere Sachen und fliegen nach Hause.«

Viktoria hätte liebend gerne etwas gesagt – über Koljas Einschätzung, dass die russische Regierung ihre Arbeit für ihre ureigensten Zwecke nutzte, oder über den Bunker und letztendlich über Leonid, der vermutlich sehnsüchtig auf seine Befreiung wartete. Doch Kolja stand direkt hinter ihr.

Unruhig ließ sie ihren Blick über das Wasser schweifen. Wie gerne hätte sie sich einfach in eines der Motorboote gesetzt und wäre zu Leonid zurückgekehrt, um ihn aus diesem Loch zu befreien.

Der ohrenbetäubende Lärm eines Helikopters kündigte wenig später die Rückkehr von Doktor Parlowa an.

Die Ärztin mit dem Körperbau eines Ringers machte ihrem Aussehen alle Ehre, als sie sich den Weg zu der völlig apathischen Studentin bahnte und alle Umherstehenden mit einer barschen Bemerkung hinaus auf den Hof scheuchte – bis auf Bashtiri und Lebenov, die mit gekreuzten Armen neben dem Bett des Mädchens standen. Unbarmherzig setzte die Ärztin der jungen Frau eine Spritze, die ein ausgesprochen wirksames Wahrheitsserum erhielt. Bisher hatte die neu entwickelte

Substanz jeden noch so widerspenstigen Rebellen zum Sprechen gebracht. Lebenov hatte darauf bestanden, nachdem die Studentin auf ihrem Krankenlager endgültig verstummt war. Sie starrte nur noch geradeaus, als habe sie sich in eine Puppe verwandelt.

Parlowa nahm noch zwei Ampullen Blut ab, um sie ins Labor nach Vanavara bringen zu lassen, damit man sie einer Untersuchung auf Drogeneinnahme unterzog.

»Das trifft sich gut«, raunte Lebenov und rief mit einem Wink seinen kirgisischen Fahrer heran. »Nimm zwei von den Jungs mit, und bring mir diesen ewenkischen Stammesältesten hierher. Ich habe schon mit dem Bürgermeister gesprochen. Er hat einen Boten ausgesandt, damit sich der Alte in seinem Hüttendorf bereithält.«

»Denken Sie tatsächlich, es sind Drogen im Spiel?« Bashtiri stand nun wieder im Outfit eines selbst ernannten Diktators der Ärztin gegenüber.

Doktor Parlowa musterte ihn unauffällig und dachte sich ihren Teil. Als frühere Olympiateilnehmerin war sie mit der Einnahme von leistungssteigernden Substanzen bestens vertraut, und auch beim Einsatz psychogener Drogen machte ihr so schnell keiner was vor.

Doch in diesem Fall war es für eine Prognose zu früh.

»Keine Ahnung«, erklärte sie. Mit sicherer Hand gab sie die Ampullen an einen der Sanitäter weiter, der sie in eine Styroporkiste verpackte und dann nach draußen eilte.

»Vielleicht Ecstasy«, bemerkte Parlowa leise, nachdem sich die Tür hinter dem Mann wieder geschlossen hatte. »Wir müssen abwarten, wie sie auf das Serum reagiert.« Routiniert klatschte sie dem Mädchen rechts und links mit der flachen Hand auf die bleichen Wangen, als ob sie zu sich kommen sollte. »Mal sehen, was sie sagt. Warten wir noch einen Moment.«

Die Augen des Mädchens veränderten sich von lethargischer Gleichgültigkeit hin zu einem gehetzten Blick. Doktor Parlowa stellte die Fragen, weil sie trotz aller Härte immer noch einfühlsamer wirkte als die beiden Männer, die mit finsteren Mienen hinter ihr warteten.

Schweiß trat auf die Stirn des Mädchens, und sie wurde zusehends unruhiger, bis sie schließlich von ganz alleine zu sprechen begann.

»Wir haben … miteinander geschlafen«, erzählte sie stockend. »Ich habe Kirill gesagt, er solle seine Uniform anlassen.« Wieder stockte sie, dabei starrte sie mit aufgerissenen Augen an die Decke, als ob dort oben ein Film ablaufen würde. »Ich hatte noch nie mit einem Soldaten ... und ich fand es aufregend. Er hat mich ausgezogen, und ich habe nur seinen Hosenschlitz aufgeknöpft und seinen ...«, sie schluckte, »... herausgeholt. Er war riesig, und als er mich schließlich gevögelt hat, haben wir gelacht, weil es so lustig war.«

»Habt ihr vorher etwas eingenommen – außer Wodka, Tabletten, Kokain oder Pilze?«

»Nein.« Die Antwort kam schnell und klar. »Ich hatte noch eine Flasche Krimsekt, und nachdem es uns ... gekommen war, haben wir einen Sekt getrunken – auf eine gute Nacht. Danach sind wir irgendwann eingeschlafen. Gegen Morgen ist Kirill neben mir aufgewacht. Er wollte noch mal, und ich hatte nichts dagegen.« Einen Moment schien sie überlegen zu müssen, wie es weitergegangen war, doch dann fuhr sie fort.

»Während er in mich eindrang, glaubte ich einen huschenden Schatten zu sehen, und dann spürte ich, wie Kirill etwas durchfuhr. Ein Ruck ging durch seinen Körper, und er verdrehte die Augen. Ich dachte zuerst, er mache einen Scherz. Doch dann breitete sich ein höllischer Schmerz in meinem Unterleib aus, und ich bettelte ihn an, er solle damit aufhören. Aber er dachte nicht daran. Sein Schwanz erschien mir wie ein Speer, an dem sich Widerhaken befanden. Ich habe ihn angebrüllt und dabei in seine Augen geschaut. Ein seltsames Glühen lag in seinen Pupillen und machte mir höllische Angst. Ich konnte nichts tun. Er hielt mich fest und beugte sich laut stöhnend über mich. Dann schnellte seine Zunge hervor, wie die Zunge eines Warans, blau und gespalten. Ich hatte das Gefühl zu ersticken, als er sie in meinen Rachen stieß. Ich habe geröchelt und versucht, um Hilfe zu schreien, doch es ging nicht. Es war, als ob sich Zunge und Schwanz durch all meine Eingeweide hindurchbohren würden und er mir damit sämtliche Organe herausreißen wollte. In meiner Not habe ich nach seiner Waffe gegriffen. Sie lag neben dem Bett, weil er mir noch in der Nacht gezeigt hatte, wie man sie lud und entsicherte.« Sie stockte abermals, und ihr Gesicht verwandelte sich in eine verzweifelte Grimasse. »Ich musste ihn töten, er war ein Monster. Er hätte mich umgebracht!«

Ein Schluchzen entfuhr ihrer heiseren Kehle. Sie drehte sich zur Seite und versteckte ihr Gesicht hinter einem Kissen, das sie mit verkrampften Fäusten vors Gesicht presste, während sie laut zu weinen begann.

Doktor Parlowa zeigte so etwas wie Mitgefühl und nahm ihr vorsichtig das Kissen ab. Mit der Hilfe eines Sanitäters, den Lebenov hinzurufen ließ, spritzte sie ein Gegenmittel in die bläulich hervortretende Vene, das Polina zur Ruhe kommen ließ. Dann schickte sie die Männer für eine Weile hinaus, um das Mädchen weiter zu untersuchen.

»Die gynäkologische Untersuchung hat keinen Befund ergeben«, erklärte die Ärztin wenig später draußen vor der Baracke auf einer kleinen Veranda. Dabei wandte sie sich ihren beiden Auftraggebern zu und dämpfte für einen Moment ihre Stimme. »Außer dem Sperma des Soldaten haben wir nichts Ungewöhnliches feststellen können. Allerdings ähnelt die Beobachtung des Mädchens den Aussagen von Wanja Biborow«, gab sie mit einem Seufzer zu bedenken. »Angeblich hat sich sein Kamerad ebenfalls in ein Monster verwandelt, das beinahe genauso aussah.«

Doktor Parlowa sah Lebenov und Bashtiri abwechselnd an. »Es klingt vielleicht verrückt, aber auf dem Flug nach Krasnojarsk hat er über nichts anderes geredet.«

Lebenov schaute teilnahmslos auf die Tür, hinter der sich das Mädchen in einem erlösenden Schlaf befand. »Wir sollten sie fürs Erste in eine geschlossene Anstalt einweisen lassen, genau wie Biborow. Vielleicht kann man dort herausfinden, was diesen psychotischen Schub ausgelöst hat. Und dann muss man die Blutproben untersuchen. Möglicherweise haben sie doch etwas eingeworfen, bevor es zur Sache ging.«

»Ich kann es nicht ausschließen«, bestätigte Doktor Parlowa mit einem langsamen Nicken. »Allerdings habe ich noch von keiner Droge gehört, die ein spezielles, gleich aussehendes Monster im Hirn erzeugt.«

Für einen Moment schreckte Leonid auf, obwohl er glaubte, die Nähe des Alten gespürt zu haben. Geduckt, hinter seinem Felsvorsprung blinzelte der junge Ewenke in das grelle Licht, das wie ein Scheinwerfer von oben in sein düsteres Gefängnis herein fiel. Ajaci bellte kurz auf, dann stieß er ein lang gezogenes Heulen aus, als Leonid plötzlich und unerwartet aus dem unheimlichen Loch herauskletterte. Taichin, der in einer gebückten Haltung vor dem Einstieg stand, atmete schwer, während er Leonid seine faltige Hand entgegenstreckte, um ihm heraufzuhelfen. Leonid schlug das Angebot seines Großonkels mit einem dankbaren Lächeln aus und richtete sich zu voller Größe auf.

Taichin war nur wenig kleiner als er selbst – eine Seltenheit unter den alten Tungusen, weil die meisten der einheimischen Jäger und Sammler eher von kleinem Wuchs waren. Die schräg stehenden blauen Augen leuchteten stechend aus dem gebräunten, faltigen Gesicht des Alten heraus.

»Hast du meine innere Stimme hören können?« Leonid schaute seinem Schamanenmeister forschend ins Gesicht.

»Du kannst froh sein, dass dein Hund nicht auf den Kopf gefallen ist«, erwiderte der Alte schmunzelnd. »Er hat mich zu dir geführt. Wenn es nach deinen telepathischen Fähigkeiten ginge, würdest du noch nächste Woche in diesem Loch sitzen. Du musst lernen, deine Energie besser zu bündeln. Wie bist du überhaupt in diese missliche Lage geraten?«

»Ich kann nichts dafür, Onkelchen. Ich habe diesen Eingang heute Morgen entdeckt – oder sagen wir lieber, meine neue Freundin hat ihn entdeckt.« Leonid dachte nicht daran, auf die abwertende Bemerkung seines Lehrmeisters einzugehen. Er schwärmte stattdessen von Viktoria und erklärte, dass sie keine Schuld an seiner misslichen Lage traf und dass er ihr vollkommen vertraute. »Was ist das für ein Bunker?«, fügte er hinzu. »Ich kann mir nicht vorstellen, dass du darüber nichts weißt.«

Taichin ging nicht auf seine Frage ein. »Wir sollten sofort verschwinden«, bemerkte er mit regloser Miene. »Diese Frau wird bestimmt zurückkommen, um dich zu befreien, oder denkst du nicht? Möglicherweise ist sie dabei nicht allein.«

»Sollte ich ihr nicht ein Zeichen hinterlassen, dass man mich längst gerettet hat? Oder vielleicht wäre es besser, das Loch offen zu lassen, damit sie weiß, dass es mir gelungen ist, mich selbst zu befreien.«

»Keine gute Idee«, befand Taichin. »Wir sollten dieses Loch wieder schließen, damit niemand bemerkt, dass wir uns daran zu schaffen gemacht haben. Sie wird schon sehen, wenn du nicht mehr dort unten bist.«

Wortlos nahm Leonid die am Boden liegende Schaufel in die Hand, nachdem sein Onkel mit bemerkenswertem Geschick den Deckel verschlossen hatte.

Während eine Ladung Erde nach der anderen den Eingang begrub, setzte Leonid von neuem an. Er versuchte seinem Onkel zu erklären, was er dort unten vorgefunden hatte.

»Es ist besser, wir lassen die Geister ruhen«, flüsterte der Alte, nachdem sie den Weg zurück zu Leonids Hütte angetreten hatten.

»Die Geister sind längst erwacht«, erwiderte Leonid und sah seinen Onkel mit einer gewissen Missbilligung an. »Ich will, dass du mir sagst, was hier los war. Der Kerl, der Viktoria nach draußen begleitet hat, arbeitet für die russische Regierung. Es ist nur eine Frage der Zeit, bis der FSB hier auftaucht. Viktoria hat mir erzählt, dass man vor wenigen Tagen eine rätselhafte Aluminiumstange am Grund des Sees gefunden hat. Dazu fand man zwei mumifizierte Leichen, die offenbar einen Hinweis auf das Polytechnische Institut von Sankt Petersburg im Jahre 1902 geben.«

Taichin, der leicht gebeugt neben ihm hergegangen war, blieb stehen und sah ihn mit zusammengekniffenen Lippen an.

»Es ist also so weit«, flüsterte der Alte heiser. »Die Dämonen kommen tatsächlich zurück, um ihren Blutzoll zu fordern.«

Leonid warf dem Alten einen fragenden Blick zu.

»Lass uns zu meiner Hütte gehen, Junge, dann sollst du wissen, was du wissen musst.«

21

Juli 1907, Sibirien – Tödliche Entscheidung

Weinberg schnarchte, und Pjotr, der kaum den Anstrengungen des Tages gewachsen war, schlief tief und fest. Nur der Turkmene war wie so oft noch wach.

»Ich war draußen, Aslan. Ich schwöre es dir beim Leben meiner Mutter. Ich habe meinen Körper verlassen und bin zusammen mit dem alten Wassiljoff über die Berge geflogen.« Leonard hatte leise gesprochen.

»Ausgerechnet Wassiljoff.« Im fahlen Licht des Vollmondes setzte Aslan ein ironisches Lächeln auf. Seine schwarzen Augen glänzten, während er auf seinem Bett saß und sich eine Zigarette drehte.

Leonard wandte sich zu seinem muslimischen Kameraden hin und sah ihn im Halbdunkel abschätzend an. »Du glaubst mir nicht?«

Aslan seufzte leise und fuhr ein letztes Mal mit der Zungenspitze über das Papier, bevor er die Zigarette zu einem krummen weißen Stäbchen rollte. »Du erzählst mir die Geschichte nun schon seit beinahe zwei Jahren. Lässt sie dich denn niemals los?«

Aslan steckte sich das Stäbchen zwischen die Lippen und zündete es mit einem Streichholz an. Für einen Moment waren seine ausgemergelten Züge im Licht des Feuers zu sehen.

Leonard legte sich auf den Rücken und faltete die Hände über seinem Bauch. Aslan zog gierig an der Zigarette und blies einen weißen Schwaden in Leonards Richtung.

Leonard wedelte den Rauch in eine andere Richtung. »Ich saß körperlos oben unter der Zimmerdecke und habe gesehen, wie du bei Primanov für mich und mein Leben gebettelt hast, Bruder. Wie sollte ich das vergessen?«

Aslan schluckte. Ihn beschämte die Dankbarkeit, die Leonard ihm seit jenen Tagen entgegenbrachte, und die Tatsache, dass sich der deutsche Kamerad an alles genau erinnern konnte, was ihm während der Bewusstlosigkeit widerfahren war, ließ ihn erschauern.

»Du warst so gut wie tot«, sagte der Turkmene. »Ich hätte das auch für jeden anderen getan.«

»Vielleicht war ich wirklich tot, und niemand hat es bemerkt«, erwiderte Leonard, und dabei erinnerte er sich an die plötzliche Anwesenheit des Schamanen und seiner mysteriösen Helfer. Bisher hatte er niemandem erzählt, wie sie seinen Körper zerschnitten und wieder zusammengesetzt hatten. Es war zu gespenstisch. Wie hätten die anderen ihm glauben sollen?

»Der alte Wassiljoff hatte nicht soviel Glück«, bemerkte er dunkel. »Er ist drei Tage nach meiner Rettung gestorben. Manchmal kann ich sein Gesicht im Schlaf sehen. Dann lächelt er und winkt mir zu. Es ist, als ob man ihn von allen Leiden erlöst hätte. Es gibt Tage, da beneide ich ihn um die Freiheit, die er offensichtlich erlangt hat.«

»Leonard, was redest du da?« Aslan zog gierig an seiner Zigarette. Ein Glimmen, und dann fiel die Asche zu Boden. »Sag bloß, du wolltest ihm folgen?«

»Manchmal.« Leonard schaute gegen die obere Bretterwand, wo sich Licht und Schatten vereinten. »Manchmal denke ich darüber nach, wie anders mein Leben verlaufen wäre, wenn ich mit Katja an jenem verdammten Sonntag im Bett geblieben wäre, anstatt zu dieser verteufelten Kundgebung zu gehen.«

»Du vermisst sie sehr, nicht wahr? Obwohl ihr euch nicht versprochen wart.«

Leonard wandte sich Aslan erneut zu und lächelte schwach. »Es ist Liebe, Aslan. Das hat nichts mit Versprechungen zu tun. Ich würde meine rechte Hand dafür geben, wenn sie und das Kind endlich bei mir sein könnten. Schon alleine deshalb würde ich nie auf eine solche Idee kommen, meinem Leben einfach ein Ende zu bereiten – nicht solange es noch einen Sinn hat.«

»Ich habe mich oft gefragt, worin der Sinn des Lebens besteht, aber eine Antwort, Allah möge mir verzeihen, habe ich nicht gefunden.«

»Irgendeinen Grund wird unser Dasein schon haben. Ich habe am eigenen Leib erfahren, dass alle physikalischen Berechnungen nur eine Farce sind und etwas völlig anderes hinter der Welt steckt, als man allgemein vermuten würde, etwas, das sich nicht mit mathematischen Formeln ausdrücken lässt.«

»Vielleicht hat Allah mit Hilfe von Tschutschana ein Wunder vollbracht. Und Wunder lassen sich nun mal nicht wissenschaftlich erklären.«

»Das sagt ausgerechnet ein Physiker deines Kalibers?« Leonard lachte leise.

»Ein gläubiger Physiker«, ergänzte Aslan.

»Du hast mir nie den wahren Grund deiner Deportation verraten.« Leonard erkannte die Gunst der Stunde, tiefer in Aslans Gemüt eindringen zu können als je zuvor.

Der Turkmene sah ihn nachdenklich an, als zögerte er einen Moment, doch dann entspannte sich seine Miene, und er setzte zu einer Antwort an.

»Meine Familie zählt sich zu den Dschadiden. Wir sind strenggläubige Muslime. Trotzdem oder gerade deshalb verfolgen wir eine rationalistische Interpretation der religiösen Schriften. Schon unsere Vorväter waren fasziniert vom Fortschritt und der Technologie, was nicht dagegen spricht, sein Volk auf den Pfad des Islams zu führen.«

»Seid ihr deshalb verfolgt worden? Deine Familie und du?«

»Mein Bruder war der Meinung, die Bolschewiki würden auch uns eine bessere Zukunft versprechen. Er organisierte Protestkundgebungen gegen den russischen Imperialismus, wie er es nannte. Es kam zu Unruhen. Menschen starben im Kugelhagel der Milizen. Er wollte, dass ich ihm helfe, eine Bombe zu bauen, um damit die gesamte Kommandatur von Aşgabat in die Luft zu sprengen.«

Mit einem Ruck hob Leonard seinen Kopf und sah ihn gebannt an.

»Und habt ihr es getan?«

»Nicht wir. Ich habe nur die Pläne geliefert. Mein Bruder und seine Kommilitonen wurden in einem geheimen Keller erwischt, während sie sich an den Nachbau gemacht hatten. Ich hatte gleich kein gutes Gefühl bei der Sache. Unter den Studenten gab es etliche Spione, die für ein paar Rubelchen sogar ihre eigene Großmutter verkauft hätten.«

»Und was ist dann geschehen?«

»Man hat sie als Terroristen und Kollaborateure abgeurteilt und aufgehängt. Noch am gleichen Tag. An einer riesigen Linde mitten in der Stadt. Ein einziger dicker Ast, der sich unter der Last von sechs leblosen Körpern bog.«

Aslan schluckte heftig, bevor er weitersprechen konnte.

»Mein Vater hat den Henker auf Knien angebettelt, meinen Bruder herunterschneiden zu dürfen. Doch man verwehrte ihm die Erlaubnis. Erst nach einer Woche durften die Leichen beerdigt werden. Du kannst dir vorstellen, welche Qual dies – neben dem Verlust eines Sohnes – für einen gläubigen Muslim bedeutet. Bei uns muss ein Toter noch vor Sonnenuntergang in die Erde gebracht werden, so verlangt es das Gesetz.«

»Und was war mit dir? Haben sie herausgefunden, dass du etwas mit der Sache zu tun hattest?«

»Nein. Aber das mussten sie auch gar nicht. Unsere ganze Familie wurde verhaftet. Und mich hat man anschließend auserkoren, sie zu retten.« Aslan lachte spöttisch. »Wenn ich nicht tue, was der Zar von mir verlangt, werden sie allesamt elendig in diesem verdammten Kerker vor die Hunde gehen.«

Er schwieg einen Moment, während Leonard darüber nachdachte, dass nicht nur *er* ein Schicksal zu bewältigen hatte, das ihm ein Mehr an Verantwortung abverlangte, als er zu tragen vermochte.

»Ich habe Angst, dass ich den Zaren und seine Schergen enttäuschen werde«, fügte Aslan leise hinzu.

»Mit dieser Furcht bist du nicht alleine«, flüsterte Leonard grimmig. »Lobow verspricht mir seit zwei Jahren, dass er Katja und das Kind in unser Lager nachkommen lässt, wenn unsere Ergebnisse stimmen.« Er kniff die Lippen zusammen, bevor er weitersprach. »Bisher waren wir wohl nicht gut genug.«

»Was schlägst du vor?« Der Turkmene sah ihn mit trüber Miene an.

»Manchmal denke ich, wir sollten den Schamanen um Hilfe bitten. Er weiß soviel mehr über den Gang der Dinge. Du hast mit eigenen Augen gesehen, welches Wunder er an meinem Körper vollbracht hat. Er ist besser als der beste Naturwissenschaftler. Wir erforschen Menschen wie ihn, und wir kommen uns dabei so schlau und erhaben vor. Wir belächeln seine Fähigkeiten und stehen doch wie staunende Kinder vor seinen Mysterien, ohne eine vernünftige Erklärung dafür finden zu können. Es ist auf seine Weise erbärmlich, wie sehr wir uns einreden, die Welt müsse erklärbar sein, und alles andere zählt einfach nicht.«

»Ob du es glaubst oder nicht, die Idee ist mir auch schon gekommen. Ich hänge seit Monaten in meiner Arbeit fest.«

Leonard hatte sich beunruhigt in seinem Bett aufgerichtet. »Ich dachte, wenigstens du kommst mit deinen Versuchen voran. Weinberg lobt dich über den grünen Klee, ohne dass er je etwas über deine genaue Arbeit gesagt hat.«

»Du kennst nur die halbe Wahrheit. Lobow und seine Leute setzen in der Tat große Hoffnungen in mich. Aber hast du eine Ahnung, um was es hier wirklich geht?«

»Wenn du mich so fragst«, flüsterte Leonard und schlug die Decke zurück, um aufzustehen und sich einen Becher Wasser zu holen. Danach setzte er sich zu Aslan aufs Bett, damit er noch leiser sprechen konnte, um die anderen nicht zu wecken. »Ich dachte immer, du experimentierst mit Sprengstoff – Dynamit. Das packen wir dann in das Luftschiff und schicken das Ganze nach Japan, wo mein Automat dafür sorgt, dass die Ladung an einem vorher festgelegten Ort gezündet wird!«

»Ich experimentiere nicht mit Sprengstoff, Leonard. Ich experimentiere mit Uran.«

»Pechblende?« Leonards Stimme klang ungläubig. »Was sollte daran so gefährlich sein?«

»Wenn du es mit schwerem Wasser kombinierst und noch ein paar weitere Kleinigkeiten berücksichtigst, kann es zur gefährlichsten Sache der Welt werden. Das Einzige, was mir bisher fehlt, ist ein hochenergetischer Zünder.«

Leonard schaute auf seinen Becher, bevor er den Inhalt mit einem Schluck hinunterkippte.

»Schweres Wasser«, flüsterte er, nachdem er sich mit dem Ärmel seines Unterhemdes die Lippen abgewischt hatte. »Ist das der Grund, warum man die riesigen Bottiche in der Halle hinter dem Kraftwerk aufgestellt hat?« Leonard fragte sich, was er sonst noch alles nicht wusste. Geheimhaltung hatte im Lager oberste Priorität; jeder durfte nur soviel erfahren, wie es für seine Arbeit erforderlich war.

»Es ist umgekehrt. Das Kraftwerk wurde gebaut, damit es die gewaltigen Strommengen erzeugt, die wir für die Elektrolyse benötigen. Ich beschäftige mich seit ein paar Jahren mit Radioaktivität. Weinberg hat mir die Unterlagen zu Albert Einsteins spezieller Relativitätstheorie von 1905 beschafft.Bereits ab 1897 beobachteten Becquerel und Marie Curie, dass Kernreaktionen sehr viel energiereicher sind als chemische Reaktionen. Mit Einsteins Gleichung $E=mc^2$ kann man diese Energie an den unterschiedlichen Kernmassen ablesen. Seither weiß man, dass bei Spaltung schwerer Atomkerne millionenfach mehr Energie frei wird als bei der Explosion einer gleichen Menge Sprengstoff. Aber die Gleichung sagt nicht, wie man diese Spaltung in Gang setzt.

Ich habe inzwischen ein eigenes Atommodell entwickeln können, das ich bis heute noch niemandem vorgestellt habe.« Aslan erhob sich rasch und ging auf leisen Sohlen zu seiner Kiste, der er Papier und einen Stift entnahm. Ebenso leise zündete er die Petroleumleuchte an.

Leonard beugte sich interessiert zu ihm hinunter, als der Turkmene wieder auf der Pritsche Platz nahm.

»Ich gebe es zu«, flüsterte Leonard verhalten, »ich habe keine große Ahnung, was du mir zeigen willst. Obwohl mein Interesse an Physik und Chemie naturgemäß sehr ausgeprägt ist«, fuhr er fort, während Aslan den Stift ansetzte und zu zeichnen begann. »Trotzdem erscheinen mir deine Ausführungen wie böhmische Dörfer.«

»Also«, begann Aslan und lächelte ihn an. Er hatte einen Kreis gezeichnet, den er mit weiteren Kreisen komplettierte. Darauf setzte er Zug um Zug kleinere Punkte, die er mit verschiedenen Bezeichnungen versah. »Mit den Atomen verhält es sich wie bei einem Planeten, in dessen Umlaufbahn sich mehrere Monde befinden. Ich habe mittels eines Massenspektrometers die Isotopenzusammensetzung des Wasserstoffs untersucht. Einfacher Wasserstoff besitzt nur ein Proton im Atomkern, schweres Wasser hingegen besitzt ein Proton und ein Neutron. Dementsprechend ist die Molekülmasse und auch Dichte des schweren Wassers etwas höher als die von normalem Wasser. Wird das Wasser nun einer Elektrolyse ausgesetzt, bleibt das schwere Wasser eher unzersetzt zurück, während leichtes Wasser in Wasserstoff und Sauerstoff gespalten wird. Wenn man nun flüssigen Wasserstoff längere Zeit verdampfen lässt, bleibt das schwere Wasser am Boden des Bottichs erhalten. Wenn du es nun mit Lithiumoxid kombinierst und beides mit einem speziell angereicherten Uran in Verbindung bringst und die Sache wiederum einer Energiezufuhr aussetzt, ergibt sich eine exotherme Kettenreaktion. Ich bin noch nicht ganz hinter die Zusammenhänge gekommen. Aber meinen Berechnungen nach könnte man das Ergebnis nicht nur zur Wärmeerzeugung nutzen, sondern in größeren Mengen zum Bau einer Bombe verwenden, wie sie die Welt noch nicht gesehen hat.«

»Die Welt braucht keine neue Bombe«, erwiderte Leonard lakonisch. »Die Welt braucht mehr Verstand.«

»Die Welt vielleicht nicht.« Aslans Stimme klang entschlossen. »Aber wir brauchen die Bombe – oder ich brauche sie. Wenn ich dem Zaren und seinem Kriegsminister nicht binnen eines Jahres liefern kann, was er sich wünscht, werden sie meine gesamte Sippe umbringen. Es sind siebenundzwanzig Menschen, deren Leben einzig in meiner Hand liegt.«

»Was sind siebenundzwanzig gegen Tausende von Opfern?«

»Würdest du Katja opfern und deine Tochter, wenn du das Leben Tausender Unbekannter damit retten könntest?«

Leonard stieß einen tiefen Seufzer aus. Katja. Wenn er sich recht besann, würde er sogar über Leichen gehen, um sie und die Kleine endlich in seine Arme schließen zu können.

»Du hast recht«, sagte er schließlich. »Man muss Prioritäten setzen. Also, was könnte der Schamane für uns tun?«

»Hat Tschirin nicht gesagt, sein Vater könne das Wetter beeinflussen?«

»Soll Tschutschana etwa einen Regentanz aufführen?« Leonard bedachte Aslan mit einem ungläubigen Blick.

»Dummkopf«, zischte der Turkmene und verpasste Leonard einen leichten Stoß zwischen die Rippen. »Kein Regentanz, eher ein Blitzlichtgewitter, aber eines von der allerfeinsten Sorte.«

Leonard schüttelte ungläubig den Kopf. »Ich kann mir kaum vorstellen, dass er uns für solche Spielchen zur Verfügung steht, geschweige denn, was uns das nützen sollte.«

»Lass das nur meine Sorge sein.« Aslan setzte ein diabolisches Grinsen auf.

»Was soll das bedeuten?« Leonard schaute den Turkmenen mit schmalen Lidern an.

»Für die Rettung meiner Familie ist mir kein Preis zu hoch.«

Mit einem unguten Gefühl legte sich Leonard zurück auf seine Pritsche.

»Aslan«, flüsterte er.

»Ja?« Die Antwort klang erschöpft.

»Das, was du da herausgefunden hast … die Sache mit dem schweren Wasser und dem Atommodell.«

»Ja?«

»Klingt nobelpreisverdächtig.«

»Ich weiß.« Aus der Stimme des Turkmenen war ein Lächeln herauszuhören. »Und jetzt schlaf, Nemez.«

Leonard hielt für einen Moment den Atem an. Nemez, so hatte Katja ihn immer genannt. Es war der russische Spitzname für einen Deutschen.

Plötzlich war ihr Gesicht so dicht vor ihm, dass er nur die Lippen schürzen musste, um sie zu küssen.

Aslan hatte recht: Für die Rettung der Familie war kein Preis zu hoch.

22

Juni 2008, Tunguska – Alte Rechnungen

Makar Charitonowitsch Schirov warf seiner Frau einen wissenden Blick zu, als Lebenovs Männer ohne Ankündigung den Vorhang zu seiner Hütte zur Seite schoben, um ihn abzuholen und in das Camp des kaukasischen Ölbarons zu bringen.

»Kommandant Lebenov erwartet dich in Sergej Bashtiris Lager oben am Chekosee, Alterchen.« Nicht nur die Anrede des jungen Wachmanns war respektlos, auch dessen Tonfall verriet, dass er dem Stammesführer der Ewenken keine Achtung entgegenbrachte.

Schirov reagierte nicht sofort, sondern schenkte sich aus dem Samowar einen Tee nach. Dann setzte er sich auf das ausladende Sofa und schlürfte das golden schimmernde Gebräu in aller Ruhe. Erst nachdem er das Glas wieder abgesetzt hatte, ergriff er das Wort.

»Darf ich zunächst den Grund dieser überaus freundlichen Einladung erfahren?« Das faltige Gesicht des Ewenken verzog sich zu einem aufgesetzten Lächeln.

Der ältere der beiden Soldaten räusperte sich und nahm beinahe Haltung an, während der jüngere Schirov ratlos anglotzte.

»Soweit uns bekannt ist, sucht man immer noch nach dem Entführer der deutschen Geophysikerin. Außerdem haben sich in den vergangenen Tagen drei mysteriöse Todesfälle im Camp ereignet. Unser Kommandant will, dass du ihm Rede und Antwort stehst und ihm hilfst, die Ursachen zu finden.«

Schirov klopfte sich auf die Schenkel und erhob sich wie in Zeitlupe. Sein eindringlicher Blick traf erneut auf die ängstlichen Augen seiner Frau, was nichts anderes zu bedeuten hatte, als dass sie ihren gemeinsamen Enkel umgehend warnen sollte. Es ging nicht nur darum, dass Leonid sich in Vanavara und Umgebung nicht mehr blicken ließ. Am besten würde er für eine Weile ganz aus der Gegend verschwinden – so lange bis oben am Cheko wieder Ruhe eingekehrt war.

Vielleicht war es gut, wenn der Junge nach Krasnojarsk ging – dort hatte Schirov ein paar zuverlässige Freunde – oder nach Jakutsk, wo Schirovs unverheiratete Schwester als Köchin in einem abgelegenen christlich-orthodoxen Kloster arbeitete. Die frommen Brüder waren für den Zuwachs junger Männer dankbar; selbst wenn sie sich nicht für einen endgültigen Beitritt als Mönch entschieden, boten sie dem Orden wenigstens Unterstützung bei einfachen und schweren Arbeiten.

Makar Schirov konnte sich indes nicht vorstellen, welches Interesse Lebenov an seinem Erscheinen am Chekosee hatte und warum er nicht selbst nach Vanavara kam, um mit ihm, dem Stammesältesten, vor Ort und vielleicht sogar im Beisein des Bürgermeisters zu sprechen.

Stoisch ertrug er das Rumpeln des Geländewagens, während er auf dem Rücksitz saß und ihn bei jedem Schlagloch sämtliche Knochen schmerzten. Das ungute Gefühl, dass die Sache einen gewaltigen Haken hatte, wollte ihn dabei nicht verlassen.

Als sie das Camp nach gut anderthalb Stunden bei strahlendem Sonnenschein erreichten, fühlte er sich in seinen Befürchtungen bestätigt, als ihm zunächst die deutsche Geophysikerin über den Weg lief. Sie befand sich in Begleitung eines hochgewachsenen, blonden Mannes und strich sich nervös ein paar dunkelblonde Haarsträhnen aus dem Gesicht, während sie ihm entgegenging. Für einen Moment überkam Schirov die Furcht, sie könne stehen bleiben und ihn auf ihre gemeinsame Unterhaltung vor ein paar Tagen ansprechen. Doch sie ging ohne Gruß an ihm vorbei und sah ihm dabei direkt in die Augen – lange genug, um ihn erkennen zu lassen, dass sie nicht gegen ihn spielte und dass sie Leonid inzwischen begegnet sein musste.

Gemeinsam mit Theisen machte sich Viktoria auf den Weg in den kleinen provisorischen Laden des Kasachen. Wie beinahe jeden Tag wollten sie sich mit ein paar Flaschen Wasser eindecken. Dabei war ihr nicht entgangen, dass man Leonids Großvater geholt hatte. Flankiert von zwei jungen Wachleuten wurde er zu Bashtiris Luxushütte geleitet – nicht wie ein Besucher, dem man den nötigen Respekt entgegenbrachte, sondern wie ein Gefangener, dem gar nichts anderes übrigblieb, als den Anweisungen seiner Begleiter zu folgen. Die Sache wurde immer obskurer, und Viktoria fasste, noch bevor sie die Eingangstür des Ladens erreichten, einen Entschluss. Wenn sie versuchen würde, Leonid im Alleingang aus dem Bunker zu befreien und ihr dabei etwas zustoßen sollte, würde er dort unten lebendig begraben bleiben. Die Vorstellung, dass er verdurstete oder erfror, wenn sie ihm nicht rechtzeitig in die Freiheit verhalf, jagte ihr einen Schauer des Entsetzens über den Rücken. Würde sie Theisen jedoch davon überzeugen können, ihr unauffällig zur Seite zu stehen, würde sie sich sicherer fühlen. Mit der Unterstützung von Theisen und Rodius würde es viel leichter sein, einen wissenschaftlich fundierten Grund für ihre unerlaubte Exkursion zu finden, zumindest solange sich Leonid nicht in ihrer Begleitung befand. Dass Theisen ganz nebenbei von dem Bunker erfuhr, konnte ihr nur recht sein. Sie war jetzt schon gespannt, wie er auf die Entdeckung reagieren würde. Dass er auf diese Weise auch von der Existenz Leonids erfuhr, war eine andere Sache, aber dieses Risiko musste sie eingehen.

»Sven, ich muss mit dir reden.«

Theisen blieb kurz vor der Ladentür stehen, um einem von Olguths Mitarbeitern den Vortritt zu lassen, dabei schaute er überrascht zurück, auch weil Viktoria ihn vertrauensvoll am Arm gefasst hielt.

Mit leichtem Nachdruck führte sie ihn zu einer Stelle neben der Hütte, wo sie sich unbeobachtet glaubte.

»Schieß los«, sagte er nur und kam ihr dabei so nahe wie schon seit Tagen nicht mehr.

So leise, dass er sie kaum verstand, erzählte sie ihm von Leonid, wie sie ihn im Wald getroffen und sich am gestrigen Abend mit ihm verabredet hatte. Dabei vermied sie es, auf intime Einzelheiten einzugehen. Theisen schien nicht zu bemerken, dass sie ihm den wahren zeitlichen Ablauf unterschlug und die Geschichte so geschickt einfädelte, dass bei ihm zweifelsfrei der Eindruck entstand, sie habe die vergangene Nacht allein und bis zum frühen Morgen im Camp verbracht. Noch einmal warf sie einen raschen Blick in die Umgebung, um zu prüfen, ob Kolja sich nicht in der Nähe befand.

»Gegen vier Uhr früh heute Morgen habe ich unbemerkt das Camp verlassen«, log sie. »Die Sache mit der Magnetfeldmessung vom Tag zuvor ging mir nicht mehr aus dem Kopf. Zusammen mit Leonid wollte ich herausfinden, um was es sich handelte, bevor Bashtiri und seine Leute die Spur aufnehmen konnten. Mir lag nicht daran, ein weiteres Forschungsverbot zu riskieren. Es reicht vollkommen, wenn unser Oligarch den See für sich beansprucht.«

»Und dann seid ihr tatsächlich auf diesen ominösen Bunker gestoßen?« Die Sache mit der Katakombe schien Theisen weit mehr zu interessieren als das Auftauchen des unbekannten Ewenken. Dabei hatte er nicht auf den Klang seiner Stimme geachtet und viel zu laut gesprochen.

Mit einem lang gezogenen »Sch…« legte Viktoria ihm den Zeigefinger auf die Lippen, damit er schwieg oder wenigstens leiser sprach.

»Kolja weiß auch davon«, fuhr sie flüsternd fort. »Er war schließlich dabei, als ich am Tag zuvor die Magnetfeldmessung vorgenommen habe. Wie sich später herausstellte, hatte er sich schon vor uns ans Werk gemacht und den Einstieg ausgegraben.«

Theisen hörte angespannt zu, während sie beim weiteren Verlauf der Geschichte weitgehend bei der Wahrheit blieb. Mit wenigen Worten erzählte sie von der unvorhergesehenen Begegnung mit Kolja und dessen überraschendem Bekenntnis, im Auftrag der russischen Regierung zu arbeiten.

»Er will keinesfalls, dass irgendjemand sonst von dem Bunker erfährt. Noch nicht einmal Bashtiri und Lebenov sollen eingeweiht werden.«

Theisen schüttelte verständnislos den Kopf. »Kolja arbeitet also für die Regierung?« Er lächelte abfällig. »Was hat das schon zu bedeuten! Tun das hierzulande nicht alle irgendwie? Früher hat der Kommunismus die Leute zusammengehalten, heute tun es die großen Staatskonzerne, von denen kein Einziger ohne das Wohlwollen des Präsidenten existieren kann.«

»Du hast mich nicht verstanden«, zischte Viktoria. »Er arbeitet *im Auftrag der Regierung* – unerkannt. Zudem trug er eine Pistole mit Schalldämpfer und machte damit eine ziemlich professionelle Figur.«

Theisen zog eine Braue hoch und stieß einen leisen Pfiff aus. »Vielleicht ist er Angehöriger des FSB?« Er grinste wissend.

»FSB? Du meinst den russischen Inlandsgeheimdienst?«

»Ja! Allerdings hat der Federalnaja Slushba Besopasnosti oder auch Föderaler Sicherheitsdienst, wie er sich nennt, mittlerweile sogar Befugnisse, im Ausland tätig zu werden. Ich hätte es mir beinahe denken können. Es ist also immer noch so, dass kein westlicher Wissenschaftler sich in der Russischen Föderation bewegen kann, ohne observiert zu werden.«

»Woher weißt du das? Kolja hat mir tatsächlich gestanden, dass er unsere Arbeit überwachen soll. So wie es scheint, hat man Professor Rodius nur engagiert, um die Meteoritentheorie vor internationalem Publikum zu untermauern. In Wahrheit geht es wohl um etwas anderes.«

Theisen setzte eine spöttische Miene auf. »Ich kann mir denken, um was es den Russen geht. Sie brauchen den Meteor, damit sie das neue Abwehrsystem problemlos an den bestehenden Abrüstungsverträgen mit den USA vorbeimanövrieren können. Dass man damit auch mühelos einer nuklearen Bedrohung entgegenwirken kann, wird somit unter den Tisch gekehrt. Star Wars lässt grüßen.« Er schnitt eine verächtliche Grimasse und schüttelte den Kopf. »Und dein neuer Freund? Dieser sibirische Tarzan. Was hat er mit der Sache zu tun?«

»Im Grunde genommen nichts. Allem Anschein nach ist er ein netter Kerl. Ich wollte nicht, dass er in Schwierigkeiten gerät, weil Bashtiri und Lebenov denken, dass er für den Tod des Soldaten verantwortlich ist.«

Theisen lächelte matt, offenbar unschlüssig, wie er all diese neuen Erkenntnisse einordnen sollte.

»Hättest du Kolja nicht sagen können, dass dein Lebensretter noch unten im Bunker sitzt? Zumal er als Mann der Regierung nicht auf Bashtiris Seite zu stehen scheint.«

»Um Himmels willen! Leonid ist desertiert. Er war als Offizier im Tschetschenienkrieg. Alle denken, er sei tot. Das war auch der Grund, warum er sich im Camp nicht blicken lassen konnte, nachdem er mich gerettet hatte. Wenn irgendjemand von offizieller Seite erfährt, dass er noch lebt, könnte das einen ziemlichen Ärger für ihn und seine Familie bedeuten.«

»Und wenn du ihn da unten sitzen lässt, geht er drauf. Habe ich recht?«

»Du bist ein schlaues Kerlchen.« Viktoria seufzte genervt.

»Und was springt für mich dabei heraus?«

»Sven, hast du immer noch nicht begriffen? Wir haben da etwas gefunden, das Licht in all unsere Rätsel bringen könnte! Da waren jede Menge merkwürdige Apparaturen. Vielleicht ist deine Außerirdischentheorie ja gar nicht so falsch?« Viktoria wusste, dass sie Theisen mit solchen Vermutungen locken konnte. Obwohl er wie sie Geophysik studiert hatte, war ihm die Theorie über einen Meteor, der vor einhundert Jahren die Erde gestreift haben sollte, viel zu profan, um bei ihm Begeisterung auszulösen. Insgeheim hatte er schon bei der Abreise aus Deutschland auf eine Sensation gehofft, irgendetwas, das ihn aus seinem wissenschaftlichen Alltag herausreißen würde. Schließlich hatte noch im Sommer 2004 eine russische Expedition stattgefunden, die allen Ernstes behauptete, entlang der steinigen Tunguska Teile eines abgestürzten außerirdischen Raumschiffes gefunden zu haben. Angeblich wurde der Fund in einem Labor in Krasnojarsk untersucht. Doch dann war die Meldung irgendwo versickert.

Theisen warf einen argwöhnischen Blick in die Umgebung. Während die Mittagssonne glitzernd auf der glatten Oberfläche des Sees ruhte, war im Camp eine hektische Betriebsamkeit zu verzeichnen. Lebenov hatte die verbliebenen Wachleute angewiesen, doppelt Streife zu laufen. Unter den momentanen Umständen war an eine vernünftige Forschungsarbeit überhaupt nicht mehr zu denken. Viktoria war sich darüber im Klaren, dass sie von ihrer außerplanmäßigen Exkursion spätestens am Nachmittag zurück sein mussten. Und bis dahin benötigten sie in Absprache mit Rodius eine vernünftige Ausrede, um sich unbehelligt vom Lager entfernen zu können.

Doch plötzlich baute sich ein großer, finster drein blickender Bursche vor ihr auf: Fjodor, einer von Bashtiris Bodyguards. Mit seinem schwarzen Kampfanzug, einer besonders dunklen Sonnenbrille und dem kurz geschorenen Schädel machte er dem Klischee seiner Berufsgruppe alle Ehre.

»Mein Chef möchte Sie sprechen«, verkündete er verhältnismäßig höflich auf Russisch. »Sofort, in seinem Privatdomizil.«

Viktoria warf Theisen einen fragenden Blick zu.

»Ich gehe und hole Rodius«, sagte Theisen und wandte sich in Richtung der Baracke, wo er den Professor vermutete.

»Das wird nicht nötig sein«, erklärte Fjodor. »Es handelt sich um eine private Unterredung, zu der niemand sonst zugelassen ist.«

Theisen bedachte den Bodyguard mit einem ungläubigen Blick. »Das wird ja immer besser. Was bildet sich ihr Boss eigentlich ein? Wir sind hier in einem Wissenschaftscamp und nicht in Geiselhaft.«

»Sven …« Viktoria fasste ihn beschwichtigend am Arm. »Er kann nicht viel von mir wollen. Ich bin gleich zurück. Geh zu Rodius und sag ihm, was wir besprochen haben.«

Nur zögernd ließ Theisen es zu, dass man seine Kollegin regelrecht abführte.

Bashtiris Wohnzimmer war weit weniger komfortabel eingerichtet, als Viktoria es sich vorgestellt hatte. Die Überschwemmung hatte die Hälfte des Mobiliars zerstört.

Lebenov und zwei seiner Söldner saßen auf einem goldfarbenen Sofa, das links und rechts an den ausladenden Armlehnen mit überdimensionalen Troddeln versehen war. Bashtiri hockte mit übereinandergeschlagenen Beinen in einem modernen braunen Ledersessel mit Stahlrohrgestänge neben einem verhältnismäßig bescheidenen Schreibtisch. Anstatt der üblichen Militärkleidung trug er einen hellen Anzug, der so gar nicht in diese Wildnis passte, und braune Lederslipper. In seiner linken Hand hielt er einen Wodka.

Seit Leonid ihr diese furchtbare Geschichte erzählt hatte, war ihre Abneigung gegenüber dem Oligarchen und seinem Freund Lebenov ins Unermessliche gestiegen, und es kostete sie einige Mühe, ihre Gefühle zu verbergen.

Leonids Großvater, dessen Kleidung traditionell ewenkisch war und Viktoria an das Outfit eines Indianers erinnerte, hatte man in der Mitte des Zimmers auf einem gewöhnlichen Stuhl platziert, was dem Ganzen erst recht den Anschein eines Verhörs verlieh. Ob man ihm auch etwas zu trinken angeboten hatte, konnte Viktoria nicht erkennen. Er hatte weder ein Glas vor sich stehen, noch hielt er etwas in Händen.

»Champagner?« Bashtiris Frage kam ihr wie eine Verhöhnung vor.

»Weder die Tageszeit noch der Anlass erscheinen mir passend«, erwiderte Viktoria mit Nachdruck in der Stimme.

Lebenov hatte seinen Wodka schon ausgetrunken, das leere Glas stand vor ihm auf einem flachen Teakholztisch, eine halb volle Flasche daneben. Die beiden Söldner, die rechts und links von ihm saßen, hielten ihre Maschinenpistolen in den Armen, als ob es ihre Kinder wären.

»Setzen Sie sich doch«, forderte Bashtiri seinen einzigen weiblichen Gast mit gespielter Freundlichkeit auf.

»Es wäre schön, wenn Sie mir zunächst den Grund meines Erscheinens nennen könnten.« Viktoria hob eine Braue und sah ihrem Gastgeber in die kalten Augen. »Sie müssen verzeihen, aber irgendwie sieht das hier nicht nach einer Einladung zu einem Drink aus, und wenn doch, muss ich mich fragen, warum nur ich zu dieser Ehre gelange und meine anderen Kollegen nicht.«

»Warum sind Sie so ungehalten, Frau Doktor Vanderberg?« Bashtiri warf ihr ein falsches Lächeln zu. »Wie Sie wissen, gab es ein paar unschöne Momente in den letzten Tagen, die nicht nur unsere, sondern auch Ihre Pläne empfindlich behindert haben. Es geht uns nun darum, aufzuklären, wie es dazu kommen konnte und welche Vorkehrungen wir für die Zukunft treffen müssen, damit wir beruhigt zum Tagesgeschäft übergehen können. Also? Wollen Sie uns dabei helfen?«

Viktoria straffte ihre Schultern und begab sich zum einzigen noch freien Sessel. Mit einem lauen Gefühl im Magen nahm sie Platz.

»Ich habe nicht die geringste Ahnung, wie ausgerechnet ich Ihnen helfen könnte?«

Lebenov erhob sich von seinem Sofa und postierte sich hinter Leonids Großvater, der weitaus schmächtiger erschien als der bullige Sicherheitsoffizier. Für einen Moment trafen sich die Blicke des alten Mannes mit denen Viktorias, und sie glaubte, trotz aller Gelassenheit, die er ausstrahlte, Unruhe in seinen Augen zu erkennen. Sie nickte kaum merklich, um ihm nochmals zu versichern, dass sie nichts sagen würde, was ihn und seinen Enkel in Schwierigkeiten bringen könnte.

»Das hier ist Makar Charitonowitsch Schirov.« Lebenov konnte nicht ahnen, dass sie den weißhaarigen Ewenken bereits kannte. »Er ist der Stammesälteste der Ewenken von Vanavara. Sie erinnern sich gewiss, dass wir vor ein paar Tagen in seinem Haus waren, als wir seine Frau besuchten und Sie ein Foto entdeckten, das seinen Enkelsohn zeigt, und dass Sie uns gesagt haben, das sei womöglich der Mann, der Sie gerettet hat.«

Lebenov sah sie erwartungsvoll an, doch Viktoria schwieg, während sie spürte, wie ihr die Farbe aus dem Gesicht wich.

Wieder schaute er auffordernd auf sie herab. »Sagten Sie nicht, er sehe ihm recht ähnlich? Vielleicht könnten Sie ihre Beobachtungen in Anwesenheit unseres Gastes noch einmal konkretisieren?«

Für einen Moment schwindelte ihr, und sie überlegte fieberhaft, wie sie aus dieser Situation herauskommen konnte.

»Ich erinnere mich, dass die alte Dame sagte, der Junge auf dem Foto sei tot. Also kann ich mich nur geirrt haben. Außerdem habe ich noch mal nachgedacht. Im Nachhinein glaube ich nicht mehr, dass meine Erinnerung tatsächlich real war. Ich denke, Frau Doktor Parlowa hat vollkommen recht. Ich stand immer noch unter Schock, als ich meine Aussage gemacht habe. Ich habe ein Trugbild entwickelt. Es kann gar nicht anders sein.«

Lebenov verzog keine Miene, doch der Ausdruck seiner Augen zeigte, dass ihn die Aussage nicht zufriedenstellte. Ohne ein Wort ging er nach draußen und schloss für einen Moment die Tür hinter sich. Stimmen waren zu hören, und Lebenovs befehlsgewohnter Bass erhob sich hier und da. Leider konnte sie nicht verstehen, was er genau sagte.

Viktoria wechselte einen Blick mit Bashtiri, der seine Lippen zu einem schmalen Strich verzog.

»Ich meine«, fuhr sie mit fester Stimme fort, »es ist uns sicher nicht geholfen, wenn man einem Phantom hinterher jagt, das nur in meiner Phantasie existiert hat.«

»Gut«, befand Bashtiri mit einem säuerlichen Lächeln und kippte den Wodka in einem Schluck hinunter. »Sie können gehen. Ich danke Ihnen.«

Nachdem Viktoria den Raum verlassen hatte, trat Lebenov an ihr vorbei, um zu Bashtiri und Leonids Großvater zurückzukehren. Dabei warf er ihr einen finsteren Blick zu. Die Tür fiel hinter ihm ins Schloss, und Viktoria blieb allein in dem kleinen Flur zurück. Anscheinend hatte niemand ein Interesse daran, sie hinauszugeleiten. Das gab ihr die Gelegenheit, noch für einen Moment stehen zu bleiben und dem weiteren Gespräch zu lauschen.

»Also gut, Alterchen.« Lebenov erhob seine Stimme in der gleichen respektlosen Weise wie vor ein paar Tagen in der Hütte von Leonids

Großeltern. »Dein Enkel ist also tot, aber deine Frau lebt noch, und sie ist die Tochter eines gewissen Leonard Michailowitsch Schenkendorff und einer Ewenkin mit dem Namen Irina Ivanovna. Dieser Schenkendorff war, wie mir zu Ohren gekommen ist, deutscher Abstammung. Was hatte er vor gut einhundert Jahren in dieser Gegend zu suchen?«

»Sie müssen entschuldigen, Andrej Semjonowitsch«, erwiderte Schirov nach einem kurzen Zögern. »Ich verstehe Ihre Frage nicht ganz. Was soll der Vater meiner Frau mit Ihren derzeitigen Problemen zu tun haben?«

»Ich stelle hier die Fragen!«, rief Lebenov erzürnt. »Also?«

»Es tut mir leid«, wiederholte sich Schirov, nicht weniger ungeduldig. »Ich weiß nicht, worauf Sie hinaus wollen. Außerdem habe ich nicht die geringste Ahnung, wie mein Schwiegervater hierhergekommen ist. Als ich meine Frau kennenlernte, war er bereits verstorben, und das Einzige, was die Familie über ihn erzählte, war, dass er sich als treuer Bolschewik bezeichnen durfte und dafür vom Zaren zur Zwangsarbeit verurteilt worden war.«

»Nun gut.« Lebenov schien ruhiger zu werden. »Es gibt also keine Aufzeichnungen, und deine Frau hat nie darüber gesprochen, welcher Beschäftigung ihr Vater während seiner Zeit im Lager nachgegangen ist?«

»Soweit ich weiß, war er Goldwäscher«, erwiderte Schirov. »Vor der Katastrophe von Tunguska hat er als Deportierter für eine staatliche Firma gearbeitet. Während des Unglücks wurde er gegen einen Fels geschleudert und hat das Gedächtnis verloren. Es dauerte Jahre, bis er wieder klar denken konnte. Die Familie meiner Frau hat ihn aufgenommen und gesundgepflegt.«

»Er war also bei dem großen Big Bang vor genau einhundert Jahren dabei?«, ergriff Bashtiri das Wort. »Hatte er eine Ahnung, wie es dazu gekommen ist?«

Schirov antwortete: »Bei allem Respekt – warum sollte er? Tausende haben diese Katastrophe aus nächster Nähe erlebt. Niemand konnte bisher genau sagen, was an jenem Junimorgen 1908 hier in dieser Gegend vor sich gegangen ist. Glauben Sie ernsthaft, es gäbe so viele Theorien, wenn auch nur eine davon zu belegen wäre?«

»Aber es gibt Legenden?«

»Ja«, bestätigte Schirov, »die gibt es. Aber es bleiben Legenden.«

»Also gut. Du kannst gehen«, erklärte Lebenov kurz angebunden.

Viktoria hatte genug gehört. Allem Anschein nach hatten die Entdeckungen im See bei Bashtiri und seinen Verbündeten die gleichen Fragen aufgeworfen, die sie und ihre Kollegen interessierten, und es war offenkundig geworden, dass sie nicht nur ihr, sondern auch Leonids Großvater offenbar misstrauten. Sie musste so schnell wie möglich zu Leonid und ihn aus diesem Loch zu befreien. Danach war es wohl besser, wenn er sich für eine Weile versteckte.

Leonid folgte Taichin in gebührendem Abstand. Ajaci, der instinktiv spürte, dass etwas nicht in Ordnung war, wich ihm nicht von der Seite. Die Hütte des Alten lag tiefer im Wald als die Behausung von Leonid. Hierher verirrten sich gewöhnlich keine Fremden, nur Eingeweihte kannten den Weg zwischen Lärchen, Birken und den ausgedehnten Sümpfen. In der Mittagssonne fielen die flirrenden Schatten der Bäume auf unzählige Pfützen und kleinere Tümpel, über denen die Mücken im gleißenden Licht tanzten. Doch die Idylle täuschte: Das Refugium des eigensinnigen Schamanen war umgeben von tückischen Fallen, die einen Unwissenden leicht das Leben kosten konnten.

»Guter Junge«, sagte Leonid leise und tätschelte Ajaci den Kopf. Dabei schob er den Gedanken beiseite, dass der treue Rüde leicht ein Opfer der zahlreichen Wildfallen hätte werden können.

Die Tür zur Hütte seines Großonkels stand weit offen. Für gewöhnlich war sie zwar nicht verschlossen, aber zumindest angelehnt.

Der alte Schamane blickte aufmerksam in die Umgebung; ihn erfasste jedoch keinerlei Unruhe. Erst als ein Pferd hinter dem Haus wieherte, schaute er auf und entdeckte im Eingang seiner Hütte eine kleine Gestalt, die sich mit einer hektischen Geste das silberfarbene Haar aus dem wettergegerbten Gesichtchen strich.

»Es ist Vera«, sagte er zu Leonid, noch bevor dessen Großmutter auf sie zueilte. Sie wirkte aufgeregt, ihre Augen waren dunkel und voller Unruhe.

»Was ist geschehen?«, fragte Taichin eher beiläufig, obwohl er längst ahnen konnte, dass seine Schwester mit ihren achtzig Jahren nicht aus

Vergnügen den beschwerlichen Weg von Vanavara hierher unternommen hatte.

»Sie haben Dedka abgeholt«, sagte sie mehr an Leonid gerichtet.

»Wer hat ihn mitgenommen?« Leonid spürte, wie sein Herz hart gegen die Brust schlug.

»Lebenov und seine Leute«, erwiderte seine Großmutter matt. »Ich weiß nicht, was sie von ihm wollen. Aber ich habe Angst um ihn – und auch um dich.«

»Haben sie ihm etwas angetan?« Leonid wusste, dass Lebenov zu allem fähig war.

»Das würden sie nicht wagen«, stellte Taichin ungerührt fest. »Es gibt nichts, was ein solches Vorgehen rechtfertigen würde, und ich glaube nicht, dass Bashtiri den Protest der Ewenken-Verbände auf sich ziehen will.«

»Was können sie von ihm wollen?« Leonid zweifelte nicht daran, dass es einen besonderen Grund geben musste, seinen Großvater in Bashtiris Camp einzubestellen.

»Da ist noch etwas«, stieß seine Großmutter mit krächzender Stimme hervor. Vor lauter Anspannung vermochte sie kaum zu atmen.

Leonid nahm sie fest in den Arm. »Babuschka, so beruhige dich doch. Es wird alles gut. Du wirst sehen.«

»Nichts wird gut«, keuchte die Alte. »Nachdem sie Dedka geholt hatten, dauerte es nicht lange, und ein weiterer Wagen tauchte vor unserer Haustür auf: die städtische Polizei – Kapitan Josephowitsch mit seinem Sergeanten und zwei Männern aus Lebenovs Garde. Sie sagten, sie hätten einen Durchsuchungsbefehl. Es sei anzunehmen, wir wüssten, wer die Deutsche nach ihrem Unfall verschleppt habe und wer für den Tod des Sicherheitsbeamten verantwortlich sei.« Sie stockte einen Moment und sah ihrem Bruder, der abwartend am Eingang der Hütte stand, forschend ins Gesicht.

Leonid hielt seinen Arm um ihre Schulter gelegt und wollte etwas sagen, doch sie gebot ihm mit einer hastigen Geste zu schweigen.

»Sie haben alles durchwühlt«, erklärte sie zornig. »Sogar das Bett haben sie umgestoßen. Dabei haben sie das Depot unter dem Teppich gefunden. Ich war mir sicher, dass ich es zuverlässig verschlossen hatte. Doch der Hund des Sergeanten schlug an. In meinem geheimen

Versteck befanden sich heilige Knochen. Sie sind uralt, und doch muss der blöde Köter sie gewittert haben.«

»Und?« Leonid sah sie fragend an. »Was konnten sie darin schon finden? Wir besitzen doch nichts, was von Wert wäre.«

»Hast du eine Ahnung, mein Junge! Und du kannst noch nicht einmal etwas dafür!« Tränen standen in ihren Augen. Sie schluckte verkrampft, um nicht weinen zu müssen. »Sie haben das Buch unseres Vaters mitgenommen, Taichin.« Sie sprach so leise, als stünde sie kurz vor einem Zusammenbruch.

Taichin ging auf sie zu und streckte die Hand nach ihr aus, um sie zu beruhigen. »Ich dachte, du hättest es verbrannt? Aber was soll's! Leonid hätte es sowieso irgendwann mal erfahren.«

»Hast du mir nicht zugehört!« Sie schrie ihren Bruder so heftig an, dass Leonid vor Überraschung zurückwich. »Es geht dabei nicht um Leonid, sondern um Lebenov und seine Männer. Wenn sie herausbekommen, was es damals mit der ganzen Sache auf sich hatte und sie erfahren, dass Leonid noch lebt, werden sie ihn jagen, und dagegen ist seine Mitwisserschaft im Tschetschenienkrieg eine Kleinigkeit.«

»Kann mir jemand sagen, um was es hier geht?« Leonid blickte verständnislos zwischen den zwei weißhaarigen Gestalten hin und her.

»Um Aufzeichnungen«, stieß Vera seufzend hervor. »Eine Art Tagebuch. Dein Urgroßvater hat es einst verfasst. Ich hätte es vernichten sollen, aber ich habe es nicht über mich gebracht. Es ist das Einzige, was von ihm geblieben ist. Ich habe ihn einfach zu sehr geliebt, um es dem Feuer zu überlassen.« Sie flüsterte nur noch und sah Leonid mit ihren traurigen blauen Augen an. »So wie ich dich liebe, Wnutschok. Auch wenn du meinem Vater nur in Gestalt ähnlich siehst – du hast die gleiche Stimme und die gleiche Art, wenn du dich bewegst, es ist, als ob ich ihn direkt vor mir stehen sehe. Und wenn die Geister es schlecht mit uns meinen, wirst du für meine Liebe zu euch beiden bezahlen.«

»Was kann an einem Tagebuch so schlimm sein, dass man deshalb schier verzweifeln könnte?« Leonid strich ihr aufmunternd über die wirren Haare.

»Es ist kein gewöhnliches Tagebuch.« Sie sah zu Boden, als ob sie sich schämen müsste. »Dazu kommt die deutsche Frau, die mir nicht weniger Sorgen macht. Sie weiß von dir. Was ist, wenn sie Bashtiri erzählt, dass du es warst, der sie gerettet hat und wo du zu finden sein könntest?«

»Warum sollte sie das tun?«

»Sie war bei uns in der Hütte und hat dich auf dem Foto erkannt.« Vera Leonardownas Stimme war die Verzweiflung anzuhören.

»Das wird sie nicht«, sagte Leonid flüsternd und drückte sie sanft an sich. »Sie ist eine anständige Frau.«

»Woher willst du das wissen?« In ihrer Stimme lag Protest, aber auch Verwirrung, weil Leonid keinerlei Argwohn hegte.

»Weil er letzte Nacht mit ihr geschlafen hat«, warf Taichin ungerührt ein. Dann nahm er seinen Rucksack ab und forderte mit einer Geste sowohl seine völlig verstörte Schwester als auch Leonid auf, endlich mit ins Haus zu kommen.

Vera hatte sich mit einem entsetzten Blick aus Leonids Umarmung gelöst und folgte ihrem Bruder wutschnaubend ins Haus.

»O Leonid!«, rief sie laut, dass selbst Ajaci den Schwanz einzog und sich winselnd hinterm Ofen verkroch. »Wie konntest du so etwas tun? Hast du den Verstand verloren?«

Leonid war seiner Großmutter mit einigem Erstaunen gefolgt. Sie stand in der Mitte des Raumes und sah ihn mit aufgerissenen Augen an.

Taichin rang sich ein Lächeln ab. »Er ist ein Mann, Vera, kein Gott, vergiss das nicht.« In aller Ruhe zündete er sich eine Birkenholzpfeife an und ließ sich auf dem Boden nieder.

»Kann mir einer erzählen, was in euch gefahren ist?« Leonid wurde die Sache langsam zu bunt. »Und wenn es hier darum geht, Rechenschaft abzulegen, seid ihr beide noch vor mir dran.

Was hat diese Geheimniskrämerei zu bedeuten? Warum hat mir nie jemand etwas von diesem Bunker draußen am Kimchu erzählt?«

Vera wollte von neuem ansetzen, doch Taichin hob die Hand. Dann wandte er sich mit einer freundlichen Miene an seinen Großneffen, doch statt eine Antwort zu geben, brummte er: »Mach uns Feuer, Junge, und einen Tee. Ich glaube, wir können alle etwas Aufmunterung gebrauchen.«

Wieder nickte er seiner Schwester zu, während sich Leonid gehorsam ans Werk machte, in der vagen Hoffnung, dass sich seine Großmutter endlich beruhigen würde.

»Es wird Zeit«, Taichin nahm einen kräftigen Zug aus seiner Pfeife, »dass der Junge erfährt, woher er kommt und wohin er gehen wird. Du kannst sein Schicksal nicht aufhalten, auch wenn du es noch so gerne möchtest.«

Die Welt sah nach Untergang aus, als der weiße Helikopter mit Doktor Parlowa, Professor Olguth und der sedierten Studentin abhob, um sie in ein Krankenhaus in Krasnojarsk einzuliefern. Olguth hatte sich angeboten, mit einer weiteren Studentin seines Teams den Transport zu begleiten. Das glaubte er, dem Mädchen und ihren Eltern schuldig zu sein. Zudem misstraute er Lebenov und seinen Leuten. In Krasnojarsk angekommen, wollte er sich umgehend um einen Anwalt bemühen, der die Interessen der Familie vertreten sollte.

»Wenn es so weitergeht«, frotzelte Theisen, »kann Bashtiri bald einen Shuttle-Service einrichten.«

Viktoria schaute kurz zu ihm auf, während sie zusammen zum See hinuntergingen.

»Hat doch prima geklappt«, erklärte sie. »Bei dem ganzen Tumult ist wenigstens niemandem aufgefallen, dass wir das Camp verlassen haben.«

Die Sonne verschwand hinter ein paar unglaublich schwarzen Wolken, und von ferne war ein Donnergrollen zu vernehmen. Viktoria schaute zum Himmel.

»Sieht trotzdem nicht gut aus«, bemerkte Theisen mit einem fatalistischen Grinsen. »Da braut sich ein ziemliches Unwetter zusammen.«

»Merkwürdig, vor einer Stunde war der Himmel noch strahlend blau.«

Trotz der ungünstigen Voraussetzungen für einen längeren Marsch atmete Viktoria auf. Wie befreit bahnte sie sich einen Weg durch das dichte Schilf, hin zu einem verborgenen Weg, auf dem sie am Morgen zusammen mit Kolja zum Camp zurückgelangt war. Rodius hatte, wenn auch nur zögernd, ihrem Vorhaben zugestimmt, als Theisen ihn bat, ihnen ein Alibi zu liefern, für den Fall, dass sie im Camp vermisst wurden.

Wie es aussah, würde ihr Plan funktionieren.

»Und was wollte Bashtiri von dir?« Theisen, der auf ihr kurzes Verhör in der Luxus-Baracke des Oligarchen anspielte, sah sie neugierig an.

»Nichts von Bedeutung.« Viktoria machte eine wegwerfende Handbewegung »Sie wollten wieder einmal wissen, wie der Mann ausgesehen haben könnte, der mich gerettet hat.«

»Und? Hast du es ihnen gesagt?«

»Bist du wahnsinnig? Sein Großvater saß mir gegenüber. Stell dir vor, ich hätte ihn und seine Familie verraten!«

»Was wäre dann?« Theisen sah sie forschend an.

Für einen Moment überlegte Viktoria, ob sie Theisen die ganze Geschichte erzählen sollte – dass Bashtiri und Lebenov versucht hatten, Leonid umbringen zu lassen. Doch dann entschied sie, dass es besser war, wenn er nicht die ganze Wahrheit erfuhr.

»Ich habe es doch schon gesagt: Er ist desertiert. Vielleicht gibt es in der Russischen Föderation noch die Todesstrafe, für den Fall, dass sie ihn erwischen.«

»Keine Sorge. Offiziell wurde die letzte Hinrichtung in Russland 1999 vollzogen. Und so weit ich weiß, hat man Deserteure im Tschetschenienkrieg nur zu langjährigen Haftstrafen verurteilt, was hierzulande allerdings nicht unbedingt eine Gnade ist.« Theisen verzog sein Gesicht zu einer Grimasse, während er ein paar Äste zur Seite bog, damit sie weitergehen konnten. »Selbst wenn es uns gelingt, ihn aus dem Loch zu befreien, sollten wir vorsichtig sein«, fügte er hinzu.

Viktoria war stehen geblieben. »Was willst du damit sagen?«

Theisen wandte sich überrascht um. »Du kennst diesen Vogel überhaupt nicht richtig, und dass er dich aus dem Fluss gefischt hat, macht ihn nicht automatisch zu einem Engel. Vielleicht hat er etwas auf dem Kerbholz, von dem wir nichts wissen.«

»Er hat nichts auf dem Kerbholz«, stieß sie aufgebracht hervor. »Er ist ein hilfsbereiter Kerl. Ohne ihn würde ich nicht mehr leben.«

»Ach ja«, presste Theisen hervor. »Ich vergaß. Und mich allein träfe die Schuld.«

Schnaubend setzte Theisen seinen Weg fort. Beiläufig warf er einen Blick auf den Kompass, den er in seiner Rechten trug. »Da entlang«, sagte er nur und deutete mit ausgestrecktem Arm auf eine Hügelkuppe, hinter der er den Fluss vermutete.

»Hier stimmt was nicht«, bemerkte Viktoria, als sie die Stelle erreichten, wo sich der Abgang zum Bunker befinden musste.

Viktoria beschlich das Gefühl, als ob nach ihrem Verschwinden am Morgen jemand hier gewesen war und gegraben hatte. Die Schaufel lag nicht dort, wo Kolja sie abgelegt hatte, sondern hinter einem Baumstamm.

»Du machst mich neugierig«, meinte Theisen, während er bereitwillig die Schaufel schwang. »Auf die seltsamen Maschinen, von denen du mir erzählt hast, und natürlich auf deinen Retter. Ist er wenigstens attraktiv?«

Viktoria ersparte sich selbst und Theisen eine Antwort, doch ihrem Kollegen entging nicht, als er den Deckel des Bunkers freilegte, dass sie errötet war.

Leonid hatte den Samowar angeheizt und den Ofen befeuert. Ein angenehmer Duft nach Holz und Rauch erfüllte den Raum. Er schob noch ein wenig Reisig und ein trockenes Birkenstück nach, bis es wohlig zu knistern begann.

Mit ruhiger Hand servierte er den Tee, so dass jeder bald ein dampfendes Glas vor sich stehen hatte.

»Setz dich, Junge.« Taichin nahm dankend den Tee entgegen und wies Leonid einen Platz auf dem Teppich zu.

»Was hast du vor?« Vera Leonardowna wischte sich mit dem Handrücken eine Träne aus den Augenwinkeln und betrachtete ihren Bruder mit einer Mischung aus Angst und Argwohn.

Leonid kreuzte seine langen Beine und sah seinen Onkel erwartungsvoll an. »Ich höre.«

»Wie du weißt, gehen deine Vorfahren mütterlicher- und väterlicherseits auf zwei mächtige Schamanenfamilien zurück«, begann Taichin. »Die Familie deines Vaters gehörte zur Sippe des gewaltigen Maganhir und die deiner Mutter zur Sippe des mächtigen Tschutschana. Es ist keine Legende, dass beide Sippen nicht unbedingt das waren, was man als friedlich bezeichnen würde. Vor exakt einhundert Jahren beschloss unser Gott Ogdy, dem unseligen Treiben der beiden ein Ende zu setzen und ihnen endgültig zu zeigen, was es heißt, wenn man für seine Macht jegliche Menschlichkeit opfert. Er kündigte den mächtigen Dämonen, die die Leiber der beiden beseelten, den Kampf an – und nicht nur ihnen. Noch etliche, weit weniger mächtige Dämonen waren über das Land gezogen und hatten das Seelenheil unzähliger guter Männer verwüstet, die bis dahin nicht einmal in ihren finstersten Träumen daran gedacht hatten, dass sie eines Tages zur Vernichtung der gesamten Menschheit beitragen könnten.«

Leonid sah besorgt zu seiner Großmutter hin, die bebend vor Aufregung das Glas an ihre Lippen setzte.

»Ich habe gedacht, das sei nur eine Legende«, bemerkte er an seinen Onkel gerichtet.

»Dein Urgroßvater Leonard, unser Vater, gehörte zu diesen guten Männern«, fuhr Taichin ungerührt fort. »Er befand sich zur falschen Zeit am falschen Ort, und er hatte sein tapferes Herz an die falsche Frau verschenkt.«

»Soll das eine Anspielung sein?« Leonid lächelte ein wenig ironisch.

»Nein, mein Junge«, erwiderte Taichin ernst und zog genüsslich an seiner Pfeife. »Soweit würde ich nicht gehen – obwohl euer Schicksal gewisse Parallelen aufzeigt. Es war die Ochrana, die berüchtigte Dritte Abteilung des Zaren, die ihn im Februar 1905 zusammen mit zwei Studenten nach Sibirien deportierte. In einem streng bewachten Lager, weiter unten im Pijaja-Gebirge, zwangen sie die jungen Männer, für die grausamen Zwecke der Regierung zu arbeiten. Dabei setzten sie deinen Urgroßvater und seine Leidensgenossen auf brutale Weise unter Druck. Falls sie sich den Befehlen der Kommandeure widersetzten, so erklärte man ihnen, müssten ihre Familienangehörigen dafür büßen. Lange Zeit hatte dein Urgroßvater keine Ahnung, für welche Absichten des Zaren er sein Wissen einsetzte, bis er und seine Kameraden eines Tages den wahren Grund ihrer Deportation erfuhren.«

Leise und eindringlich erzählte Taichin – von der Gier des Großfürsten Wladimir Alexandrowitsch und des damaligen Kriegsministers Alexei Nikolajewitsch Kuropatkin und von zwei mächtigen Schamanen, Tschutschana und Maganhir, wie sie gegensätzlicher nicht hätten sein können.

»Sie waren es, die letztendlich dem Traum des Zaren zur Wirklichkeit verhelfen sollten«, flüsterte Taichin heiser.

Leonid nahm einen Schluck Tee, bevor er eine Frage stellte. »Waren es diese Männer um meinen Urgroßvater, die den Bunker am Kimchu anlegen ließen?«

»Ja«, antwortete Taichin bedächtig. »Es waren Zwangsarbeiter, die sich unter der Aufsicht gedungener Schergen des Zarenreiches die Hände blutig gruben.«

In der Hütte herrschte für einen Moment absolute Ruhe, nur das Knistern des Feuers war zu hören.

»Und welche Rolle spielten die Schamanen bei der Katastrophe von Tunguska?«

Leonid sah seinem Großonkel direkt in die Augen.

»Es war Ogdy, mein Junge, der letztendlich das Schicksal aller besiegelte. Nachdem Tschutschana dem Zaren die Unterstützung verweigert hatte, erschuf Maganhir an seiner Stelle ein gewaltiges Feuer, das den Forschern eine künstliche Explosion bescherte, wie sie sich in der Geschichte der Menschheit noch nicht ereignet hatte. Hinzu kam, dass das Unglück direkt über einem Gasfeld geschah, was niemand wissen konnte.«

»Und Leonard? Wie konnte er dem Inferno entkommen?«

»Tschirin, der Sohn Tschutschanas, hat ihm das Leben gerettet. Jahre später gab er Leonard als Vertrauensbeweis seine Tochter zur Frau. Deine Großmutter und ich wurden geboren, und dein Urgroßvater hat nie mehr über jene Tage gesprochen. Erst auf dem Sterbebett übergab er deiner Großmutter dieses Buch, von dem schon die Rede war.«

»Warum weiß bis heute niemand, was wirklich geschehen ist?«

»Als am Ende der zwanziger Jahre die ersten Wissenschaftler in diese Gegend kamen, war im wahrsten Sinne des Wortes längst Gras über die Sache gewachsen. Niemand hat die Idee geheimer Experimente verfolgt. Schon gar nicht unter Einfluss der Schamanen. Unser Wirken war nach der Machtergreifung der Bolschewiki bei Todesstrafe verboten, und wir wurden weitaus gründlicher verfolgt als je zuvor.«

Leonids Blick wechselte zu seiner Großmutter, die ihn schweigend beobachtete.

»Abgesehen davon, dass es eine fast unglaubliche Geschichte ist. Was hat es mit mir zu tun?«

»Beide Schamanen sind deine direkten Vorfahren. Ich kann es dir nicht erklären.« Taichin sah ihn mit merkwürdig leuchtenden Augen an. »Ich will es dir zeigen.«

23

Januar 1908, Sibirien – Machtspiele

Viel später hatte sich Leonard immer wieder die Frage gestellt, wie groß seine Mitschuld an den unseligen Geschehnissen tatsächlich gewesen war. Eine Antwort jedoch hatte er bis zu seinem Lebensende nicht gefunden, wenn ihm auch die Überlebenden des Unglücks verziehen hatten, allen voran Tschirin, der guten Grund gehabt hätte, ihn zu hassen.

Wie jeden Mittwoch war der junge Jämschtschik mit seinem Pferdeschlitten ins Tal ohne Wiederkehr gekommen, um Lebensmittel und Holz ins Lager zu bringen, als ein Bote des Kommandeurs erschien und ihm einen wichtigen Brief übergab, den er unverzüglich an Tschutschana, seinen Vater, weiterzuleiten hatte. Es war eine Einladung, wie er erst später erfuhr, als er zu seinem Stamm zurückkehrte und dem Vater den Brief mit dem Siegel des Zaren übergab.

Tschirin war im Grunde nicht neugierig, und doch interessierte es ihn, warum die ungeliebten Russen ein offizielles Schreiben an seinen Vater gerichtet hatten. Während er Pferde und Rentiere mit Heu versorgte, rief sein Vater ihn in die Jurte des Ältesten. Die strenge, ausgemergelte Miene des Schamanen war finster, und nicht nur Tschirin verspürte jenes unwohle Gefühl, das ihn immer befiel, wenn das Familienoberhaupt eines seiner Kinder zu sich rief. Auch Tschirins Mutter wirkte ängstlich und scheuchte den Rest der Sippe aus dem Zelt heraus, damit sich Vater und Sohn unter vier Augen unterhalten konnten.

Tschutschana stand aufrecht mit verschränkten Armen da und bedachte seinen Jüngsten mit einem abschätzenden Blick.

»Hast *du* ihnen erzählt, dass ich das Wetter beeinflussen kann?«

Tschirin senkte schuldbewusst den Blick. »Ja«, bestätigte er kleinlaut. »Ich dachte, es weiß doch ohnehin jeder in der Gegend, wie mächtig du bist. Sie haben es doch spätestens erkannt, als du den Deutschen ins Leben zurückgeholt hast.«

»Hast *du* ihnen gesagt, dass ich Blitze erzeugen kann?«

»Was war daran falsch?« Zum ersten Mal wagte Tschirin, zu seinem Vater aufzuschauen.

»Xutēkerwē!« Die Stimme des Vaters wirkte bedrohlich, und wenn er ihn trotz seiner Größe und seines Alters »Söhnchen« nannte, so hatte das nichts Gutes zu verheißen. »Was hast du dir nur dabei gedacht? Es gibt zurzeit nur zwei Schamanen in ganz Sibirien, die diese Fähigkeit in sich tragen. Der eine ist Maganhir, unser Erzfeind, und der andere bin ich.«

»Es tut mir leid«, murmelte Tschirin zerknirscht. »Ich war einfach stolz darauf, einen so berühmten Schamanen zum Vater zu haben, der sogar den Geist eines Menschen aus dem Reich der Ahnen zurückholen kann. Ich habe die Augen der Russen gesehen – ihre verächtlichen Blicke, als du in der Jurte vor allen Anwesenden damit begonnen hast, zu schamanisieren. Es war mir eine tiefe Genugtuung, als ich, nachdem du das Kind vollkommen geheilt hattest, die Angst und die Ehrfurcht vor deinen Taten in ihren Augen erblicken konnte.« Er schüttelte demütig den gesenkten Kopf, bevor er seinem Vater erneut in die Augen blickte und eine Hand auf sein Herz legte. »Es soll nicht wieder vorkommen, Vater. Ich verspreche es bei meinen Ahnen.«

»Es ist zu spät«, raunte der Alte. »Sie wollen, dass ich meine Fähigkeiten erneut unter Beweis stelle. Falls ich es nicht tue, drohen sie mit einem empfindlichen Übel.«

»Was hat das zu bedeuten?« Tschirin war blass geworden. »Könntest du nicht einfach sagen, ich hätte mich geirrt, es läge gar nicht in deiner Macht, einen Blitz zu erzeugen?«

»Das wäre gelogen, was niemand besser weiß als Maganhir. Wenn er Wind von der Sache bekommt, wird er sich den Russen freiwillig zur Verfügung stellen, und sei es nur, um uns und unserem Stamm zu schaden.«

»Was haben sie denn überhaupt mit dir vor? Vielleicht ist es ja gar nicht so schlimm, wie du denkst. Du lieferst ihnen den Blitz, den sie wollen, und damit sind sie zufrieden.« Tschirins Stimme klang hoffnungsvoll.

»Nein, mein Sohn.« Tschutschana schüttelte missbilligend den Kopf. »Sie haben sich etwas weitaus Schlimmeres ausgedacht. Die Geister haben es mir zugeflüstert, in jener Nacht, als ich den Jungen geheilt habe. Sie haben mich vor diesen Männern gewarnt. Sie werden die Welt zerstören, so wie unsere Väter sie gekannt haben. Eines Tages werden sie soviel Macht besitzen, wie noch kein Mensch auf der Erde zuvor, und sie werden alles in Grund und Boden vernichten, was uns Mayin, der höchste aller Götter, geschenkt hat.«

»Denkst du wirklich, Mayin würde das zulassen?«

»Es gibt Geister, die so düster und gefährlich sind, dass selbst Mayin vor ihnen zurückschreckt.«

»Ich dachte immer, er sei allmächtig?«

»Das ist er auch«, flüsterte Tschutschana. »Er sorgt dafür, dass die Welt im Gleichgewicht bleibt. Gut und Böse, Himmel und Hölle, ewiges Eis und nie enden wollende Wüste. Aber das heißt nicht, dass dieses Gleichgewicht nicht kippen könnte – zur einen oder anderen Seite.«

»Was willst du tun?«

»Ich werde mich weigern, den Russen zu helfen. Dann müssen wir abwarten, was passiert.«

Am frühen Morgen schlitterte Leonard im Dunkeln über den weitläufigen Hof, um zur Kantine zu gelangen. Erst gestern hatte es wieder geschneit. Durch die eisige Nacht war der Schnee binnen kürzester Zeit zu einer spiegelglatten Fläche erstarrt, bei der man selbst mit eisenbeschlagenen Fellstiefeln jederzeit auf dem Hosenboden landen konnte. Leonard war früher aufgestanden als sonst, weil er Kissanka einen Besuch abstatten wollte. Trotz der unschönen Vorkommnisse vor knapp zwei Jahren fühlte er sich immer noch freundschaftlich zu ihr hingezogen. Zumal sie einen hohen Preis für ihr Vergehen bezahlt hatte. Ihr Vater war wegen ihrer Lügengeschichte gestorben, und das Kind des Kosaken hatte sie wenig später bei einer Frühgeburt verloren. Einzig Bruder und Schwester waren ihr geblieben. Leonard empfand Mitleid für ihr hartes Schicksal, auch wenn sie mittlerweile in der Lagerhierarchie zur Küchenaufseherin emporgestiegen war. Sie schickte ein paar neu angekommene Mädchen, die ihr zur Hand gehen mussten, nach vorne in den Ausschank, während sie selbst mit Leonard im hinteren Teil der Küche Platz nahm. Ihr Gesicht war reifer geworden, was ihrer Schönheit keinen Abbruch tat.

Mit einem Lächeln schenkte sie ihm eine Tasse heißen Tee ein und gab ordentlich Zucker dazu. Dann legte sie eine extra Scheibe Brot und ein Stück Butter auf einen Holzteller und schob ihn zu ihm hin. Sie wusste nur zu gut, dass er den allmorgendlichen Buchweizenbrei verabscheute und dass dies auch ein Grund war, warum er es vorzog, in ihrer Gesellschaft zu frühstücken.

»Wenn du mich willst, kannst du mich jederzeit haben«, flüsterte sie mit einem Seitenblick auf die Mädchen, die draußen die Soldaten und Lagerinsassen bedienten. »Du kannst mir nicht erzählen, dass ein Mann von deinem Format keinerlei Bedürfnisse hat.« Ihre Augen blitzten herausfordernd.

Leonard fühlte sich geschmeichelt, wie jedes Mal, wenn er sie dabei erwischte, wie sie ihn eingehend betrachtete.

»Wir könnten uns nach Feierabend unten im Schuppen treffen, Leonard«, fuhr sie ungerührt fort. »Es gibt dort immer noch einen Tisch und ein Bett. Niemand würde es bemerken, und selbst wenn du mich schwängerst, hätte es keinerlei Konsequenzen. Mein Vater ist tot, und sonst interessiert es niemanden, wessen Kind hier geboren wird.«

Leonard ließ sich durch diese handfesten Avancen nicht aus der Ruhe bringen und biss in sein Brot. .

»Ich wünsche mir nichts sehnlicher als ein Kind«, sagte sie leise und entfernte ihr Halstuch, um ihm einen gefälligen Ausblick auf ihr üppiges Dekolleté zu gönnen. »Und es wäre schön, wenn es deine blauen Augen hätte.«

»Du willst anscheinend nicht aufgeben«, entgegnete er mit sanfter Stimme. »Und das Angebot ist wirklich verlockend. Aber die Konkurrenz ist zu groß.«

»Du hoffst also immer noch darauf, dass Lobow dein Mädchen mit eurem Kind zu uns holt?«

Leonard stieß einen Seufzer aus. »Die Hoffnung stirbt bekanntlich zuletzt. Die beiden wissen ja noch nicht einmal, dass ich noch lebe.«

»Vielleicht ist es besser so. Hast du daran schon einmal gedacht?«

Leonard sah sie aus schmalen Lidern an. »Wie kommst du darauf?«

»Ich habe so was läuten hören.« Kissanka nippte an ihrem Malzkaffee, als ob es feinste Schokolade wäre.

»Was hast du läuten hören?« Leonard ergriff ihre linke Hand. Im Lichte der trüben elektrischen Deckenbeleuchtung sah er sie durchdringend an.

»Man munkelt, dass wir hier nie wieder wegkommen, schon gar nicht, wenn euer Projekt erst mal fertiggestellt ist.« Ihre unruhigen Augen verrieten, dass sie tatsächlich Angst hatte.

»Wer sagt so etwas?«

»Das tut doch nichts zur Sache, Leonard«, erwiderte sie gereizt. »Wichtig ist doch einzig und allein, ob derjenige, der es sagt, Recht behalten könnte. Es heißt, eure Arbeit sei so geheim, dass niemand außerhalb des Lagers etwas davon wissen dürfe, und du siehst selbst, wie streng wir bewacht werden. Keine Maus kommt hier herein oder heraus, ohne dass Lobow davon Kenntnis hätte. In anderen Lagern können die Insassen frei herumspazieren, ganz wie es ihnen passt. Nur hier nicht. Hast du dich je gefragt, warum das so ist?«

»Weil sie nirgendwo sonst eine Aufgabe haben, die über das Heuernten und das Reparieren von Landmaschinen hinausgeht.«

»Siehst du, dafür würde es sich auch nicht lohnen, einen einzigen Menschen bis an sein Lebensende in einem Lager zu halten. Aber das hier, Leonard, ist etwas ganz anderes. Entweder müssen wir bis zum Tod in dieser Hölle schmoren, weil sichergestellt werden muss, dass wir niemandem etwas verraten, oder diese Hölle wird eines Tages dem Erdboden gleichgemacht, sobald sie ihren Sinn erfüllt hat.«

»Solange es in dieser Hölle Engel wie dich gibt, die mir Brot und Butter zum Frühstück beschaffen und mir darüber hinaus den Himmel auf Erden versprechen, ist es halbwegs erträglich.« Leonard stand auf und lächelte. Dann nahm er noch einen letzten Schluck Tee und beugte sich zu ihr hinab, um ihr einen sanften Kuss auf die Wange zu drücken.

Mit leicht federndem Gang spazierte er hinaus. Kissanka presste indessen ihre Hand auf die Wange, als ob sie einen Schatz hüten wollte.

»Du glaubst mir nicht, Leonard Schenkendorff, und das ist ein großer Fehler«, rief sie ihm hinterher.

Die Tage in der Konstruktionshalle waren hektischer geworden. Jeder der Anwesenden konnte Pjotrs Leistungen bestaunen. Gleich zwei riesige Luftschiffe, bei denen nicht nur das Skelett, sondern die gesamte Hülle aus spezialgehärtetem Aluminium bestand, waren beinahe bereit zum Auslaufen. Spätestens im Frühjahr würde der erste der beiden silberglänzenden Giganten zu einer Jungfernfahrt ins achthundert Werst entfernte Irkutsk aufbrechen, und im Sommer wollte man das geheime Experiment mit einem zweiten Luftschiff zum Abschluss bringen.

Aslans Arbeit hingegen fand in einer abgeschiedenen Baracke statt, die so groß wie ein Tanzsaal war und deren Fenster bei Tag verhangen wurden, damit niemand hineinsehen konnte. Des Nachts stellte man doppelte Wachen auf, so dass kein Unbefugter die hoch komplizierten technischen Aufbauten ausspionieren oder gar zerstören konnte. Lobow hatte gleich zu Beginn der Arbeiten die Weisung erteilt, dass niemand außer Kondrashov und Weinberg unangemeldet das Gebäude betreten durfte. Daher wusste auch nur Weinberg, der Aslans Arbeiten fortwährend protokollierte, dass dem geheimen Experiment noch eine entscheidende Komponente fehlte, um die vom Großfürsten gestellte Aufgabe erfolgreich realisieren zu können. Seit etwa einem Jahr beschäftigte sich der Turkmene mit Einsteins neuester Theorie über die Äquivalenz von Masse und Energie und mit der Überlegung, dass bei der Spaltung schwerer Atomkerne sehr viel mehr Energie freigesetzt wurde als bei der Explosion von Sprengstoff. Was ihm jedoch fehlte, war der entscheidende Ansatz, wie man diese Spaltung in Gang setzen konnte.

Obwohl Isaak Weinberg die Fortschritte seines jungen Kollegen bemerkenswert fand, beunruhigten ihn dessen Verzweiflung über das noch fehlende Element zur Fertigstellung seines Experiments und die gleichzeitige Suche nach – wie er es nannte – unseriösen Lösungen.

Erst am Morgen hatte Weinberg erfahren, dass man den Schamanen, der Leonard Schenkendorff von den Toten auferweckt hatte, hinzuziehen wollte. Mit seinen telekinetischen Fähigkeiten sollte er einen Energiestrahl erzeugen, der das unter Aslans Anleitung hergestellte Lithium-Uran-Gemisch zur Explosion brachte.

»Es tut mir leid, Aslan«, bemerkte Weinberg mit einem ironischen

Kopfschütteln, »wenn ich dir nicht ganz folgen kann. Selbst wenn der Zauberer mitspielen und tatsächlich in der Lage sein sollte, ein solches Wunder zu vollbringen, kannst du ihn wohl schlecht mit einem Luftschiff nach Japan schicken, damit er dort eine Bombe entzündet. Ich dachte, das Flugobjekt soll unbemannt und in großer Höhe fliegen. Wenn du einen Schamanen in die Kanzel setzt, kannst du auch gleich einen Piloten dazusetzen. Warum sollte sich Leonard dann die Mühe mit einer automatischen Steuerung machen?«

»Weinberg, du kapierst es nicht!« Der Turkmene sah seinen jüdischen Mitstreiter aufgebracht an. »Es ist nur ein Versuch. Bei Leonards Genesung durfte jeder von uns miterleben, über welch außergewöhnliche Fähigkeiten der Tunguse verfügt.

Sein Sohn behauptet, er könne sogar auf Kommando einen Blitz erzeugen. Wenn es uns gelingt, die Sprengladung mit Hilfe einer elektrischen Funkenentladung in einer Feldstärke von vier bis fünf Millionen Volt pro Meter zu zünden, und das bei einer Stromstärke von vielleicht zweihunderttausend Ampere, weiß ich wenigstens, ob die Energie zur Zündung ausreichen kann oder nicht. Unser Leben und das unserer Angehörigen hängt davon ab, ob wir den Großfürsten und seinen Neffen mit diesem Theater beeindrucken können. Danach bleibt immer noch Zeit, nach Alternativen zu suchen. Im Augenblick habe ich leider keine Idee, wie ich unter den bekannten physikalischen Gesetzen etwas erzeugen sollte, das eine höhere elektrische Ladung besitzt als ein Blitz und in der Lage ist, die vorhandenen Komponenten derart zu fusionieren, dass es zu einer Kaskade von Explosionen kommt, die alles bisher da Gewesene in den Schatten stellt.«

Weinberg runzelte die Stirn und warf einen fragenden Blick auf die Aufzeichnungen, die auf Aslans Arbeitstisch lagen.

Der Turkmene bemerkte die Skepsis im Blick des Professors.

»Und was sagt Kommandeur Lobow dazu? Immerhin müsste er seine Erlaubnis zu einem solchen Experiment geben.«

»Kommandeur Lobow hat bereits seine Zustimmung erteilt. Er meinte, der Zar sei solchen Maßnahmen gegenüber aufgeschlossen. Man habe sich erst kürzlich mit einem gewissen Grigori Jefimowitsch Rasputin einen begabten Geistheiler an den Hof geholt, der wahre Wunder vollbringe und in allerhöchsten Kreisen geschätzt werde. Du siehst also, sogar in Regierungskreisen vertraut man auf übersinnliche Kräfte. Also warum nicht auch wir?« Aslan setzte ein entwaffnendes Lächeln auf, dem Weinberg nichts entgegenzusetzen hatte.

»Und was geschieht, wenn deine Überlegungen zutreffen und die Explosion stärker ist als erwartet?«

»Wir werden uns absichern müssen. Aber bis dahin ist es noch ein harter Weg. Mir ist klar, dass ich bei Lobow und seinen Leuten einiges an Überzeugungsarbeit leisten muss. Immerhin haben sie den Schamanen noch einmal ins Lager eingeladen.«

Am nächsten Mittwoch kam Tschirin, der junge Tunguse, um die Antwort seines Vaters zu überbringen. Lobow hatte ihn – neben Weinberg und Aslan – in sein Büro beordert, um die weitere Vorgehensweise zu besprechen.

Mit schmalen Lidern ließ der Kommandant sein Augenmerk über den Brief schweifen. Offenbar war die Antwort negativ ausgefallen, wie die Anwesenden aus seiner düsteren Miene herauslesen konnten. Als er aufsah, traf sein Blick den hochgewachsenen, schlaksigen Tungusen.

Die dunklen Augen Tschirins ruhten furchtsam auf den groben Händen des Kommandeurs, der die ganze Zeit über einen Bleistift in seinen Händen gerollt hatte und ihn nun mit nur zwei Fingern in der Mitte zerbrach.

Lobow winkte einen der zwei Soldaten heran, die an der Tür Wache gestanden hatten, und flüsterte ihm etwas ins Ohr.

Einen Moment später wurde Tschirin von zwei Soldaten überwältigt, um ihm Handfesseln anzulegen. Aslan und Weinberg waren überrascht zur Seite getreten und verfolgten fassungslos, wie Lobows Schergen den jungen Tungusen zu fesseln versuchten. Obwohl Tschirins Glieder schlank und grazil erschienen, war er kein Schwächling. Breitschultrig wie sein Vater und geübt im Schlittenlenken und Holzhacken, verfügte er über eine natürliche Kraft, die es nicht zu unterschätzen galt. Daher kämpfte er nach einem kurzen Moment der Überraschung wie ein Berserker, und es gelang ihm, sich den Soldaten zu entwinden. Doch im Lager warteten fünfzig weitere Soldaten auf ihren Einsatz, und so strömten andere nach, als Tschirin aus der Baracke stürmte, nachdem er seine beiden Widersacher hinter sich gelassen hatte.

Mehrere Männer warfen sich auf den verzweifelten Tungusen, als Lobow zu seiner Trillerpfeife griff, die allen Offizieren zur Verfügung stand, um augenblicklich Alarm auszulösen. Grobschlächtige Finger rissen an Tschirins Felljacke. Jemand schlug ihm mit voller Wucht ins Gesicht. Er schmeckte Blut, und in seiner Panik riss er seinen Dolch vom Gürtel und stieß zu. Die Klinge durchbohrte eine dicke Filzjacke und drang in weiches Fleisch ein.

»Das Tungusenschwein hat ein Messer!«, brüllte jemand.

Im Nu ließ man von ihm ab. Tschirin kam keuchend auf die Füße. Alles drehte sich um ihn herum – die Baracken, die blau gewandeten Männer, die Pelzmützen der Soldaten, die sie ihm Gerangel verloren hatten und die um ihn herum auf dem schmutzigen Schnee lagen wie tote Kaninchen. Aus dem Augenwinkel heraus sah er einen Soldaten, der sich die linke Seite hielt und davonhumpelte. Gleichzeitig ertönten das Ladegeräusch unzähliger Gewehre und die Aufforderung, sich sofort zu ergeben, andernfalls würde man ihn auf der Stelle erschießen.

Das halbe Lager war unruhig zusammengelaufen, und auch Leonard war auf den Tumult aufmerksam geworden. Zusammen mit Pjotr trat er nach draußen. Es dauerte eine Weile, bis er begriff, wen man da gefangen genommen hatte. Wie betäubt beobachtete er, wie man Tschirin den Pelzmantel herunterriss und an seiner Lederkleidung zerrte, bis man ihn bis auf den Lendenschurz entkleidet hatte. Fast nackt und zitternd stand der Tunguse da. Das lange schwarze Haar hatte sich aus dem Zopf gelöst und bedeckte notdürftig seinen entblößten Rücken.

Lobow, der mit seinen Offizieren hinzugetreten war, rieb sich nachdenklich das Kinn, dann brüllte er: »Bringt ihn in die Arrestzelle!«

Leonard sprang nach vorne und rannte auf dem glatten Schnee zu Lobow hin. Vor dem Kommandeur rutschte er regelrecht auf die Knie. »Warum tun Sie so etwas?« Er schrie beinahe und umfasste die Beine des Kommandeurs. Sofort waren dessen Schergen zur Stelle und schlugen mit dem Gewehrkolben auf ihn ein.

Leonard stürzte und hielt sich die aufgeplatzte Wange, während das warme Blut durch seine Finger rann und sofort gefror. »Was hat er getan, dass Sie ihn so behandeln?«

»Das geht Sie nichts an, Schenkendorff«, erwiderte Lobow mit aller Schärfe. »Wenn Sie mit mir über die Fortschritte Ihrer Arbeit sprechen wollen, lassen Sie sich von Doktor Primanov verarzten und kommen in meine Baracke. Ihre Kollegen sollen sich ebenfalls dort einfinden. Vielleicht werden Sie meine Maßnahme dann verstehen.«

Atemlos und vollkommen verwirrt, beobachtete Leonard, wie man Tschirin in das finsterste Loch im ganzen Lager führte. Hier war Wassiljoff gestorben – halb verhungert, wahnsinnig vor Angst und mit aufgebissenen Pulsadern.

Mit hängenden Schultern fanden sich Leonard und seine Kameraden wenig später bei Kommandant Lobow ein. Die Hoffnung, Tschirin aus seiner verzweifelten Lage befreien zu können, war bei Leonard gesunken, nachdem Aslan ihm gesagt hatte, was der Grund für dessen Festnahme gewesen sein könnte.

Lobow verzichtete darauf, ihnen einen Platz anzubieten.

»Der Tunguse hat einen meiner Leute mit dem Messer angegriffen«, erklärte er mit harter Stimme, so dass es beinahe wie eine Anklage klang.

»Mit Verlaub, Herr Kommandeur«, begann Aslan vorsichtig. »Denken Sie ernsthaft, der Schamane wird uns helfen, wenn wir seinen Sohn gefangen halten?«

»Ihr Schamane hat uns mit einer lapidaren Erklärung abgesagt.«

Lobow kniff die Lippen zusammen. »Es wird uns nichts anderes übrig bleiben, als zu drastischen Mitteln zu greifen. Wo soll es hinführen, wenn nicht einmal dieses Tungusenpack begreift, dass es wie alles in diesem Land der Macht des Zaren untersteht und sich dieser Macht zu fügen hat? Auch ein Tschutschana wird einsehen müssen, dass seine Fähigkeiten nicht unerschöpflich sind. Entweder hilft er uns, oder sein Sohn wird ziemlich bald einen qualvollen Tod sterben.«

Weinberg räusperte sich leise, bevor er zu sprechen begann. »Bei allem Respekt, Herr Kommandeur, der Junge hat doch niemandem etwas getan. Warum muss er sterben, nur weil sein Vater an notorischer Sturheit leidet? Gibt es wirklich keine andere Lösung?«

Lobow zog seine Brauen missmutig zusammen. »Der Junge hat einen meiner Männer ernsthaft mit dem Messer verletzt. Es ist eine grundsätzliche Angelegenheit. Wenn wir nachgeben, tanzen uns die Tungusenstämme auf der Nase herum – und nicht nur sie. Unsere Schwäche wird sich wie ein Lauffeuer unter den Nomaden Sibiriens herumsprechen.« Er schlug mit der Faust auf seinen Schreibtisch. »Nein, entweder der Tunguse tut, was wir von ihm verlangen, oder ich werfe ihm höchstpersönlich den Leichnam seines Sohnes vor die Füße.«

Leonard konnte sich kaum halten vor Entsetzen. Unvermittelt trat er vor. »Ich mache da nicht mit. Wenn Sie Tschirin umbringen, werde ich Ihnen nicht weiter zur Verfügung stehen.« Er pokerte hoch, doch er wusste genau, dass ohne sein automatisches Navigationssystem das ganze Projekt hinfällig wurde.

Lobow sah ihn schweigend an, während seine Kameraden den Atem anhielten.

»Schenkendorff.« Der Kommandeur setzte ein falsches Lächeln auf. »Haben Sie schon die Post aus Tomsk erhalten?«

Leonard zögerte. »Sie versprechen mir schon seit Jahren, dass Sie meine Freundin mit unserem Kind hierherholen wollen. Bisher weiß sie noch nicht einmal, dass ich lebe«, erwiderte er trotzig. Er wusste nicht, welcher Teufel ihn ritt, als er zu einem aussichtslosen Gegenschlag ansetzte. »Auch meine Geduld hat irgendwann ein Ende. Wir schuften hier wie Tiere. Nur damit Russland sich eines Tages zur Weltmacht erheben kann. Und was haben wir davon? Nichts als heiße Luft. Und genau das wird der Zar auch bekommen, wenn er weiterhin mit uns in dieser Weise verfährt.«

Lobows Augen verwandelten sich in schmale Schlitze. Für einen Moment hätte man eine Stecknadel fallen hören können.

Weinberg hatte sich als Erster gefasst. »Er meint es nicht so«, stieß er hervor. »Es sind die Nerven. So ist es immer, wenn man bei seinen Forschungen kurz vor dem Durchbruch steht.

»Ich meine es genauso, wie ich es gesagt habe«, fauchte Leonard.

»Du kannst nicht für uns alle reden, Leonard!« Es war Aslan, der ihm erwartungsgemäß in den Rücken fiel. »Ohne den Schamanen sehe ich im Moment keine Möglichkeit, mein Experiment zu Ende zu führen. Und wenn dir deine Familie gleichgültig ist – meine ist es mir nicht.«

»Was soll die Aufregung, meine Herren?« Lobows Lächeln beunruhigte Leonard mehr als ein möglicher Befehl, ihn abführen und zu Tschirin stecken zu lassen.

Mit einer huldvollen Miene hob der Kommandeur den Kopf und sah Leonard direkt ins Gesicht. »Ihre kleine Freundin und das Kind, das Sie ihr ohne den Segen der Kirche gezeugt haben, können jederzeit hier eintreffen. Sollten Sie inzwischen Ihr Interesse an dem Mädchen verloren haben, so wird dies Konsequenzen nach sich ziehen. Es würde mir leid tun – nicht nur für Sie, sondern auch für Ihren Nachwuchs.« Er lächelte teuflisch. »Ich erwarte Ihre absolute Loyalität, Schenkendorff. Habe ich mich klar genug ausgedrückt?«

»J… ja«, stammelte Leonard. Sein Hals war auf einmal wie zugeschnürt, und für einen Moment glaubte er, ersticken zu müssen.

24

Juni 2008, Tunguska – Schamanenfeuer

Theisen kletterte als Erster in das Loch hinab. Das war er seiner Mannesehre schuldig, obwohl er bei der ganzen Aktion nicht unbedingt Begeisterung verspürte. Vergeblich hatte Viktoria nach Leonid gerufen und, nachdem sie den Zugang geöffnet hatten und er sich nicht gemeldet hatte, die Vermutung angestellt, dass er vielleicht zurück in die Katakomben gelaufen war, um einen anderen Ausweg zu finden.

Während sie einen Fuß vor den anderen auf die schmalen Eisentritte setzte, um ins Innere des Bunkers zu gelangen, dachte sie darüber nach, ob Leonid damit gerechnet hatte, dass sie ihn im Stich lassen würde.

»Heiliger Schwan«, stieß Theisen hervor, als sie am Grund des Einstiegs angekommen waren und er den tunnelartigen Gang mit seiner Mag-Lite ausleuchtete. »Was soll das denn darstellen?«

»Lass uns zur Haupthalle gehen.« Viktorias Stimme verriet keinerlei Zweifel. Sie packte ihren Kollegen am Arm und zog ihn auf dem vereisten Untergrund mit sich.

»Du weißt, wo du hinwillst?« Theisen starrte sie ungläubig an, nicht sicher, ob er es wagen konnte, ihrer Aufforderung zu folgen. Doch er wollte sich nicht den Anschein der Feigheit geben, und so standen sie schon nach zehn Minuten vor dem seltsamen Konstrukt aus Metall, Glas und verschiedenen Drähten, das wie die Basis einer vorsintflutlichen Raumstation wirkte.

Nicht weniger fachkundig als zuvor Leonid untersuchte Theisen die ungewöhnliche Apparatur.

»Sieht aus wie eine archaische Funkzentrale«, meinte er mit einem abschätzigen Lächeln.

»Denkst du, es könnte tatsächlich etwas mit der Katastrophe von Tunguska zu tun haben?«

»Möglich.« Theisen neigte den Kopf über ein verrostetes Ventil, an dessen Seite eine Plakette mit einer Jahreszahl angebracht war. *Letzte Überprüfung Oktober 1907* entzifferte er den russischen Schriftzug. »Das sieht mir nicht nach dem Besuch einer fernen Galaxie aus. Stellt sich nur die Frage, für was benötigte man diese Apparatur?«

Ohne auf Theisen zu achten, leuchtete Viktoria mit ihrer Taschenlampe in einen weiteren Gang hinein, aus dem ein seltsames Geräusch zu hören war.

»Leonid!« Ihre Stimme klang heiser und hallte unheilvoll von den Wänden wider.

Taichin war aufgestanden und hatte sich an einem niedrigen Schränkchen zu schaffen gemacht, hinter dessen Türen sich eine Reihe von Blechdosen befand, alle verschlossen mit einem luftdichten Schraubverschluss, der zuverlässig Feuchtigkeit und Insekten fernhielt.

Als er wieder zu dem Platz zurückkehrte, an dem Leonid immer noch in seiner meditativen Haltung saß, sein halb volles Teeglas in Händen, blieb er stehen und kippte seinem verdutzten Großneffen einen Esslöffel gelblichen Pulvers in die restliche Flüssigkeit, die er dann umrührte, bis ein milchiger Brei entstand.

Leonid ließ ihn gewähren, während er fragend zu seinem Lehrmeister aufblickte. Taichin hatte ihn schon mit einigen bewusstseinserweiternden Drogen bekannt gemacht, von denen etliche eine recht angenehme Wirkung entfaltet hatten. Die schönste Erfahrung war ein Flug über die Weiten der Taiga gewesen und der Kontakt zum Geist seiner Mutter, die ihn mit Liebe und Sehnsucht empfing – ein Gefühl unvergleichlicher Wärme, das er nur zu gerne noch länger ausgekostet hätte. Doch es gab auch die andere Seite: Furcht einflößende Dunkelheit, eisige Kälte, die Ahnung von etwas Bösem, dem man sich nur mit äußerster Vorsicht und gewappnet mit dem Schutz der Ahnen nähern durfte, ein Lehrstück in Sachen Verteidigung, wenn man den bösen Geist aus dem Körper eines Kranken verjagen wollte.

Dieses Pulver hatte Taichin bisher noch nicht an ihm ausprobiert.

»Trink!«, befahl er mit ruhiger Stimme.

Leonid sah ihn ungläubig an, doch dann hob er das Glas und setzte es an die Lippen.

Vera Leonardowna hatte alles mit angesehen und bis zu diesem Zeitpunkt kein Wort verloren. Doch plötzlich sprang sie auf und stürzte auf Leonid zu.

»Nicht!«, schrie sie. »Tu's nicht, Junge, es wird dich umbringen!«

Taichin fing sie ab, wie ein Raubvogel, der einem erschöpften Kaninchen auflauert, dabei betrachtete er seine Schwester mit einem mitleidigen Blick.

»Misch dich nicht ein, Vera«, raunte er dunkel. »Er muss erfahren, was in ihm steckt, damit er lernt, es für sich und auch für die Sache zu nutzen.«

Leonid war verwirrt, so hatte er weder seinen Großonkel noch seine Babuschka bisher erlebt. Dass sie ab und an miteinander stritten, war er gewohnt. Dass Taichin gegenüber seiner jüngeren Schwester jedoch handgreiflich wurde, war ihm neu.

»Trink jetzt!«, wiederholte Taichin streng. »Oder willst du nie erfahren, was das wahre Geheimnis deiner Vorfahren ist und warum dich dein Vater von jeher verachtet hat?«

Leonid schluckte. Das Geheimnis seiner Vorfahren interessierte ihn, doch nichts wollte er dringender erfahren als die Wahrheit über seinen Vater. Die Erinnerung an ihn schmerzte immer noch. Schon als kleiner Junge hatte er die Abneigung seines Vaters gespürt, und obwohl er sich immer bemüht hatte, dem meist betrunkenen Grobian zu Gefallen zu sein, war es unmöglich gewesen, dessen Liebe zu gewinnen. Möglicherweise hatte es daran gelegen, dass der Schamane, den man ans Bett seiner Mutter gerufen hatte, von Beginn an behauptet hatte, das Neugeborene sei schuld an ihrem Tod und am Tod all seiner Geschwister. Aber vielleicht lag der Grund auch in einem noch düsteren Geheimnis, das niemand begreifen konnte, der nicht darum wusste.

Leonid kippte den bitteren Trank hinunter und fuhr sich mit der Zunge über die Lippen, um auch noch den letzten Rest zu erwischen.

Taichin stellte sich hinter ihn und legte seine runzeligen Hände auf Leonids Kopf, dann begann er zu summen – erst leise, dann immer lauter in einem rhythmischen Auf und Ab, das Leonid zusammen mit dem magischen Gebräu in eine tiefe Trance versetzte. Nach einer Weile klopfte der Schamane ihm anerkennend auf die Schulter und forderte Leonid wie durch einen Nebel auf, mit ihm nach draußen zu gehen.

Fließend und seltsam körperlos erhob Leonid sich von dem alten Teppich. Taumelnd sah er sich um. Seine Großmutter lag zusammengekauert zu seinen Füßen und weinte. Obwohl sie ihm unendlich leid tat, spürte er einen eigentümlichen Schwindel, der es ihm unmöglich machte, sich zu ihr hinunterzubeugen und sich um sie zu kümmern. Ein Ruck schien durch ihn zu gehen, und mit einem Mal empfand er eine bleierne Gleichgültigkeit allem und jedem gegenüber. Die weinende Vera Leonardowna, die fassungslos zu ihm aufblickte, das Schicksal seines Großvaters, der sich mit Lebenovs Willkür auseinandersetzen musste, ja sogar seine Liebe zu Viktoria, die er tief in seinem Herzen verborgen hielt – all das bedeutete ihm überhaupt nichts mehr. Wie ein gefühlskalter Robotnik marschierte er hinter Taichin her, bis sie vor der Hütte angelangt waren. Dort blieb er abrupt stehen und starrte in den eisblauen Himmel, der sich mehr und mehr über ihm verfinsterte.

Gleichzeitig nahm etwas Dunkles von seiner Seele Besitz.

»Konzentrier dich!« Nur von ferne hörte er die Stimme seines Lehrmeisters.

Hitze stieg plötzlich in seinem Körper auf und drohte ihn zu verbrennen, und ein Sausen um seinen Kopf herum steigerte sich zu einem tosenden Orkan, der jeden klaren Gedanken verdrängte. Die gesamte Energie seines Daseins pulsierte durch seine Adern, wie ein Meer von Strömen, die sich in seiner Mitte zu einem einzigen Strom vereinten. Unwillkürlich presste er seine flache Rechte auf seine Körpermitte und stöhnte laut und unkontrolliert, als ihn ein stechender Schmerz durchfuhr und seinen Bauchnabel nach außen wölbte.

»Und nun lass es hinaus!«, brüllte sein Onkel, so laut und mit einem Echo, als ob er sich auf einer weit entfernten Klippe befände. »Richte es gegen den Horizont, und gib ihm freien Lauf!«

Leonid spürte den gleißenden Ball, der sich aus seiner Mitte erhob, und wie er ihn mit aller Kraft von sich fortschleuderte.

Ein gewaltiger Blitz durchzuckte den Himmel und ging krachend hernieder. Der Boden bebte, und das Licht war so hell, dass Leonid unwillkürlich die Lider schloss. In einem kühnen Sprung wich er zurück, als eine zwanzig Meter hohe Tanne zu Boden ging. In der Mitte sauber gespalten, landete sie mit der Spitze nur knapp vor seinen Stiefeln. Schwer atmend zog er sich in sich selbst zurück. Sein Leib schmerzte immer noch, und in seinem Kopf hämmerte es. Sein rasendes Herz beruhigte sich nur zögernd, während sein Puls langsam zu seinem natürlichen Rhythmus fand.

»Für den Anfang war das gar nicht so schlecht«, bemerkte Taichin mit leichter Ironie in der Stimme.

»Was hast du mit mir angestellt?« Leonid schüttelte sich wie eine nasse Katze und warf einen irritierten Blick um sich, während der Himmel immer noch düster wirkte.

»Das war eine Art Kugelblitz, nur viel stärker«, antwortete Taichin wie selbstverständlich. »Wenn du ein wenig übst, wirst du die Energie auch ohne meine Unterstützung soweit steigern können, bis sie sich in ihr Gegenteil verkehrt. Wer weiß? Eines Tages vermagst du mit deinen Fähigkeiten vielleicht jede konventionelle Nuklearwaffe in den Schatten zu stellen.«

»Bei Ogdy«, begann Leonid vorsichtig. »Hast du wirklich eine Ahnung, Taichin, von was du da redest? Trotz aller Verehrung, die ich dir entgegenbringe – das hört sich zu verrückt an, um wahr zu sein.« Leonid, der sich für einen Moment im Gras niedergelassen hatte, weil er eine plötzliche Schwäche verspürte, sah seinen Großonkel von unten herauf ungläubig an.

Taichin lächelte geheimnisvoll. »Ich wünschte, es wäre so, mein Junge, aber es entspricht leider den Tatsachen. Du bist der Auserwählte und derzeit der einzig lebende Mensch, der ein solches Wunder vollbringen könnte. Dein Geist besitzt von Geburt an die Fähigkeit, uns umgebende kosmische Energien anzuziehen und in eine spezielle Form von telekinetischer Energie – nennen wir es Antimaterie – umzuwandeln. Dein Körper wirkt dabei wie ein Verstärker und gleichzeitig wie ein Projektor, der die Energien sammelt, bündelt und sie millionenfach verstärkt an die Umgebung zurückgeben kann. Es mag sich seltsam anhören, aber du solltest dich damit abfinden.«

»Warum hast du das nur getan?« Eine heisere Frauenstimme erhob sich aus dem Hintergrund. Vera Leonardowna schleppte sich in gebücktem Gang zu Taichin hin. Ihr Blick war anklagend, und erst jetzt fiel Leonid auf, dass sie im Gegensatz zu ihrem Bruder wie eine alte, gebeugte Frau daherkam. »Die Dämonen werden ihm keine Ruhe lassen, und wenn die Falschen erfahren, welche Kräfte er in sich vereint, werden sie ihn jagen – entweder um ihn für ihre Zwecke zu missbrauchen oder um ihn zu töten, weil er ihnen gefährlich werden könnte.«

»So kann er sich und unsere Traditionen wenigstens schützen, wenn ich eines Tages nicht mehr bin«, erklärte Taichin mit fester Stimme.

»Und was ist, wenn sie ihn trotzdem holen?« Die Stimme der Großmutter verriet ihre Abscheu. »Soll er sie alle töten? Ein Blutbad nach dem anderen anrichten? Denkst du, dadurch würde seine Seele erlöst? Du weißt doch selbst am besten, was es für eine Bürde ist, ein Schamane zu sein, noch dazu einer, der den Dämonen der Unterwelt geweiht ist, und das wird er sein, je weiter er seine unseligen Kräfte entwickelt.«

Sie schnaubte verächtlich. »Nein, Junge, wenn du mich je geliebt hast, wirst du noch heute eine Tasche packen und diese Gegend verlassen. Wir treffen uns, wenn es dunkel ist, am Ortsausgang von Vanavara, dort, wo die alte Rentierstation liegt. Ich habe in weiser Voraussicht einen Wagen organisiert, der dich nach Jakutsk bringen wird. Dort bist du zunächst in Sicherheit. Wenn das Tagebuch in die falschen Hände gerät, werden Bashtiri und Lebenov zuerst bei uns anklopfen und dann bei den übrigen Dorfbewohnern. Früher oder später werden sie zu reden beginnen. Da wird es auch nicht helfen, dass wir dich bei deinen gelegentlichen Besuchen als deinen jüngeren Cousin ausgegeben haben. Und wenn sie einen Hinweis auf den Bunker bekommen, werden sie die ganze Gegend durchkämmen.«

Sie atmete noch einmal tief ein und sah ihren Bruder an, der schweigend im Türrahmen stand und zu Leonids Überraschung nicht widersprach. »Er muss hier verschwinden – so schnell wie möglich. Ich hoffe, Bruder, du behinderst uns nicht. Makar vertritt die gleiche Meinung wie ich. Schließlich waren wir es, die ihn aufgezogen haben. Wenn es nach dem Schamanen gegangen wäre, hätte er bereits die erste Woche nach seiner Geburt nicht überlebt. Ich habe mir zeit meines Lebens genug Sorgen um ihn gemacht und werde es nicht dulden, dass ihm auch nur ein Haar gekrümmt wird. Geht das in deinen Dickschädel hinein?«

»Was war das?«, flüsterte Viktoria. Die Erde hatte für einen Moment gebebt, und dann war ein einziger lauter Donnerhall zu hören gewesen.

Theisen hielt inne und leuchtete suchend in die Finsternis hinein. Ratlos wandte er sich um. »Hörte sich wie eine Sprengung an. Oder vielleicht war es ein Erdbeben?«

»Erdbeben? Mach keine Witze.« Viktoria fröstelte. Was sollte sie tun? Weiter in den Stollen hinunterlaufen, um Leonid zu suchen, und die Gefahr eingehen, verschüttet zu werden? Oder sollten sie den Weg nach draußen antreten, ohne zu wissen, ob ihr Geliebter sich noch im Innern der Katakomben befand? »Wir müssen ihn finden«, sagte sie laut und lief mit einem flauen Gefühl im Magen los, bevor Theisen noch auf die Idee kam, sie aufzuhalten.

»Viktoria!«, brüllte er so laut, dass es von den Wänden hallte. »Komm zurück! Verdammt! Du weißt doch gar nicht, wo es dort hingeht!«

Sie hatte das Gefühl, immer tiefer in den seltsamen Bunker vorzudringen, während der schneidende Lichtschein ihrer Taschenlampe die Wände zum Glitzern brachte und einen Blick auf die Kabel ermöglichte, die quer verlegt an den Wänden wie ein Wegweiser fungierten. Weiter hinter sich vernahm sie die stampfenden Schritte und den keuchenden Atem ihres Kollegen.

»Leonid!« Ihre Stimme klang schon eine Spur verzweifelter, als sie vor sich unvermittelt eine Geröllwand entdeckte. »Ende der Fahnenstange«, sagte sie mehr zu sich selbst und erinnerte sich an eine eiserne Tür, die sie beiläufig auf ihrem Weg hierher gesehen hatte. Vielleicht ging es von dort aus nach oben und zu einem Ausgang aus dem Bunker.

Sven Theisen stellte sich ihr in den Weg und leuchtete ihr in die Augen.

»Kannst du mir sagen, was das soll?«, knurrte er. »Du siehst doch, dass hier niemand mehr ist.«

Unbeeindruckt deutete sie auf die verrostete Tür. »Vielleicht hat er dort einen Weg nach draußen gesucht.«

Theisen schaute sie kurz wütend an und machte sich einen Moment später daran, die Tür zu öffnen. Erstaunlicherweise gelang es ihm. Mit einem quietschenden Geräusch schwang sie auf. Hinter ihr kam in der Dunkelheit eine eiserne Treppe zum Vorschein. Er leuchtete den Schacht aus und konnte sehen, dass die Gitterstufen sowohl nach oben als auch über einen tiefer liegenden Treppenabsatz weiter nach unten führten.

»Könnte doch sein, dass du recht hast«, bemerkte er dumpf und setzte einen Fuß auf die erste Treppenstufe.

Es folgte ein knarrendes Geräusch und ein Scheppern, dann ein gellender Schrei. Schließlich trat abrupt Stille ein.

»Um Gottes willen!«, schrie Viktoria und leuchtete mit zitternden Händen in die Dunkelheit. Da, wo eben noch die Treppe gewesen war, tat sich ein Loch auf. Feuchte, modrige Luft drang zu ihr herauf – und ein lang gezogenes Stöhnen.

Theisen war mit der ganzen Treppe abgestürzt. Er lag ein Stockwerk tiefer auf dem Boden und rührte sich nicht. Die verrostete Eisenkonstruktion war allem Anschein nach in verschiedene Teile auseinandergebrochen und unter dem Gewicht des stämmigen Deutschen auf die nächste Plattform gestürzt.

»Alles in Ordnung?« Viktorias Stimme klang kläglich.

»Was für eine Frage!«, zischte Theisen von unten herauf. »Ich habe mir wahrscheinlich alles gebrochen, was man sich brechen kann. Aber du kannst dich beruhigen«, stieß er gequält hervor. »Jetzt sind wir quitt.«

Vergeblich versuchte Viktoria herauszufinden, wie schwer seine Verletzungen tatsächlich waren, indem sie ihn vom Kopf bis zu den Schuhen ableuchtete. Er lag auf dem Rücken und konnte von Glück sagen, dass das abgebrochene Treppenstück nicht auf, sondern neben ihm gelandet war.

Zwischen ihnen lagen gut und gerne drei Meter. Von weiter unten drang ein schwacher Lichtschein herauf. Offenbar hatte Theisen seine Lampe verloren, die ein oder zwei Etagen tiefer gelandet war.

»Kannst du aufstehen?«

»Wo denkst du hin? Ich kann kaum meine Finger rühren, geschweige denn mein linkes Bein. Vielleicht habe ich mir sämtliche Rippen und das Rückgrat gebrochen. Ich kriege kaum noch Luft, so sehr schmerzt mein Brustkorb. Verdammte Scheiße!«

»Ich werde Hilfe rufen!«

»Wen denn? Ich denke, Bashtiri und Konsorten sollen nicht wissen, dass es diesen Bunker gibt.«

»Lass das meine Sorge sein«, rief Viktoria tapfer. »Ich bin bald zurück.«

»Viktoria«, brüllte Theisen, als sie die Tür ins Schloss fallen ließ.

»Es geht nun mal nicht anders«, flüsterte sie vor sich hin.

Leonid hatte sich Einsamkeit ausbedungen, als er den Weg zurück zu seiner Hütte antrat. Nur Ajaci durfte ihn begleiten. Egal, wohin die Reise auch gehen sollte, auf seinen Hund würde er niemals verzichten.

Taichin erklärte sich bereit, Vera Leonardowna nach Hause zu bringen, obwohl sie sich widerspenstig gab und eigentlich nie wieder mit ihrem Bruder sprechen wollte – allein schon, weil er Leonid jahrelang ohne ihr Wissen und gegen ihren und den erklärten Willen ihres Mannes zum Schamanen ausgebildet hatte. Auch Leonid hatte sein Fett weg bekommen, wenn auch nicht ganz so heftig wie Taichin.

In Gedanken flog er zu Viktoria, die er aller Wahrscheinlichkeit nie wiedersehen würde. Falls sie überhaupt zu dem Bunker zurückkehrte, um ihn zu befreien, würde sie feststellen, dass er allein entkommen war. Genauer betrachtet war es auch besser so. Was sollte sie mit einem geächteten und mittellosen Schamanenlehrling anfangen, der nicht einmal selbst wusste, wie es um seine Zukunft stand? Außerdem würde sie nur weitere Fragen stellen, die er nun nicht mehr wahrheitsgemäß beantworten durfte.

Seine Großeltern würden ihr auch nicht weiterhelfen und jedem, der es hören wollte, zu Protokoll geben, dass er verstorben sei und sie jede andere Vermutung als pietätlos und ehrverletzend empfinden würden.

Es hatte zu regnen begonnen, von Osten zog ein mächtiges Gewitter auf. Leonid stellte sich die Frage, ob dies ein weiteres Zeichen der Geister war, wie sein Großonkel immer gerne behauptete, um ihn an seine neuen Verpflichtungen zu erinnern.

Leonid kümmerte es nicht, dass er und sein Hund in kürzester Zeit aussahen, als wären sie unter eine Dusche geraten.

In Gedanken ging er durch, was er an Habseligkeiten mitnehmen wollte, bevor er sich auf den Weg nach Jakutsk machte. Wenn er jetzt ging, dann tat er es seiner Großmutter zuliebe. Sie und seinen Großvater in Gefahr zu bringen war so ziemlich das Schlimmste, was er sich vorstellen konnte.

Fünfzig Meter vor Leonids Hütte begann Ajaci leise zu knurren. Gleichzeitig stellte sich das lange Fell in seinem Nacken auf. Leonid blieb abrupt stehen und zog sich mit seinem Hund hinter einen Busch zurück. Lauernd, einen Arm um Ajacis Körper geschlungen, beobachtete er den Eingang seines Hauses. Die Tür stand offen. Nach allem, was er in den letzten Tagen gesehen und gehört hatte, war es gut möglich, dass sich Lebenovs Männer endlich den Kimchu hinaufgewagt hatten, um nach ihm zu suchen. Vielleicht war es sogar Viktoria selbst gewesen, die aus lauter Verzweiflung seine Existenz preisgegeben hatte, nur um ihn aus dem Bunker zu befreien.

Doch außer dem Plätschern des Baches waren allein der Regen zu hören und das ferne Grollen des Donners. Vielleicht war es nur ein Bär, der nach Nahrung suchte. Es wäre nicht das erste Mal gewesen, dass ein solches Tier vor seiner Haustür auftauchte. Obwohl es zu dieser Jahreszeit genug in den Wäldern und Flüssen zu fressen gab, wurden Bären manchmal durch die Fische angelockt, die Leonid zum Räuchern aufhängte.

Langsam stand er auf und legte dabei eine Hand an sein Jagdmesser. Die Klinge war stets geschärft und so lang wie sein halber Unterarm.

Vorsichtig, einen Fuß vor den anderen setzend, näherte er sich dem Eingang. Ajaci folgte ihm zögernd, die Ohren immer noch angelegt und die Zähne gebleckt.

Leonid hielt das Messer fest in der Hand, während er sich mit dem Rücken zur Wand zum Eingang vorarbeitete. Mit der Linken strich er sich eine feuchte Strähne aus dem Gesicht, bevor er vorsichtig um die

Ecke spähte. Plötzlich vernahm er ein merkwürdiges Geräusch – ein leises, abgehacktes Wimmern. Mit einem Ruck wirbelte er herum und warf einen raschen Blick in das einzige Zimmer.

Viktoria saß auf seinem Bett und hielt den Kopf in beide Hände gestützt. Ihr brünettes Haar fiel über ihr Gesicht, und ihre Schultern zuckten. Sie war völlig durchnässt und schien ihn überhaupt nicht zu bemerken.

»Viktoria? Was machst du hier?«

Sie hob den Kopf und sah ihn überrascht an. Ihr Gesicht war voller Tränen und verriet ihre Erschöpfung.

»Das Gleiche könnte ich dich fragen«, stieß sie anklagend hervor. »Wie kommt es, dass du hier bist und nicht da unten, wo ich dich zurückgelassen habe?«

Ajaci knurrte leise, als Leonid sich neben sie setzte und fest an sich drückte.

»Es tut mir leid.« Er küsste sie auf die Stirn. »Sag bloß, du bist ganz allein zurückgekommen, um mich zu befreien?«

»Nicht ganz«, murmelte sie, abgelenkt von seinen Küssen, mit denen er ihre Wangen bedeckte.

»Hast du etwa deinen russischen Begleiter mitgebracht?« Leonid hielt inne und schaute alarmiert auf.

»Kolja?« Viktoria schüttelte den Kopf. »Wo denkst du hin? Theisen meint, er arbeitet für den FSB. Allerdings wissen anscheinend noch nicht einmal Lebenov und Bashtiri etwas davon. Trotzdem kann ich nicht einschätzen, auf wessen Seite er steht. Das war auch der Grund, warum ich ihm nichts von dir erzählen wollte und warum er das Erdloch so sorgfältig verschlossen hat.«

Leonid nickte und wirkte für einen Moment abwesend, als ob er Viktorias Aussage erst einmal für sich durchdenken musste. Dann schaute er sie unvermittelt an und lächelte.

»Mein Onkel hat mich gefunden«, flüsterte er, »nachdem Ajaci ihn zum Bunkereingang geleitet hatte.«

»Ich bin froh, dass es dir gutgeht. Aber wir können uns hier nicht aufhalten«, bemerkte sie mit einem leicht gehetzten Blick. »Es gibt da ein Problem. Ich musste meinen deutschen Kollegen, Sven Theisen, um Hilfe bitten, weil ich sichergehen wollte, dass ich dich ohne Probleme dort unten herausholen konnte, dabei ist er im Innern des Bunkers verunglückt. Wegen der ganzen Ungereimtheiten konnte ich nicht einfach zum Lager zurückgehen und Hilfe holen. Außerdem lag deine Hütte viel näher, und ich hatte gehofft, hier wenigstens irgendjemanden zu finden, der uns hilft. Sven liegt in einem uralten Treppenschacht. Allein kann ich ihn nicht bergen.«

Leonid ließ von ihr ab und erhob sich rasch. »Warum sagst du das nicht gleich? Worauf warten wir noch?«

Viktoria warf einen Blick auf den Hund, der immer noch leise knurrte. »Er ist wütend auf mich.«

»Ajaci?« Leonid hob eine Braue. »Warum?«

»Weil Kolja in meinem Beisein auf ihn geschossen hat. Ich konnte nichts dafür.«

»Ich werde es ihm erklären.« Leonid lächelte sie an und küsste sie abermals.

Nachdem ihm Viktoria die Lage ihres Kollegen noch einmal eingehender geschildert hatte, packte er Verbandmaterial, ein paar Seile und ein Gerät zum Abseilen in einen Rucksack. Dann machten sie sich auf den Weg.

Der Marsch zum Bunker war längst nicht so schön wie am Morgen zuvor. Kein Vogel zwitscherte, der Himmel erschien so düster wie kurz vor einem Weltuntergang. Viktoria hielt Leonids Hand umklammert, während sie durch den trostlos wirkenden Wald stiefelten. Sie war verkrampft und hatte Angst, das konnte er spüren. Ein Grund mehr, sie nicht mit der Wahrheit über ihn und sein Schicksal zu belasten.

»Wenn wir das hier erledigt haben«, sagte er leise, »werde ich für eine Weile weggehen müssen. Familienangelegenheiten. Ich hoffe, du kannst das verstehen. Bestimmt werden wir uns irgendwann einmal wieder begegnen.«

»Ich denke auch, dass es tatsächlich besser ist, wenn du eine Zeitlang verschwindest.«

»Warum sagst du das?« Zwischen zwei ausladenden Tannen blieb er stehen und schaute Viktoria durchdringend in die grünen Augen.

»Lebenov hat mich heute Mittag verhört – in Anwesenheit deines Großvaters« erklärte sie ruhig. »Ich habe ihm und seinen Leuten gesagt, dass ich mich wohl geirrt habe, als ich glaubte, dich auf dem Foto in dessen Haus erkannt zu haben.« Sie sah ihn mit zweifelnder Miene an. »Ich weiß zwar nicht, was du in Tschetschenien ausgefressen hast, aber es scheint zu genügen, damit du besser ein toter Mann bleibst.«

»Ich habe nichts ausgefressen«, gab er heftig zurück. »Ich war dabei, als man herausgefunden hat, dass Bashtiri und auch Lebenov sämtliche Kriegsparteien mit Waffen belieferten, um den Krieg zu verlängern und ihre eigenen Profite zu machen – der eine als Händler, der andere als Drahtzieher. Die Beweise befanden sich in einer einzigen Akte. Doch bevor die verantwortliche Delegation diese Beweismittel nach Moskau überbringen konnte, wurde unser Helikopter von einer Granate gestreift. Angeblich waren es feindliche Terroristen. Zu dumm nur, dass das gesamte Terrain bei unserem Start von der Armee in einem Radius von mehreren Kilometern bestens geschützt war. Keine Kakerlake hätte hindurchschlüpfen können. Wir stürzten aus einhundert Meter Höhe ab. Ich habe den Vogel noch halbwegs abfangen können, und eine defekte Elektroleitung hat den Aufprall zudem gemildert. Doch wir hatten vollgetankt, so dass es sofort eine Explosion gab. Ich wurde als Pilot aus dem Wrack geschleudert, weil ich noch nicht angeschnallt war. Alle anderen sind verbrannt. Sie hatten keine Chance zu entkommen.« Für einen Moment wandte Leonid sich ab, während er voller Schmerz das Gesicht verzog.

Als sein Blick zu ihr zurückkehrte, nahm sie die Trauer in seinen Augen wahr. »Verletzt und völlig mittellos ist es mir mit der Hilfe von selbstlosen Einheimischen gelungen, das Land zu verlassen. Doch Lebenov ist mir auf die Schliche gekommen. An der Grenze zu Dagestan haben seine Leute mich erwischt und versucht, mich im Terek zu ertränken. Wie durch ein Wunder konnte ich mich von den Fesseln befreien und habe überlebt. Wenn Lebenov herausfindet, dass ich noch lebe, wird er alles tun, um mich endgültig zu erledigen. Ich weiß einfach zu viel. In diesem Fall bedeutete Wissen nicht Macht, sondern den Tod.«

»Und es ist nicht möglich, den beiden nachträglich irgendeine Schuld nachzuweisen? Kannst du nicht zur Polizei gehen und sagen, wie es wirklich war?«

Leonid lächelte unfroh. »Wir sind hier nicht in Deutschland. Es gab Zeugenaussagen, Videobänder und schriftliches Material. Alles ist bei dem Unglück verbrannt. Die vermeintlichen Zeugen waren kurze Zeit später entweder wie vom Erdboden verschluckt oder im wahrsten Sinne des Wortes mundtot gemacht worden. Ich vermag nicht zu sagen, wer sonst noch in der Angelegenheit drin steckt.« Leonid stapfte weiter in die Dämmerung hinein. Viktoria folgte ihm mit gesenktem Kopf.

Je mehr sie sich dem Einstieg näherten, desto schweigsamer wurden sie. Trotz Viktorias Aussage, dass außer Kolja niemand über den Bunker Bescheid wusste, misstraute er der Sache. Lebenov war ein alter Fuchs, und es wunderte ihn, dass er Koljas geheime Mission noch nicht entlarvt hatte.

Unsicher führte ihn Viktoria zu der Stelle, wo sie Theisen vermutete.

Als Leonid die Eisentür zum Abgrund öffnete, betete sie stumm, dass Sven Theisen noch am Leben sein möge und es ihn nicht so schlimm erwischt hatte, wie zunächst befürchtet.

»Sven!« Viktoria rief so laut sie konnte, doch nur ein leises Stöhnen folgte. »Sven, wie geht es dir?«

»Ich dachte schon, du hättest mich vergessen«, stieß Theisen hervor. »Oder ein Wolf wäre über dich hergefallen.«

»Ich habe jemanden mitgebracht, der uns helfen wird, dich nach oben zu holen!«

Theisen antwortete nicht, sondern stöhnte nur gequält.

»Blja!« fluchte Leonid, was soviel wie »Scheiße« bedeutete. »Die Treppe ist zusammengebrochen«, murmelte er mehr zu sich selbst, während er mit der LED-Leuchte den Abgrund inspizierte. »Ich muss mich tatsächlich abseilen. Dabei darf ich mich auf keinen Fall ganz auf die Plattform hinunterlassen. Sonst brechen wir beide weiter nach unten durch.«

»Du kannst ihn doch retten, nicht wahr?« Viktorias Stimme klang ängstlich.

»Natürlich«, meinte Leonid beschwichtigend. »Ich tue, was in meiner Macht steht.« Wie mächtig er dabei war, würde sich erst noch herausstellen. Immerhin konnte er spüren, dass der Deutsche schwer verletzt sein musste.

Nachdem er eine Stelle gefunden hatte, wo er den Karabiner einhaken konnte, legte er sich das Gurtgeschirr um und zog Handschuhe über. Dann schwang er sich in die Dunkelheit.

»Pass bloß auf dich auf«, flüsterte Viktoria.

Langsam ließ Leonid sich zu Theisen hinab.

»Kannst du dich bewegen, Mann?«

»Ich weiß es nicht«, stieß Theisen ungeduldig hervor. »Ich habe höllische Schmerzen, aber vor allem habe ich Angst, dass der Boden unter mir nachgeben könnte.«

»Wo tut es weh?« Leonid hing dicht über ihm. Die Springerstiefel immer noch an die Wand gestemmt, streckte er einen Arm zu ihm hinunter und berührte Theisens Rippenbogen mit seinen Fingerspitzen. Wie mit Ultraschall fuhr er spielend leicht über die einzelnen Erhebungen. »Es sind nur Prellungen, keine Brüche«, bemerkte er fachkundig.

»Woher willst du das wissen?«, zischte Theisen verärgert.

Leonid antwortete nicht, sondern ließ nun ein Seil zu dem Deutschen hinab. »Hier! Versuch dir das um die Taille zu legen und festzuzurren.«

»Ich kann nicht«, murrte Theisen beleidigt.

»Dann wirst du hier unten verrecken müssen, verdammt!« In solchen Situationen verstand Leonid überhaupt keinen Spaß. Er hatte im Krieg schon etliche Kameraden aus brenzligen Lagen befreit, aber immer war er auf deren Hilfe angewiesen gewesen.

Mit Anspannung beobachtete Viktoria, wie Leonid sich noch weiter hinunterließ und das Seil, an dem er hing, bedrohlich zu schwingen begann. Ein Blick auf den verrosteten Türrahmen, an dessen Eisenriegel er die Schlinge befestigt hatte, ließ sie Schlimmes vermuten. Das Material war längst marode und würde ihn nicht ewig halten.

»Komm schon, Kamerad«, stieß Leonid hervor. »Hilf ein wenig mit!«

Theisen hob mühsam den Kopf an und stöhnte sofort, als er versuchte, sich auf dem maroden Rost auf die Ellbogen zu stützen. Er knickte ein, und die gesamte Konstruktion geriet so sehr ins Wanken, dass er abzustürzen drohte.

»Scheiße«, zischte er.

»Kannst du wenigstens einen Arm anheben?« Leonid versuchte sich in Geduld zu üben.

»Nur den rechten.«

Vorsichtig hob Theisen den Arm, und Leonid legte das Seil wie ein Lasso darum und schob das Seil hoch bis zur Schulter.

»So, jetzt der Kopf.«

Keuchend hob Theisen seinen Kopf, und Leonid half ihm durch die Schlaufe hindurch, bis das Seil halbwegs die Brust umspannte.

»Versuch die Schlaufe mit der unverletzten Hand über den anderen Arm zu schieben.«

Theisen grummelte etwas in sich hinein, während Viktoria beobachten konnte, wie er sich abmühte, das Seil vollends um die Brust zu winden. Dabei gelang es ihm nur unter größter Anstrengung, die Schlinge wenigstens vollständig um den anderen Arm zu legen. Keine Sekunde zu früh. Mit einem Ruck sauste der marode untere Treppenabsatz in die Tiefe und zerschellte in seine Einzelteile, die Theisen und auch Leonid unweigerlich aufgespießt hätten, falls das Seil, an dem Leonid hing, nicht auch den Deutschen gehalten hätte.

Theisen brüllte wie ein Stier, während sein gesamter Körper über der Tiefe baumelte. Leonid war rot angelaufen vor Anstrengung, während er versuchte, das Seil, an dem der Deutsche hing, über seinen Schultern zu fixieren, um ihn und sich selbst an der Steilwand zu stabilisieren.

Viktoria hielt den Atem an. »Kann ich euch irgendwie helfen?«, rief sie kläglich.

»Njet!«, stieß Leonid mit zusammengebissenen Zähnen hervor, derweil der Deutsche immer lauter zu wimmern begann, weil das Seil tief in sein Fleisch schnitt. Die Fußsohlen fest an der Wand, das Seil, an dem Theisens Körper hing, um Brust und Taille geknotet, stemmte Leonid sich Schritt für Schritt empor.

Mit jeder Bewegung schnitt das Führungsseil tiefer und tiefer in den Rost hinein. Noch paar Zentimeter, und der Holm, an dem das Abseilgerät befestigt war, würde brechen.

Mit einer Hand hatte Leonid schon den Einstieg erreicht, als ein knarzendes Geräusch seine ganze Aufmerksamkeit einforderte. Bevor er ein Bein über den Türpfosten hinausschwingen konnte, verbog sich die Halterung endgültig und riss entzwei. Keuchend krallte er sich an der vergleichsweise winzigen Erhebung des Türrahmens fest, während Viktoria an seinen Kleidern zog.

»Das Seil«, stieß er hervor.

Viktoria dachte nicht lange nach und legte die Lampe auf den Boden. Dann griff sie an Leonid vorbei und erfasste die lose nach unten baumelnde Halterung. In Panik brachte sie das Ende in Sicherheit und hielt Ausschau nach etwas, an dem sie den Haken fixieren konnte.

Leonid drohte trotz aller Anstrengungen nach unten hin abzurutschen. Theisen wog gut und gerne neunzig Kilo.

»Du musst dich an *mir* festhalten«, stieß Viktoria atemlos hervor, während sie auf die Knie ging und ihm ihre Arme entgegenstreckte. »Ich kann nichts finden, woran ich das Seil befestigen könnte.«

Für einen Moment schloss Leonid gequält die Augen. In einer solchen Situation konnten ihm all seine Fähigkeiten nicht helfen. Viktoria würde unweigerlich mit in den Abgrund gerissen, wenn er auch nur den Versuch unternahm, sich an ihr hochzuziehen.

Plötzlich wurde es hell, obwohl Viktoria die Lampe beiseitegelegt hatte.

»Geiler Arsch«, bemerkte eine schneidende Stimme. »Eine Einladung zum Vögeln.«

»Zieh ihr die Hose runter«, grölte ein anderer.

»Das ist doch die deutsche Hure aus unserem Camp?«

»Gurkenkopf! Hast du's auch schon bemerkt?«

»Können wir helfen? Pisdjenka?« Grölendes Gelächter hallte von den Höhlenwänden wider.

Viktoria sah sich ungläubig um und beleuchtete die Gesichter von vier Männern, die allesamt uniformiert und bewaffnet waren. Bei näherer Betrachtung erkannte sie die Kerle: Es waren Lebenovs Leute.

25

Januar 1908, Sibirien – Maganhir

Noch in der Nacht schlich Leonard zum Gefangenenblock I. Dort befand sich die Arrestzelle, in die man Tschirin eingesperrt hatte. Die Wachen ließen sich mit zwei Päckchen Zigaretten bestechen, von denen Aslan bei seinem letzten Außeneinsatz gleich eine ganze Kiste mitgebracht hatte. Mit zitternden Fingern hob Leonard das Licht an das Guckloch heran und schob die eiserne Plakette zur Seite.

»Tschirin«, zischte er leise. »Ich bin es, Leonard. Wie geht's dir?«

Der Gestank nach Kot und Urin nahm ihm den Atem.

»Kannst du die Wachen dazu bringen, dass sie mir wenigstens etwas zu trinken geben?« Die Stimme klang erstickt. »Ich muss hier raus, sonst werde ich noch meinen Verstand verlieren.«

»Ich kann dich nicht herausholen, aber dein Vater könnte es, wenn er uns helfen würde.«

»Wenn es so ist, werde ich meine Familie niemals wiedersehen.« Die Stimme des jungen Tungusen verriet, in welcher aussichtslosen Lage er sich sah. »Mein Vater wird den Russen niemals helfen. Er wird sich höchstens rächen, und dann ist alles, woran euer Herz hängt, verloren.«

»Gibt es denn nichts, womit wir ihn umstimmen könnten?«

»Vielleicht gibt es etwas«, erwiderte Tschirin mit brüchiger Stimme. »Ich sollte es dir nicht sagen, aber ich habe eine Frau und eine kleine Tochter. Ich will nicht sterben. Ich möchte sehen, wie sie aufwächst. Kannst du das verstehen?«

Leonard räusperte sich, um antworten zu können. »Glaub mir, niemand weiß besser als ich, wovon du sprichst. Also sag schon, ich werde es persönlich an Kommandeur Lobow weitergeben und mich dafür einsetzen, dass er dich danach auf freien Fuß setzt.«

»Sagt meinem Vater, dass ihr an seiner Stelle den großen Maganhir um Hilfe bitten werdet, wenn er selbst nicht bereit ist, euch zu helfen.«

»Maganhir? Wer, zum Teufel, ist Maganhir?«

»Er gehört zum Stamm der Yanagir. Seine Sippe lebt an der oberen Taimura. Er besitzt ähnliche Fähigkeiten wie mein Vater und ist der einzige Schamane weit und breit, der sich mit ihm messen könnte. Die beiden stehen in ständiger Fehde. Ich kann mir nicht vorstellen, dass es meinem Vater gleichgültig ist, wenn euer Kommandant Maganhir den Vorzug gibt.«

Maganhir ausfindig zu machen war nicht so schwierig wie gedacht. Jedoch erschien die Reise zu ihm wie eine Höllenfahrt. Ein heftiger Schneesturm erschütterte die Region und tötete auf geheimnisvolle Weise sechs von Lobows Soldaten, die sich unter Leitung eines Kosakenkommandeurs mit zehn weiteren Kameraden vom Lager aus auf den Weg gemacht hatten. Zeugen berichteten, sie hätten die Orientierung verloren und sich im Schneegestöber gegenseitig erschossen, auf halbem Weg, bevor sie ihr Ziel erreicht hatten.

Maganhir empfing die verbliebene Truppe mit offenen Armen,

nachdem er erfahren hatte, in wessen Auftrag sie unterwegs waren und was sie von ihm begehrten. Er gab Tschutschana die Schuld an den Wetterkapriolen und an dem merkwürdigen Tod der Soldaten. Der verfeindete Schamane drücke damit die Wut über die Verhaftung seines Sohnes aus, nur er, Maganhir, könne etwas gegen Tschutschanas finstere Machenschaften ausrichten, verkündete er großspurig.

Eine Woche später erschien Maganhir mit kleinem Gefolge im Lager und wurde Weinberg und seinen Kollegen vorgestellt. Im Gegensatz zu Tschutschana war er laut und kleinwüchsig, nur seine schräg stehenden Äuglein leuchteten genauso hinterlistig. Auch seine Kleidung unterschied sich kaum von der Tschutschanas. Allerdings zierte keine Wolfsschnauze seinen seltsamen Hut, sondern ein Rentiergeweih.

Aslan tat sich schwer, ihn auf seine außergewöhnlichen Fähigkeiten anzusprechen. Nachdem er ihm genau erklärt hatte, worauf seine Hilfe hinauslaufen sollte, begann der Schamane lauthals zu lachen. Für ihn stelle es keine größere Herausforderung dar, eine elektrische Ladung von größeren Ausmaßen zu provozieren, prahlte er. Blitze zu erzeugen gehöre sozusagen zum Repertoire eines wahren Schamanen. Man müsse nur mit Gott Ogdy und den richtigen Geistern im Bunde stehen. Ob es tatsächlich die richtigen waren, bezweifelte nicht nur Leonard. Auch Aslan hatte mit angespannter Miene beobachtet, wie Maganhir bei einer Einladung des Kommandeurs am folgenden Abend gleich mehrere Flaschen Wodka in sich hineinkippte, als ob es Wasser wäre. Anders als die Kosaken sank er danach sturzbesoffen danieder und fiel regelrecht ins Koma.

Am nächsten Vormittag sollte der Schamane die erste Kostprobe seines Könnens liefern. Maganhir machte nicht den Eindruck, als ob ihm der Alkoholexzess etwas ausgemacht hätte. Sein Blick war stolz, als er aufrecht, gefolgt von ein paar Getreuen und einer kleinen Gruppe von russischen Beobachtern, durch das Lager schritt. An einem abgeschiedenen Platz hinter dem Kraftwerk hatte man auf einer Felsnase eine Zielvorrichtung eingezeichnet – fünf runde Kreise in weißer Farbe, die wegen der Kälte sofort zu Eis erstarrt war. Der Schamane begab sich mit Trommelschlägen und Tanzeinlagen vor der Lagerleitung und den anwesenden Wissenschaftlern in Trance, nachdem er aus einer hölzernen Flasche einen speziellen Trunk zu sich genommen hatte.

»Bestimmt ist es Hühnersuppe«, frotzelte Pjotr. »Das hat meine Mutter mir immer gegeben, wenn ich mit meiner Studentenverbindung mal wieder über die Stränge geschlagen hatte. Es bewirkt Wunder.«

Aslan runzelte unter seiner schwarzen Fellmütze die Stirn. »Sei still«, zischte er. »Wenn es nicht klappt, sind wir geliefert.«

Kommandeur Lobow beobachtete die Veränderung in den Gesichtszügen des Schamanen mit Spannung. Dass ihm die Sache nicht ganz geheuer erschien, konnte man daran erkennen, dass er doppelte Wachen hatte aufstellen lassen. Unvermittelt hörten die schamanischen Gesänge auf. Maganhir stellte sich breitbeinig mit dem Rücken zu seinem Publikum. Für einen Moment wirkte er wie versteinert.

Leonard und seine Kameraden hatten unentwegt den Himmel beobachtet, weil sie damit rechneten, dass irgendwo Gewitterwolken am klaren Januarhimmel aufziehen würden. Nirgendwo war jedoch ein Wölkchen zu sehen. Im Gegenteil, die glitzernde Morgensonne kroch über die Bergspitzen und blendete sie, als Maganhir ein keuchendes Geräusch von sich gab.

Ein ohrenbetäubender Knall zerriss die morgendliche Stille und hallte von den Bergwänden wider. Sämtliche Anwesenden zuckten zusammen und gingen sofort in Deckung, selbst die Soldaten, die eigentlich für den Schutz des Kommandeurs abgestellt waren. Steine sprangen auf, und ein scharfer, heißer Wind brachte den Schnee an der Stelle zum Schmelzen, wo etwas aufgetroffen war, das man im Entferntesten mit einer großen wabernden Seifenblase hätte vergleichen können.

Aslan hatte die Erscheinung gesehen. Er stand etwas abseits im Schatten einer Mauer und hatte beobachten können, wie sich in Sekundenbruchteilen ein diffuser, scheinbar gläserner Ball aus der Mitte des Schamanen gelöst hatte, der dann auf eine Felsnase getroffen war und den Stein regelrecht hatte zerbersten lassen.

Lobow schaute als Erster auf. Seine Soldaten waren sogleich pflichtschuldig an seiner Seite. Man konnte ihnen ansehen, dass sie eingeschüchtert waren, als sie mit ihm zusammen zu jener Stelle schritten, die von der geheimnisvollen Energie des Schamanen getroffen worden war. Maganhir war unterdessen in die Knie gegangen. Er machte einen erschöpften Eindruck. Lobow kniete ebenfalls nieder, aber nicht aus Erschöpfung, sondern aus purer Begeisterung. Beinahe zärtlich strich er über den abgesprengten Felsbrocken.

»Lasst den Tungusen frei!«, verkündete er knapp. »Er soll nach Hause in sein Dorf gehen und seinem Alten sagen, dass wir gerne auf ihn verzichten.«

Es war Leonard, der den jungen Tungusen mit Lobows Einverständnis aus dem stinkenden Loch befreite. Halb erfroren und schmutzig wankte Tschirin in Decken gehüllt zur einzigen Waschkaue des Lagers, in der ein paar Frauen auf Anweisung Kissankas heißes Wasser bereitet hatten. Der Blick des Tungusen war leer, als Leonard ihn in einem großen Holzbottich vor einem Kanonenofen zu waschen begann.

»Mein Vater wird mich und meine Familie verbannen«, sagte Tschirin so leise, dass Leonard ihn kaum verstand. Er seifte die verklebten Haare des Tungusen ein und kippte aus einer Blechschale warmes Wasser darüber.

»Warum? Du kannst doch nichts dafür, dass man dich hier eingesperrt hat.«

»Das ist es nicht«, murmelte Tschirin. »Ich war es, der die geheimen Kräfte meines Vaters an die Russen verraten hat, und ich war es auch, der ihnen den Hinweis auf Maganhir gegeben hat.«

Leonard half Tschirin aus dem Holzbottich. Die Frauen waren gegangen und hatten ihn mit dem Tungusen allein gelassen. Wie selbstverständlich trocknete er ihn ab und reichte ihm die inzwischen geflickte Kleidung. Kissanka hatte ihm heiße Milch und eine Graupensuppe hingestellt, die er wortlos und mit zitterndem Löffel verzehrte. Sie warteten noch eine Weile, bis die Haare des Tungusen getrocknet waren. Danach stieg er in seine Fellstiefel und den dicken Mantel.

Zum Abschied umarmte er Leonard fest.

»Danke, Bruder«, flüsterte Tschirin. »Was immer kommen mag – ich stehe in deiner Schuld.«

Leonard schüttelte verlegen den Kopf. »Nein, Tschirin, was meine Kameraden und ich hier tun, ist nicht recht, und allein dein Vater weiß darum. Aber manchmal lässt einem das Schicksal keine Wahl.«

»Ich weiß.« Tschirin nickte, bevor er sich zu seinem Schlitten und dem zottigen Pferdchen begab und ohne einen Gruß durch das eiserne Lagertor davonfuhr.

Die Arbeiten mit dem Schamanen gingen indessen gut voran.

»Wenn es so weitergeht, zerschießt er mir sämtliche Messgeräte«, fluchte Aslan am Abend, als er mit Weinberg, Pjotr und Leonard in ihrer Baracke zusammenkam. »Die Kraft seiner Einschläge ist bereits jetzt stärker als bei einem gewöhnlichen Blitz.«

»Hast du eine physikalische Erklärung dafür, wie er es macht?« Pjotr saß in seiner langen Unterwäsche auf seinem Bett und trank einen Tee, den Weinberg in guter Tradition für sie alle bereitet hatte. »Wie bringt er es fertig, eine solche massive Energie zu erzeugen? Er ist nur ein Mensch.«

Aslan schüttelte nachdenklich den Kopf. »Keine Ahnung, Pjotr. Primanov hat ihn untersucht. Der Doktor kam zu der gleichen Auffassung wie du. Ich weiß nur soviel, dass seine Blitze keine wirklichen Blitze sind und dass ihre Kraft sich von Versuch zu Versuch steigert. Es erscheint mir wie reine Energie, die er aus seiner Umgebung zapft und mittels Geist und Körper zu einem unsichtbaren Geschoss transformiert. Wenn es so weitergeht, werde ich in der kommenden Woche mit seiner Hilfe meinen ersten kleinen Sprengsatz zünden können.«

Weinberg entfachte eine Petroleumlampe und gesellte sich zu seinen jungen Kollegen.

»Alles ist wissenschaftlich erklärbar«, brummte er vor sich hin, »irgendwann. Und bis es soweit ist, nennt man es Hokuspokus, weil die Wissenschaftler es nicht ertragen können, dass es Phänomene gibt, die nicht zu erklären sind. In mancherlei Hinsicht sind uns die Schamanen voraus, weil sie keine höhere Mathematik benötigen, um zu wissen, dass es Kräfte zwischen Himmel und Erde gibt, die weit mächtiger sind als alles, was wir zu wissen glauben.«

Leonard saß auf seinem Bett und hörte kaum zu. Er hielt einen Brief von Katja in Händen, in denen sie ihrer Mutter die kleine Enkelin beschrieb: ein prächtiges Mädchen mit blonden Zöpfen und lustigen Grübchen. Sie kommt ganz auf ihren Vater, schrieb sie weiter. Ich bin mächtig stolz auf sie.

Leonard schluckte. Lobow hatte ihm die Übersiedlung der beiden schon lange versprochen, doch bisher nicht erfüllt. Er musste immer wieder an die Worte von Kissanka denken: Was würde die beiden hier draußen erwarten außer lebenslanger Gefangenschaft? In Tomsk konnten sie sich wenigstens halbwegs frei bewegen. Vielleicht war es besser, wenn er Lobow erst gar nicht mehr an sein Versprechen erinnerte.

In den nächsten Tagen erschütterten mehrere Explosionen das Lager. Aslan hatte seine Versuche mit dem Schamanen ausgeweitet, und schließlich war man zu der Überzeugung gekommen, dass die Heftigkeit der Erschütterungen das Kraftwerk und auch Pjotrs Fortschritte beim Bau der Luftschiffe gefährden könnten. Also war man mit mehreren Trupps von Arbeitern und Soldaten in das hundert Werst nordöstlich gelegene Gebiet der Steinigen Tunguska ausgewichen. Leonard arbeitete Tag und Nacht an einer drahtlosen Funkverbindung, die ein Areal von mehreren hundert Werst abdecken sollte. Im kommenden Frühjahr sollten insgesamt fünfzehn Relaisstationen mit riesigen Antennenmasten im Abstand von vierzig Werst entlang der Steinigen Tunguska errichtet werden, die bis ins südöstlich gelegene Kirensk reichen würden, um während der Testphase einen reibungslosen Funkverkehr zu garantieren. Es war das erste Mal seit drei Jahren, dass Leonard – wenn auch streng bewacht – das Lager verlassen durfte. Auf Pferdeschlitten ging es über eine Strecke von knapp vierhundert Werst, um die Markierungen festzulegen. Später wollte man hier die automatische Steuerung des ersten Luftschiffes auf Tauglichkeit prüfen. Leonard fieberte diesem Tag regelrecht entgegen. Erst dann würde sich zeigen, ob seine Konstruktionen im Sinne Nicola Teslas etwas taugten oder ob er den Zorn des Zaren auf sich lud, falls die Sache fehlschlug und das ganz aus Aluminium bestehende Luftschiff an einer Bergkuppe zerschellte.

Es war ein Dienstag, an dem er aus den Weiten des sibirischen Winters zurückkehrte.

Vor dem Lagertor standen ein paar tungusische Rentiergespanne. Leonard hoffte für einen Moment, dass Tschirin bei den wartenden Jämschtschiks dabei sein würde. Seit Monaten hatte er nichts mehr von dem jungen Tungusen gehört; es ging das Gerücht herum, dass sein Vater ihn samt seiner kleinen Familie aus dem Stamm verbannt hatte.

Leonard sprang vom Schlitten, als sie das Tor erreichten, und lief auf einen der Wagenlenker zu, um nach Tschirin zu fragen.

»Er ist als Goldwäscher nach Vanavara gegangen«, erklärte einer der Wagenlenker, »um sich bei einer russischen Firma zu verdingen.«

»Ein schweres Los«, fügte ein anderer hinzu. »Die Bezahlung ist schlecht und das Leben hart. Viele Familien sterben, noch bevor sie sich eingerichtet haben.«

Schweren Herzens passierte Leonard das Tor, vorbei an den Wachsoldaten, die vor den nachfolgenden Offizieren salutierten.

Einer der Männer trat hervor und machte Meldung.

»Der Gefangene Leonard Schenkendorff soll sich unverzüglich beim Kommandeur melden, sobald er ins Lager zurückgekehrt ist.«

Mit einem unguten Gefühl begab sich Leonard zur Offiziersbaracke. Es kam nicht oft vor, dass der Lagerkommandant einen Häftling zu sich rief. Meistens hatte man etwas ausgefressen oder einen gravierenden Fehler gemacht. Leonard rätselte immer noch, was er angestellt haben könnte, als ihm von der Küchenbaracke kommend Kissanka über den Weg lief.

Eingehüllt in einen dicken Mantel und ein wollenes Tuch musste er zweimal hinschauen, um sie zu erkennen. Sie trug einen Korb in der Hand und war offenbar auf dem Weg zum Hühnerhaus. Ihr Gesicht war ernst, und sie begrüßte ihn längst nicht so überschwänglich, wie sie es gewöhnlich tat. Nur ein Nicken, dann war sie auch schon vorbeigeeilt.

»Was ist denn das für ein Empfang?«, rief er ihr mit einem Lächeln hinterher. »Begrüßt man so einen alten Freund, der drei Wochen fort war?«

Plötzlich blieb Kissanka stehen und wandte sich um, dann kam sie langsam auf ihn zu. »Nun hast du ja, was du wolltest. Ich hoffe, du wirst glücklich mit deiner Wahl. Ich für meinen Teil wünsche euch alles Gute und dass niemals eintritt, was ich befürchte.«

»Wovon redest du?«

»Ach, du weißt es noch gar nicht?« Ihre Stimme klang spitz. »Na, dann will ich dir die Überraschung nicht nehmen.« Ohne ein weiteres Wort wandte sie sich um und hastete davon.

Eine Ahnung beschlich Leonard. Sein Blick wanderte hinaus zu den Jämschtschiks. Schon am Tor hatte er sich die Frage gestellt, warum sie einen Tag zu früh angekommen waren.

Er beschleunigte seine Schritte, lief vorbei an der Baracke, in der er mit seinen drei Kameraden wohnte und schlief. Vorbei an einem Trupp Soldaten, die sich in der Wachablösung befanden. Vorbei an Wäscherinnen, die mit Weidenkörben aus der Waschkaue strömten.

Sein Blick galt einzig der Offiziersbaracke, die direkt an die Konstruktionshalle angrenzte und in der sich das Büro von Lobow befand.

In seiner Aufregung übersah er den Wachsoldaten vor der Tür und wäre beinahe, ohne anzuklopfen, in das Zimmer des Kommandeurs gestürmt. Der junge Soldat reagierte schnell und packte ihn am Arm seines Fellmantels, bevor er die Tür aufstoßen konnte.

»Bist du angemeldet?« An die Respektlosigkeit der Rekruten hatte Leonard sich längst gewöhnt, nicht aber, dass man ihn tätlich angriff. Er entwand sich dem Griff des Wachmanns und stieß ihn zu Boden. Dann stürmte er in das Büro des Obersten.

»Wo ist sie?«, rief er.

Lobow sah ihn überrascht an, während sein Wachmann fluchend und mit gezogener Waffe hinter Leonard herpolterte, um ihn aufzuhalten. »Können Sie sich nicht benehmen, meine Herren? Ich habe Damenbesuch, da wird man doch wohl ein Mindestmaß an Etikette erwarten dürfen!«

Der Wachmann schlug die Hacken zusammen und murmelte eine Entschuldigung.

Leonard kümmerte sich weder um Lobow noch um den Soldaten. Sie saß in einer Ecke hinter der Tür, direkt unter dem Kleiderhaken, an dem Lobow gewöhnlich seinen Mantel aufhängte. Ihr tizianrotes Haar hatte sie zu einem strengen Knoten hochgesteckt. Schmal war sie geworden, aber noch genauso hübsch, wie er sie Tag für Tag in seinem Herzen trug.

Für einen Moment begegneten sich ihre Blicke, und als er das kleine Mädchen sah, das von Kopf bis Fuß eingehüllt in einen grauen Kaninchenpelz neben ihr auf dem Boden kauerte, hatte er das Gefühl, den Boden unter den Füßen zu verlieren.

»Katja«, flüsterte er mit erstickter Stimme.

Sie war aufgestanden und hatte den Mantel ausgezogen, um ihn über einen Stuhl zu legen. Darunter trug sie ein schlichtes blaues Wollkleid, das ihre Schönheit auf wunderbare Weise zur Geltung brachte. Vorsichtig ging sie auf ihn zu und hob ihre schmale Hand, um über seinen gestutzten Bart zu streicheln, als ob sie prüfen wollte, dass er keine Erscheinung war. Tränen füllten ihre Augen. Er hatte sie viel größer in Erinnerung, und als sie in seinen Armen versank, glaubte er für einen Moment, sein Herz würde aussetzen. Sie schluchzte hemmungslos in sein grobes Bärenfell hinein, und er hielt sie hilflos im Arm, bemüht, weder vor Lobow noch vor dem Kind zu weinen, das ihn aus großen blauen Augen fragend anschaute.

»Ich habe beschlossen, Ihnen und Ihrer Familie das Zimmer im Kontor zu überlassen«, erhob Lobow seine befehlsgewohnte Stimme. »Sie wissen schon, dort, wo man Sie während Ihrer Krankheit untergebracht hat. Ihre Frau wird eine Arbeit in der Kantine erhalten. Das Kind bringen wir tagsüber in der örtlichen Erziehungsanstalt unter.«

Ihre Frau! Erst jetzt realisierte Leonard, dass Lobow sie kurzerhand zu Mann und Frau erklärt hatte, obwohl der Kommandant Katja all die Jahre zuvor immer als seine kleine Freundin bezeichnet hatte.

»Ich hoffe, die Anwesenheit Ihrer Familie wird Sie in Ihrer Arbeit für den Zaren weiterhin beflügeln.«

Leonard nickte wie betäubt. Soviel Glück auf einmal hatte er zuletzt an seinem zehnten Geburtstag empfunden, als sein Vater ihm eine kleine Dampfmaschine geschenkt hatte.

Zusammen mit dem Kind gingen sie zu Leonards Baracke. Immer noch sprachlos hielt er die Kleine an der Hand. »Ihr Name ist Viktoria.« Der Satz hallte in seinen Gedanken nach. Für einen Moment war er versucht zu sagen »Ich weiß«, aber dann verzichtete er darauf, weil es einer längeren Erklärung bedurft hätte, warum er dieses Wissen besaß.

»Die Kleine braucht eine heiße Milch«, sagte Katja. »Sie ist noch ganz durchgefroren von der langen Fahrt.« Leonard nickte stumm und steuerte auf die Kantinenbaracke zu. Er würde Kissanka oder eines der Mädchen bitten, seiner Frau und dem Kind etwas zu essen und zu trinken zu geben.

Die Mittagszeit war längst vorüber, und doch herrschte noch Betrieb in der Küche. Kissanka und die Mädchen spülten rund einhundert Blechnäpfe und Tassen. Ihr Blick war nicht zu deuten, als Leonard ihr seine Familie vorstellte. Er hätte gern etwas mehr dazu gesagt, als einfach nur ihre Namen zu erwähnen, doch ihm fehlten die Worte.

Viktoria trank auf Bitten ihrer Mutter vorsichtig von der heißen Milch. Kissanka hatte ihr ein Scheibe Brot mit Butter bestrichen, die das Kind gierig aß. »Es kommt auf seinen Vater, was?« Sie lächelte anzüglich und fing Katjas irritierten Blick auf.

Leonard verwünschte Kissanka für einen Augenblick. Sie würde es ihm und seiner kleinen Familie nicht leichtmachen, soviel stand fest. Immerhin war sie so freundlich, nicht nur dem Kind, sondern auch Leonard und Katja einen Teller Eintopf zu geben, der vom Mittagessen übrig geblieben war. Leonard beobachtete, wie Mutter und Tochter ihre Suppen löffelten. Er konnte sich an Katja und seiner Tochter gar nicht sattsehen. Immer wieder verglich er ihre beiden puppenhaften Gesichter und suchte nach Ähnlichkeiten.

Nach dem Essen erhielt er den Schlüssel fürs Kontor. Ein weiterer Vertrauensbeweis des Kommandanten. Im Schuppen neben dem leer stehenden Zimmer des Verwalters stapelten sich alle Dinge des täglichen Bedarfs, die man im Lager benötigte. Katja begann sofort damit, den Ofen einzuheizen und die Stube zu fegen. Ein einfaches Bett und ein Sofa standen in dem Zimmer. Dazu ein Tisch und ein zweitüriger Kleiderschrank. Waschschüssel und Nachttopf befanden sich auf einer einfachen Kommode. Leonard dachte daran, dass er saubere Bettwäsche organisieren musste, um die schmutzige Matratze und die Kissen und Decken zu beziehen, und dass sie Handtücher brauchten und einen gusseisernen Topf, um Tee zu kochen, und dass er von nun an nicht mehr mit Weinberg und seinen Kameraden leben würde, sondern die Verantwortung für das Wohl einer Familie trug. Es überraschte ihn, wie schwer diese Erkenntnis trotz aller Freude auf ihm lastete. Er hatte immer Angst um Katja und ihr Kind gehabt. Doch jetzt war diese Angst noch viel größer, weil er die beiden täglich bei sich haben würde.

Als er bei Einbruch der Dunkelheit zu seinen Kameraden zurückkehrte, um sich mit dem Nötigsten wie Brot, Tee und Zucker einzudecken, fand er erfreute Gesichter vor. Aslan hielt einen Brief mit einem Foto seiner Familie in Händen. Man hatte sie aus der Haft entlassen. Sie standen zwar noch unter Hausarrest, durften sich aber in ihren eigenen vier Wänden aufhalten. Pjotrs Mutter hatte man einen größeren Geldbetrag zur Verfügung gestellt, damit sie ihre Schulden bezahlen und das Haus in Sankt Petersburg erhalten konnte.

Weinberg schwieg, und Leonard konnte sich des Triumphes nicht erwehren, dass der Jude Unrecht gehabt hatte. Katja war keine Spionin der Ochrana. Welche Frau nahm ein solches Schicksal auf sich, nur um dem Zaren zu dienen? Dabei fiel ihm auf, dass Weinberg nie darüber gesprochen hatte, unter welchen Umständen man ihn hierher gebracht hatte.

Schweigend packte Leonard ein paar Sachen in eine leere Munitionskiste, darunter all seine Pläne, die er nachts in einsamen Stunden gezeichnet hatte. Ob er jetzt noch dazu kommen würde, außerhalb der Konstruktionshalle etwas zu zeichnen, erschien ihm fraglich. Trotz aller Vorbehalte gegen Katja zeigte sich Weinberg großzügig und wies ihm einen größeren Anteil an den Lebensmittelvorräten zu, als ihm eigentlich zustand.

»Ich werde dein Schnarchen vermissen, Nemez.« Aslan grinste breit. Ihm war die Erleichterung über die verbesserten Lebensbedingungen seiner Familie anzusehen.

»Warum tun die das?«, fragte Pjotr argwöhnisch.

»Warum tun die was?« Der Turkmene sah ihn verständnislos an.

»Warum sind sie so gut zu uns? Ich meine, sie müssten doch nicht so gut zu uns sein. Arbeiten müssen wir auch ohne all die Gefälligkeiten.«

»Gefälligkeiten nennst du das?« Aslan lachte bitter. »Das, was *wir* tun, sind Gefälligkeiten, und damit diese Gefälligkeiten nicht nachlassen, serviert man uns scheibchenweise längst fällige Selbstverständlichkeiten. Kapiert? Der Teufel schenkt uns einen Ausblick aufs Paradies, wenn wir ihm dafür unsere Seele verkaufen.«

»Frag nicht lange, Pjotr«, erklärte Leonard. Er nahm seine Kiste und wandte sich zum Ausgang. »Man muss die Dinge nehmen, wie sie sind, sagte meine Großmutter immer, wenn ich mal wieder mit meinem Schicksal haderte. Freu dich einfach, dass es deiner Mutter gutgeht.«

Leonard atmete die eisige Nachtluft ein, als er zum Kontor zurückkehrte. Er fragte sich plötzlich, wie es wohl sein würde, nach so langer Zeit wieder eine Frau im Arm zu haben, die einen wärmte.

Das Kind schlief schon, als er zurückkehrte. Katja kämmte sich im spärlichen Licht des Ofenfeuers das lange Haar. Sie trug ein dickes Flanellnachthemd und Wollstrümpfe. Er war überzeugt davon, dass er nie in seinem Leben eine schönere Frau gesehen hatte.

»Möchtest du einen Tee?« Er stellte die Kiste neben dem Ofen ab und schüttelte den Frost aus seinem Bärenfellmantel. Mit Bedacht hing er ihn an einen Haken neben der Tür. Immer noch schweigend füllte er zwei Becher mit Tee und Zucker und setzte den Kessel, den er mitgebracht hatte, mit Wasser gefüllt auf die glühende Ofenplatte. Es dauerte keine fünf Minuten, und er hielt Katja einen dampfenden Becher entgegen. Die ganze Zeit über hatte sie ihn beobachtet. Anstatt zu trinken, setzte sie den Becher auf einem Tisch ab. »Komm her zu mir«, flüsterte sie.

Leonard gehorchte zögernd. Plötzlich verspürte er Angst. Würde noch alles so sein wie früher, oder hatte die Zeit und die Furcht sie beide so sehr verändert, dass sie es gar nicht mehr miteinander aushalten könnten? Katja fuhr mit ihren schmalen Händen unter seine Anstaltsjoppe und nahm ihm sämtliche Bedenken mit einem einzigen Kuss. Er stöhnte laut, als sie ihm das Hemd über die Schultern schob und schließlich ganz über den Kopf zog.

»Zieh deine Stiefel und die Hose aus!«, keuchte sie rau.

Er tat, was sie verlangte. Doch erst, als sie ihr Nachthemd bis zum Hals hochschob und ihm nicht nur ihre Scham, sondern auch ihre großen, vollen Brüste präsentierte, wagte er es, von ihrem Körper Besitz zu ergreifen. Ihre Lippen öffneten sich, damit ihre Zungen sich endlich finden konnten. Sie stöhnte schrill, als er hart in ihre feuchte Spalte drängte. Trotz aller guten Vorsätze hatte er sich nicht mehr unter Kontrolle. Wie ein wildes Tier stieß er wieder und wieder zu. Ihre Finger krallten sich in seinen Rücken, und ihr hemmungsloses Keuchen verriet ihm, dass sie ihn nicht nur mit dem Herzen vermisst hatte.

Schwer atmend ließ er wenig später von ihr ab und legte sich neben sie. Von der Seite blickte er in ihr gerötetes Gesicht. Immer noch streichelte er mit einer Hand über ihre aufgerichteten Brustwarzen.

»Sosehr hast du mich vermisst«, hauchte sie ihm ins Ohr.

Er schluckte ein paar Tränen hinunter, die er bisher unterdrückt hatte, doch nun war es um ihn geschehen. Weinend vergrub er sich an ihrer Schulter. Sie streichelte seinen dichten, kurz geschnittenen Blondschopf, der den Männern im Lager alle drei Monate bis auf die Kopfhaut rasiert wurde.

»Sie sagten mir, du wärest tot.« Ihre Stimme klang erstickt.

»Das war ich auch – ohne dich«, stieß er hervor und wischte sich mit dem Handrücken die Tränen aus den Augen. »Als ich von meinen Gefängnisgittern aus gesehen habe, dass man dich unten im Hof abtransportierte, glaubte ich zu sterben.«

»Das Leben will uns noch mal eine Chance geben«, flüsterte Katja und strich ihm zärtlich über die bärtige Wange.

»Nicht das Leben«, entgegnete er. »Der Zar und seine Schergen. Aber sie tun es nicht umsonst, soviel solltest du wissen. Sie wollen, dass wir ihnen eine Waffe konstruieren, die tödlicher ist als alles, was es bisher gegeben hat.«

»Und? Werdet ihr sie zufriedenstellen können?«

»Was denkst du denn? Es sieht doch ganz danach aus.« Sein Mund suchte wieder ihre Lippen.

»Nemez«, schalt sie ihn mit einem Lächeln. »Sag bloß, du willst mich noch mal?«

Seine Mundwinkel hoben sich zu einem seligen Lächeln.

»Warst du es nicht, die soeben von einer zweiten Chance gesprochen hat?«

26

Juni 2008, Tunguska – Alpträume

Akim Rebrov stand in sicherer Entfernung, die Maschinenpistole im Anschlag, und gab weitere Anweisungen, nachdem man den hünenhaften Ewenken und den verletzten deutschen Wissenschaftler mit vereinten Kräften nach oben befördert hatte.

Einen Moment lang schien er zu überlegen, ob er zwischen den drei Geretteten einen Unterschied machen sollte, was die weitere Behandlung betraf.

»Durchsucht sie!«, befahl er. Schließlich befanden sich die Aufgegriffenen außerhalb des Camps. Nach Lebenovs Anweisungen hätten sie es eigentlich nicht verlassen dürfen. Darüber hinaus passte das Aussehen des Ewenken – bis auf die langen Haare – exakt zu den Beschreibungen, die ihnen Lebenov mit auf den Weg gegeben hatte.

»Was soll das?«, stöhnte Theisen verärgert, als man begann, ihn zu durchsuchen.

»Das gesamte Camp stand unter einer Ausgangssperre«, erklärte Rebrov mit unnachgiebiger Miene. »Also müssen wir uns die Frage stellen, was Sie hier verloren haben?«

Viktoria warf ihm einen aufgebrachten Blick zu. »Sagen Sie nur, Lebenov kontrolliert tatsächlich, ob wir uns an seine Anweisungen halten?«

»Was denkst du, Schätzchen? Meinst du, wir sind zufällig auf diesen Bunker gestoßen?« Einer von Rebrovs Kameraden grinste anzüglich.

»Lässt er uns etwa observieren?« Theisen starrte Rebrov trotz seiner Schmerzen ungläubig an.

»Nicht ganz«, erwiderte Rebrov kühl. »Wir haben die Gegend durchsucht, und dabei ist uns die charmante deutsche Kollegin in Begleitung eines Unbekannten aufgefallen, und wir haben beobachtet, wie sie zusammen in dieses Loch hinabgestiegen sind.«

Leonids Finger zuckten kurz, als einer der Soldaten mit einem lüsternen Grinsen auf Viktoria zuging, um sie abzutasten.

»Eine falsche Bewegung, oder du bekommst Ärger«, zischte Rebrov, während er den Ewenken durchdringend ansah.

Viktoria war es vollkommen gleichgültig, dass die groben Finger des Soldaten sie viel zu intensiv und an Stellen berührten, wo definitiv nichts zu finden war. Ihre Sorge galt einzig und allein Leonid, der dort stand, wie eine Eiche und sich nicht bewegte. Ihm war die Anspannung anzusehen, mit der er das unwürdige Schauspiel verfolgte. Hoffentlich macht er keine Dummheiten, schoss es ihr durch den Kopf.

»Legt ihm Handfesseln an!«, rief Rebrov seinen Männern zu und deutete auf Leonid, der diese Maßnahme erstaunlich gelassen über sich ergehen ließ.

Die vier Gestalten in Uniform bedrohten nicht nur ihn mit entsicherten Waffen, sondern auch Viktoria und ihren am Boden liegenden Kollegen. Lebhaft stand Leonid noch vor Augen, was mit ihm und den anderen geschehen würde, wenn er sich zur Wehr setzte. In seiner Erinnerung an jenen verregneten Morgen im September 2001 stürmten Bewaffnete das kleine verfallene Haus am Rande von Grosny, in dem er sich seit Tagen versteckt gehalten hatte. Innerhalb von Minuten löschten sie eine vierköpfige Familie aus, noch bevor es Leonid gelang, einen der Männer zu entwaffnen und drei weitere zu erschießen. Der vierte wehrte sich hartnäckig; noch immer spürte Leonid dessen Blut an seinen Fingern, als er ihn in einem regelrechten Rausch nur mit dem Messer tötete. Anna hatte schwer verletzt am Boden gelegen. Eine Handgranate hatte ihr den Unterschenkel abgerissen, und allem Anschein nach hatte die Druckwelle ihre Lunge zerfetzt. Halb am Boden liegend, den Kopf an die Zimmerwand gelehnt, röchelte sie rötlichen Schaum. Leonid hatte noch versucht, ihr mit seinem Gürtel das Bein abzubinden, dabei flüsterte sie seinen Namen und sah ihn aus halbgeschlossenen Lidern an. Noch am Tag zuvor hatte er ihre langen blonden Wimpern bewundert und die Augen, die ihm so blau erschienen wie der Himmel im Juni. Er sah, wie sie brachen. Verzweifelt hatte er sich an die heilenden Fähigkeiten seines Onkels erinnert, die angeblich auch in ihm selbst schlummerten. Doch es war zu spät. Anna starb in seinen Armen, und schon damals konnte er spüren, wie ihre Seele den Körper verließ, während er ihre blutigen Lippen küsste.

Leonid schluckte, als man ihm Handfesseln anlegte, sagte jedoch kein Wort. Theisen jammerte lautstark, als Rebrovs Männer versuchten, ihm auf die Beine zu helfen.

»Los!«, knurrte Rebrov und gab Leonid mit einer unwirschen Geste zu verstehen, dass er trotz Fesseln einem der Söldner zu Hilfe gehen sollte. In einer Seilschlinge, die beide Männer an jeweils einer Seite geschultert hielten, versuchte man Theisen sitzend zu tragen. Laufen konnte er nicht, weil er sich allem Anschein nach das Wadenbein sowie den linken Arm gebrochen hatte, den Viktoria ihm mit seinem Gürtel fest an den Körper gebunden hatte.

»Ich werde mich noch heute Abend an die deutsche Botschaft in Moskau wenden und mich über Sie beschweren«, grunzte Theisen, während er sein Gesicht vor Schmerzen verzog.

Rebrov schien diese Aussage nicht verstanden zu haben, und Viktoria schüttelte langsam den Kopf, um Theisen von weiteren Unmutsbekundungen abzuhalten. Solange sie sich in der Gewalt von Lebenovs Leuten befanden, hielt sie es für besser, diese nicht auch noch zu reizen.

Theisen an die Oberfläche zu befördern, erwies sich als so schwierig, dass Leonid nochmals mithelfen musste. Während sich seine Muskeln unter dem Lederhemd anspannten, ließ Rebrov ihn nicht aus den Augen.

Als sie es endlich geschafft hatten, sahen sie, dass der Himmel düster war, obwohl es in dieser Gegend im Sommer gewöhnlich lange hell blieb.

Viktoria fiel sofort auf, dass Ajaci verschwunden war. Inbrünstig hoffte sie, dass die Soldaten ihn nicht erschossen hatten. Auch Leonid warf einen forschenden Blick in die Umgebung, dabei dachte er allerdings mehr an seine Großmutter und dass sie nun vergeblich am Ortsausgang von Vanavara auf ihn warten würde.

Lebenov stand aufrecht in seiner Baracke und hielt das uralte, in Leder gebundene Notizbuch ein Stück weit von sich entfernt, um die schön geschwungene, aber für seine Verhältnisse viel zu klein geschriebene Handschrift lesen zu können.

Gott der Herr ist mein Zeuge, stand dort, *dass ich nie zuvor etwas Vergleichbares gesehen habe und dass ich es allein seiner Gnade zu verdanken habe, mit dem Leben davongekommen zu sein. Obwohl ich nie ein gläubiger Mensch war, bin ich mir sicher, dass in jenen Tagen das Jüngste Gericht gekommen ist, um uns einen Ausblick auf jene Hölle zu bescheren, die Menschen zu erschaffen imstande sind, wenn sie sich auf die Unterstützung von Dämonen verlassen. Und so bete ich inbrünstig dafür, dass die Prophezeiung des alten Schamanen niemals in Erfüllung geht und meine Sippe verschont bleiben wird von jenem neunten Kind, das neun Seelen verschlingt und den Geist seiner unseligen Vorväter in sich vereint, noch bevor es das Licht der Welt erblickt.*

Lebenov hielt einen Moment inne, dann klappte er das Buch zu und klopfte dem Soldaten, der es ihm überbracht hatte, auf die Schulter.

»Gut gemacht«, lobte Lebenov mit markiger Stimme. Dann blickte er fragend auf und sah, dass der Mann abwartend in sein Gesicht schaute. »Sonst noch was?«

»Draußen steht einer von den Einheimischen. Ich habe ihn auf Empfehlung des Kapitans von Vanavara hergebracht. Er meinte, für ein paar Rubel sei der Mann bereit, uns ein Geheimnis preiszugeben.«

»Er soll hereinkommen«, schnaubte Lebenov. Die Sache gestaltete sich derart undurchsichtig, dass er jeden Hinweis dankbar entgegennahm.

Der Mann war Mitte fünfzig und gehörte zu den ewenkischen Ureinwohnern. Er trug keinerlei traditionelle Kleidung, und so wie er aussah, ungepflegt und vom Alkohol gezeichnet, gehörte er nicht unbedingt zur Oberschicht.

»Wie ist dein Name?«

»Adam Adamowitsch.«

Lebenov wies ihm einen Platz an seinem Esstisch zu, nachdem er ihm einen Stuhl hingeschoben hatte, und setzte sich ebenfalls. Draußen vor der Tür hatte er zwei Wachen postiert. Auch wenn von dem Mann keine Gefahr auszugehen schien, so machte diese Maßnahme Eindruck und zeigte seinem Gast, dass er im Zweifel nicht zu Späßen aufgelegt war.

»Also, Adam Adamowitsch, warum glaubst du, dass du uns hilfreich sein kannst?«

Den dürren, krank aussehenden Ewenken mit dem strähnigen Haar hatte man aus der Stammesgemeinschaft ausgestoßen, wie Lebenov bald erfuhr, weil er vor Jahren ein kleines Mädchen belästigt hatte und auch sonst nicht zu den Leuten zählte, die man als zuverlässig bezeichnen durfte. Daher zog er durch das Land, wie ein Wolf, der sein Rudel verloren hatte, immer auf der Suche nach ein paar Almosen und einem billigen Wodka.

Lebenov zögerte nicht lange und zeigte ihm ein Foto von Leonid Aldanov. »Hast du diesen Mann schon mal gesehen?«

Der Mann starrte auf das Bild und sagte erst nichts, bis Lebenov ihm einen Wodka anbot, den er mit einem Schluck hinunterkippte, den Blick immer noch abwartend auf das leere Glas gerichtet, als ob er ein gewisses Pensum benötigte, um überhaupt etwas sagen zu können. Lebenov stellte ihm gleich eine ganze Flasche auf den Tisch, bevor er ihm nochmals das Foto hinhielt.

»Ich kenne ihn«, sagte er so plötzlich, dass Lebenov verdutzt aufschaute. »Er ist der Sohn einer früheren Klassenkameradin. Seinen Vater habe ich auch gekannt. Ein armer Teufel! Hat alles verloren, so wie ich. Aber bei ihm war es schlimmer, weil er nichts dafür konnte.«

»Was soll das heißen?« Lebenov sah den Mann abwartend an.

»Auf der Familie lag ein Fluch. Sie sind alle krepiert – bis auf den einen da, und der ist dann auch noch im Krieg gefallen.«

»Ist er in letzter Zeit vielleicht noch hier herumgelaufen?«

Der Ewenke sah ihn mit zusammengekniffenen Lidern an. Dann nahm er einen weiteren Schluck Wodka und schüttelte sich wie ein nasser Hund.

»Was?«, stammelte er. »Herumgelaufen? Ich denke, er ist tot? Also, ich bin vielleicht ein Säufer, aber nicht besoffen genug, um die Geister von Verstorbenen zu sehen. Das heißt …« Nachdenklich betrachtete er das Foto. »Nach allem, was man sich von ihm und seiner Familie erzählt, wäre es gut möglich, dass er immer noch als Untoter durch die Wälder streift.«

»Was hat man sich denn erzählt?« Lebenov gähnte gelangweilt, vielleicht weil er ahnte, dass der Kerl ihn nur aufs Glatteis führen würde, als er von einem großen Geheimnis sprach, das er zu lüften bereit sei. In Wahrheit hatte er nicht die geringste Ahnung, was von ihm erwartet wurde, sondern war nur ein mittelloser Informant, der dem Kapitan und seinem Sergeanten im Ort ab und an wertlose Neuigkeiten überbrachte und dafür einen Napf mit Suppe und eine Flasche Schnaps erhielt.

»Seine Vorfahren sollen an der Katastrophe von Tunguska schuld gewesen sein.«

Lebenov hob abrupt den Kopf und horchte für einen Moment auf.

Adam Adamowitsch sah das Interesse in den Augen des Offiziers aufflackern und fühlte sich bestärkt, in seinen Ausführungen fortzufahren.

»Angeblich waren es zwei mächtige Schamanen aus zwei verschiedenen Familien, die den Gott Ogdy erzürnt haben. Deshalb ist es vor hundert Jahren zu dieser gewaltigen Explosion gekommen.«

»Ich denke, es sei ein Meteor gewesen?« Lebenov hob eine Braue.

»Ach, Unsinn.« Adamowitsch setzte eine verschwörerische Miene auf. »Hier, dieser junge Kerl … wie hieß er noch gleich? … Ach, Leonid war sein Name. Er war der einzige Sohn des Boris Ivanowitsch Aldanov, und er soll die Kräfte dieser beiden Schamanen in sich vereint haben. Es waren seine Ururgroßväter. Man sagt, er habe die außergewöhnlichen Fähigkeiten seiner Ahnen in sich getragen, und wenn er nicht im Krieg gefallen und stattdessen zum Schamanen ausgebildet worden wäre, hätte er jederzeit die Katastrophe von Tunguska allein kraft seines Geistes wiederholen können.«

Lebenov stieß einen Seufzer aus. Also hatte der Kerl doch sein Gehirn versoffen! »Danke, das reicht«, sagte er voller Spott und erhob sich von seinem Stuhl. »Ich sage meinem Fahrer Bescheid. Er soll dich zurück in die Stadt bringen.«

»Und was ist mit meinem Geld?« Adamowitsch sprang empört auf.

»Welches Geld?« Lebenov sah ihn mitleidig an. »Dafür, dass du mir einen solchen Unsinn erzählst?«

»Das ist kein Unsinn«, giftete Adamowitsch zurück. »Und außerdem gibt es da noch etwas, das ich noch nicht erzählt habe.«

Lebenov sah ihn fragend an. »Der Kapitan sagt, ihr sucht einen Kerl, der aussieht wie dieser hier auf dem Bild.«

»Und?«

»Einen solchen Mann habe ich manchmal gesehen – nur dass er lange Haare hat. Angeblich ist er ein Cousin des Verstorbenen. Soweit ich gehört habe, ist er gelegentlich beim Stammesältesten von Vanavara zu Besuch. Was er da treibt, kann ich allerdings nicht sagen. Makar Charitonowitsch spricht nicht mehr mit mir seit der Sache mit dem Mädchen.«

Der Chekosee lag glitzernd im sanften Licht der Abendsonne, die sich einen Weg durch Gewitterwolken bahnte. Ein paar Vögel zwitscherten, und alles in allem hatte man nicht den Eindruck, als könnte sich hier bald eine Katastrophe ereignen. Ein Blick auf Leonid reichte Viktoria jedoch vollkommen aus, um das Schlimmste zu befürchten. Flankiert von zwei bewaffneten Soldaten, trug er Theisen mit einem dritten Söldner über einen unebenen, matschigen Weg. Kein Wort der Klage kam über seine Lippen, obwohl er sich mit seinen Plastikfesseln viel schwerer tat als der Mann auf der anderen Seite. Von allen unbemerkt, den Kopf gesenkt, zwinkerte Leonid ihr durch die Strähnen seiner langen Haare aufmunternd zu. Er wollte ihr Mut machen, damit sie sich nicht allzu sehr sorgte. Im Angesicht von vier Maschinenpistolen zeigte dieses Lächeln bei Viktoria aber nicht die erhoffte Wirkung.

Fieberhaft überlegte sie, ob Rodius seinen Einfluss als international anerkannter Professor gelten machen konnte, damit man Leonid halbwegs anständig behandelte.

Zwei von Lebenovs Wachen, junge Burschen, die kaum zwanzig Jahre alt waren, salutierten, als Rebrov mit seinen Gefolgsleuten den Eingang zum Lager passierte.

»Los, hol den Kommandeur!«, befahl Rebrov barsch, »Sag ihm, es ist dringend.«

Ohne Absprache sorgte Rebrov dafür, dass man Theisen ins Camp-Lazarett verfrachtete. Viktoria wäre zu gerne losgelaufen, um Rodius aus seiner Baracke zu holen, doch sie wollte zuerst wissen, was man mit Leonid zu tun gedachte. Nachdem man ihn von seiner Last befreit und den auf einem Bein humpelnden Theisen in ein Krankenbett gebracht hatte, stand Leonid regungslos da und beobachtete aufmerksam die Umgebung, als ob er nach etwas suchen würde. In dem behelfsmäßigen Hangar standen die zwei verbliebenen Helikopter. Der dritte, mit dem Doktor Parlowa und Professor Olguth nach Krasnojarsk aufgebrochen waren, wurde erst im Verlauf des nächsten Tages zurückerwartet. Überhaupt wirkte das Camp wie ausgestorben.

Wenig später trat Lebenov auf den Hof. Bashtiri folgte in einem Abstand von fünf Metern, begleitet von seinen Bodyguards. Zwei von ihnen hatten die Hand demonstrativ an ihren Waffen, die sie am Gürtelholster trugen.

Lebenov nickte nur einmal kurz, dann war Leonid von Soldaten umringt. Der Sicherheitsoffizier von GazCom marschierte einmal um ihn herum, mit einem Blick, als ob er ein seltenes Tier betrachten würde. Dann blieb er stehen, und zwei seiner Männer traten zur Seite, damit er so dicht an Leonid herankommen konnte, bis der Ewenke seinen Atem spürte.

»Aldanov«, zischte er leise, doch nicht leise genug, dass Viktoria ihn nicht verstehen konnte. »Du siehst nicht nur aus wie eine zu groß geratene Katze, du scheinst auch genauso viele Leben zu haben. Wenn du nicht so leibhaftig wärest, würde ich denken, du wärest ein Geist.«

Leonid antwortete nicht. Er hielt seine Schultern gestrafft und seinen Kopf leicht angehoben, wie ein stolzer Krieger, der nicht daran dachte, vor seinem Feind zurückzuweichen.

Bashtiri kam langsam heran. Trotz der hereinbrechenden Dämmerung konnte Viktoria erkennen, dass er bleich geworden war. Er blieb abwartend stehen und wechselte einen wissenden Blick mit seinem Verbündeten. Dann blickte er Viktoria an. Plötzlich wusste sie, dass nicht nur Leonid in Gefahr war.

»Bringt den Gefangenen in mein Quartier!«, befahl Lebenov seinen Männern.

Noch bevor Viktoria irgendetwas dazu sagen konnte, wurde Leonid abgeführt. Er sah sich noch nicht einmal nach ihr um, und Viktoria konnte sich denken, warum er das tat. Er wollte sie auf keinen Fall in dieses Desaster mit einbeziehen.

Inzwischen war Rodius auf den Tumult aufmerksam geworden. Mit entschlossener Miene begab er sich zum Zentralplatz des Camps. Dann schien er zu bemerken, dass etwas ganz und gar nicht in Ordnung war.

»Was ist denn hier los?«, raunte er Viktoria zu. »Und wo ist Theisen?«

»Gut, dass Sie hinzukommen, Professor Rodius«, begann Bashtiri mit einem öligen Lächeln, während Lebenov mit seinem Gefolge in der Baracke verschwand, in die man Leonid gebracht hatte.

»Wie es scheint, haben wir den Mann, der ihre Kollegin nach dem Unfall entführt hat, dingfest machen können. Wir werden ihn über Nacht in unserer Obhut behalten und ihn morgen früh an die Polizei von Vanavara ausliefern, damit er nicht noch mehr Unheil anrichten kann.«

»Wie können Sie annehmen, dass er der Schuldige ist?«, stieß Viktoria hervor. »Ich habe dazu keine Aussage gemacht. Im Übrigen hat der Mann mir überhaupt nichts getan!«

»Man nennt das wohl das ›Stockholmsyndrom‹, wenn sich Geisel und Täter zusammentun.« Bashtiri lächelte spöttisch.

»Was wird hier eigentlich gespielt?« Rodius bedachte Bashtiri mit einem argwöhnischen Blick. »Von meiner Assistentin habe ich erfahren, dass man dort, wo der Kimchu aus dem See austritt, einen Bunker gefunden hat; etwas, was man offensichtlich vor uns geheimhalten will.«

»Einen Bunker? Davon weiß ich nichts«, entgegnete Bashtiri scheinheilig. »Aber wenn es so wäre, müsste zunächst die russische Regierung entscheiden, ob wir ihnen Zutritt gewähren dürfen.«

Viktoria biss sich auf die Lippe und hoffte, dass Rodius nicht noch mehr ins Detail ging und noch ihre Quelle verriet. Zumal Kolja gerade um die Ecke bog. Anscheinend hatte er geschlafen und von dem ganzen Spektakel nichts mitbekommen.

»Sie werden verzeihen, Professor Rodius, aber ich halte es in der momentanen Situation für das Beste, wenn Sie und Ihr Team die Sachen packen und die Rückreise nach Deutschland antreten. Aus meiner Sicht sind die Bedingungen zu schlecht, um weiter zu forschen. Und schließlich bin ich es, der die ganze Angelegenheit finanziert. Ich habe bereits veranlasst, dass sich unsere Sanitäter um Ihren Kollegen kümmern. Je nachdem wie sich sein Zustand entwickelt, werden wir ihn noch heute Abend nach Vanavara ins Hospital transportieren müssen. Ich gehe davon aus, Sie sind damit einverstanden.«

Das war ein glatter Rausschmiss, doch Rodius nickte. »Sie haben vollkommen recht. Unter den gegeben Umständen halte ich Ihren Vorschlag für sinnvoll.«

Bashtiri verabschiedete sich mit einem falschen Lächeln und wandte sich seinem Domizil zu, um kurze Zeit später mitsamt seinen Leibwächtern darin zu verschwinden. Es dauerte eine Weile, bis sich Viktoria aus ihrer Erstarrung gelöst hatte und ihren Chef voller Verzweiflung anblickte.

»Wir können unmöglich einfach abhauen und Leonid hier zurücklassen«, bemerkte sie leise. »Sie werden ihn umbringen.«

»Selbst wenn es so wäre, es geht uns nichts an, Viktoria.« Rodius legte die Stirn in Falten und wandte sich der Baracke zu, wo man Theisen untergebracht hatte.

Viktoria folgte ihm. Aufzugeben war nicht ihre Sache.

Rodius jedoch ließ sich nicht beeindrucken. »Wir müssen jetzt an uns selbst denken«, raunte er ihr zu. »Wir können froh sein, wenn es hier nicht noch mehr Ärger gibt. Vielleicht ist es möglich, irgendwann einmal zurückzukehren und die Sache zu Ende bringen. Ich habe kein Interesse daran, für diplomatische Verwicklungen zwischen Russland und Deutschland verantwortlich zu sein.«

»Gregor, das kann doch nicht dein Ernst sein?«

»Geh packen! Das ist mein letztes Wort.«

Viktoria blieb stehen und sah dem Professor ungläubig hinterher. Kolja, der die ganze Szene aus einiger Entfernung mitverfolgt hatte, trat an Viktoria heran.

»Wer, zum Teufel, ist Leonid?« Seine Frage klang arglos, doch Viktoria wusste längst, dass sie auch bei ihm vorsichtig sein musste.

»Nicht hier«, flüsterte sie und zog den Russen zu ihrer Baracke, während sie Rodius allein zu Theisens Unterkunft gehen ließ.

In ihrem Zimmer erzählte sie dem angeblichen Geheimagenten der russischen Regierung im Flüsterton die ganze Geschichte. Dabei setzte sie alles auf eine Karte. Entweder er vertraute ihr und würde ihr helfen – oder er steckte mit Lebenov und Bashtiri unter einer Decke.

Schlimmer jedoch konnte es in ihren Augen ohnehin kaum noch kommen.

»Wie sollte ich dir helfen?« Kolja sah sie ungläubig an. »Ich bin ganz allein hier. Bis wir Hilfe aus Krasnojarsk oder Irkutsk erwarten können, haben Lebenov und seine Leute uns längst an die Wand gestellt.«

»Du könntest die Polizei von Vanavara alarmieren«, schlug sie vor. »Dir glauben sie eher als mir.«

Kolja schnaubte belustigt. »Ich arbeite verdeckt. Naturgemäß habe ich nichts dabei, was mich als einen Agenten der Russischen Föderation ausweisen könnte, außer einer Waffe für den Notfall, die ich bisher verstecken konnte. Selbst wenn ich versuchen würde, die beiden zu stellen, hätte ich nichts gegen sie in der Hand. Nur meine Operation wäre enttarnt. Außerdem sind sie in der Übermacht.«

»Und wenn du Leonid nicht hilfst, fehlt deinem Geheimdienst ein wertvoller Informant, der alles, was die beiden jemals getan haben, aufdecken könnte.«

Diese Bemerkung schien Kolja einzuleuchten. Trotzdem schüttelte er den Kopf. »Nach meiner Erfahrung wird er die Nacht ohnehin kaum überleben«, erklärte er leise. »Es sei denn, sie hätten irgendein Interesse an ihm, das über die alten Geschichten hinausgeht.«

Akim Rebrov führte Leonid auf Anweisung Lebenovs in eine leer stehende Baracke, in der er sich bis auf die Unterhose ausziehen musste. Anschließend wurde er auf ein Stahlrohrbett gesetzt und in Handschellen daran festgekettet. Als Rebrov ging, ließ er zwei Soldaten als Bewachung zurück.

Leonid war sich im Klaren darüber, was ihn erwartete. Bashtiri kannte er nur vom Sehen, aber Lebenov war ihm von dem Moment ein Begriff, als er die Offiziersschule besucht hatte. Schon bald war sein Respekt für den höhergestellten Mann in Verachtung umgeschlagen, weil bei ihm nur derjenige vorankommen konnte, der ihm in den Hintern kroch oder der die richtigen politischen Beziehungen hatte. Leistung spielte in diesem Zusammenhang eine untergeordnete Rolle, und so hatte Leonid froh sein dürfen, dass er trotz guter Prüfungsergebnisse nicht allzu unangenehm aufgefallen war. Doch immer wieder war ihm der grobschlächtige Offizier in die Quere gekommen und hatte versucht, ihn in seinem Fortkommen zu bremsen, bis Leonid es schließlich geschafft hatte, in jene Flugstaffel zu gelangen, die ausschließlich für den Transport wichtiger Regierungsdelegationen zuständig war. Dann war er in ein Ermittlungsverfahren eingeweiht worden, in dem man Lebenov unter strengster Geheimhaltung des illegalen Waffenhandels verdächtigte, während man seinen Mittelsmännern bereits auf den Fersen war. Leonids Freundschaft zum ermittelnden Generalleutnant, einem gewissenhaften jungen Mann, hatte ein übriges getan, um seine Überzeugung zu festigen, dass es sich bei Lebenov um einen wahrhaftigen Teufel handeln musste, dem man leider nur schwer auf die Schliche kommen konnte.

Als die Tür wenig später erneut aufging, war es eben jener Teufel, mit dem er nun ganz allein sein würde. Bashtiri hatte allem Anschein nach kein Interesse, ihre Gesellschaft zu teilen. Leonid hatte sich, so gut es ging, aufgerichtet und auf das Bett gesetzt. Lebenovs Blick strich über Leonids Oberkörper. Mit einem knappen Befehl wies er die beiden Wachsoldaten an, sich in Rufweite draußen an der Tür zu postieren.

»Was denkst du dir eigentlich dabei, Aldanov«, begann er leise, »einfach so hier aufzutauchen? Nicht auszudenken, wenn unser geschätzter Präsident wüsste, dass er deinen Angehörigen die ehrenvolle Medaille anlässlich deines Todes ganz umsonst hat überbringen lassen.«

Leonid verzog keine Miene. »Wenn er wüsste, dass ich noch lebe, würde er mich gewiss zu sich bitten«, erwiderte er genauso leise. »Und bei dieser Gelegenheit würde ich ihm eine interessante Geschichte erzählen.«

»Sehr gut«, gab Lebenov mit einem ironischen Grinsen zurück. »Deshalb müssen wir dafür sorgen, dass unser Staatsoberhaupt niemals erfährt, welch große Enttäuschung du für unser Land warst, Leonid Borisowitsch Aldanov.«

»Dann bring es hinter dich.« Leonid lachte trocken. »Worauf wartest du noch? Oder willst du dir die Finger nicht selbst schmutzig machen? Dann hole doch einen von deinen Killern, einen, der meine Leiche anschließend mit einem Betonklotz am Grund des Cheko versenkt!«

Lebenov trat blitzschnell an ihn heran und drückte ihm den X26 Taser in den Schoß, den er die ganze Zeit zur Sicherheit in seiner Jackentasche verborgen gehalten hatte. Ein sengender Schlag von 50000 Volt traf Leonids Geschlechtsteil. Im Bruchteil einer Sekunde zog sich sein gesamter Unterleib unter einem fürchterlichen Schmerz spastisch zusammen. Ohne es zu wollen, schrie er auf und krümmte sich auf dem Stahlrohrgestell. Dann sank er in sich zusammen und stieß nur noch ein schmerzerfülltes Keuchen aus.

Lebenov fasste ihm in die Haare und riss seinen Kopf in den Nacken. »Nicht so schnell, Soldat!«, zischte er ihm ins Ohr. »Zuvor werden wir noch klären, wer sonst noch von dir und deinen Heldentaten weiß.« Er stieß Leonids Kopf von sich und bedachte ihn mit einem Blick, der Genugtuung verriet. »Deine Alten waren mir gleich suspekt. Es machte nicht den Eindruck, als ob sie von deinem Tod überzeugt wären. Außerdem hat mir eine zuverlässige Quelle verraten, dass sie wussten, dass du nicht tot warst.«

Immer noch beinahe bewegungsunfähig vor Schmerzen, starrte Leonid zu seinem Peiniger auf. Es dauerte eine Weile, bis er fähig war zu sprechen.

»Lass gefälligst meine Familie aus dem Spiel«, stieß er mit zusammengebissenen Zähnen hervor, während ihm Tränen aus den Augenwinkeln rannen. »Sie wissen von nichts und haben nicht das Geringste mit dir und deinen schmutzigen Geschäften zu tun.«

Lebenov schmunzelte überlegen. »Und doch verheimlichen sie uns etwas.« Dann zog er ein in Leder gebundenes kleines Buch aus seiner Tasche. »Kennst du das?«

Leonid schüttelte den Kopf; er ahnte jedoch, dass es das Tagebuch sein musste, von dem seine Großmutter gesprochen hatte.

»Aber den Bunker, draußen am Kimchu, den kanntest du? Wie sonst hätten wir dich und die Deutschen dort finden können?«

»Es war Zufall, dass ich dort war, als sie den Bunker entdeckt haben«, log Leonid. »Der Mann war verunglückt, und die Frau bat mich zu helfen.«

»Und es war auch Zufall, dass du die Frau zuvor an derselben Stelle aus dem Wasser gefischt hast?«

Leonid überlegte kurz. Dass dies wirklich ein Zufall war, würde Lebenov ihm nicht glauben. Also war es sinnlos, etwas dazu zu sagen.

»Ich weiß nicht, wovon du sprichst. Ich habe die Frau nie zuvor gesehen.«

»Aha?« Lebenov zückte erneut den Taser und ging langsam auf Leonid zu. »Und wieso hat die hübsche Deutsche mir dann im Haus deiner Großmutter erzählt, dass ihr Retter dir so verdammt ähnlich sieht?«

»Keine Ahnung! Sie wird sich getäuscht haben.«

»Wir können sie holen. Dann erzähle ich ihr, was für ein feines Bürschchen sie sich da eingefangen hat. Vielleicht ist sie daran interessiert, zu erfahren, dass du in Grosny den Tod von vier meiner Männer zu verantworten hast.«

Leonid riss vor Erstaunen den Mund auf. Woher wusste Lebenov von der Sache mit den Soldaten? Es hatte keine Zeugen gegeben.

»Gott sieht alles!« Lebenov lächelte. »Denkst du ernsthaft, mir würde irgendetwas entgehen?«

»Wenn du dich schon mit Gott vergleichst, Andrej Semjonowitsch«, entgegnete Leonid spöttisch, »hättest du wissen müssen, dass mir die Flucht nach Sibirien geglückt ist.«

Lebenovs Blick verdüsterte sich. »Nicht alle sind so zuverlässig, wie man es sich wünscht. Die Truppe, die dich umbringen sollte, hat behauptet, die Sache wäre erledigt. Aber was nicht ist, kann ja noch werden.«

Wieder blätterte Lebenov in dem abgegriffenen Buch. »Hier steht, dass dein Urgroßvater im Auftrag des Zaren unterwegs war und dass die Explosion von Tunguska nicht das war, wofür sie allgemein gehalten wird.« Lebenov hob drohend den Taser. »Also, was hast du mit der Sache zu tun?«

»Was sollte ich damit zu tun haben? Bist du verrückt geworden? Das ist einhundert Jahre her. Kein Mensch weiß, was damals genau geschehen ist. Es gibt unzählige Theorien. Woher sollte ausgerechnet *ich* wissen, welche die richtige ist?«

»Weil du das neunte Kind deiner Eltern warst und deine Geburt das Leben von neun Angehörigen gekostet hat. Acht Geschwister inklusive deiner armen Mutter. Gott hab sie selig.« Lebenovs Anteilnahme war aufgesetzt, und sein Lachen klang hämisch.

Leonid antwortete nicht, sondern schaute seinen Widersacher nur an.

»Wenn *du* nicht reden willst, werde ich deine kleine Babuschka einfliegen lassen, damit sie mir Rede und Antwort steht. Als Tochter des alten Schenkendorff und Hüterin seiner tiefsten Geheimnisse muss sie doch wissen, worum es hier geht, nicht wahr?«

»Nein«, stieß Leonid hervor. »Lass meine Babuschka aus dem Spiel. Ich sage, was du hören willst.« Im Stillen dachte Leonid, dass ihn Lebenov ohnehin für verrückt erklären würde. Wer war schon so töricht an einen Schamanen zu glauben, der Blitze erzeugen konnte, welche die Kraft einer Nuklearexplosion hatten?

Also erzählte er Lebenov die ganze Geschichte – alles, was er von Taichin wusste. Selbst seine eigene Berufung zum mächtigsten aller Schamanen ließ er nicht aus.

Lebenov betrachtete ihn eingehend, aber er lachte nicht, ein Umstand, der auf Leonid nicht unbedingt beruhigend wirkte.

»Bringt ihm einen Eimer, damit er seine Notdurft verrichten kann, und lasst ihn nicht aus den Augen!«, befahl er kühl. Die Soldaten taten, was Lebenov von ihnen verlangte.

Lebenov selbst drehte sich auf dem Absatz um und ging ohne ein Wort der Erklärung.

Viktoria konnte kaum atmen vor Angst. Der Gedanke, nichts für Leonid tun zu können, machte sie schier wahnsinnig. Zu allem Überfluss hatte Rodius ihre Unterredung mit Kolja gestört und sie zu einem Gespräch in Theisens Krankenzimmer gebeten. Nachdem der zuständige Sanitäter für einen Moment das Zimmer verlassen hatte, setzte sich Rodius auf das Fußende von Theisens Bett und bedachte Viktoria mit einem durchdringenden Blick. Offensichtlich hatte er schon mit Theisen gesprochen.

»Sven wird noch heute Abend nach Vanavara ausgeflogen. Wir werden ihn begleiten, und von dort aus werden wir morgen unsere Heimreise nach Deutschland antreten.«

Viktoria schüttelte den Kopf. »Das können wir nicht tun«, widersprach sie mit erstickter Stimme. »Wenn wir Leonid Aldanov hier zurücklassen, wird Lebenov ihn umbringen. Kolja ist der gleichen Meinung wie ich.«

»Verdammt, Viktoria«, zischte Theisen. »Dann soll er etwas für ihn tun!« Mit aufgebrachter Miene saß er in seinem Bett, den linken Arm in einer Schiene, das rechte Bein notdürftig eingegipst.

»Du hast keine Ahnung, was du da redest«, giftete sie zurück. »Kolja sind die Hände gebunden.«

Theisen schaute den Professor an und nickte. Dann sagte er: »Gregor hat vollkommen recht. Wir sollten so schnell wie möglich von hier verschwinden. Ich habe kein Interesse, mich in nationale Angelegenheiten einzumischen. Die Sache wird zunehmend unseriöser.«

»Was heißt denn hier unseriöser?« Viktoria wich irritiert zurück. »Du warst doch selbst mit mir in dem Bunker.« Ihr Blick fiel wieder auf den Professor. »Bevor wir hier verschwinden, Gregor, musst du dir das unbedingt ansehen. Wer weiß, vielleicht liegen wir ja alle falsch mit unseren ganzen Theorien, und hier ist etwas geschehen, das überhaupt nichts mit einem Meteor oder einem Kometen zu tun hat.

Schon alleine deshalb sollten wir die deutsche Botschaft informieren – über das, was hier vorgefallen ist, und über die Machenschaften unseres Finanziers.«

Rodius sah sie schweigend an. Auch Theisen war plötzlich still geworden.

»Was ist? Hat es euch die Sprache verschlagen?«

»Viktoria!« Rodius fasste sie sanft bei der Schulter. »Sven hat mir von der Sache erzählt. Auch von Kolja und Aldanov. Und ich habe beschlossen, dass es zu gefährlich ist, wenn wir uns in Dinge einmischen, die uns nichts angehen. Außerdem habe ich den Auftrag nicht angenommen, um nach einem UFO zu suchen oder irgendwelchem Schamanenzauber nachzugehen. Ich bin von meiner Theorie, dass hier vor einhundert Jahren ein Meteor niedergegangen ist, nach wie vor überzeugt. Alles andere interessiert mich nicht.«

»Aha«, sagte sie nur. »Daher weht der Wind. Selbst wenn ein Mutterschiff der Zylonen vor deinen Füßen gelandet wäre, bestünde kein Grund für dich, von deiner Meteoritentheorie abzuweichen. Professorenehre nennt man so etwas wohl. Und das nur, damit unsere russischen Kollegen in aller Ruhe ihr Meteoritenabwehrsystem legitimieren können.« Sie kniff für einen Moment ihre Lippen zusammen. »Und so jemand zählt sich stolz zu den 68ern. Anti-Vietnam-Kundgebungen. Sammeln für Amnesty International. Sternmärsche für den Weltfrieden. Ich bin enttäuscht, Gregor.« Sie schaute ihm direkt in die Augen. »Ich dachte immer, du seiest ein Mann, der kein Problem damit hat, wenn er seine Forschungen eines Tages wegen neuer Erkenntnisse in Frage stellen müsste. So kann frau sich täuschen.«

»Ich will, dass du deine Sachen packst.« Rodius gab sich stur und kehrte den Chef heraus. »In einer Stunde sind wir bereit zur Abreise. Ich habe das mit Bashtiri besprochen.«

»Nur über meine Leiche.« Viktoria bot ihm trotzig die Stirn.

»Das kannst du vielleicht schneller haben, als du denkst«, warf Theisen ein. »Was ist, wenn Lebenov Verdacht schöpft, dass wir irgendetwas wissen könnten, das ihm nicht in den Kram passt, oder wenn er glaubt, dass du mit diesem Halbwilden unter einer Decke steckst. Meinst du ernsthaft, er hätte es dann nur auf dich abgesehen? Verdammt, Viktoria! Dass hier etwas nicht stimmt, sieht ein Blinder mit Krückstock. Aber ich habe keine Lust wegen dir und deiner romantischen Anwandlungen für diesen sibirischen Tarzan in irgendeine russische Geheimdienstsache verwickelt zu werden. Ich habe Frau und Kinder! Verstanden?«

»In Ordnung.« Viktoria lachte trocken. Es hatte keinen Sinn, Sven Theisen von etwas zu überzeugen, dass er nicht begreifen wollte. Schon gar nicht, wenn offenkundig Eifersucht im Spiel war. »Erstaunlich, dass du dich plötzlich an deine Familie erinnerst«, bemerkte sie spitz. »Aber wenn das so ist, packe ich eben meine Sachen und bin in einer Stunde bei euch. Ich will schließlich nicht an einer Familientragödie schuld sein.«

Gegen zweiundzwanzig Uhr hob Bashtiris Helikopter in Richtung Vanavara ab. Es war immer noch hell genug, um beim Start einen grandiosen Ausblick auf den See und das Camp erhaschen zu können. Viktoria glaubte beinahe zu ersticken, sosehr schlug ihr das Herz beim Anblick der Baracke, in der sie Leonid vermutete. Kolja hatte ihr kurz vor der Abreise bestätigt, dass er noch lebte. Aber der Gedanke, dass Lebenov ihn jederzeit töten konnte, machte sie schier wahnsinnig.

Sie musste sich etwas einfallen lassen, selbst wenn die Lage noch so aussichtslos erschien.

Theisen schien froh zu sein, dass er diesem Irrsinn entronnen war. Und auch Rodius' Gesichtszüge entspannten sich zusehends auf dem Flug in die sechzig Kilometer entfernte Stadt. Bashtiri hatte dafür gesorgt, dass der Professor und Viktoria bis zum nächsten Morgen zwei

Zimmer in einem Gästehaus beziehen konnten und Theisen bis zur geplanten Abreise nach Krasnojarsk eine medizinische Versorgung im Hospital zuteil wurde. Auch der Hubschrauber und die beiden dazugehörigen Piloten sollten über Nacht in Vanavara bleiben.

Dem Schein nach bezog Viktoria ihr spartanisch eingerichtetes Zimmer, doch kaum waren die anderen Gäste und das Personal des Hauses zu Bett gegangen, öffnete sie das im Parterre liegende Fenster und stieg hinaus auf die menschenleere Straße. Es musste kurz vor Mitternacht sein, als sie sich mit einer Kapuzenjacke bekleidet in die Ortsmitte von Vanavara aufmachte, um nach einem Taxi Ausschau zu halten. Gott sei Dank regnete es ausnahmsweise einmal nicht, so dass die Straßen halbwegs trocken waren. Im spärlichen Licht einer Straßenlaterne blieb sie stehen, um sich zu orientieren. Ihrem Plan nach wollte sie Leonids Großeltern aufsuchen und ihnen von der Gefangennahme ihres Enkels berichten. Nur sie konnten noch etwas unternehmen, um Leonids Leben zu retten. Vielleicht war es möglich, dass der Großvater seinen Stamm zur Hilfe rief und man einen Protestmarsch ins Camp organisierte. Lebenov würde nicht so irrsinnig sein und allesamt über den Haufen schießen.

Bei einer Kneipe machte sie Halt. Der Gastraum war von Zigarettenqualm ganz vernebelt, und überall saßen betrunkene Männer, die bei ihrem Anblick in reine Verzückung gerieten. Immer wieder musste sie Hände und Arme abwehren, bis sie sich zu einer chromblitzenden Bar einen Weg gebahnt hatte. Ein paar laszive Schönheiten im hautengen Tigerlook beäugten Viktoria argwöhnisch, und auf ihre Frage nach einem Taxi erntete sie nur Gelächter. Wer hätte hier noch fahren sollen? Und wohin? Der nächste Ort lag kilometerweit entfernt, und eine Busverbindung gab es zu dieser Zeit nicht mehr, wie sie schließlich von einem halbwegs nüchternen Lkw-Fahrer erfuhr. Mit einem unsympathischen Grinsen bot er ihr an, sie mitzunehmen, doch eine innere Stimme riet ihr, lieber zu Fuß zu gehen, als solch ein Angebot anzunehmen.

Unverrichteter Dinge stolperte sie aus dem zweifelhaften Etablissement heraus und stand erneut auf der Straße, versehen mit dem vagen Hinweis, wie sie in das Dorf der Ewenken gelangen konnte. Ein Marsch durch den Wald, drei Kilometer bei absoluter Finsternis. Doch was blieb ihr anderes übrig, um Leonids Leben zu retten? Lebenov und seine Mannen erschienen ihr weitaus gefährlicher als ein paar Wölfe und Bären.

Ein Wind fuhr ihr durchs Haar, und sie fröstelte, als sie den Ortsausgang von Vanavara erreichte. Ihre Taschenlampe hatte sie in der Aufregung vergessen.

Die Nacht war zum Glück noch hell genug, um den Weg zu erkennen. Im festen Glauben, dass einzig Richtige zu tun, setzte sie einen Fuß vor den anderen. Plötzlich fiel ein Lichtschein zwischen die Bäume, und ein Wagen näherte sich ihr von hinten. Viktoria sprang zur Seite, um nicht erfasst zu werden. Nach etwa fünfzig Metern hielt der Wagen an. Viktoria schlug das Herz bis zum Hals. Hatte man sie entdeckt? Vielleicht war es die Polizei, die hier des Nachts patrouillierte – oder, was noch schlimmer wäre, Lebenovs Leute.

Langsam ging sie voran, während der Wagen mit laufendem Motor auf sie wartete.

In sicherem Abstand blieb sie stehen, und als der Fahrer bemerkte, dass sie nicht gewillt war, weiterzugehen, stieß jemand die Beifahrertür auf und setzte ein Bein hinaus.

»Können wir dich irgendwohin mitnehmen, Schätzchen?«, fragte eine ältere Frau. Viktoria glaubte, sie zu kennen. Dann sah sie, dass es Vera Leonardowna war, Leonids Großmutter, die sie vor einer Weile in ihrer Jurte aufgesucht hatte. Sie trug Hosen und festes Schuhwerk. Darüber eine bunte Kittelschürze, als ob man sie geradewegs vom Herd weggeholt hatte.

»Sie schickt der Himmel«, stieß Viktoria erleichtert hervor.

Die alte Frau sah sie überrascht an, doch dann verdüsterte sich ihr Blick. »Was ist mit Leonid? Ist ihm was zugestoßen?«

Offenbar wusste Vera Leonardowna von ihrer Verbindung zu Leonid. Ohne eine Antwort abzuwarten, kletterte die Alte aus dem Wagen und öffnete die hintere Tür. Mit einem Nicken wies sie Viktoria an, Platz zu nehmen. Am Steuer des Wagens saß eine zweite Frau, die wesentlich jünger war. Dem Aussehen nach hätte sie Leonids Mutter sein können.

»Bashtiri und Lebenov halten ihn gefangen«, stieß Viktoria hervor. »Am Cheko, im Camp. Deshalb war ich auf dem Weg zu Ihnen. Niemand außer Ihnen kann ihm noch helfen.«

»Du bist den ganzen weiten Weg gelaufen, Kind? Nur um sein Leben zu retten?«

Viktoria erzählte die ganze Geschichte, während der Wagen auf Anweisung von Leonids Großmutter seinen Weg ins Jurtendorf fortsetzte.

»Was werden sie mit ihm anstellen?« Viktorias Stimme war angsterfüllt, und doch war sie froh, endlich eine Verbündete gefunden zu haben.

»Wir müssen Makar benachrichtigen«, beschloss Leonids Großmutter und gab der Fahrerin zu verstehen, dass sie schneller fahren sollte. »Wir wollten uns mit Leonid treffen«, erklärte sie weiter. »Der Wagen sollte ihn nach Jakutsk bringen. Wir haben auf ihn gewartet, und als er nicht kam, habe ich beschlossen, ins Dorf zurückzufahren.«

Als sie am Jurtendorf angekommen waren, hatten sich etliche Bewohner vor der Jurte des Stammesältesten versammelt.

Viktoria beschlich ein ungutes Gefühl. Die Gesichter wirkten entsetzt, als Leonids Großmutter aus dem Wagen stieg. Entweder waren Lebenovs Leute erneut hier eingefallen, oder irgendetwas anderes war geschehen, das alle aufgeschreckt hatte.

Als sie sich dem Menschenauflauf näherten, lösten sich ein paar ältere Frauen aus dem Pulk und liefen Leonids Großmutter mit besorgten Gesichtern entgegen. Viktoria konnte nicht verstehen, was sie sagten, doch das Gesicht der alten Frau war mit einem Mal wie versteinert.

Viktoria spürte, wie sie den Boden unter den Füßen verlor. Vielleicht gab es Nachricht von Leonid – schlechte Nachrichten, wie sie unschwer im Licht einzelner Taschenlampen und brennender Kerzen in den traurigen Mienen erkennen konnte.

»Was ist?« Viktoria schrie beinahe, als sie den Arm von Leonids Großmutter erfasste.

Die Frau befreite sich jedoch sanft von ihrer Hand und ging ohne ein Wort in die Jurte.

Wie betäubt blieb Viktoria zurück und wandte sich in ihrer Verzweiflung an die Fahrerin des Wagens.

»Makar Charitonowitsch Schirov ist tot«, antwortete die Frau tonlos. »Sie haben ihn vor einer Stunde gefunden, nachdem ein paar vermummte Männer die Hütte verlassen hatten. Vermutlich hat man ihn umgebracht.«

27

Mai 1908, Sibirien – Tunguska

Ein Hauch von Frühling lag in der Luft, als Leonard am Morgen um sieben zur Konstruktionshalle aufbrach. Der Himmel war klar und der Schnee im Tal und an den Hängen überwiegend geschmolzen. Auf dem Weg vorbei an den übrigen Baracken traf er auf Aslan, der ihn angrinste.

»Na, wie läuft's?« Ganz offensichtlich galt die Frage des Turkmenen nicht Leonards Arbeit, sondern bezog sich auf die Tatsache, dass er mit Frau und Kind zusammenleben durfte.

»Schlecht.« Leonard hatte es längst aufgegeben, seine Gemütsverfassung gegenüber den Kameraden zu verschleiern. Dafür kannten sie ihn mittlerweile zu gut, und ihre Zusammenarbeit wurde von Tag zu Tag intensiver, je näher sie sich dem Abschluss ihres Projektes näherten.

»Willst du darüber sprechen?« Aslan verlangsamte seine Schritte und blieb stehen, als sie bei dem dreißig Meter hohen Antennenmast angekommen waren. Auffordernd blickte er dem deutschen Kameraden ins Gesicht. Leonard blieb ebenfalls stehen und gab einen Seufzer von sich.

Rasch zog er Aslan hinter eine Bretterwand und sah sich aufmerksam um, ob sie auch niemand beobachtete. Es war nicht erlaubt, auf offener Straße länger als ein paar Sekunden mit anderen Lagerinsassen zu verharren und zu sprechen.

»Katja beklagt sich täglich über Kissanka. Die beiden Frauen sind schlimmer als Katze und Maus. Wenn ich nicht achtgebe, werden sie sich heute oder morgen die Augen auskratzen. Katja fühlt sich von Kissanka schikaniert. Sie lässt sie nur die schweren Arbeiten machen, obwohl sie weiß, dass Katja wieder schwanger ist. Ich werde zu Lobow gehen müssen. Entweder enthebt er Kissanka von ihrem Posten als Vorarbeiterin in der Kantine, oder er gibt Katja eine andere Beschäftigung. Allerdings bliebe nur noch die Wäscherei oder das Krankenlager. Beides Tätigkeiten, die weitaus schwerer und unangenehmer sind als die Küche.«

Der Turkmene schüttelte schmunzelnd den Kopf. »Sosehr ich dich um dein Glück und besonders die erneute Vaterschaft beneide«, begann er vorsichtig. »mir scheint, seit deine Frau und euer Kind in dieses Lager verlegt wurden, sind deine Probleme nicht kleiner, sondern größer geworden. Dabei haben wir ganz andere Sorgen. Lobow war gestern Abend in unserer Baracke und hat verkündet, dass Mitte des Monats eine Delegation des Zaren erwartet wird, die unsere Versuchsreihen beobachten will. Danach sollen wir im Beisein von Vertretern des Kriegsministers und hohen Offizieren der Ochrana am 30. Juni an der Steinigen Tunguska mit unserem ›Feuerpferd‹ den ersten Vollversuch starten. Bis dahin muss das Sprengmaterial der Bombe in ihre Uranummantelung gepresst und an Bord des LS 1 montiert werden. Allerdings bleibt fraglich, ob das Material auf die Bemühungen unseres Schamanen reagiert. Die bisherigen Ergebnisse waren eher laut als spektakulär, und unter echten Bedingungen konnte ich seine Fähigkeiten noch nicht erproben. Das Material ist zu teuer und zu aufwendig in der Herstellung, als dass ich es einfach verschwenden könnte.«

»Feuerpferd?« Leonard hob eine Braue und sah Aslan verblüfft ins Gesicht. »Wer hat sich das ausgedacht?«

»Pjotr.« Aslan grinste breit. »Er hat sich den Namen für LS 1 ausgedacht, nachdem ihm unser Schamane geraten hatte, ein schwarzes geflügeltes Pferd auf den Rumpf des Luftschiffes zu malen, das in eine runde gleißende Sonne fliegt. Es soll die Geister beeindrucken. Außerdem ist es ein Zeichen der Kraft, das den Gott Ogdy gnädig stimmen wird und die Ahnen besänftigen soll.«

Leonard zweifelte nicht an den übersinnlichen Fähigkeiten des Schamanen. Er hatte selbst erleben dürfen, wie viel Unerklärliches in den weisen Männern steckte. Ob diese Fähigkeiten sich allerdings zum Bombenbau eigneten, wagte er immer noch zu bezweifeln. Aslan behauptete hingegen, dass die pyrokinetische Energie des Schamanen beängstigend sei, und Professor Weinberg äußerte gar, es sei ein Phänomen für sich selbst, dass es dringend zu erforschen gelte.

Als sie die Konstruktionshalle betraten, herrschte dort Hochbetrieb. Zwei fast fertige Luftschiffe warteten auf ihren Einsatz.

»Wir sind den Deutschen im Luftschiffbau eindeutig voraus«, frohlockte Pjotr, als er sich Weinberg und Leonard anschloss, die den Einbau der Navigationsgeräte abschließend begleiteten. Noch hingen die beiden silbernen Boliden hintereinander verankert jeweils in einem eigenen tragfähigen Gerüst, solange bis man die isolierten Treibstofftanks des LS 1, wie der Prototyp offiziell genannt wurde, mit einem annähernd 30000 Kubikmeter Gemisch aus Wasserstoff und Helium gefüllt hatte.

»Die Heliumbeimischung ist zwar teuer, und wir mussten sie über Umwege aus Amerika einführen«, erklärte Pjotr eifrig, »aber sie besitzt im Gegensatz zum Wasserstoff eine sehr geringe thermische Leitfähigkeit, die eine Gefahr durch natürliche Blitze, die nicht von unserem Schamanen geschaffen sind, bis auf ein Minimum herabsetzt. Schließlich wollen wir das Experiment nicht durch eine ungeplante Fehlentladung gefährden.«

Lobow war unbemerkt hinzugetreten und klopfte Weinberg in ungewohnter Vertrautheit auf die Schulter. »Allein dafür wird uns der Zar eine Medaille verleihen.« Sein Blick wanderte über das erste von zwei Luftschiffen. Einhundertfünfzig Meter feinstes Aluminiumblech, aus denen der Schiffskörper des LS1 zur Gänze bestand.

»Das Innenleben wurde entsprechend isoliert«, erklärte Pjotr voller Stolz. »Wir können bis in sieben Werst Höhe aufsteigen. Das bedeutet, bis auf den Mount Everest vermögen wir sämtliche Gebirgsketten mühelos zu überwinden.«

»Und Schenkendorff?«, rief Lobow über die lauten Hallengeräusche hinweg. »Wie stets mit der Navigation? Kommt unser Kind auch an, wo es ankommen soll, oder verirrt es sich gleich bei dem ersten Windstoß?«

»Wenn Sie mir folgen wollen«, presste Leonard beleidigt hervor. Lobow war in seinen Augen ein einfältiger Tropf – ein typischer Militärschädel, der als Kind nur mit Zinnsoldaten gespielt hatte und dem außer Kämpfen und Erobern nichts im Kopf herumging. Solange es solche Menschen gab, würde es Kriege geben. Erst wenn der Teufel sie aussterben ließ, würde das Paradies auf die Erde zurückkehren.

Leonard kletterte die Stahlrohrtreppe zur Gondel empor, die unter dem Luftschiff und neben einem Fracht- und Maschinenraum angebracht war und welche die eigentliche Führungskanzel beherbergte. Lobow folgte schweratmend und mit hochrotem Kopf. Seine Leibesfülle machte ihm zu schaffen. Wie ein Elefant in einem Porzellanladen bahnte er sich zwischen all den filigranen und kostbaren Messgeräten rücksichtslos einen Weg.

»Machen Sie's kurz und verständlich, Schenkendorff«, grunzte er. »Wie Sie wissen, habe ich nicht viel Ahnung von der Sache.«

Leonard öffnete den Deckel einer metallenen Kiste und deutete auf ein Gewirr an Kabeln und Sicherungen. »Das Hirn unseres Luftschiffes besteht in erster Linie aus Kupfer-Germanium-Halbleitern, die eine Verbindung zwischen einem Kurskreiselkompass, der unabhängig vom Magnetfeld der Erde agiert, und der Hauptsteuerung im Heck des Schiffes herstellen. So wird das Schiff auch ohne Pilot automatisch auf Kurs gehalten, ganz gleich, wie weit es vom Wind abgetrieben wird. Außerdem sind wir auf diese Weise in der Lage, den gesamten Kurs vorab zu bestimmen. Von hier aus bis – wenn Sie wollen – Nagasaki. Dort angekommen, gibt ein automatisches Funkfeuer, das von einem mechanischen Zähler ausgelöst wird, den Startschuss zur Zündung der Bombe.«

Lobow nickte anerkennend und bewies damit seine Unwissenheit. Auch wenn allein die Tatsache, ein Luftschiff als automatisch gelenktes Kriegsschiff nutzen zu können, schon ein Erfolg für sich darstellte, so reichte es längst nicht, um eine alles zerstörende Waffe zu produzieren, deren explosives Niveau – ferngelenkt nach Japan – noch bis Moskau zu spüren gewesen wäre.

Lobow nickte erneut. »Sie sind ein Genie, Schenkendorff. Sie alle sind Genies …«, sagte er und weitete seine Lobeshymne auf Pjotr und Weinberg aus, die ihnen in die Steuerungsgondel gefolgt waren.

»Es wäre wirklich schade gewesen, wenn man Männer wie euch einfach erschossen hätte …«

Am 14. Juni 1908 zeigte sich das Wetter abermals von seiner freundlichen Seite. Dem Start des Prototyps LS1 stand nichts mehr im Wege. Am nächsten Morgen wollte man in aller Frühe beginnen, das erste der beiden Luftschiffe aus der Halle zu befördern. Den ganzen Tag zuvor hatte man die Tanks mit einem Wasserstoff-Heliumgemisch befüllt, und nun schwebte es leicht wie eine Feder in fünf Meter Höhe über dem Boden. Lobow hatte in der Nacht zuvor die Wachen verstärkt, damit auch ja niemand auf die Idee kam, das Vorhaben in letzter Minute zu sabotieren.

Leonard hatte die ganze Nacht kein Auge zugetan und am Morgen die verbliebene Zeit genutzt, indem er Katja mit der üblichen Aufmerksamkeit beglückte. Obwohl ihm eigentlich nicht der Sinn danach stand, weckte er sie aus einem unruhigen Schlaf und gab ihr mit ein paar stürmischen Küssen zu verstehen, dass er sie wollte. Leise zeternd gab sie ihm nach und zog ihre Schenkel an, damit er tief in sie eindringen konnte.

Während sie sich genüsslich unter ihm rekelte, bewegte er sich behutsam in ihr und raunte ihr Zärtlichkeiten zu – nicht nur, weil er sie liebte und sie sich einer fortgeschrittenen Schwangerschaft erfreute, nein – weil er Angst hatte, höllische Angst, dass es das letzte Mal sein konnte, dass er bei ihr lag. Doch er sagte kein Wort, sondern stöhnte laut und hingebungsvoll, als wenn es nichts anders gab, an das er denken konnte.

Lobow hatte wie selbstverständlich erwartet, dass Leonard Schenkendorff als einer der verantwortlichen Ingenieure den Jungfernflug des LS1 persönlich begleitete. Schließlich war der Deutsche für die Überwachung der Steuerungsautomatik, des Funkverkehrs und der Navigationsgeräte verantwortlich. Zusammen mit Pjotr und Weinberg, der für die 800 PS starken Motoren zuständig war, würde er sämtliche Ergebnisse der Testfahrt protokollieren. Später wollte man die Leistung der Maschinen noch steigern, nicht nur um einen Höhenrekord zu erreichen, sondern auch um einen Streckenrekord aufzustellen. Bis hierher hatte Leonard seine wissenschaftliche Arbeiten mit Enthusiasmus verfolgt, dabei hatte er niemals daran gedacht, eines Tages selbst fliegen zu müssen.

»Es heißt Fahren … nicht Fliegen … «, hatte Pjotr ihn lachend getröstet. »Es ist längst nicht so gefährlich, wie du glaubst. Es sei denn, dein automatischer Navigator steuert uns in die falsche Richtung und wir zerschellen an einem Berg – aber notfalls kann ich auf manuelle Steuerung umschalten, und wir kommen mit dem Leben davon.«

Was hätte er dazu schon sagen sollen? Sicher nicht, dass er Angst vorm Fliegen hatte und dass ihm die Arbeiten in der längst nicht so hohen Gondel in der Konstruktionshalle von Beginn an Probleme bereitet hatten.

Das ganze Lager war auf den Beinen, als sich das riesige Luftschiff unter einem leisen Rauschen in die Lüfte erhob. Unzählige Männer an Seilen sorgten dafür, dass das Schiff sich in die richtige Richtung schob, um die gut dreißig Meter hohe Konstruktionshalle verlassen zu können. Pjotr saß laut pfeifend in der Führungskanzel wie der Kapitän auf der Brücke seines Schiffs, und Weinberg rannte im Maschinenraum umher, während Leonard ein paar Pläne zurechtlegte und den Kompass justierte. Insgeheim beneidete er Aslan, der sicher unten am Boden stand, seine Bombe fertig konstruierte und ein paar abschließende Experimente mit dem Schamanen durchführte.

»Irkutsk hin und zurück«, plärrte Pjotr ihm fröhlich ins Ohr, als die Nase des leicht schwankenden Luftschiffs sich neugierig zum Tor hinausstreckte.

Die Sonne prallte mit unvermittelter Kraft auf das silberne Aluminiumblech und blendete nicht nur die übrigen Lagerinsassen, die sich mit der außerordentlichen Erlaubnis des Kommandeurs versammelt hatten, um das seltene Schauspiel zu betrachten. Einem der Techniker, der dafür zu sorgen hatte, dass das Luftschiff ohne Schrammen aus dem Schuppen befördert wurde, ließ es für einen winzigen Moment an Aufmerksamkeit mangeln, und er gab die falschen Signale. Ein furchtbarer Schrei durchschnitt die erwartungsfrohe Stille. Ein metallisches Ächzen folgte und ein langes schleifendes Geräusch, das nicht nur Leonard zu Tode erschreckte. Männer schrien durcheinander, und ein Stöhnen erklang.

Der Gigant geriet ins Schlingern, und für einen Moment sah es so aus, als ob er aus dem Gleichgewicht geraten würde. Lobow, der das ganze Manöver wie gebannt verfolgt hatte, brüllte hektisch Befehle. Soldaten schwärmten aus und drängten die vor Angst flüchtenden Arbeiter zurück in ihre Positionen.

Dann kehrte plötzlich eine seltsame Stille ein, und als der Gigant sich in die Lüfte erhob, verunzierte eine lange, blutige Spur die Unterseite des ansonsten makellosen Schiffskörpers.

»Heilige Maria Mutter Gottes«, flüsterte Katja, die am Rande des Lagers stand und ihr Töchterchen fest bei der Hand hielt. Sie war nicht sehr gläubig, und doch bekreuzigte sie sich, als sie sah, dass das Luftschiff beim Auslaufen drei Menschen regelrecht zerquetscht hatte.

»Das ist kein gutes Omen«, murmelte Katja düster und sah Aslan an. »Denkst du, sie kommen heil zurück?«

Der Turkmene konnte die Angst in Katjas Augen sehen. »Ja, sicher.« Er lächelte zuversichtlich. »Allah wird mit ihnen sein …«

28

Juni 2008, Tunguska – Tanz der Dämonen

»Rebrov soll mit Attilo in den Wald gehen und den Ewenken erschießen.« Bashtiri klang heiser, als er seinem Verbündeten und Weggefährten seine düstere Absicht unterbreitete. Er wollte kein Risiko eingehen. Leonid Aldanov verschwinden zu lassen war die zuverlässigste Methode, nicht noch einmal ins Visier des FSB zu geraten. Offiziell war der Ewenke tot – niemand würde ihn vermissen. Außer vielleicht seine Angehörigen, aber wie sollten die erklären, dass er noch lebte – ohne selbst unglaubwürdig zu wirken?

»Wir können ihn nicht umbringen, Sergej.« Lebenovs Stimme war tonlos. Nachdenklich ließ er sich den schottischen Whiskey auf der Zunge zergehen, den Bashtiris Butler fürsorglich eingeschenkt hatte, bevor er sich mit devoter Miene zurückzog.

»Warum?« Bashtiri sah ihn zweifelnd an. »Wieso sollten wir uns Probleme schaffen, die wir beim besten Willen nicht gebrauchen können?«

»Hast du mal in dieses Buch hinein geschaut, das meine Männer im Haus des alten Schirov gefunden haben?« Lebenov zückte einen abgegriffenen, schwarzen Einband aus seiner Tasche, kaum größer als ein Notizbuch, und hielt ihn Bashtiri entgegen, der jedoch nicht daran dachte, dieses schmuddelige Heft entgegen zu nehmen.

»Was soll das sein? Eine Schatzkarte?« Bashtiri schüttelte den Kopf und lachte ironisch.

»Etwas Ähnliches.« Lebenov blätterte demonstrativ in den vergilbten Seiten. »Es handelt sich um Schenkendorffs Tagebuch und birgt die Auflösung all unserer Rätsel. Wenn ich es richtig gelesen habe, behauptet Aldanovs Urgroßvater darin, dass es Schamanen waren, die 1908 die Katastrophe von Tunguska verursacht haben, und so wie er deren Wirken beschreibt, klingt es nicht so schwachsinnig, wie man auf den ersten Blick meinen möchte.« Lebenov blickte auf und versicherte sich der Aufmerksamkeit seines Gegenübers.

»Tatsächlich wurden Schenkendorff und zwei weitere Studenten seinerzeit deportiert. Man nötigte sie, im Auftrag des Zaren eine

Geheimwaffe zu konstruieren. Doch ihnen fehlte das notwendige Wissen, um die Sache zu Ende zu bringen. Um die sogenannte Zar-Bombe experimentell zünden zu können, bedienten sie sich des sogenannten Schamanenfeuers.«

»Zar-Bombe?«, fragte Bashtiri verwundert. »Ist 1908 nicht ein bisschen früh? Soweit ich weiß, hat man erst 1961 einer Wasserstoffbombe diesen Namen gegeben, nachdem sie von einem Team um den Physiker Andrej Sacharow konstruiert worden war? Außerdem leuchtet mir nicht ein, was dieser Schamenenhokuspokus damit zu tun haben sollte.«

»Vor noch nicht allzu langer Zeit habe ich von einer Theorie gehört«, fuhr Lebenov fort, »die besagt, dass die freie Energie im Universum unerschöpflich ist. Wir müssen nur den richtigen Mechanismus finden, um sie zu erschließen, dann werden wir in Zukunft keinerlei fossile Brennstoffe mehr benötigen, sondern können unsere Energie sozusagen aus Luft und Wasser gewinnen.«

»Das wäre aber schlecht fürs Geschäft.« Bashtiri stand der Spott ins Gesicht geschrieben.

»Keine Ahnung, was das für Auswirkungen hätte. Vielleicht könnte man sich das dazu passende System patentieren lassen?«

»Und was hat das Ganze mit Leonid Aldanov und seiner Sippe zu tun?«

»Wenn man dem Tagebuch glauben schenken kann, ist er ein Nachfahre jener besonderen Rasse von tungusischen Schamanen, die das sogenannte Schamanenfeuer entfachen konnten. Nach einer sibirischen Legende, die im Zusammenhang mit dieser Theorie der Energiegewinnung erwähnt wurde, soll es schon den Schamanen in der Steinzeit möglich gewesen sein, allein kraft ihrer Gedanken gewaltige Blitze zu erzeugen. Damit konnten sie ihrem Stamm das Feuer sichern – in Zeiten, in denen unsere Vorfahren noch keine Ahnung hatten, wie man es selbst entfacht. Manchmal setzten die weisen Männer ihre Fähigkeiten aber auch als Waffe gegen einen anderen Stamm ein.«

»Und was wäre daran heute so gefährlich? Mittlerweile existieren Waffen, die weitaus fürchterlicher sind als ein Blitzschlag.«

»In dem Artikel ging es um die mögliche Herstellung von Antimaterie durch natürliche Phänomene. Nur ein paar Gramm davon könnten die Welt zerstören. Bisher ist es internationalen Forschern nur in Teilchenbeschleunigern gelungen, etwas Vergleichbares zu reproduzieren. Aber die Mengen reichen nicht aus, und außerdem hält sich die Substanz nicht lange genug, um sie tatsächlich nutzbar zu machen. Wenn man Schenkendorffs Ausführungen glauben darf, scheint es sich bei diesem ominösen Schamanenfeuer um eine ähnlich gefährliche Energie zu handeln. Nur dass man es nicht als solche bezeichnete. Er geht soweit zu behaupten, dass die Explosion von Tunguska ihren Ursprung in eben dieser Macht der Schamanen hatte. Nach dem Glauben dieser Leute hat der Feuer- und Donnergott Ogdy eine Warnung ausgestoßen, um Unbotmäßigkeiten zu bestrafen, und die beiden Schamanen, die als Einzige in der Lage waren, ein solches Wunder zu vollbringen, samt Helfer getötet. Aber angeblich sollte nach ein paar Generationen ein neuer Schamane geboren werden, der die Macht besitzt, nicht nur Blitze zu erzeugen, sondern deren helle Energie in dunkle zu wandeln, um damit den Dämonen der Unterwelt zu neuer Macht zu verhelfen. Also, das mag sich vielleicht verrückt anhören, aber ich denke, wir sollten der Sache nachgehen.«

»Und warum hören wir erst jetzt etwas davon? Du warst Angehöriger des Geheimdienstes. Deine Leute hätten doch wissen müssen, ob man hier vor gut einhundert Jahren eine Bombe gezündet hat?«

»Kuropatkins Pläne, eine außergewöhnliche Bombe zu bauen, waren allgemein bekannt. Offiziell ist es ihm allerdings nie gelungen. Das war sicher einer der Gründe, warum man ein halbes Jahrhundert später der größten Wasserstoffbombe aller Zeiten den Namen ›Zar-Bombe‹ verlieh. Wenn man dem Tagebuch Glauben schenken darf, ist der erste Versuch, eine frühe Form der Bombe im Jahre 1908 zu konstruieren, gründlich daneben gegangen, und wer lässt sich in einer solchen Situation schon gern in die Karten schauen? Der Kriegsminister hat in seinem eigenen Interesse und im Auftrag des Zaren sämtliche Hinweise vernichten lassen, damit die durchaus brauchbaren Ansätze nicht in die Hände der Feinde Russlands gerieten. Ganz zu schweigen von dem seltsamen Mysterium, das die Angelegenheit umgab. Die Schamanen sind bei dem Unglück ums Leben gekommen, und die beteiligten Wissenschaftler waren tot, oder man hat sie liquidiert, um zu vermeiden, dass sie mit ihren Erkenntnissen ins Lager der Bolschewiki wechseln konnten. Schenkendorff selbst galt als vermisst. Dass er bei einer tungusischen Familie Unterschlupf erhalten hatte und nachher dort einheiratete, entging den Behörden dann in den Wirren der Revolution.«

»Und du denkst tatsächlich, dass Leonid Aldanov ein Nachfahre dieser geheimnisvollen Schamanen ist?« Bashtiri seufzte. »Wie kommst du auf so einen Unsinn? Wenn Aldanov wirklich so außergewöhnliche Kräfte besitzt, warum hat er sie nicht längst angewandt? Wieso sitzt er dann drüben in der Baracke und rührt sich nicht?«

Lebenov grinste ironisch. »Vielleicht weiß er nichts von seinem Glück. Zudem habe ich ihm eine Ladung mit dem Taser verpasst. Das sollte seine Energien fürs Erste gedrosselt haben.«

»Besser hättest du ihn gleich ins Jenseits geschickt. Er ist dir schon zweimal entwischt. Eine dritte Chance bekommst du vielleicht nicht.«

Lebenovs Miene wurde sofort wieder ernst. »Zunächst musst du dich wohl fragen, warum er überhaupt noch am Leben ist. Schließlich haben meine Leute alles unternommen, um ihn und die Delegation des Präsidenten zu liquidieren.«

»War es nicht so, dass Aldanov zunächst entkommen konnte und es vier *deiner* Männer den Hals gekostet hat?«

»Danach habe ich meine besten Leute auf ihn angesetzt«, rechtfertigte sich Lebenov. »Sie haben mir bei ihrem Leben und ihrer Ehre versichert, dass sie ihn eigenhändig im Terek ertränkt haben.«

»Und jetzt denkst du, er ist eine Katze und hat neun Leben.« Bashtiri lächelte boshaft. »Wenn es nach seinem Aussehen geht, könntest du recht behalten.« Er schenkte sich einen weiteren Whiskey ein und zögerte einen Moment, als Lebenov ihm abwartend das leere Glas entgegenhielt. Mit einem leisen Schnauben goss er ihm nach.

»Was willst du von mir, Andrej?« Bashtiri wirkte sichtlich genervt. »Soll ich Superman den roten Teppich ausrollen, anstatt ihn in die ewigen Jagdgründe zu schicken? Ich halte das für keine gute Idee. Wenn wir offizielle Stellen einschalten, haben wir den FSB am Hals, und das ist das Letzte, was ich uns im Augenblick wünsche. Schaff ihn endlich weg, und wir haben unsere Ruhe.«

»Nein, bevor wir Aldanov kaltstellen, werden wir Doktor Swerew hinzuziehen. Er ist ein renommierter Wissenschaftler, der schon seit Jahren auf der Gehaltsliste unseres Unternehmens steht. Außerdem hat er nichts dagegen, sich etwas dazu zu verdienen. Er hat bereits die beiden Leichen untersucht, die wir im See gefunden haben. Sein Team kennt sich aus. Soweit ich weiß, hat er sich lange vor dieser Zeit im Auftrag der Föderation mit parapsychologischen Phänomenen beschäftigt und wie man sie für militärische Zwecke nutzen könnte. Ich werde ihm noch heute Abend eine Kopie des Tagebuches per E-Mail zukommen lassen. Außerdem hat Rebrov mir einen Bericht über den Bunker hereingegeben, der auf interessante Informationen hoffen lässt. Ich werde Swerew auffordern, hierherzukommen, damit er sich das Ding einmal anschauen kann.«

»Und was sollte das bringen?«, wollte Bashtiri wissen.

»Sergej, kapierst du es nicht? Wenn an der Sache etwas dran ist und Aldanov uns das Konzept dieser Waffe verrät, sind wir gemachte Leute. Der Präsident der Russischen Föderation wird uns nicht nur mit Lob überschütten, sondern auch mit den dazu gehörigen finanziellen Mitteln ausstatten.«

»Und was wird, wenn er es nicht tut?«

»Falls kein Interesse besteht, können wir Aldanov immer noch zur Strecke bringen, und man wird uns ehren, weil wir das Land von einem gefährlichen Terroristen befreit haben.«

Mit weichen Knien folgte Viktoria den Frauen in die abgedunkelte Jurte. Überall hatten die Dorfbewohner Kerzen aufgestellt. In dem einzigen Zimmer herrschte das reinste Chaos. Die Möbel standen nicht mehr an ihrem Platz, die Teppiche hatte jemand von den Wänden gerissen, und das wenige, was an Dekorationsgegenständen vorhanden gewesen war, lag verstreut auf dem Fußboden. Viktoria hob Leonids Bild auf und stellte es zurück auf die Kommode. Inmitten all dieser Unordnung lag der Leichnam des Makar Schirov aufgebahrt auf dem großen Sofa und bot ein Bild des Friedens. Äußerlich schien er unverletzt, und seine Gesichtszüge waren so entspannt, dass man hätte meinen können, er schliefe nur.

Leonids Großmutter beugte sich mit gefasster Miene über ihren Mann und küsste ihm die Stirn, dann machte sie ein Kreuzzeichen. Ganz langsam erhob sie sich und sah in die Runde, bis sie Viktoria entdeckte. Durch ein Spalier von schweigsamen Dorfbewohnern ging sie auf die Deutsche zu und forderte sie auf, sich zu ihr hinunterzubeugen.

Viktoria sah sie aufgebracht an. »Sie müssen die Polizei einschalten, Vera Leonardowna. Wenn es ein Mord war, können Sie es nicht auf sich beruhen lassen. Was ist, wenn es Lebenovs Männer waren?«

Leonids Großmutter ging auf ihren Vorschlag nicht ein.

»Können Sie einen Wagen fahren, Kind?«, flüsterte sie heiser.

Viktoria nickte verstört.

»Dann fahren wir beide jetzt zum Chekosee. Hier können wir ohnehin nichts mehr tun. Dort müssen wir ein Leben retten. Wir haben keine Zeit zu verlieren.«

Wie ein alter Traktor holperte der Lada durch die Nacht. Vera Leonardowna saß schweigsam auf dem Beifahrersitz, und obwohl Viktoria 1001 Fragen an sie gehabt hätte, getraute sie sich nicht, auch nur eine davon zu stellen.

»Sag Babuschka zu mir, Kind«, sagte die Großmutter aus heiterem Himmel.

»Gerne«, antwortete Viktoria. Ihre Stimme war belegt, und sie wagte es kaum, der alten Frau in die Augen zu sehen.

»Er hatte seine Seele verloren, als er aus Tschetschenien zurückgekommen ist«, begann Vera Leonardowna mit einem Mal von ganz alleine. »Er war abgemagert bis auf die Knochen, und seine Augen waren stumpf. Es lag kein Funken Glanz mehr in ihnen. Er hat Tag und Nacht geweint und war drogenabhängig. Anders konnte er das Erlebte nicht verarbeiten. Es hat zwei Jahre gedauert, bis Makar und ich ihn davon abbringen konnten, ständig irgendwelches Kraut zu rauchen oder selbstgemischte Mixturen aus Pilzen und Pflanzen zu sich zu nehmen. Nicht, dass das unter angehenden Schamanen nicht üblich wäre, aber er tat es nicht, um die Geister zu rufen, sondern um sie zu vertreiben. Ein Grund mehr, warum wir nicht wollten, dass sein Onkel ihn zu einem heiligen Mann ausbildete. Ein weiterer war, dass er nicht auffallen durfte. Die Leute im Dorf hatten ihn jahrelang nicht gesehen. Weil er sich auch äußerlich verändert hatte, konnten wir ihn als einen entfernten Cousin unseres verstorbenen Enkels ausgeben, der gelegentlich zu uns zu Besuch kam. Ich wusste, dass er geflohen war und dass er sich in Lebensgefahr befand, wenn es die falschen Leute herausfinden würden. Kannst du dir vorstellen, Kind, wie furchtbar das ist, wenn du jemanden sosehr liebst und ständig Angst um sein Leben haben musst.«

Viktoria nickte und spürte gleichzeitig, wie sich ihr die Kehle zuschnürte. Nicht fähig, etwas zu antworten, richtete sie ihren Blick auf die Straße, die allein wegen der vielen Schlaglöcher den Namen kaum verdiente.

»Und was hast du jetzt vor, Babuschka? Wir können doch nicht einfach in das Camp einmarschieren und die Herausgabe der Geisel fordern.« Sie sah Vera Leonardowna kurz an und bemerkte, dass die Alte etwas aus ihrer Schürzentasche fischte, das sie zuallerletzt in den Händen einer russischen Großmutter vermutet hätte.

»Eine Makarov PM, Kaliber 9 x 18, mit einem 12er Magazin«, erklärte die alte Frau ungerührt und hielt die Faustfeuerwaffe demonstrativ in die Höhe, damit Viktoria sie auch richtig sehen konnte.

Abrupt trat Viktoria auf die Bremse und verlangsamte das Tempo, bis der Wagen schließlich zum Stehen kam.

»Was willst du mit dem Ding? Wo hast du diese Waffe überhaupt her?«, fragte sie voller Entsetzen. »Soweit ich weiß, ist es Privatpersonen in Russland verboten, eine solche Waffe zu besitzen.«

»Fahr weiter, Kind!« Die alte Frau sah sie mit schmalen Lidern an, dabei hielt sie die Pistole so, dass Viktoria mit einem Mal das Gefühl beschlich, gekidnappt zu werden. Mit zitternden Knien setzte sie die Fahrt fort.

»Wenn es nötig wird, werden sie alle dran glauben müssen«, knurrte Vera Leonardowna düster. »Lebenov, Bashtiri und die ganze verdammte Bande. Bevor sie Leonid etwas antun können, werde ich sie alle zu den Dämonen der Unterwelt schicken. Diese Teufel haben mir meinen Mann genommen, und ich werde nicht zulassen, dass sie mir auch noch meinen einzigen Enkel nehmen.«

»Ich habe Angst. Nicht nur um Leonid, sondern auch um dich, Babuschka. Du weißt doch bestimmt nicht, wie man mit so einem Ding umgeht. Was ist, wenn Lebenovs Leute uns entdecken und zuerst schießen?«

»Um mich brauchst du dir keine Sorgen zu machen. Ich war im Krieg und schon mit fünfzehn im Widerstand. Ich habe mehr Menschen auf dem Gewissen, als Gott der Herr mir verzeihen könnte.«

»Haben wir einen Plan?« Viktoria konnte immer noch nicht glauben, was Vera gesagt hatte. »Wie sollen wir es schaffen, Leonid zu retten, bevor uns jemand bemerkt?«

»Unser Herz wird uns lenken, Kind. Mich und dich erst recht. Leonid hat dir das Leben gerettet. Du bist mit ihm auf ewig verbunden, du weißt es vielleicht nur noch nicht.«

Viktoria atmete tief durch. Ja, sie wusste, dass sie mit Leonid auf eine eigentümliche, intensive Weise verbunden war. Sie hatte es gewusst, seit sie im Krankenhaus von Vanavara erwacht war. Nur wie es so rasch dazu kommen konnte, war ihr immer noch schleierhaft. Aber für die wahre, große Liebe gab es in den seltensten Fällen eine Erklärung.

Nach über einer Stunde Fahrt gelangten sie in jenen Teil des Waldes, den Viktoria nach ihrem heimlichen Treffen im Camp bereits mit Leonid zu Fuß durchquert hatte.

»Die Straße führt nicht bis zum See«, erklärte Viktoria der alten Frau mit unsicherer Miene. »Wir müssen den Wagen hier abstellen und ein ganzes Stück gehen. Der Weg führt über eine alte Brücke über den Kimchu. Wir müssen verdammt aufpassen, damit man uns nicht entdeckt.«

»Ich weiß, Kind.« Die Großmutter lächelte sie an. »Schließlich bin ich hier zu Hause.«

Viktoria parkte den Lada zwischen zwei Baumriesen in einer natürlichen Schneise. Der Gedanke, mit einer alten Frau mitten in der Nacht durch einen unwegsamen Wald zu schleichen, beunruhigte sie beinahe so sehr wie der Gedanke an das, was noch folgen konnte. Was würde geschehen, wenn Vera Leonardowna stürzte und sich ein Bein brach?

Doch die alte Partisanin hatte vorgesorgt. Mit einem triumphierenden Lächeln zückte sie eine moderne LED-Taschenlampe.

»Denk nicht, Kindchen, dass ich hinter dem Mond lebe«, erklärte sie völlig ruhig. Überhaupt war sie für eine Frau, deren Mann soeben verstorben war und deren Enkel in Lebensgefahr schwebte, beängstigend gefasst.

Lautlos pirschten sie über einen ausgetrampelten Pfad zu jener hölzernen Brücke hin, die den Kimchu überquerte. Gebückt huschten sie über die Planken und tauchten am anderen Ende wieder in den dichten

Nadelwald. Vera Leonardowna hielt die Lampe halb verdeckt zu Boden gerichtet, damit man sie von weitem nicht erkennen konnte. In der Nähe des Camps machte sie halt und ging für eine Achtzigjährige erstaunlich flink in die Hocke. Dabei packte sie Viktoria am Ärmel ihrer Jacke und zog sie mit nach unten. Die Umgebung der Baracken war hell erleuchtet. Zwei Wachen standen vor dem Gebäude, in dem man Leonid am Nachmittag festgesetzt hatte. Die uniformierten Männer rauchten und unterhielten sich angeregt. Dabei galt ihre Aufmerksamkeit kaum der Umgebung und schon gar nicht dem Ausgang von Leonids Gefängnis. Weiter hinten, in Bashtiris Behausung brannte ebenfalls noch Licht. Offenbar hatte er sich mit seinen Leuten zur Beratung zurückgezogen. Jedenfalls stand – anders als sonst – keiner der Bodyguards draußen und bewachte den Eingang zur Unterkunft des Oligarchen.

»Was ist, wenn sie Leonid etwas angetan haben?« Viktorias Stimme zitterte, weil sie kaum auszusprechen wagte, wovor sie sich am meisten fürchtete.

»Wenn er tot wäre«, sinnierte Leonids Großmutter kühl, »würden die beiden wohl kaum da draußen stehen und Wache halten. Oder gibt es einen weiteren Gefangenen?«

»Nein. Soweit ich weiß, nicht.« Viktoria seufzte erleichtert. »Aber wie sollen wir da hineinkommen, ohne dass uns jemand bemerkt, und wie sollen wir Leonid dort herausholen? Und selbst wenn wir es schaffen würden, an den Wachen vorbeizukommen – wo sollten wir anschließend hingehen, damit man uns nicht findet?«

Die Augen der Großmutter funkelten angriffslustig, während sie die Pistole entsicherte. »Das ist das geringste Problem, mein Kind.«

In einem Vorraum von Bashtiris Büro stand das gesamte nachrichtentechnische Equipment des Camps, streng bewacht von einem Bodyguard. Der Mann sorgte dafür, dass ankommende E-Mails unverzüglich ausgedruckt und geheftet an seinen Chef weitergeleitet wurden.

Andrej Lebenov hatte – gleich nach Erhalt – das Tagebuch des Schenkendorff fotokopiert, eingescannt und per E-Mail nach Irkutsk übersandt. Doktor Swerew, ehemaliger Dozent an der Universität von Moskau und nun wissenschaftlicher Leiter im biologischen Forschungsinstitut von GazCom, gehörte zu der Sorte Menschen, für die es keinen Feierabend gab. Daher verwunderte es Lebenov nicht, dass er bereits eine Stunde nach seiner Anfrage an Swerew dessen Analyse in Händen hielt.

Er blätterte noch in den einzelnen Seiten, während er Bashtiris Privatgemächer betrat.

»Swerew schreibt etwas von kalter Fusion und natürlicher Kernspaltung«, erklärte Lebenov mit Blick auf Bashtiri. »Er ist der Auffassung, dass Schenkendorffs Hinweis ein bemerkenswertes Zeugnis dafür liefert, was hier wirklich vor einhundert Jahren geschehen sein könnte. Er will sich noch heute auf den Weg machen, um sich die Sache hier vor Ort anzusehen. Er hält eine intensive Untersuchung des Bunkers und auch des Sees und seiner Umgebung für unabdingbar. Außerdem ist er sehr interessiert an unserem Ewenken. Seiner Meinung nach könnte der Mann bemerkenswerte pyrokinetische Fähigkeiten besitzen, wenn Schenkendorffs Äußerungen zutreffen.«

Bashtiri, der in seinem bequemen Sessel saß und gerade dabei war, ein paar Zahlen in seinem Laptop zu schönen, schaute erstaunt auf. »Und was sagt er sonst noch?«

»Sollten sich seine Vermutungen bewahrheiten, rät Swerew, unverzüglich den Präsidenten zu informieren.«

Bashtiri bedachte Lebenov mit einem überraschten Blick.

»Wann wird Swerew hier eintreffen?«

»Morgen Mittag.«

Viktoria stand kurz davor, sich vor Aufregung zu übergeben, als sie der alten Frau durch die Dunkelheit folgte. Vera Leonardowna hielt die Makarov fest in ihrer von Altersflecken übersäten Hand.

Lieber Gott, betete Viktoria stumm, obwohl sie sich nicht als gläubig bezeichnen durfte, *wenn es zu einer Schießerei kommen sollte, lass uns bitte nicht sterben.* Sie dachte an ihre Mutter, deren einzige Sorge bei ihrer Abreise dem passenden Mückenschutzmittel gegolten hatte und dass sie nicht in schlechte, männliche Gesellschaft geriet. Mit beiden Befürchtungen hatte sie in fataler Weise recht behalten. Viktoria versuchte sich vorzustellen, wie es wäre, wenn ihre Mutter jemals das ganze Ausmaß der Geschichte erfahren sollte.

Sie dachte an Leonid und an seinen Großvater, der nicht mehr zu retten war und aufgebahrt in der Jurte lag. Schließlich an Theisen und Rodius, die sicher schon in ihren weichen Betten schliefen und sie bis zum nächsten Morgen nicht vermissen würden.

Plötzlich stupste sie etwas an, als sie sich unmittelbar vor dem Absperrzaun befanden: eine kalte Nase, die zwischen zwei Sträuchern hervorlugte. Nur knapp gelang es Viktoria, nicht loszuschreien. Im Zwielicht der Lagerbeleuchtung sah sie das Fell des Hundes.

»Ajaci«, flüsterte sie atemlos, und vor lauter Freude kraulte sie dem gefährlich aussehenden Hund vorsichtig den Hals.

Leonids Großmutter hatte das Tier ebenfalls bemerkt und machte ein hastiges Kreuzzeichen. Doch dann wurde ihre Miene plötzlich unruhig, und ihre Bewegungen wurden fahriger. Sie kniete sich auf den Waldboden und schaute aufmerksam in die Umgebung.

»Er ist hier«, sagte sie so leise, dass es sich wie ein heiseres Röcheln anhörte.

»Wer?« Viktoria verstand gar nichts mehr.

»Mein Bruder. Ich kann ihn spüren. Er muss irgendwo da draußen sein.«

»Was hat das zu bedeuten?« Viktoria schöpfte neue Hoffnung. Selbst wenn der Bruder von Vera Leonardowna kein junger Spund mehr sein konnte, so war er doch ein Mann, der sich mit solchen Situationen sicher besser auskannte als eine zierliche, grauhaarige Frau, die man eher in der Obhut eines Altersheimes vermuten durfte als schwer bewaffnet in einem sibirischen Wald.

»Wird er uns helfen?« Viktoria rückte ganz nahe an Vera heran.

»Ich befürchte, er wird alles nur noch schlimmer machen.« Für einen Moment kniff Vera Leonardowna ihre ohnehin schmalen Lippen zusammen, immer noch bemüht, eine Gestalt im Dunkel der Nacht auszumachen.

Viktoria konnte unterdessen beobachten, wie die beiden Soldaten abrupt ihr Gespräch unterbrochen hatten. Dann sah sie einen plötzlich huschenden Schatten, wie ein Vogel, der kurz durch das Sonnenlicht flog. Einer der beiden redete auf den anderen ein, doch sein Kamerad antwortete nicht. Es war merkwürdig, er wirkte von einer Sekunde zur nächsten erstarrt. Dann konnte Viktoria sehen, wie er in einer unnatürlichen Haltung blitzschnell seinen Dolch zog und auf den völlig überrumpelten Gefährten einstach. Der andere zückte mit schmerzverzerrtem Gesicht seine Pistole, doch er brach blutüberströmt zusammen, noch bevor ein Schuss fiel. Dann marschierte der zweite Soldat mit eigentümlich anmutenden Schritten wie eine Marionette in Richtung Wald und verschwand lautlos zwischen den Bäumen.

»O mein Gott«, stieß Viktoria hervor und krallte ihre Finger in den Oberarm der alten Frau. »Warum hat er das gemacht, und wo ist er hin?«

»Komm, Schätzchen«, forderte die alte Ewenkin sie auf, »wer zu viel fragt, erhält verwirrende Antworten. Eine bessere Gelegenheit, Leonid zu befreien, kriegen wir nicht.«

In gebückter Haltung rannte Viktoria hinter Vera Leonardowna her. Der Achtzigjährigen schien die Distanz von knapp zweihundert Metern überhaupt nichts auszumachen. Viktoria konnte kaum Schritt halten, zumal sich noch der Hund mit hechelnder Zunge zwischen sie beide gedrängt hatte.

Die Baracke, in der man Leonid gefangen hielt, lag etwas abseits, und es kam einem Wunder gleich, dass niemand sonst dort herumlief. Als sie endlich von der Rückseite in die Nähe des Gebäudes gelangten, löste sich ein weiterer Schatten aus dem Nachbargebäude. Viktoria hielt Vera Leonardowna geistesgegenwärtig zurück, damit der Mann sie nicht sehen konnte. Es war Kolja. Er wirkte wie ein verfolgter Spion und sah sich nach allen Seiten um, bevor er sich bückte und dem leblosen Soldaten den Puls fühlte. Nachdem er augenscheinlich befunden hatte, dass der Mann tot war, stand er auf und warf einen Blick auf Bashtiris Domizil, bevor er in der Baracke verschwand, in der Leonid vermutet werden durfte.

»Wer war das?«, zischte Leonids Großmutter, die Pistole noch entschlossener gefasst als zuvor.

»Soweit ich weiß, gehört er der russischen Regierung an«, formulierte Viktoria vorsichtig. »Aber er steht nicht auf der Seite Bashtiris. Er gehört wohl zum FSB und hat seinen eigenen Auftrag.«

»Jesus Christ«, flüsterte Viktoria Leonardowna. «Wir werden ihn töten müssen, bevor er Leonid etwas antun kann.«

Leonid hatte versucht, sich die Chancen auf eine Flucht auszurechnen. Solange er jedoch nicht wusste, was Lebenov mit Viktoria und ihren Kollegen angestellt hatte, war er sich nicht darüber im Klaren, ob ein zu früher Fluchtversuch nicht alles nur noch schlimmer machte. Trotz der starken Schmerzen, die Lebenov ihm beigebracht hatte, war er nach einer Weile in eine Art Tiefschlaf gefallen. Wie in einem Spiel aus Licht und Schatten stand plötzlich sein Großonkel vor ihm, so wirklich und echt wie aus Fleisch und Blut.

»Was machst du hier, Taichin?«, flüsterte Leonid mit brüchiger Stimme.

»Ich bin hier, um dir zu helfen, Junge«, sagte der alte Schamane leise. »Deine Babuschka und ich, wir werden dich nicht nochmal im Stich lassen.«

Die Erscheinung verschwand so schnell, wie sie gekommen war. Einen Moment später vernahm Leonid ein seltsames Geräusch vor der Barackentür und ein Stöhnen, dann trat wieder Ruhe ein.

Aufmerksam beobachtete er den Eingang. Nicht lange danach spähte ein Rotschopf um die Ecke. Es war Kolja, der junge Russe, den er zusammen mit Viktoria im Bunker gesehen hatte. In der rechten Hand hielt er eine Pistole Bes'schumnyj – auch die »Lautlose« genannt. Leonid befürchtete, dass der Russe ihn töten würde, weil er die Mündung des Schalldämpfers direkt auf ihn gerichtet hielt.

»Leonid Aldanov?« Kolja sah ihn fragend an.

»Was willst du von mir?«, erwiderte Leonid mit fester Stimme.

Der andere ging auf ihn zu und stellte sich hinter ihn. Leonid schloss für einen Moment die Lider, und als er den gedämpften Schuss vernahm, rechnete er schon damit, sich unvermittelt in der Anderwelt wiederzufinden. Doch Kolja hatte nur die Kette der Handschellen zerschossen, sodass Leonid von dem Eisenbett befreit war, an das man ihn gekettet hatte.

»Komm schon!«, flüsterte Kolja gehetzt. »Wir sollten schleunigst von hier verschwinden.«

»Was ist mit den Wachen?« Leonid wusste, dass draußen zwei Männer gestanden hatten.

»Einer von denen ist tot, aber ich habe ihn nicht getötet. Der andere ist wohl abgehauen, er könnte jederzeit wiederkommen.«

Vera Leonardowna war auf dem Weg zur Baracke, als plötzlich Attilo auftauchte. Offenbar kam der Bodyguard aus dem Haus seines Chefs und wollte sich unweit des Eingangs im Gras erleichtern. Die alte Frau bemerkte er nicht, doch plötzlich fiel sein Blick auf die Baracke, in der man den Ewenken gefangen hielt. Viktoria gelang es gerade noch rechtzeitig, Vera Leonardowna zurückzuhalten und hinter die rückwärtige Wand des Gebäudes zu zerren. Gebannt beobachteten die beiden Frauen, wie der blonde Riese zu dem am Boden liegenden Mann ging. Die Pistole im Anschlag trat er zur Tür, die nur angelehnt war, und sah sich nach allen Seiten um, bevor er sie schließlich aufstieß.

Ein kurzes Rumpeln und dann ein Poltern zeugten davon, dass er auf Widerstand stieß. Dann hörte man wieder nur dieses leise, verräterische Plopp. Kurz darauf lief Kolja nach draußen, gefolgt von Leonid, der nur mit einer schwarzen Unterhose bekleidet war und immer noch Handschellen trug, die allerdings nicht mehr miteinander verbunden waren.

Ajaci war nicht zu halten und rannte los, bevor Viktoria etwas unternehmen konnte. Voll unbändiger Freude sprang der Hund an seinem überraschten Herrn hoch und begann lauthals zu heulen. Leonid versuchte ihn zu beruhigen, doch die verbliebenen Söldner des Camps waren längst alarmiert. Auch Lebenov selbst stand kurze Zeit später im Innenhof. Er hatte eine Pistole in der Hand und richtete sie auf die beiden jungen Männer.

Viktoria hielt vor Entsetzen den Atem an, sosehr ängstigte sie sich um Leonid und Kolja, der nun als sein unverhoffter Beschützer auftrat. Der bisher eher harmlos wirkende Russe zeigte plötzlich sein wahres Gesicht, indem er etwas rief, das soviel wie »Hände hoch, oder ich schieße« bedeutete, und mit grimmiger Miene auf Lebenov zielte. Von irgendwoher fiel ein Schuss, und Kolja erwiderte ohne Zögern das Feuer. Lebenov sank getroffen zu Boden, noch bevor sich aus seiner eigenen Waffe ein Schuss lösen konnte. Wenig später jedoch war die kurze abgehackte Salve einer Maschinenpistole zu hören. Kolja fiel blutend zu Boden. Einer von Lebenovs Männern, die ihrem Kommandeur mit Leib und Leben dienten, hatte aus einem Hinterhalt heraus auf ihn geschossen. Mit einem leisen Stöhnen fiel der Kopf des vermeintlichen Agenten der russischen Regierung zur Seite. Er ist tot, dachte Viktoria und unterdrückte den Schrei, der aus ihr herausbrechen wollte. Ihr Blick fiel auf Leonid, der unbewaffnet mitten im Hof stand und wohl der nächste sein würde, den es erwischte.

Leonids Großmutter zielte mit absolut ruhiger Hand auf ein Stromkabel. Ein Schuss krachte, und dann fiel das Licht aus. Maschinenpistolensalven leuchteten wie ein ratterndes Blitzlichtgewitter und erhellten für Sekunden den Hof. In Panik tastete Viktoria den Boden ab. Falls man Vera Leonardowna erschossen hatte, musste sie hier irgendwo liegen. Weitere Schüsse krachten, und etwas streifte ihre Jacke. Einen Moment lang setzte ihr Herz aus, weil sie glaubte, es habe sie selbst erwischt. Doch ein paar starke Arme packten sie und zogen sie auf die Füße. Irgendjemand führte sie entschlossen in die finstere Nacht hinaus.

Der Generator hatte aufgehört zu summen. Viktorias Augen gewöhnten sich rasch an die Dunkelheit.

»Bist du verletzt?« Leonids Stimme klang wie eine Erlösung.

»Nein, ich glaube nicht.« Mit großen Schritten folgte sie ihm in die Dunkelheit, vorbei am Seeufer – hin zum Landeplatz der Helikopter. »Was ist mit deiner Großmutter?«, rief sie gehetzt. »Wir können sie doch nicht einfach zurücklassen!« Nur vage konnte sie Leonids Umrisse erkennen.

»Mach dir keine Sorgen, sie ist entkommen und kennt sich besser in unseren Wäldern aus als jeder Holzfäller.«

Hinter ihnen explodierte ein regelrechtes Feuerwerk. Leuchtraketen erhellten den Himmel. Leonid achtete jedoch nicht darauf, er schien genau zu wissen, wo er hin wollte.

In atemberaubender Hast öffnete er die Seitentür des einzigen noch zur Verfügung stehenden Helikopters und half Viktoria auf den Sitz des Copiloten.

Überraschend sprang Ajaci auf ihren Schoß. Offenbar war er ihnen im Kugelhagel gefolgt und wartete nun mit hechelnder Zunge auf das, was noch kommen sollte. Wie selbstverständlich ließ sich Leonid neben ihnen in den Sitz fallen und startete den Helikopter. Die mächtigen Rotorblätter erhoben sich unter einem ohrenbetäubenden Rattern, und während sie immer schneller wurden, schraubte sich der schwere Vogel schwankend in die Lüfte.

»Festhalten!«, brüllte Leonid über den Lärm hinweg, während Viktoria den am ganzen Leib zitternden Hund auf dem Schoß hielt.

Der Helikopter gewann schnell an Höhe, und die Frage, ob Leonid ein solches Gefährt fliegen konnte, erübrigte sich, als er mit souveräner Miene den Steuerknüppel bediente, als ob es der Joystick eines Computerspiels wäre. Schüsse prallten an der robusten Außenhaut ab, und Funken stoben auf, doch die todbringenden Geschosse drangen nicht in das Innere des Helikopters ein.

Fasziniert beobachtete Viktoria, dass Leonid sich nicht nur mit der Steuerung dieses Vehikels auskannte, sondern auch mit den unzähligen Kontrollleuchten keine Probleme zu haben schien.

Routiniert schob er den Steuerknüppel nach rechts, und im nächsten Augenblick wurde sie gegen die Außentür gedrückt. Der Helikopter kippte sanft zur Seite, um eine elegante, kraftvolle Rechtskurve zu fliegen. Die Wange an das Glas gedrückt, konnte Viktoria sehen, dass die im Camp verbliebenen Söldner es noch nicht aufgegeben hatten, auf sie zu schießen.

Der Helikopter schwebte durch die dunkle sibirische Nacht. In der Ferne sah man ein Wetterleuchten, das in kurzen Intervallen den Blick auf eine gespenstische Mondlandschaft freigab. Kurz darauf überflogen sie Vanavara. Wie Perlen in einem finsteren Ozean leuchteten die Straßenlaternen für einen Moment auf, bevor sie wieder verschwanden.

»Wo fliegen wir hin?« Viktoria sah zu Leonid hinüber. Das grünliche Licht, das seine markanten Züge maskenhaft wirken ließ, machte die ganze Situation noch viel unwirklicher.

»Krasnojarsk«, sagte er. Dann lächelte er müde. »Wenn man uns lässt. Wir sind jetzt auf einer Sicherheitshöhe von 1000 Metern – das müsste reichen, um nicht versehentlich gegen einen Berg zu prallen. Zudem habe ich auf Autopilot geschaltet. Der Sprit sollte auch reichen.« Leonid schaltete die Innenbeleuchtung ein und studierte ein Handbuch, das offenbar Auskunft über die technischen Daten der Maschine gab. »Sei so gut und schau im Passagierraum nach, ob du dort etwas zum Anziehen für mich findest«, bemerkte er beiläufig.

Wie betäubt schob Viktoria den Hund zur Seite, der sich daraufhin im Fußraum verkroch. Mit unsicherem Blick und hechelnder Zunge verfolgte er jede ihrer Bewegungen, als sie in den rückwärtigen Teil des Großraumhubschraubers vordrang. Zwischen den längs angebrachten Sitzreihen fand sie tatsächlich nicht nur einen dunkelblauen

Pullover, der auf Brusthöhe mit einem GazCom-Emblem versehen war, sondern auch eine Cargo-Hose und ein Paar schwarze Springerstiefel der Größe 45. Dazu eine Kiste mit Lebensmitteln, in der sie auf den ersten Blick eine Packung Kekse, eine Flasche Wodka und zwei Flaschen Orangensaft entdeckte. Mit weichen Knien stieg sie zurück ins Cockpit.

»Meine Ausbeute war erfolgreich«, meldete sie mit einem angedeuteten Salut. Leonid nahm die Hand vom Steuer und fasste in ihr langes Haar, als sie nahe genug herangekommen war. Sanft zog er sie zu sich hin und küsste sie ausgiebig. Doch Viktoria konnte den Kuss nicht genießen, weil sie von der Angst beherrscht wurde, er könne trotz Autopilot die Kontrolle über den Helikopter verlieren.

Etwas umständlich half sie Leonid in den engen Pullover. Die Hose war zu groß, und die Schuhe waren eine halbe Nummer zu klein, doch Leonid hatte andere Sorgen.

Aus dem Kopfhörer, den er um den Hals hängen hatte, dröhnten die englischen Anweisungen eines Fluglotsen. Nur der starke russische Akzent war herauszuhören, ansonsten konnte Viktoria nicht verstehen, was gesagt wurde. Routiniert rückte Leonid das Mikrofon mit der rechten Hand näher an seine Lippen heran und antwortete in nicht weniger abgehackten Sätzen, wobei sein Englisch nicht besser war als das des Lotsen. Dabei gab er Position und Höhe an, als ob es die selbstverständlichste Sache der Welt wäre, dass sie mit einem Transporthelikopter von GazCom durch die sibirische Nacht flogen.

»Sie werden uns finden, nicht wahr?« Viktoria bekam vor Angst kaum ein Wort über die Lippen. »Ich meine, die werden doch bemerken, dass wir mit dem Helikopter nicht hier sein sollten, oder?«

Leonid lächelte, um Zuversicht bemüht, und streichelte ihre Wange. »Solange ich mich als Angehöriger von GazCom ausgebe und Bashtiris Leute es nicht fertigbringen, offizielle Stellen zu informieren, sind wir sicher. Sämtliche Flüge müssen normalerweise bei der Flugsicherheit angemeldet werden, aber bei regierungsnahen Organisationen machen sie schon mal eine Ausnahme. Wenn Bashtiris Leute es nicht schaffen, den Generator in Gang zu bringen, werden sie nicht telefonieren können, und mit dem Wagen braucht man mindestens eine Stunde bis Vanavara.«

Viktoria bemühte sich, durch Leonids Worte neuen Mut zu fassen, doch die Zweifel blieben. »Wie viel Zeit bleibt uns, wenn sie die Luftsicherheit alarmieren?«

Er zuckte mit den Schultern. »Eine Stunde oder zwei. Ich versuche in jedem Fall, bis Krasnojarsk zu fliegen. Das sind etwas mehr als siebenhundert Kilometer. Der Helikopter hat Zusatztanks, anders könnte man die weiten Strecken gar nicht bewältigen.« Er zwinkerte ihr aufmunternd zu. »Lass uns erst einmal ankommen. Dann sehen wir weiter.«

Eine Weile sagte niemand etwas, und das Geräusch des Rotors wirkte beinahe einschläfernd. Viktoria beobachtete Leonid, wie er die Instrumente überprüfte und sich offensichtlich mit der Navigation beschäftigte. Als er den Kopfhörer für einen Moment abnahm, um etwas zu trinken, brach sie das Schweigen.

»Warum hast du das getan?«

»Was getan?« Er schaute sie durchdringend an, die dunklen Katzenaugen unergründlich und regungslos.

»Du hast dich nur um mich gekümmert anstatt um deine Großmutter.«

»Sie war nicht mehr da, als wir geflohen sind. Sie mag alt sein, aber sie ist ein tapferes Mädchen.« Er lächelte schwach.

»Dein Großvater ist tot …« Ihre Stimme war belegt, und im Halbdunkel der Kontrollleuchten konnte Leonid den feuchten Schimmer in ihren Augen sehen.

»Woher weißt du …?« Er flüsterte beinahe, sodass sie ihn eigentlich bei dem Lärm, den die Rotorblätter verursachten, gar nicht hören konnte.

Stockend erzählte sie von ihrer Odyssee, nachdem sie das Camp verlassen hatte, und dass wahrscheinlich Lebenovs Männer beim Tod seines Großvaters eine finstere, wenn auch noch nicht vollends geklärte Rolle spielten.

Leonid kniff für einen Moment die Lippen zusammen.

»Taichin ist mir im Traum erschienen«, erklärte er unvermittelt. »Ich war eingenickt, und auf einmal habe ich ihn vor mir gesehen – strahlend und so wirklich, als würde er tatsächlich vor mir stehen. Er hat mir angekündigt, dass er mir helfen würde. Von da an hatte ich keine ruhige Minute mehr. Als Kolja dann zu mir kam, dachte ich erst, jetzt ist es vorbei. Doch dann offenbarte er mir seine Absichten und sagte mir, dass du mit ihm geredet hast. Er meinte, er wolle Bashtiri und Lebenov ihrer Taten überführen und dazu benötige er dringend meine Aussage.«

»Kolja ist auch tot.« Viktoria spürte, dass sie es immer noch nicht begreifen konnte, und doch war es die Wahrheit.

»Und damit ist auch die Möglichkeit gestorben, Licht in die Angelegenheit zu bringen.«

»Lebenov ist ebenfalls tot«, sagte Viktoria heiser. »Denkst du, er hat deinen Großvater wirklich umbringen lassen?«

»Und wenn schon! Was kann das jetzt noch ändern?« Leonid verzog seinen Mund zu einem ironischen Lächeln. »Bashtiri lebt, das ist viel schlimmer. Er wird versuchen, alle zu liquidieren, die ihm gefährlich werden können. Gegenüber der Polizei und dem FSB wird er behaupten, dass ich all diese Menschen auf dem Gewissen habe. Wie er überhaupt mir die Schuld für das gesamte Desaster geben wird.«

»Deine Großmutter sagte, sie habe ihren Bruder gespürt. Danach haben wir beobachten müssen, wie einer der Wachsoldaten vor der Baracke ohne erkennbaren Grund auf seinen Kameraden eingestochen hat. Dann ist der Mann weggegangen, wie ein Roboter. Es war gespenstisch.«

»Du hast es mit angesehen?« Leonid schien überrascht zu sein. »Und Taichin? Habt ihr ihn auch gesehen?«

»Wie sieht er denn aus?«

»Groß. Hager. Grauhaarig.«

»Nein. Ich glaubte, einen Schatten gesehen zu haben. Wie ein Vogel, der durch ein Licht fliegt. Aber da war niemand.«

»Ich wusste es«, murmelte er. »Es war Taichin. Bestimmt hat Ajaci ihn zu mir geführt.« Leonids Blick fiel auf den treuen Laika-Rüden, der beinahe regungslos im Fußraum lag und mit einem Mal zu ihm aufschaute, als er seinen Namen hörte.

»Was hat das zu bedeuten?«

»Wie ich dir schon sagte, Taichin ist ein initiierter Schamane. Auf seine Weise ist er gefährlich. Ich hätte mir denken können, dass er die Angelegenheit nicht auf sich beruhen lässt.« Während Viktoria noch rätselte, was er damit gemeint haben könnte, dachte Leonid darüber nach, dass seine Großmutter recht gehabt hatte. Taichin kämpfte seinen eigenen Kampf, und vielleicht war sein Geist weit mehr von Dämonen beseelt, als Bashtiri und Lebenov es je hätten sein können. Doch nun war es zu spät, um daran etwas ändern zu können.

»Wie kann dein Großonkel die Schuld am Tod des Soldaten tragen? Ich habe niemanden außer den beiden gesehen. Somit konnte er ihn schließlich nicht selbst erstechen.«

»Er besitzt die Gabe der Beschwörung. Er kann in die Köpfe der Menschen eindringen und sie manipulieren, wenn sie schwach genug sind.«

Viktoria hatte immer noch Mühe, an so etwas zu glauben, aber dann dachte sie an die merkwürdigen Todesfälle im Camp.

»Du meinst, er kann einen Menschen dazu bringen, dass er einen anderen tötet?« Ihr Blick schwankte zwischen Erstaunen und Entsetzen.

»Wenn der Betroffene genug dunkles Gedankenpotential in sich trägt und sich nicht zu schützen weiß – dann kann es funktionieren.«

»Und was ist mit dir? Sag nur, du kannst das auch?« Mit leiser Abscheu sah sie ihn prüfend von der Seite her an.

»Selbst wenn ich es könnte«, erwiderte er mit fester Stimme, »es käme mir nicht in den Sinn, eine solche Fähigkeit anzuwenden.«

»Hast du schon einmal jemanden getötet?« Viktoria bereute die Frage bereits, noch bevor sie ausgesprochen war.

Leonid warf ihr einen langen, nachdenklichen Blick zu, während der Helikopter ruhig durch die Nacht flog.

»Wenn du es genau wissen willst. Ja, auch mich haben die Dämonen bereits heimgesucht. Aber es war mir eine Lehre, es niemals wieder zu tun. Sie fressen deine Seele, Stück für Stück, wenn du dich erst einmal mit ihnen eingelassen hast.«

Sergej Bashtiri verging beinahe vor Angst, obwohl ihm immer noch drei seiner Bodyguards zur Verfügung standen. Die plötzliche Finsternis, der Geruch von Blut und all die Toten waren nichts für sein verweichlichtes Gemüt. Auch wenn er schon unzählige Male den Tod eines anderen Menschen befohlen hatte, war es etwas ganz anderes, wenn es einen selbst zu erwischen drohte.

Akim Rebrov, der Anführer von Lebenovs Truppe, kam viel zu spät aus seiner Baracke gestürmt. Er hatte den Angriff schlichtweg verschlafen und stieß ein paar unkontrollierte Flüche aus, als er im Lichtkegel seiner Taschenlampe die Leiche seines Chefs inspizierte. Lebenov war tot, wie der einzige noch vor Ort befindliche Sanitäter nüchtern feststellte. Die Kugel hatte seinen Schädel aufgeschlagen wie ein rohes Ei. Ein Soldat lag erstochen am Boden. Beunruhigt ließ Rebrov nach dem Kameraden suchen, der zusammen mit dem getöteten Soldaten Wache geschoben hatte, doch der Mann war nirgends zu finden.

»Was ist mit dem Kerl?«, fragte er und deutete auf Kolja, der ebenfalls leblos am Boden lag. Die Brust des toten Russen war durchlöchert; eine riesige Blutlache hatte den Boden durchtränkt.

»Keine Ahnung«, erwiderte einer von Bashtiris Leuten. »Er kam aus der Gefangenenbaracke herausgelaufen und eröffnete das Feuer auf Kommandant Lebenov, dann wurde er von euren Leuten erschossen. Ich weiß nicht, was in ihn gefahren ist. Er war als Geländeführer für die Wissenschaftler engagiert worden. Niemand hätte ihm so etwas zugetraut.«

»Zieh ihm die Kleider aus und untersucht sein Zimmer.« Bashtiri riss das Kommando an sich, obwohl er es eigentlich nicht gewohnt war, lautstark Befehle zu erteilen. Für solche Dinge beschäftigte er seine Leute. »Ich will, dass man mir jede Auffälligkeit meldet.« Beiläufig musterte er die drei russischen Studenten, die in Abwesenheit von Professor Olguth im Camp zurückgeblieben waren und nun zitternd und mit verschränkten Armen am Rand des Geschehens standen und überaus verloren wirkten.

»Wisst ihr Näheres über ihn?«, blaffte Bashtiri sie an.

Stumm schüttelten sie den Kopf.

»Er verstand was vom Feiern«, stotterte einer der jungen Männer. »Er hatte immer die neusten Musik-CDs auf Lager, und wir haben manchmal Karten gespielt.«

»Weiß jemand, wer das Stromkabel zerschossen hat?« Die Stimme des Oligarchen hatte einen scharfen Unterton angenommen.

»Ich bin mir sicher, dass ich eine alte Frau gesehen habe.« Einer seiner Schergen führte den Sucher der LED-Leuchte über den gestampften Boden. »Sie hatte eine Makarov.«

»Ja«, bestätigte ein Zweiter, »es war die Deutsche, ich habe sie genau gesehen. Sie war es auch, die sich mit dem Ewenken aus dem Staub gemacht hat.«

»Was soll der Unsinn?« Bashtiri spürte Wut in sich aufsteigen. »Die Deutsche ist nicht alt, und wie sollte sie an eine Waffe gekommen sein?« Er hatte selbst für einen Moment geglaubt, sie gesehen zu haben, doch dann hatte er gemeint zu halluzinieren, weil er es für unmöglich hielt, dass sie zurückgekommen war.

»Ich habe sie trotzdem gesehen«, bestätigte Fjodor leidenschaftlich. »Sie saß im Cockpit, als der Ewenke den Helikopter gestartet hat.«

Plötzlich fuhr der Oligarch erschreckt zurück, als sich direkt vor seinen Augen zwei große pechschwarze Rabenvögel mit kräftigen Flügelschlägen in die mondlose Nacht erhoben.

»Was war das?«, fragte Bashtiri erschrocken und leuchtete dem Söldner vor ihm direkt ins Gesicht.

»Attilo ist tot.« Einer seiner Bodyguards kam herangestürmt, um die nächste Hiobsbotschaft zu verkünden.

»Verdammt!« Bashtiri wirkte erschüttert. »Funktioniert das Satellitentelefon?« Seine Stimme klang hektisch.

»Leider nein«, meldete der Butler. »Die Batterien sind leer, und zu allem Überfluss ist der Generator ausgefallen. Er lässt sich nicht wieder starten. Ich habe es mehrmals versucht.«

»Verfluchter Mist! Ich will, dass wir sofort nach Vanavara aufbrechen.« Mit nervöser Stimme wandte sich Bashtiri an Rebrov und seine verbliebenen Soldaten. »Noch diese Nacht.«

»Wir haben keinen Helikopter zur Verfügung, Chef.«

Akim Rebrov hatte sich aufgerichtet und sah Sergej Bashtiri mit zweifelnder Miene an.

»Dann nehmen wir eben die beiden Geländewagen.« Mit einer herrischen Geste befahl der Oligarch seinem Butler, die wichtigsten Dinge zusammenzupacken.

Wenig später brachte man die Leichen ins Kühlhaus, damit das Blut keine wilden Tiere anlockte. Danach durfte jeder das Nötigste mitnehmen, und der verbliebene Trupp, der aus sieben Sicherheitskräften, Bashtiri, seinem Butler und den drei Studenten bestand, machte sich schweigend auf den Weg zu jener Stelle, wo man, ein Stück entfernt vom Schotterweg, die beiden Geländewagen abgestellt hatte.

Vergeblich versuchten Rebrov und seine Männer die Wagen zu starten. Ein Blick unter die Motorhaube zeigte, warum die Motoren nicht ansprangen. Irgendjemand hatte alle Kabel herausgerissen.

Rebrov fluchte erneut. »Wir werden uns wohl zu Fuß auf den Weg machen müssen«, befand er mit düsterer Miene.

»Wie viel Zeit benötigen wir, um nach Vanavara zu kommen?« Bashtiri bemühte sich, gelassen zu klingen.

Rebrov legte nachdenklich den Kopf schief und leuchtete abschätzend in die Runde. »Vier bis fünf Stunden, wenn wir zügig marschieren.« Dann fiel sein Blick auf den Butler, einen älteren Mann, der nur Halbschuhe trug. »Wenn es schlecht läuft, auch länger«, fügte er tonlos hinzu.

29

Juni 1908, Sibirien – Vanavara

Zwei Wochen waren vergangen, nachdem Leonard zusammen mit Pjotr und Weinberg die Jungfernfahrt des LS 1 absolviert hatte. Mit dem »Feuerpferd«, wie man das Versuchsluftschiff nun allgemein nannte, waren sie bis nach Irkutsk gefahren. Pjotr hatte unterwegs die einwandfreie Flugtauglichkeit des silbernen Boliden festgestellt. Die automatische Steuerung funktionierte ebenfalls reibungslos, und so hatte man das Luftschiff ins 400 Werst südöstlich gelegene Kirensk zurückgeführt. Anschließend wurde es, von Bodentechnikern betreut, in einer geheimen Halle verborgen, bis es zu seinem eigentlichen Einsatz kommen sollte. Drei Wochen später sollte es erneut an den Start gehen, doch diesmal ohne Besatzung. Im wahrsten Sinne des Wortes automatisch musste es mittels elektromechanischer Steuerung seinen 400 Werst nordwestlich gelegenen Zielpunkt an der oberen steinigen Tunguska finden. Noch in Kirensk hatte Aslan die einhundert Kilogramm schwere Bombe installiert, die im weiteren Versuchsverlauf mittels pyrokinetischer Fähigkeiten von Maganhir gezündet werden sollte. Bis es soweit war, würde der Schamane in rituellen Vorbereitungen versunken auf einem heiligen Berg auf die Ankunft des »Feuerpferdes« warten.

Leonard und seine Kameraden waren nach Abschluss der Vorbereitungen zu Pferd aus Kirensk ins Lager zurückgereist, um von dort aus zwei Wochen später mit einer ranghohen Delegation des Zaren und einem Trupp Kosaken erneut nach Vanavara aufzubrechen, um das vorerst letzte Kapitel ihrer Forschungen zu beenden.

Leonard konnte sein Glück kaum fassen, als er Katja und seine kleine Tochter nach seiner Rückkehr aus Kirensk in die Arme schließen durfte. Alles würde gut werden, das wusste er. Lobow und seine Offiziere waren hoch zufrieden.

Am Tag der Abreise nach Vanavara genoss Leonard die letzten Stunden im warmen Bett mit seiner Frau, bevor er mit seinen Kameraden und Lobows Soldaten zum zweiten Teil der Mission aufbrechen musste. Dabei war er froh, in kein Luftschiff steigen zu müssen, weil er seine Flugangst trotz der passablen Aussicht, die er aus der Führungskanzel heraus genießen durfte, nicht überwinden konnte.

Katja hatte ihm ihre bloße Kehrseite entgegengestreckt. Ihr Nachthemd war hochgerutscht, und es erregte ihn, dass ihr nacktes Gesäß sein Geschlecht berührte. Entschlossen zog er seine zierliche Frau an sich und fuhr ihr mit seiner warmen Rechten über den schwangeren Leib.

»Es bewegt sich«, flüsterte Katja und tastete unter der Bettdecke nach Leonards Hand. Sachte führte sie ihn zu der Stelle, an der sich ein winziger Fuß offenbar Platz verschaffte. Ein leises Zucken unter ihrer Haut forderte seine ganze Aufmerksamkeit.

»Kannst du es spüren?« Ihr sanfter Blick in der Morgendämmerung und ihre Stimme waren andächtig.

»Ja«, bestätigte er mit erstickter Stimme, doch plötzlich konnte man die Enttäuschung aus seinen Worten herauszuhören. »Es hat aufgehört.«

Sie lächelte und streichelte seine bärtige Wange. »Bis es zurückkommt, kannst du dich mit seiner Mutter beschäftigen.«

Leonard folgte gehorsam ihren Anweisungen. Nachdem er sich auf den Rücken gerollt hatte, saß sie auf und ließ sein hartes Glied in ihr Inneres gleiten. Er stöhnte leise, als sie sich sacht hin und her zu wiegen begann und ihm dabei direkt in die Augen schaute. Schließlich beugte sie sich zu ihm hinab, soweit es ihr gewölbter Leib zuließ, und versuchte ihn zu küssen. Er schob ihr das Haar aus dem Gesicht und kam ihr mit halb geöffneten Lippen entgegen.

»Ganz gleich, was geschieht«, stieß er hervor, nachdem sie gemeinsam zum Höhepunkt gelangt waren, »solange ich bei dir liegen kann und unsere Kinder bei uns sind, bin ich der glücklichste Mann auf der Welt.«

»Außer unserer Liebe werden wir ihnen nicht viel geben können, Leonard. Sie werden als leibeigene Lagerinsassen geboren und werden es bleiben, selbst wenn wir längst gestorben sind. Hast du darüber schon nachgedacht?«

»Rede nicht so, Katja! Wenn wir mit unserer Sache erfolgreich sind, wird uns der Zar begnadigen.«

»Es wäre schön, wenn du recht behalten würdest. Wie lange wirst du wegbleiben?«

»Zwei Wochen, wenn alles glattgeht. Danach werden wir weitersehen.«

»Ich werde die Tage zählen, bis du zurückkommst, Leonard. Jede Minute in diesem Lager ist ohne dich eine Qual.«

»Wegen Kissanka?«

Katja nickte nur und hielt den Kopf gesenkt. »Sie schikaniert mich, wo sie nur kann, und wenn du nicht da bist, ist es noch schlimmer. Ich glaube nicht, dass es irgendwann aufhören wird.«

»Ich habe bei Lobow vorgesprochen. Er wollte Kissanka verwarnen.«

»Anscheinend hat es nichts genützt.« Katjas Stimme zitterte. »Sie lässt sich nicht einschüchtern. Ich wüsste zu gerne den Grund, warum sie mich so hasst.«

»Weil sie mich will.«

»Sie will dich?« Katja sah ihn ungläubig an. »Ist sie verrückt? Was bildet sie sich ein?«

Es war ihm so herausgerutscht, und schon tat es ihm leid. Bisher hatte er nie über Kissankas Avancen gesprochen. Vielleicht weil er der Sache nicht zu viel Gewicht verleihen wollte. Vielleicht weil es ihm peinlich war, darüber zu sprechen.

»Willst du sie auch? Oder hattest du was mit ihr, dass sie sich Hoffnungen macht?« Katja klang argwöhnisch.

»Wo denkst du hin? Sie ist mir völlig gleichgültig. Vor ein paar Jahren hat ihr Alter mich beinahe totgeschlagen, weil sie behauptet hat, dass ich der Vater ihres Kindes wäre.«

»Und? Warst du es?« Katjas Miene verfinsterte sich.

»Bist du übergeschnappt?« Leonard hatte nicht so hart reagieren wollen, doch allein die Tatsache, dass Katja ihm so etwas zutraute, brachte ihn in Rage. »Jeden verdammten Tag habe ich nur an dich und das Kind gedacht. Wie hätte ich mich da mit einer anderen Frau einlassen können?«

»Kind?« Katja sah ihn verständnislos an. »Wie konntest du davon wissen?«

Leonard stockte einen Moment, doch dann entschied er sich, die Wahrheit zu sagen. »Ich habe deine Briefe gelesen. Ich wusste, dass du schwanger warst.«

»Du hast meine Briefe gelesen? Welche Briefe?«

»Die du an deine Mutter gerichtet hast.«

»Wieso hast du meine Briefe lesen können?« Die Verwirrung stand ihr ins Gesicht geschrieben.

»Lobow hat mich damit beruhigt, dass es dir gutgeht, indem er die Briefe an deine Mutter zu mir schicken ließ. Es war eine Bedingung, sonst hätte ich bei seinen Plänen nicht mitgespielt.«

Für einen Moment schien Katja sprachlos zu sein. Sie setzte sich aufrecht ins Bett und sah ihn durchdringend an. »Bedeutet das, meine Mutter hat meine Briefe nie erhalten?«

»Vermutlich.«

»Und warum sagst du mir das erst jetzt?«

»Ich dachte, es wäre nicht so wichtig.«

»Nicht so wichtig?« Ihre Stimme war lauter geworden, und Viktoria erwachte in ihrem Kinderbettchen. Katja kümmerte sich nicht darum. Wie eine Rachegöttin saß sie da und starrte ihn wütend an. »Ich frage mich seit drei Jahren, warum meine Mutter nicht antwortet«, erklärte sie mit erstickter Stimme. »Ich dachte, sie liebt mich nicht mehr oder sie ist vielleicht tot. Und jetzt das.«

Leonard war versucht, sie in die Arme zu nehmen, weil sie auf einmal zu weinen begann, doch sie stieß ihn weg.

»Typisch Kerl«, schimpfte sie. »Wer weiß, was du mir noch alles unterschlagen hast. Vielleicht hat das kleine Flittchen ja einen Grund, mich zu hassen. Womöglich hast du ihr schöne Augen gemacht und vielleicht auch noch mehr.«

»Das ist ungerecht«, versuchte Leonard sich zu verteidigen. »Was sollte ich denn machen? Man hat mich hierher verschleppt, und ich hatte keine Wahl, irgendetwas zu entscheiden. Ich wollte nur überleben, damit ich dich eines Tages wiedersehen kann.«

»Und bis dahin vögelst du mit einer anderen!« Katja funkelte ihn unter Tränen wütend an.

»Verdammt!« Das war einfach zu viel. Wie gehetzt sprang er aus dem gemeinsamen Bett. »Wie kannst du so etwas nur behaupten! Schließlich haben wir es dir zu verdanken, dass wir in dieser Scheiße sitzen. Wenn du ehrlich zu mir gewesen wärest und mir gleich von den Plänen deines Bruders erzählt hättest, wäre es nie soweit gekommen! Du warst es, die mich zuerst betrogen hat, und das alles wegen dieses lächerlichen Aufstandes, der ohnehin von deinem ach so heiß verehrten Pater Gapon inszeniert worden war. Wusstest du, dass er ein gedungener Vertrauensmann der Ochrana war?«

»Du lügst!« Ihre Augen sprühten vor Hass.

»Ich lüge? Wer weiß das schon? Weinberg meinte sogar, du selbst seist eine Spionin. Wem, frage ich mich, kann man denn hierzulande noch vertrauen?«

»Raus!« Katja war aufgesprungen und mit zwei Schritten bei seiner Kleiderkiste. Wutentbrannt packte sie Hose und Jacke und schleuderte ihm beides vor die Füße. Während er sich fassungslos bückte, um die Sachen aufzuheben, warf sie ihm einzeln die schweren Stiefel an den Kopf.

Schweigend zog Leonard sich an. Katja beschäftigte sich unterdessen mit dem weinenden Mädchen.

»Ich werde jetzt gehen«, erklärte er mit fester Stimme. Insgeheim hoffte er, sie würde einlenken. Immerhin hatte er eine riskante Reise vor sich, und sie würden sich mindestens zwei Wochen nicht sehen.

Doch Katja hatte ihm den Rücken zugedreht und tröstete die kleine Viktoria. Wenigstens von dem Mädchen wollte er sich mit einem Kuss verabschieden.

»Komm uns ja nicht zu nahe«, giftete Katja ihn an. »Es ist gut, dass du fort bist. So habe ich zwei Wochen Zeit, um herauszufinden, ob es wirklich Liebe ist, was uns verbindet. Oder nur ein gemeinsames Schicksal, an dem ich ja anscheinend die alleinige Schuld trage.«

Mit einem tiefen Seufzer wandte sich Leonard zur Tür. »Du machst einen Fehler«, stieß er verzweifelt hervor.

»Das gehört zu meiner Natur«, erwiderte sie bissig. »Du hast es selbst gesagt.«

Schweren Herzens nahm er seinen Mantel und schulterte seinen Seesack, in dem sich alles befand, was er für die nächsten zwei Wochen benötigte. Dann ging er wortlos nach draußen.

Ein Blick in den Himmel verhieß nichts Gutes. Ein leichter Südostwind brachte feuchte Luft heran. LS1 sollte am 30. Juni 1908 das Versuchsareal erreichen, doch ein Sturm oder ein Unwetter würde die ganze Planung in Frage stellen.

Knapp einhundertfünfzig Werst mussten sie zu Pferd bis zur Versuchsstation zurücklegen, die gut sechzig Werst nordwestlich von Vanavara entfernt lag. Die Arbeiter des Lagers hatten dort im vergangenen Sommer nach den Plänen der Lagerleitung eine Versuchsstation errichtet, die nicht nur den Ansprüchen der Wissenschaftler genügte. Auf einem knapp fünfhundert Meter hohen Hügel oberhalb eines Flusses hatte man eine gewaltige Antenne installiert. Darunter, am Fuß des Hügels hatte man tief im Erdreich einen Bunker angelegt, der sämtliches technisches Gerät beherbergte. Gleichzeitig bildete die unterirdische Anlage die Schalt- und Kommandozentrale der Station und sollte aufgrund der versteckten Lage vor der Ausspähung durch ausländische Spione schützen.

Aufgebracht nach dem heftigen Streit mit Katja, kontrollierte Leonard die letzten Funkberichte für einen reibungslosen Versuchsablauf, bevor er mit Pjotr und Weinberg zu den Pferden marschierte und sein Gepäck auflud. Mit annähernd fünfzig Reitern würde es durch die endlos erscheinenden Wälder der Taiga zum eigentlichen Einsatzgebiet gehen. Neben einer hochrangigen Abordnung des Kriegsministers war es Kommandeur Lobow, der die Truppe anführte. Begleitet wurden sie von dreißig schwer bewaffneten Kosaken, die zu ihrem Schutz abgestellt waren. Pjotr und Weinberg, die Mühe hatten, den Anschluss zu behalten, taten sich schwer mit den Pferden, im Gegensatz zu Leonard hatten sie nie Reitunterricht erhalten. Aslan war mit

Maganhir, dem Schamanen, und einem Vorauskommando schon vor Tagen am Ort des Tests eingetroffen.

Beim Verlassen des Lagers blickte Leonard zurück, in dem seltsamen Gefühl, etwas vergessen zu haben. Es war, als ob ihn ein unsichtbares Band zurückhalten wollte. Erst recht, als er Katja und seine kleine Tochter sah. Sie standen mitten auf dem Appellhofplatz. Zaghaft hob Katja ihre Hand und winkte in seine Richtung. Dann animierte sie das Mädchen, es ihr nachzutun.

Leonard winkte zurück. »Und Abmarsch«, brüllte der Kosakenführer, worauf sich der Tross endgültig in Bewegung setzte.

Am darauffolgenden Tag erreichten sie gegen Abend Vanavara, eine bescheidene Handelsstation, die genauso trostlos war wie Nasimowsk. Die Bretterbuden der Pelzhändler und Goldgräberläden, in denen man neben Schaufeln und Gewehren alles kaufen konnte, was man in der Taiga zum Überleben benötigte, waren allesamt windschief und wenig einladend. Nachdem die Arbeiter die Pferde versorgt und die Kosaken die Zelte aufgeschlagen hatten, führten Lobow und seine Offiziere die Regierungsdelegation, die aus fünf gut gekleideten Männern bestand, in das einzige Gasthaus der Stadt. Leonard und seine Kameraden durften sich ausnahmsweise anschließen. Lautes Frauenlachen und das unbändige Gegröle betrunkener Kerle hallten ihnen entgegen, als sie die Schankstube betraten. Zwei Musiker spielten Akkordeon. Ein angetrunkenes Pärchen tanzte dazu. An etlichen Tischen saßen Männer und spielten Karten oder amüsierten sich mit leicht bekleideten Damen. Als er seine neuen Gäste bemerkte, räumte der Wirt sofort einen ganzen Tisch. Er witterte ein gutes Geschäft, sah er doch, dass es keine gewöhnlichen Goldwäscher waren, die seine bescheidenen Gasträume aufsuchten. Sie saßen noch nicht ganz, da hatte jeder bereits eine Flasche Wodka vor sich stehen und – wer wollte – eine Dirne auf seinem Schoß.

Angewidert beobachtete Leonard, wie ein hoch dekorierter Offizier des Zarenregiments die Brust eines vielleicht fünfzehnjährigen Mädchens betatschte. Halbwegs kokett hatte sie auf seinem Schoß Platz genommen, die Brüste beinahe entblößt, und ungeniert seinen Mund geküsst, der sich unter einem gewaltigen Bart versteckte. Klaglos ließ sie es geschehen, dass dieser Kretin ihre weiße Pracht gänzlich zutage förderte und vor den Augen aller begann, an den rosigen Warzen zu saugen. Das Mädchen quietschte gekünstelt und stieß dann einen echten Schmerzensschrei aus, weil der unflätige Kerl sie gebissen hatte. Der Wirt schaute irritiert und kam an den Tisch, während das Mädchen, eine junge Tungusin, sich die rötliche Stelle oberhalb ihrer linken Brustwarze rieb. Niemand sagte etwas, am allerwenigsten Lobow, der stumm seinen Wodka genoss.

»Es kostet nicht viel, wenn du mit ihr aufs Zimmer gehst«, erklärte der Wirt. »Wenn du sie allerdings beißen oder schlagen willst, verlange ich ein paar Rubel mehr.«

»Wenn du mir zeigst, wo ich die Kleine ungestört vernaschen kann, nur zu.« Der Offizier mit den Orden am Revers stand auf und schlug die Hacken zusammen. »Meine Herren«, meinte er mit einem anzüglichen Grinsen, »Sie haben sicher nichts dagegen, wenn ich mich kurz ins Vergnügen stürze.«

Fassungslos beobachtete Leonard, wie er das halb nackte Mädchen die Treppe hinaufschob. Dann bemerkte er, wie es eine dürre, schwindsüchtig aussehende Hure vor allen Augen mit einem völlig betrunkenen Pelzjäger an der Bar auf einem Stuhl trieb.

»Ein teuflischer Ort«, flüsterte Weinberg, der nur an seinem Wodka nippte.

»Ein teuflischer Ort für ein teuflisches Experiment«, fügte Pjotr leise hinzu.«

30

Juni 2008, Tunguska – Transsibirien

Wie die anderen auch stapfte Bashtiri im Lichtkegel der Taschenlampen die Straße entlang. Flankiert von seinen verbliebenen Bodyguards, Jurij, Mischa und Fjodor, hätte er sich eigentlich sicher fühlen können. Trotzdem beschlich ihn ein ungutes Gefühl. Mehr als sechzig Kilometer mussten sie zu Fuß zurückzulegen, um an ihr Ziel zu gelangen. Die Straße war durch den Gewitterguss am Nachmittag völlig durchweicht. Immer wieder versank er bis zum Knöchel im Schlamm.

Es herrschte eine gespenstische Stille. Rebrov, der Anführer von Lebenovs übrig gebliebener Truppe, darunter zwei Helikopterpiloten, ging voran. Die Maschinenpistole im Anschlag richtete er seinen missmutigen Blick nach vorne in den Kegel der LED-Leuchte. Nicht nur, dass Lebenov zu Tode gekommen war, auch seine eigene Truppe hatte sich bis auf drei Männer dezimiert.

Hinter ihnen gingen die drei Studenten. Antonov, der Butler, folgte zum Schluss. Er kam am schlechtesten von allen voran und wurde am meisten von den Mücken geplagt, die durch das Licht angezogen wurden.

Nach gut drei Stunden Marsch glaubte Sergej Bashtiri ein merkwürdiges Geräusch zu hören. Seltsamerweise schien er der Einzige zu sein, der das leise Gurgeln vernahm. Ein Blick zur Seite, bestätigte ihm, dass die übrigen Männer stur in die Nacht hinausstarrten. Als er sich umdrehte, war niemand mehr da, der ihm den Rücken hätte decken können.

»Rebrov!«, rief Bashtiri krächzend. Er vermisste seinen Butler. »Da stimmt was nicht. Antonov ist verschwunden.«

Akim Rebrov blieb abrupt stehen und leuchtete in die Dunkelheit. Tatsächlich fehlte von dem älteren Mann jede Spur.

»Sammeln!«, befahl Rebrov streng und schickte sich an, den Weg zurückzugehen. Wortlos folgten ihm zwei seiner Männer. Die Waffe im Anschlag richteten sie ihre volle Aufmerksamkeit auf die dicht bewaldete Umgebung. Bashtiris Leute sicherten den verbliebenen Trupp.

Es dauerte etwa zehn Minuten, bis Rebrov den Vermissten endlich fand. Hinter einem Gebüsch hatte der Butler sich offenbar erleichtern wollen und dabei einen Schwächeanfall erlitten. Bewusstlos lag er am Boden und rührte sich nicht. Rebrov prüfte seinen Puls und brachte ihn mit Hilfe eines zweiten Soldaten in eine stabile Seitenlage.

»Was machen wir jetzt?« Erregt wandte sich Bashtiri an seine Beschützer. »Wenn ihr auf ihn nicht aufpassen konntet, wie wollt ihr es bei mir fertigbringen?«

Rebrov schnaubte verärgert. »Der Mann ist nicht transportfähig«, stellte er nüchtern fest. »Schon gar nicht wird er laufen können.«

Bashtiri warf einen Blick auf Antonov und dann auf die Taschen, die er getragen hatte. »Wir müssen schnellstens nach Vanavara«, erklärte er düster. »Wenn wir nicht bald die Sicherheitskräfte informieren, wird

Aldanov auf Nimmerwiedersehen verschwunden sein. Und wer weiß, auf was für Gedanken er noch kommt? Immerhin ist er mit einem Helikopter von GazCom unterwegs und hat die Deutsche entführt.«

»Er hat sie entführt?« Rebrov sah ihn ungläubig an. Soweit er sich erinnern konnte, hatte man die deutsche Wissenschaftlerin und deren Kollegen am Nachmittag nach Vanavara ausgeflogen. Wusste der Teufel, wie sie später zurück ins Camp gelangt war, aber bestimmt nicht auf Aldanovs Betreiben – der hatte schließlich die ganze Zeit über angekettet in der Baracke gesessen.

Der Oligarch beantwortete seine Frage nicht. Mit einer knappen Kopfbewegung wies Bashtiri zwei seiner Beschützer an, dem Butler beizustehen. »Mischa und Fjodor sollen bei Antonov bleiben, bis wir Hilfe organisiert haben.« Aus seiner Tasche fischte er zwei Flaschen Wasser und gab sie an Fjodor weiter.

Rebrov überließ dem glatzköpfigen Bodyguard eine Maschinenpistole und zwei der Taschenlampen, dazu die Erste-Hilfe-Ausrüstung und eine leichte Decke.»Das müsste reichen«, bemerkte er abschließend. »In ein paar Stunden sind wir zurück.«

Bashtiri war nicht wohl bei dem Gedanken, dass man die drei Männer im Wald zurückließ. Nicht dass er Mitleid mit ihnen gehabt hätte. Soweit reichte seine Anteilnahme am Schicksal anderer nicht. Eher war es ein Gefühl der Schutzlosigkeit, das sich auf ihn selbst übertrug. Dabei verspürte er einen beklemmenden, merkwürdigen Druck in der Brust, der ihn schon im Camp des Öfteren heimgesucht hatte.

Schweigsam schritt die restliche Truppe voran. Der Wind rauschte durch die Bäume, deren Umrisse in der beginnenden Morgendämmerung nun deutlicher zu erkennen waren.

Nach einer Weile glaubte Bashtiri das Krächzen eines Raben zu hören. Es klang wie ein Zeichen. »Hört ihr das auch?« Er hob den Kopf und warf einen prüfenden Blick in die Baumwipfel.

»Was?« Rebrov sah ihn fragend an.

»Die Vögel!«

»Welche Vögel?« Der Söldner schien das Gekrächze tatsächlich nicht zu hören.

Ein Blick auf Jurij bestätigte Bashtiri, dass sein letzter verbliebener Bodyguard ebenso aufmerksam die Baumreihen inspizierte. Seine rechte Hand lag einsatzbereit an der Makarov. Bashtiri zuckte zusammen, weil er einen plötzlichen Schatten zu sehen glaubte, der zwischen Lärchen und Tannen umherhuschte.

»Was war das?«, rief er alarmiert.

Jurij sah ihn fragend an und schüttelte den Kopf, weil er offenkundig nichts bemerkt hatte.

Rebrov blieb stehen und drehte sich einmal um die eigene Achse, die Mündung seiner Bison PP-19 Maschinenpistole immer auf den Wald gerichtet.

Auch die anderen Männer waren stehen geblieben und spähten in die Dunkelheit.

»Rebrov?« Bashtiri warf dem Söldner einen unmissverständlichen Blick zu. »Ich will, dass Sie mir Ihre Handfeuerwaffe geben.«

Rebrov verzog das Gesicht. »Wir sind zu Ihrem Schutz da, Sergej Sergejewitsch. Denken Sie, wir können unsere Aufgabe nicht meistern? Was sollte denn hier passieren? Außer einem Elch oder einem Bären kann uns hier nichts über den Weg laufen, das uns in Gefahr bringt.«

»Tun Sie, was ich Ihnen gesagt habe!« Bashtiri streckte fordernd die Hand aus

Wortlos schob Rebrov seine Bison beiseite, die er an einem Gurt über der Schulter trug. Dann machte er sich an seinem Gürtelholster zu schaffen. Ohne Kommentar überließ er dem finster dreinblickenden Oligarchen seine Pistole. Eine MP-446 Viking mit 18 Schuss Munition. Obwohl es ihm widerstrebte, seine Waffe abzugeben, beruhigte er sich mit dem Gedanken, dass seine Bison mit 64 Schuss Magazin ohnehin effektiver war. Und was sollte Bashtiri schon anrichten können? Er war schließlich selbst im Waffengeschäft, also würde er sich wohl ein wenig auskennen.

Schweigend gingen sie schließlich weiter. Alles war still; nur die Äste unter ihren Stiefel knisterten und knackten bei jedem ihrer Schritte.

Bashtiri, der im Umgang mit Waffen bestens geübt war, jedoch selten selbst eine trug, hielt die entsicherte Pistole schussbereit in der Hand.

Obwohl niemand sonst etwas zu bemerken schien, fühlte er sich verfolgt.

Wenn er die Augen schloss, sah er plötzlich aufleuchtende Blitze, und wenn er sie öffnete, pulsierte die Dunkelheit vor seinen Augen im Takt seines Herzens.

Stumm marschierte er voran, während seine Beine immer schwerer wurden.

»Wie lange dauert es noch, bis wir da sind?«, fragte Bashtiri mit lauter Stimme.

Rebrov beantwortete die Frage in einem Tonfall, der seine Ungeduld mit dem Oligarchen verriet. »Dem GPS nach dürften es noch etwa dreißig Kilometer sein.« Wie zum Beweis checkte er sein Armbandnavigationsgerät, das die Route nach Vanavara nicht nur der Straße nach, sondern auch querfeldein berechnet hatte und sämtliche Höhen und Tiefen abbildete. Nach einer Weile schaute er auf und runzelte die Stirn. »Ich denke, wir sollten eine Abkürzung nehmen.«

Niemand schien etwas dagegen zu haben, als Rebrov die Schotterpiste verließ und sich einen Weg durch das Unterholz bahnte. Der Gedanke, auf diese Weise schneller ans Ziel zu gelangen, war zu verlockend.

Der Druck, den Bashtiri in seiner Brust spürte, wurde immer bedrohlicher. Obwohl es langsam heller wurde, verzogen sich Rebrovs kantige Gesichtszüge für ihn zu einer breiigen Masse, aus der sich wie bei einem Computer-Morphing etwas Neues zu formen schien. Erschrocken kniff Bashtiri die Augen zusammen. Die Geräusche, die ihr Marsch im dichten Wald verursachte, drangen immer lauter an sein Ohr. Oder hörte er gar Stimmen? Vergebens versuchte er, verständliche Worte wahrzunehmen. Angespannt blickte er in die Runde.

Die Männer gingen weiterhin stoisch voran, konzentriert darauf, den Anschluss an ihren Vordermann nicht zu verlieren.

Bashtiri schüttelte den Kopf, als ob er sich von etwas befreien wollte. Doch es nützte nicht viel. Die Stimme dachte nicht daran, aus seinem Hirn zu verschwinden, sie wurde lauter und befahl ihm zu handeln.

Plötzlich tauchte ein schwarzer Schatten zwischen den Bäumen auf und stürzte sich auf Rebrov. Keiner der übrigen Männer schien etwas zu bemerken, doch Bashtiri reagierte sofort. Er hob die Waffe und schoss auf die schattenhafte Gestalt.

Rebrov wirbelte herum, die Mündung seiner MP zeigte auf Bashtiri. Der Oligarch zuckte entsetzt zurück. Das Gesicht des Soldaten war nur noch eine fremde, ferne Grimasse mit einem verzerrten Mund, aus dem die blaue gespaltene Zunge eines Warans hervorschnellte. Bashtiri überlegte nicht. Mit einem gezielten Schuss streckte er Rebrov nieder, der mitten ins Herz getroffen lautlos zu Boden fiel. Mit jeweils drei weiteren Schüssen machte Bashtiri dessen verbliebene Kameraden unschädlich. Die drei Männer starben auf der Stelle.

Jurij brachte es nicht über sich, auf seinen anscheinend verrückt gewordenen Chef zu schießen. Er hatte sich wie die Studenten auf den Boden geworfen und dann versucht, hinter einem Baum Schutz zu suchen.

Bashtiri nahm seine kriechenden Bewegungen wie durch einen fernen Nebel wahr. Er musste die Schlange töten, bevor sie ihn angreifen konnte.

In stummer Verzweiflung bewegte Jurij seine Lippen, um seinen Boss zur Vernunft zu bringen. Der Mann schien keinerlei Einsehen zu haben.

Dann fiel ein Schuss, und Bashtiri verspürte einen brennenden Schmerz. Seine Waffe wurde regelrecht weggeschleudert. Blut spritzte ihm ins Gesicht. Die Schlange hatte ihn in die rechte Hand gebissen. Für einen Moment konnte er nichts mehr sehen. Schwankend verlor er das Gleichgewicht und sank zu Boden.

Als er wieder zu sich kam, waren die drei Studenten hinter einem Busch verschwunden. An seiner Rechten sah er zwei blutig zerfetzte Finger.

Jurij saß im Nu neben ihm und machte sich daran, ihm Handfesseln anzulegen. Erst danach versorgte er Bashtiris Finger mit einem Druckverband.

Der Oligarch war außer sich vor Entrüstung. Dabei hatte er das Gefühl, noch Glück gehabt zu haben. Um ihn herum lagen vier Leichen: Rebrov und seine Männer.

»Sind sie tot? Warum liegen sie da?« In Bashtiris Blick lauerte der Wahnsinn.

Jurij starrte ihn aus weit geöffneten blauen Augen an. »*Sie* haben sie alle erschossen, Sergej Sergejewitsch. Warum, in Gottes Namen, haben Sie das getan?«

Bashtiri konnte sich an absolut nichts erinnern – außer, dass er etwas Seltsames gesehen hatte, das er nicht beschreiben konnte.

»Der Rucksack«, stieß er gepeinigt von Schmerzen hervor.

Jurij sah sich suchend um. Die Tasche war allem Anschein nach verschwunden. »Ich kann sie nicht finden.«

»Verdammte Scheiße!«, entfuhr es Bashtiri.

»War etwas Wertvolles darin?«

»Das Tagebuch.« Der Oligarch spuckte verächtlich aus. Ihm war übel. Einzig der Gedanke, dass Doktor Swerew eine Kopie des Buches besaß, besänftigte ihn ein wenig. Außerdem bewies der Diebstahl, dass jemand hier gewesen sein musste, der den Rucksack gestohlen hatte. Also war er doch nicht so verrückt, wie er glaubte.

Plötzlich begann der Boden zu zittern. Dann brachen Äste, und ein lautes Rumpeln versetzte die verbliebenen Männer in Angst und Schrecken. Scheinwerfer leuchteten auf. Wie aus dem Nichts stand ein riesiger Bulldozer vor ihnen. Hektische Männerstimmen wurden laut. Sibirische Holzfäller – fünf urwüchsige Kerle. Einer von ihnen hielt ein Gewehr in der Hand. Ungläubig betrachtete er das angerichtete Blutbad. Sein fragender Blick fiel auf Jurij.

»Was ist denn hier geschehen?« Die Stimme des Mannes klang dumpf.

»Wir sind überfallen worden«, antwortete Jurij mit zitternder Stimme. Er trat einen Schritt vor, um die Handschellen seines Chefs unbemerkt öffnen zu können. »Wir benötigen dringend Hilfe. Können Sie uns schnellstens nach Vanavara bringen?«

Im Morgengrauen überquerte der Helikopter eine Hügelkette. Viktoria saß wortlos im Sitz des Copiloten und atmete tief ein. Trotz der bleiernen Müdigkeit hatte sie kein Auge zugetan – auch aus Solidarität mit Leonid, der den großen Helikopter elegant zwischen den grün bewaldeten Berghängen hindurchsteuerte. Unter den Schleiern des aufsteigenden Frühnebels konnte man die Silhouette der Stadt erkennen und den Jenissei, der Krasnojarsk wie ein breites silbernes Band zerteilte.

Die Tankanzeige der Mi-8 MT neigte sich gefährlich dem Ende zu. Schon alleine deshalb war es notwendig, an eine Landung zu denken.

Außerdem grenzte es an ein Wunder, dass bisher weder Polizei noch Militär versucht hatten, sie vom Himmel zu holen.

Der Fluglotse im Tower des Flughafens von Krasnojarsk erteilte ihnen eine Landeerlaubnis, nachdem Leonid alle Anfragen mit erstaunlicher Kaltblütigkeit beantwortet hatte.

Allerdings dachte er nicht im Traum daran, dieser Aufforderung Folge zu leisten. Reichlich unerschrocken setzte er in einem Vorort der Stadt zur Landung an – mitten in einem Maisfeld.

Der Wind der Rotorblätter knickte die jungen Halme zu einem mystischen Kornkreis, und bevor der Rotor endgültig zur Ruhe kam, hatte er für eine glatte Fläche gesorgt, die wie ein Präsentierteller wirkte. Viktoria warf einen Blick auf ihre Uhr. Kurz vor sechs Uhr morgens. Die ersten Sonnenstrahlen durchbrachen den Frühnebel. Auf den Straßen herrschte schon reger Betrieb, wie sie vom Hubschrauber aus hatte erkennen können. Knapp eine Million Menschen lebte in dieser Stadt, ein großer Anteil davon Stahlwerker, die entweder zur Arbeit fuhren oder ihre Nachtschicht beendet hatten.

»Komm«, sagte Leonid. Er sprang heraus und öffnete Viktoria die Ausstiegsluke des Helikopters, damit sie herausklettern konnte. Er stieß einen kurzen Pfiff aus, und Ajaci, der abwartend im Türrahmen gestanden hatte, folgte ihnen, glücklich darüber, wieder festen Boden unter den Pfoten zu haben.

Viktoria fühlte sich erschöpft und wacklig auf den Beinen, Als Leonid ihr seine Hand hinstreckte, griff sie zu und spürte seine Kraft, die wie ein Stromstoß durch sie hindurchfuhr. Den widrigen Umständen zum Trotz lächelte er sie an.

»Hast du eine Idee, wo wir hingehen können?« Ihre Stimme war zaghaft.

»Ja.« Er nickte zuversichtlich. »Wenn du Geld bei dir hast, können wir mit dem Bus fahren. Ansonsten müssen wir trampen.«

Viktoria hatte eine Master-Card mit einem Limit von fünfzigtausend Rubel pro Tag und rund zehntausend Rubel in bar. Das sollte für das Erste reichen, sofern sie nicht im Hilton übernachten wollten. Doch Leonid hatte ohnehin andere Pläne. Er kannte sich aus, schließlich hatte er jahrelang in Krasnojarsk gelebt.

Die Gegend, in die sie mit einem Bus fuhren, war nicht unbedingt das, was man ein Nobelviertel nennen konnte: heruntergekommene Wohnblocks, kaputte Autos, Wandschmierereien. Zwischen den Häusern war es verhältnismäßig ruhig, bis auf ein Kind, das irgendwo weinte, und einen Mann, der das klägliche Jammern niederbrüllte.

Ein paar abgerissene Gestalten lungerten hinter Mülltonnen herum. Der Rasen zwischen den Häusern war kaum mehr als ein Dreckhaufen mit ein paar grünen Halmen darauf.

Leonid ignorierte die schäbige Kulisse und zog Viktoria in einen der vielen Hauseingänge. Es stank fürchterlich, und bei genauem Hinsehen konnte man erkennen, dass die Klingelleisten allesamt mit Hundekot beschmiert waren. Ajaci hob den Kopf und schnupperte daran, doch Leonid wies ihn mit wüsten tungusischen Beschimpfungen zurecht. Die Eingangstür des Hauses stand auf. Leonid erwartete anscheinend nicht, dass ihnen jemand Einlass gebot. Schweigend stiegen sie in den fünften Stock hinauf und machten vor einer fleckigen Wohnungstür halt, die einen Spion besaß und offenbar von innen mit einer Kette verschlossen war. Nach mehrmaligem Klopfen wurde ihnen geöffnet.

Eine etwa fünfundvierzigjährige, immer noch hübsche Frau mit blondiertem, zerzaustem Haar steckte ihre kleine Nase durch den Spalt und stieß ein atemloses »O mein Gott« aus.

Dann wurde die Tür wieder geschlossen, und für einen Moment machte es den Eindruck, als ob sie sich nicht wieder öffnen sollte.

Viktoria schaute Leonid fragend an. Er zuckte mit den Schultern und wollte gerade noch einmal klopfen, als sich die Tür wieder öffnete. Zaghaft trat die Frau in den Flur, dabei betrachtete sie Leonid mit einem ungläubigen Blick, ganz so, als ob er ein Gespenst wäre. Viktoria hatte Zeit genug, sie ihrerseits zu betrachten. Sie war zierlich und trug ein cremefarbenes Negligé unter einem zerschlissenen rosafarbenen Morgenmantel. Ihre Brüste reckten sich unnatürlich drall in die Höhe, als sie plötzlich die Arme hob, um Leonid mit unvermuteter Inbrunst um den Hals zu fallen. Danach legte sie ihren Kopf an seine breite Brust und begann herzzerreißend zu schluchzen. Sie weinte minutenlang, und Leonid drückte sie die ganze Zeit mit hilfloser Miene an sich.

»Matruschka«, murmelte er leise. »Hör auf zu weinen, ich bin's doch nur.«

Viktoria stand daneben und schluckte ihre Verlegenheit hinunter.

»Bist du allein?« Leonid schaute fragend in die kleine Wohnung hinein.

Die Frau grub in der Tasche ihres Morgenmantels nach einem Taschentuch und putzte sich flüchtig die Nase.

»Seit du weg bist, ist niemand mehr hier eingezogen. Kommt rein!«, sagte sie und bedachte nun auch Viktoria mit einem unsicheren Lächeln.

In der engen Küche forderte die Frau sie auf, an einem Tischchen Platz zu nehmen, an dem zwei Stühle standen. Sie selbst kochte auf einer Gasflamme einen Filterkaffee, nachdem die beiden das Angebot etwas zu trinken, dankbar angenommen hatten. Viktoria erschienen ihre Bewegungen beim Kaffeekochen wie ein Ritual, das nur an ganz hohen Feiertagen praktiziert wurde.

Ajaci bekam eine Schüssel mit Wasser und einen Napf mit Katzenfutter. Eine graue Tigerkatze machte einen fürchterlichen Buckel und stob fauchend davon, als der Laika-Rüde nur kurz, aber bestimmt die Zähne fletschte.

Danach stellte die Frau Brot, Butter und Wurst auf den Tisch und forderte ihren Besuch mit erstickter Stimme auf, kräftig zuzulangen.

Die Frau war immer noch ganz aufgelöst. Sie hieß Svetlana und kannte Leonid seit seiner Jugend, wie sich bald darauf im Gespräch herausstellte, und hatte ihn wie ein eigenes Kind geliebt. Leonids Vater war eine kurze Zeit lang ihr Liebhaber gewesen. Einmal hatte sie ihn geistesgegenwärtig von hinten mit einer gusseisernen Bratpfanne bewusstlos geschlagen, als er im Vollrausch versucht hatte, seinen einzigen Sohn mit einem Brotmesser zu erstechen. Danach war sie ausgezogen und hatte Leonid kurzerhand mitgenommen. Daraufhin hatte sein Vater geschworen, sie beide umzubringen. Leonid hatte noch eine ganze Weile bei ihr gewohnt, immer in der Sorge, dass der Alte sein Versprechen wahrmachen könnte. Doch wenig später hatte sein Vater einen Schlaganfall erlitten, und Leonid hatte sich zur Armee gemeldet. Svetlana wäre beinahe geplatzt vor Stolz über seine Berufswahl. Als sie jedoch von seinem plötzlichen Tod erfahren hatte, wäre sie vor Schmerz fast gestorben, so groß war ihre Trauer gewesen.

Wie die meisten anderen Familienangehörigen war Svetlana nicht in

Leonids wahres Schicksal eingeweiht gewesen und hatte ihn für tot gehalten.

Mehr oder minder emotionslos erklärte ihr Leonid, dass sie in großer Gefahr schweben würden, wenn er und Viktoria sich nicht wenigstens bis zum Abend hier verstecken durften. Erst dann ging der Nachtzug nach Moskau. Ein Ziel, über das er und Viktoria noch gar nicht gesprochen hatten.

Svetlana und Leonid redeten noch eine ganze Weile. Leonid erzählte ihr wenig über die Gründe seiner Flucht. Davon, dass es Tote gegeben hatte und er in einem Helikopter von GazCom entkommen war, sagte er gar nichts.

Ab und an stellte Svetlana eine Frage an Viktoria, die Leonid ebenso knapp und stellvertretend für sie beantwortete. Sie sei eine Freundin, erklärte er karg. Offenbar wollte er nicht, dass Svetlana mehr über sie erfuhr als unbedingt notwendig. Und obwohl sie nicht den Eindruck vermittelte, dass sie Leonids Antworten zufriedenstellten, bot sie ihm und Viktoria wenig später ihr Schlafzimmer an, damit sie sich nach einer durchwachten Nacht bis zum Abend erholen konnten. Während die beiden noch in der Küche saßen, ging sie daran, das Bettzeug frisch zu beziehen.

»Was hast du vor?«, fragte Viktoria flüsternd, als sie sich einen Moment lang unbeobachtet glaubte.

»Wir werden dir heute Abend eine Fahrkarte nach Moskau kaufen. Es ist sicherer, mit dem Zug zu reisen. Die Kontrollen sind längst nicht so scharf wie auf den Flughäfen. Wenn du in Moskau angekommen bist, kannst du zu deiner Botschaft gehen und deine Ausreise organisieren. Deine Leute werden dich beschützen. Ich kann mir nicht vorstellen, dass der FSB es wagen wird, auf deiner Auslieferung zu bestehen, sobald du diplomatisches Terrain betreten hast.«

»Auslieferung?« Viktoria schauderte.

»Du befindest dich auf der Flucht«, erklärte er lapidar. »Mit einem gesuchten Terroristen. Glaubst du ernsthaft, Bashtiri würde den Sicherheitskräften die Wahrheit erzählen? Entweder wird er behaupten, dass ich dich abermals entführt habe – oder er wird dich der Mittäterschaft beschuldigen.«

An das, was geschehen würde, wenn sie selbst in die Hände der russischen Polizei fiel, hatte Viktoria noch überhaupt nicht gedacht. Ihre einzige Sorge galt Leonid.

»Und was ist mit dir?« Ihre Hand tastete nach seiner Hand.

»Ich werde in den Untergrund gehen und mich durchschlagen. Nichts anderes habe ich bisher gemacht.«

»Aber was ist, wenn sie dich doch schnappen?« Sie schluckte. »Deine Großeltern können dir nicht mehr helfen, und du hast kein Geld und niemanden, der dich verteidigen könnte. Ich werde dich nie wieder sehen, und vielleicht wird man dich umbringen. Ich habe Angst, Leonid. Ich kann das nicht, hörst du?«

»Denk einfach nicht dran.« Er streichelte ihre Wange und beugte sich vor, um sie zu küssen.

Svetlana betrat unvermittelt die Küche und räusperte sich. »Ihr könnt euch jetzt zur Ruhe begeben. Ich werde euch nicht stören. Neben meiner Arbeit in einem Schönheitssalon habe ich noch eine Putzstelle in der Stadt und bin erst am Nachmittag zurück. Später können wir einen Tee trinken, bevor ihr aufbrechen müsst.«

Sie trug helle Pumps und ein rosafarbenes Kostüm, das schon bessere Zeiten gesehen hatte. Mit ein paar geübten Handgriffen ordnete sie sich das Haar. Sie zwinkerte Leonid zu und zeigte Viktoria kurz, wo das Bad und die Toilette zu finden waren.

Als die Tür ins Schloß fiel, ging Leonid hin und verriegelte sie von innen. Viktoria stand hinter ihm und schaute ihm zu. Sie fühlte sich plötzlich erschöpft und irgendwie schmutzig. »Ich würde mich gerne waschen, wenn es möglich ist.«

Wortlos schob Leonid sie ins Bad und drehte den Duschkopf auf. Dann begann er sich vor ihren Augen komplett auszuziehen und schlüpfte mit einem Lächeln unter den dampfenden Strahl. Er streckte ihr die Hand entgegen und sah sie aufmunternd an. Gleichzeitig begann er mit der anderen Hand seinen muskulösen Bauch einzuseifen. Viktoria lächelte kopfschüttelnd und zog sich rasch aus. Danach stieg sie zu ihm hinter den Duschvorhang und umarmte ihn mit einem leisen Seufzer. Ihre Brüste drückten sich an ihn, während das warme Wasser wie eine Liebkosung über ihre Körper lief. Er bändigte sein feuchtes Haar im Nacken, bevor er sie besitzergreifend umarmte und sich zu ihr hinabbeugte. Sie küssten sich lange und leidenschaftlich, und während seine Zunge mit ihrer spielte, verteilten seine Hände den Seifenschaum auf ihrer samtweichen Haut. Sie spürte sein hartes, aufgerichtetes Glied an ihrem Bauch und stöhnte kehlig, als er mit seinen großen, feuchten Händen ihre Pobacken und Schenkel massierte.

»Dreh dich um«, raunte er heiser, doch als er seinen nächsten Gedanken verwirklichen wollte, öffnete sie hinter seinem Rücken den Hahn für das kalte Wasser.

Leonid stieß einen erstickten Laut aus und schnappte nach Luft, bevor er Abstand nahm und sie mit gespielter Entrüstung ansah.

»Lass uns ins Bett gehen«, flüsterte sie sanft und zog noch einmal seinen Kopf zu sich herunter, um ihn zu küssen.

Halb abgetrocknet schlüpften sie auf dem ausgezogenen Sofa unter das knisternde Laken. Es roch nach billigem Waschpulver, aber das war Viktoria vollkommen gleichgültig. Nichts auf der Welt hätte sie im Augenblick davon abhalten können, sich diesem Mann hinzugeben. Sie dachte nicht an die Toten und nicht an Bashtiri, auch nicht daran, in welcher Gefahr sie sich befanden. Leonid schien es ähnlich zu ergehen, als er mit seinem Knie behutsam ihre Schenkel spreizte, um mit einem tiefen Aufstöhnen in sie einzudringen. Er bewegte sich langsam und kraftvoll in ihr. Ihre Hände zerwühlten sein Haar und krallten sich vor Lust in seinen breiten Rücken. Seine Lippen liebkosten ihren Hals hinauf bis zum Ohr, und ein Schauer durchlief ihren Körper, als er ihren Namen flüsterte und abermals »Ich liebe dich« hauchte.

Das fahle Mittagslicht fiel durch eine halb geöffnete Jalousie, unten vom Hof drangen gedämpft die Geräusche aus den umliegenden Wohnblocks herein. Leonid lag auf dem Rücken und war tatsächlich eingeschlafen, nachdem er zuvor kaum genug von ihr hatte bekommen können. Ein Höhepunkt hatte den nächsten gejagt, und Viktoria hatte sich gefragt, wie es sein konnte, dass sie ausgerechnet in einer solchen Situation die schärfste Erotik und das intensivste Gefühl von Liebe erlebte, das sie jemals empfunden hatte.

Sie drehte sich zu Leonid hin und legte ein Bein über seines. Ihre Hand tastete sich unter der Wolldecke nach seinem entspannten Glied, um es sanft zu streicheln. Er brummte selig und lächelte im Schlaf, und sie fragte sich, warum das Schicksal so grausam sein konnte, ihr diesen Mann wieder zu nehmen, noch bevor sie ihn richtig kennengelernt hatte.

Mindestens eine Stunde sah sie ihn ununterbrochen an, prägte sich seine hohen Wangenknochen ein und die dunklen Wimpern, dazu die schmale, lange Nase und den vollen Mund. Als er die Augen aufschlug, sah er sie lange an. Die schräg stehenden grauen Wolfsaugen erschienen ihr dabei so unergründlich wie seine Vergangenheit.

»Was ist?«, flüsterte er lächelnd. »Fragst du dich gerade, was das für ein Kerl ist, der da neben dir im Bett liegt? Oder denkst du darüber nach, ob er es schafft, dich ein weiteres Mal glücklich zu machen?«

»Letzteres«, erwiderte sie lächelnd, obwohl es nicht stimmte. Sie hätte Ersteres sagen müssen. Aber so musste er nicht Rede und Antwort stehen und konnte noch mal den Beweis seiner Manneskraft antreten, was ihm vermutlich leichter fiel, als sein ganzes Leben vor ihr auszubreiten.

Leonid setzte sich auf und forderte sie mit einer sanften Geste auf, sich auf seinem Schoß niederzulassen. Mit einem wohligen Seufzer sank sie auf ihm nieder und streckte ihm aufreizend ihre Brüste entgegen. Er nahm ihre rosigen Spitzen abwechselnd in den Mund und saugte daran, während sie sich ganz langsam und sachte auf ihm bewegte. Solange, bis sie es beide nicht mehr aushalten konnten und sie in einen keuchenden Rhythmus verfiel, der sie beide zum Höhepunkt brachte.

Viktoria sah ihn mit einem leisen Lächeln an, als sie kurz darauf in seinen Armen lag.

»Hattest du etwas mit ihr?«

»Mit Svetlana?« Er wusste genau, worauf sie anspielte. »Wie kommst du darauf? Sie ist fünfzehn Jahre älter als ich.«

»Sie sieht dich so seltsam an – als wäre sie deine Mutter, und gleichzeitig ist da so ein heimliches Verlangen in ihrem Blick.«

»Ist es so deutlich?« Er lachte. »Du hast recht. Sie hat mir in Sachen Liebe alles beigebracht, was man einem jungen Kerl beibringen kann. Ich war sechzehn, als sie mich zum ersten Mal verführte. Eines Tages, als ich von der Schule nach Hause kam, machte sie mir die Tür in einem durchsichtigen, roséfarbenen Nachthemd auf. Von da an verbrachten wir jeden Nachmittag im alten Ehebett meiner Eltern. Wir konnten nicht genug voneinander bekommen und trieben es bis zum Abend, bevor mein Vater vollkommen betrunken aus der Kneipe nach Hause kam. Spätestens dann saß ich an meinen Hausaufgaben, als ob ich kein Wässerchen trüben konnte, und Svetlana bereitete bieder gekleidet in der Küche das Essen vor.«

»Hattest du kein schlechtes Gewissen?«

»Nein. Mein Vater hat mit Sicherheit etwas geahnt, aber ich empfand ihre Liebe als eine Art ausgleichender Gerechtigkeit gegenüber seiner Brutalität, die er regelmäßig an uns beiden ausließ. Wir haben uns gegenseitig getröstet – das war es wohl.«

Die Schmerzen, die Bashtiri empfand, als man ihn in das Hospital von Vanavara einlieferte, waren beinahe unerträglich. Doch noch mehr als die Verletzung seiner Finger schmerzte ihn die Erkenntnis, dass er auf Lebenov hätte hören sollen. Dass mit Aldanov und seiner Sippe etwas nicht stimmte, konnte selbst ein Blinder erkennen.

»Wir müssen Sie operieren«, beschloss der behandelnde Arzt. »Die Ränder der Wunde müssen gesäubert und die Knochensplitter dringend entfernt werden, damit es nicht zu einer Infektion kommt.«

»Nicht jetzt, Doktor«, stieß Bashtiri mit zusammengebissenen Zähnen hervor, während der Mann im weißen Kittel ihm eine Tetanusspritze in den Oberschenkel jagte. »Geben Sie mir lieber eine Morphiumspritze und packen Sie einen Verband darum. Ich muss dringend mit der Polizei sprechen. Oder noch besser: Sie geben mir ein Telefon, damit ich den FSB verständige.«

»Sie sollten sich schonen.« Der Arzt sah ihn zurückhaltend an.

»Was geht Sie das an?«, fauchte Bashtiri. »Wollen Sie Ihren Posten verlieren?«

»Na gut«, erklärte der Arzt kleinlaut. »Wie Sie wünschen.«

Ein paar Minuten später hielt Bashtiri ein Mobiltelefon in der Hand und rief in Moskau an. Mit wenigen Worten erklärte er dem diensthabenden Offizier im Innenministerium, was ihm widerfahren war. Natürlich musste er die wahre Geschichte ein wenig ändern. In seiner Version war Leonid Aldanov ein gefährlicher Mörder und Hochstapler, der sich seit Jahren in einem sibirischen Wald versteckt hielt, um im Geheimen seine terroristischen Aktivitäten gegen das russische Volk und seinen Präsidenten zu planen. Dieser Aldanov hatte einen leitenden Sicherheitschef von GazCom auf dem Gewissen sowie etliche seiner Söldner und einen jungen Touristenführer, dessen eindeutige Identität noch nicht geklärt war. Außerdem musste er Komplizen haben. Wer sonst hätte im Wald die Verfolgung aufnehmen können und die Söldner von GazCom erschießen können?

Zu allem Übel habe dieser Aldanov vermutlich ein weiteres Mal die deutsche Wissenschaftlerin entführt, fuhr Bashtiri am Telefon fort. Naturgemäß gebe es noch keine Forderungen, doch das könne sich jederzeit ändern, und dann seien selbst internationale Verwicklungen nicht auszuschließen.

Man verständigte sich darauf, eine landesweite Fahndung in Gang zu setzen und ein Team des FSB nach Vanavara zu schicken, das sich der Sache umgehend annehmen sollte.

Dass Aldanov und seine Leute im Besitz einer gefährlichen Waffe zu sein schienen, die nicht nur das Gehirn anderer Menschen manipulieren konnte, sondern zudem in der Lage war, eine Explosion hervorzurufen, verschwieg er geflissentlich. Zunächst wollte er Doktor Swerew zu Rate ziehen und abwarten, ob die Agenten des FSB ihn ins Vertrauen zogen. Irgendwie erschien ihm die Sache mit Kolja zu heikel. Bashtiri befürchtete, dass der Russe durchaus ein Angehöriger des FSB gewesen sein konnte. Die Art, wie er mit der Waffe umgegangen war, deutete auf eine militärische Ausbildung hin, und dass er sich auf die Seite von Aldanov geschlagen hatte, verhieß nichts Gutes.

Bashtiris nächster Anruf galt Doktor Swerew. Der Anthropologe hatte inzwischen die Kopien des Tagebuches ausgewertet und bestätigte Lebenovs Annahme erneut, dass es sich offenbar um einen außergewöhnlichen Fund handelte, der von hoher politischer und wissenschaftlicher Sprengkraft sein konnte. Kurz und knapp berichtete der Oligarch dem Wissenschaftler, was in der letzten Nacht vorgefallen war. Swerew bestand jedoch trotz aller Bedenken Bashtiris darauf, dass man die gewonnenen Erkenntnisse der russischen Regierung zur Verfügung stellen müsste.

»Der Mann ist gefährlich«, beschwor er Bashtiri. »Wenn er die im Tagebuch erwähnten Fähigkeiten tatsächlich besitzt, kann er alles Mögliche damit anstellen.«

Bashtiri ließ keinen Zweifel aufkommen, dass die Aufklärung der offiziellen Stellen nur in einer Weise geschehen durfte, die keinerlei

Rückschlüsse zuließ, dass er und Lebenov bereits eigenmächtig Untersuchungen eingeleitet hatten, und zwar, ohne den russischen Präsidenten oder die Leitung des GazCom-Konzerns zu beteiligen.

Doktor Swerew kündigte seine Anreise für den Abend an.

Ein Helikopter würde ihn von Irkutsk nach Vanavara bringen. Solange Swerew in die Untersuchungen eingebunden war, konnte Bashtiri getrost damit rechnen, dass er ihn weiterhin auf dem Laufenden halten würde, selbst wenn der Fall an Regierungsstellen abgegeben werden musste.

Kaum hatte er aufgelegt, erschien der Polizeichef von Vanavara, Kapitan Josephowitsch. Der hagere, ausgezehrt wirkende Mann, dem man seinen regelmäßigen Wodkakonsum ansehen konnte, wurde von einem älteren, sportlich wirkenden Mann begleitet, der um einiges gepflegter wirkte und der Bashtiri bestens bekannt war.

Professor Rodius machte vor Bashtiri Halt und blickte nur kurz auf dessen verbundene Hand, ohne jedoch ein Wort des Bedauerns zu äußern. »Meine Kollegin wird seit dem Morgengrauen vermisst. Sie ist nicht zum Frühstück erschienen«, blaffte er, als ob er wie selbstverständlich davon ausging, dass Bashtiri Schuld daran haben musste.

Der behandelnde Arzt trat hinzu und zog Rodius zurück, indem er ihn am Arm fasste. »Der Patient bedarf äußerster Schonung«, bestimmte er streng. »Ich kann nicht zulassen, dass Sie ihn derart attackieren.«

Mit einer unwirschen Geste befreite sich Rodius vom Griff des Arztes, dabei trat er demonstrativ einen Schritt von dem Oligarchen zurück.

»Lassen Sie nur«, beschwichtigte Bashtiri den Arzt. »Der Mann ist aufgeregt, und das hat seinen Grund. Ich kenne ihn.« Mit wenigen Worten erklärte Bashtiri dem deutschen Professor die schreckliche Lage. »Aldanov ist entflohen. Vermutlich hat er Ihre Kollegin ein weiteres Mal entführt. Er hatte sie bei sich, als er den Helikopter startete.« Er setzte eine Miene scheinbar ehrlicher Anteilnahme auf. »Es tut mir wirklich leid, Ihnen das sagen zu müssen«, fuhr er fort. »Aber Ihre Kollegin befindet sich in höchster Gefahr. Noch heute wird ein Sicherheitsteam der Regierung eintreffen und den Fall übernehmen. Am besten halten Sie die Mobiltelefonnummer und die Bankdaten von Frau Doktor Vanderberg für die Polizei bereit, damit man sehen kann, ob der Täter sich ihres Telefons und ihrer Kreditkarten bedient.«

»Und wie soll sie an den Chekosee zurückgekommen sein?« Rodius sah ihn entgeistert an. Er vermochte nicht zu glauben, was Bashtiri berichtet hatte.

»Was fragen Sie mich das?«, entgegnete Bashtiri unwirsch.

»Wie soll es Ihrer Meinung nach jetzt weitergehen?« Rodius spürte die Verzweiflung angesichts der Tatsache, dass Viktoria zum zweiten Mal unter äußerst mysteriösen Umständen verschwunden war – noch dazu in Begleitung eines fragwürdigen Mannes, dessen Name in einem Atemzug mit einem terroristischen Akt genannt wurde.

»Fliegen Sie wie geplant nach Moskau«, riet ihm Bashtiri, »und warten Sie in Ihrer Botschaft ab, was geschieht. Sie können hier nichts tun. Die Regierung ist informiert. Man wird sich der Sache annehmen. Sobald man etwas weiß, erhalten Sie Nachricht.«

Der Professor schluckte seine Empörung herunter. Ob er wollte oder nicht – er musste Bashtiri recht geben. Die Einzigen, die Viktoria in dieser Sache helfen konnten, waren die deutsche Botschaft und das Auswärtige Amt.

Der Nachmittag war bereits fortgeschritten, als Svetlana nach Hause zurückkehrte. Leonid und Viktoria saßen – vollständig angekleidet und ähnlich brav wie Leonid nach seinen jugendlichen Eskapaden – in der Küche und tranken Kaffee.

Svetlana wirkte völlig aufgelöst. In dem Haushalt, wo sie am Nachmittag arbeitete, lief ständig der Fernseher, und so hatte ihr gar nicht entgehen können, dass man nach Leonid und Viktoria eine landesweite Fahndung eingeleitet hatte.

»Was hast du getan, Wuntschok?« rief sie außer sich vor Entsetzen, als sie Leonid völlig unvermittelt gegenübertrat.

Er stand langsam auf und blickte verständnislos auf sie herab.

»Was meinst du damit?«

»Die sagen, du hättest einen hochgestellten Offizier der GazCom umgebracht – dazu einen harmlosen Touristenführer und noch zwei weitere Menschen! Außerdem haben deine Komplizen vier Sicherheitskräfte von GazCom auf dem Gewissen, die man in einem Wald in der

Nähe von Vanavara gefunden hat.« Svetlana schrie fast und sah ihn so verächtlich an, als ob sie jeden Moment vor ihm ausspucken wollte.

Er fasste sie hart bei der Schulter und zwang sie, ihm ins Gesicht zu schauen.

»*Wer* sagt so etwas?«, fuhr er sie an.

Tränen standen in ihren Augen, bevor sie sich anschickte zu antworten.

»Im Fernsehen haben sie es in den Nachrichten gesagt. Sie haben Fotos von dir und dem Mädchen gezeigt und haben gemeint, du hättest sie mit einem Helikopter entführt.« Ein Seitenblick auf Viktoria sollte ihr wohl versichern, dass sie sich zu irren hoffte. »Sie suchen in ganz Russland nach euch! Den Helikopter haben sie draußen vor der Stadt sichergestellt. Die gesamte Gegend wurde abgesperrt, und nun kontrollieren sie den Flughafen und alle Bahnhöfe im Umkreis.«

»Setz dich!« Es war ein Befehl, und allein Leonids hünenhafte Gestalt machte ihrer aufgebrachten Gastgeberin klar, dass sie ihm zuhören musste, bis sie alles verstanden hatte. Ruhig und geduldig erklärte er ihr, was tatsächlich vorgefallen war. Vielleicht lag es an der Zuneigung, die Svetlana ihm zweifellos entgegenbrachte, dass er sie zunehmend davon überzeugen konnte, kein Verbrecher zu sein.

»Denkst du, sie haben deiner Babuschka etwas angetan?« Svetlana wagte diese Frage kaum zu stellen.

»Sie lebt«, behauptete Leonid hartnäckig. »Und sie kennt sich gut genug aus, um sich im Wald zu verstecken, und dann ist da auch noch mein Großonkel. Er wird sie nicht im Stich lassen.«

Svetlana sah ihn fassungslos an. »Ich mache mich strafbar«, flüsterte sie, »wenn ich euch zur Flucht verhelfe, aber mein Gewissen verlangt es von mir. Ich kenne da jemanden, der euch kurzfristig Pässe beschaffen kann. Es wird etwas kosten, aber ich habe gespart.« Sie stieß einen schweren Seufzer aus und bekreuzigte sich.

Leonid hielt ihre Hand und küsste dann ihre Wange, viel zärtlicher, als man es bei einer einfachen Freundin erwarten durfte.

Svetlana sah ihn prüfend an und strich über sein Haar. Dann schaute sie zu Viktoria hin. »Ihr könnt so nicht bleiben«, stellte sie tonlos fest. »Wir müssen wenigstens etwas mit euren Haaren anstellen.«

Wenig später kehrte sie mit einer silbernen Beuteltasche zurück.

»Ich bin gelernte Friseurin«, stellte sie vor Viktoria klar. »Ich werde euch jetzt die Haare schneiden und färben, damit euch niemand erkennt, wenn ihr zum Bahnhof geht.«

31

Juni 1908, Sibirien – Versuchsstation

Bereits gegen vier Uhr morgens war Leonard auf den Beinen. Er hatte die halbe Nacht kein Auge zugetan. Vielleicht lag es an Pjotr und Weinberg, die mit ihm eine Kammer teilten und deren Schnarchen er nicht mehr ertragen konnte. Vielleicht lag der Grund aber auch in der jungen Prostituierten von gestern Abend. Nachdem sie den ersten hochgestellten Freier bedient hatte, folgten vier weitere, die allesamt nicht weniger pervers waren als ihr geschniegelter Kamerad. Deren Keuchen und Grunzen, das Klatschen einer Peitsche, die erstickten Schreie des Mädchens und das anschließende Wimmern hatte er mehrmals in der Nacht über den angrenzenden Flur hören können.

Wütend hatte Leonard die Zähne zusammengebissen, in dem Bewusstsein, gegen diese brutalen Kerle nichts ausrichten zu können, weil sie sich scheinheilig hinter hochdekorierten Uniformen verbargen.

Der Morgen war klar, und die Vögel zwitscherten, als Leonard endlich nach draußen gelangte, um sich hinter ein paar Büschen zu erleichtern. Einige Kosaken hielten vor ihren Zelten Wache. Sie saßen am Feuer, rauchten und tranken Malzkaffee.

Ein Treck von Arbeitern wanderte vorbei und fesselte Leonards Aufmerksamkeit. Plötzlich hörte er seinen Namen, und ein blendend weißes Lächeln erhellte die Düsternis zwischen den Tannen.

»Tschirin?« Er konnte es kaum fassen und fiel dem Tungusen mit klopfendem Herzen in die Arme. Minutenlang hielt er den ehemaligen Jämschtschik an sich gedrückt. »Es ist schön, dich zu sehen«, sagte er schließlich. »Ich befürchtete schon, es gäbe dich nicht mehr.«

»Ich habe Arbeit gefunden«, erklärte ihm Tschirin atemlos, »und meine Frau erwartet das dritte Kind.«

»Dann geht es dir gut?« Leonard freute sich aufrichtig, dass es den freundlichen Tungusen nicht schlimmer erwischt hatte.

»Es ist so gekommen, wie ich gesagt habe. Mein Vater hat mich aus der Sippe verbannt. Und du?« Er hob seine Brauen und sah ihn erwartungsvoll an.

Mit wenigen Worten erzählte Leonard von seinem unverhofften Glück – von einer Frau, einem Kind und dass das Warten auf das zweite bald schon ein Ende haben würde.

»Das Schicksal der meisten Männer wird nicht durch die Geister bestimmt, das Schicksal der meisten Männer bestimmt eine Frau«, erklärte Tschirin ihm lachend. »Und was machst du hier draußen?«

Mit gedämpfter Stimme erinnerte ihn Leonard an das geheime Experiment. »In wenigen Tagen ist es soweit«, erklärte er flüsternd, »bis dahin bauen wir unsere Zelte hinter dem Fluss Kimchu auf.«

»Dann hat Maganhir also Wort gehalten?«

»Es sieht ganz danach aus.«

»Hütet euch vor meinem Vater.« Tschirin sah ihn durchdringend an. »Wenn er davon erfährt, wird seine Rache fürchterlich sein.«

»Wie sollte er davon erfahren, es sei denn, du sagst es ihm.«

»Ich?« Tschirin machte eine abwehrende Geste. »Ich habe keinerlei Verbindung mehr zu ihm, aber du darfst nie vergessen, er ist ein Schamane, er besitzt die Fähigkeit, Gedanken zu lesen, auch über viele Werst entfernt.«

»Maganhir ist auch ein Schamane«, erinnerte ihn Leonard beschwichtigend. »Wenn beide tatsächlich so mächtig sind, wie du sagst, werden sie sich gegenseitig in Schach halten.«

»Sehe ich dich irgendwann wieder, Bruder?« Tschirin hatte eine Hand auf Leonards Schulter gelegt.

»Wenn das Experiment gelingt, bestimmt. Ich hoffe, dass man uns die Freiheit schenkt, wenn wir liefern, was man von uns verlangt.«

»Die Ahnen sollen mit dir sein.« Tschirin umarmte ihn noch einmal, bevor er sich umdrehte und seinen Mitstreitern im Laufschritt folgte, bis er mit ihnen im Wald verschwunden war.

Der Weg bis zum Kimchu war überaus beschwerlich. Bäume so weit das Auge reichte, dazwischen tückische Sümpfe, brackiges Wasser und

Myriaden von Stechmücken. Leonard empfand Erleichterung, als er von weitem auf einem Hügel den dreißig Meter hohen Antennenmast sehen konnte. Von dort aus wurden die eingehenden Signale des Luftschiffes in die Haupteinsatzzentrale weiter unten am Fluss gefunkt. Unterhalb des Hügels hatten die Arbeiter einen Bunker in den steinigen Untergrund getrieben. Mit Isoliermaterial ausgekleidet und vollkommen verputzt, wirkte der sichere Unterschlupf in einer Tiefe von zwölf Meter und einem Ausmaß von ungefähr fünfhundert Quadratmeter wie ein weit verzweigter Kaninchenbau. In sicherer Entfernung zum eigentlichen Schauplatz wollte man hier den Fortgang des Experimentes koordinieren. Etwa zehn Werst südöstlich würde die Bombe regelrecht platzen – oder auch nicht, falls Maganhir nicht hielt, was er versprochen hatte. Von einem Hochplateau aus würde er seine Kräfte auf eine Weise einsetzen, die ausschließlich Aslan und Weinberg bekannt war. Es schien niemanden zu kümmern, dass man nicht Genaueres über die Fähigkeiten des Mannes mit den listigen Augen erfuhr. Trotz aller Untersuchungen war es weder Primanov noch Weinberg gelungen, hinter das wahre Geheimnis des tungusischen Schamanen zu kommen. Fest stand, dass er in der Lage war, gleißende Kugelblitze zu erzeugen, denen er sogar eine Richtung verleihen konnte. Aslan schwärmte unentwegt, dass die elektrischen Kräfte, die dabei freigesetzt wurden, tatsächlich gigantisch waren. Die Energie, die der Schamane auf das Versuchsluftschiff richten sollte, würde noch stärker sein als alles, was er bisher zustande gebracht hatte. Einzige Bedingung war, dass ihn kein Russe auf den ausgesuchten Berg begleiten durfte. Um mit einem Gott zu verhandeln, bedurfte es keiner Zeugen, sie würden die Zeremonie nur stören.

Leonard war bei aller Begeisterung skeptisch. »Habt ihr euch überlegt, was geschieht, wenn er versagt?«, flüsterte er Weinberg zu, nachdem sie die hypermoderne Schaltzentrale unten im Bunker mit einem Gläschen Wodka eingeweiht hatten. Weinberg hob eine Braue und antwortete nicht sofort. Hinter ihm besichtigte die Delegation des Zaren das Neueste, was man an Funktechnik auf dem Markt finden konnte.

»Marconi«, murmelte einer der Offiziere anerkennend, als er mit hinter dem Rücken verschränkten Händen den großen Schaltschrank inspizierte. »Wie haben Sie das alles hierher bekommen?«

Lobow grinste stolz. »Wir haben es nach den Vorschlägen der anwesenden Wissenschaftler beschafft und mit Rentier-Schlitten in die Taiga transportiert. Das meiste davon im Winter, weil es einfacher war.«

»Wenn die Sache danebengeht, können wir uns warm anziehen«, murmelte Pjotr, der den Enthusiasmus Lobows gegenüber der Zarendelegation mit gemischten Gefühlen verfolgte.

Leonard stieß einen Seufzer aus. »Weiß unser hoher Besuch eigentlich, was wir genau vorhaben?«

Weinberg entrollte einen Gebietsplan und schüttelte kaum merklich den Kopf. »Soweit mir bekannt ist, hat Lobow davon Abstand genommen, bei seinen Erläuterungen ins Detail zu gehen. Entweder weil er es selbst nicht ganz verstanden hat – oder weil er dachte, wenn es nicht funktioniert, könnte man die ganze Sache als kleines Malheur vertuschen und die Aufmerksamkeit der Beobachter auf bereits bestehende Errungenschaften lenken.«

Leonard wandte sich mit einem unguten Gefühl ab und kümmerte sich um die Funksignale, die nun pausenlos hereinkamen. Sie zeigten ihm, dass das Luftschiff immer noch auf Kurs war, und zwar auf vier Werst Höhe. Am späten Nachmittag war es in Kirensk gestartet; von dort aus sollte es einem Zickzackkurs folgen, und am nächsten Morgen wurde es mit einer Sinkgeschwindigkeit von einhundert Werst in der Stunde am vereinbarten Treffpunkt erwartet. Maganhir richtete sich nicht nach einer Uhr, sondern nach dem Stand der Sonne. Der Wetterbericht für die nächsten Tage schien günstig. Ein zuverlässiges Hochdruckgebiet überlagerte die gesamte steinige Tunguska, und somit würde im entscheidenden Augenblick Sichtkontakt bestehen.

In der Nacht bereitete sich Maganhir auf eine besondere Begegnung vor. Auf einem Hügel, dessen Kuppe das gesamte Flusstal überragte, wollte er Ogdy, den Gott des Donners und des Lichtes, um die Steigerung seiner außerordentlichen Kräfte bitten. Am Fuß des Berges hatte er Wachen aufgestellt, damit niemand seine heiligen Kreise störte. Wölfe heulten in die mondlose Nacht, und nur die Sterne am Firmament erleuchteten den nicht gar so dunklen Junihimmel.

Der Gehilfe reichte dem Schamanen einen besonderen Trunk und schlug vor einem knisternden Lagerfeuer leise die Trommel, solange, bis sein Meister im Aufleuchten der Flammen in eine tiefe Trance versunken war.

Bis zum frühen Morgen erwachte er nicht aus seinem allumfassenden Traum; erst mit dem Aufgang der Sonne öffneten sich seine schmalen Lider.

Unruhe war in seinen Augen zu erkennen, erst recht als er sich erhob, um in die Ferne zu schauen. Obwohl das große, silberne Objekt noch nicht zu sehen war, konnte er es spüren. Der Himmel war klar, und mit der zunehmenden Kraft der Sonne spürte er die Kraft in seinem Innern. Sie würde stark genug sein, um nicht nur die Wünsche der Russen, sondern auch seine eigenen zu erfüllen.

Bereits jetzt spürte er, wie das Licht seinen Körper durchdrang und sich in seiner Mitte sammelte.

Seine Konzentration steigert sich, bis unvermittelt ein huschender Schatten die Wärme verdeckte. Er meinte, den Flügelschlag eines Raben gesehen zu haben, und fuhr erschrocken herum. Der Wind fegte durch sein Haar, und sein Gehilfe war mit einem Mal verschwunden.

Statt seiner baute sich eine große, hagere Gestalt vor ihm auf. Mit der Nase eines Falken und den glühenden Augen eines Dämons sah ihm Tschutschana direkt ins Gesicht.

»Du bist etwas vorschnell, Bruder. Dachtest du wirklich, ich lasse mir dein Vorgehen einfach so gefallen?«

Gegen vier Uhr in der Frühe trat Leonard seinen Dienst im Bunker an. *30. Juni 1908*, schrieb er in eine Art Logbuch, in dem der Ablauf der Versuchsreihe minutiös protokolliert werden musste. Während die Feder über das Papier kratzte, wurde ihm bewusst, an was sie alles hatten denken müssen, bevor der Stützpunkt überhaupt seine Einsatzbereitschaft melden konnte. Einsam und von niemandem behelligt, überprüfte er in der großen Halle den Hauptgenerator, der mit einem Benzinmotor betrieben wurde und dessen Abgase durch einen schmalen Kamin nach draußen gelangten. Dann kontrollierte er die Funkarmaturen und seismographischen Aufzeichnungsgeräte, bevor er sich nach draußen begab, um ein wenig frische Luft zu schnappen. Die Sonne erhob sich strahlend im Südosten, und auf einer kleinen

Anhöhe genoss er den Blick auf den glitzernden Fluss. Eingeschlossen von hoch aufragenden Tannen, wirkte er wie ein goldenes Band in einem tiefgrünen Bett.

Ein Räuspern holte Leonard aus seinen Gedanken. Pjotr machte sich bereit, um mit Aslan auf den etwa zweihundert Saschen hohen Beobachtungshügel zu steigen, der sich etwa zwei Werst entfernt über dem Fluß erhob. In seiner Hand hielt er eine silberne Taschenuhr, die sein Vater ihm einst geschenkt hatte und deren weiteren Besitzer er gegenüber der Ochrana mit dem Argument verteidigt hatte, dass er als Wissenschaftler auf genaue chronologische Messungen angewiesen sei.

»Schlummern die Günstlinge des Zaren noch?«, unkte Leonard boshaft.

»Weinberg hat in der Offiziersmesse echten Kaffee gekocht und Baranki geröstet, da wird es nicht lange auf sich warten lassen, bis die hohen Herren zum Frühstück erscheinen.«

Neben Kontroll- und Maschinenraum bot der Bunker einen bescheidenen Luxus. Obwohl nur im Sommer bewohnbar, weil es ansonsten zu eisig geworden wäre, hatte man sogar an einen beheizten Schlafraum gedacht.

Während Aslan und Pjotr schon vorausgegangen waren, machte sich Leonard zusammen mit Weinberg und den zaristischen Kontrolleuren erst gegen fünf zum Hügel auf.

Das Luftschiff wurde um kurz vor sieben erwartet, und so hatten sie noch ein wenig Zeit, die technischen Gerätschaften und das Experiment zu erläutern, insofern es der Sachverstand der hohen Herren aus Sankt Petersburg zuließ. Kurz bevor die Bombe offiziell gezündet werden sollte, würde Leonard allein zum Bunker zurückkehren, um den reibungslosen Einsatz der Funkgeräte vor Ort zu garantieren. Ein bisschen bedauerte er, nicht näher dabei sein zu können, aber wenn man Aslan Glauben schenken konnte, würde außer einem Lichtblitz, einem ohrenbetäubenden Knall und einem leichten Beben ohnehin kaum etwas zu spüren sein.

Lobow folgte wenig später mit einem Trupp Kosaken, die den Ausguck bewachen sollte. Obwohl sich Leonard kaum vorzustellen vermochte, wer oder was sie hier angreifen sollte, gehörte es zu Lobows

Gewohnheiten, nie ohne militärischen Schutz durch die Wälder zu streifen.

Ein laues Lüftchen wehte um Leonards Nase, als er zusammen mit den anderen Männern den Ausguck erreichte. Trotz eines leichten Unbehagens, das durch die Höhe verursacht wurde, kletterte er als Erster mutig auf den beinahe zehn Saschen hohen Sendeturm. Oben im Krähennest angekommen, einer kleinen mit Gittern ummantelten Aluminiumplattform, blickte er auf die beiden Antennen, die sich unter ihm waagerecht ausbreiteten. Es roch nach Sommer und Frieden, und für einen Moment ließen ihn die warmen Strahlen der aufgehenden Sonne vergessen, dass er nicht in Sankt Petersburg in einem Café an der Newa saß, sondern inmitten der sibirischen Taiga. Der Himmel zeigte sich in reinstem Blau, und der Funkkontakt zum Luftschiff und zur Basisstation am Fuße des Turms verlief einwandfrei. Aslan, der die Mission zusammen mit Pjotr überwachte, hatte ihm mehrfach bestätigt, dass es keinerlei Kurskorrekturen bedurfte, um die Versuchsstrecke von fünfhundert Werst zu bewältigen. Also stimmten Leonards Berechnungen; dem zeitgerechten Empfang des silbernen »Feuerpferdes« würde nichts mehr entgegenstehen.

»Verschwinde!«, fauchte Maganhir boshaft, als er unvermittelt Tschutschana gewahrte. »Das hier geht dich nichts an.« Mit seinem schärfsten Konkurrenten hatte er auf dem heiligen Berg seiner Ahnen am allerwenigsten gerechnet.

»Ach ja? Es geht mich nichts an?« Tschutschanas Augen funkelten kampflustig. »Und ob es mich etwas angeht! Für ein paar Rubel verkaufst du nicht nur deine eigene Würde, sondern die aller Tungusen. Du verrätst unsere tiefsten Geheimnisse. Du hilfst den Russen, unser Land zu zerstören, beschmutzt unsere heiligen Stätten und missbrauchst die Gunst unserer Götter!«

Maganhir setzte eine hasserfüllte Miene auf, bevor er zum Gegenschlag ausholte. »Es war dein Sohn, der die Russen über unsere geheimen Gaben aufgeklärt hat! Deine Sippe ging mit schlechtem Beispiel voran. Ansonsten wären der Zar und seine Getreuen wohl kaum auf die Idee gekommen, mich rufen zu lassen.«

»Kehr um, Maganhir!«, stieß Tschutschana hervor. Die Sonne im

Rücken, starrte er seinen Widersacher zornig an. »Oder ich muss dich lehren, wer von uns beiden der Stärkere ist.«

»Versuche es!«, zischte der viel kleinere Maganhir, dabei plusterte er sich auf wie ein Vogel im Winter. »Und ich werde dich töten. Es macht mir nichts aus, ich hätte es schon viel früher tun sollen.«

Tschutschana begann zu lachen, doch plötzlich flog wie aus dem Nichts ein faustgroßer Stein gegen seine Schläfe und ließ den hageren Schamanen ein Stück den Abhang hinuntertaumeln. Blut rann über sein Gesicht. Mit verzerrter Miene zog er einen Bogen und einen Pfeil, beides unsichtbar, und richtete es auf Maganhir. Ein leises Zischen zerschnitt die morgendliche Stille, dann ging der kleine Schamane mit einem Aufstöhnen zu Boden und hielt sich den Arm. Er verharrte nur kurz, bevor er sich geschickt zur Seite rollte. Hinter seinem Rücken erschien ein zähnefletschender gläserner Wolf. Blutrünstig stürzte er sich auf Tschutschana, der versuchte, den Angriff abzuwehren, doch die bläuliche Feuerkugel, die er von sich schleuderte, verfehlte ihr Ziel. Der Gehilfe aus der Unterwelt verbiss sich in Tschutschanas Arm.

In seiner Not rief Tschutschana eine Horde von Hilfsgeistern herbei, die dem Dämon die Kraft raubten, bis er sich schließlich in Nichts auflöste. Die höllischen Schmerzen im Arm blieben jedoch.

»Hast du genug?«, höhnte Maganhir hämisch. »Oder verlangst du nach dem Tod?«

Tschutschana kämpfte sich auf die Füße und hielt sich keuchend den Arm. Es kostete ihn einiges an Kraft, dennoch vermochte er sich zu konzentrieren. Maganhir durfte nicht siegen – und wenn es ihn selbst das Leben kosten würde. Mit aller Kraft bemühte er sich, dem verhassten Feind den Atem zu nehmen. Maganhir spürte, wie sich eine unsichtbare Schlinge um seinen Hals legte. Er röchelte, seine Zunge quoll unnatürlich hervor. Mit einer fahrigen Bewegung zog er sein magisches Messer und schickte es auf eine dämonische Reise.

Ein gleißender Lichtstrahl blendete seinen Gegner. Hoch am Himmel war urplötzlich ein glänzender Zylinder erschienen, auf dessen silbriger Haut sich die Sonne spiegelte. Tschutschana sank schreiend zu Boden und hielt sich die Brust, dort, wo für gewöhnlich das Herz saß. Ungläubig starrte er in Richtung des riesigen Boliden, der in einer stetigen Geschwindigkeit talwärts schwebte.

Maganhir war indessen aufgesprungen und brachte sich in Position.

»Nicht!«, keuchte Tschutschana heiser und kroch auf seinen Feind zu. Er hatte ihn beinahe erreicht, da hörte er ein brodelndes Geräusch.

Maganhir stand breitbeinig da und sammelte sich. Tschutschana zog sich auf die Knie. Er wusste, dass er Maganhir nicht mehr gefährlich werden konnte. Ihm blieb nur, zu versuchen, die Flugbahn seines Lichtkörpers zu stören.

Mit einem Ruck löste sich eine Kugel aus der Körpermitte des viel kleineren Schamanen. Die wabernde Gestalt der Kugel erinnerte an die flimmernde Hitze des Sommers. Maganhir war zu benommen, um Tschutschanas Wirken zu bemerken, und so ließ er ihn gewähren, als er seinen unversehrten Arm in Richtung der davonschießenden Kugel ausstreckte. Ein zweiter Ball löste sich aus der Hand des im Staub liegenden Schamanen, viel kleiner, aber auch viel schneller. Mühelos holte er die größere Kugel ein, doch anstatt sie vom Kurs abzubringen, vereinte der Ball sich mit der ersten Kugel zu einem noch mächtigeren Geschoss. Hilflos musste Tschutschana mit ansehen, wie die unsichtbare Energie auf die silberne Flugmaschine prallte und sie nicht sogleich zerstörte, sondern sich ihren Weg in das Innere suchte.

Plötzlich zerriss ein gewaltiger Donner die Stille, und ein sprühender Schweif schob den gigantischen Zylinder in atemberaubender Geschwindigkeit über den nächsten Hügel. Weitere Explosionen folgten, Detonation auf Detonation, und bevor Tschutschana seinen Kopf einziehen konnte, erschien ein riesiger Wolkenpilz über dem Horizont, und ein nie zuvor gesehener Blitz tauchte die Landschaft in gespenstische Schatten. Dann verbreitete sich eine unglaubliche Hitze über das Land, und dem heißen Wind, der Maganhir von den Füßen hob und an Tschutschana vorbei über den Abhang schleuderte, folgte eine gigantische Feuerwand, die alles in Asche verwandelte, was sich ihr in den Weg stellte. Die Bäume verglühten, und das Wasser der Flüsse verdampfte zu Nebel. Mit der Druckwelle galoppierten Millionen von Dämonen über die Taiga, und wie Heuschrecken fraßen sie Tschutschana und Maganhir das Fleisch von den Knochen, bis nur noch weiße Skelette übrig waren.

32

Juni 2008, Tunguska – Countdown

Svetlana verstand etwas von ihrem Handwerk. Es sah aus, als ob die Schere regelrecht über Leonids Kopf tanzen würde; eine schwarze Strähne nach der anderen fiel auf den Küchenboden. Ajaci knurrte leise. Offenbar war ihm die ganze Angelegenheit nicht geheuer. Dabei wich er seinem Herrchen nicht von der Seite. Leonid hingegen verzog keine Miene, als Svetlana ihn vor einem aufstellbaren Tischspiegel im Handumdrehen von einem Indianer in einen Gentleman verwandelte. Seine Frisur war kurz und modisch, aber nicht so raspelkurz, dass er dem Konterfei in seinem Armeepass glich, welches zusammen mit Viktorias Foto stündlich über den Bildschirm flimmerte. Leonids Porträt war schwarz-weiß und zeigte ihn blass und um einiges jünger in seiner schmucken Offiziersuniform. Viktoria erkannte ihr aktuelles Passfoto, das sie bei der Beantragung des Visums über das Ministerium für Wissenschaft und Technologie in der Russischen Föderation abgeben musste.

Schließlich fuhr Svetlana mit dem Zeigefinger über Leonids verwegenen Dreitagebart, der Viktoria auf Anhieb ins Auge gefallen war und den sie so mochte.

»Den muss ich dir abnehmen«, bestimmte Svetlana mit rigoroser Entschlossenheit, »damit du nicht aussiehst wie ein entflohener Sträfling. So etwas merken sich die Leute.«

Leonid nickte stumm, und wenig später strich Svetlana genüsslich über seine glatten Wangen. »So gefällst du mir ohnehin besser«, sagte sie und zwinkerte ihm zu.

Bei Viktoria gestaltete sich die Sache schwieriger. Es dauerte eine geschlagene Stunde, bis Svetlana ihr brünettes Haar in ein Marilyn-Monroe-verdächtiges Platinblond verändert hatte. Dabei wagte Viktoria es nicht, in den Spiegel zu schauen, während Svetlana in das auf Kinnlänge verkürzte Haar große rosafarbene Lockenwickler eindrehte und sie anschließend mit einem süßlich riechenden Haarfestiger besprühte.

Leonid lächelte beide Frauen aufmunternd an. Die ganze Zeit über hielt er Viktorias Hand, als ob er ihr bei einer Operation beistehen müsste.

»Du siehst wunderbar aus«, flüsterte er ihr zu und küsste sie hastig, als Svetlana für kurze Zeit im Schlafzimmer verschwand, um Viktoria passende Kleidung herauszusuchen.

»Wahrscheinlich falle ich in dieser Aufmachung weit mehr auf als vorher«, meinte Viktoria düster, als Svetlana mit einem giftgrünen Kostüm auftauchte, das sie alternativ zu ihren Trekkinghosen tragen sollte. Dazu offerierte die modebewusste Russin der eher rustikal eingestellten Deutschen ein paar hochhackige schwarze Pumps, die ihr von der Größe her passen mussten. Perfekt geschminkt, fehlte nicht viel und Viktoria hätte als Svetlanas jüngeres Double auftreten können. Erst als Svetlana ihr einen noch bis zum Jahr 2010 gültigen Reisepass in die Hand drückte, wusste Viktoria, worauf die ganze Aktion hinauslaufen sollte.

»Ich benutze seit Jahr und Tag dasselbe Bild«, meinte Leonids ältere Freundin beinahe entschuldigend. »Ich bin einfach zu eitel, um ein neues Foto zu nehmen. Ein paar Rubel reichen, und die Frau auf der Passstelle zeigt jedes Mal volles Verständnis. Welche Frau will schon ein Ausweisfoto haben, auf dem sie zehn Jahre älter ausschaut, als sie sich fühlt?«

»Soll das etwa bedeuten«, stammelte Viktoria und warf Leonid einen fassungslosen Blick zu, »ich soll mich Ihres Passes bedienen, um unerkannt nach Moskau zu gelangen?«

»Ja, warum nicht?« Svetlana zeigte keinerlei Skrupel. »Wenn du heil in deiner Botschaft angekommen bist, schickst du mir den Pass an meine Adresse zurück.«

»Und was wird aus Leonid?« Viktoria sah zu ihm auf.

Svetlana kam ihm mit einer Antwort zuvor. »Das werden wir anschließend regeln.« Sie entschwand erneut in ihr Schlafzimmer und kam kurz darauf in einem atemberaubend knappen roten Kostüm zurück. Mit aufgestecktem Haar und blutroten Lippen setzte sie ein verführerisches Lächeln auf. Unter ihrer rotweißen Pünktchenbluse trug sie einen Push-up-BH, der ihre prallen Vorzüge noch eindrucksvoller zu Geltung brachte. Sie hatte sich unzweifelhaft aufgedonnert. Doch für wen? Diese Frage stellte sich Viktoria unentwegt, während Svetlanas Absätze über den Küchenboden klackten.

»Ihr müsst mir nur versprechen«, begann sie mir ernster Miene, »dass Leonid in der deutschen Botschaft um Asyl bittet. Ich möchte mir nicht vorstellen, dass er in die Hände unseres Geheimdienstes gerät. Selbst wenn es hier keine Todesstrafe mehr gibt, würde er eine Haftstrafe kaum überleben.«

»Woher weißt du das alles? Ich meine, du scheinst dich ja ziemlich gut in solchen Dingen auszukennen.« Viktoria wunderte sich, mit welcher Souveränität Svetlana an die Sache heranging.

»Krasnojarsk war bis vor wenigen Jahren Hauptsitz der russischen Rüstungsindustrie. Ich habe eine Weile für den KGB gearbeitet, bevor ich Leonids Vater kennenlernte. Ich war Sängerin in einer Bar und habe im Auftrag des Geheimdienstes westliche Geschäftsleute und Politiker verführt.« Sie lachte unfroh, als sie Viktorias irritierten Blick aufnahm. »Während wir uns vergnügten, wurden sie heimlich fotografiert. Hinterher konfrontierte man sie mit den Bildern. Danach waren sie in ihren Verhandlungen mit staatlichen Geschäftspartnern zu recht großen Zugeständnissen bereit.«

Ihr Blick streifte abermals Leonid, dem ihre Offenheit peinlich zu sein schien. Sie fuhr ihm durch die dichten schwarzen Haare, als ob sie tatsächlich seine Mutter wäre, und seufzte.

»Ich kenne sämtliche Abgründe in diesem Land. Deshalb weiß ich nur zu gut, wie gefährlich es ist, ins Visier von Polizei und Geheimdienst zu geraten.«

Leonid stand auf und rang sich ein Lächeln ab. »Mach dir nicht zu viele Sorgen, Matruschka. Das Wichtigste ist, dass Viktoria heil nach Hause kommt. Alles andere wird sich finden.« Spontan bückte er sich zu Svetlana hinab und nahm die zierliche Frau in die Arme. »In jedem Fall danke ich dir schon jetzt für deine Hilfe.«

Viktoria blickte irritiert zu Boden, als die viel ältere Frau zu ihm aufschaute, als ob er ein Gott wäre, und er daraufhin behutsam ihren Mund küsste, um ihren Lippenstift nicht zu verwischen. Ein Strahlen huschte über Svetlanas Gesicht, bevor sie sich mit einer Miene des Bedauerns aus seiner Umarmung befreite.

»Kommt!«, sagte sie aufgeregt. »Lukaschek, ein alter Freund von mir, wartet auf uns. Wir haben keine Zeit zu verlieren.«

Gemeinsam ging es zu einem verrosteten Lada, der auf einem Parkplatz vor dem Haus parkte. Mit einer eleganten Bewegung, als ob es sich um eine teure Limousine handelte, öffnete Svetlana die Fahrertür und nahm hinter dem Steuer Platz. Leonid öffnete Viktoria zuvorkommend die Tür zum Fonds des Wagens, während er selbst auf dem Beifahrersitz Platz nahm. Viktoria rutschte hinter die Fahrerin, gefolgt von Ajaci, der wie selbstverständlich hinter Leonid sprang und ihm mit sabbernder Zunge in den Nacken hechelte.

Es war immer noch heiß, und die Straßen waren so staubig, dass der Wagen beim Anfahren eine rötliche Wolke hinter sich ließ. In Krasnojarsk herrschte Feierabendgeschäftigkeit, als sie auf Schleichwegen zu jenem Lukaschek fuhren, dessen ominöse Existenz Leonid bekannt zu sein schien. Jedenfalls stellte er keine Fragen und protestierte auch nicht, als Svetlana den Mann per Mobiltelefon anrief, um ihm vorab ein paar Anweisungen zu geben.

Vertieft in einen russischen Wortschwall, der wie ein Maschinengewehrstakkato über ihre Lippen ratterte, übersah Svetlana eine Polizeisperre, die in etwa zweihundert Metern einen Stau verursachte.

Leonid zog noch im Fahren die Handbremse an, was den Wagen unweigerlich ins Schleudern brachte und in die entgegengesetzte Fahrtrichtung katapultierte. Viktoria kollidierte mit Ajaci, der jaulend in den Fußraum schlitterte, und Svetlana ließ vor Schreck das Telefon fallen. Leonid brüllte einen kurzen Befehl, und schon waren beide ausgestiegen. Svetlana überließ ihm das Steuer, während sie seinen Platz einnahm. Leonid lenkte den Wagen durch etliche Seitengassen, dann fuhr er auf eine breite Straße ein Stück weit am Jenissei entlang bis zu einer Hochhaussiedlung.

Dort angekommen, öffnete er Viktoria den Wagenschlag und streckte ihr seine große Hand entgegen. Mit einem leichten Ruck zog er sie aus dem durchgesessenen Kunstlederpolster. Viktoria war froh, dass er ihr anschließend seinen starken Arm reichte, damit sie sich auf dem unebenen Pflaster mit ihren hochhackigen Pumps nicht den Knöchel brach.

Mit einem klapprigen Fahrstuhl, in den Ajaci zunächst nicht hineingehen wollte, fuhren sie in den zehnten Stock hinauf.

»Was machen wir hier?« Viktoria sah Leonid von unten herauf an. Sie hatte leise und Deutsch gesprochen. Svetlana stand vor ihm und hatte ihm den Rücken zugewandt. Sie duftete wie ein Parfümladen. Viktoria ahnte, dass Lukaschek jemand sein musste, der auf diese Aufmachung abfuhr, und dass Svetlana sich einen Vorteil davon versprach.

Ein riesiger glatzköpfiger Kerl in einem ehemals weißen Unterhemd öffnete misstrauisch die Tür, nachdem Svetlana mehrfach geläutet hatte.

Lukaschek roch nach Schweiß und Alkohol. Sein ganzer Oberkörper war bis zu seinem Stiernacken dicht behaart. Ein paar Goldzähne leuchteten, als er Svetlana erkannte. Sie fiel ihm ungeniert um den Hals und küsste links und rechts seine speckige Wange.

Mit einer rudernden Geste trieb Lukaschek seine Gäste in seine bescheidene Behausung. Danach ging alles erstaunlich schnell. Lukaschek fotografierte Leonid mit einer hochauflösenden Digitalkamera, und wenig später hielt er ein perfektes Passfoto in Händen. Anschließend eilte Lukaschek nach nebenan, in ein weiteres Zimmer, in das ihm niemand folgen durfte.

In Lukaschecks Wohnzimmer lief pausenlos der Fernseher; auch hier flimmerten immer wieder Fahndungsbilder von Leonid und Viktoria über den Schirm. Es hieß, Leonid sei ein Sympathisant tschetschenischer Rebellen und habe mindestens vier Menschen getötet und einen Helikopter von GazCom gekapert, um in Begleitung seiner deutschen Geisel die Flucht in den Süden des Landes anzutreten.

Nach einer halben Stunde, in der niemand ein Wort sprach, zückte Svetlana ihre weiße Handtasche. Fünfzehntausend Rubel wechselten den Besitzer. Dafür drückte der Passfälscher Leonid eine original russische ID-Karte in die Hand, dazu zückte er wie aus dem Nichts eine ältere Makarov, die Leonid dankend ablehnte.

»Es reicht, dass ich einen Helikopter gekapert und eine Deutsche entführt habe«, meinte er scherzhaft zu Lukaschek, »deshalb muss ich noch lange nicht unseren Weg nach Moskau mit Toten pflastern.«

Svetlana schien sich nicht sicher zu sein, ob es klug war, ohne Waffe zu reisen. »Wenn unsere Tarnung funktioniert«, meinte sie schließlich, »wird euch hoffentlich niemand behelligen.«

Sie bat, Leonid den GazCom-Pullover und die unbequemen Springerstiefel ausziehen, um sich von Lukaschek neu einkleiden zu lassen. Viktoria hob zweifelnd eine Braue, als Leonid wenig später in einem leicht vergilbten Nylonhemd mit blaurot gestreifter Krawatte erschien. Dazu trug er ein Paar helle Slipper, die ihm zwar besser passten, jedoch in Kombination mit der weiten dunkelblauen Cargohose und einem viel zu großen olivgrünen Jackett ziemlich gewöhnungsbedürftig aussahen.

»Wenn wir auf diese Weise nicht auffallen, fresse ich einen Igel mit Stacheln«, flüsterte Viktoria resigniert.

»Mach dir keine Gedanken!«, erklärte Leonid lächelnd. »Für hiesige Verhältnisse ist das vollkommen in Ordnung.«

Er schaute Svetlana fragend an, als sie zum Auto zurückkehrten.

»Wie kann ich das wiedergutmachen?

»Gar nicht. Erstens habe ich mit Lukaschek einen Sonderpreis ausgehandelt, und zweitens gibt es kaum jemanden, dem ich lieber aus der Patsche helfe als dir.«

Ihre Augen schimmerten feucht, als er ihr die Wagentür aufhielt. Viktoria konnte beim Einsteigen sehen, wie Leonid seine ehemalige Lehrmeisterin wehmütig anlächelte.

Eine Fahrkarte mit dem Nachtzug von Krasnojarsk nach Moskau kostete neuntausend Rubel pro Person, der Hund kam extra. Viktoria wehrte sich dagegen, dass Svetlana erneut alles bezahlte.

Leonid besaß keinen einzigen Rubel, aber auch er hatte seine eigenen Vorstellungen.

»Ich werde mich bei dir melden, sobald ich Viktoria bei der deutschen Botschaft abgeliefert habe«, versprach er Svetlana leise, während er den Wagen in der Nähe des Hauptbahnhofs parkte. »Und dann komme ich zurück und werde dir sämtliche Auslagen erstatten.«

»Bist du wahnsinnig?«, wetterte Svetlana ungeniert. »Ich will, dass du das Mädchen nimmst und mit ihr glücklich wirst, ganz gleich wo, von mir aus auf dem Mars, nur nicht hier. Hast du mich verstanden?«

Die beiden stritten sich noch, als Viktoria eine Filiale der Raiffeisen-International-Bank in der Nähe des Bahnhofs betrat und ihre deutsche Kreditkarte zückte. Beinahe hätte sie den falschen Pass aus ihrer geliehenen Lackledertasche gezogen, um das notwendige Geld abheben zu können. Der Kassierer war so sehr von ihrer Aufmachung fasziniert, dass er gar nicht auf ihren Pass achtete und ihr ohne Zögern die Scheine vorzählte, wobei er ihren tiefen Ausschnitt nicht aus den Augen ließ.

Noch während sie das Geld in ihrer Handtasche verstaute, dudelte ihr Mobiltelefon eine Ode an alle Mütter der Welt – »Mama«.

Ungläubig starrte sie auf das Display.

»Hallo?« Sie ging ein Stück vom Schalter weg.

»Vicky, mein Schatz. Gott sei Dank. Wo bist du nur? Seit Tagen versuche ich, dich zu erreichen!«

»Mutter?« Viktoria konnte es kaum glauben. »Was willst du denn?«

»Begrüßt man so seine Mutter? Ich sitze hier am Kulkwitzer See und vergehe fast vor Sorgen. Warum meldest du dich nicht!«

»Das ist nicht so einfach. Kein Empfang in Sibirien – das habe ich dir doch schon gesagt.«

»Und warum hast du jetzt Empfang? Ich halte das für eine Ausrede. Du willst mich nicht sprechen, das ist alles.«

»Es hat andere Gründe.«

»Was denn für andere Gründe? Geht es dir nicht gut? Es ist doch nicht gefährlich, dort, wo du bist, oder?«

»Nein, Mutter!« Sie seufzte entnervt. »Es ist nicht gefährlich.«

Was sollte sie auch sonst sagen?

Ich sehe nur gerade aus wie eine Dame vom horizontalen Gewerbe, in meiner Handtasche steckt ein falscher Pass, und ich befinde mich in Begleitung eines vermeintlichen Terroristen, und wir werden per Fernsehfahndung von der russischen Justiz gesucht. Aber sonst geht's mir gut.

»Hast du etwas gesagt, Kind?«

»Nein, nein – ich habe nichts gesagt. Ich muss auflegen. Ich melde mich später noch mal.«

Schwungvoll klappte sie ihr Mobiltelefon zu. Irgendjemand tippte ihr auf die Schulter. Für einen Moment schaute sie auf und blickte in das Gesicht einer äußerst maskulinen Frau.

»Frau Doktor Vanderberg?«

Viktoria spürte, wie ihre Knie nachgaben und das Blut in ihr Gesicht schoss. Voller Panik riss sie sich los und ergriff auf ihren schwarzen High Heels die Flucht über das helle Marmormosaik hin zu einer gläsernen Drehtür, bei der nur jeweils eine Person hindurchgehen konnte.

»Frau Doktor Vanderberg!?« Die Stimme von Doktor Parlowa hallte bis zum Ausgang hinter ihr her.

Verdammt, wieso lief ihr die russische Ärztin ausgerechnet hier über den Weg? War sie nicht mit Professor Olguth nach Krasnojarsk geflogen, um die verrückt gewordene Studentin in ein Hospital zu begleiten?

»Was ist los?« Leonid spürte sofort, dass etwas nicht in Ordnung sein konnte, als Viktoria aus dem Bankgebäude stürmte, als ob man sie dort überfallen hätte. Sie war bleich, und das Herz klopfte ihr bis zum Hals, als er sie in den Arm nahm.

»Lass uns direkt zum Bahnhof gehen und die Fahrkarten kaufen«, stieß sie atemlos hervor. Sie wollte Leonid nichts von der Begegnung mit der Ärztin sagen. Er kannte die Frau ohnehin nicht, und warum sollte sie ihn beunruhigen? Der Gedanke, dass Doktor Parlowa die Polizei verständigen würde, ließ Viktoria indessen nicht zur Ruhe kommen.

Gleich zwei MI-24 Kampfhubschrauber der russischen Armee landeten bei Sonnenuntergang auf dem Sportplatz von Vanavara.

Der örtliche Polizeikommandant und Bashtiri warteten am Rande des Fußballfeldes auf die Neuankömmlinge. Außerdem gesellte sich Fjodor hinzu, einer von den beiden Bodyguards, die Bashtiri zur Bewachung des Butlers zurückgelassen hatte. Im Laufe des Vormittags hatte man die drei Männer weitgehend unversehrt aufnehmen können. Antonov, den Butler, hatte man zu den drei völlig verstörten Studenten in die Krankenstation eingeliefert.

Der dortige Chefarzt, Doktor Buckow, hatte Bashtiri dazu überreden können, seine Finger bis zum Nachmittag ambulant operieren zu lassen, weil er sonst einen Wundbrand befürchtete. Bashtiri trug seine eingegipste Hand wie ein Mahnmal des Schreckens vor sich her, als er Oberst Bogdan Bogdanowitsch Pokrovskij, den abgesandten Ermittlungsführer des FSB, mit offenen Armen empfing.

Oberst Pokrovskij, ein durchtrainierter Rotschopf mit kantigem Gesicht, wirkte reichlich reserviert. Er begrüßte Bashtiri mit einem Nicken und nicht mit dem sonst üblichen Bruderkuss. »Hier geht es ja zu wie auf einem Bahnhof«, scherzte er, als die Rotorblätter des zweiten Helikopters zum Stillstand gekommen waren. Beiläufig stellte er sein Ermittlungsteam vor, das aus drei jungen, dynamisch erscheinenden Offizieren bestand. Ein weiteres Team war zum Chekosee unterwegs, um die Leichen zu bergen und Spuren zu sichern.

Dem zweiten Helikopter entstieg Doktor Swerew. Der hochgewachsene Wissenschaftler, dessen Erscheinen Bashtiri bereits sehnsüchtig erwartet hatte, gesellte sich mit großen Schritten und einer schwarzen Laptop-Tasche hinzu.

Nach einer kurzen Begrüßung stellte Kapitan Josep Josephowitsch den drei Männern den einzigen schalldichten Verhörraum seines Reviers zur Verfügung, damit sie sich unbeobachtet und vor allem abhörsicher beraten konnten. Pokrovskijs Mitarbeiter und Bashtiris verbliebene Bodyguards warteten indes im Büro des Kapitans auf die Ergebnisse der Besprechung.

Stockend berichtete Bashtiri von den Vorkommnissen. Er ließ keinen Zweifel daran, dass die vier Soldaten auf ihrem gemeinsamen Weg durch den Wald ermordet worden waren und niemanden der Anwesenden – schon gar nicht ihn selbst – irgendeine Schuld traf. Außerdem sorgte er dafür, dass man seine drei verbliebenen Bodyguards Fjodor, Mischa und Jurij nicht befragte »Sie haben nichts gesehen, weil sie bei meinem Butler geblieben sind«, erklärte der Oligarch dreist – ebenso wie die drei Studenten, die unter starken Beruhigungsmitteln standen und als nicht vernehmungsfähig galten. In Lebenovs Team gab es ohnehin nur noch einen vermeintlich Überlebenden. Der zweite Mann, der die Baracke bewacht hatte, in der man Aldanov gefangen hielt, und dann spurlos verschwunden war.

»Denken Sie, der vermisste Soldat könnte für die Anschläge verantwortlich sein?« Pokrovskij warf Bashtiri einen fragenden Blick zu. »Wer sagt denn, dass er es nicht war, der den Kameraden erstochen hat?«

»Auf gar keinen Fall!«, erwiderte Bashtiri, als Pokrovskij begann, seine Fragen zu stellen. »Warum sollte der Mann so etwas tun? Aldanov ist für die Sache verantwortlich oder einer seiner Sympathisanten. Er hat Verbündete unter den Ewenken. Sonst hätte er nicht solange Zeit untertauchen können. Angeblich ist er in Grosny bei einem Attentat gegen eine Regierungsdelegation ums Leben gekommen. Unser hochverehrter Präsident hat ihm sogar posthum die Heldenmedaille verliehen. Dabei hüpft er gesund und munter in den sibirischen Wäldern herum. Dass da was nicht stimmen kann, ist doch sonnenklar.« Bashtiri setzte eine abgeklärte Miene auf. »Der Kerl hat Dreck am Stecken. Vielleicht war er es sogar selbst, der den Helikopter zum Absturz brachte und damit die Regierungsdelegation auf den Gewissen hat.«

Er rechnete nicht damit, dass der Oberst anderer Meinung sein könnte.

Während Pokrovskij die Unterlagen über die Familie des Leonid Aldanov studierte, schob ihm Swerew die Kopien des Tagebuchs hin.

»Da wäre noch etwas, Herr Oberst, etwas, das die russische Regierung brennend interessieren dürfte. Wir haben Hinweise auf den wahren Grund der Katastrophe von Tunguska gefunden. Ob es etwas mit Aldanov zu tun hat, kann ich nicht sagen, aber seine Familie ist in jedem Fall in die Sache involviert.«

Zögernd nahm der Oberst die Buchkopien an sich und blätterte darin, dann blickte er auf und bedachte Swerew mit einem prüfenden Blick. »Wollen Sie damit sagen, die Familie Schenkov hatte einen Anteil an der Katastrophe vor genau einhundert Jahren?«

»Ich behaupte es nicht«, versicherte Swerew mit selbstbewusster Miene. »Wenn Sie den Text gelesen haben, werden Sie wissen, dass der angebliche Meteoreinschlag von Tunguska im Juni 1908 von Menschenhand verursacht wurde. Neben dem für sich gesehen spektakulären Versuch, eine frühe Wasserstoffbombe zu konstruieren, steckte wohl eine bis dahin noch unbekannte pyrokinetische Kraft dahinter, dass es zu einer solch gewaltigen Explosion kommen konnte. Es waren direkte Vorfahren von Leonid Aldanov, die dieses Phänomen allem Anschein nach beherrschten. Dessen militärisches Potential darf keinesfalls unterschätzt werden. Wenn man bedenkt, dass Aldanov ebenfalls über besagte pyrokinetische Fähigkeiten verfügen könnte, sollte man seine Festnahme mit allen Mitteln vorantreiben.«

Pokrovskij hob eine seiner buschigen Brauen. »Und wo steckt dieser Kerl jetzt?«

Doktor Swerew zuckte mit den Schultern. Bashtiri kam ihm zur Hilfe.

»Ist es nicht Aufgabe des FSB, das herauszufinden? Ich dachte immer, unser Inlandsgeheimdienst gehört zu den besten der Welt? Wenn man den Fernsehberichten glauben darf, wurde der Helikopter am Rande von Krasnojarsk sichergestellt.« Bashtiris Stimme klang spitz. »Mich wundert's, dass Sie ihn noch nicht geschnappt haben, zumal er die deutsche Wissenschaftlerin entführt hat. In Anbetracht all dieser neuen Erkenntnisse ist es für unsere Regierung sicher nicht von Vorteil, wenn sich die Sache zu einem Politikum auswächst.«

Pokrovskij sah den Oligarchen aus schmalen Lidern an. »Machen Sie sich keine Sorgen, Sergej Sergejewitsch«, bemerkte er mit einem ironischen Unterton in der Stimme. »Wenn wir Aldanov erst gefasst haben, wird sich für unseren Präsidenten so manches Geheimnis lüften, sicher nicht nur das von Tunguska.«

Die letzten Worte des Offiziers versetzte Bashtiri einigermaßen in Unruhe.

Während Pokrovskij mit seinen Begleitern einen Besuch im Dorf der Ewenken ankündigte, um die Einwohner zu verhören, mietete Bashtiri noch vor Einbruch der Dunkelheit für sich und seine Sicherheitsbegleiter die einzig wirklich komfortable Hotelsuite des Ortes. Nach einer weiteren Schmerztablette, die seine verletzten Finger betäuben sollte, wanderte er rastlos auf und ab. Was konnte er unternehmen, damit der FSB Aldanov nicht lebend erwischte? Die Sache mit der Explosion von Tunguska und der merkwürdigen Gabe der tungusischen Schamanen waren ihm ziemlich gleichgültig. Ganz und gar nicht gleichgültig erschien ihm jedoch die Tatsache, dass Aldanov bestens über ihn und seine geschäftlichen Verbindungen in Tschetschenien informiert war.

Er schrak regelrecht zusammen, als das Mobiltelefon die Schicksalsmelodie plärrte und Fjodor den Anruf entgegen nahm.

»Es ist Doktor Parlowa«, erklärte der Bodyguard tonlos und hielt ihm das Telefon entgegen. »Sie sagt, es sei dringend.«

Aufgeregt berichtete Doktor Parlowa von ihrem Erlebnis in der Filiale einer europäischen Bank in Krasnojarsk. Erst kurz zuvor hatte sie aus den Medien erfahren, was inzwischen im Camp geschehen war.

»Es war Doktor Vanderberg, da bin ich mir sicher. Sie hat ihr Äußeres vollkommen verändert«, berichtete sie stockend. »Sie sieht aus wie Marilyn Monroe, aber ich habe sie trotzdem erkannt. Sie hat telefoniert und sprach Deutsch. Als sie mich gesehen hat, ist sie davongelaufen. Ich bin ihr unbemerkt bis in den Bahnhof gefolgt. Sie hatte einen großen, dunkelhaarigen Mann an ihrer Seite. Außerdem begleitete die beiden dieser Hund, der aussieht wie ein Wolf.«

»Und wo wollten die beiden hin?« Diese Frage erschien Bashtiri weit wichtiger als alles andere.

»Sie standen am Schalter für den Nachtzug nach Moskau.«

»Dann sind sie knapp drei Tage unterwegs«, murmelte Bashtiri mehr zu sich selbst. »Danke, Elena, es war gut, dass Sie sich gemeldet haben. Ich möchte Sie bitten, mit niemandem über Ihre Beobachtung zu sprechen. Vor einer Stunde ist ein Untersuchungsteam des FSB hier in Vanavara eingetroffen. Ich werde den zuständigen Oberst persönlich unterrichten.«

Bashtiri kniff die Lippen zusammen und grübelte noch einen Moment, nachdem die Ärztin aufgelegt hatte. Also steckte die Wissenschaftlerin mit Aldanov unter einer Decke. Vermutlich würde sie den Ewenken bei einem Verhör entlasten, etwas, das er ganz und gar nicht hinnehmen konnte.

»Fjodor«, sagte er so leise, als ob er befürchtete, abgehört zu werden. »Stell eine sichere Leitung zu meinem Büro in Moskau her und finde heraus, wann der Achtuhrzug aus Krasnojarsk dort eintrifft. Jurij, Mischa, macht alles klar für unsere Abreise. Während ich nach Moskau fliege, kümmert ihr euch um die beiden Ausreißer.« Ein boshaftes Grinsen flog über seine Lippen. »Wir werden unserem Gaunerpärchen einen gebührenden Empfang bereiten, und zwar noch bevor der FSB Wind von der Sache bekommt.«

Im Bahnhof von Krasnojarsk wimmelte es von Polizisten. »Das schaffen wir nie«, flüsterte Viktoria, als Leonid zielstrebig auf den Fahrkartenschalter zuhielt. Svetlana hatte sich bereits vor dem Bahnhof verabschiedet. Sie wollte nicht Gefahr laufen, mit den beiden zusammen in eine Passkontrolle zu geraten, wie sie in der Russischen Föderation allzeit üblich sein konnte. Das Aufkommen von Uniformierten erschien Leonid weit stärker als bei gewöhnlichen Sicherheitskontrollen.

Viktoria blieb das Herz stehen, als ein dickbäuchiger Polizist Leonid am Ärmel festhielt.

»Auf dem Bahnhofsgelände müssen Sie den Hund anleinen«, raunte er mürrisch. Ajaci knurrte leise, als der Mann ihn eingehend begutachtete. »Noch dazu, weil es ein Laika ist. Die Touristen könnten denken, es handelt sich um einen Wolf.«

»Geht in Ordnung, Kapitan.« Leonid bedachte den Offizier mit einem militärischen Gruß.

Viktoria glaubte für einen Moment zu ersticken vor Angst – auch als der Mann längst weitergegangen war.

Leonid entledigte sich seiner gestreiften Krawatte und machte eine Leine daraus, die er Ajaci mit ein paar beruhigenden Worten um den Hals legte. Ajaci wehrte sich, indem er daran zerrte und sich unentwegt schüttelte. Doch Leonid blieb standhaft. Er kniete sich zu dem Hund hinunter und flüsterte ihm etwas ins Ohr. Danach beruhigte sich das Tier erstaunlicherweise.

»Was hast du ihm gesagt?« Viktoria sah Leonid verblüfft an, während die beiden sich an einer Menschenschlange anstellten, um Fahrkarten nach Moskau zu kaufen.

»Ich habe ihm angedroht, dass ich ihn bei Svetlana lasse, wenn er nicht gehorcht.«

»Das würdest du nicht, oder?«

»Nein.« Leonid schüttelte schmunzelnd den Kopf. »Er gehört zu mir, wie mein Herzschlag. Er ist meine Zwillingsseele. Jeder Schamane hat ein Tier, mit dem er sich tief verbunden fühlt. Taichin hat ihn mir als Welpen geschenkt, nachdem ich aus Tschetschenien zurückgekehrt war. Er sagte, er sei mein Bruder. Solange er lebt, würde ich auch leben.«

»Hunde leben aber nicht besonders lange.« Viktoria rückte ein Stück in der Schlange vor.

»Schamanen gewöhnlich auch nicht«, erwiderte er trocken.

»Aber du bist doch gar kein richtiger Schamane, oder habe ich da etwas falsch verstanden?«

»Nein, und einer der Gründe ist, dass ich mindestens so alt wie mein Großonkel werden möchte.«

Die Frau am Schalter verlangte tatsächlich ihre Pässe. Viktorias Hände zitterten, als sie ihr Svetlanas Pass vor die Nase legte. Die Frau achtete jedoch gar nicht auf das Dokument. Sie stempelte routinemäßig die Fahrkarten ab und hämmerte mit ihren rot lackierten Fingernägeln auf die Computertastatur ein. Dann gab sie Viktoria den Pass zusammen mit einem Faltplan zurück, bei dem man die einzelnen Stationen entnehmen konnte.

In einem kleinen Laden erstand Viktoria für sich und Leonid Zahnbürsten und Waschzeug, dazu drei Dosen Hundefutter für Ajaci.

Leonid neckte sie grinsend, als sie den Bahnsteig erreichten. »Man merkt, dass du aus Deutschland stammst.«,

»Was willst du damit sagen?«

»So wie es mir scheint, bist du ziemlich durchorganisiert und überlässt nichts dem Zufall.«

»Ist das ein Fehler?«

»Im Prinzip nicht – wenn du nicht etwas vergessen hättest.«

»Was denn?«

Mit einem triumphierenden Lächeln hob er seine Hand und präsentierte ihr einen Dosenöffner.

»Wo hast du denn den her?« Erst da fiel ihr auf, dass sie ihm gar kein Geld gegeben hatte. So wie es aussah, hatte er das Teil einfach geklaut.

»Sagen wir, ich dachte, es fällt sowieso niemandem auf, wenn das Ding im Regal fehlt.«

»Oh, Leonid!« Sie senkte beschämt den Kopf und zückte dreitausend Rubel, die sie ihm mit einer Miene des Bedauerns entgegenhielt.

Er lachte leise und strich ihr, anstatt das Geld entgegenzunehmen, über die Wange. »Danke, das brauche ich nicht. Zumindest solange, wie ich dich in meiner Nähe weiß.«

Auch auf dem Bahnsteig gab es Kontrollen, doch wie durch ein Wunder blieben Viktoria und Leonid unbehelligt.

Schon wieder dudelte das Telefon. Eine russische Nummer.

Doch bevor sie den Anruf entgegennehmen konnte, riss Leonid ihr das Telefon aus der Hand und schaltete es ab.

»Auf diese Weise kann der FSB sofort feststellen, wo wir sind. Ein Anruf, und sie haben dich geortet.«

»Aber …« Mit einem mulmigen Gefühl im Bauch dachte sie an den Anruf ihrer Mutter. »Woher haben die denn meine Nummer?«

»Hast du ein Einreiseformular ausgefüllt?«

»Ja.« Sie sah ihn irritiert an.

»Wurde dort nach deiner Adresse und deiner Telefonnummer gefragt?«

»Ja, aber …«

Leonid schüttelte den Kopf. »Sie wissen alles über dich, und normalerweise bleibt kein Schritt, den du in diesem Land machst, unbeobachtet. Du hast es bei Kolja gesehen. Niemand im Camp schien davon zu wissen. Bashtiri und Lebenov dachten wahrscheinlich, dass der russische Professor oder einer seiner Assistenten die Aufgabe des Aufpassers übernehmen würde.«

»Kolja hatte noch andere Aufgaben.« Viktorias Blick verriet Resignation. »Aber selbst das spielt jetzt wohl keine Rolle mehr.«

Rasch kam sie zu dem Schluss, dass sie Leonid nichts vom Anruf ihrer Mutter erzählen würde. Im Nachhinein hoffte sie, dass der anscheinend allgegenwärtige russische Geheimdienst nichts davon mitbekommen hatte. Leonid hielt sie bestimmt für naiv, weil sie von solchen Dingen nicht die geringste Ahnung hatte.

Wenig später richteten sie sich in ihrem Abteil ein, das sie glücklicherweise für sich ganz alleine beziehen konnten.

Eine Schaffnerin mit einer überdimensionalen Turmfrisur verteilte Bettlaken und Bezüge an die Reisenden, und nachdem sich jeder häuslich eingerichtet hatte, karrte sie ein Wägelchen mit einem schmauchenden Samowar durch den Gang, aus dem sie schwarzen Tee anbot. Außerdem hatte sie Kuchen und gefüllte Pasteten zu verkaufen.

Nachdem sie sich mit Tee und Gebäck eingedeckt hatten, servierte Viktoria ihrem vierbeinigen Begleiter voller Vorfreude das Hundefutter in einer übrig gebliebenen Pappschachtel .

Ajaci rümpfte die Nase, und Leonid schüttelte lachend den Kopf. »Das kennt er nicht. Am liebsten frisst er getrockneten Fisch. Manchmal befürchte ich, er denkt, er sei eine Katze.«

Viktoria hielt dem Hund ein Stück Lachspastete hin, die sie bei der Schaffnerin erstanden hatte. Vor lauter Aufregung verspürte sie keinen Hunger. Mit einem Biss war die Pastete verschwunden. Ajaci leckte sich ausgiebig die Schnauze, bevor er sich wieder hinsetzte und seine Gönnerin mit schräg gelegtem Kopf erwartungsvoll anschaute. »Denk nur nicht, du kannst sie mir abspenstig machen!« Leonid bedachte den Rüden mit einem strafenden Blick, doch dann lächelte er und nahm Viktoria in die Arme.

Sein lang anhaltender Kuss raubte ihr den Atem, und er löste sich erst wieder von ihr, als der Zug langsam anfuhr und im Abendlicht den rötlich glitzernden Jenissei überquerte.

Oberst Pokrovskij war überrascht, als er im Ewenkendorf auf eine Bestattungsprozession stieß. Etwa dreihundert Menschen hatten sich mit Kerzen und Fackeln eingefunden, um dem Stammesältesten Makar Charitonowitsch Schirov an einem geheimen heiligen Platz die letzte Ehre zu erweisen.

»Sind Sie die Gattin des Verstorbenen?«, sprach der Oberst die alte Frau an der Spitze der Prozession an.

Vera Leonardowna nickte stumm. An ihrer Seite ging ein noch älterer Mann, dessen Gesichtszüge gewisse Ähnlichkeiten zu ihr aufwiesen.

»Es tut mir leid. Ich muss Sie sprechen, sobald die Zeremonie beendet ist«, erklärte der Oberst.

Der Alte nickte beiläufig. »Sie müssen Geduld haben«, sagte er nur.

Seltsam berührt beobachtete Pokrovskij den Auftritt des Mannes, wie er wenig später um ein großes Lagerfeuer tanzte und die Trommel schlug. Dabei machte er tierisch anmutende Laute, und immer wieder umrundete er den Sarg des Toten. Die übrigen Trauergäste, ausnahmslos Einheimische, verfolgten in stummer Faszination das Geschehen.

Pokrovskij blickte, umringt von seinen Männern, ins flackernde Feuer, und bei hereinbrechender Dunkelheit verwandelten sich die Flammen vor seinen Augen in tanzende Gestalten mit dämonischen Fratzen. Verwirrt schüttelte er seinen Kopf. Ein Blick in die Runde ließ die Gesichter der Anwesenden zu Masken erstarren, die ihn aus dunklen, glänzenden Höhlen anschauten. Gehetzt schaute er auf, um sich seiner Begleiter zu versichern, die wie hypnotisiert das Geschehen verfolgten. Er gab einem unheimlichen Drang nach, den Kreis zu verlassen und zum Wagen des Kapitans zurückzukehren, den er leihweise übernommen hatte. Im Handschuhfach hatte er eine kleine Metallflasche mit Wodka entdeckt. Gierig genehmigte er sich einen großen Schluck und stieg erst wieder aus, als das Feuer nach einer guten Stunde heruntergebrannt und die Trauergesellschaft mit dem Leichnam im Wald verschwunden war.

Pokrovskij wartete geduldig auf die Rückkehr der alten Frau und ihrer Begleiter. Ein Dorfbewohner hatte ihm erklärt, dass der Stammesälteste und Ehemann von Vera Leonardowna überraschend verstorben war und dass die einheimischen Ewenken ihre Toten an geheimen Plätzen beerdigten, die meist im Wald versteckt lagen und zu denen kein Unbefugter Zutritt erhielt. Nachdem Vera Leonardowna Schirova eine gute Stunde später wieder an ihrer Jurte aufgetaucht war, ließ sich Pokrovskij in ihre Hütte bitten. Der alte Mann an ihrer Seite, Taichin Schenkov, war nicht nur ihr Bruder, sondern allem Anschein nach der Mann, der sich mit schamanischen Riten auskannte.

»Wissen Sie, dass Ihr Enkel noch lebt?«

Die alte Frau bedachte Pokrovskij mit einem verstörten Blick. »Es dürfte Ihnen nicht entgangen sein, dass wir soeben meinen Mann beerdigt haben.« Ihre Stimme klang bitter. »Wie können Sie es wagen, mein Herz mit einer solch ungeheuerlichen Behauptung zu belasten. Ich bin achtzig, keine achtzehn, Herr Offizier.«

»Es tut mir leid«, sagte er mit einem ehrlichen Ausdruck des Bedauerns in seinen hellen Augen. »Ich muss Sie zum Verhör mitnehmen – alle beide. Ich lasse Sie morgen früh gegen halb neun mit einem Wagen abholen. Danach fliegen wir mit dem Helikopter nach Krasnojarsk, und um zwölf geht es mit einem Flugzeug nach Moskau. Dort werden wir uns am Nachmittag im Hauptquartier des FSB zu einem Gespräch mit meinem vorgesetzten Offizier einfinden. Packen Sie ein paar Sachen zusammen und halten Sie sich bereit.«

Im Hotel, in dem Pokrovskij sich selbst und seine Leute einquartiert hatte, suchte er Professor Rodius auf. Von dem Deutschen wusste er, dass er sich ebenfalls an die Polizei von Vanavara gewandt hatte, weil er seit gestern seine Kollegin Doktor Vanderberg vermisste. So wie es aussah, hielt Aldanov sie in seiner Gewalt.

Der Professor war nicht alleine in seiner Suite. Doktor Sven Theisen, ein großer blonder Mann, den er als seinen Assistenten vorstellte, saß reichlich derangiert neben ihm. Erst am Nachmittag hatte man ihn aus der Krankenstation entlassen; ein Arm und ein Bein waren eingegipst.

»Wie ist das passiert?« Pokrovskij sah ihn fragend an.

Theisen erzählte etwas von einem geheimnisvollen Bunker und einem Schacht, in den er hineingefallen sei. »Ich weiß nicht, was hier gespielt wird«, erklärte der Deutsche aufgebracht, »aber ich muss kein Angehöriger des Geheimdienstes sein, um eine Ahnung zu haben, dass hier irgendetwas ganz und gar nicht stimmt.«

»Wir werden uns der Sache annehmen«, erwiderte Oberst Pokrovskij kühl. »Ich schlage vor, Sie begleiten uns morgen nach Moskau. Wir werden Sie dort der deutschen Botschaft überstellen. Ihr Projekt wurde von offizieller Seite gestoppt. Unter den gegebenen Umständen hat es im Moment keinen Sinn, weiterzuforschen.«

Rodius erhob seine Stimme, um Protest einzulegen, doch Pokrovskij kam ihm zuvor.

»Sparen Sie sich Ihren Unmut für einen späteren Zeitpunkt auf. Ich bin nur ausführendes Organ. Alles Weitere wird Ihnen der deutsche Militärattaché mitteilen.«

»Leonid?« In ihrer dunklen Schlafkoje war nur das Rattern der Eisenbahnräder zu hören. Eine große Hand tastete sich unter der Decke zu ihren Brüsten hin und streichelte sie sacht. Dann küsste Leonid voller Zärtlichkeit ihren Nacken und bereitete ihr damit eine wohlige Gänsehaut, die ihren gesamten Körper erfasste.

»Ja?«

»Was ist wirklich geschehen, damals in Tunguska? Du weißt es doch, oder?«

»Das ist eine längere Geschichte«, antwortete er leise. »Und sie ist kompliziert.«

»Wir haben drei Tage Zeit.« Viktoria lächelte. »Und ich brenne darauf, es zu erfahren.«

33

Juli 1908, Sibirien – Totes Land

Später würde sich Leonard daran erinnern, dass er den Berg hinuntergeritten war. Dass er Pjotr, Aslan, Weinberg und die Gesandten des Zaren auf dem Hügel in dem Ausguck zurückgelassen hatte. Dass kein Abschied stattfand, weil er spät dran war und sich beeilen musste, in den Bunker zurückzukehren. Dass er von einer Kosakeneskorte hinunter ins Tal begleitet worden war.

Über einen oberirdischen Einstieg war er in den Bunker geklettert. Hastig widmete er sich seinen Aufzeichnungen und überzeugte sich vom ordnungsgemäßen Kurs des Luftschiffs. Ein letztes Mal schaute er auf die Uhr. 7.15 Uhr.

Ein leichtes Zittern ließ Leonard aufhorchen und auf den Seismographen schauen. Der nächste Ausschlag war so unglaublich, dass er erschrak, und bevor er sich wundern konnte, zerriss ein gewaltiger Schlag die Stille. Er spürte, wie es in seinen Ohren dröhnte und es ihn von den Füßen hob; er spürte die Hitze, die Haare und Haut versengte und den Staub in glühenden Atem verwandelte. Dann folgte ein Grollen und Poltern, als der Bunker Risse bekam und einbrach. Und immer wieder bebte die Erde, erzitterten die Wände und Mauern und schüttelte ihn durch, als wäre er ein hilfloser Käfer, der auf dem Rücken lag.

Leonard wollte aufstehen und fliehen, doch eine gesteigerte Erdanziehungskraft hielt ihn fest am Boden. Zur körperlichen Ohnmacht gesellte sich eine beängstigende Auflösung des Geistes, die er schon kannte und weit angenehmer in Erinnerung hatte. Wie ein reißender Fluss umspülte der rasende Lauf der Zeit seine Sinne. Dabei ging es nicht vorwärts, sondern rückwärts. Stimmen hallten in seinem Gedächtnis von längst verstorbenen Menschen. Die Gesichter seiner Großeltern tauchten auf, und die von längst verstorbenen Onkeln und Tanten, dann das Bild eines frühen Freundes, der vor seinen Augen unter den Rädern eines Pferdefuhrwerkes zermalmt worden war. Von ferne hörte Leonard die Stimme seiner Mutter, wie sie ihn zum Essen rief, und die seines Vater, der ihn zu besseren Leistungen ermahnte. Und er sah Katja, ihr Puppengesicht, ihre herzförmigen Lippen, wie sie ihn mit politischen Parolen beschwatzte, die sie selbst nicht verstand, wie sie lachte, wenn er ihr seinen Unmut darüber zeigte, wie sie ihn anschließend verführte und küsste, ganz zart, als ob sie kein Wässerchen trüben könnte. Er spürte die Kälte an jenem Morgen in der Peter-und-Pauls-Festung, die Dunkelheit, und er hörte das ratschende Geräusch, das entstand, als die Gewehre geladen wurden. Angst und Ohnmacht spürte er gleichermaßen und das unbeschreibliche Glück, als Katja das Händchen seiner kleinen Tochter in seine viel größeren Hände legte.

Das Atmen fiel ihm schwer, und während über ihm ein Tosen zu hören war, fühlte er, wie es Nacht um ihn wurde.

Drei Sekunden dauerte der Blitz, drei Minuten der Donner, drei Stunden der Sturm und drei Tage das Feuer. So erzählten sich später die Alten.

Tschirin stand unweit von Vanavara am Rand eines Baches und wusch wie jeden Tag den Sand in der Pfanne, als es geschah. Ein Umstand, der ihm das Leben rettete. Im Nu brannten die Kleider auf seinem Leib, und nur ein Sprung ins kalte Wasser konnte verhindern, dass er bei lebendigem Leib verbrannte.

Als er auftauchte, riss ihn ein fortwährendes Beben erneut von den Füßen und ließ ihn ins Wasser stürzen. Überall lagen Tierkadaver; der Gestank von versengtem Fell und verbranntem Fleisch war schier unerträglich.

Zwischen den Tieren, am Ufer verstreut, lagen einige Menschen. Kleider und Haare verbrannt, stöhnten sie laut oder jammerten in einem fort; andere gaben keinen Laut mehr von sich. Offenbar waren sie tot. Tschirins einzige Sorge galt seiner Familie. Halb nackt rannte er ins nahegelegene Dorf. Ein paar schmutzige Zelte, zwei Jurten war alles, was er sein neues Zuhause nannte. Doch selbst das hatte der Sturm hinweggefegt. Die Hühner waren verbrannt, die Rentiere verendet. Katzen und Hunde kamen aus Löchern hervorgekrochen – unversehrt. Es war, als ob sie die Katastrophe vorausgeahnt hätten.

Hinter einem Busch saß seine fünfjährige Tochter und hielt den einjährigen Bruder im Arm. Ihre Gesichter waren mit Ruß beschmiert, und die Spuren ihrer Tränen hatten unregelmäßige Muster auf ihre pausbäckigen Wangen gezeichnet. Tschirin stürzte auf die Kinder zu und rutschte vor ihnen auf die Knie. Er packte sie und drückte sie an sich.

»Wo ist eure Mutter?« Seine Stimme war lauter als beabsichtigt. Der Kleine fing an zu weinen, und die Tochter deutete auf eine zerstörte Hütte. Tschirin sah, dass dort fast alle Frauen des Dorfes versammelt waren. Wie eine Traube knieten sie um eine weitere, am Boden liegende Frau. Seine Frau – sie lag in den Wehen. Das Kind kam zu früh.

Die Geburt verlief blutig und rasch. Der kleine Junge überlebte noch nicht einmal den nächsten Tag. Tschirins Frau weinte nicht, und er hatte Angst, dass sie auch sterben könnte, denn sie redete nicht. Die alten Frauen des Dorfes kümmerten sich aufopfernd um sie und die Kinder. Ein paar starke Männer hatten in kürzester Zeit die zerstörten

Zelte aufgerichtet, und so bekam das menschliche Leben im Dorf recht schnell jene Routine, die es vor der Katastrophe gehabt hatte. Die menschlichen Verluste waren bis auf das Kind gering. Die toten Tiere stellten hingegen einen herben Verlust dar. Es würde dauern, bis die Menschen ihren bescheidenen Wohlstand wiedererlangt hatten. Spekulationen blühten. Gott Ogdy hatte stählerne Donnervögel zur Erde geschickt, um den Menschen eine Lektion zu erteilen. Zwei bedeutende Schamanen wurden vermisst. Dabei hatte niemand auch nur die leiseste Ahnung, was wirklich geschehen war. Niemand – bis auf Tschirin.

Am vierten Tag nach der Katastrophe sattelte er ein Rentier, und obwohl ihm alle davon abrieten, nicht nur weil der Zustand seiner Frau mehr als beklagenswert war, brach er auf, um nach Leonard und seinen Kameraden zu suchen. Im Traum hatte er Leonard in einer Höhle liegen gesehen. Außerdem war ihm Tschutschana erschienen. Also war er tot. Anders konnte sich Tschirin die Erscheinung, die so echt gewesen war, als hätte ihm der Vater gegenübergesessen, nicht erklären. Er hatte in den Reihen der Ahnen gestanden und ihn um Verzeihung gebeten und ihm dabei angekündigt, dass aus seiner Familie schon bald ein neuer Schamane hervorgehen würde. Weder Leonard noch seine Begleiter waren in die Stadt zurückgekommen, obwohl das Hinterland lichterloh gebrannt hatte. Wenn Leonard immer noch in der Versuchsstation am Kimchu war, würde er ihn finden.

Tschirin glaubte seinen Augen nicht zu trauen, als er mit dem braven Rentier über das tote Land ritt. Es gab keine Bäume mehr. So weit das Auge reichte, lagen die Stämme am Boden oder waren umgeknickt wie Grashalme, gebrochen vom Wind. Ihre verkohlten Reste streckten sich wie mahnende Finger zum Himmel. Überall lagen Tierkadaver. Bären, Elche, Luchse, Wölfe. Zerschmettert, verkohlt und mit aufgebrochenen Leibern. Der Gestank des Todes war beinahe unerträglich.

Vereinzelt begegneten ihm lebendige Exemplare, die verstört, mit verbranntem Fell zwischen noch glühendem Holz umherstreunten. Ihre Seelen waren geflohen, und Dämonen bevölkerten ihre schutzlosen Leiber, wie Tschirin an ihren stumpfen Augen erkennen konnte.

Als er den Fluss unterhalb des Hügels endlich erreichte, bot sich ihm ein weiteres Bild des Grauens. Der Kimchu hatte sein Flussbett verändert. Dort, wo zuvor eine sanfte Biegung den Hügel umrundete, klaffte ein schlammiges Loch, in dem sich ein kleiner See gestaut hatte. Ganz in der Nähe fand Tschirin die Leichen von sieben Kosaken. Ihre Körper waren so schwarz und aufgedunsen wie die ihrer Pferde, die unweit entfernt lagen. Hier musste es sein. Oben auf dem Hügel hatte einmal ein Bauwerk gestanden. Die Kuppe samt Hang war abgerutscht und lag nun am Ufer des Sees. Teile eines ehemaligen Antennenmastes, wie Tschirin ihn aus dem Tal ohne Wiederkehr kannte, lagen umgestürzt und abgeknickt halb im Wasser.

Immer wieder wurde Tschirin von Hustenattacken geschüttelt, und selbst sein Rentier atmete schwer. Es roch nach Schwefel und Rauch, und die Luft war so dick, dass man sie hätte schneiden können.

Tschirin schloss vor Verzweiflung die Augen und betete zu Mayin. *Bitte, großer Gott, lass Leonard leben. Ihn und seine Kameraden.* Als er aufschaute, fiel sein Blick auf einen kleinen Hügel jenseits des Flusses. Von dort oben hatte man einen guten Ausblick über den See.

Dort angekommen, zügelte er sein Rentier und stieg ab. Nach einer Weile des Umherstreifens fand er eine abgebrochene Fahnenstange mit der verkohlten Flagge des Zaren und daneben einen verschütteten Einstieg.

Der Weg durch den Bunker war schaurig. Hier und da ein lebloser Körper – Arbeiter aus dem Lager und auch der eine oder andere Kosake.

Leonard hier lebend zu finden würde an ein Wunder grenzen. Jedoch – Wunder konnten durchaus geschehen, man musste nur fest genug daran glauben.

Als er eine Art Haupthalle erreichte, sah er den hochgewachsenen Deutschen am Boden liegen. Zusammengekrümmt und reglos kauerte er zwischen den Trümmern eines merkwürdig anmutenden metallischen Aufbaus.

Tschirin kniete nieder und zückte die Wasserflasche. Erst dann streckte er die Hand aus, um die Stirn des Mannes zu berühren. Sie war kühl, aber nicht so kühl, als ob der Tod bereits Einzug gehalten hätte. Tschirin hob den Kopf des Bewusstlosen an und legte ihn in seinen Schoß. Er benetzte das ausdruckslose Gesicht mit Wasser und sprach leise tungusische Worte. Dann setzte er die Flasche an die ausgetrockneten Lippen, und Leonard begann erst zaghaft, dann immer gieriger mit geschlossenen Augen zu trinken.

Tschirin strich ihm vorsichtig über die verbrannten Haare, die nur noch in Stoppeln von Kopf und Kinn abstanden.

»Wo bin ich?« Die Stimme war schwach.

»Keine Sorge«, flüsterte Tschirin von Tränen gerührt. »Ich bin's, Tschirin. Ich bringe dich nach Hause.«

34

Juni 2008, Tunguska – Enthüllungen

Gegen vier Uhr morgens hatten Leonid und Viktoria immer noch nicht in den Schlaf gefunden. Ajaci hatte sich wie selbstverständlich auf das gegenüberliegende Bett verzogen und schnarchte leise.

Die beiden lagen unterdessen eng umschlungen auf der anderen Pritsche des Eisenbahnabteils und waren sich dabei so nah, dass ihre Nasen sich beinahe berührten. Mit ruhigen Worten hatte Leonid die Geschichte aus dem Tagebuch seines Urgroßvaters wiedergegeben, so wie Taichin sie ihm vor wenigen Tagen erzählt hatte. Viktoria schaute ihm unentwegt in die dunklen Augen.

»Leonid, weißt du, was du mir da erzählst?« Ihre Stimme verriet ihr ungläubiges Staunen. »Bei der Explosion wurden 2200 Quadratkilometer Land verwüstet und Millionen von Bäumen umgeknickt. Die Stärke der Detonation war bis Sankt Petersburg zu spüren und verursachte über halb Europa drei helle Nächte. Wie sollte ein einzelner Schamane so etwas bewerkstelligen?«

»Es war kein einzelner Schamane« entgegnete Leonid. »Es waren zwei. Dazu kam ein missglücktes Waffenexperiment. Irgendjemand aus der Truppe meines Urgroßvaters hatte eine Ahnung davon, wie man eine frühe Form der Wasserstoffbombe herstellen konnte. Nur mit dem Zünder haperte es. In späteren Untersuchungen hat man am Unglücksort zweifelsfrei Spuren einer Atomexplosion festgestellt. Soviel ist sogar mir bekannt.«

»Es klingt ziemlich fantastisch, jedoch wenn man es genau betrachtet, ist es nicht so abwegig, wie es sich anhört. Unter anderem vermuteten die Wissenschaftler einen Kometen als Ursache für die Explosion, dessen Kern aus Wasserstoff, Ammoniak und flüssigen Helium bestand. Helium in der dreifachen Verbindung mit Wasserstoff und Ammoniak speichert automatisch Energie. Bei ihrer Freisetzung erzielt diese Energie bis zu hundertmal soviel Wirkung wie normaler Sprengstoff. Kommt sehr hoher Druck hinzu, kann die Temperatur auf mehrere Millionen Grad Celsius ansteigen – genug, um schweren Wasserstoff zur Explosion zu bringen.«

»Ammoniakwasser wurde bei früheren Luftschiffen zur Motorenkühlung und der damit verbundenen Ballastwassergewinnung aus Abgasen verwendet«, bemerkte Leonid nachdenklich. »Mitunter setzte man auch Lithiumhydroxid in Verbindung mit Kristallwasser ein. Im Rahmen meiner Pilotenausbildung habe ich etwas darüber gelesen.«

»Also, dann haben wir doch alles zusammen.« Viktoria konnte kaum ihre Aufregung unterdrücken. »Ein starres Luftschiff, gasförmiger Wasserstoff, Helium, dazu Ammoniak, Lithium, schwerer Wasserstoff, Uran und eine gewaltige Energiezufuhr. Alles, was man für eine Wasserstoffbombe benötigt.«

»Nicht alleine die Bestandteile, sondern die Kombination derselben spielt eine Rolle«, gab Leonid zu bedenken.

»Offensichtlich hat es gepasst«, bemerkte Viktoria nüchtern. »Und nicht nur die technischen Aufbauten im Luftschiff würden die späteren Funde von Aluminium, Germanium und Kupfer belegen, auch die ellipsenförmige Ausstrahlung der Explosion wäre erklärt.«

Viktoria stieß einen Seufzer aus. »Rodius vertritt die Auffassung, dass der von ihm angenommene Meteor ein Gasfeld entzündet haben könnte, das auf breiter Fläche explodiert ist und die Staubteilchen nach oben gewirbelt hat. Nach der Gaseruption im See war ich der Überzeugung, dass seine Theorie richtig sein könnte.«

»Es gibt Hunderte von Theorien, und so wie es sich darstellt, war es von allem etwas«, fügte Leonid leise hinzu. »Auf die Variante meiner Vorfahren wäre ich selbst allerdings nicht gekommen.«

»Theisen meinte, es könnte ebenso gut ein UFO gewesen sein. Ich glaube, er hat die ganze Zeit über gehofft, dass wir entsprechende Beweise finden.«

»Da ist er nicht der Einzige. Es haben sich schon eine Menge Leute in unsere Gegend verirrt, die so etwas vermuteten. Meist wurden sie ausgelacht. Dabei gab es eine Reihe von renommierten russischen Wissenschaftlern, die diese These vertreten haben«

Viktoria kicherte. »Wenn er erfährt, was es wirklich war, fällt er vom Glauben ab. Und erst Rodius. Er wird die Sache nicht akzeptieren. Für ihn war es ein Meteor, und das wird es auch bleiben. Unter den gegebenen Umständen würde ich das Gebiet zu gerne noch einmal aus der Sicht einer Geophysikerin untersuchen. Wenn man weiß, wonach man sucht, ist die Sache um einiges einfacher.«

»Es wäre besser, wenn du schweigst.« Im Halbdunkel konnte sie Leonids ernste Miene verfolgen. »Lass sie in dem Glauben, dass es ein Meteor war.«

»Wieso sollte ich das tun?« Viktoria sah ihn verständnislos an. »Theisen ist mit mir der Meinung, dass die russische Regierung nur deshalb auf die Meteoritentheorie abfährt, weil sie damit ein neues Raketenabwehrsystem etablieren können, unter dem Deckmantel, dass es sich eigentlich um ein Meteoritenabwehrsystem handelt. In Wahrheit ist es natürlich umgekehrt, und Rodius und unser Team wurden nur benutzt, um diese Theorie als Fakt zu bestätigen. Warum also sollten wir sie bei einem solchen Vorhaben unterstützen, zumal es gar kein Meteorit gewesen ist? «

»Würde das einen Unterschied machen?«

»Dass es in Wahrheit ein paar verzweifelte Forscher waren und zwei verrückte Schamanen? Natürlich, was denkst du denn! Es wäre eine Sensation und würde die Russen ganz schön in Verlegenheit bringen. Schließlich ist es doch sehr fraglich, warum sie nicht selbst längst darauf gekommen sind.«

»Vielleicht sind sie es ja, und niemand wollte die Sache breit treten, weil man nicht aller Informationen habhaft werden konnte, und es wäre schwer, eine solche Begebenheit bis in die letzte Instanz zu beweisen.«

»Man kann eine solche Erkenntnis doch nicht einfach unter den Teppich kehren.«

»Reicht es dir nicht, dass die Forscher damals die Angelegenheit mit ihrem Leben bezahlt haben? Wenn nun die Sache mit den Schamanen ans Licht kommt, wird es nicht dabei bleiben. Und auch mich würde es betreffen.« Seine Stimme klang aufgebracht.

Viktoria fühlte sich missverstanden. »Was hat es mit dir zu tun? Die

Sache ist längst abgehakt. Heutzutage gibt es Atombomben, die weitaus zerstörerischer sein können.«

Leonid antwortete nicht sofort. Er seufzte leise. »Diese Fähigkeiten der beiden getöteten Schamanen nennt man in unseren Kreisen das unsichtbare Feuer oder auch Schamanenfeuer. Der Schamane kann es mit seinem Geist entfachen. Es besitzt die vernichtende Kraft von Antimaterie. In den falschen Händen und unter unglücklichen Umständen kann es zu einer weit größeren Katastrophe führen als die in der steinigen Tunguska vor einhundert Jahren. Selbst wenn es sich für dich als Wissenschaftlerin völlig verrückt anhört – es kommt direkt von Ogdy, dem Gott des Feuers und des Donners. Die Legende besagt, er habe es einigen Auserwählten vor langer Zeit geschenkt, damit sie den Menschen im Angesicht ihrer Feinde das Überleben sichern konnten. Heutzutage gibt es angeblich niemanden mehr, der so etwas zuwege bringen könnte. Mit einer Ausnahme …«

»Was willst du damit sagen?«

»Denk doch mal nach! Warum haben meine Großeltern mir die Sache mit dem Tagebuch solange vorenthalten? Und warum wollten sie nicht, dass ich in die Fußstapfen meines Großonkels trete?«

»Du stammst von diesen beiden Schamanen ab und hast ihre Fähigkeiten geerbt? Heißt das, du bist tatsächlich in der Lage, kraft deiner Gedanken einen massiven Einfluss auf physikalische Gesetzmäßigkeiten zu nehmen?« Als Physikerin erschien es ihr kaum vorstellbar, dass so etwas möglich sein sollte. Aber im Zeitalter von Genforschung und Quantenphysik war es durchaus angebracht, die Angelegenheit nicht einfach abzutun, sondern ihr auf den Grund zu gehen. Und dass russische Wissenschaftler auf eine ähnliche Idee kommen könnten, wenn ihnen das Tagebuch in die Hände fiel, erschien ihr plötzlich einleuchtend.

Leonid atmete tief ein und aus. »Ich fürchte ja. Und niemand, wirklich niemand sollte davon erfahren.«

»Man könnte dich doch nicht zwingen, deine Fähigkeiten unter Beweis zu stellen, solange du es nicht willst?«

»Man kann jeden Menschen zwingen, die unmöglichsten Dinge zu tun, solange es jemanden gibt, den er liebt und dessen körperliche Unversehrtheit ihm am Herzen liegt.« Er strich ihr Haar zur Seite und küsste sie auf die bloße Schulter. »Was denkst du, warum ich nicht zum Kreml gelaufen bin, nachdem ich aus Tschetschenien fliehen konnte? Und warum ich darauf verzichtet habe, Bashtiri und seine ganze verdammte Bande ans Messer zu liefern?«

»Weil du Angst hattest?«

»Ja.« Er lachte unfroh. »Angst ist das richtige Wort. Aber nicht um mich und mein mickriges Leben. Nein, ich hatte Angst, dass Lebenovs Leute Vera Leonardowna auf ihre alten Tage den Hals aufschneiden oder meinen Dedka im Chekosee ertränken würden, wenn sie herausbekommen sollten, dass ihr einziger Enkel noch lebt und dem FSB ein paar nette Geschichten geliefert hat.«

»Aber wenn es stimmt, was dein Großonkel über deine Fähigkeiten sagt, könntest du deine Widersacher alle mit einem Schlag vernichten. Hast du daran schon einmal gedacht?«

»Vika …« Es war das erste Mal, dass er sie so nannte. »Und wenn ich es wollte, was würde das bringen? Bin ich Superman? Soll ich die ganze Welt ausradieren? Es wimmelt überall nur so von Korruption und unseligen Machenschaften. Das ist wie ein Krake, der sich ständig erneuert. Schlägst du einen Arm ab, wächst ein anderer nach. Sogar unsere Politiker machen da keine Ausnahme. Es müsste ein Wunder geschehen, wenn Hass, Rivalität und die Gier nach Macht von heute auf morgen verschwinden sollten. Und was das Schlimmste ist: Selbst im Jenseits gibt es eine Ober- und eine Unterwelt. Ich weiß, wovon ich spreche, ich war schon dort.«

»Deine Großmutter sagte mir, dass du drogenabhängig warst, als du aus Tschetschenien zurückgekehrt bist. Stimmt das?« Viktoria konnte sich unter seinem schrägen Bekenntnis nichts anderes vorstellen, als dass er von einem LSD-Trip sprach.

Er lachte leise. »Was weißt du noch von mir? Dass ich mit drei Jahren immer noch in die Hosen geschissen habe?«

»Es tut mir leid. Ich glaube nicht, dass sie wollte, dass ich es dir erzähle.«

»Du kannst es ruhig wissen«, beruhigte er sie und wurde gleich wieder ernst. »Es hat Jahre gedauert, bis ich mit meinen Kriegserlebnissen klargekommen bin. All die Toten und Verletzten. Die himmelschreiende Ungerechtigkeit und das fortwährende Leid. Und dann die Gewissheit, nichts, aber auch absolut gar nichts daran ändern zu können. Selbst Taichin konnte mir zu Anfang nicht helfen. Erst mit der Zeit habe ich nach Lösungen gesucht und sie in meinem Glauben gefunden.«

»Denkst du, es gibt eine gemeinsame Zukunft für uns, Leonid? Ich meine ... für dich und mich?«

Für einen Moment war er sprachlos. Er räusperte sich erst, bevor er zu einer Antwort ansetzte. »Es wäre zu schön, um wahr zu sein, oder?«

Sie drehte sich zu ihm hin und umarmte ihn fest. »Aber was wäre, wenn ich dich liebe und nicht mehr ohne dich leben will? Denkst du, wir könnten irgendwohin gehen, wo uns Bashtiri und der FSB nicht finden?«

Leonid küsste sie zärtlich und sagte nichts. Sie spürte seinen bebenden Atem. »Ich würde es mir wünschen«, flüsterte er schließlich. *Jedoch befürchte ich, dass das kaum möglich sein wird.* Aber das dachte er nur und sprach es nicht aus.

Am frühen Morgen waren zwei Helikopter nach Krasnojarsk gestartet. Zusammen mit Oberst Pokrovskij und seinen Leuten befanden sich noch Doktor Swerew, Taichin Schenkov und Vera Leonardowna Schirova sowie die beiden deutschen Wissenschaftler, Sven Theisen und Gregor Rodius, an Bord.

Sergej Sergejewitsch Bashtiri hatte es vorgezogen, in Begleitung seiner Bodyguards mit dem firmeneigenen Helikopter bis nach Tomsk zu fliegen. Von dort aus ging es mit einem privaten Learjet direkt nach Moskau. Er hatte es eilig, galt es doch in seinem zentralen Firmenbüro nahe dem Kreml ganz persönliche Fäden zu spinnen.

Am Flughafen von Krasnojarsk schob Rodius den Rollstuhl, in dem Theisen saß, in Richtung Gate B. An ihrer Seite führte Oberst Pokrovskij ein Telefonat mit seinem Mobiltelefon. Seine Mitarbeiter waren mit Großmutter Schirova und Großonkel Schenkov in einem Nebenraum verschwunden, um die gesonderte Abfertigung vorzubereiten. Der Oberst sprach leise und diszipliniert, und als er auflegte, lächelte er Rodius aufmunternd an.

»Ihre Kollegin hat hier in Krasnojarsk Geld abgehoben. Bei einer europäischen Bank«, verkündete er süffisant. »Außerdem hat sie mit ihrer Mutter telefoniert. Ich halte das für ein gutes Zeichen. Allem Anschein nach behandelt ihr Geiselnehmer sie anständig und erlaubt ihr gewisse Freiheiten.«

Theisen bedachte den deutschen Professor mit einem fragenden Blick.

»Darf man erfahren, woher Sie das so schnell wissen können? Ich meine, in Deutschland gibt es ein Bankgeheimnis. Schließlich hat sich Doktor Vanderberg keines Verbrechens schuldig gemacht.«

»In Russland hat niemand Geheimnisse«, erklärte Pokrovskij mit abgeklärter Miene. »Es sei denn, es handelt sich um die Regierung selbst.«

»Und?«, fragte Rodius ungeduldig. »Weiß man, wo sie sich aufhält?«

»Nein, leider nicht«, gab Pokrovskij mit einem Seufzer zu. »Nur dass sie ihr Haar platinblond gefärbt hat und selbst für westliche Verhältnisse recht gewagte Kleidung trägt.« Er grinste. »Das war es jedenfalls, was dem Bankbediensteten in Erinnerung geblieben ist. Wir haben unsere Fahndung daher neu ausgerichtet. Alle Bahnhöfe und die Flughäfen werden weiterhin überwacht.«

»Platinblond?« Theisen konnte es kaum fassen.

»Ja …«, erwiderte Pokrovskij mit einem Blick des Bedauerns, »es mag bedeuten, dass sie mit dem Entführer unter einer Decke steckt.«

»Es könnte doch durchaus sein, dass er sie dazu gezwungen hat, ihr Haar zu färben und sich umzuziehen«, verteidigte Rodius seine Assistentin. Gleichzeitig beschlich ihn ein mulmiges Gefühl. War Viktoria nicht von Beginn an für diesen merkwürdigen langhaarigen Kerl eingetreten? Was wäre, wenn sie es selbst war, die ihm zur Flucht verholfen hatte? Er schüttelte den Kopf, als ob er einen solch abwegigen Gedanken umgehend loswerden wollte.

»Sollte es sich bei dieser Dame tatsächlich um Doktor Vanderberg handeln«, fuhr er mit leidenschaftlicher Stimme fort, »kann es sich nur um das sogenannte Stockholmsyndrom handeln. Sie wissen schon, diese Geschichte, wenn die Geisel unfreiwillig ein emotionales Gefühl für den Geiselnehmer entwickelt. Ich kann mir einfach nicht vorstellen, dass sie aus freien Stücken einem Terroristen zur Flucht verhelfen würde.«

»Auf solch fragwürdige Phänomene nimmt die russische Justiz keine Rücksicht«, erwiderte Pokrovskij unmissverständlich. »Sollte sich herausstellen, dass ihre Kollegin mit Aldanov gemeinsame Sache gemacht hat, könnte sie ernste Probleme bekommen.«

Mit einer Zeitverschiebung von vier Stunden traf Sergej Bashtiri am frühen Nachmittag in Moskau ein. Begleitet von Fjodor ließ der Oligarch sich in einem gepanzerten Mercedes von seinem Fahrer am Flughafen abholen und zu seinem Luxuspenthouse im sechsten Stock eines Gebäudes unweit des Kremls bringen. Eine Stunde später saß er in seinem Jacuzzi und genoss mit einem Wodka-Martini in der Hand den fabelhaften Ausblick über die Moskwa. Doch die rechte Entspannung wollte sich in dem warmen, sprudelnden Wasser nicht einstellen. Erstens fehlte es ihm in seiner überdimensionalen Badewanne an weiblicher Gesellschaft, und zweitens waren seine Probleme längst noch nicht vollkommen gelöst. Mischa und Jurij hatten auf seine Anweisung hin eine Propellermaschine nach Omsk genommen. Er hatte ihnen den Auftrag erteilt, in Omsk den Fernzug No55 von Krasnojarsk nach Moskau zu besteigen und nach Aldanov und seiner deutschen Freundin zu suchen. Für den Fall, dass sie die beiden fanden, hatten sie die Freigabe erhalten, sie leise und vor allem spurlos zu beseitigen.

Oberst Pokrovskij kehrte erst gegen achtzehn Uhr in sein Büro am Lubjanskaja Ploschtschad Nr. 2 zurück, dorthin, wo das Hauptquartier des berüchtigten FSB lag. Zuvor hatte er Vera Leonardowna Schirova und ihren Bruder Michail Leornardowitsch Schenkov, den sie nur Taichin nannte, in einem Mittelklassehotel in der Nähe des Gorki Parks untergebracht. Bevor er die beiden am nächsten Vormittag zu einem Verhör vorladen wollte, musste er sich nochmals mit Doktor Swerew beraten.

Was ihm der Wissenschaftler von GazCom zur Tunguska-Explosion berichtet hatte, klang mehr als bemerkenswert. Aber noch interessanter erschienen ihm die möglichen Fähigkeiten von Leonid Aldanov.

»Sobald wir seiner habhaft werden, müssen wir ihn einer intensiven Untersuchung unterziehen«, erklärte Pokrovskij bestimmt, nachdem

Doktor Swerew zu weiteren Gesprächen in seinem Büro Platz genommen hatte. »Ich habe meine Vorgesetzten bereits über Ihre Forschungen informiert. Ein Team von Spezialisten ist auf dem Weg nach Vanavara, um den Bunker und die Umgebung des Sees zu inspizieren. Selbstverständlich werden wir auch nach Spuren des Lagers im Pijaja-Gebirge suchen. Meinen Sie, die beiden Alten könnten ein wenig mehr Licht in die Angelegenheit bringen?«

Doktor Swerew setzte zu einer Antwort an, während eine Sekretärin Kaffee servierte. Erst als sie die Tür hinter sich geschlossen hatte, ergriff er das Wort. »Soweit ich weiß, streitet die alte Frau jedes Wissen ab. Obwohl sie die Tochter Schenkendorffs ist, will sie von dem vergrabenen Tagebuch angeblich nie etwas gehört haben. Dumm ist, dass es keine weiteren noch lebenden Augenzeugen gibt.«

»Das Ereignis jährt sich dieses Jahr zum einhundertsten Mal«, gab Pokrovskij zu bedenken. »Wen wollen Sie da noch groß fragen?«

»Ich habe in Krasnojarsk noch alte Unterlagen gefunden.« Swerew zuckte ratlos mit den Achseln. »Reise- und Inventarlisten aus dieser Zeit, die der Vernichtung durch die Ochrana kurz vor der Revolution entgangen sind. Vielleicht forschen Sie in Ihren Archiven selbst einmal nach. Möglicherweise finden Sie Spuren eines frühen Waffenexperimentes.«

Pokrovskij sah den Wissenschaftler erstaunt an. »Interessante Empfehlung. Wenn ich ehrlich bin, habe ich bisher noch nicht darüber nachgedacht.«

Gegen Mittag hielt der Fernzug N055 für eine Stunde in Omsk.

»Wenn du mir Geld gibst«, erklärte Leonid schmunzelnd, »kaufe ich uns etwas Warmes zum Essen, das weit besser schmeckt als die Verpflegung im Zug. Außerdem möchte ich mir eine Zeitung besorgen, um zu sehen, ob sich die Fahndung nach uns schon auf ganz Russland erstreckt.«

»Was würde das für einen Unterschied machen?« Viktoria sah ihn verständnislos an.

»Wir könnten ruhiger schlafen, wenn es nicht so wäre.« Leonid schenkte ihr ein unverwechselbares Lächeln.

»Mein Alptraum wäre es, wenn dieser Zug ohne dich abfahren

würde. Also egal, was geschieht, sei bitte rechtzeitig zurück, hörst du?«

»Ich lasse dir Ajaci hier, dann fühlst du dich nicht so alleine.« Er klopfte zum Abschied auf den hölzernen Türrahmen und verschwand dann in den Durchgang zum Ausstieg. Der Hund reagierte unruhig, als Viktoria ihn an der behelfsmäßigen Leine zurückhielt. Auf zwei Beinen stemmte er sich gegen die Waggontür.

Viktoria zog den Hund zurück und ließ sich in den Sitz fallen. Was hätte sie darum gegeben zu wissen, wie die Geschichte enden würde. Die Vorstellung, Leonid mit dem Hund in die deutsche Botschaft zu schleppen, erschien ihr absurd. Was sollte sie sagen, wenn sie erst dort angekommen waren? Man würde Leonid ohne Umschweife an die Russen ausliefern, dessen war sie sich beinahe sicher.

In der Bahnhofshalle schlugen Leonid unzählige Gerüche entgegen. Von frischen Blinis über Eintopf bis hin zu heißen Pasteten war auf den Bahnsteigen fast alles zu haben. Er entschied sich für handliche Nahrung in Form von gefüllten Piroggen, die nach gebratenem Fleisch und gedünsteten Zwiebeln dufteten. Zum Nachtisch erstand er frische Erdbeeren, eine Köstlichkeit, die er zuletzt vor vielen Jahren gegessen hatte. Eine Frau verpackte den Einkauf in Plastiktüten. Auf dem Weg zurück schlenderte ihm eine Polizeistreife entgegen. Leonid wich geistesgegenwärtig in die Herrentoilette aus, damit sie nicht auf die Idee kamen, ihn zu kontrollieren. Während er die Tüten abstellte und sich die Hände wusch, spürte er plötzlich die Mündung einer Pistole an seiner Schläfe. Es fehlte an einem Spiegel, und so konnte er im ersten Moment nicht sehen, ob es ein Polizist war, der ihn bedrohte. Ohne Aufforderung hob er die Hände. Viktoria würde auch ohne ihn nach Moskau kommen. Wenn die Polizei ihn jetzt stellte, gab es unter Umständen eine Möglichkeit, mit dem FSB zu verhandeln. Wenn er ihnen die Wahrheit über Lebenov und Bashtiri erzählte, würde man ihm vielleicht auch ohne Beweise glauben.

»So, mein Freund«, zischte sein Hintermann, »jetzt sag uns nur noch, in welchem Abteil deine Freundin sitzt.« Die Pistolenmündung wanderte zum Genick und presste sich auf seinen frisch ausrasierten Nacken. Leonid kamen ernste Zweifel, dass es sich bei dem Mann um einen Ordnungshüter handelte. Außerdem glaubte er, die Stimme des

Mannes zu kennen. Er hatte sie in Bashtiris Camp gehört. Vorsichtig nahm er die Hände herunter.

»Oben lassen, du Bastard«, grunzte der Kerl und schlug ihm den Pistolenknauf gegen den Schädel.

Leonid ahnte, dass der Mann alleine war, erst recht, als er mit einer Hand sein Mobiltelefon bediente.

»Mischa«, erklärte er eilig. »Ich habe ihn. Auf dem Scheißhaus ist er mir geradezu in die Arme gelaufen. Die Frau muss noch im Zug sein. Lauf einfach durch! Wenn der Zug weiterfährt, bleibst du drin und erledigst sie, sobald du sie findest.«

Leonid konzentrierte sich und schnellte herum. Mit einer fließenden Bewegung schlug er dem Mann die Pistole aus der Hand. Der nächste Schlag traf seinen Angreifer in den Unterleib. Keuchend klappte der Mann zusammen, und beinahe gleichzeitig zog er ein Messer. Leonid wich dem Stich geschickt aus und versetzte dem durchtrainierten Angreifer einen Tritt gegen das Knie, so dass er das Gleichgewicht verlor und taumelnd zu Boden ging. Hastig ergriff Leonid die Flucht, indem er die Türen zur Bahnhofsvorhalle aufriss. Abrupt blieb er stehen und sammelte sich. Die Polizisten standen in der Nähe der Tür. Sein unvermittelter Auftritt führte dazu, dass sie auf ihn aufmerksam wurden und ihn festhielten. Mit scheinbarer Ruhe zückte er seine Papiere. Jetzt würde sich zeigen, was Lukascheks Dokumente wert waren.

Während der Polizist seine ID-Karte prüfend in Augenschein nahm, torkelte Leonids Widersacher aus der Toilette heraus. Doch anstatt die Polizisten darauf aufmerksam zu machen, dass Leonid gesucht wurde, eilte er mit einem boshaften Lächeln in Richtung Zug.

Leonids Herz drohte zu zerbersten. Es mussten Bashtiris Leute sein. Wenn die Männer den Zug erreichten, bevor Leonid ihnen folgen konnte, war Viktoria verloren. Man würde sie kaltblütig umbringen, damit sie vor den Behörden schwieg, und danach würden sie ihm die Sache anhängen, falls sie ihn zuvor nicht selbst erwischten.

Es kostete ihn eine unmenschliche Überwindung, vor den Polizisten nicht ungeduldig zu wirken.

»Sie können gehen.« Leonid hörte die Stimme des Beamten kaum, und beinahe hätte er seine ID-Karte zurückgelassen.

Mit angehaltenem Atem rannte er über mehrere Treppen in Richtung Bahnsteig und erstürmte den N055 im Sprung. Als er Viktorias Abteil erreichte, glaubte er schon, er habe es geschafft, doch dann sah er Bashtiris Schergen, wie sie ein paar Waggons weiter vorne einstiegen.

»Wir müssen raus hier!«, stieß er hervor. »Nimm deine Sachen und lass uns verschwinden.«

»Leonid!« Viktoria sträubte sich, als er sie am Handgelenk packte und zu sich hinzog.

Schon sah er durch die Glastür, wie sich Bashtiris Leute näherten.

»Verdammt, Viktoria! Bashtiris Söldner sind hinter uns her. Einer von beiden hätte mich gerade beinahe getötet. Wir müssen abhauen, so schnell es geht.«

Völlig verwirrt sprang Viktoria auf. Sie packte ihre Handtasche und Ajaci an der Leine und zog ihn mit sich.

Draußen angekommen, schafften sie es gerade noch, den Zug zu verlassen. Eine dralle Bahnwärterin hob demonstrativ das Fähnchen zur Abfahrt.

»Und jetzt?« Viktoria sah ihn verzweifelt an. »Wo willst du denn hin?«

»Das weiß ich noch nicht«, rief Leonid und schaute sich gehetzt um. Bashtiris Leute befanden sich offenbar noch im Zug. »Außerdem habe ich nicht die geringste Ahnung, ob die beiden die Einzigen sind, die uns verfolgen. Bashtiri befehligt wie Lebenov ein ganzes Bataillon von Arschlöchern, denen es nicht das Geringste ausmacht, jemanden auf Befehl zu töten.«

Kaum hatte er seine Befürchtung ausgesprochen, konnte er sie sehen. Die beiden Verfolger hatten den Zug ebenfalls noch verlassen können und schauten sich hektisch auf dem Bahnsteig um. Leonid kam die Idee, im hinteren Teil des Zuges wieder einzusteigen, doch im nächsten Moment schlossen sich die Türen, und der Zug setzte sich in Bewegung. Gleichzeitig wurden ihre beiden Verfolger auf sie aufmerksam.

»Lauf!« rief er Viktoria zu und zog sie im gleichen Augenblick mit sich, quer über den Bahnsteig, gefolgt von Ajaci, dem einzigen Hund weit und breit, der eine gestreifte Krawatte trug.

Der Bahnsteig hatte sich geleert. Die Männer zückten ihre Pistolen, dann nahmen sie die Verfolgung auf. Viktoria stolperte mit ihren schwarzen Pumps, als Leonid beschloss, über die Gleise zu fliehen. Ein beinahe lautloser Schuss zischte an ihrem Ohr vorbei und zersplitterte ein Brett an einer verblichenen hölzernen Waggontür. Viktoria schrak zurück und blieb mit einem Absatz in den Schienen stecken. Anstatt den Schuh einfach zurückzulassen, zerrte sie wie wild daran und achtete nicht auf den Güterzug, der auf dem Gegengleis herannahte. In allerletzter Sekunde traf sie Leonids schwerer Körper und riss sie mit Wucht auf das Schotterbett neben dem Gleis, wo er erbarmungslos auf ihr landete. Tonnenschwere Eisenräder ratterten unmittelbar an ihrem Gesicht vorbei.

»Autsch!« Sie heulte auf, weil sich spitze Steine in ihren Rücken bohrten. Gleichzeitig spürte sie Leonids Herz, das mit ihrem um die Wette raste.

»Ich bin angehender Schamane und kein Schutzengel, verdammt«, keuchte Leonid. Danach sprang er blitzschnell auf und half ihr auf die Füße. In der anderen Hand hielt er ihren Schuh, den sie mit zitternder Hand über ihren Fuß streifte. Bashtiris Killer waren vor dem Güterzug aufgehalten worden, doch nun machten die beiden Männer sich erneut an die Verfolgung. Immer wieder zischten Schüsse. Zwischen Güterwaggons und ausrangierten Personenzügen ging es holpernd voran. Leonid nahm keine Rücksicht mehr auf Viktorias Absätze. Eisern hielt er sie an der Hand gefasst und zog sie gnadenlos mit sich.

»Nicht umdrehen!«, brüllte er ihr zwischen dem Rattern vorbeirumpelnder Züge zu.

Sein Ziel schien ein Güterzug zu sein, der sich in Richtung Moskau in Bewegung gesetzt hatte. Bashtiris Schergen waren für einen Moment hinter einem vorbeifahrenden Kranwagen verschwunden, und Leonid nutzte die Gelegenheit, auf den Überstand eines Viehtransporters zu springen, der im Anfahren begriffen war. Mit erstaunlicher Kraft wurde Viktoria hochgerissen und fand sich dann auf dem Abtritt des Wagens wieder. Ajaci folgte ihnen laut jaulend, und Leonid bedeutete ihm mit einem Pfiff, aufzuspringen. Er fing den fliegenden Hund fast wie einen Basketball auf, schwankte kurz und setzte das verstörte Tier auf den Waggonabsatz. Der Zug hatte mittlerweile an Fahrt gewonnen. Der

Wind fuhr Viktoria durch ihr schweißnasses Haar. Kraftvoll öffnete Leonid die Tür zum Transporter. Ajaci stieß ein freudiges Geheul aus, das von einem panischen Geblöke erwidert wurde.

»Schafe?« Viktoria blinzelte ungläubig.

Leonid zögerte nicht lange und drängte sie und den Hund in ein Meer von stinkender Wolle.

Hinter ihnen schloss er die Tür. Während Ajaci die Schafsmeute auf Abstand hielt, spähte Leonid durch die Lüftungsschlitze hinaus auf die Gleise. Zufrieden stellte er fest, dass ihre Verfolger noch immer suchend umherirrten.

»Die wären wir los«, seufzte er erleichtert. »Und hier findet uns bestimmt niemand.«

Viktoria sank zu Boden und setzte sich ins schmutzige Stroh.

»Bist du nicht ausgestiegen, damit wir besseres Essen und angenehmere Nächte haben?« Ihr Blick war anklagend.

»Was willst du mehr?«, fragte er lächelnd. »Es ist warm, es ist weich, und frische Schafsmilch ist eine Delikatesse.«

35

Mai 1909, Sibirien – Vermisst

Den ganzen Winter über hatte die Seele des Leonard Schenkendorff seinen Körper verlassen, und kein Schamane konnte sie zurück in die Hülle des Kranken locken. Erst als das Frühjahr kam und der Schnee zu schmelzen begann, kehrte sein altes Leben zurück und mit ihm die Sehnsucht nach seiner wahren Familie.

»Katja«, war das erste Wort, das er sprach.

Tschirin und seine Frau schauten sich ängstlich an. Sie würde es ihm nicht sagen können, und wenn doch, würde er es nicht glauben wollen, und so war es einerlei, wann sie nach Süden aufbrachen, um Leonard etwas zu zeigen, dessen Auswirkung auf sein Gemüt noch nicht absehbar war.

»Nimm zwei starke Männer aus deinem Dorf, wenn du mit ihm ins Pijaja-Gebirge reitest«, riet Tschirins Frau, als er sich anschickte, den

Wunsch seines Freundes zu erfüllen. »Damit er sich nicht das Leben nimmt, wenn er erfährt, was wirklich geschehen ist.«

Tschirin selbst war längst dort gewesen. Im Herbst, nachdem er Leonard als einzigen Überlebenden des Experimentes gerettet hatte, war er zu seinem alten Stamm aufgebrochen. Er wollte nicht nur wissen, was mit seinem Vater geschehen war, er wollte versuchen, mit Hilfe seiner Verwandten Leonards Familie aus den Klauen des Zaren zu retten – eine Frau und ein Kind, von denen er noch nicht einmal eine Beschreibung hatte.

Als der erste Schnee das verwundete Land bedeckte, war Tschirin von Vanavara aus mit dem Rentierschlitten, begleitet von zwei Freunden, aufgebrochen, um ins Tal ohne Wiederkehr zu gelangen.

Der Anblick, der sich ihm dort bot, ließ ihm den Atem stocken. Die Baracken hatte man zerstört, und der große Antennenmast war demontiert worden. Die hölzerne Konstruktionshalle war gänzlich verschwunden, und das majestätische Kraftwerk hatte man bis auf die Grundmauern abgebrochen. Kein Rauch lag über dem Tal, und die Menschen, die hier gelebt hatten, schienen wie vom Erdboden verschluckt zu sein.

»Wage es nicht, noch einmal dorthin zu gehen«, hatte ihm seine Mutter geraten, die ihm auch den Tod des Vaters bestätigt hatte. »Die Dämonen ziehen immer noch über das Land und reißen die Seelen eines jeden mit, der unvorsichtig genug ist, es mit ihnen aufzunehmen. Kaum nachdem das Unglück geschehen war, haben die geheimen Schergen des Zaren damit begonnen, das Gefangenenlager niederzureißen. Man erzählt sich, dass alle erwachsenen Insassen vorher getötet und ihre Kinder verschleppt wurden. Glaub mir!«, flüsterte sie. »Wenn ihre Mörder erfahren sollten, dass wir auch nur das Geringste darüber wissen, werden sie auch uns töten und unsere Zelte dem Erdboden gleichmachen. Deshalb bitte ich dich, kehre zu deiner Familie zurück! Sag niemandem auch nur ein Sterbenswort. Vergiss, was du weißt! Hörst du?«

Das war einfacher gesagt als getan, und so brach Tschirin am Morgen des 9. Mai 1909 erneut auf, um von Vanavara aus eine Reise ins Land der Dämonen anzutreten.

Leonard war so schwach, dass er sich kaum auf den Beinen halten konnte, und so saß er eingehüllt in ein dichtes Fell auf dem Schlitten und schaute unentwegt in die milchige Sonne. Seine Miene blieb starr. Seit seiner Rettung konnte er nicht mehr lachen und nicht mehr weinen.

Als sie das Tal erreichten, in dem er und seine Familie im größten Unglück ein paar glückliche Wochen verbracht hatten, traf es ihn mit unvermuteter Wucht. Der Anblick des völlig zerstörten Lagers ließ alles aus ihm herausbrechen, was er seit Monaten zurückgehalten hatte. Bevor Tschirin ihn aufhalten konnte, rannte er auf seinen dürren Beinen, getragen von einer unheimlichen Kraft, durch das unbewachte Tor hinunter zur ehemaligen Kantine.

»Leonard!« In ohnmächtiger Angst rief Tschirin hinter ihm her, während er ihm atemlos folgte. Falls Truppen des Zaren postiert waren, die den Auftrag hatten, die zerstörten Anlagen zu bewachen, befanden sie sich in höchster Gefahr.

»Katja!« Leonard rannte und brüllte, stolperte im Schnee, rutschte ein Stück den Weg hinunter, bis er sich wieder aufrappelte und über den ehemaligen Appellhof lief.

Wie erstarrt blieb er stehen. Fassungslos stierte er über die Berge von Trümmern zu jenem Platz, auf dem einst das Versorgungsmagazin und damit ihre Wohnung gestanden hatte. Ein alter Mann in einem schmuddeligen Pelz kam ihm entgegen. In seinen gichtigen Fingern trug er eine Friedhofsschaufel. Tschirin, der Leonard dicht gefolgt war, hielt für einen Moment den Atem an, als weitere Arbeiter aus der einzig noch vorhandenen, windschiefen Baracke auftauchten.

»Was habt ihr hier zu suchen?«, blaffte der Alte und beäugte sie misstrauisch. Der Mann war Leonard unbekannt, und auch die anderen hatte er nie zuvor gesehen.

»Wo sind die Baracken und die Menschen, die in ihnen gewohnt haben?«

»Warum willst du das wissen?« Der Alte kratzte sich den grauen Bart und sah ihn prüfend an.

»Ich suche eine Frau und ein Kind. Sie haben vor nicht allzu langer Zeit hier gelebt. Dort drüben.« Leonard hob seinen Arm und zeigte auf einen leeren verschneiten Platz, an dem sich nur noch das steinerne Fundament des ehemaligen Versorgungsmagazins abzeichnete.

»Sie sind fort«, sagte der Mann mit leiser, vorsichtiger Stimme.

»Fort? Wo hat man sie hingebracht?« Leonard krächzte mehr, als er sprach. Für einen kurzen Moment keimte Hoffnung in ihm auf. »Hat man sie freigelassen?«

Tschirin war hinter ihn getreten und legte ihm eine Hand auf die Schulter, um ihn zum Umkehren zu bewegen. Doch Leonard ignorierte ihn.

»Es kommt darauf an, was du unter Freiheit verstehst, mein Junge.« Der Alte sah ihn mitleidig an, und Leonard verfolgte den Blick des Alten mit ungläubigem Entsetzen, als er zu einem Erdhügel wanderte, der mindestens fünfzig Meter lang und schneebedeckt war.

Lautlos fiel er auf die Knie und faltete die Hände wie zum Gebet. »Und die Kinder? Wo sind die Kinder?« Seine Stimme war nur noch ein heiseres Flüstern, und seine Augen brannten sich in das versteinerte Gesicht des Alten.

»Soweit ich weiß, hat man einige von ihnen nach Tomsk gebracht«, erklärte der Alte leise. »Und nun hör auf, mich zu fragen! Ich habe ohnehin schon weit mehr gesagt, als ich dürfte.«

Leonard war zusammengesunken und schluchzte nur noch. Die Trauer war so überwältigend, dass er glaubte, auf der Stelle sterben zu müssen.

»Seht zu, dass ihr verschwindet«, raunte der Alte verärgert. »Ihr habt hier nichts verloren.«

»Da täuschst du dich, Alterchen«, gab Tschirin düster zurück. »Wir haben unsere Seelen verloren, genau hier und in diesem Augenblick.«

36

Juni 2008, Moskau – Jacuzzi

Den ganzen vergangenen Tag über hatte Oberst Pokrovskij versucht, die beiden Alten aus Vanavara über ihren Vater und ihren Enkel zu befragen. Doch herausgekommen war dabei nichts. Vera Leonardowna und ihr Bruder hatten immer wieder die gleichen stoischen Antworten gegeben. Dass sie nichts weiter über den Vater wüssten, als dass er ein rechtschaffener Mann gewesen sei, und der Enkel sei tot, gefallen im

Glanze der Russischen Föderation, für Präsident und Vaterland. Schließlich habe er posthum die Heldenmedaille erhalten – und überhaupt, man frage sich, warum zwei alte Leute, die im 2. Weltkrieg im Widerstand gegen die Deutschen gekämpft hatten, überhaupt eine derartige Prozedur über sich ergehen lassen mussten.

»Woher soll eine alte Frau wie ich wissen, wer die Männer im Wald auf dem Gewissen hat?«, zeterte Vera Leonardowna. »Denken Sie, ich habe es getan?« Demonstrativ stand sie auf und drehte sich erstaunlich flink einmal im Kreis. »Schauen sie mich an! Ich bin achtzig Jahre alt. Mein Bruder ist noch älter. Wie sollten wir bei völliger Dunkelheit vier kampferprobte Soldaten töten? Was wären das für Kämpfer, wenn sie sich von einer Babuschka oder einem Dedka erschießen lassen wie die Hasen?« Sie räusperte sich mit entrüsteter Miene, bevor sie sich in ihren Sessel fallen ließ. »Und was das Tagebuch betrifft: Ich habe es niemals zuvor gesehen. Ich wusste ja noch nicht einmal, wer es unter dem Bett vergraben hat. Wie sollte ich wissen, auf welche Weise es Sergej Bashtiri abhanden gekommen sein könnte? Oder, Taichin, was sagst du dazu?«

Sie warf dem alten Mann einen auffordernden Blick zu. Nur langsam drehte er den Kopf in Pokrovskijs Richtung und schwieg. Die ganze Zeit über hatte er mit gesenkten Lidern neben seiner Schwester gesessen und nichts gesagt. Augenscheinlich war er schwerhörig und zeigte leichte Anflüge von Altersdemenz.

Genau das war der Grund, warum Pokrovskij darauf verzichtete, den beiden ein Serum zu verabreichen, das die vermeintliche Wahrheit ans Licht brachte. Sie waren zu alt und erinnerten ihn zu sehr an seine eigenen, senilen Großeltern, als dass er ihre Gesundheit aufs Spiel setzen wollte. Also bestellte er sie erneut für den nächsten Morgen ein. Bis dahin hatte die Verwaltung der wissenschaftlich-technischen Sicherstellung, die der Leitung des FSB direkt unterstellt war, die Auswertung der Kopie des Tagebuchs versprochen, und das 7. Department würde den Bericht über den Bunker am Chekosee liefern. Ob die beiden Alten dazu etwas beisteuern konnten, blieb fraglich. Jedoch würde man der Einschätzung der Angelegenheit insgesamt ein ganzes Stück näher kommen, und vor allem zeichnete sich ab, dass Aldanov in jedem Fall lebend gefasst werden musste, um herauszufinden, welche

Fähigkeiten er in Wahrheit besaß. Bisher hatte sich die Spur des Mannes und seiner Begleiterin verloren. Und doch waren Pokrovskij und seine Kollegen davon überzeugt, dass zumindest die Deutsche spätestens morgen früh in Moskau eintreffen würde – mit oder ohne Aldanov. Bis dahin wurden die Bahnhöfe und auch die Flughäfen rund um die Uhr observiert. Mittlerweile war die gesamte Moskauer Metro mit Überwachungskameras ausgestattet, deren Aufnahmen in die nächstgelegene Polizeistation überspielt wurden. Niemand konnte diesem elektronischen Spürhund entwischen. Zudem hatte man Aldanovs und Vanderbergs biometrische Daten längst ins System eingespeist.

Bashtiri stieß einen leisen Fluch aus, als Fjodor ihn ausgerechnet bei seiner nachmittäglichen Entspannungsmassage störte. Mit einem Mobiltelefon in der Hand betrat der ganz in Schwarz gekleidete Bodyguard den luxuriösen Wellnessbereich im Penthouse seines Chefs. In diesem Traum in Gold und weißem Marmor herrschte gedämpftes Licht. Es duftete nach Moschus und Ambra, eine leise tantrische Musik erfüllte den Raum. Die Luxusliege, auf der Bashtiri seitlich gebettet und vollkommen nackt zur Ruhe gefunden hatte, war mit weißem Hermelin überzogen. Zwei spärlich verhüllte Damen, in skurrilen Krankenschwesternkostümen, mit kurzem Rock und viel zu groß geratenem Ausschnitt, kümmerten sich nicht nur um seine verspannte Nackenmuskulatur. Während die dralle Blondine mit flinken Fingern sein bestes Stück massierte, liebkoste eine schlanke Schwarzhaarige seine muskulöse Hinterseite. Leider waren die vermeintlichen Schwestern nicht in der Lage, den Gips an Bashtiris rechter Hand zu erneuern, dessen kratzendes Futteral ihn seit geraumer Zeit unangenehm zwickte.

»Was gibt's?« raunte der Oligarch ungehalten, als er die ungebetene Störung bemerkte. »Habt ihr sie erwischt?«

Fjodor verzog das Gesicht zu einer entschuldigenden Miene. »Leider nicht. Aldanov und seine Begleiterin konnten entkommen. Nachdem Jurij den Ewenken im Bahnhof gestellt hatte, wurden seine Bemühungen von einer Polizeistreife gestört. Aldanov hat die Gelegenheit zur Flucht genutzt. Danach konnten Jurij und Mischa ihn und die Deutsche nicht mehr aufspüren.«

»Wofür bezahle ich euch eigentlich?«, stöhnte Bashtiri. »Sag den beiden Holzköpfen, sie sollen sich aus dem üblichen Kontingent für besondere Aufgaben bedienen und sämtliche Bahnhöfe mit Observationskräften besetzen. Und Watzek soll sich um die Überwachungskameras kümmern. Er gehört schließlich zu den Cleversten, die es in der IT-Branche in Moskau gibt. Sag ihm, ab morgen Mittag zwölf Uhr benötigen wir einen Ausfall in der Metro.«

»Wird gemacht, Chef.« Fjodor wandte sich zum Gehen, während Bashtiri einen wohligen Seufzer von sich gab.

»Und übrigens«, rief er Fjodor noch hinterher. »Sag ihnen, dass ich ihnen die Eier abschneiden und in Aspik einlegen lasse, wenn sie ihre Sache nicht auftragsgemäß erledigen.«

Die Rettung hieß Sverdlowsk – jedenfalls hegte Viktoria diese Hoffnung, als der Zug dort im Güterbahnhof anhielt und einfach stehen blieb. Endstation – zumindest, was die Schafe betraf, und auch Leonid machte sich Gedanken, wie sie weiterkommen konnten, ohne bemerkt zu werden..

Es war später Nachmittag, als Leonid ihr rasch aus dem widerwärtig stinkenden Waggon half, noch bevor sich einige Arbeiter näherten, um die Tiere auf einen Lastwagen umzuladen. Er trug Viktoria über den Schotter, um ihre zarten Fußsohlen vor den spitzen Steinen zu bewahren, weil sie seit Omsk ihre Pumps vermisste. Im Bahnhof von Sverdlowsk erstand sie ein Paar pinkfarbene Flipflops, damit sie nicht weiter barfuß laufen musste.

Doch das Wichtigste waren zwei Fahrkarten, die sie mit dem nächsten Eilzug nach Moskau bringen würden.

»Leider gibt es keine Platzkarten mehr«, erklärte die Schalterbeamtin mit einem bedauernden Augenaufschlag. Leonard nickte und machte eine wegwerfende Handbewegung.

»Bedeutet das etwa – wir müssen die letzten tausend Kilometer im Stehen zurücklegen?« Viktoria runzelte fragend die Stirn.

Leonid hob schnuppernd seine große Nase. »Ich denke, wir haben Glück«, scherzte er. »Wir werden ohne Worte jeden Fahrgast vertreiben, ganz gleich, wo wir hingehen.«

»Stinke ich etwa?« Viktorias Blick drückte pures Entsetzen aus.

»Nein …« Leonid schüttelte treuherzig den Kopf. »Du riechst nur ein bisschen.«

Bevor sie etwas erwidern konnte, lief der Zug ein. Die Waggontüren öffneten sich automatisch. Leonid half ihr beim Einsteigen und ließ Ajaci den Vortritt, dann folgte er den beiden in den engen Gang.

Tatsächlich waren alle Abteile besetzt, und mit dem Hund durften sie nicht in den Speisewagen. Schließlich fanden sie einen Waggon mit zwei älteren Damen.

»Dürfen wir uns zu Ihnen setzen?« Leonid ließ seinen ganzen Charme spielen, was keine besondere Kunst war, weil er ein strahlendes Lächeln besaß, das nicht nur Viktoria schwach werden ließ.

Die Frauen nickten erfreut, sie hofften wohl auf etwas Abwechslung bei ihrer eintönigen Bahnfahrt.

»Was für ein schönes Tier!«, rief eine der beiden weißhaarigen Frauen, als sie Ajaci erblickte. Sie streckte ihre schlanken Hände aus und kraulte mit ihren kostbar beringten Fingern das Fell des Laika-Rüden.

»Wollen Sie auch nach Moskau?«, fragte die andere Frau. Auch sie war weißhaarig, jedoch draller und viel kleiner als ihre Gefährtin. Ihre neugierigen, kleinen Augen scannten Viktoria und Leonid regelrecht ab.

Leonid nickte freundlich. »Wir sind auf der Hochzeitsreise«, log er ungeniert und zog Viktoria, nachdem sie sich beide auf der gegenüberliegenden Sitzbank niedergelassen hatten, zu sich hin, um ihr einen Kuss auf die Wange zu drücken.

»Wie romantisch!« Die Hagere konnte sich kaum einkriegen vor Begeisterung. »Wo kommen sie beide denn her? Aus Sverdlowsk? Ich hatte mal einen Onkel in Sverdlowsk. Er war ein hohes Tier in der Partei. Wir verbrachten als Kinder unsere Ferien …«

Viktoria hörte nicht mehr zu. Während die Alte endlos zu erzählen begann, nickte sie ein.

»Und was machen Sie beide beruflich?« Diese Frage ließ Viktoria aus ihrem Halbschlaf hochschrecken.

»Ich bin Schäfer«, antwortete Leonid mit der allergrößten Selbstverständlichkeit. »Meine Frau hilft mir. Unsere Familie besitzt eine große Herde in Krasnojarsk und einen entsprechenden Hof.«

»Ah, ich hatte gleich so eine Idee, als sie zu uns hereinkamen. Daher auch der Hund.«

Viktoria musste ein Grinsen unterdrücken und fragte sich, warum Leonid eine solch krude Geschichte erfand. In jedem Fall ließ sich damit wunderbar der strenge Geruch begründen, den sie sicher immer noch verbreiteten und der auch den beiden älteren Damen nicht entgangen sein konnte. Doch dann sah sie die Zeitung neben der hageren Frau liegen. Sie war zusammengefaltet, trotzdem konnte sie mühelos das Phantombild auf der Titelseite erkennen. Es war eine Fotomontage von ihr mit hellblonden, kinnlang geschnittenen Haaren. Dazu das Bild von Leonid als geschniegelter Offizier, dem er mit seinem Dreitagebart und den ungekämmten Haaren nicht mehr sonderlich ähnlich sah.

Wenn man nun Leonids Geschichte und den Gestank zusammennahm, würden die Frauen nicht auf die Idee kommen, sie mit den Gesuchten zu vergleichen.

Die Nacht im Zug verlief nicht so ganz romantisch, wie die älteren Damen es Leonid und Viktoria wohl gegönnt hätten – auch weil die beiden in die Jahre gekommenen Frauen mit Ajaci um die Wette schnarchten.

»Ich frage mich, woher man weiß, dass du inzwischen deine Haare gefärbt hast?«, flüsterte Leonid mit einem vorsichtigen Blick auf die älteren Damen.

Viktoria überlegte einen Moment. »Ich habe in der Bank in Krasnojarsk Doktor Parlowa getroffen«, gestand sie kleinlaut. »Sie war die leitende Ärztin im Camp und gehört zu Bashtiris Mannschaft.«

»Du hast was?« Leonids Kopf schnellte herum.

»Ich wollte es dir sagen, aber ich habe gedacht, dass es nicht so wichtig ist ... Außerdem wollte ich dich nicht beunruhigen. Doktor Parlowa hat mich angesprochen, aber ich habe ihr nicht geantwortet und bin gleich hinausgelaufen, in der Hoffnung, dass sie mich vielleicht doch nicht erkannt hat.«

Er seufzte leise. «Möglicherweise hat sie ihre Beobachtung gleich an die richtigen Stellen weitergegeben.«

»Da ist noch was, das ich dir hätte sagen sollen.«

»Was denn noch?«

Viktoria Stimme klang schuldbewusst. »Ich habe mit meiner Mutter telefoniert – nur ganz kurz. Es war, bevor du das Handy abgeschaltet hast. Ich wusste ja nicht, dass es gefährlich sein könnte.«

»In Russland haben die Wände seit jeher Augen und Ohren«, stellte Leonid klar. »Merk dir das für die Zukunft! Ich bin schon gespannt, wer uns alles in Moskau erwartet.«

Als sie in Moskau am Jaroslawler Bahnhof ankamen, beschlich Viktoria ein ungutes Gefühl.

Leonid sagte nichts, aber die Art, wie er in dem Jugendstilpalast aus feinstem Marmor von Rundbogen zu Rundbogen und von Säule zu Säule hastete, gefiel ihr nicht. Immer wieder hielt er inne und schaute sich um. Es wimmelte geradezu von Menschen, und Viktoria konnte sich beim besten Willen nicht vorstellen, wer sie in diesem Gewusel finden sollte.

»Lass uns einfach hinausspazieren! Wir nehmen ein Taxi, dann sind wir in zwanzig Minuten bei der deutschen Botschaft«, schlug sie vor.

»Zwanzig Minuten?« Leonid grinste belustigt, während er sie und den Hund erbarmungslos voranzog. »Du kennst den Moskauer Verkehr anscheinend nicht. Die Boulevards sind ständig verstopft, besonders am Morgen. Mit der Metro sind wir um einiges schneller. Außerdem arbeiten die meisten Taxifahrer nebenbei für den Geheimdienst. Ihnen werden wir die Geschichte mit den Schafen nicht verkaufen können. Wenn wir Pech haben und uns einer der Fahrer erkennt, fährt er uns geradewegs zum Hauptquartier des FSB.«

In der ganzen Aufregung hatte Viktoria beinahe vergessen, dass ihnen nicht nur Bashtiri, sondern auch die russische Polizei auf den Fersen war. Gehorsam folgte sie Leonid über den weitläufigen Komsomolskaja-Platz zum U-Bahn-Verteiler, dessen oberirdisches Gebäude an einen griechischen Tempel erinnerte. Der Blick in den klaren, eisblauen Morgenhimmel versprach einen außergewöhnlich schönen Sommertag. Obwohl Leonid hier nicht zu Hause war, bewegte er sich, als würde er sich bestens auskennen. Am Fahrkartenschalter stutzte er einen Augenblick. »Ich brauche Geld.« Er schaute sie leicht spöttisch an und hielt seine rechte Hand auf.

Hastig suchte Viktoria in ihrer weißen Lackledertasche, die sie seit Krasnojarsk nicht aus den Händen gelegt und in der Nacht als Kopfkissen genutzt hatte, nach ein paar Scheinen und Münzen.

»Wo müssen wir überhaupt hin?« Interessiert beobachtete sie ihn, wie er die Preise studierte.

»Das fragst du mich?« Erstaunt drehte er sich um.

»Zur deutschen Botschaft, denke ich.« Viktoria sah ihn treuherzig an.

»Und wo befindet die sich?«

»Keine Ahnung, aber ich könnte anrufen. Ich habe bei meiner Visabeantragung eine Servicenummer erhalten, die ich in mein Mobiltelefon eingespeichert habe. Ich meine«, schob sie entschuldigend hinterher, während sie ihr Handy zückte, »so schlimm kann es doch nicht sein, wenn ich mal telefoniere, oder?«

»Fass dich kurz«, raunte Leonid ihr zu. »Solange ich dich nicht heil dort abgeliefert habe, sind wir nirgendwo sicher.« Nach etwa fünf Minuten wusste Viktoria nicht nur die Adresse. Die freundliche Dame am Telefon informierte sie beiläufig, dass gestern Nachmittag zwei deutsche Kollegen im Hause eingetroffen seien.

»Wir müssen uns beeilen«, erklärte Viktoria, nachdem sie aufgelegt hatte. »Rodius und Theisen sitzen bereits in der Botschaft.«

»Verdammt«, entfuhr es Leonid. »Wahrscheinlich weiß der FSB längst, dass wir hier sind.« Im Eilschritt hastete er mit ihr mehrere Treppenabgänge hinunter, immer darauf bedacht, dass Ajaci den Anschluss behielt. Für den Hund schien die Verwirrung perfekt, wahrscheinlich waren ihm nie zuvor so viele verschiedene Gerüche begegnet.

Das Klingeln seines Mobiltelefons störte Oberst Pokrovskij in einer wichtigen Besprechung. Seit dem frühen Morgen waren die Kameras in den Metrostationen ausgefallen, so dass verstärkt Sicherheitskontrollen auf Plätzen und Bahnhöfen durchgeführt werden mussten.

»Die Deutsche hat telefoniert«, sagte die Stimme. Pokrovskij wusste sofort, wer gemeint war. »Vor ungefähr fünf Minuten. Mit der deutschen Botschaft. Es sieht ganz danach aus, als wollte sie dorthin. Es war in der Metrostation am Komsomolskaja-Platz. Allem Anschein nach ist sie in die Metro eingestiegen und fährt Richtung Moskwa. «

»Ist Aldanov bei ihr?«

»Keine Ahnung. Wir hatten noch keinen Sichtkontakt.«

»Ihr müsst sie vorher erwischen. Sie ist eine wertvolle Zeugin. Wenn es ihr gelingt, auf das Botschaftsgelände zu fliehen, kriegen wir sie nicht mehr. Verstanden?«

»Zu Befehl, Bogdan Bogdanowitsch. Die Jungs werden dich nicht enttäuschen.«

Unweit des Kremls überbrachte ein weiß behandschuhter Butler das Telefon an Sergej Bashtiri, der sich in diesem Moment zwischen den willigen Schenkeln einer zwanzigjährigen Edelhure vergnügte. Nach seinem spartanischen Aufenthalt in den sibirischen Wäldern hatte er einiges nachzuholen. Zumal seine drei Gespielinnen, die er für den vermeintlichen Abenteuerurlaub im besten Etablissement Moskaus gebucht hatte, sich nicht an die Vereinbarungen gehalten hatten und nach der Flut im Camp abgereist waren. Als Angebot zur Güte hatte ihm die Managerin des berüchtigten »Moskwa-Doll-House« die feurige Tatjana geschickt. Gleich eine ganze Woche und dazu kostenfrei sollte ihm die junge, schwarzhaarige Dirne mit den riesigen Naturbrüsten rund um die Uhr zur Verfügung stehen.

Da Antonov immer noch nicht auf den Beinen war, hatte er für seinen Butler einen Ersatz engagieren müssen. Josephowitsch, ein älterer Mann mit schütterem Haar, zögerte; er war es nicht gewohnt, seinen Chef beim Vögeln zu stören.

Schwer atmend nahm Bashtiri den Telefonhörer entgegen, während er mit nicht nachlassender Intensität in Tatjana stieß.

»Wir haben sie aufgespürt«, erklärte ihm Jurij mit freudiger Stimme. »Sie sind in die Metro gestiegen. Ich bin mit Mischa an ihnen dran und habe bei Fjodor Verstärkung angefordert, falls sie zur deutschen Botschaft wollen.«

»Ich sagte doch«, brüllte Bashtiri mit keuchendem Atem, »sobald ihr sie habt, zögert nicht. Gebt ihnen den Rest, bevor es ihnen gelingt, sicheres Terrain zu erreichen. Und – macht eure Sache diesmal ordentlich!«

Missmutig warf Bashtiri dem Butler das Telefon zu, bevor er bei der laut stöhnenden Frau zum Endspurt ansetzte.

Menschen an Menschen drängten sich in der Metro. Mittlerweile hatte Leonid herausgefunden, dass sie zum Ochotny Rjad mussten und dann über die Stationen Arbatskaja und Smolenskaja unter der Moskwa hindurch bis zur Kiewskaja.

Die Fahrgäste saßen in Längsreihen im Zug, junge und alte, ein buntes Völkergemisch, und auch die Gänge waren so voll, dass man sich kaum rühren konnte. Leonid hatte Jurij längst gesehen, bevor der massige Russe sie suchenden Auges entdeckte.

»Verfluchte Scheiße«, murmelte Leonid und drängte Viktoria an einer Frau mit einem Kinderwagen vorbei zum nächsten Ausgang hin.

»Was ist?«

»Du hättest nicht telefonieren dürfen.«

»Warum sagst du das?« Ihr Blick war ängstlich. Leonid stellte sich schützend vor sie.

Würden Bashtiris Männer es wagen zu schießen, obwohl die Metro voll besetzt war? Er wusste es nicht.

»Nächster Halt – Tschechovskaja«, tönte die blecherne Stimme aus dem Lautsprecher.

»Lass uns aussteigen«, murmelte Leonid.

»Aussteigen? Sind wir schon da?«

»Nein! Tu, was ich dir sage!« Mit Kraft schob Leonid sie durch die schimpfenden Menschen. Plötzlich sah sie, warum er es tat. Jurij hatte sie entdeckt und seine kalten Husky-Augen auf sie gerichtet. Am ganzen Leib zitternd trat sie vor den Zug und rannte mit Leonid und Ajaci über den Bahnsteig nach vorne zum Führerhaus. Mit einem hastigen Sprung zog er sie und den Hund durch die offene Waggontür und stieß einen erlösenden Seufzer aus, als die Tür sich hinter den beiden schloss. Auch hier war es jedoch nicht besser. Jurij blieb ihnen auf den Fersen, aber er war einen Waggon zu früh wieder zugestiegen.

Plötzlich spürte Viktoria einen harten Gegenstand in ihrem Rücken, und eine dunkle Stimme raunte Leonid zu. »Bei der nächsten Station bitte aussteigen, oder ich erschieße das Mäuschen. Wäre doch schade um sie!«

Viktoria drehte sich langsam um. Es war Mischa. Einer von Bashtiris Männern, den sie im Camp – ähnlich wie Kolja – fälschlicherweise für einen harmlosen Burschen gehalten hatte. Leonid starrte ihm einen langen Moment in die eng zusammenstehenden Augen, und zu Viktorias grenzenloser Überraschung ließ Mischa plötzlich die Waffe sinken. Blitzschnell hatte Leonid ihn entwaffnet. Ajaci biss den Killer obendrein in die Wade. Frauen schrien, als sie die Pistole sahen, und Männer wichen entsetzt zur Seite, als Leonid dem keifenden, viel kleineren Kerl den Pistolenknauf über den Schädel zog. Während Ajaci mit steigender Begeisterung dessen Bein traktierte, schlug Leonid noch einmal zu, um ganz sicherzugehen, dass Mischa bewusstlos am Boden des Zuges liegen blieb.

»Sie haben ihn umgebracht!«, kreischte eine Frau.

»Moment mal!«, rief ein älterer Fahrgast und riss seine Zeitung hoch. »Das sind doch die, nach denen hier gesucht wird!«

»Halt's Maul, Alterchen!« Leonid bedrohte ihn halb verdeckt mit Mischas Waffe. Jegliche Freundlichkeit war aus seinem Gesicht gewichen, und für einen Moment fragte sich Viktoria, ob es tatsächlich der Leonid war, den sie zu kennen glaubte.

»Ochotny Rjad«, erklärte die mechanische Stimme aus dem Lautsprecher.

Leonid reagierte blitzschnell. Er riss Viktoria mit sich, gab dem Hund einen Stoß und sprang aus dem Zug. Dann rannte er mit ihr an der Hand auf den nächsten Bahnsteig, der ein Stockwerk tiefer lag. Hier jedoch schien ein Heer von Polizisten alarmiert worden zu sein, das geradewegs auf sie zusteuerte.

Leonid sprang mit Viktoria von der Plattform und lief mit ihr über die Gleise. Niemand traute sich, ihnen zu folgen. Viktoria verlor erneut ihre Schuhe. Barfuß folgte sie Leonid in die Dunkelheit. Dass die Sache lebensgefährlich war, begriff sie spätestens, als ihnen aus einem stockfinsteren Tunnel eine Metro mit riesigen Scheinwerfern entgegenraste. Im letzten Moment wurde Viktoria von Leonid gepackt und zusammen mit Ajaci in eine Nische gestoßen. Schwer atmend und mit ausgebreiteten Armen blieb er vor ihnen stehen, während im Abstand von einem halben Meter der Zug an ihnen vorbeiraste. Zitternd folgte Viktoria ihm im Schutz des letzten Waggons auf den Bahnsteig. Hunderte von Menschen stiegen aus und wechselten die Züge. Leonid schob Viktoria und den völlig verstörten Hund in das letzte Abteil. Dort fanden sie sogar einen Sitzplatz. Er zog Viktoria auf seinen Schoß und umarmte sie fest. Sie klammerte sich regelrecht an ihn und verbarg ihr Gesicht an seiner pulsierenden Halsbeuge, während ihr

Herz im gleichen Takt dahinraste. Den Hund dirigierte er zwischen seine Beine, wo er ganz ruhig sitzen blieb.

»Sie werden uns finden, nicht wahr?« Ihr Flüstern war atemlos.

»Sei ganz still und vertrau mir«, sagte er leise. »Ich muss mich nur konzentrieren.«

Was er genau tat, wusste sie nicht, aber es war wie damals in dem Bunker. Plötzlich fühlte sie sich seltsam körperlos, und als der Trupp von Polizisten vorbeimarschierte, war es, als würden die Männer sie nicht sehen. Selbst als sie Fotos herumzeigten, auf denen ihre Gesichter eindeutig zu erkennen waren, reagierten die übrigen Fahrgäste nicht. Viktoria erschien es, als ob sie für die Umgebung unsichtbar geworden wären.

»Was war das?«, flüsterte sie, als die Polizisten den Zug wieder verlassen hatten. »Warum wollten sie nichts von uns wissen?«

»Ein Geheimnis der alten Schamanen«, raunte Leonid lächelnd.

Sie küsste ihn sanft, und für einen Moment gewann sie die Überzeugung, in seinen Armen in absoluter Sicherheit zu sein.

Erst als sie an der Kiewskaja ausstiegen, richtete sich die Aufmerksamkeit der übrigen Fahrgäste wieder auf sie, doch bevor jemand auf die Idee kommen konnte, in ihnen den flüchtenden Terroristen und seine Geisel zu erkennen, waren sie bereits ausgestiegen.

»Ganz in der Nähe fließt die Moskwa«, erklärte Leonid, als sie sich aus einem Gewirr von Tunneln und Treppen an die Oberfläche kämpften. Immer wieder schaute er sich um. »Lass uns ein Wassertaxi nehmen. Nicht weit von der Metrostation gibt es einen Bootsanleger.«

»Sie sind an der Kiewskaja-Metrostation ausgestiegen«, rief Fjodor in sein Mobiltelefon. Er saß im Lagezentrum von Bashtiris eigener Sicherheitszentrale, im Keller des Stadthauses.

»Mischa hat's erwischt«, erwiderte Jurji atemlos. »Aldanov hat ihn zusammengeschlagen, und er wurde vom Hund gebissen.« Der drahtige Bodyguard aus Bashtiris Team war der Metro gefolgt, hatte aber auf Höhe der Station Ochotny Rjad den Anschluss verloren.

»Du kannst dich beruhigen«, rief Fjodor ins Telefon. »Mischa war so schlau und hat dem Mädchen einen Sender verpasst. Ich habe die anderen Jungs runter zur Kiewskaja geschickt. Wir sind an ihnen dran.«

»Sag ihnen, sie sollen vorsichtig sein. Aldanov hat Mischas Pistole.«

Viktoria und Leonid liefen Hand in Hand die Berezhkovskaya Naberezhnaya entlang, um zur Bootsanlegestelle zu kommen. Mehrere weiße Schnellboote schaukelten friedlich auf der Moskwa.

»Wohin soll's gehen?«, fragte der weißhaarige Schiffer arglos und rückte seine Mütze zurecht, bevor er Viktoria bereitwillig an Bord half.

»Deutsche Botschaft«, antwortete Leonid an ihrer Stelle.

»Die haben aber keinen Anleger«, erklärte der Kapitän. »Das Gebäude liegt ein ganzes Stück weit vom Ufer entfernt.«

»Dann lassen sie uns so nahe wie möglich aussteigen. Den Rest erledigen wir zu Fuß.«

Mit einem Seitenblick auf Viktorias Füße, die schwarze Tritte auf dem hellen Schiffsboden hinterließen, begab sich der Schiffer auf die kleine Brücke. Das Boot war vielleicht zehn Meter lang und bot Platz für etwa dreißig Passagiere, doch außer einem älteren Pärchen, das unentwegt fotografierte, war niemand an Bord.

»Fahren Sie los!«, rief Leonid ungeduldig.

»Wir wollen noch einen Moment warten«, entgegnete ihm der Schiffer mit einem um Verständnis heischenden Lächeln. »Vielleicht kommen noch weitere Passagiere.«

Vier Männer fesselten Leonids Aufmerksamkeit. In etwa dreihundert Meter Entfernung kamen sie heran und hielten im Laufschritt auf das Boot zu.

»Fahren Sie!«, befahl Leonid streng. Als der Mann ihn verwirrt anschaute, hob er Mischas Pistole und richtete sie auf die Brust des Kapitäns. »Jetzt!«

Der Mann eilte zum Steuer. Wenig später heulten die Motoren auf, das Schiff machte einen gewaltigen Satz, so dass nicht nur Viktoria den Halt verlor. Auch die beiden Touristen, die anscheinend aus Frankreich kamen, wären beinahe über Bord gegangen. Selbst Ajaci rutschte quer durch die Stuhlreihen. Einzig Leonid konnte sich rechtzeitig halten.

Mit der Waffe in der Hand trieb er den Schiffer zu einer wahren Höchstleistung an, aber auch ihre Verfolger hatten sich ein Boot beschafft. Es war kleiner und schien wesentlich schneller zu sein. In rasendem Tempo pflügte die elegante Spitze des Bootes die tiefblaue Moskwa auf.

Den ersten Schuss hätte Viktoria überhört, wenn die Französin nicht lauthals um Hilfe geschrien hätte. Die Kugel schlug in einen kleinen Tisch ein, der auf Deck installiert war. Der Fahrtwind fegte Viktoria für einen Moment den Geruch von verbranntem Plastik entgegen. Dann pfiff ihr der zweite Schuss um die Ohren.

Das Boot ihrer Verfolger schob sich immer näher an sie heran. Viktoria konnte vier schwarze Gestalten mit Sonnenbrillen sehen – sie hatten Maschinenpistolen gezückt und begannen gnadenlos zu feuern.

»Runter!« brüllte Leonid, und Viktoria warf sich instinktiv auf den Bauch. Die Geschosse zerschnitten die Luft. Ein weißer Kakadu, der touristengerecht in einem schwingenden Käfig neben dem Steuerrad gehockt hatte, war das erste Opfer. Federn stoben auf, als der blutige Kadaver mit Macht aus seinem Käfig auf das mittlere Bootsdeck gesprengt wurde. Ein Biss, und Ajaci hatte das zerfetzte Tier trotz der Schießerei verschlungen.

Leonid hatte das Steuer in dem offenen Führerhaus übernommen. Der Kapitän lag am Boden und rührte sich nicht. Er hatte sich den Kopf angeschlagen und das Bewusstsein verloren. Leonid erwiderte aus der Deckung heraus das Feuer auf die Angreifer, doch es sah nicht so aus, als ob sich die Verfolger dadurch einschüchtern ließen.

»Komm her!«, brüllte er Viktoria zu. »Aber bleib unten!«

Robbend kämpfte sie sich zu Leonid hin. Dabei war das andere Schiff so nahe gekommen, dass man glauben konnte, es wären feindliche Piraten, die sich zum Entern bereit machten.

Leonid drückte Viktoria zu ihrem Entsetzen das Steuer in die Hand. Das Boot hüpfte und schlingerte, als sie eine winzige Bewegung nach links machte. »Gerade halten«, befahl Leonid und korrigierte sie rasch. »Ganz gleich, was geschieht.«

»Wo willst du hin?«, rief sie verzweifelt, als er sich auf das vordere Sonnendeck zurückzog. Das Schiff mit den schwarzen Männern an Bord war für einen Moment zurückgefallen. Schüsse hallten erneut und trafen die Aufbauten. Einer schlug dicht neben Ajaci ein. Mit einem winselnden Aufjaulen flüchtete der Hund unter eine Sitzbank.

Die Franzosen hatten sich längst in den kleinen Fahrgastraum unter Deck zurückgezogen. Leonid stand unterdessen auf dem Vorderdeck – mit geschlossenen Augen, als ob er sich in Trance begeben wollte.

In geduckter Haltung versuchte Viktoria das Boot auf Kurs zu halten, während eine tiefhängende Brücke unaufhaltsam auf sie zuzurasen schien.

Leonid fiel plötzlich auf die Knie und hockte mit gespreizten Beinen mitten auf dem Schiffsboden. War der Kerl wahnsinnig? So wie er da saß, musste er eine lebendige Zielscheibe für ihre Widersacher abgeben.

Als weitere MP-Salven in das Boot einschlugen, ging ein Ruck durch Leonids Körper, und im ersten Moment dachte Viktoria, er sei getroffen worden. Fassungslos beobachtete sie, wie sich aus seiner Mitte etwas löste, eine Art wabernder Ball, der an eine Luftspiegelung erinnerte, die durch eine große Hitze erzeugt wird. Das Phänomen war langsam genug, dass sie es mit Blicken verfolgen konnte. Es prallte auf das Boot ihrer Verfolger und warf es mit einer solchen Wucht herum, dass es sich von der Wasseroberfläche erhob und sich dann spektakulär überschlug.

Eine Moment später jedoch huschte eine dunkle Gestalt über das Deck. Offenbar war es einem ihrer Verfolger gelungen, noch vor der Kollision auf das Schiff zu springen. In der Hand hielt er eine Pistole, die er auf Viktoria richtete.

Vor Schreck verriss sie das Steuer und hielt auf eine Brücke zu. Das Schiff schwankte heftig, und der Mann verlor seinen Halt. Viktoria nutzte die Gelegenheit und suchte hinter einer Holzwand Schutz. Leonid war aus seiner Trance erwacht. Sofort eröffnete er das Feuer, während sein Widersacher sich hinter dem Abgang zum Laderaum verschanzte und ebenfalls schoss.

Viktoria sah aus einem Blickwinkel, wie der Mann sein leer geschossenes Magazin wegwarf und dann ein Messer von seinem Gürtel zog. Offenbar hatte er keine Munition mehr. Leonid schien es nicht besser zu ergehen. Auch er warf seine Waffe über Bord, allerdings besaß er kein Messer.

»Bring das Boot auf Kurs!«, brüllte er ihr zu und stürzte an ihr vorbei, um ihr den Angreifer vom Hals zu halten.

In letzter Sekunde gelang es Viktoria, eine Kollision mit einem Betonpfeiler zu vermeiden. Weil sie gleichzeitig Gas gab, schossen sie regelrecht unter der Brücke hindurch. Wasser spritzte auf, und das Boot neigte sich gefährlich nach rechts. Leonid verlor das Gleichgewicht und stürzte mit seinem Gegner quer über den Mittelsteg, der die Sitzreihen voneinander trennte.

Atemlos verfolgte Viktoria das Geschehen, so dass sie gar nicht bemerkte, dass über ihnen ein Helikopter aufgetaucht war.

»Achtung! Achtung! Federalnaja Slushba Besopasnosti! Stoppen Sie sofort die Motoren, oder wir schießen!« Die männliche Stimme aus dem Megafon hallte quer über die Moskwa.

Wie gebannt schaute Viktoria nach oben. Auf der Helikopterkufe saßen Männer in schwarzen Overalls, die mit Maschinenpistolen bewaffnet waren.

Während Viktoria vor lauter Panik einen Brechreiz verspürte, achtete Leonid nicht auf diese neue Bedrohung. Ajaci war aus seinem Versteck hervorgekommen und sprang um Leonid und seinen Gegner herum, unschlüssig, in welches Bein er sich verbeißen sollte.

Leonid gelang es, seinen Widersacher zum Heck zu drängen, um ihn über Bord zu werfen.

Plötzlich sprang Ajaci vor und jagte seine Fänge in den Oberschenkel des Angreifers. Während der Mann taumelte, gab Leonid ihm einen Stoß, so dass er bei voller Fahrt ins Wasser fiel. Mit ihm stürzte Ajaci in die Moskwa, weil er sich in das Bein des Mannes verbissen hatte.

Leonid blieb wie erstarrt stehen. Wie aus dem Nichts war ein Ausflugsdampfer unter der nächsten Brücke aufgetaucht, den Leonid in all der Hektik nicht bemerkt hatte und der nun direkt auf den Gangster und Ajaci zusteuerte. Der Kapitän setzte warnend seine Hupe ein, weil es längst zu spät war, den Kurs zu ändern. Mit einem Satz sprang Leonid in die Fluten, um Ajaci zu retten.

Viktoria blieb das Herz stehen. Verzweifelt versuchte sie, das Boot zu stoppen. Doch es blieb ihr nur, vom Gas zu gehen und mit anzusehen, wie der Ausflugsdampfer nicht nur den Angreifer, sondern auch Leonid und den Hund regelrecht überrollte.

»Leonid!« Der Schrei erstickte ihre Kehle. Zu ihren Füßen rührte sich etwas. Der Kapitän war zu sich gekommen.

Von oben plärrte immer noch die Helikopterstimme.

»Achtung! Federalnaja Slushba Besopasnosti! Stoppen Sie sofort die Motoren!«

Der Kapitän zog sich mühsam am Steuerrad hoch und tat, was man von ihm verlangte. Viktoria überlegte nicht lange. Sie riss sich die Kostümjacke samt Rock vom Leib und nahm Anlauf. Obwohl sie keine Rettungsschwimmerin war, sprang sie in Slip und BH in das eiskalte Wasser und kraulte in blinder Angst hinter dem Ausflugsdampfer her. Verzweifelt warf sie den Kopf herum. Von Leonid war weit und breit nichts zu sehen, und auch sein Widersacher tauchte nicht auf. Dafür hörte sie nicht weit entfernt ein leises Fiepen. Wie eine nasse Katze mühte sich Ajaci, den Kopf über Wasser zu halten, dabei rang er röchelnd nach Atem, weil er offenbar Wasser geschluckt hatte. Sofort schwamm sie zu ihm hin und versuchte ihn zu halten, damit er nicht ertrank.

Der Kapitän des Schiffs hatte das Boot inzwischen gewendet und zog sie und den Hund mit einiger Mühe an Bord. Er legte ihr eine Decke um und befolgte dann den Befehl von oben, an das rechte Ufer zu steuern und dort auf weitere Anweisungen zu warten. Viktoria saß zusammen mit Ajaci zitternd auf einer Bank. Das französische Ehepaar war völlig verstört aus seiner Zuflucht unter Deck wieder aufgetaucht.

»Ihre Handtasche«, sagte die Frau und hielt ihr Svetlanas weiße Lackledertasche hin. »Ich habe sie unter dem Tisch gefunden.« Viktoria bedankte sich mit einem Nicken. Geistesgegenwärtig nahm sie Svetlanas Pass heraus und ließ ihn ins Wasser fallen. Mit klopfendem Herzen beobachtete sie, wie er in den Fluten versank.

Kurz darauf seilten sich vier Männer in dunklen Overalls aus dem Helikopter ab und landeten neben dem Anleger. Zwei Limousinen fuhren vor. Ein großer, sportlicher Mann mit kurz geschorenen roten Haaren stieg aus. Er trug Zivilkleidung und stellte sich Viktoria, die immer noch in die Decken gehüllt war, in aller Form vor.

»Oberst Pokrovskij, FSB. Frau Viktoria Vanderberg?«

Sie nickte schwach.

»Ich hätte da ein paar Fragen an Sie. Wenn sie uns bitte begleiten würden?«

Eine junge Frau hatte Viktoria eine Hose und einen Kittel gegeben. Bleich und apathisch saß sie in einem kleinen Verhörzimmer. Immer wieder hatte der Oberst versucht, etwas über den Hergang ihrer Reise herauszufinden.

»Ich sage nichts ohne einen Anwalt «, lautete ihre permanente Antwort. Tausendmal war ihr dieser Spruch schon bei diversen Vorabendkrimis im Fernsehen begegnet. Nie hätte sie vermutet, ihn eines Tages aus ihrem eigenen Mund zu hören. »Außerdem möchte ich unverzüglich einen Vertreter meiner Botschaft sprechen.«

Pokrovskij war anzusehen, wie wenig ihm diese Haltung gefiel.

Er beugte sich vor und versuchte sich an einem charmanten Lächeln, was ihm jedoch nicht gelang. »Verraten Sie uns wenigstens, ob der Mann, der sich in Ihrer Begleitung befand, etwas an sich hatte, das Ihnen ungewöhnlich erschien.«

Viktoria musste unwillkürlich schmunzeln, obwohl sie die Tatsache, dass Leonid nicht wieder aufgetaucht war, zur Verzweiflung brachte. »Ich wüsste gar nicht, wo ich anfangen sollte, um diese Frage zu beantworten.«

Pokrovskij zückte ein weiteres Foto. Es zeigte Leonid in Uniform vor einem riesigen Armeehelikopter.

»Ist das der Mann, der Sie entführt hat?«

»Ich weiß es nicht« Sie zuckte mit den Schultern. »Er sieht ihm ähnlich, aber er trug keine Uniform.«

»Hat er Ihnen gesagt, wer er ist? Seinen Namen. Seine Herkunft?«

»Nein.«

»Ist Ihnen sonst etwas aufgefallen. Ich meine, hatte er besondere Fähigkeiten, die Ihnen merkwürdig erschienen?«

»Nein.«

»Hat er Ihnen vielleicht erzählt, dass er als Soldat in Tschetschenien war?«

Viktoria schwieg.

»Hören Sie«, sagte sie dann. »Ich weiß nicht, was hier gespielt wird und schon gar nicht, was Sie mir vorwerfen. Ich habe nichts anderes getan, als einem mir unbekannten Mann zu folgen, nachdem ich in eine gefährliche Situation geraten war und er mich davor bewahrt hatte, erschossen zu werden. Mehr kann und will ich dazu nicht sagen.«

Pokrovskijs Assistent kam herein. Er murmelte etwas, dann ging er wieder hinaus.

»Ich habe soeben die Nachricht erhalten, dass man Ihren Begleiter gefunden hat.«

Viktoria spürte, wie ihr Herz zu rasen begann.

»Er ist tot«, erklärte Pokrovskij nüchtern. »Offenbar ist er in die Schiffsschraube geraten. Man fand seine zerstückelten Leichenteile in einem Wehr, unterhalb des Hafens.«

»Tot? Das kann nicht sein«, murmelte sie fassungslos.

Pokrovskij musterte sie argwöhnisch. »Ich dachte, Sie kennen ihn nicht. Warum erschüttert sein Tod Sie sosehr?«

Viktoria sah den Geheimdienstmann nicht an. »Mich berührt der Tod jedes Menschen«, erwiderte sie tonlos. »Dass es bei Ihnen offensichtlich nicht so ist, könnte man wohl als Berufskrankheit bezeichnen.«

Pokrovskij entgegnete nichts darauf. Das Telefon klingelte, und er wechselte ein paar hastige, unverständliche Worte mit seinem Gegenüber. Nachdem er aufgelegt hatte, sah der Oberst Viktoria durchdringend an.

»Sie können gehen«, sagte er kühl. »Draußen wartet ein Mitarbeiter des deutschen Militärattachés auf sie. Anscheinend hat man sich von allerhöchster Stelle für Ihre Freilassung eingesetzt.«

»Was ist mit dem Hund?« Plötzlich war Ajaci ihr wichtiger als alles andere auf der Welt. Hatte Leonid nicht gesagt, sein Leben hinge vom Leben des Hundes ab? »Wo haben Sie ihn hingebracht? Ich will ihn mitnehmen.«

Der Oberst nickte nur. »Haben Sie in Deutschland nicht genug Hunde?«

»Nicht so einen.«

Der Concierge in Bashtiris Stadthaus schaute erstaunt auf, als am späten Nachmittag eine alte Frau an der Hintertür läutete. Sie trug Gummistiefel, graue Strümpfe und einen dicken Kittel, dazu ein buntes Kopftuch, das ihre grauen Haare verdeckte.

»Na, Mütterchen, hast du dich verlaufen?«, fragte er grinsend.

Vera Leonardowna lächelte ihn an, und auf eine seltsame Weise fühlte er sich von ihren leuchtend blauen Augen gefangen.

»Ich bin die neue Putzfrau«, krächzte sie forsch. »Man sagte mir, ich solle mich hier melden.«

Für einen Moment sah der Mann sie ungläubig an. Im Hause Bashtiri waren die Putzfrauen gewöhnlich weit jünger und hübscher.

»Es musste wohl schnell gehen, weil die übliche Kollegin aus meiner Kolonne ausgefallen ist«, fügte Vera Leonardowna hastig hinzu. »Und ich kann nur heute, ab morgen kommt jemand anderes.«

Der Wachmann nickte und scannte sie mit dem Metalldetektor nach Waffen ab.

»Du kannst dich im ersten Stock melden, Mütterchen«, erklärte er ihr in respektlosem Ton, den man in seinen Kreisen alten Menschen ohne Rang und Titel entgegenbrachte. »Dort entlang«, führte er weiter aus und zeigte auf eine vergoldete Aufzugstür. »Dann auf die Eins drücken.«

Vera Leonardowna bedankte sich unterwürfig und durchquerte die pompöse Empfangshalle, die ganz mit apricotfarbenem Marmor verkleidet war. Doch anstatt der Eins drückte sie die Sieben. Im Geheimen hatte sie sich mit den Örtlichkeiten vertraut gemacht. Als sich die Tür öffnete, hätte sie nicht gedacht, dass es so leicht sein würde, in das Reich von Sergej Sergejewitsch Bashtiri vorzudringen.

Sie hörte Stimmen, als sie den langen Flur entlangschlich. Auch hier war alles in Marmor gehalten – Decke, Wände und Böden, ganz in Weiß mit goldenen Ornamenten versehen. Als sie an einem großen Barockspiegel vorbeikam, wurde ihr bewusst, wie sie in dieser luxuriösen Umgebung wirken musste. Doch das machte ihr nichts aus. Bei dem, was sie vorhatte, spielte ihr Aussehen nur eine untergeordnete Rolle. Wobei sie nicht sagen konnte, dass es gar keine spielte.

»Das Boot ist gekentert. Zwei von unseren Männern hat es erwischt«, erklärte eine düstere Männerstimme. »Die beiden anderen konnten sich unerkannt retten. Keine Ahnung, wie das geschehen konnte.«

»Und Aldanov? Seid ihr sicher, dass er tot ist?« Bashtiri verspürte eine gewisse Anspannung. Es würde schwierig werden, die Aktion vor dem FSB zu begründen. Zum Glück hatte er selbst den ganzen Tag über das Haus nicht verlassen.

»Er ist in eine Schiffsschraube geraten«, führte sein Gegenüber weiter aus. »Ich habe unseren Informanten beim FSB abgeschöpft.«

Vera Leonardowna erschauerte. Die Bösartigkeit des Oligarchen war grenzenlos. Doch was immer auch geschehen war – sie würde Leonid und auch seinen Großvater rächen.

»Ist man sicher, dass er es war?« Es war Bashtiri, der diese Frage stellte. »Lebenovs Leute haben ihn schon einmal angeblich ertränkt, und dann ist er plötzlich wieder aufgetaucht. Putzmunter und Tausende Kilometer entfernt im sibirischen Wald.«

»Diesmal gibt es eine einhundertprozentige Sicherheit. Unser Informant beim FSB sagte, sie haben eine DNA-Probe genommen. Es ist seine Leiche, da gibt es nicht den geringsten Zweifel.«

»Was ist mit der Frau? Wir müssen sicherstellen, dass sie nicht plaudert, falls er ihr etwas über unsere Arbeit verraten hat.«

»Pokrovskij hat sie offenbar gehen lassen, und nun sitzt sie in der deutschen Botschaft. An sie kommen wir vorerst nicht heran. Aber ich habe ihre deutsche Adresse checken lassen. Es dürfte kein großes Problem sein, sie im Ausland zu stellen – irgendwann, wenn niemand mehr daran denkt.«

»Ich will wissen, ob sie bei Oberst Pokrovskij eine Aussage gemacht hat.«

»Unser Informant wusste es nicht, aber er sagt, es sei nicht zu vermuten. Andernfalls wären Pokrovskij und seine Leute längst hier, wenn sie gegen uns ausgesagt hätte.«

»Und die beiden Alten? Soweit ich weiß, hat der Oberst Aldanovs klapprige Verwandtschaft einfliegen lassen.«

»Auch negativ. Ihr Verhör hat nichts gebracht. Sie waren zu senil, um dem Oberst helfen zu können.«

»Es ist besser, wir schaffen klare Verhältnisse. Nehmt euch die Alten vor. Macht es wie bei Schirov. Lasst es wie einen Herzinfarkt oder einen Schlaganfall aussehen.«

Vera Leonardownas Blick wurde grimmig – alle Zweifel waren mit einem Mal wie hinweggefegt.

Während sie in Richtung des Zimmers schlich, aus der die Gespräche gekommen waren, versetzte sie sich in eine tiefere Konzentration.

Die drei Männer waren so mit sich selbst beschäftigt, dass sie gar nicht zu bemerken schienen, wer oder was sich ihnen näherte. Bashtiri saß an einem weißen Schreibtisch, auf dem sich nur ein ultraflacher Laptop befand. Hinter seinem Rücken hatte man durch ein riesiges Panoramafenster freie Sicht auf die Moskwa. Als Vera Leonardowna um die Ecke spähte, konnte sie den Rücken der beiden schwarz gekleideten Männer sehen, die breitbeinig vor dem Schreibtisch standen. Wie gewöhnlich trugen sie Pistolen in ihren Gürtelholstern.

»Für heute seid ihr entlassen.« Bashtiri stieß ein Seufzen aus. Er dachte an die beiden Männer, die er bei dem Einsatz verloren hatte. Es würde schwierig werden, bei polizeilichen Ermittlungen ein klares Bild abzugeben, warum seine Leute in die Sache mit Aldanov und der Deutschen verwickelt waren. Er würde behaupten müssen, dass sie seinen Männern zufällig über den Weg gelaufen waren und man nur eines im Sinn hatte: die deutsche Wissenschaftlerin zu retten und einen entflohenen Terroristen zu stellen.

Vera Leonardowna hatte sich blitzschnell in eine kleine Teeküche zurückgezogen, als die Männer über den breiten Flur in Richtung Ausgang eilten. Als die Schwarzgekleideten verschwunden waren, folgte sie Bashtiri unbemerkt durch die halbe Wohnung. Sie konnte hören, wie er seinem Butler frei gab, um sich in den Jacuzzi zurückzuziehen.

Durch die Milchglasscheibe sah der Oligarch, dass er nicht allein sein würde. Es musste Tatjana sein. Eigentlich stand ihm im Augenblick nicht der Sinn nach Frauen, schon gar nicht nach käuflichen. Plötzlich hatte das Leben einen schalen Geschmack. Die Ereignisse der vergangenen Tage waren nicht spurlos an ihm vorübergegangen.

Daher war seine Freude gedämpft, als die grazile Schöne mit der stattlichen Oberweite tatsächlich im sprudelnden Wasser auf ihn zu warten schien.

Wie eine Schlange machte sich Tatjana an ihn heran. Splitternackt kroch sie an ihm empor, ihre Hände fassten nach seinem besten Stück und rieben es mit einer Intensität, die ihm unangenehm war.

»Lass das!«, zischte er, worauf das Mädchen zunächst mit Rückzug reagierte. Doch dann setzte sie sich rittlings auf seinen Schoß. Er reagierte nicht. Seine Aufmerksamkeit wurde von einem Schatten gefesselt, der wie ein Lichtreflex durch das Zimmer huschte. Von leichter Panik ergriffen, stieß er in das Mädchen hinein, nur um sich abzulenken. Sie öffnete ihre verführerischen Lippen und ließ ihre Zunge für einen Augenblick in seinem Mund kreisen. Er schloss die Augen und versuchte sich zu entspannen. Die Zunge wurde drängender und schob sich auf widerwärtige Weise in seinen Rachen hinein. Bashtiri würgte und riss gleichzeitig die Lider auf. Statt der zwanzigjährigen Schönen saß eine uralte Frau auf seinem Schoß. Er glaubte ihre welken Brüste an seiner Brust zu spüren, und ihre Augen leuchteten in einer unnatürlichen Glut. Ihre bläuliche, lange Zunge drang tief in sein Innerstes und drohte ihn zu ersticken. In Panik versuchte er, sie von sich zu stoßen, doch er fühlte sich wie gelähmt. Ihr Gesicht hatte sich zu jener schaurigen Maske verzogen, die ihm draußen im sibirischen Wald schon einmal begegnet war.

Gurgelnd versuchte er, zu schreien, doch es gelang ihm nicht. Die Luft wurde ihm knapp, und die Zunge verhakte sich in seinen Eingeweiden. Ein rasender Schmerz und eine enorme Hitze breiteten sich in seinem Innern aus, und ihm war, als würde er verglühen.

Die hellen Augen der Frau waren den seinen so nah, dass ihr Blick sich in sein Hirn zu bohren schien. Er glaubte, eine Stimme zu hören. Der Wahnsinn schien ihn endgültig zu übermannen.

Die Alte kicherte leise, während er mit dem Tode rang.

Du hast schwere Schuld auf dich genommen, Sergej Sergejewitsch, sagte die Stimme, *ich befreie deine Seele von den Dämonen der Finsternis, damit sie frei wird und in ein neues Leben eintauchen kann.* Dann sprach sie nur noch in Tungusisch.

Tatjana stieß einen gellenden Schrei aus, als sie splitternackt auf die rundum verglaste Dachterrasse kam, um ihrem Kunden im Jacuzzi Gesellschaft zu leisten. Bashtiri trieb auf dem Bauch, das Gesicht unter Wasser, Arme und Beine weit von sich gestreckt.

Es dauerte nicht lange, und Fjodor stand neben ihr. Gemeinsam hoben sie den leblosen Körper des Oligarchen aus dem Wasser.

»Wir müssen einen Arzt rufen!« Tatjana hatte sich einen Seidenmantel umgelegt und ihr Mobiltelefon gezückt.

»Nichts mehr zu machen«, sinnierte der Bodyguard leise, nachdem er Puls und Herzschlag geprüft hatte. »Er ist tot. Keinerlei Einwirkung von Gewalt. Vermutlich ein Kreislaufversagen.«

»Vielleicht hat ihn doch jemand umgebracht?« Tatjana bedachte Fjodor mit einem entsetzten Blick.

»Nein«, sagte Fjodor mit fester Stimme. »Hier kommt niemand

herein, der nicht hereinkommen soll, und du willst doch bestimmt nicht, dass der Verdacht auf uns gelenkt wird?«

Schweigend schüttelte sie den Kopf.

»Also?« Fjodor hob eine Braue.

»Schwesterchen.« Taichin saß in ihrer vergleichsweise bescheidenen Touristenklause im Hotel Gorki-Park und blätterte in der Bibel. Erst seit ein paar Jahren gehörte dieses Buch in Russland zum Inventar europäisch ausgerichteter Hotels. »Wo warst du? Ich habe mir Sorgen gemacht. Der Oberst hat angerufen und gemeint, er brauche uns nicht mehr. Wir könnten schon morgen nach Hause fliegen.«

Vera Leonardowna setzte sich auf das Sofa und seufzte erleichtert.

»Ich war meinem Mann und meinem einzigen Enkel noch etwas schuldig«, bemerkte sie ruhig. »Jetzt sind beide frei, und die Dämonen können endlich ruhen.«

»Du warst es also, die diesen Rachefeldzug initiiert hat.« Taichin sah sie mit ausdruckslosen Augen an. »Ich war mir nie darüber im Klaren, wie stark deine Kräfte sind, aber so wie es aussieht, sind sie stärker als meine.«

Sie lächelte leise. »Solange ich die eigenen Dämonen noch bändigen kann, ist es nicht weiter schlimm.«

Am nächsten Morgen saß Viktoria in der Gästelounge der deutschen Botschaft in Moskau. Ihr Gesicht war aufgequollen vom vielen Weinen. Geschlafen hatte sie nicht. Leonid war ihr im Traum erschienen. Er hatte sie geküsst und gesagt, sie solle sich keine Sorgen machen. *Alles wird gut.* Was für ein dummer Spruch! Nichts in ihrem Leben würde jemals wieder so sein, wie es gewesen war.

Theisen und Rodius saßen ihr gegenüber. In drei Stunden ging der Flieger nach Berlin. Den Hund hatte man schon abgeholt. Mit einer Sondergenehmigung durfte er in einer speziellen Kiste im Frachtraum reisen. Irgendwann in der nächsten Stunde würde ein Fahrer der Botschaft sie zum Flughafen bringen. Ihre beiden Kollegen lasen in aller Ruhe die Komsomolskaja Prawda.

Leichenteile des tschetschenischen Terroristen aus Moskwa geborgen, lautete die Überschrift eines kleinen Artikels. Darüber in großen Lettern:

Geiselnahme beendet. 30jährige Deutsche unter Einsatz von Spezialkräften aus den Händen eines Terroristen befreit.

In der unteren rechten Ecke des Titelblattes befand sich ein weiterer Artikel, der selbst Theisen aus der Reserve lockte.

»Die spinnen, die Russen«, rief er lauthals. »Überreste des Meteors von Tunguska entdeckt!«, las er vor. »Deutsche und russische Wissenschaftler bestätigen, dass das Phänomen von Tunguska einem gigantischen Meteoriteneinschlag zuzuschreiben ist. In den nächsten Wochen wird das russische Parlament einem neuen Meteoritenabwehrsystem zustimmen, dem nunmehr auch unsere außereuropäischen Partner nichts mehr entgegensetzen können.« Mit einem ironischen Grinsen schaute er auf. »Man muss nicht unter die Hellseher gehen, um zu wissen, welche Absichten die Russen mit einer solchen Meldung verfolgen.«

Viktoria glaubte sich verhört zu haben und bat Theisen, ihr den Artikel zu geben. Rodius schwieg seltsam verhalten und widmete sich dem Sportteil.

»Hast du davon gewusst, Gregor?«, fragte Viktoria mit schneidender Stimme.

»Olguth hat mich gestern angerufen«, gab er zögernd zu. »Er hat mich gebeten, diesen Vorstoß trotz aller Ungereimtheiten zu unterstützen, damit er weitere Gelder und ein neues Forschungsprojekt bewilligt bekommt, an dem er mich teilhaben lassen möchte. Ich habe zugestimmt. Obwohl uns keine näheren Fakten vorliegen, halte ich an meiner Theorie fest.«

Fassungslos starrte Viktoria ihn an. Sie sprang auf und ging hinaus. Sie wollte nicht, dass er sah, wie sie in Tränen ausbrach.

Auf Höhe der Rezeption kam ihr eine Bedienstete der Botschaft entgegen.

»Frau Doktor Vanderberg?« Die Frau hielt etwas in Händen. Ein flaches Päckchen, eingewickelt in braunes Papier. »Das ist soeben für Sie abgegeben worden. Es kam mit einem Fahrradkurier. Sie können es ruhig aufmachen. Wir haben es gescannt. Es ist sicher.«

Mit zitternden Händen nahm Viktoria das Päckchen entgegen. In einem abgeschiedenen Winkel des Empfangs setzte sie sich in einen grünen Polstersessel. Hastig riss sie das Papier auf und hätte beinahe den kleinen Zettel übersehen.

Bei Dir weiß ich, dass es sicher aufgehoben ist. Du liebst ihn, und deshalb wirst Du weder ihn noch die Sache verraten. Leb wohl. Babuschka.

Es war ein uraltes Schulheft, schwarz mit kartoniertem Deckel.

Tagebuch des Leonard Schenkendorff, stand darauf. Und darunter …

Für Viktoria …

Epilog

Das Schicksal der meisten Männer wird nicht durch die Geister bestimmt, das Schicksal der meisten Männer bestimmt eine Frau.
(Tschirin, Sohn des großen Tschutschana, 1908)

Mit einem erstickten Stöhnen öffnete Viktoria die Haustür.

Die Hebamme schaute besorgt.»Sind Sie ganz alleine?«

Viktoria nickte. Mit einer Hand hielt sie sich den hochschwangeren Bauch, während sie die Hebamme in das ansonsten menschenleere Wochenendhaus führte. Die gesamte Schwangerschaft hatte sie abseits vom städtischen Trubel in dem kleinen blauen Ferienhaus ihrer Mutter verbracht, draußen am Kulkwitzer See unweit von Leipzig.

Drei Monate, nachdem sie erfahren hatte, dass sie schwanger war, hatte sie sich an der Universität ohne Angabe von Gründen beurlauben lassen. Sie wollte allein sein, niemanden sehen, schon gar nicht ihre Kollegen. Es reichte ihr völlig, wenn ihre Mutter sie permanent mit Fragen bombardierte.

»Wie konnte das passieren? Wer ist der Vater? Doch nicht der Professor oder irgendein verheirateter Mann? Was ist in Sibirien wirklich geschehen? Warum bist du so apathisch, und was ist das für ein schrecklicher Hund, den du von dort mitgebracht hast?«

Ajaci strich Viktoria um die Beine und schaute sie aus schrägen grauen Augen an. Vielleicht war es falsch, nach so langer Zeit an ein Wunder zu glauben, aber hatte Leonid nicht gesagt, der Hund sei seine Zwillingsseele?

Vielleicht wird er in dem Kind wiedergeboren, dachte sie. Vielleicht ist der Hund deshalb noch am Leben – nicht wegen Leonid, sondern wegen des Kindes.

»Ich glaube, die Fruchtblase ist geplatzt«, keuchte Viktoria, während die nächste Wehe in einer gewaltigen Welle über ihren gewölbten

Leib rollte. Wenn sie überhaupt noch leben wollte, dann für dieses Kind, das nun unmissverständlich ans Licht drängte.

»Vielleicht sollten wir doch in ein Krankenhaus wechseln«, meinte die Hebamme vorsichtig und sah sich im Schlafzimmer um. Überall Unordnung. Flaschen, Pizzaschachteln und Berge von Büchern – Bildbände über Sibirien, antiquarische Bücher über Schamanen und mittendrin, wie eine Insel, ein unordentliches Bett.

»Ich will keinen Arzt«, erklärte Viktoria fest. »Schon gar nicht will ich in ein Krankenhaus, deshalb habe ich sie hierher gerufen.«

»Gibt es denn jemanden, der sie anschließend versorgt?«

»Nein. Ich komme schon zurecht. Meine Mutter musste nach München. Eine Beerdigung. Meine Tante ist überraschend verstorben.« Viktoria keuchte erneut und hielt sich den Bauch, dann setzte sie sich schwankend aufs Bett.

Der Hebamme konnte man ansehen, dass sie allergrößte Zweifel hegte, ob Viktoria nach der Geburt des Kindes allein zurechtkommen würde. Sie trug einen verwaschenen Jogginganzug und sah bei näherer Betrachtung reichlich verwahrlost aus. Das dunkelblonde, halblange Haar hing ihr in Strähnen ins bleiche Gesicht, und sie schien abgemagert zu sein. Mit einem ermutigenden Lächeln half die Hebamme Viktoria, sich auszuziehen. Dann ging sie hinaus und kehrte wenig später mit einem transportablen Wehenschreiber zurück.

»Die Geburt ist schon fortgeschritten« bemerkte sie nachdenklich und untersuchte anschließend den Muttermund. »Fünf Zentimeter«, bemerkte sie knapp. »Ich lasse Ihnen eine Wanne mit warmem Wasser ein.«

Ohne Viktorias Antwort abzuwarten, verschwand sie im Badezimmer. Ajaci hatte sich dicht neben Viktoria gelegt und sah sie treuherzig an. Er schien zu spüren, dass sie nicht nur gegen die starken Wehen kämpfte.

»Mir geht es nicht gut«, hauchte Viktoria, als sie mit Hilfe der Hebamme in das heiße Wasser glitt. Plötzlich drehte sich alles um sie, und zu den Schmerzen im Bauch kam eine beklemmende Atemnot. Dann wurde es kalt und dunkel, als hätte jemand das Licht ausgeschaltet. Von ferne rief jemand ihren Namen. »Frau Vanderberg?«

Eine entspannte Gleichgültigkeit nahm von ihrer Seele Besitz, und sie spürte das angenehme Gefühl zu schweben. Von oben konnte sie sehen, wie die Hebamme sich bemühte, ihren Körper aus der Wanne zu hieven, was ihr aber nicht gelang. Schließlich griff die Frau in größter Hektik zum Telefon.

»Schicken Sie sofort einen Notarztwagen«, erklärte sie mit schriller Stimme und nannte Straße und Hausnummer. Nichtssagende Worte, wie Viktoria befand. Eine helle gleißende Straße lud sie ein, in eine vollkommen andere Richtung zu gehen, und dann sah sie ihn. Er stand am Eingang, umrahmt von diesem hellen Licht, gerade so, wie er ihr in unzähligen Visionen begegnet war. Groß, muskulös und mit verschränkten Armen versperrte er ihr den Zugang zu einem leuchtenden Tor. Er lächelte, und dass er es wirklich war, erkannte sie nicht nur an seinen Augen, sondern auch an dem lackschwarzen, schulterlangen Haar.

Leonid! Eine unglaubliche Liebe durchflutete sie. Wie kommst du hierher? Diese stumme Frage war vollkommen überflüssig – sie war tot, und er war bei ihr. Doch anstatt mit ihr hinüberzugleiten, hielt er sie auf und umarmte sie fest, bis sie mit ihm in sengender Hitze verschmolz. Ihr Ich löste sich auf, eine samtene Dunkelheit hüllte sie ein.

»Frau Vanderberg? Frau Vanderberg!« Jemand klatschte ihr ins Gesicht.

»Sie kommt zurück«, sagte eine männliche Stimme.

»Frau Vanderberg.« Eine andere Stimme mischte sich ein – weiblich und unangenehm laut. »Wir haben Sie soeben von einem gesunden Jungen entbunden. Wollen Sie ihn sehen?«

Eine junge Frau hielt ihr ein schreiendes Bündel hin. Es hatte schräg stehende dunkle Augen und pechschwarzes Haar. Ein Lächeln huschte über Viktorias Lippen, gepaart mit einem bittersüßen Schmerz. Das Kind lag warm und schwer auf ihrem Bauch. Ein Arzt versorgte sie mit Sauerstoff, und eine Krankenschwester half dem Kind an die Brust. Der Saugreflex war außerordentlich stark und holte Viktoria augenblicklich in die Wirklichkeit zurück.

»Alles ist bestens«, versicherte ihr die Hebamme. »Sie sind im Elisabeth-Krankenhaus. Wir mussten Sie hierhin bringen. Akutes Kreislaufversagen. Aber es ist noch mal gut gegangen. Wie durch ein Wunder sind Sie zu uns zurückgekommen.«

»Ich habe im Traum einen Mann gesehen«, flüsterte Viktoria. »Er hat mich aufgehalten. Wenn er nicht gewesen wäre, hätte ich noch nicht einmal an das Kind gedacht.«

»Wenn er nicht gewesen wäre, lägen Sie jetzt nicht hier.« Die Hebamme lächelte unsicher. »Noch bevor Krankenwagen und Notarzt eintreffen konnten, stand er plötzlich in der Tür und hat sie wiederbelebt. Jetzt sitzt er draußen auf dem Flur, zusammen mit ihrem Hund. Möchten Sie, dass wir ihn hereinlassen?«

Viktoria nickte. Immer noch glaubte sie zu träumen, und als sich die Tür zum Entbindungszimmer öffnete, fühlte sie sich erst recht am Rande einer anderen Wirklichkeit.

»Leonid …« Mehr als ein ersticktes Flüstern brachte sie nicht zustande. Wie ein Berg stand er da und starrte sie an. Sein bärtiges Gesicht war regungslos. Nur die grauen Augen schimmerten feucht. Erst als er sich zu ihr hinunterbeugte und sie ganz zart küsste und dann mit fassungsloser Miene über den schwarzen Schopf seines winzigen Sohnes strich, wusste sie, dass er keine Erscheinung war.

Die Hebamme lächelte stumm, als sie die Tür hinter sich schloss, um die jungen Eltern mit ihrem Glück allein zu lassen.

Viktoria wollte keine Fragen stellen, und doch konnte sie nicht umhin, es zu tun. »Man sagte mir, du wärest tot. Sie hätten deine Leiche zerstückelt in der Moskwa gefunden.« Ihre Stimme versagte.

Leonid lächelte beschwichtigend und wiegte sie und das Kind sanft in seinen Armen. »Ich bin ein angehender Schamane. Schon vergessen? Zerstückelung gehört bei uns zum Geschäft.«

»O Leonid!« Sie wusste nicht, ob sie sich über seine Antwort ärgern oder freuen sollte.

»Es tut mir leid«, sagte er schließlich, »dass ich dich so lange im Ungewissen gelassen habe, aber ich musste einige Dinge klären, bevor ich mich aufmachen konnte, dich zu suchen, und der Weg hierher war ziemlich lang.«

Ajaci hatte sich kurzerhand erlaubt, auf das Bettende zu springen, und machte es sich an Viktorias Füßen gemütlich.

»Was soll's«, flüsterte sie selig. »Hauptsache, du bist hier und wirst bei uns bleiben.«

Einen Moment später wurden sie abrupt gestört, als der Krankenhauspfarrer die Tür aufriss und mit ernster Miene ins Zimmer schritt.

»Frau Vanderberg, so leid es mir tut, ich muss Ihnen eine traurige Mitteilung machen. Sie sind die einzige Anverwandte, die man erreichen konnte. Gott der Herr wird Ihnen beistehen in dieser dunklen Stunde.«

Viktoria schaute überrascht auf.

»Vor drei Stunden hat sich vor München ein schreckliches Busunglück ereignet. Ein gechartertes Fahrzeug mit Ihrer gesamten Verwandtschaft ist aus noch ungeklärter Ursache ins Schleudern geraten. Es gab neun Tote, darunter Ihre Mutter. Wenn Sie seelischen Beistand benötigen, stehe ich Ihnen Tag und Nacht zur Verfügung, und wenn Sie möchten, kümmere ich mich auch um die notwendigen Formalitäten.«

Viktoria antwortete nicht. Zusammen mit Leonid, der das meiste verstanden hatte, starrte sie nur auf das schlafende Kind.

»Ich hatte es befürchtet«, sagte er leise.

Viktoria nickte wissend. »Wir sollten ihn Leo nennen.«

St. Petersburg
Moskau
Sibirien
Jakutsk
Tunguska-Ereignis
Wolgograd
Vanavara
Jenissei
Omsk
Tomsk
Krasnojarsk
Irkutsk
600 km
Wladiwostok

Jenissei
Taimura
Steinige Tunguska
Pijaja-Berge
Vanavara
Kirensk
Tomsk
Transsibirische Eisenbahn
Krasnojarsk
Baikalsee
450 km
Irkutsk

Personenverzeichnis

Historischer Teil

Agollov, Pjotr Antonowitsch – deportierter Student aus Sankt Petersburg

Davydova, Jekatherina Alexejewa – genannt Katja; Freundin und spätere Frau des Leonard Schenkendorff, Mutter seiner Tochter Viktoria

Eisenstein, Jakov – Leonard Schenkendorffs Vermieter in Sankt Petersburg

Gapon, Georgi – Pater, wichtige Figur in den Anfängen der russischen Revolution

Kondrashow, Aslan – deportierter turkmenischer Physiker

Lobow, Igor Igorewitsch – russischer Lagerkommandant

Maganhir – Schamane vom Stamm der Yanagir

Michajloff, Nikolaj – Geheimrat der Dritten Abteilung

Primanov – Doktor, der Lagerarzt im Tal ohne Wiederkehr

Schenkendorff, Leonard Michael – deutscher Student der Elektromechanik in Sankt Petersburg, genannt Leonard Michailowitsch Schenkendorff, später Leonard Michailowitsch Schenkov

Subbota, Egor Stephanowitsch – Oberleutnant, Adjutant der Dritten Abteilung und Offizier der Lageraufsicht im Tal ohne Wiederkehr

Tschirin – der junge Jämschtschik (Schlittenführer), Sohn des Tschutschana und späterer Schwiegervater Leonard Schenkendorffs

Tschutschana – der Schamane vom Stamm der Ilimpan und Vater von Tschirin

Wassiljoff, Ivan Ivanowitsch – ein Schmied aus Wyborg

Wassiljoff, Jekatherina – genannt Kissanka; die älteste Tochter des Schmieds

Weinberg, Isaak – Professor, Lagerinsasse und Projektleiter

Gegenwart

Ajaci – ein wolfsähnlich aussehender Laikahund
Aldanov, Leonid Borisowitsch – angehender Schamane und ehemaliger Offizier der russischen Armee,Helikopterpilot und Deserteur
Bashtiri, Sergej Sergejewitsch – schwer reicher Oligarch und Chef der Firma TAIMURO
Biborow, Kolja – Tourist-Guide im Auftrag der russischen Regierung
Lebenov, Andrej Semjonowitsch – ehemaliger Oberst des FSB und Bashtiris langjähriger Weggefährte, Sicherheitschef der GazCom Sektion Ewenkien
Olguth, Vladimir – Professor, wissenschaftliche Leiter der Abgesandtschaft der Universität Moskau
Parlowa, Elena – russische Ärztin und Mitarbeiterin Bashtiris
Rodius, Gregor – Professor, Leiter der geophysikalischen Fakultät der Universität Leipzig
Theisen, Sven – Geophysiker der Universität Leipzig
Schenkov, Michail Leonardowitsch – Taichin genannt, geweihter Schamane, Großonkel von Leonid, Sohn von Leonard Michailowitsch Schenkendorff, Bruder von Vera Leonardovna Schirova; Schwager von Makar Charitonowitsch Schirov
Schirov, Makar Charitonowitsch – Stammesältester der tungusischen Ewenken von Vanavara, Großvater von Leonid und Ehemann von Vera Leonardovna Schirova, Schwager von »Taichin« Michail Leonardowitsch Schenkov und Schwiegersohn von Leonard Michailowitsch Schenkendorff (nach der russischen Revolution umbenannt in Schenkov)
Schirova, Vera Leonardowna – Leonids Großmutter und Tochter von Leonard Michailowitsch Schenkendorff; Ehefrau von Makar Charitonowitsch Schirov und Schwester von »Taichin« Michail Leonardowitsch Schenkov
Vanderberg, Viktoria – Geophysikerin der Universität Leipzig

Begriffserklärung

Baranka/Baranki (Plural) – russisches Rundgebäck
Blja (phon.) – ein äußerst unanständiges russisches Schimpfwort
Dolguksa – traditioneller, sibirischer Birkensaft (wässrig, leicht süß)
FSB – Federalnaja Slushba Besopasnosti (Föderaler Sicherheitsdienst; Inlandsnachrichten/Geheimdienst der heutigen Russischen Föderation)
Jämschtschik – Bezeichnung für Schlittenführer
Kascha – jegliche Art von Grütze (z. B. Buchweizengrütze)
Narten – Sibirische Schlittenart
Nemez – (den Stummen, der Sprache nicht mächtigen Fremden) altes russisches Wort für einen Deutschen
Ochrana – Oberbegriff für die verschiedenen Geheimdienste und die Geheimpolizei im zaristischen Russland
Pisdjenka (phon.) – unanständiges, russisches Schimpfwort
Werst – altes Längenmaß im zaristischen Russland, entsprach 1.066,8 Metern
Wjalenaja Wobla – russische Fischspezialität

Nachwort – Danksagung

Handlung und Personen in diesem Roman sind frei erfunden. Namen, Orte/geographische Gegebenheiten und Institutionen in Deutschland und in Teilen der Russischen Föderation wurden von der Autorin im Sinne der schriftstellerischen Freiheit entsprechend verändert.

Diese Geschichte basiert auf einer wahren Begebenheit. Am 30. Juni 1908 ereignete sich im Gebiet der Steinigen Tunguska, einem Flusslauf in der Mitte Sibiriens, eine gewaltige Detonation, deren Stärke alle bis heute gezündeten Nuklearexplosionen übertraf. Obwohl in der Folgezeit etliche Expeditionen in das betroffene Gebiet unternommen wurden, ist es bis heute nicht gelungen, eine eindeutige Erklärung zu den Ereignissen vor genau 100 Jahren zu finden.

Während meiner Recherche stieß ich auf einige interessante Sachbücher, die sich umfassend mit dem Thema »Tunguska« beschäftigten und damit meine Phantasie zu einer ganz eigenen Überlegung beflügelten. In den meisten Abhandlungen wird die rätselhafte Explosion anhand von zahlreichen Theorien beleuchtet, die von einem vermeintlichen Meteoriteneinschlag bis hin zu einer UFO-Havarie mit nuklearem Fallout reichen. Stellvertretend für alle Sachbücher zum Thema »Tunguska-Ereignis von 1908« möchte ich das Buch »Tunguska – das rätselhafte Jahrhundertereignis« von Peter Krassa hervorheben.

Im Rahmen meiner Rechercheerläuterungen möchte ich zudem ausdrücklich klarstellen, dass die in meiner Geschichte vermittelten Inhalte zum sibirischen Schamanentum in großen Teilen meiner schriftstellerischen Phantasie entspringen und keinen ausreichenden Einblick in die Traditionen der sibirischen Schamanen gewährleisten können. Wer sich über Schamanen und deren religiöses Wirken informieren möchte, dem empfehle ich Sachbücher, z. B. von Dr. Hans Findeisen, oder antiquarische Bücher aus der Zeit um 1905, die man mitunter in Universitäts- oder Landesbibliotheken findet, mit Hinweisen zu den Sitten, Gebräuchen und der Sprache der Ewenki-Tungusen.

Mein besonderer Dank gilt, stellvertretend für alle andere Recherchehelfer:

Viktoria N., einer russischen Historikerin und lieben Freundin, ohne die ich dieses Buch nicht hätte schreiben können. In unermüdlichem Interesse half sie mir die komplizierten politischen Verhältnisse der russischen Vorrevolution zwischen 1905 und 1917 zu entwirren. Darüber hinaus vermittelte sie mir einen interessanten Einblick in die moderne russische Gesellschaft – nach Glasnost und Perestrojka. Als besonders amüsant empfand ich unsere Ausflüge in die russischen Ess- und Trinkgewohnheiten, bei denen ich zum ersten Mal Birkensaft probierte und nun weiß, wie man eine gedörrte Wjalenaja Wobla zu sich nimmt. Außerdem habe ich es Viktoria zu verdanken, dass die Fahrpläne der Moskauer Metro für mich kein Buch mit sieben Siegeln mehr sind und Russland mir insgesamt ein ganzes Stück nähergekommen ist.

Herrn Dr. Scholz, einem Experten für Kernenergie und Strahlenschutz, verdanke ich fundierte Einblicke in Albert Einsteins spezielle Relativitätstheorie von 1905. Darüber hinaus erklärte er mir mit viel Geduld, was bei einer Kernfusion geschieht und was es mit angereichertem Uran und schwerem Wasser in der Kernforschung auf sich hat. Ob sich mit diesen und anderen im Buch genannten Ingredienzien eine frühe, von Menschenhand gesteuerte Nuklearexplosion erklären lässt, überlasse ich meinem kritischen Publikum. Sollte ich jedoch – trotz gründlicher Recherche – hier und da nicht ganz den wissenschaftlichen Kern getroffen haben, so liegt dies an mir und der mystischen Komponente dieser Geschichte, aber ganz gewiss nicht an meinem kompetenten Hinweisgeber.

Meiner lieben Freundin Monika Korn danke ich stellvertretend für alle Probeleser, auf die man als Autorin geradezu angewiesen ist, weil es mit jeder Überarbeitung des Textes schwieriger wird, eigene Fehler herauszufischen.

Last, but not least möchte ich meinem Mann und meinem Sohn danken, für ihre Unterstützung beim Lesen, Kartenerstellen, für zahlreiche Tipps zu Equipment und geographischen Gegebenheiten und nicht zuletzt für das Verständnis, das sie mir während des Schreibens entgegenbringen.